Das Druiden-Tor

Wolfgang Hohlbein

Das Druiden-Tor

Roman

Weitbrecht

1

IM INNEREN DES GRIDONE. 18.15H. WENIGSTENS WAR es das vor einigen Sekunden noch gewesen. Jetzt war es 18.14h. Eindeutig. Der Zeiger hatte sich rückwärts bewegt.

Hauptmann Veith Rogler von der Kantonspolizei Tessin starrte verblüfft auf den verschnörkelten Zeiger, der sich gerade auf so unmögliche Weise bewegt hatte, klappte den Deckel der Taschenuhr zu, schüttelte sie ein paarmal und hielt sie dann ans Ohr. Er hörte nichts, ausgenommen vielleicht das feine Singen des Federwerkes, das seit beinahe einem Menschenalter seinen Dienst so präzise und zuverlässig getan hatte, wie man es von einer Schweizer Uhr erwarten konnte. Aber als er den Deckel wieder aufklappte und zum zweiten Mal auf das Zifferblatt sah, hatte sich das seltsame Bild nicht geändert.

Rogler sah blinzelnd auf das zerkratzte Glas hinunter, das im Licht der starken Taschenlampe funkelte und blitzte wie eine Mondlandschaft aus Kristall. Trotzdem konnte er deutlich sehen, wie sich der Zeiger weiterbewegte und nun 18.13h anzeigte.

Die Uhr lief rückwärts, kein Zweifel. Und das war einigermaßen komisch.

Die silberne Taschenuhr war ein Erbstück seines Vaters, älter als Rogler selbst, der mit seinen mittlerweile knapp achtundvierzig Jahren auch schon alles andere als ein junger Mann war, und er hatte im Grunde schon lange damit gerechnet, daß sie endlich ihren Dienst quittierte. Schweizer Präzision oder nicht, selbst das robusteste mechanische Herz schlug nicht ewig. Es überraschte ihn nicht einmal besonders, daß es ausgerechnet jetzt geschah, denn Murpheys Gesetz zufolge passierten die Dinge ja immer im ungünstigsten aller denkbaren Augenblicke. Was ihn verwirrte, war die Art und Weise. Er hatte noch nie davon gehört, daß eine Uhr plötzlich rückwärts lief. Bisher hatte er nicht einmal gewußt, daß das überhaupt möglich war. Andererseits – er war kein Uhrmacher. Und er hatte im Moment auch wahrlich Wichtigeres zu tun, als sich den Kopf über die Marotten einer sechzig Jahre alten Taschenuhr zu zerbrechen.

Seufzend klappte Rogler die Uhr endgültig zu und versenkte sie in die Tasche seiner makellos gebügelten Uniformjacke. Genaugenommen war es nicht seine Jacke, sondern die eines Kollegen aus Ascona, dem ganz genau genommen auch dieser Fall hier zugestanden hätte – falls es sich überhaupt um eine polizeiliche Angelegenheit handelte.

Rogler bezweifelte dies ohnehin. Zum einen aus purem Ärger – er war nach Ascona gekommen, um Urlaub zu machen, der schließlich auch einem Beamten dann und wann zustand, allen dummen Witzen und Vorurteilen zum Trotz. Und neben allem anderen gab es noch einen großen Unterschied zwischen einem Fernseh- und einem richtigen Polizeibeamten: im allgemeinen bereitete es ihnen nicht unbedingt großes Vergnügen, im Urlaub mal eben noch einen Kriminalfall zu lösen.

Vor allem, wenn es keiner war. Rogler, der seit einer viertel Stunde frierend in einer dunklen, zugigen Höhle stand, fragte sich zum wiederholten Male, was er hier eigentlich tat. Dies war eine Geschichte für die Eisenbahnbehörde oder das Bauamt oder wer zum Teufel auch immer verantwortlich war, wenn mit einem Zug irgend etwas nicht stimmte, der in einem Tunnel festsaß.

In der Dunkelheit weit vor ihm tauchte ein Licht auf. Es war nicht sehr groß, und es wuchs auch kaum sichtbar heran, während es näherkam – das aber sehr rasch und begleitet von einem surrenden Geräusch, das Rogler veranlaßte, mit einem Schritt von dem Schienenstrang herunterzutreten, dem er vom Tunneleingang hierher gefolgt war. Er wußte natürlich, daß es übertrieben war, aber mit einem Mal hatte er die Vision eines unbeleuchteten Schnellzuges, der durch den Tunnel herangebraust kam und ihn überrollte.

Was nach einiger Zeit im Streulicht des einzigen Scheinwerfers schemenhaft sichtbar wurde, war dann allerdings kein Schnellzug, sondern die Neunziger-Jahre-Version einer Draisine: ein flaches, auf sechs wuchtigen Eisenrädern rollendes Gefährt, das an Stelle von einer Schwingkurbel nahezu lautlos von einem Elektromotor angetrieben wurde, der in einem rechteckigen Kasten in seiner Mitte untergebracht war. Auf der Plattform standen nur zwei Männer, obwohl sie bequem Platz für ein Dutzend geboten hätte. Der eine bediente die Kontrollen und brachte das Fahrzeug dicht vor Rogler zum Stehen, der zweite richtete eine Taschenlampe auf ihn und winkte.

Roglers Laune sank um einige weitere Grade, als das grelle Licht wie mit Nadeln in seine seit einer viertel Stunde an die Dunkelheit gewöhnten Augen stach. Geblendet hob er die Hand vor das Gesicht und versuchte, wenigstens so viel zu erkennen, um mit heiler Haut die Draisine zu erreichen und hinaufzusteigen. Die hilfreich ausgestreckte Hand des Mannes mit der Taschenlampe ignorierte er.

»Kommissar Rogler?« fragte der Mann. Für eine Sekunde richtete er den gebündelten Lichtstrahl direkt auf Roglers Gesicht, so daß dieser nun wirklich gar nichts mehr sah und eine Grimasse zog. Dann senkte er die Taschenlampe, die nun einen scharf begrenzten Kreis fast weißer Helligkeit auf den Boden zwischen ihm und Rogler zeichnete. Die Schwärze jenseits dieses Kreises schien dadurch eher noch tiefer zu werden.

»Der bin ich«, antwortete Rogler. Er gab sich Mühe, nicht allzu unfreundlich zu klingen. Letztendlich konnte der Mann nichts dafür, daß sein Urlaub an diesem Morgen mit einem energischen Klopfen an der Tür seines Hotelzimmers ein zumindest vorläufiges Ende gefunden hatte. »Und Sie sind . . .?«

»Lensing. Klaus Lensing – aber das müssen Sie sich nicht merken. Ich soll Sie nur abholen.«

Die Draisine setzte sich schon wieder in Bewegung und begann den Weg zurückzufahren, den sie gekommen war. Der Scheinwerfer an ihrem Ende erlosch, dafür glomm auf der anderen Seite ein blasses, gelbliches Licht auf, in dem der Schienenstrang rasch zu einem silbern verschwimmenden Schatten wurde. Rogler registrierte mit sanfter Überraschung, wie schnell das kleine Fahrzeug war. Der Tunneleingang schmolz schon nach Augenblicken zu einem verwaschenen Lichtfleck zusammen und verblaßte schließlich ganz. Rogler mußte ein Schaudern unterdrücken. Es war kalt hier drinnen, empfindlich kalt. Sein Atem erschien als feiner Dunst im Licht der Taschenlampe. Aber das war nicht der wirkliche Grund für den eiskalten Schauder, der ihm über Nacken und Rückgrat lief. Er hatte sich nie vor der Dunkelheit oder engen Räumen gefürchtet, aber hier, in diesem scheinbar endlosen, nachtschwarzen Stollen, begann er diese Furcht kennenzulernen.

Eigentlich nur, um diese irrationalen Gedanken nicht noch stärker werden zu lassen, fragte er: »Was ist passiert?«

»Hat man Ihnen das nicht gesagt?« fragte Lensing überrascht. Zugleich klang er beinahe enttäuscht, fand Rogler.

»Dann würde ich nicht fragen, oder?« Diesmal hatte er laut genug gesprochen, daß man ihm seinen Ärger anhörte, und er konnte sehen, wie Lensing zusammenfuhr. Um seinen Worten wenigstens im nachhinein noch ein wenig Schärfe zu nehmen, fügte er etwas leiser hinzu: »Nur, daß irgend etwas mit dem Zug nicht in Ordnung wäre. Nicht was. Der Kollege, der mich aus dem Hotel abgeholt hat, wußte nichts Genaues – oder wollte nichts sagen. Es ist einer von diesen deutschen Superzügen, nicht wahr?«

Lensing nickte. »Ein ICE 2000. Er fuhr zum ersten Mal durch den Tunnel. Eine Testfahrt, sozusagen, sowohl für den Zug als auch für den Tunnel selbst.«

»Testfahrt? Ich denke, der Gridone-Tunnel ist vor zwei Jahren eröffnet worden?«

»Vor drei, beinahe«, verbesserte ihn Lensing. »Aber es ist das erste Mal, daß ein solcher Zug hindurchfährt. Kennen Sie die neuen ICEs der Bundesbahn?«

Rogler verneinte, und Lensing fuhr mit einer sonderbaren Grimasse fort: »Die reinsten Raumschiffe auf Schienen. Angeblich schaffen sie mehr als dreihundert Stundenkilometer. Bei voller Geschwindigkeit ist das Ding in zwei Minuten durch den Berg.«

»Und was ist schiefgegangen?« fragte Rogler.

»Das weiß ich nicht«, antwortete Lensing.

Rogler vermied es nachzuhaken. Die Draisine fuhr zwar mit deutlich weniger als dreihundert Stundenkilometern, aber sie würden trotzdem in wenigen Minuten am Unfallort sein – oder was immer geschehen war.

»Er sollte um 12.20h in Ascona eintreffen«, fuhr Lensing fort. »Sie hatten einen großen Bahnhof vorbereitet –«, er lächelte flüchtig über das Wortspiel, wurde aber sofort wieder ernst, als Rogler nicht darauf reagierte, »– aber der Zug kam nicht. Also haben sie versucht, ihn anzurufen. Als auch darauf keine Reaktion erfolgte, haben sie wohl einen Suchtrupp losgeschickt. Aber das ist nur das, was ich gehört habe.«

Rogler sah ihn zweifelnd an, wodurch Lensing sich zu einem übertriebenen Kopfnicken genötigt fühlte. »Es ist so«, sagte er. »Ich habe den Zug bisher nicht einmal gesehen. Sie lassen niemanden an ihn ran. Ich fürchte, den letzten halben Kilometer werden sie zu Fuß gehen müssen.«

Rogler hatte genug Erfahrung im Umgang mit Lügnern, um zu wissen, wann jemand die Wahrheit sagte und wann nicht. Lensing sagte die Wahrheit – und wenn Roglers Gefühl ihm dies nicht schon bestätigt hätte, so wären der endgültige Beweis vielleicht die verstohlenen Blicke gewesen, die ihm der Mann an den Kontrollen der Draisine zuwarf. Die beiden wußten tatsächlich nichts; und sie platzten geradezu vor Neugier. Daher also die Enttäuschung in Lensings Worten. Statt ihm endlich sagen zu können, warum er eigentlich hier war, hatten sie gehofft, es von ihm zu erfahren.

»Sie sind von der Polizei in Zürich?« fragte Lensing unvermittelt.

»Bellinzona«, verbesserte ihn Rogler. »Aber sonst stimmt's, ja. Warum?«

»Es muß schon etwas verdammt Wichtiges sein, wenn sie einen Kriminalbeamten aus der Stadt kommen lassen«, sagte Lensing.

»Ich bin zufällig hier«, erinnerte ihn Rogler. »Eigentlich wollte ich hier nur Urlaub machen.« Ihm fiel zu spät ein, daß das dem Gedankenfluß, der offenbar hinter Lensings Stirn in Gang gekommen war, höchstens noch zusätzliche Nahrung gab. Die örtliche Polizei war zwar hauptsächlich auf Trickbetrüger, Taschendiebe und Heiratsschwindler spezialisiert und was sich sonst noch an einschlägigen ›Berufsgruppen‹ in einer Fremdenverkehrsmetropole wie Ascona herumtrieb. Aber auch sie überlegte es sich sicher dreimal, einen Mann wie ihn aus dem Urlaub zu holen und um Hilfe zu bitten. Es sei denn, irgend jemand hatte ihr befohlen, es zu tun.

»Vielleicht eine Bombendrohung oder ein Attentat?« vermutete Lensing. »Diese Terroristen schrecken ja heutzutage vor nichts zurück.«

»Vielleicht«, antwortete Rogler einsilbig. Er ersparte es sich, Lensing darüber aufzuklären, daß es sich ganz bestimmt nicht um einen terroristischen Akt handelte – in diesem Fall hätte man nicht ihn geholt. Allerdings ertappte er sich gleichzeitig dabei, mittlerweile wirklich neugierig auf das zu sein, was sie in der Dunkelheit dort vorne erwarten mochte. Vielleicht waren die Geschichten von Polizisten im Urlaub doch nicht ganz so an den Haaren herbeigezogen, wie er bisher angenommen hatte.

›Ist es noch weit?« fragte er.

»Zwei Kilometer«, antwortete Lensing. »Noch ein paar Minuten. Sehen Sie – dort vorne ist es schon.«

Rogler blickte in die Richtung, in die Lensing überflüssigerweise mit der Taschenlampe wies. Vor ihnen war es nicht mehr dunkel – was aber nicht hieß, daß er irgendwelche Einzelheiten erkennen konnte. Rogler erblickte ein Durcheinander aus tintenschwarzen, rechteckigen Schlagschatten und grellem Licht. Nach der fast vollkommenen Dunkelheit, die während der Fahrt und vorher geherrscht hatte, erschien es Rogler doppelt grell, so daß ihm Tränen in die Augen schossen.

Er wischte sie hastig fort und zwang sich, direkt in die blendende Helligkeit hineinzusehen; allerdings ohne Erfolg. Erst, als die Draisine langsamer wurde und das Hindernis näher kam, erkannte er, warum das so war: der liegengebliebene Zug wurde von mehreren großen Scheinwerfern angestrahlt, aber mindestens einer davon war herumgedreht worden, so daß sein Licht in den Tunnel fiel und eine undurchdringliche Barriere für neugierige Blicke bildete.

Das Fahrzeug rollte aus, und Rogler sprang herunter, noch bevor es ganz zum Halten gekommen war. Lensing hatte nicht übertrieben. Sie hatten einen guten halben Kilometer vor dem Zug angehalten, und das Gehen auf dem mit grobem Schotter bestreuten Gleis erwies sich als äußerst mühsam. Er war noch immer so gut wie blind, aber er hörte jetzt Geräusche. Menschliche Laute und Maschinengeräusche: ein elektrisches Summen, das rhythmische Tuckern mehrerer Dieselmotoren, das Geräusch einer Kreissäge, vielleicht auch einer Schleifhexe. Irgendwo lief ein großer Kompressor.

Roglers Erregung wuchs. Seine Erfahrung in solcherlei Dingen beschränkte sich zwar – wie die der meisten Menschen – auf entsprechende Bilder in den Fernsehnachrichten oder Szenen aus einschlägigen Filmen, doch eines war trotzdem völlig klar: hier fand eine Bergung statt. Es konnte sich allerdings nicht um einen gewöhnlichen Unfall handeln, denn dann hätte man ihn nicht gerufen. Die ganze Geschichte wurde immer geheimnisvoller.

Er passierte die Lichtbarriere, konnte aber immer noch nicht viel erkennen; seine Augen waren geblendet, und etwas Großes, Rechteckiges verwehrte ihm den direkten Blick auf den Zug. Ein verschwommener Schatten trat ihm entgegen und zerfiel dann zu drei kleineren, einzelnen Umrissen.

»Kommissar Rogler, nehme ich an?«

Das beste wird sein, dachte Rogler gereizt, ich lasse es mir auf die Stirn tätowieren. In Leuchtbuchstaben, weil es hier drinnen so dunkel ist. »Sie nehmen richtig an. Und mit wem habe ich das Vergnügen?« Er wartete voller Ungeduld darauf, daß sich seine Augen an die veränderten Lichtverhältnisse anpaßten, aber es ging nur sehr langsam, so daß er das Aussehen der drei anderen im ersten Moment mehr erriet als erkannte und es ihm einigermaßen schwer fiel, die Namen den passenden Gesichtern zuzuordnen. Es kostete ihn den letzten Rest seiner ohnehin überstrapazierten Geduld, die Vorstellung über sich ergehen zu lassen.

Der Mann, der ihn zuerst angesprochen hatte, war allerhöchstens halb so alt wie er, aber ein wahrer Riese mit den Schultern eines Preisboxers und Händen, die aussahen, als zerbrächen sie manchmal zum Zeitvertreib Schaufelstiele. Er trug einen offenbar maßgeschneiderten grauen Anzug, der für diese Umgebung erstens völlig unpassend und zweitens viel zu dünn war. Er stellte sich als Horst Brenner vor und nannte irgendeinen Rang bei der staatlichen Eisenbahnbehörde, den Rogler sofort wieder vergaß, auch wenn er ihn angesichts von Brenners Alter ein wenig überraschte.

Auch die beiden anderen waren auf die gleiche, völlig unpassende Weise gekleidet: der, den Brenner als seinen Vorgesetzten und Kollegen Kurt Machen vorstellte, in einen Anzug, der offensichtlich vom gleichen Schneider stammte wie sein eigener, nur teurer war, der dritte Mann, ein gewisser Dr. Franke, über dessen Bedeutung sich Brenner vielsagend ausschwieg, sogar in Smoking, Rüschenhemd und Fliege. Da alle drei vor Kälte bibberten, ihre Gesichter hinter grauen Dampfschwaden verschwanden, immer wenn sie ausatmeten, und ihre Anzüge reichlich mitgenommen aussahen, wirkten sie in ihrem Aufzug ziemlich lächerlich. Sie mußten wohl zu dem ›großen Bahnhof‹ gehören, von dem Lensing gesprochen hatte.

»Also was ist passiert?« fragte Rogler mit einer Geste nach vorne, in die noch immer nicht klare Helligkeit hinein. Es lag nicht nur an seinen Augen, daß er den Zug nicht genau erkennen konnte. Unmittelbar vor dem ICE hatte ein dunkelrot lackierter S-Bahn-Triebwagen angehalten, so daß nur die äußeren Umrisse des viel größeren Schnellzuges zu erkennen waren. Davor und daneben bewegten sich Menschen: Polizisten, Feuerwehrleute, aber auch eine Menge Zivilisten in der gleichen, deplacierten Kleidung wie Brenner und seine beiden Begleiter.

Rogler begann auf den S-Bahn-Zug zuzugehen, ohne die Antwort auf seine Frage abzuwarten; er war auch sicher, daß er gar keine bekommen hätte. Und eine halbe Sekunde lang war er ebenfalls fast sicher, daß Brenner ihn aufhalten würde. Dann aber zuckte er nur andeutungsweise mit den Schultern und schloß sich ihm an. Die beiden anderen folgten ihm in geringem Abstand; allerdings erst, nachdem sie einen bezeichnenden Blick mit seinem hünenhaften Begleiter gewechselt hatten.

»Am besten, Sie sehen es sich selbst an.« Brenner antwortete schließlich doch, wenn auch mit gehöriger Verspätung und auf eine Art, die Rogler aufhorchen ließ.

»Ist es so schwer zu erklären?«

Brenner seufzte. »Tatsache ist, wir wissen es nicht«, sagte er.

»Ich habe auch keine detaillierte Erklärung erwartet«, sagte Rogler geduldig. »Ein kleiner Tip würde mir schon reichen. Ein Unfall, technisches Versagen, eine Entfüh . . .«

Sie hatten den Triebwagen erreicht. Brenner trat vom Gleis herunter und einen Schritt zur Seite, und Rogler, der die Bewegung mitmachte, blieb der Rest seiner Frage im wahrsten Sinne des Wortes im Halse stecken.

Der ICE stand, von einem Dutzend großer Scheinwerfer in schon fast unangenehm helles Licht getaucht, zwanzig oder dreißig Meter hinter dem Triebwagen. Eine nicht näher zu schätzende, aber große Anzahl von Menschen bewegte sich rings um ihn herum, die meisten in den schweren Lederjacken und Helmen der Feuerwehr, und viele mit schwerem Gerät ausgestattet, wie man es bei der Bergung eines verunglückten Fahrzeuges wie diesem benötigte. Weiter hinten am Heck des ICE stoben blaue Funken hoch, begleitet vom schrillen Kreischen einer Trennscheibe, Befehle wurden gerufen, ein hektisches Hämmern und

Klingen erfüllte den Tunnel, und es roch nach verbranntem Metall und durchgeschmorten Isolationen. Ein zweiter Triebwagen hatte auf dem Nebengleis angehalten, und aus den offenstehenden Türen luden Feuerwehrleute Kisten mit Werkzeugen und Material; andere trugen in weiße Tücher gehüllte Körper aus dem ICE heraus und verluden sie im hinteren Teil des kleineren Zuges. Rogler mußte nicht unter diese Tücher sehen, um zu wissen, was sie verhüllten. Ein bitterer Geschmack begann sich in seinem Mund auszubreiten.

»Wie viele sind tot?« fragte er.

»Alle, fürchte ich. Wir haben noch nicht alle Leichen geborgen, aber es gibt wohl keine Chance, daß wir noch Überlebende finden. Vierunddreißig, Passagiere und Zugpersonal zusammengerechnet.« Es war nicht Brenner, der antwortete, sondern der Mann im Smoking, der Rogler als Dr. Franke vorgestellt worden war. Seine akzentfreie Aussprache identifizierte ihn als Deutschen. Lensing hatte ja erzählt, daß auch eine Abordnung der deutschen Bundesbahn nach Ascona gekommen war, um das große Ereignis zu feiern. Wahrscheinlich hatten sie es sich etwas anders vorgestellt, dachte Rogler bitter.

Er ging langsam weiter. Sein Blick glitt hilflos über die stromlinienförmigen Flanken des Schnellzuges, und ein sonderbares Gefühl von Unwirklichkeit begann sich in ihm breit zu machen. Er versuchte erst gar nicht zu verstehen, was hier passiert war, und erstaunlicherweise war er nicht einmal besonders erschrocken.

Vielleicht lag es daran, daß der Anblick einfach zu bizarr war, um von einem an Fakten und Logik gewöhnten Polizistengehirn wie dem Roglers auf Anhieb verarbeitet werden zu können. Von jedem anderen wahrscheinlich auch nicht.

Der ICE glich tatsächlich ein ganz kleines bißchen dem, als was Lensing ihn bezeichnet hatte: einem Raumschiff auf Schienen. Das futuristische Design und die gedrungene, trotzdem elegante Form weckten Assoziationen von mit Schnelligkeit gepaarter Kraft, und genau das war es auch, was diese Maschine darstellte: das Schnellste und Komfortabelste, was sich jemals auf Schienen bewegt hatte.

Jedenfalls war sie das einmal gewesen. Jetzt . . .

Nein, es gelang Rogler nicht, mit einem einzelnen Wort zu beschreiben, was diesem Zug zugestoßen war. Er war zerstört, eindeutig, und wenn er bedachte, daß die Katastrophe immerhin das Leben aller seiner Insassen gefordert hatte, so mußte es sich um ein wirklich schlimmes Unglück gehandelt haben. Trotzdem wäre das Wort Zerstörung nicht richtig gewesen, denn der Zug war eigentlich nicht zerstört. Genaugenommen war er nicht einmal wirklich beschädigt. Aber er sah aus, als wäre er geradewegs durch die Hölle gefahren.

Das ehemals silbern funkelnde Metall und die gewölbten Fenster waren blind geworden. Die einst auf Hochglanz polierten Flanken waren grau und unansehnlich; an vielen Stellen war der Lack gerissen und blätterte ab, das Metall, das darunter zum Vorschein kam, rostig. Die blauen, goldenen und weißen Zierstreifen an den Seiten des Zuges, die den Eindruck von Eleganz und Geschwindigkeit noch verstärkt hatten, waren nur noch zu erahnen. Die gesamte elektrische Anlage mußte ausgefallen sein, denn hinter den blind gewordenen, vielfach gesprungenen Scheiben war das geisterhafte Huschen von Taschenlampen und Handscheinwerfern zu erkennen.

»Mein Gott!« flüsterte Rogler. »Was ist hier passiert?«

Es war keine Frage von der Art, auf die er eine Antwort erwartet hätte, und natürlich bekam er auch keine – und selbst wenn, hätte er sie vermutlich nicht einmal gehört. Der Anblick des Zuges erschütterte ihn bis ins Innerste. Er erschreckte ihn nicht, er machte ihm auch keine Angst, aber er weckte etwas in ihm, das schlimmer war als Furcht. Sein Herz schlug plötzlich langsamer, aber so schwer, daß er jeden einzelnen Schlag bis in die Fingerspitzen fühlte, und seine Sinne schienen mit einem Male mit dem Vielfachen ihrer normalen Schärfe zu arbeiten. Er sah, hörte, roch und empfand alles mit einer nie gekannten, schon fast quälenden Intensität.

Und dann, ganz plötzlich, wußte er die Antwort auf seine eigene Frage. Er wußte, was diesem Zug zugestoßen war.

Er war alt.

Es war so deutlich, daß er sich verblüfft fragte, wie er es auch nur eine Sekunde lang hatte übersehen können. Rogler wußte, daß die ICE 2000 der Bundesbahn erst vor einem halben Jahr in Dienst gestellt worden waren, und dieser Zug hier war mit Sicherheit das neueste Modell dieser Serie, wahrscheinlich erst vor ein paar Tagen aus der Fabrik gerollt, um seine Jungfernfahrt durch den Gridone-Tunnel anzutreten. Aber so, wie er hier stand, tot, mit blinden Augen, in einen Panzer aus steinhart verkrustetem Staub eingehüllt und von Rost und Korrosion zerfressen, sah er aus, als wäre er mindestens hundertmal so alt. Was dieses riesige Stahltier getötet hatte, waren keine Terroristen gewesen oder eine Laune der Natur oder des Zufalls, sondern der älteste Feind des Menschen, und zugleich der einzige, den er vielleicht nie würde besiegen können: die Zeit.

Brenner und die beiden anderen ließen ihm hinlänglich Zeit, das Unglaubliche zu verarbeiten. Vielleicht war das nicht einmal der einzige Grund, warum sie wie er minutenlang schweigend dastanden und den Zug anstarrten. Obwohl sie schon seit Stunden hier waren, schien der Anblick sie ebenso zu schockieren wie ihn. Es gab Dinge, die jedes Mal aufs neue so schrecklich waren wie beim allerersten Mal, und der Anblick des ICE gehörte dazu.

Schließlich war es Rogler, der als erster seine Lähmung überwand. Während er sich zu den anderen herumdrehte, ließ er seinen Blick rasch und prüfend über ihre Gesichter gleiten. Brenner wirkte schlicht und einfach entsetzt und auf eine Weise erschüttert, die sich ebensowenig wie Roglers eigene Gefühle in Worte fassen ließ. Er hatte Angst. Er war fast verrückt vor Angst; ebenso wie Machen, der vor lauter Nervosität nicht mehr stillstehen konnte und unentwegt von einem Fuß auf den anderen trat. Er hatte eine Rolle Pfefferminzbonbons aus der Tasche genommen und wickelte eines nach dem anderen aus der Silberfolie, ohne sie jedoch in den Mund zu nehmen. Frankes Gesicht schließlich wirkte wie aus Stein gemeißelt, aber das bedeutete keineswegs, daß ihn der Anblick kaltgelassen hätte, sondern allerhöchstens, daß er sich ein wenig besser in der Gewalt hatte als die beiden anderen. Rogler war nicht sicher, ob er ihm dadurch unbedingt sympathischer wurde.

»Ich glaube, ich verstehe jetzt, was Sie meinen«, murmelte er.

»So?« sagte Franke leise. »Das glaube ich nicht.«

Normalerweise hätte Rogler diese Art der Antwort verärgert. Jetzt machte sie ihn nur hellhörig. Er war es gewohnt, mehr aus den Worten seiner Gesprächspartner herauszuhören, als diese meistens ahnten; und er hatte dabei eine ziemlich große Trefferquote. Was er aus Frankes Antwort schloß, war zweierlei: erstens, daß der Deutsche ihn insgeheim verachtete (was Rogler nicht weiter störte – daran war er gewöhnt), und zweitens, daß er mehr wußte, als er zugab. Vielleicht nicht einmal viel, aber er wußte etwas.

Sie gingen weiter, sehr viel langsamer als nötig gewesen wäre, trotzdem aber fast schneller als Rogler lieb war. Er begann sich immer unwohler zu fühlen, je näher sie dem Zug kamen. Der tote Stahlkoloß schien eine Art körperloser Kälte auszustrahlen, die Roglers Unbehagen immer stärker werden ließ. Er sah immer mehr Anzeichen von Alter und Verfall, je weiter sie sich dem Zug näherten. Die großen Eisenräder waren so verrostet, daß sich Rogler kaum vorstellen konnte, wie sie sich überhaupt hatten bewegen können. Ein Spinnennetz von Rissen und Sprüngen überzog die Scheinwerfer an der abgeschrägten Vorderseite, und auch die linke Seite des Triebwagenfensters war geborsten; der ganze Zug sah dadurch asymmetrisch aus. Der Eindruck, den er von weitem gehabt hatte, war richtig gewesen. Die Farben waren zwar verblaßt, aber der lichtschluckende graue Schleier, der den gesamten Zug bedeckte, war nichts anderes als Staub, der im Laufe von Jahrhunderten zu einer fast fingerdicken Kruste zusammengebacken war.

»Wie sieht es drinnen aus?« fragte Rogler.

Franke machte eine einladende Geste auf die Lok. Die Tür an der linken Seite stand offen, dahinter glomm das blasse Licht eines Scheinwerfers, dessen Kabel sich aus der Tür heraus und in den Triebwagen auf dem anderen Gleis ringelte. Jemand hatte eine Aluminiumleiter gegen den Zug gelehnt, und als Rogler an ihr emporblickte, wußte er auch, warum. Die verchromten Handgriffe neben der Tür waren verschwunden. An ihrer Stelle gähnten zwei ausgezackte rotbraune Wunden.

»Seien Sie vorsichtig«, sagte Franke, während Rogler die Leiter hinaufzusteigen begann. »Fassen Sie nichts an.«

Rogler ersparte sich den Hinweis, daß er Polizist war und wußte, wie er sich in einer solchen Situation zu verhalten hatte. Aber er schrieb Franke in Gedanken zwei weitere Minuspunkte an. Irgendwie wurde ihm der Deutsche dadurch beinahe sympathischer. Er hatte ihn von Anfang an nicht besonders gemocht, und der Umstand, daß sich seine Vorurteile zu bestätigen schienen, erfüllte ihn mit einer gewissen Befriedigung.

Das Innere der Lok entsprach nicht Roglers schlimmsten Befürchtungen – es übertraf sie bei weitem. Dabei hielten sich die Zerstörungen hier in erstaunlichen Grenzen. Das Führerhaus, das im übrigen überraschend groß und komfortabel konzipiert war, schien nahezu unbeschädigt. Aber wenn der Zug von außen alt ausgesehen hatte, dann mußte er für das, was er hier sah, ein neues Wort erfinden.

Die Scheiben waren so schmutzig, daß man nicht mehr hindurchsehen konnte. Der hell erleuchtete Tunnel draußen war verschwunden, nur hier und da drang noch ein blasser Schimmer durch einen Kratzer oder einen Riß. Unmittelbar über dem Leitstand hatte jemand offensichtlich versucht, eine Stelle frei zu wischen. Ohne Erfolg. Der Staub, der sich als schlieriger grauer Film über jeden Quadratzentimeter hier drinnen gelegt hatte, schien tatsächlich zur Härte von Beton erstarrt zu sein.

Vielleicht war das das Unheimlichste überhaupt. All diese technischen Wunderwerke, die Computer und Apparate, die Sensoren und Meßgeräte schienen versteinert. Rogler hatte plötzlich das absurde Gefühl, sich im Inneren eines prähistorischen Computers zu befinden. Sie hatten eines von Dänikens Raumschiffen ausgegraben, nach fünf- oder auch zehntausend Jahren, die es im bolivianischen Dschungel gelegen hatte. Es war ein ebenso irrwitziger wie angstmachender Gedanke. Rogler wäre fast wohler gewesen, tatsächlich Anzeichen von gewaltsamer Zerstörung vorzufinden.

Er hörte ein Geräusch hinter sich und erkannte Franke, der schnaufend die Leiter hinaufgestiegen kam und sich unter der Tür aufrichtete. Brenner und Machen waren draußen stehengeblieben und unterhielten sich leise.

Rogler deutete auf die staubüberkrusteten Geräte hinter sich. »Gibt es so etwas wie einen Fahrtenschreiber oder ein Bordbuch?« fragte er.

»Beides«, antwortete Franke, »und das gleich mehrfach. Jedes Wort, das hier drinnen gesprochen wird, wird elektronisch aufgezeichnet, ebenso wie jede Schaltung und jeder Handgriff, den der Lokführer oder der Computer vornehmen. Der Zug hat eine Black Box – genau wie ein Flugzeug.«

»Das heißt, Sie können feststellen, was hier passiert ist?«

»Nein«, antwortete Franke.

»Aber gerade haben Sie gesagt . . .«

». . . daß dieser Zug das Modernste ist, was es jemals auf dieser Seite des Pazifiks gegeben hat«, unterbrach ihn Franke mit einem leicht schiefen Grinsen. »In diesem Fall dürfte sich das leider als Bumerang erweisen.«

Er wies mit einer Kopfbewegung auf eine Anordnung nebeneinanderliegender Tastaturen und Bildschirme. »Ich werde mich hüten, hier irgend etwas anzufassen. Wir haben einige unserer Spezialisten angefordert, die sich darum kümmern werden. Aber ich gehe jede Wette ein, daß sie nichts finden.« Er seufzte. »Alles wird elektronisch gespeichert; auf Festplatte oder Speicherchip abgelegt. Aber so, wie es hier aussieht, hat die Anlage keinen Strom mehr. Der Generator ist ausgefallen.«

»Und es gibt keine Batterien?«

»Es gab sie«, bestätigte Franke. »Ich habe sie mir angesehen. Sie sind nicht nur leer, sie sind praktisch nicht mehr vorhanden. Wußten Sie, daß eine Batterie sich in Nichts auflöst, wenn man sie nur lange genug stehenläßt?«

»Wie lange?« hakte Rogler nach.

Franke zögerte. »Die Siliciumzellen in diesen Geräten hier?«

Er zuckte mit den Achseln. »Fünfhundert Jahre? Vielleicht auch nur zweihundertfünfzig – wer weiß? Niemand hat es je ausprobiert, wissen Sie? Natürlich werden sich unsere Spezialisten jede Schraube hier drinnen einzeln vorknöpfen, aber Sie sollten sich besser keine allzugroße Hoffnung machen, daß das etwas bringt.«

Die hatte Rogler ohnehin nicht gehabt; nicht nach dem, was er gesehen hatte. Man mußte nichts von Technik verstehen, um zu erkennen, wenn etwas unwiderruflich kaputt war.

Allein mit Franke begann er sich unbehaglich zu fühlen und sah wieder zum Eingang. Die beiden anderen standen noch immer neben dem Gleis und redeten. Sie machten keine Anstalten, zu ihnen hereinzukommen.

Franke registrierte seinen fragenden Blick und schüttelte den Kopf. »Nur wir beide«, sagte er. »Was wir zu besprechen haben, geht nur Sie und mich etwas an – jedenfalls im Moment.«

»Sie wissen also doch, was hier passiert ist«, sagte Rogler.

»Nein«, antwortete Franke. Er sah ihm dabei fest in die Augen, und diesmal fiel es Rogler schwer, ihm nicht zu glauben. »Aber es gibt ein paar ... nennen wir es Theorien. Ziemlich wilde Theorien, wie ich zugeben muß. Man soll den Gerüchten nicht noch neue Nahrung geben, nicht wahr?«

»Was für Theorien?« fragte Rogler.

»Sie würden sie nicht verstehen«, antwortete Franke. Er lächelte für eine Sekunde und fügte dann hastig und mit einer wedelnden Handbewegung hinzu: »Ich wollte Sie nicht beleidigen. Aber ich verstehe sie selbst nicht. Wenn ich versuchen würde, es Ihnen zu erklären, würde ich wahrscheinlich nur Unsinn reden.«

Das wiederum verstand Rogler sehr gut. Wenn irgendeine wissenschaftliche Theorie existierte, um den Umstand zu erklären, daß ein kompletter Eisenbahnzug binnen weniger Stunden um mindestens ebensoviele Jahrhunderte altert, dann gab es wahrscheinlich auf der ganzen Welt nur drei Leute, die sie verstanden – und dazu gehörte er ganz gewiß nicht. Er mußte die Antwort auf all diese Fragen im Grunde auch jetzt noch gar nicht haben. Seine Art, die Dinge anzugehen, war anders. Rogler hatte es sich angewöhnt, nicht immer sofort nach einer Erklärung zu fragen, sondern sich zuerst die Fakten anzusehen, ganz gleich, wie eindeutig oder verwirrend sie auch sein mochten. Aber sein Ärger auf Franke war mittlerweile einfach zu groß, als daß er ihn noch vollständig unterdrücken konnte.

»Beantworten Sie mir eine Frage, Doktor Franke«, sagte er, wobei er den akademischen Titel seines Gegenübers so übermäßig betonte, daß er schon fast einer Beleidigung gleichkam. »Wenn Sie glauben, daß ich von all dem hier doch nichts verstehe, und wenn Sie – wie ich übrigens auch, nebenbei bemerkt, der Meinung sind, daß das hier kein Fall für die Polizei ist, was tue ich dann überhaupt hier?«

Sein herausfordernder Ton schien Franke zu amüsieren. »Sie enttäuschen mich nicht, Rogler«, sagte er. »Sie scheinen wirklich so gut zu sein, wie man behauptet. Das gibt mir Grund zu der Hoffnung, daß Sie auch verstehen werden, warum ich darum gebeten habe, mit jemandem wie Ihnen reden zu können.«

»Jemandem wie mir?«

»Einem Polizisten«, antwortete Franke. »Einem guten Polizisten. Man hat mir versprochen, den besten Mann zu schicken, der in der Kürze der Zeit greifbar ist. Sind Sie es?«

»Ich denke schon«, antwortete Rogler. Falsche Bescheidenheit hatte nie zu seinen Fehlern gehört. Er war gut, und er wußte es. »Aber ich bin nicht sicher, ob ich der richtige Mann für das hier bin. Vielleicht hätten Sie lieber nach Erich von Däniken schicken sollen. Oder Butlar.«

Franke zog die linke Augenbraue hoch; ob als Reaktion auf seinen sarkastischen Ton oder aus Verwunderung darüber, daß ihm diese Namen so glatt von den Lippen kamen, vermochte Rogler nicht zu sagen. Er griff in die Jackentasche, zog Zigaretten und Feuerzeug heraus und begann zu rauchen, ehe er antwortete. Rogler bot er keine Zigarette an.

»Gerade um uns vor solchen Leuten zu schützen, sind Sie hier, Herr Rogler«, sagte er dann. »Kommen Sie – ich möchte Ihnen etwas zeigen.«

Er schnippte seine eben erst angezündete Zigarette aus der Tür – sie hätte um ein Haar Machen getroffen, der sich mit einem hastigen Schritt in Sicherheit brachte und Franke einen vorwurfsvollen Blick nachschickte – und trat auf eine schmale Tür am hinteren Ende der Fahrerkabine zu. Rogler erlebte eine Überraschung, denn die Tür begann vor ihm zur Seite zu gleiten, wenn auch mit einem erbärmlichen Quietschen und alles andere als schnell – aber sie öffnete sich. Die Erklärung für dieses kleine Wunder gewahrte er jedoch schon im nächsten Augenblick. Auf dem Gang direkt dahinter stand eine Autobatterie, von der sich zwei daumendicke Kabel zur Wand hinaufringelten.

»Deutsche Wertarbeit«, erklärte Franke grinsend, als er sein Stirnrunzeln bemerkte. »Ein bißchen Strom, und alles funktioniert wieder. Sogar nach zehntausend Jahren noch.«

Rogler tat ihm nicht den Gefallen, auf den Scherz zu reagieren. Ihm war nicht nach Lachen zumute. Er war viel zu sehr damit beschäftigt, Entsetzen zu empfinden. Staub, Alter und Zerfall waren hier ebenso allgegenwärtig wie im Führerhaus der Lok, vielleicht noch mehr, denn das vergleichsweise winzige Führerhaus war sicher gleich nach der Katastrophe verlassen worden. Die beiden Waggons nicht. Und die gewaltsame Zerstörung, nach der er dort vergeblich gesucht hatte – hier sah er sie. Mehr sogar, als ihm lieb gewesen wäre.

Das Innere der beiden Waggons bestand fast vollständig aus Glas oder transparenten Kunststoffmaterialien, und es waren genug Scheinwerfer hereingebracht worden, um den Zug bis zum jenseitigen Ende überblicken zu können. Die beiden Wagen glichen einem Schlachtfeld. Die Sitzpolster waren zerfetzt, einige Sessel samt ihrer Halterung aus dem Boden gerissen worden. Fast alle Trennwände waren zerborsten. Mehrere Fenster waren zerschlagen, und Roglers geübter Polizistenblick verriet ihm sofort, daß es von innen geschehen war, nicht etwa, um der Rettungsmannschaft Einlaß zu gewähren. An vielen Stellen war die Wandverkleidung auf- oder gleich ganz heruntergerissen, und etwa auf halber Höhe des Zuges gähnte ein fast mannsgroßes Loch in der Decke, in dem die rostigen Stahlträger der Rumpfkonstruktion sichtbar wurden. Und auch hier lag über allem eine graue, spröde Schicht aus zu Stein gewordenem Staub.

»Was hier geschehen ist, kann ich Ihnen sagen«, sagte Franke leise. »Panik. Am Schluß haben sie sich wohl gegenseitig umgebracht. Kommen Sie.«

Im hinteren Teil des Wagens herrschte hektische Betriebsamkeit. Es mußte ein gutes Dutzend Männer sein, das damit beschäftigt war, die Trümmer zu sichten und zumindest den kläglichen Versuch zu unternehmen, so etwas wie Ordnung zu schaffen. Die Spuren ihres Tuns waren auch im vorderen Teil der Wagen deutlich zu erkennen – offensichtlich hatte sich die Bergungsmannschaft von der Lok aus nach hinten vorgearbeitet, denn nicht alle Zerstörungen waren alt, wie Rogler erkannte, während er Franke folgte. Er sah zerbrochenen Kunststoff und Glassplitter, hier und da die charakteristischen Spuren eines Schweißbrenners, und einmal etwas, das ihm einen so eisigen Schauer über den Rücken laufen ließ, daß er hastig wegsah: der Panzer aus verkrustetem Staub war aufgebrochen, und das, was man herausgeholt hatte, hatte eindeutig die Umrisse eines menschlichen Körpers gehabt.

Franke bedeutete ihm mit einer Geste, dicht bei ihm zu bleiben und nichts zu sagen, während sie sich dem Bergungstrupp näherten. Die Männer waren damit beschäftigt, das zusammengestauchte Metallgerippe einer Sitzbank auseinanderzuschweißen, das den Durchgang zum hinteren Drittel des Wagens blockierte. Darunter lag etwas Dunkles von bizarrer und gleichzeitig erschreckend vertrauter Form.

Es war eine Leiche. Rogler hatte den Anblick erwartet, vor allem nach Frankes geheimnisvollem Benehmen, und trotzdem schockierte er ihn. Nicht nur, weil der Anblick eines Toten auch zu jenen Dingen gehörte, an die man sich nie wirklich gewöhnen konnte – ganz im Gegenteil hatte Rogler manchmal das Gefühl, daß es schlimmer wurde, mit jeder Leiche, die er sah –, sondern weil der Mann nicht einfach nur tot war. Er war mumifiziert.

Vor ihnen lag ein braunes, verschrumpeltes Etwas, dessen rissige Haut sich wie Fetzen trockener Tapete vom Schädel abzuschälen begonnen hatte, der überdies eingedrückt und offensichtlich gewaltsam zertrümmert worden war. Der rechte Arm, der in den fadenscheinigen Resten einer Anzugjacke steckte, war gebrochen. Der linke Arm und der Rest des Körpers waren vom Gürtel an abwärts noch unter den Trümmern der Sitzbank begraben, aber Rogler zweifelte nicht daran, daß sie keinen wesentlich anderen Anblick boten.

Während Rogler noch mit seinem revoltierenden Magen kämpfte, beugte sich Franke vor und griff in die Jackentasche des Toten. Der Anzugstoff zerfiel unter seinen Fingern zu schmierigem Staub, aber als er sich aufrichtete, hielt er etwas Zerfleddertes in der Hand, das Rogler erst beim zweiten Hinsehen als Brieftasche identifizierte; genauer gesagt, etwas, das einmal eine Brieftasche gewesen war.

Franke klappte sie vorsichtig auf. Das Leder zerbröselte unter seinen Fingern, zusammen mit dem größten Teil dessen, was diese Brieftasche einmal enthalten hatte. Alles, was übrig blieb, waren drei schmale, unterschiedlich große Plastikkärtchen. Es waren eine Scheckkarte, ein in Plastik eingeschweißter Presseausweis und ein deutscher Bundespersonalausweis. Die eingeprägte Schrift war noch deutlich zu erkennen, aber das Foto war bis zur Unkenntlichkeit verblaßt und zeigte nur noch einen schwarzen Fleck. Gerade dadurch erhielt es wieder eine grausige Ähnlichkeit mit dem Gesicht seines Besitzers. Roglers Magen hörte auf zu revoltieren. Er hüpfte jetzt wie ein Gummiball in seinem Leib auf und ab und versuchte in seine Kehle zu gelangen.

»Matthias Stein«, las Franke vor. »Geboren 15.7. 63 in Berlin. Sehen Sie – und wir hatten vor ein paar Jahren eine Diskussion in der Öffentlichkeit, ob diese neuen Personalausweise tatsächlich fälschungssicher sind. Wenn das nicht der Beweis ist . . .«

Rogler hämmerte sich vergeblich ein, daß Frankes überhaupt nicht komische Witze wahrscheinlich nur seine Art waren, mit der Hysterie fertig zu werden. Es änderte nichts: er hatte plötzlich Lust, diesem eingebildeten Idioten die Faust ins Gesicht zu schlagen. Mit dem letzten Rest seiner Selbstbeherrschung drehte er sich herum und entfernte sich ein paar Schritte. Franke war zumindest jetzt taktvoll genug, ihm nicht sofort nachzukommen, sondern ihm ein paar Sekunden zu gewähren, um seine Fassung wiederzufinden.

»Ich kannte Stein«, sagte Franke. Er wirkte jetzt sehr ernst, und als Rogler sich nach ein paar Sekunden widerwillig zu ihm herumdrehte, da erblickte er zum ersten Mal auch in seinen Augen das gleiche Entsetzen, mit dem er selbst zu kämpfen hatte, seit sie den Zug betreten hatten.

»Ich habe noch vor ein paar Tagen mit ihm zu Abend gegessen.« Frankes Gesicht umwölkte sich. »Ich kannte die meisten von denen, die hier . . . die mit dem Zug gefahren sind. Einer oder zwei waren Freunde von mir.«

»Das tut mir leid«, sagte Rogler. Es war ehrlich gemeint, und Franke schien zu spüren, daß es nicht nur eine leere Floskel war, denn er lächelte dankbar.

»Um ein Haar wäre ich auch hier drinnen gewesen«, fuhr er fort. »Eigentlich ist es nur ein Zufall, daß ich mich dann doch entschlossen habe, den Zug in Ascona in Empfang zu nehmen.«

»Danken Sie dem Schicksal«, sagte Rogler ernst. »Sie wären jetzt auch tot. Und wenn es Ihnen hilft: ich werde alles in meiner Macht Stehende tun, um herauszufinden, was hier . . .«

»Das brauchen Sie nicht«, unterbrach ihn Franke. Die Spur menschlicher Regung, die für einen Moment durch seine Yuppie-Fassade hindurchgeschimmert hatte, erlosch wieder. »Und ich fürchte, das können Sie auch nicht. Kommen Sie – gehen wir ein Stück nach vorne.«

Sie entfernten sich weit genug vom hinteren Teil des Zuges, um zuverlässig außer Hörweite des Bergungspersonals zu sein. Erst dann sprach Franke weiter. »Ich bin kein Kriminalist, aber ich denke, es ist ziemlich klar, was hier passiert ist. Der arme Teufel hat wahrscheinlich noch Glück gehabt, daß ihm jemand den Schädel eingeschlagen hat. Die meisten sind wahrscheinlich elend verhungert.«

»Wie?« fragte Rogler überrascht.

»Das Bordrestaurant«, antwortete Franke. »Es war frisch bevorratet, als der Zug losfuhr. Essen und Trinken für dreihundert Gäste – zehnmal soviel, wie an Bord waren. Ich habe es mir angesehen: es ist kein Krümel mehr da. Ich weiß, es klingt verrückt, aber sie sind einfach verhungert.« Er wies auf die zertrümmerten Fenster. »Zwei oder drei scheinen auch hinausgesprungen zu sein. Wir haben bisher eine Leiche gefunden, ungefähr hundert Meter weiter hinten im Tunnel. Nach den anderen suchen wir noch. An der einen, die wir gefunden haben ... soweit das überhaupt noch feststellbar ist, war so ziemlich jeder einzelne Knochen zerbrochen. So sieht jemand aus, der bei dreihundert Stundenkilometern aus einem fahrenden Zug springt.« Er schwieg eine Sekunde. »Kein sehr schöner Tod. Aber wenigstens ein schneller.«

Rogler versuchte vergeblich, sich vorzustellen, welche unfaßbaren Szenen sich hier abgespielt haben mochten. Wenn Franke recht hatte, dann hatten sie am Schluß um jeden Krümel Brot erbittert gekämpft. Er war sehr froh, daß seine Phantasie nicht ausreichte, die Bilder heraufzubeschwören, die dieser Wagen gesehen hatte.

Aus keinem anderen Grund als dem, dem Grauen zu entrinnen, das ihn zu übermannen drohte, zwang er sich, wieder zu der Frage zurückzukehren, die Franke immer noch nicht beantwortet hatte: »Was genau wollten Sie mir zeigen, Doktor Franke?«

»Das alles hier«, antwortete Franke. »Ich hoffe, daß Sie mich jetzt besser verstehen. Es wird Ihnen helfen, Ihre Arbeit noch besser zu tun.«

»Was für eine Arbeit?« fragte Rogler. »Das hier ist eine Aufgabe für ...«

»Die Zeit hat nicht gereicht, um es vorher zu erledigen«, unterbrach ihn Franke, »aber wenn Sie nachher in Ihr Hotel zurückkehren, werden Sie ein Telegramm Ihrer Dienststelle vorfinden, das Sie zum Leiter der Sonderkommission Gridone macht. Sie werden eng mit mir und einigen anderen Leuten zusammenarbeiten, die sich noch auf dem Weg nach Ascona befinden.«

»Was für eine Sonderkommission?« fragte Rogler mißtrauisch.

»Die Kommission, die versuchen wird, die Gruppierung zu ermitteln, die für diesen fürchterlichen Terroranschlag verantwortlich ist, selbstverständlich.«

»Terroranschlag?« wiederholte Rogler ungläubig. Er starrte Franke an. »Sind Sie verrückt? Das hier war kein Terrorakt!«

»Natürlich nicht«, antwortete Franke lächelnd. »Aber Sie und Ihre Männer, Herr Rogler, werden uns dabei helfen, es zu einem zu machen.«

2

MITTWOCH. WAR HEUTE MITTWOCH? FRAGTE SICH Warstein, während er sich mit unsicheren kleinen Schritten zum Badezimmer vortastete und sich dabei in Gedanken völlig auf zwei Dinge konzentrierte – was an sich schon eins mehr war, als er sich an einem Morgen wie diesem zutraute. Nicht, daß dieser Morgen irgendwie anders als der gestrige oder der davor gewesen wäre; oder der von morgen oder dem Tag danach.

Das eine war, sich im Slalom durch das Chaos in seiner Anderthalb-Zimmer-Wohnung zu tasten, ohne irgend etwas umzustoßen, gegen ein Möbelstück zu laufen oder in die Reste seines Abendessens von gestern zu treten: ein halbes Grillhähnchen, dessen Knochen er Vlad hingeworfen hatte. Der Kater hatte das allermeiste davon verputzt, aber wie üblich natürlich gerade genug übriggelassen und an strategisch günstigen Punkten in der Wohnung verteilt, daß er eben nicht sicher sein konnte, nicht mit nackten Füßen in spitze Hühnerknochen zu treten.

Der zweite Punkt, auf den Frank Warstein seinen noch immer nicht ganz in Gang gekommenen Denkapparat fokussierte, war, sich gegen den Anblick zu wappnen, den ihm der Spiegel bieten würde. Sicher keine Überraschung, aber auch nichts, worauf er sich freute. Von allem war das vielleicht das Schlimmste. Warstein ließ keine Gelegenheit aus, jedem, der es hören wollte (viele waren es ohnehin nicht), zu erzählen, daß er im Grunde ganz zufrieden mit seinem Leben war und sich im übrigen jeder zum Teufel scheren konnte, dem die Art und Weise nicht paßte, auf die er es eingerichtet hatte.

Er wußte nicht, ob seine Freunde ihm diese Lesart abkauften oder nicht – der Spiegel jedenfalls tat es eindeutig nicht.

War heute Mittwoch? Er nahm den Gedanken wieder auf, während er nach einem flüchtigen, aber äußerst unsanften Kontakt mit dem Türrahmen zum Waschbecken weiterschlurfte und sich schwer mit beiden Händen darauf stützte, wobei er es sorgsam vermied, in den Spiegel zu sehen. Ja, er war fast sicher. Auch wenn er sich nicht mehr genau an den Abend erinnerte, bewiesen der hämmernde Schmerz in seinen Schläfen und der schlechte Geschmack doch, daß er gestern betrunken gewesen war, und dienstags war er immer betrunken, was allerdings nur eine vierzehnkommaachtundzwanzigprozentige Chance darstellte, daß heute wirklich Mittwoch war, denn er war jeden Abend betrunken.

Warsteins stoppelbärtiges Gesicht verzog sich zu einem flüchtig-gequälten Lächeln. Vierzehnkommaachtundzwanzig Prozent – er setzte immer noch alles in Zahlen um. Erstaunlicherweise funktionierte dieser Teil seines Alkoholikergehirnes noch so präzise wie eh und je. Manche Dinge änderten sich wahrscheinlich nie. Irgendwann, dachte er, während er sich schaudernd zwei Hände eiskaltes Wasser ins Gesicht schaufelte – nicht etwa aus Gründen der Askese oder gar, weil es gesünder war, sondern einzig weil dieser beschissene Heißwasserboiler schon vor Monaten seinen Geist aufgegeben hatte und sein nicht minder beschissener Vermieter nicht daran dachte, das Gerät zu reparieren –, irgendwann einmal würde er wahrscheinlich ganz aus Versehen ausrechnen, wie viele Dosen *Warsteiner Premium* er noch in sich hineinkippen konnte, bis es endlich vorbei war.

Allzu viele konnten es nicht mehr sein. Sein Arzt hatte schon vor einem Jahr damit aufgehört, ihm entsprechende Vorhaltungen zu machen; und vor einem halben, ihn zu einer Entziehungskur überreden zu wollen. Warstein war es nur recht. Es spielte keine Rolle, ob er noch ein Jahr oder zehn so weitermachte, dreihundertfünfundsechzig oder dreitausendsechshundertfünfzig Nächte zwischen RTL, PRO7 und SAT1 hin- und herschaltete, bis er genug getrunken hatte, daß ihm die Augen zufielen, wo war der Unterschied?

Warstein dachte diesen Gedanken nicht zum ersten Mal, und übrigens auch ohne Angst oder gar solch komplizierte Gefühle wie Selbstmitleid oder Bitterkeit. Über dieses Stadium war er längst hinaus – falls er jemals darin gewesen war. Er war dabei, sich zu Tode zu saufen, na und?

Statt sich weiter mit Gedanken an Dinge herumzuschlagen, die ihn im Grunde ohnehin nicht interessierten, konzentrierte er sich zum dritten Mal auf die Frage, welcher Wochentag heute war. Mittwoch war wichtig. Mittwochnachmittags hatte er sich auf dem Amt zu melden, und auch wenn Ämter gleich welcher Art auf Warsteins persönlicher Verhaßtheitsskala ganz oben standen – dieser Termin war wichtig. Schließlich ging es um Geld. Nicht einmal unbedingt um viel, aber neben einer Reihe anderer hatte Geld noch eine ziemlich verblüffende Eigenschaft: je weniger man davon hatte, desto mehr Ärger machte es einem.

Warstein kippte sich eine weitere Handvoll Wasser ins Gesicht und prustete. Einige Tropfen liefen ihm eiskalt den Nacken hinab, so daß er schaudernd zusammenfuhr und hastig nach dem Wasserhahn tastete, um ihn zuzudrehen. Noch immer halb blind und mit zusammengekniffenen Augen trat er vom Waschbecken zurück und wankte aus dem feuchten Verschlag, von dem sein Vermieter glaubte, es wäre ein Badezimmer. Vlad, der sich von seinem Kissen herunterbequemt und an seine Fersen geheftet hatte, um nach seinem Frühstück zu betteln, reagierte nicht schnell genug, so daß Warstein ihm kräftig auf den Schwanz trat. Der Kater schoß mit einem schrillen Kreischen davon, Warstein machte einen erschrockenen Ausfallschritt zur Seite und trat prompt in einen spitzen Hühnerknochen. Er verbiß es sich, ebenso laut aufzujaulen wie der Kater, obwohl ihm danach war. Aber er nahm sich vor, Vlads Frühstück an diesem

Tag ausfallen zu lassen. Sollte das dumme Vieh doch die Hähnchenknochen fressen, mit denen es die Wohnung gespickt hatte.

Warstein humpelte zur Couch, setzte sich ungeschickt auf die Lehne und zog seinen Fuß mit der Hand nach oben, um die Sohle zu betrachten. Sie war nicht verletzt, obwohl sie höllisch weh tat. Vlad lugte hinter einem Sessel am anderen Ende des Zimmers hervor und beäugte ihn aufmerksam. Warstein war sicher, ein höhnisches Funkeln in seinen Augen zu erkennen. Daß Katzengesichter nicht zu einer komplizierten Mimik imstande waren, war ein Märchen. Seit Vlad bei ihm war, wußte er, woher Levis die Inspiration für seine Grinsekatze genommen hatte. Vlad war nichts anderes als deren Reinkarnation; nur mit einem mieseren Charakter.

Es klingelte. Der Laut kam so unerwartet, daß Warstein erschrocken zusammenfuhr und um ein Haar von der Couch gefallen wäre. Er fluchte. Im allerersten Moment irritierte ihn das Klingeln nur. Es war nicht einmal zehn – niemand besuchte ihn um diese Zeit. Um ganz genau zu sein: im Grunde besuchte ihn überhaupt nie jemand, weder zu dieser noch zu irgendeiner anderen Zeit. Schon gar nicht mitten in der Nacht.

Die Erkenntnis setzte eine zwar vielleicht etwas abenteuerliche, für Warstein aber typische Kausalkette in Gang. Da es niemanden gab, der ihn besuchen würde, konnte es nur jemand sein, der etwas von ihm wollte, und das wiederum konnte nur eines bedeuten – Ärger. Das Ergebnis dieser ganz privaten Frank-Warstein-Logik war fast zwingend: er geriet in Panik. Irgendwie fand er zwar sein Gleichgewicht wieder, nicht aber die Kraft aufzustehen und zur Tür zu gehen.

Vielleicht hatte sich ja einfach jemand in der Adresse geirrt. Das Klingeln wiederholte sich, und einen kurzen Moment bekam es Verstärkung in Form eines lang anhaltenden Klopfens. Wer immer dort draußen war, ging entweder auf Nummer Sicher oder wußte, daß er seine Gründe hatte, nicht zu öffnen.

Einen Augenblick lang überlegte Warstein tatsächlich, einfach Toter Mann zu spielen und abzuwarten, bis sich das Problem von selbst erledigte. Aber dann stand er doch auf und humpelte zur Tür. Wenn es ein Irrtum war, würde er sich schnell aufklären. Wenn es ein Besucher der unangenehmen Art war – wozu zum Beispiel Postboten mit Einschreibebriefen von gewissen Rechtsanwälten, Gerichtsvollzieher und andere unliebsame Zeitgenossen zählten (wer hatte behauptet, daß Frank Warstein niemanden kannte?) –, würde er das Problem nur hinausschieben, nicht erledigen. Und die Ungewißheit würde ihn in den nächsten Tagen verrückt machen. Besser, er stellte sich der bitteren Wahrheit jetzt gleich. Warstein grinste schief. Es schien, als hätte er heute seinen mutigen Tag.

Das Klopfen hörte auf. Dafür klingelte es zum dritten Mal, noch ehe er die Tür erreicht hatte, und diesmal klang es eindeutig ungeduldiger. Das war zwar unmöglich, aber es war so, basta. Schließlich war er Spezialist für Dinge, die eigentlich unmöglich sein sollten.

Daß der ›nächtliche‹ Besucher so hartnäckig auf Einlaß bestand, beruhigte ihn ein wenig. Gerichtsvollzieher und Briefträger benahmen sich nicht so.

»Ja, ja, schon gut!«

Seine Worte mußten gehört worden sein, denn das Klingeln hörte auf, ungefähr eine halbe Sekunde, ehe er die Klinke herunterdrückte und die Tür mit den Worten aufriß: »Kein Grund, gleich die Klingel abzureißen!«

Er mußte wohl lauter und sehr viel schärfer gesprochen haben, als er eigentlich vorgehabt hatte, denn sein – nebenbei gesagt: äußerst attraktives – Gegenüber fuhr erschrocken zusammen, und für einen Moment überlagerte Unsicherheit den Ausdruck in ihren Augen, den Warstein früher ohne den mindesten Zweifel als jene Art übertrieben aufgesetzter Arroganz identifiziert hätte, die keinem anderen Zweck diente, als Furcht zu überspielen. Jetzt erschreckte er ihn.

»Ja, bitte?« fragte er, etwas leiser, aber in kein bißchen versöhnlicherem Ton. Er hatte schon vor Jahren aufgehört, solch feine Differenzierungen zu machen; kurz nachdem er festgestellt hatte, daß es sich einfach nicht lohnte.

Sein unwirscher Ton hatte nicht nur zur Folge, daß der

Schrecken in den Augen der jungen Frau erneut aufflammte, sondern auch, daß sie gute fünf Sekunden lang einfach dastand und nichts anderes tat, als verloren auszusehen, wodurch sich Warstein hinlänglich Gelegenheit bot, sie etwas aufmerksamer zu mustern.

Was er sah, hätte ihm gefallen, wäre der Moment nur ein bißchen günstiger gewesen. Vor ihm stand eine dunkelhaarige, nicht ganz schlanke Frau in jenem schwer zu schätzenden Alter zwischen dreißig und vierzig. Sie war fast so groß wie er – beinahe einsachtzig also – und geschmackvoll gekleidet, wenn die weiße Bluse und das leichte Sommerkostüm auch für die Jahreszeit nicht ganz zu passen schienen. In der Rechten trug sie eine Handtasche aus schwarzem Kunstleder, unter den linken Arm hatte sie eine voluminöse Kunststoffmappe geklemmt. Ihr Gesicht hätte ihr keine Chance bei irgendeiner Mißwahl verschafft, war aber trotzdem hübsch, fast ein wenig zu mädchenhaft für ihr Alter und ihre Erscheinung.

Umgekehrt offenbarte sich der unangemeldeten Besucherin das Bild, dessen Anblick im Spiegel Warstein so sorgsam ausgewichen war – das eines siebenunddreißigjährigen, heruntergekommenen Alkoholikers, der seit drei Jahren vergeblich versuchte, sich zu Tode zu trinken. Sein Haar fiel lang bis auf die Schultern herab und hatte seit einer Woche keinen Kamm mehr gesehen, und der ungleichmäßig wachsende Drei-Tage-Bart und die dunklen Ringe unter den Augen verstärkten den (übrigens durchaus beabsichtigt) abschreckenden Eindruck noch, den Frank Warstein auf den Rest der menschlichen Spezies ausübte.

»Ja?« fragte er noch einmal.

Die junge Frau fuhr ein wenig zusammen und versuchte dann, sich zu einem Lächeln zu zwingen. Warstein war nicht ganz sicher, ob es ihr gelang.

»Herr Warstein?« fragte sie. »Frank Warstein?«

»Das steht jedenfalls auf der Klingel«, gab Warstein zurück. Das war nicht nur unnötig grob, es hörte sich sogar in seinen eigenen Ohren wie eine schlechte Philip-Marlowe-Imitation an. Er entschuldigte sich nicht für den Ausrutscher, aber er fügte in deutlich zurückgenommenem Ton und mit seiner Version eines Zehn-Uhr-vormittags-Lächelns hinzu: »Der bin ich. Kennen wir uns?«

»Nicht persönlich«, antwortete die junge Frau. »Mein Name ist Berger. Angelika Berger.« Sie sagte das in einem Ton, als erwarte sie eine ganz bestimmte Reaktion auf diese Eröffnung, aber Warstein sah sie nur weiter fragend an. Er kannte niemanden dieses Namens, und er machte sich auch nicht die Mühe, darüber nachzudenken.

»Und?« fragte er.

»Ich hätte Sie gerne einmal gesprochen. Ich weiß, es ist ungewöhnlich, und ich hätte Sie nicht einfach so überfallen dürfen, aber Sie stehen nicht im Telefonbuch, und . . .«

Er konnte regelrecht sehen, wie sie den Faden verlor, aber sein Mitgefühl hielt sich in Grenzen. Mißtrauisch sah er einige Sekunden lang sie, dann für mindestens die gleiche Zeit die Mappe an, die sie unter dem Arm trug. »Schickt Sie meine Frau?«

»Ich wußte bis jetzt nicht einmal, daß Sie verheiratet sind.«

»Das bin ich auch nicht«, knurrte Warstein. Er trat einen Schritt zurück, wobei er die Wohnungstür weiter aufzog, und hielt Angelika Berger scharf im Auge, während sie der wortlosen Einladung Folge leistete und an ihm vorbeiging.

Ihre Reaktion irritierte ihn – sie zeigte nämlich gar keine. Und das war ungewöhnlich für jemanden, der zum ersten Mal hierherkam. Seine Wohnung war – gelinde ausgedrückt – ein Saustall. Das Gemetzel, das Vlad an den Überresten des Hähnchens angerichtet hatte, fiel nicht weiter auf. So lange man nicht hineintrat, selbstverständlich. Abgesehen vom Bad bestand Warsteins ›Appartement‹ aus einem einzigen, noch dazu asymmetrisch geschnittenen Raum, in den er seit drei Jahren beharrlich mehr Dinge stopfte, als eigentlich hineinpaßten. Auf der Spüle stapelte sich schmutziges Geschirr. Das Bücherregal, mit dem er versucht hatte, sich so etwas wie eine Schlafnische abzuteilen, quoll über von zerlesenen Illustrierten, Büchern, Kartons und tausend anderen überflüssigen Dingen, die wegzuwerfen er sich nie die Mühe gemacht hatte. Ein Teil seines spärlichen Besitzes an Kleidung war auf dem Fußboden verstreut, der Rest lag unordentlich auf der Couch und dem einzigen Sessel, den er besaß. Außerdem gab es eine erstaunliche Sammlung an leeren Bierdosen und Rotweinflaschen. Ein erstaunter Blick, ein verlegen-überraschtes Lächeln oder doch das angedeutete Hochziehen einer Augenbraue waren das mindeste, was er erwartet hatte.

Aber Angelika Berger hatte sich entweder erstaunlich gut in der Gewalt – oder sie hatte ziemlich genau gewußt, was sie sehen würde. Vielleicht kannten sie sich doch.

»Also?« fragte er, während sie zum Sessel ging und sich unaufgefordert setzte. Die Mappe legte sie mit einem Geräusch auf den Tisch, das ihr großes Gewicht verriet. »Was kann ich für Sie tun?«

Konsequenterweise ging er an ihr vorbei und öffnete den Kühlschrank, ehe sie auch nur Gelegenheit hatte, seine Frage zu beantworten. Er enthielt nichts außer vier Büchsen Bier und zwei Dosen Katzenfutter, eine davon schon angebrochen.

»Kann ich Ihnen etwas anbieten?« fragte er, während er in die gelb erleuchtete Kälte hineingriff, ein Bier herausnahm und das Katzenfutter nachdenklich musterte. Vlad, der das Geräusch der Kühlschranktür gehört hatte, sprang mit einem Satz zwischen seine Beine und maunzte kläglich. Aber darauf fiel er nicht herein. Sollte der Kater doch seine Hühnerknochen fressen – genug davon waren schließlich da. »Ein Bier. Oder lieber Kaffee? Ich habe allerdings nur Instant.« Er schloß die Kühlschranktür.

»Danke, gar nichts. Darf ich vielleicht rauchen?«

»Nein«, antwortete Warstein. Er riß die Bierdose auf, warf den Verschluß ins Spülbecken und nahm einen ersten Schluck. Er schmeckte so, wie der erste Schluck am Morgen immer schmeckte: scheußlich. Aber er spülte zumindest das pelzige Gefühl von seiner Zunge, und der zweite war schon besser.

Seine Besucherin hatte die Hand bereits nach ihrer Tasche ausgestreckt. Jetzt verharrte sie mitten in der Bewegung, zögerte eine Sekunde und lehnte sich dann mit einem enttäuschten Achselzucken wieder zurück.

»Ich . . . bin aus einem ganz bestimmten Grund hier«, begann sie, langsam, übermäßig betont und auf eine sehr dezidierte Art ihre Worte wählend. Sie sah überall hin, nur nicht in seine Richtung.

»Das dachte ich mir.« Er setzte sich ihr gegenüber, nahm einen dritten Schluck Bier und scheuchte Vlad davon, der es sich auf seinem Schoß bequem machen wollte. Der Kater lief verärgert davon und blieb zwei Schritte vor der Wohnungstür stehen, die Warstein offengelassen hatte. Bergers Blick, offenbar froh, etwas gefunden zu haben, woran er sich festhalten konnte, folgte ihm.

»Haben Sie keine Angst, daß er wegläuft?« fragte sie.

»Die Hoffnung habe ich schon vor drei Jahren aufgegeben«, antwortete Warstein. »Das hier ist seine Wohnung, wissen Sie? Ich bin hier nur geduldet. Er war schon hier, als ich eingezogen bin, und wahrscheinlich wird er auch die nächsten drei Mieter überleben.«

»Ein hübscher Kerl. Wie heißt er?« Berger beugte sich vor, um den Kater zu locken, und Vlad war tatsächlich gnädig genug gestimmt, näher zu kommen und ihre Finger zu beschnüffeln.

»Vlad«, antwortete Warstein. »Jedenfalls nenne ich ihn so. Ich finde, der Name paßt irgendwie zu seinem Charakter.«

Berger zog die Hand beinahe erschrocken wieder zurück und sah ihn eine Sekunde irritiert an. Sie versuchte zu lachen, aber es wollte ihr auch diesmal nicht so recht gelingen. Erneut fiel Warstein auf, wie unsicher sie war. Sie machte ganz den Eindruck eines Menschen, der sich an einem Ort befand, von dem er sich möglichst weit weg wünschte, und in einer Situation, die vielleicht nicht sein schlimmster Alptraum war, diesem aber ziemlich nahe kam. Und irgend etwas an ihr störte Warstein.

Es war nicht ihre Nervosität. Warstein war es gewohnt, seine Gesprächspartner nervös zu machen; früher manchmal absichtlich, mittlerweile einfach durch das, was er war. Es war nicht einmal ihre Geheimniskrämerei, die ohnehin nur Folge ihrer Unsicherheit war. Es war etwas anderes.

Warstein hatte das sichere Gefühl, daß mit Angelika Berger der Ärger zu ihm zurückgekommen war, vor dem er sich vor so langer Zeit in seiner vom Sozialamt bezahlten Einzimmerwohnung verkrochen hatte. Man sah es ihr vielleicht nicht an, aber in gewissem Sinne war diese Wohnung eine Art Festung. Er hatte plötzlich das Gefühl, einem Vampir die Tür geöffnet und sich zu spät daran erinnert zu haben, daß er nur hereinkommen konnte, wenn man ihn einlud.

Warstein verscheuchte den Gedanken. Er mußte sich zusammenreißen. Sein ohnehin latent vorhandener Hang zur Paranoia begann in letzter Zeit immer stärker zu werden. Wahrscheinlich würde sich in ein paar Minuten herausstellen, daß ihr Bitte-schlag-mich-nicht-Blick und ihre Unsicherheit nur eine ganz besonders raffinierte Methode waren, sich Einlaß zu verschaffen. Er betrachtete unauffällig ihre Mappe, aber das dunkelgrüne Plastik war glatt; kein Aufdruck, kein Firmensignet.

»Ein wirklich schönes Tier«, sagte Berger. »Ich hatte auch einmal eine Katze. Aber sie war sehr scheu. Eine Balinesin – glaube ich. Ich verstehe nicht viel von Katzen«, fügte sie mit einem entschuldigenden Lächeln hinzu.

»Ich auch nicht«, sagte Warstein. »Aber Sie sind doch bestimmt nicht gekommen, um mit mir über Katzen zu reden, oder?« Er machte eine Kopfbewegung auf ihre Mappe und sprach weiter, gerade als sie zu einer Antwort ansetzen wollte.

»Falls Sie hier sind, um mir ein Zeitungsabo oder eine Lebensversicherung zu verkaufen, vergeuden Sie nur Ihre Zeit. Eine Zeitschrift kann ich mir nicht leisten, und an einer Versicherungspolice für mich hätten Ihre Vorgesetzten bestimmt keine große Freude.«

Er beobachtete sie scharf, während er sprach, und er konnte regelrecht sehen, wie das, was von ihrer Selbstsicherheit bisher noch übriggeblieben war, wie ein Kartenhaus in sich zusammenfiel. Er fragte sich selbst, warum er eigentlich so grob zu ihr war – und vor allem, warum er ihr ständig Fragen stellte und ihr dann keine Gelegenheit gab, sie zu beantworten.

Vielleicht, weil er Angst vor ihren Antworten hatte. Er konnte sich weniger denn je denken, warum diese Frau hierhergekommen war, aber die Unsicherheit, die sie ausstrahlte, begann auch ihn nervös zu machen.

»Ich will Ihnen nichts verkaufen«, antwortete Berger. Ihre Finger zitterten ganz sacht. Sie zwang sich jetzt, ihn direkt anzusehen, aber es kostete sie sichtbar so große Überwindung, daß sie es vielleicht besser nicht getan hätte. »Ich bin . . .« Sie stockte abermals, suchte ein paar Sekunden vergebens nach Worten und schüttelte dann den Kopf. »Es tut mir leid. Ich . . . kann mir vorstellen, wie ich Ihnen vorkommen muß. Sie müssen mich für eine komplette Idiotin halten.«

Wenn sie das nur gesagt hatte, damit er ihr widersprach, so mußte sie wohl eine Enttäuschung erleben. Er hielt sie nicht für eine Idiotin, aber er war der Meinung, daß sie genug Zeit damit verschwendet hatten, zu reden, ohne etwas zu sagen.

»Bitte entschuldigen Sie«, sagte sie noch einmal. »Ich hatte mir alles ganz genau überlegt, bevor ich hierhergekommen bin, aber jetzt ist . . . ist plötzlich alles weg. Es ist nicht leicht, zu einem wildfremden Menschen zu gehen und ihn um Hilfe zu bitten.«

»Hilfe? Wobei?« Warstein gab sich keine Mühe mehr, sein Mißtrauen zu verhehlen.

»Ascona«, antwortete Berger. »Ich bin wegen Ascona hier. Der Tunnel.«

Warstein erstarrte. Er konnte spüren, wie sich jeder einzelne Muskel in seinem Körper versteifte. Das dünne Weißblech der Bierdose in seiner Hand knisterte hohl, als sich sein Griff ohne sein Zutun verstärkte, und sein Erschrecken mußte wohl auch deutlich auf seinem Gesicht abzulesen sein, wie er an Bergers Reaktion erkannte.

Er hatte recht gehabt. Sein ungutes Gefühl hatte ihn nicht getrogen. Sie war der Vampir, den er hereingebeten hatte, ohne zu fragen, wer draußen stand und an der Tür klopfte.

»Ich kann mir vorstellen, was Sie jetzt denken«, fuhr Berger fort. Sie sprach jetzt laut, nicht mehr stockend, sondern sprudelte die Worte geradezu hervor, als hätte sie nur die Kraft für einen einzigen Atemzug, mit dem sie alles loswerden mußte, was sie zu sagen hatte. »Aber bitte, hören Sie mir zu. Nur fünf Minuten. Mehr verlange ich nicht. Sie . . . Sie sind vielleicht der einzige, der mir helfen kann.«

»Ich wüßte nicht, wobei«, antwortete Warstein lahm. Er hatte Mühe, überhaupt zu sprechen. Sein schlimmster Alptraum begann wahr zu werden. Seine Hand drückte die Bierdose immer weiter zusammen, ohne daß er imstande gewesen wäre, etwas dagegen zu tun. Schließlich stellte er sie mit einem Knall auf den Tisch zurück. Ein paar schaumige Tropfen spritzten heraus und fielen auf Bergers Handtasche und ihre Mappe.

»Es geht um meinen Mann«, antwortete Berger, die die Warnsignale in seinem Gesicht und seiner Stimme offensichtlich nicht registriert hatte – oder es nicht wollte. »Sie kennen ihn. Er hat für Sie gearbeitet, als Sie noch bei der Tunnelbaugesellschaft waren.«

»Das haben viele«, sagte Warstein. »Hören Sie – ich will nichts mehr von damals wissen. Das ist Vergangenheit, vorbei. Und ich bin froh, daß es –«

»Frank Berger«, fuhr Berger fort. Sie lächelte flüchtig. »Er heißt genau wie Sie. Ich hatte gehofft, daß Sie sich an ihn erinnern. Er . . . er hat viel von Ihnen gesprochen. Er war bei dem Trupp, der zwei Tage lang verschwunden war.«

Ob er sich erinnerte? Warstein spürte, wie ein hysterisches Lachen in seiner Kehle emporkroch. Ob er sich erinnerte? Verdammt, er hatte fast fünf Jahre gebraucht, um es zu vergessen, und ganz war es ihm bis zum heutigen Tag nicht gelungen. »Hören Sie auf«, sagte er. »Bitte.«

Natürlich hörte sie nicht auf. Wahrscheinlich konnte sie es gar nicht mehr, jetzt, wo sie einmal angefangen hatte. Irgendwo, tief unter dem Tornado von Gefühlen, der Warsteins Gedanken durcheinanderwirbelte, begriff er sogar, daß sie wahrscheinlich nicht einmal ahnte, was sie ihm gerade antat, aber das änderte nichts, und es machte es auch nicht besser.

»Ich kann mir vorstellen, wie unangenehm es Ihnen ist, wieder an alles erinnert zu werden«, fuhr Berger fort. »Aber Sie sind meine letzte Hoffnung.«

Warstein hätte beinahe schrill aufgelacht. Vorstellen? Das konnte sie ganz bestimmt nicht. Aber er unterbrach sie auch nicht, denn er spürte, daß er vollends die Beherrschung verlieren würde, wenn er jetzt auch nur ein Wort sagte.

»Ich weiß nicht, an wen ich mich noch wenden soll. Niemand will mit mir reden, und . . .«

». . . und ich will es auch nicht«, unterbrach sie Warstein. Er starrte einen imaginären Punkt irgendwo über ihrer linken Schulter an, und er sprach langsam, aber mit jener übermäßigen Betonung, die ihr verraten hätte, daß die wenigen Worte seine gesamte Kraft beanspruchten – wäre sie in der Verfassung gewesen, auf solche Nuancen zu achten.

»Aber –«

»Ich weiß nicht, was passiert ist, weder damals noch heute, und ich will es auch gar nicht wissen. Bitte, gehen Sie!«

»Aber Sie haben mir ja noch nicht einmal zugehört!« protestierte Berger. »Sie –«

»Und das werde ich auch nicht«, fiel ihr Warstein ins Wort. »Ich will nichts mehr von diesem verdammten Berg hören!«

»Sie haben Ihnen wirklich schlimm zugesetzt, wie?« sagte Berger leise. »Mein Mann hat mir davon erzählt. Er hat alles mitverfolgt, soweit das möglich war, wissen Sie? Er hat immer an Sie geglaubt. Er hat immer gesagt, daß Sie recht haben, und nicht Franke und die anderen. Aber ich wußte nicht, daß sie Ihnen so übel mitgespielt haben.«

»Niemand hat mir übel mitgespielt«, antwortete Warstein. »Wenn überhaupt, dann war ich es selbst. Aber das ist vorbei. Vergangenheit. Und es ist gut so.« Er schloß die Augen und atmete hörbar ein. »Es tut mir leid, wenn Ihrem Mann etwas zugestoßen sein sollte, aber ich kann Ihnen nicht helfen. Ich will nichts mehr von damals wissen. Bitte verstehen Sie das.«

»Es geht nicht um damals«, sagte Berger leise. »Es geht um heute. Was immer in diesem Berg war, es ist noch da. Und es hat meinen Mann.«

Das war lächerlich, dachte Warstein. Das war ein Satz, wie man ihn in einem Roman las. Ein Dialog aus einem Film. Niemand sprach in Wirklichkeit so. Er erinnerte sich daran, daß sie ihm gerade selbst gesagt hatte, sie hätte sich jedes Wort sorgsam zurechtgelegt. Und wenn er sie jetzt nicht unterbrach, dann würde er sich zweifellos noch sehr viel mehr anhören müssen, was er nicht hören wollte.

Aber es war seltsam. Obwohl Warstein innerlich sehr viel mehr aufgewühlt (und auch zorniger) war, als er sich anmerken ließ, wirkten ihre Worte. Statt aufzustehen und sie einfach hinauszuwerfen, wie er es noch vor einer Sekunde vorgehabt hatte, starrte er sie nur an, und Berger deutete sein Schweigen als Aufforderung weiterzusprechen.

»Er ist verschwunden«, sagte sie. »Vor einer Woche. Und die anderen auch.«

»Welche anderen?« fragte Warstein, obwohl er das sichere Gefühl hatte, die Antwort auf diese Frage gar nicht wissen zu wollen.

»Seine Kollegen«, antwortete Berger. »Alle, die damals dabei waren. Der komplette Trupp neunzehn.«

»Trupp neunzehn? Was soll damit sein?« Warstein blickte mit einer Bewegung, die seinen Unmut über die Störung noch deutlicher machte als der gereizte Ton in seiner Stimme, von dem Computermonitor auf. Er hatte ganz automatisch geantwortet, und eine halbe Sekunde lang bekam er das unangenehme Gefühl zu spüren, gar nicht richtig zu wissen, was er geantwortet hatte – geschweige denn, worauf. Dann rekonstruierte er aus seiner Antwort die dazugehörige Frage; wenigstens gut genug, um sich mit seinen nächsten Worten nicht vollends zu blamieren.

»Die Schicht hat doch gerade erst angefangen, oder?«

»Sie hat vor drei Stunden angefangen«, verbesserte ihn Franke betont. »Und seit einer halben Stunde versuchen wir vergeblich, den Trupp zu erreichen. Sie antworten nicht.« Er zog eine Grimasse. »Wahrscheinlich sind diese besch . . . eidenen Funkgeräte wieder mal ausgefallen. Wäre ja nicht das erste Mal. Allmählich beginne ich zu glauben, daß dieser verdammte Berg in Wahrheit aus einem massiven Bleiklumpen besteht. Wir senden mittlerweile mit einer Leistung, mit der man uns eigentlich auf dem Mond hören müßte.«

Und genau dorthin wünschte Warstein Franke in diesem Moment auch. Er hatte eine ziemlich konkrete Vorstellung davon, warum Franke ihm von den Kommunikationsproblemen mit Trupp neunzehn erzählte. Zum einen natürlich, weil Dr. Gerhard S. Franke, sein ehemaliger Lehrer und Mentor – wobei die Betonung eindeutig auf dem ehemalig lag –, ein ausgemachter Blödmann war, der kein größeres Vergnügen kannte, als anderen seine Probleme aufzuhalsen und die Lorbeeren für sich zu beanspruchen, wenn sie sie lösten. Und zum anderen natürlich, weil er, Warstein, die modifizierten Walkie-talkies entwickelt hatte, mit denen die Verbindung zwischen der Bauleitung und den Arbeitskolonnen im Inneren des Berges aufrechterhalten wurde. Es waren phantastische Konstruktionen, die, mit der entsprechenden Leistung betrieben, tatsächlich bis zum Mond gereicht hätten. Sie hatten nur einen winzigkleinen Fehler: sie funktionierten überall – nur im Inneren des Gridone nicht.

Warstein schaltete mit einer resignierenden Bewegung den Computer aus und massierte mit Daumen und Zeigefinger der rechten Hand seine Nasenwurzel, ehe er antwortete. Er war müde. Vor seinen Augen drehten sich grüne Glühwürmchen, wenn er die Lider schloß, und er hatte ganz leichte Kopfschmerzen; eindeutige Beweise dafür, daß er zu lange gearbeitet hatte. Neun Stunden konzentriertes Sitzen am Computer waren einfach zuviel, selbst für einen jungen Mann wie ihn, der gerade seinen dreißigsten Geburtstag hinter sich gebracht hatte und eigentlich vor lauter Energie aus den Nähten platzen sollte. Frankes Störung kam ihm nicht einmal so unrecht. Die letzten beiden Stunden hätte er sich im Grund schenken können. Statt sie zu beseitigen, hatte er allem Anschein nach noch ein paar Fehler in das Computerprogramm hineingeschrieben, an dem er seit dem frühen Morgen gearbeitet hatte.

»Also gut, Trupp neunzehn antwortet nicht«, sagte er. »Und

was habe ich damit zu tun?« Wahrscheinlich hatten sie die Funkgeräte abgeschaltet und spielten eine Runde Doppelkopf, dachte er mißmutig. Es wäre nicht das erste Mal.

»Irgend jemand muß in den Berg fahren und die Funkgeräte überprüfen«, sagte Franke in einem fröhlichen Ton, für den allein Warstein ihm am liebsten die Zähne eingeschlagen hätte. »Und da Sie am meisten von den Geräten verstehen . . .«

». . . haben Sie mir diese wichtige Aufgabe zugedacht, ich verstehe«, maulte Warstein. Er war nicht im mindesten überrascht. Das wäre er höchstens gewesen, hätte Franke diesen Vorschlag nicht gemacht – der im übrigen kein Vorschlag war, sondern ein eindeutiger Befehl. Der Tag würde kommen, dachte Warstein, an dem er ein für allemal klären würde, ob Franke wirklich berechtigt war, ihm Befehle zu erteilen. Er mußte nur erst jemanden finden, der ihm diese Frage beantworten konnte. Abgesehen davon, daß Franke ein ausgemachter Blödmann und Aufschneider war, war er nämlich auch noch der Leiter des gesamten Tunnelbauprojektes – soweit ihm seine diversen anderen Aktivitäten Zeit dafür ließen.

»Natürlich nur, wenn es Ihnen nichts ausmacht«, antwortete Franke fröhlich.

»Natürlich«, knurrte Warstein. Wie hatte er auch etwas anderes annehmen können?

»Sie sehen ein bißchen müde aus. Kann es sein, daß Sie zuviel arbeiten?« An zu vielen unsinnigen Projekten, von denen ich nichts habe? Das sprach er nicht laut aus, aber es leuchtete in Neonbuchstaben in seinen Augen.

Warstein schluckte seinen Ärger mühsam herunter. »Tun wir das nicht alle?«

»Sicher. Trotzdem sollten Sie ein bißchen mehr auf sich aufpassen.« Franke hob die Hand und drohte ihm spielerisch mit dem Zeigefinger. »Sie tun niemandem einen Gefallen, wenn Sie bis zum Zusammenbruch arbeiten und dann eine Woche lang auf der Nase liegen, junger Freund. Ich weiß Ihren Enthusiasmus zu schätzen, aber Sie sollten ab und zu einen Blick in den Spiegel werfen.«

»So?« fragte Warstein einsilbig. Er warf einen letzten Blick auf seinen Computer und überzeugte sich davon, daß alles ordnungsgemäß abgeschaltet und verriegelt war. Während er sprach, war Franke hinter ihn getreten, angeblich ohne besonderen Grund, in Wahrheit aber ganz zweifellos, um einen Blick auf seinen Monitor und das Programm darauf zu werfen. Warstein zweifelte auch keine Sekunde daran, daß Franke das Terminal wieder einschalten und darin herumschnüffeln würde, kaum daß er fort war. Sollte er. An dem System von Paßwörtern und Codeabfragen, das er in den letzten Tagen installiert hatte, würde er sich die Zähne ausbeißen. Franke platzte geradezu vor Neugier, was den Fortgang seiner Arbeit anbetraf. Warstein schwieg sich beharrlich darüber aus. Natürlich hätte Franke ihm einfach befehlen können, ihm alles zu zeigen, aber das würde er niemals tun. Das war nicht seine Art.

»Sie sehen aus wie der Tod auf Latschen, mein Junge«, sagte Franke. Er wußte natürlich genau, wie sehr es Warstein ärgerte, wenn er ihn so nannte, und wahrscheinlich war das der einzige Grund, warum er es überhaupt tat. Dabei hatte er durchaus das Recht dazu – unabhängig davon, daß er keinen Tag älter als fünfundvierzig aussah, hätte er bequem Warsteins Vater sein können. Aber das Verhältnis zwischen Schülern und ihren ehemaligen Lehrern war manchmal recht kompliziert; zumal, wenn die Schüler heranwuchsen und irgendwann einmal besser waren als ihre Lehrer. Warstein war besser als Franke. Warstein wußte es. Alle hier wußten es. Was die Sache schlimm machte, war, daß Franke es auch wußte.

»Es ist eine Schande«, fuhr Franke fort. »Dabei befinden wir uns hier an einem der schönsten Flecken Europas, wenn nicht der ganzen Welt. Eine Menge Leute bezahlen Unsummen dafür, hier Urlaub machen zu dürfen. Und was tun Sie?«

»Ich bohre Löcher hinein«, antwortete Warstein und stand auf.

»Und in Ihre Gesundheit gleich mit«, fügte Franke hinzu. »Sie machen jetzt Schluß, und das ist kein guter Rat, sondern ein dienstlicher Befehl. Schnappen Sie sich einen Wagen und fahren

Sie in den Tunnel, um nach den Funkgeräten zu sehen, und den Rest des Tages nehmen Sie sich frei.«

Was alles in allem garantiert länger dauerte, als seine Arbeit hier zu Ende zu bringen, dachte Warstein verärgert. Der Tunnel hatte mittlerweile die Fünf-Kilometer-Grenze überschritten. Er würde allein für den Weg hin und wieder zurück eine Stunde brauchen, die Zeit gar nicht mitgerechnet, die er benötigte, um nach den Geräten zu sehen. Arschloch.

Er hätte protestieren können, und das vermutlich sogar mit Erfolg. Schließlich war er Diplomingenieur, kein Elektriker. Aber er verzichtete darauf, und Franke wäre wahrscheinlich höchst erstaunt gewesen, hätte er den Grund dafür gekannt.

Der Ausflug in den Berg kam ihm eigentlich nur recht. Bis er zurück war, würde es spät sein, und er war schon jetzt so müde, daß er zweifellos sofort ins Bett fallen und auf der Stelle einschlafen würde; ein weiterer gewonnener Abend, an dem er nicht Ewigkeiten wach auf seinem Bett lag und darauf wartete, daß ihm die Augen zufielen.

Franke täuschte sich, wenn er glaubte, daß er die Schönheit dieses Fleckchens Erde nicht zu schätzen wußte. Ganz im Gegenteil. Warstein war sicher, daß dies einer der herrlichsten Orte war, die es auf diesem ganzen Planeten gab. Die Aussicht vom Rande des zum Teil künstlich aufgeschütteten Plateaus, auf dem sich die Barackensiedlung erhob, war phantastisch – selbst bei schlechter Sicht konnte man den gesamten Lago Maggiore und einen guten Teil des dahinterliegenden Italien überblicken, und bei klarer Witterung reichte der Blick manchmal bis zum Meer. Manche behaupteten, daß die italienische Seite der Alpen einen nicht ganz so grandiosen Anblick böte wie die schweizerische, aber das stimmte nicht. Vielleicht gab es hier nicht unbedingt die größten Berge, aber sie hatten etwas Gewaltiges, das nichts mit meßbarer Größe zu tun hatte. Nein, er liebte diesen Ort – aber er haßte die Abende hier.

Wie die meisten Arbeiter und technischen Angestellten lebte auch Warstein in dem kleinen Barackendorf, das im Schatten des eisgekrönten Giganten entstanden war. Der Ort bot alles, was zu einem einigermaßen komfortablen Überleben nötig war – aber auch nicht mehr. Die Zerstreuungsmöglichkeiten beschränkten sich auf ein Fernsehgerät in seinem Zimmer (das die meiste Zeit nicht funktionierte, weil die Berge ringsum den Empfang beeinträchtigten), eine winzige Bibliothek und eine Sammlung von Videocassetten, die kostenlos ausgeliehen werden konnten. Aus Videos machte er sich nichts, und zum Lesen war er abends meist zu müde. Viele der anderen fuhren nach Ende ihrer Schicht nach Ascona hinunter, und ein paarmal hatte Warstein sie auch begleitet. Aber nicht oft. Die Stadt war ihm zu laut, zu bunt und zu aufgesetzt fröhlich. So war sein schlimmster Feind hier oben die Langeweile geworden, die jeden Abend in seinem Zimmer auf ihn lauerte.

Nein, er hatte nichts dagegen, noch einmal in den Berg hineinzufahren. Er hatte etwas dagegen, es für Franke zu tun.

Warstein stellte mit einem Gefühl sachter Überraschung fest, daß es bereits zu dunkeln begann, als er die Baracke verließ. Mit der Sonne war auch das letzte bißchen Wärme verschwunden. Graue Schatten hatten sich zwischen den weißgetünchten Wohncontainern eingenistet, die den Bereich vor dem Tunneleingang in ein halbmondförmiges, scharf abgegrenztes Chaos verwandelten. Zwischen den Gebäuden stritten sich stehengelassene Baumaschinen, Fahrzeuge, Werkzeugcontainer und Abraumhalden in allen nur denkbaren Größen und Ausformungen um den verbliebenen Platz, und der Regen der letzten Tage hatte den Boden aufgeweicht, so daß die überschweren Lastwagen tiefe, wassergefüllte Gräben hinterlassen hatten, die im schräg einfallenden Sonnenlicht glitzerten wie ein futuristisches Schienensystem.

Der Anblick stimmte Warstein traurig. Der Berg erhob sich in seiner ganzen majestätischen Größe über ihm. Von nahem betrachtet wirkte er noch gewaltiger und großartiger als aus dem Tal, und der Schandfleck, den die Anwesenheit des Menschen hinterlassen hatte, noch häßlicher. Manchmal hatte Warstein das Gefühl, daß sie einen Frevel begingen mit dem, was sie taten, und ein- oder zweimal hatte er sich schon bei dem Gedanken ertappt, daß dieser Frevel vielleicht eines Tages gesühnt werden würde.

Aber das war natürlich Unsinn. Vielleicht, dachte Warstein, gehörte es einfach dazu, erst einmal richtig Unordnung zu machen, ehe man richtig aufräumen konnte. Sie würden es tun, und Warsteins Phantasie reichte durchaus, sich das Ergebnis dieses Aufräumens vorzustellen, was ihm ein wenig über den Anblick hinweghalf. Aber nur ein wenig.

Das Barackendorf würde verschwinden, ohne Spuren zu hinterlassen. Die unvorstellbaren Mengen von Abraum und Gestein, die sie seit zwei Jahren mit der Beharrlichkeit einer Ameisenkolonie aus dem Berg herausholten, waren schon jetzt bis auf den letzten Kubikmeter verplant. Was nicht dazu diente, die zweispurige Schnellbahntrasse aufzuschütten, die auf dieser Seite in den Berg hinein- und auf der anderen wieder hinausführte, würde äußerst behutsam in die Landschaft integriert werden; keine bloße Veränderung, sondern eine Verbesserung der Natur – jedenfalls stand es so in dem aufwendigen Vierfarb-Prospekt, den die Tunnelbaugesellschaft seit Jahren mit vollen Händen verteilte, um Stimmung für das Projekt zu machen. Warstein kannte die entsprechenden Pläne und wußte auch, daß dieser Slogan durchaus berechtigt war. Trotzdem hörte er ihn mit gemischten Gefühlen. Er war nicht sicher, daß es richtig war, die Natur nach Maßstäben menschlicher Ästhetik umzugestalten.

Ein plötzlicher Windstoß traf Warstein und ließ ihn frösteln. Er trug einen langärmeligen Pullover und eine Strickjacke, aber beide setzten dem eiskalten Wind keinen nennenswerten Widerstand entgegen. Mit einem leisen Gefühl von Wehmut dachte Warstein an den pelzgefütterten Parka, der in seinem Spind in der Verwaltungsbaracke hing. Es war kalt, und im Inneren des Berges würde es noch kälter sein. Das Vernünftigste wäre, zurückzugehen und die Jacke zu holen. Aber er war nicht in der Stimmung, vernünftig zu sein; und noch viel weniger in der, Franke an diesem Tag noch einmal zu begegnen. Das bißchen Kälte würde ihn nicht umbringen. Schneller, mit tief in den

Taschen seiner Wolljacke vergrabenen Händen und das Gesicht aus dem Wind gedreht, ging er weiter und näherte sich dem Tunneleingang.

Kurz bevor er ihn erreichte, mußte er noch einmal zur Seite treten, um einem der überschweren Lastwagen auszuweichen, der mit fünfzig Tonnen Felsgestein und Schutt beladen aus dem Tunnel herausgerumpelt kam. Der Fahrer winkte ihm zu und blinzelte mit der Lichthupe. Warstein erwiderte den Gruß, obwohl er es lieber nicht getan hätte, denn er mußte dazu die Hand aus der warmen Tasche nehmen. Trotz der Größe des Projektes zählte das gesamte Personal gerade knapp dreihundert Mann, denn der allergrößte Teil der Arbeit wurde von Maschinen erledigt, und so war es nur natürlich, daß hier jeder jeden kannte. Und trotz der traditionellen Kluft, die zwischen Arbeitern und technischem Personal klaffte, war Warstein durchaus beliebt.

Der Wagen rumpelte auf seinen gewaltigen Ballonreifen vorbei und näherte sich einem der kleinen, von Menschenhand aufgeschütteten Berge am Ende des Plateaus, um seine Last an seinem Fuße abzuladen, und Warstein ging weiter.

Nach nur zwei Schritten blieb er wieder stehen.

Über dem Tunnel, auf einem schmalen Felsgrat, der Warstein nicht einmal für eine Bergziege breit genug erschienen wäre, stand eine Gestalt und starrte ihn an. Sie blickte nicht einfach auf den Platz herunter oder in seine Richtung – der Mann stand reglos da und starrte ihn an. Obwohl die Entfernung so groß war, daß Warstein sein Gesicht nur als daumennagelgroßen hellen Fleck über dem verschlissenen grünen Cape erkannte, konnte er seinen Blick mit fast körperlicher Intensität fühlen.

Warstein blieb sicherlich zehn Sekunden reglos stehen und erwiderte den Blick des dunkelhaarigen Mannes, der dort oben im heulenden Wind stand und auf ihn herabstarrte, dann griff er in die linke Tasche seiner Strickjacke und zog ein Walkietalkie hervor, das kaum die Größe eines handelsüblichen Walkmans hatte. Ohne auf die Kontrollen zu sehen, wechselte er die Frequenz, schaltete das Gerät ein und hob es an die Lippen.

»Sicherheit. Hier ist Warstein.«

Kaum eine Sekunde später antwortete eine verzerrte Stimme aus dem winzigen Lautsprecher. »Sicherheitsdienst. Hartmann. Was gibt's?«

»Er ist wieder da«, antwortete Warstein, noch immer, ohne den Blick von der Gestalt am Berg zu nehmen. Der Mann hatte sich nicht gerührt, aber Warstein hatte das Gefühl, daß er ganz genau wußte, was er jetzt tat. Und daß es ihm gleich war.

»Der Verrückte?« erwiderte Hartmann. Trotz der schlechten Wiedergabequalität des Minilautsprechers konnte Warstein das Erstaunen in Hartmanns Stimme hören.

»Ja. Diesmal steht er auf dem Felsgrat über dem Tunnel.«

In einer der Baracken neben ihm öffnete sich eine Tür, und er konnte eine gedrungene, in eine dunkelblaue Phantasieuniform gekleidete Gestalt erkennen, die heraustrat und zum Berg hinaufsah. Hartmann hielt das Gegenstück seines Sprechgerätes in der Rechten. Mit der anderen Hand versuchte er ungeschickt, seine Jacke zuzuknöpfen, in die er offensichtlich in aller Hast geschlüpft war.

»Das darf doch nicht wahr sein!« drang seine Stimme aus dem Sprechgerät. »Wie zum Teufel ist er da hinaufgekommen?«

»Fragen Sie sich lieber, wie Sie ihn dort wieder herunterbekommen«, antwortete Warstein. »Und zwar am besten, bevor Franke ihn sieht.« Er seufzte. Hartmann war ein netter Kerl, aber seiner Arbeit offensichtlich nicht gewachsen. Es war das fünfte oder sechste Mal binnen einer Woche, daß dieser Verrückte durch die Maschen seines Sicherheitssystems schlüpfte und auf der Baustelle auftauchte. Und hier hatte verdammt noch mal kein Fremder etwas verloren. In fünfzehn Meter Höhe an einer nahezu senkrechten Felswand schon gar nicht.

»Ich verstehe das nicht!« Warstein sah, wie Hartmann sich herumdrehte und etwas zu jemandem in der Baracke hinter sich sagte. Augenblicke später drang seine Stimme erneut aus dem Lautsprecher.

»Ich kümmere mich darum. Diesmal entkommt uns der Bursche nicht, das verspreche ich Ihnen.«

»Sehen Sie zu, daß er verschwindet«, sagte Warstein noch einmal. »Und seien Sie vorsichtig. Wenn Franke etwas davon mitbekommt, ist der Teufel los.«

»In Ordnung«, antwortete Hartmann. »Und ... vielen Dank.«

Warstein schaltete das Gerät ab, ließ es in die Jackentasche zurückgleiten und winkte Hartmann mit der freien Hand zu, ehe er weiterging. Er vermied es ganz bewußt, noch einmal zu der einsamen Gestalt am Berg hinaufzusehen, sondern legte den Rest der Strecke schnell und mit gesenktem Blick zurück. Was natürlich nichts daran änderte, daß er die Blicke des Mannes noch deutlicher zu spüren glaubte. Es war ein unangenehmes Gefühl und ein sehr irritierendes, denn er vermochte es nicht wirklich einzuordnen.

Schließlich blieb er abermals stehen und zog das Funkgerät erneut aus der Tasche. Er stand jetzt unmittelbar unter dem aus gewaltigen Natursteinblöcken geformten Torbogen, so daß er den Mann nicht mehr sehen konnte. Aber er spürte, daß er noch da war. Und ihn weiter anstarrte.

»Hartmann?«

Diesmal verging mehr Zeit, bis die Stimme des Sicherheitsmannes aus dem Gerät drang. »Ja?«

»Falls Sie den Burschen kriegen«, sagte Warstein, »dann halten Sie ihn fest, bis ich zurück bin. Ich möchte mit ihm reden.«

»Ich schnappe ihn«, versprach Hartmann grimmig. »Und wenn ich ihn eigenhändig dort herunterschießen muß.«

»Gehen Sie kein Risiko ein«, erwiderte Warstein scharf. »Es reicht, wenn er verschwindet. Ich will hier keine wilde Verfolgungsjagd. Verscheuchen Sie ihn, und wenn er Ihnen dabei zufällig in die Hände fällt, um so besser. Aber denken Sie daran: wir sind hier nicht in Chicago.«

»Ganz, wie Sie wünschen, Herr Warstein«, antwortete Hartmann. Er klang jetzt ein wenig steif, und Warstein konnte sich gut vorstellen, wie sehr ihn sein plötzlicher scharfer Ton verwirrte. Natürlich wußte er, daß Hartmann nur einen Scherz gemacht hatte. Die beiden einzigen Schußwaffen, über die der

Sicherheitsdienst verfügte, befanden sich in Frankes Büro unter Verschluß, und selbst wenn die Männer bewaffnet gewesen wären, hätten sie wohl kaum auf einen harmlosen Verrückten geschossen, der Spaß daran fand, Salamander zu spielen und an einer senkrechten Felswand hinaufzukrabbeln; noch dazu im Regen. Aber Warstein wußte auch, wie leicht eine solche Situation eskalieren konnte. Und ein Verletzter oder gar Toter war so ziemlich das letzte, was sie brauchten. Das Tunnelbauprojekt hatte bis jetzt – von wenigen Ausnahmen abgesehen – einhellige Zustimmung in der Bevölkerung am Ort und bei der Presse gefunden. Aber nichts war so unberechenbar wie die öffentliche Meinung und nichts so hartnäckig wie ein Journalist, der eine Sensation witterte. Warstein bedauerte es schon fast, Hartmann überhaupt darum gebeten zu haben, den Mann festzuhalten.

Genau wußte er eigentlich selbst nicht, warum. Aber er dachte voller Unbehagen an die Art zurück, in der der Verrückte ihn angestarrt hatte. Irgend etwas war in seinem Blick gewesen, das ihm . . . angst machte? Nein, das war das falsche Wort. Er verwirrte ihn, und er hatte seine Neugier geweckt.

Warstein selbst hatte den sonderbaren Alten sieben- oder achtmal gesehen, meist am anderen Ende des Camps, wenn er um den Bauzaun schlich oder versucht hatte, unbemerkt durch das Tor zu schlüpfen. Manchmal stand er stundenlang da und starrte das Lager an. Dagegen hatte niemand etwas, ganz im Gegenteil – im allgemeinen wurde er für einen Sonderling gehalten, einen Spinner vielleicht, aber harmlos. Die Geschichten über ihn waren mittlerweile zu einem festen Bestandteil der abendlichen Gespräche geworden.

Aber in letzter Zeit war er immer öfter innerhalb des Bauzaunes aufgetaucht, und dagegen hatten eine ganze Menge Leute etwas; Warstein eingeschlossen. Er mußte mit ihm reden, und sei es nur, um es zu tun, ehe Franke auf ihn aufmerksam wurde. Vielleicht reichte ja schon ein einfaches Gespräch, um dem Spuk ein Ende zu bereiten.

Warstein verscheuchte den Gedanken an den Verrückten endgültig und ging weiter. Er befand sich nun endgültig im Inneren des Berges, und wie immer, wenn er hier war, überkam ihn ein sonderbares Gefühl, das er niemals wirklich hatte in Worte fassen können; etwas zwischen Ehrfurcht, Stolz und einem ganz sanften Unbehagen. Ehrfurcht vor der Größe dieses Berges, die man in seinem Inneren fast noch intensiver spürte als draußen, und Stolz auf das, was er und seine Kollegen in den letzten beiden Jahren vollbracht hatten. Im Vergleich zu diesem Granitgiganten waren sie weniger als Ameisen; allerhöchstens Mikroben, die an der Haut eines Riesen nagten. Und trotzdem hatten sie ihn schon fast zur Hälfte durchbohrt. Der Vortrieb näherte sich seinem Herzen. Noch ein paar hundert Meter, und sie hatten genau die Hälfte der Strecke geschafft. Und das Unbehagen . . . Nun, es war ein Gefühl vollkommen irrationaler Art, das aber dadurch nichts von seiner Intensität verlor. Es hatte auch keinen faßbaren Grund. Es war einfach das Gefühl, etwas zu tun, das möglicherweise kein Fehler, aber eben auch nicht ganz richtig war.

Warsteins Gedanken kehrten wieder zu seiner momentanen Situation zurück, während er mit raschen Schritten in den Tunnel eindrang. Die ersten zweihundert Meter des Stollens waren hell erleuchtet, und so pedantisch aufgeräumt und sauber, daß man buchstäblich vom Boden hätte essen können. Es herrschte ein reges Treiben und Hantieren. Eine in schreiendem Gelb lackierte Diesellok der Schweizer Kantonsbahn stand auf einem der beiden Gleise, aber sie war nicht mehr als eine Attrappe, aufgestellt für die Fotoapparate und Kameras der Journalisten, die immer wieder einmal hierherkamen und den Tunnel bewunderten. Sie war voll funktionsfähig und aus eigener Kraft hier heraufgefahren. Aber das Gleis, auf dem sie stand, endete keine zwanzig Meter hinter dem erleuchteten Teil des Tunnels. Von den beiden Schienensträngen war erst einer fertiggestellt, aber das reichte vollauf, um die Arbeiter und dann und wann schweres Gerät ans Ende des Vortriebs zu bringen. Der Abraum wurde auf einem Förderband herausgebracht und später auf Lastwagen verladen; immer noch die probateste Methode, wenn es darum ging, Steine aus einem Berg herauszutransportieren.

Warstein ging an der Diesellok vorbei, nahm sich einen Helm von einem Metallregal, das an der rechten Seite der Wand angebracht war, und ging weiter, und schon der übernächste Schritt führte ihn in eine völlig andere Welt, die nichts mehr mit der Hochglanzprospekt-Realität des ersten Abschnitts zu tun hatte.

Der Tunnel war hier größer, denn die Kunststoffverkleidungen, die die Wände auf den ersten zweihundert Metern kaschierten, waren hier noch nicht angebracht, so daß man die zum Teil mannsdicken Stahlbetonträger sehen konnte, die die Wände abfingen. Dazwischen und dahinter zog sich ein ganzes Aderwerk von Kabeln und Versorgungsleitungen dahin, manche so dick wie Warsteins Oberschenkel, andere dünn wie Feenhaar, so daß Dutzende zu einem einzigen, geflochtenen Zopf zusammengefaßt worden waren. Wenn man ganz genau hinsah, erkannte man ein ganz feines rotes Flimmern, das aus nichts weiter als Licht bestand: der Laser. Er funktionierte zwar immer noch nicht richtig – das konnte er nicht, denn dazu waren die äußeren Störungen einfach zu massiv, die die Bauarbeiten nun einmal mit sich brachten –, aber der Anblick erfüllte Warstein trotzdem mit einem gewissen Stolz. Die wenigen Male, wo das Gerät bisher wirklich frei von äußeren Einflüssen hatte arbeiten können, hatte es die Länge des Vortriebs bis auf einen tausendstel Millimeter genau angegeben. Selbst Franke hatte sich entsprechend beeindruckt gezeigt, und dazu hatte er allen Grund. Allein die Korrekturen, die sie bisher nicht hatten vornehmen müssen, weil sie Warsteins Laser hatten, hatten der Tunnelbaugesellschaft vermutlich Millionen erspart – und ihnen so ganz nebenbei zu etwas verholfen, was vielleicht noch wichtiger war: sie hinkten nicht wie bei solchen Projekten eigentlich üblich um Monate hinter dem Zeitplan her, sondern waren ihm gute sieben Wochen voraus.

Wenn das Gerät erst wirklich fertig und die neue Software, an der er arbeitete, perfekt darauf installiert war, dachte Warstein, würde sich Franke noch viel beeindruckter zeigen müssen, denn sein Laser war viel mehr als ein Zollstock aus Licht. Völlig in Betrieb genommen, würde ihnen das System alles über den

Zustand des Tunnels verraten, was sie wissen wollten: Temperatur, Luftdruck, die Qualität der Atemluft, den Zustand der Trasse, die Spannungsverhältnisse in den Wänden, Daten über Materialermüdung und eventuelle Gefahrenpunkte – die Auflistung hätte sich fast beliebig lang fortsetzen lassen. Das Lasersystem würde den Gridone-Durchstich in einer weiteren Hinsicht zu etwas Besonderem machen, nämlich zu dem sichersten Eisenbahntunnel, den es je gegeben hatte. Nicht einmal eine Feldmaus konnte dann über die Gleise huschen, ohne daß die Computer es bemerkten.

»Warstein?«

Das häßliche Quäken von Frankes Stimme riß ihn in die Wirklichkeit zurück. Und das nicht nur im übertragenen Sinne, sondern wortwörtlich: Er trug das Gerät in der Jackentasche, und die Stimme hatte alle Mühe, verständlich zu werden. Er war schon zu tief im Berg. Funksignale hatten so ihre Probleme, massiven Granit zu durchdringen.

Statt also das Walkie-talkie zu benutzen, ging er ein paar Schritte zurück, bis er einen Telefonanschluß erreichte. Er hob ab und wählte Frankes Nummer. Das Freizeichen ertönte sieben-, vielleicht sogar achtmal, bis Frankes Stimme aufhörte, in seiner Jackentasche zu randalieren, und eine schon sehr viel deutlichere, aber noch immer unangenehme Ausgabe desselben Organs unmittelbar in seiner rechten Ohrmuschel erklang.

»Warstein, zum Teufel, wo sind Sie?« Frankes Stimme klang schon weitaus weniger jovial als vorhin in seinem Büro. Noch etwas, was er an Franke haßte: Er gehörte zu jenen Männern, die am Telefon gerne und schnell unhöflich wurden. Warstein hoffte inständig, daß Franke die weltweite Einführung des Bildtelefons noch miterleben würde.

»Im Tunnel«, antwortete er. »Ich wollte gerade losfahren. Wahrscheinlich wäre ich es schon, hätten Sie mich nicht angerufen.«

Falls Franke die Spitze überhaupt begriff, so ignorierte er sie einfach. »Ich dachte schon, Sie wären jetzt auch noch verschollen«, knurrte er. »Hören Sie, Warstein – als ich Ihnen vorhin sagte, Sie sollten eine Pause machen, da meinte ich natürlich, nachdem sie aus dem Berg zurück sind, nicht vorher.«

»Jetzt übertreiben Sie bitte nicht, Dr. Franke«, sagte Warstein scharf. Er spürte, wie ihm Frankes Worte die Zornesröte ins Gesicht trieben. »Ich bin vielleicht nicht im Sprintertempo hierhergerannt, aber ich –«

Während er sprach, hatte er den Ärmel am linken Arm hochgeschüttelt. Und in der nächsten Sekunde vergaß er seinen Zorn auf Franke. Er vergaß sogar, was er hatte sagen wollen.

Eine Stunde.

Als er seinen Computer abgeschaltet hatte, hatte er gewohnheitsmäßig auf die Uhr gesehen. Seither war fast auf die Sekunde genau eine Stunde vergangen.

Aber das war doch völlig unmöglich!

»Aber was?« fragte Franke kampflustig, nachdem er den Satz auch nach einer zweiten und dritten Sekunde nicht zu Ende geführt hatte.

»Wie spät . . . wie spät ist es?« fragte Warstein mühsam. Seine Stimme klang belegt.

»Gleich sieben«, antwortete Franke. »In zwei Minuten, um präzise zu sein. Warum?«

»Weil . . . weil . . . nun, also, mir ist irgendwie gar nicht aufgefallen, wie schnell die Zeit vergangen ist«, improvisierte Warstein stotternd – und alles andere als glaubhaft. »Sie wissen ja, wie das ist – ein kleines Gespräch hier, ein Hallo da, ein bißchen Tratsch . . .« Er ertappte sich dabei, den Telefonhörer verlegen anzugrinsen.

»Nein, ich weiß nicht, wie das ist«, antwortete Franke kühl.

»Es tut mir leid«, stammelte Warstein. »Ich . . . ich beeile mich.« Er hängte ein, bevor Franke noch etwas sagen konnte. Eine Stunde. Wo zum Teufel hatte er eine Stunde verloren?

Zutiefst verwirrt und mit einem Gefühl in der Magengrube, das für seinen Geschmack verdammt dicht an Angst grenzte, wandte er sich um und ging auf einen der beiden Wagen zu, die auf einem Nebengleis standen, das gerade lang genug war, um sie aufzunehmen. Im Grunde waren es nicht mehr als viereckige

Plattformen auf vier Rädern, die statt von einem altmodischen Schwengel von einem kleinen, aber ungemein leistungsstarken Elektromotor bewegt wurden. Sie waren nicht sehr schnell, aber zuverlässig, und der eingebaute Mikroprozessor sorgte dafür, daß sich der Fahrer um nichts weiter zu kümmern hatte, als sein Ziel einzugeben und den Startknopf zu drücken.

Im Moment sorgten sie noch für etwas anderes: nämlich daß sich der Wagen nicht von der Stelle rührte.

Wider besseren Wissens drückte Warstein fünf- oder sechsmal hintereinander auf den entsprechenden Schalter, und jedes Mal etwas fester, so daß das Plastik beim letzten Mal bereits hörbar ächzte – was vielleicht daran lag, daß er sich einen Moment lang der närrischen Vorstellung hingegeben hatte, dieser Knopf wäre Frankes Gesicht. Erst dann sah er ein, daß er dem Gerät bitter Unrecht tat; sowohl mit diesem Vergleich als auch mit seiner Ungeduld. Der Minicomputer sorgte lediglich dafür, daß er nicht mit einem Wagen kollidierte, der ihm auf dem Gleis entgegenkam. Sie hatten alle tausend Meter Ausweichschleifen errichtet, aber wenn der Rechner zu dem Ergebnis kam, daß die Zeit nicht ausreichte, sie ungefährdet zu erreichen, blockierte er die Abfahrt.

Warstein wußte, daß er sich auf keine allzu lange Wartezeit gefaßt machen mußte. Die kleinen Wagen waren nicht sehr schnell, aber tausend Meter waren auch keine sehr große Entfernung – fünf Minuten, allerhöchstens zehn. Wenn Franke in dieser Zeit noch einmal anrief, würde er es einfach ignorieren und später behaupten, er hätte nichts gehört. Schließlich war er hier, weil mit den Kommunikationseinrichtungen in diesem Berg etwas nicht stimmte.

Die Vorstellung, wie Franke in seinem Büro saß und sich die Finger blutig drückte, erheiterte Warstein. Es war eine alberne Vorstellung, aber es war jene Art von privater Rache, die Untergebene zu allen Zeiten über das Gefühl der Hilflosigkeit hinweggetröstet hatte, das vielleicht die stärkste Waffe im täglichen Karrierekrieg war, und sie half auch Warstein. Er stellte sich vor, wie Franke sich tatsächlich die Finger wund drückte, wie sein

Gesicht langsam puterrot anlief und sein Blutdruck die 300er Marke erreichte und überstieg. Mit dieser Vorstellung rettete er sich über die ersten zehn Minuten Wartezeit hinweg.

Die nächsten zehn Minuten amüsierte er sich damit, sich auszumalen, wie Franke ihn später – einem Herzinfarkt nahe und mit hysterischer Fistelstimme – anbrüllte und ihn fragte, wo zum Teufel er gesteckt habe, und mit dem Ausmalen der verschiedensten, originellen Antworten, die diesem aufgeblasenen Blödmann endgültig den Rest geben mußten. Herzinfarkt. Schlaganfall. Aus. Vorbei. Kein Franke mehr. Endlich Ruhe.

Dann waren insgesamt fünfundzwanzig Minuten vergangen, und Warstein kam nicht mehr umhin, sich einzugestehen, daß er wahrscheinlich noch bis zum Sankt-Nimmerleins-Tag hier herumstehen und auf den Wagen warten konnte. Irgend etwas stimmte hier nicht.

Eine Sekunde lang war er versucht, das einzig Richtige zu tun – nämlich in der Leitzentrale anzurufen und die Jungs an den Computern zu bitten, die Strecke zu checken. Wahrscheinlich war der Wagen liegengeblieben. Pannen kamen selten vor, aber sie kamen vor. Vielleicht war das sogar schon das ganze Geheimnis – ein aus den Schienen springender Wagen konnte durchaus die Versorgungsleitungen treffen und beschädigen. Wenn der Laser unterbrochen war, konnte er auch keine Telefongespräche mehr transportieren.

Zwei Gründe sprachen dagegen: zum einen hätte ein solcher Unfall sofort Alarm ausgelöst, und zum anderen wäre es Wasser auf Frankes Mühlen gewesen, wenn er sich nach zwanzig Minuten von praktisch der gleichen Stelle wieder meldete. Außerdem war er nicht in der Stimmung, vernünftig zu sein.

Also marschierte er los. Er hatte den Startknopf schließlich oft genug gedrückt – sollte ihm der überfällige Wagen nach ein paar Schritten entgegenkommen, würde die Elektrodraisine losfahren, sofort nachdem er die Weiche passiert hatte, und er konnte bequem aufspringen. Und wenn nicht – das Schlimmste, was ihm blühen konnte, war ein Fünf-Kilometer-Marsch; nicht unbedingt ein Spaziergang, aber zu schaffen. Und der

Gedanke an eine weitere Stunde, die Franke auf ihn warten mußte, versüßte ihm den bevorstehenden Gang doch erheblich.

Aber seine Schadenfreude war ein bißchen schal. Der Trost, den sie ihm spenden sollte, hielt nicht lange vor, und als er die erste Ausweichschleife erreichte, ohne auf den entgegenkommenden Wagen gestoßen zu sein, war nichts mehr davon übrig. Sein Helmscheinwerfer beleuchtete die nächsten zwanzig oder dreißig Meter des Schienenstranges. Auch wenn der Wagen noch ein gehöriges Stück weiter entfernt gewesen wäre, hätte er ihn sehen müssen. Der Tunnel verlief absolut gerade, und die vollautomatischen Transporter waren schon aus Sicherheitsgründen mit starken Scheinwerfern ausgestattet. So ungern Warstein es sich eingestand, es gab nur eine einzige, logische Erklärung für alles: die gesamte Elektronik in diesem Berg spielte verrückt. Und das war nicht besonders lustig, denn für die Elektronik zeichnete einzig und allein er verantwortlich.

Warstein marschierte schneller, wobei er vorsichtshalber einen Schritt vom Gleis heruntertrat. Das Gehen wurde dadurch zwar um etliches mühsamer, aber einem Zug, der sich so sonderbar benahm, traute er auch zu, ohne Licht herangebraust zu kommen.

Die Stille fiel ihm auf, denn es war ein Schweigen, das vollkommen ungewöhnlich war. Warstein war unzählige Male hier gewesen, und was ihn stets aufs neue überraschte, war die Vielzahl von Geräuschen. Das Dröhnen der Fräse, das in der engen Röhre selbst über Kilometer hinweg noch zu hören war, ein elektrisches Summen und Wispern, das Rauschen der gewaltigen Ventilatoren, die den Tunnel mit einem beständigen Strom von Frischluft versorgten, das Sirren eiserner Räder auf Schienen, menschliche Stimmen, manchmal Fetzen von Gesprächen, die Kilometer entfernt geführt wurden, und nicht einmal besonders laut. Und selbst wenn alle diese menschlichen Laute verstummten, hörte man noch andere: das Geräusch des Windes, der sich am Eingang brach und manchmal hereinfauchte, ehe seine Kraft nachließ, und manchmal ein schweres Knistern und Ächzen, die

Lebensgeräusche des Berges, der sich wie ein schlafender Riese in seinem Bett zu regen schien.

Jetzt war es vollkommen still. Er hörte nicht einmal mehr das Geräusch seiner eigenen Schritte, als würde es von irgend etwas verschluckt, ehe es an sein Gehör dringen konnte.

Warstein drehte den Kopf ein paarmal hastig nach rechts und links, vorne und hinten. Sein Herz klopfte. Der Helmscheinwerfer, der die Bewegung gehorsam nachvollzog, zerschnitt die Dunkelheit in ineinanderfließende Zonen aus absoluter Schwärze und gelbem Licht, und für eine Sekunde hatte er das Gefühl, daß sich in den Grenzbereichen dazwischen etwas bewegte; etwas Körperloses, Großes, das näher kroch, immer wenn er es auch nur eine Sekunde aus den Augen ließ.

Natürlich war das vollkommener Unsinn. Warstein schloß die Augen, zählte in Gedanken bis fünf und zwang sich gewaltsam zur Ruhe, und als er die Lider wieder hob, waren die Schatten verschwunden. Die Dunkelheit war wieder nichts weiter als Dunkelheit. Mehr war sie nie gewesen. Auch die Geräusche waren wieder da.

Warstein fuhr sich nervös mit dem Handrücken über Kinn und Lippen. Er hatte nicht wirklich Angst, aber die Situation hatte etwas beinahe Surreales. Was war nur mit ihm los? Es hatte begonnen, als ... ja – als er den Verrückten gesehen hatte. Das unheimliche Gefühl, von ihm angestarrt zu werden, hatte ihn die ganze Zeit über nicht wirklich verlassen. Und es war noch da.

Er ging weiter und versuchte sich mit Gewalt zu dem zu zwingen, worin er am besten war: rationalem Denken. Aber es wollte ihm nicht recht gelingen. Es wurde auch nicht besser, als er endlich den Wagen sah. Sein Anblick beruhigte ihn für eine Sekunde – großzügig geschätzt.

Das Licht. Der große Scheinwerfer an der Vorderseite des Zuges brannte, und trotzdem sah er ihn erst, als er noch ungefähr fünf Meter entfernt war. Der Zug erschien im wahrsten Sinne des Wortes aus dem Nichts. Wäre Warstein weiter auf den Schienen gelaufen, hätte er ihn zweifellos erfaßt und überrollt.

Der Transporter, der aus einer kleinen, vollautomatischen Schmalspur-Lok und fünf Hängern bestand, war hoch beladen. Felsbrocken und Schutt türmten sich anderthalb Meter über den zerbeulten Wänden, und alles, die Wagen, ihre Last, die Zugmaschine mit ihren blinkenden Lichtern, der Scheinwerfer, ja, selbst die stählernen Räder, war von einer dünnen, glitzernden Rauhreifschicht bedeckt. Der Wagen glitt beinahe lautlos vorüber, aber Warstein spürte den eisigen Hauch, der sein Gesicht streifte und seine Haut prickeln ließ. Und als wäre das alles noch nicht genug, hatte er ihn kaum passiert, da verschwand er genauso gespenstisch und lautlos wieder in der Dunkelheit, wie er erschienen war.

Warstein starrte ihm verwirrt nach. Sein Gesicht prickelte noch immer vor Kälte, und seine Hände zitterten. Verlor er jetzt endgültig den Verstand?

Für einen Moment begann sich Hysterie in ihm breitzumachen, aber es gelang ihm, sie niederzukämpfen – wenn auch buchstäblich mit letzter Kraft, und vielleicht nicht einmal auf Dauer. Er war nicht verrückt. Irgend etwas stimmte hier nicht. Er hatte Halluzinationen, das war die einzig logische Erklärung.

Warstein wich Schritt für Schritt zur gegenüberliegenden Wand zurück und preßte sich gegen den rauhen Fels. Etwas Metallisches schnitt schmerzhaft in seinen Rücken, aber Warstein wich dem Schmerz nicht aus, sondern klammerte sich im Gegenteil daran, als wäre er das einzig Reale in einer Welt, die aus den Fugen geraten war, obwohl er nach einigen Sekunden so schlimm wurde, daß er ihm die Tränen in die Augen trieb.

Halluzinationen. Irgend etwas ... stimmte hier nicht.

Gas. Die Fräse hatte irgend etwas freigesetzt, vielleicht ein unbekanntes Gas, das den Überwachungsgeräten entgangen war. Das war auch die Erklärung, daß sich die Männer weiter hinten im Tunnel nicht meldeten: sie waren bewußtlos oder zu lallenden Idioten geworden oder bereits tot.

Tief in sich wußte Warstein, daß das nicht die Erklärung war. Die Atemluft im Tunnel wurde ständig von gleich drei vollkommen voneinander unabhängigen Systemen hochspezialisierter

Gas-Chromatographen überwacht, die bereits ausschlugen, wenn einer der Arbeiter zwei Tage lang seine Socken nicht gewechselt hatte. Kein noch so unbekanntes Gas wäre ihnen entgangen; schon gar keines, das zu solch massiven Halluzinationen führte. Aber es war die einzige Erklärung, die er auf Anhieb fand – und die nicht dazu angetan war, ihn endgültig an seinem klaren Verstand zweifeln zu lassen.

Außerdem gab sie ihm einen verdammt guten Grund, nicht weiter zu gehen.

Die linke Schulter so dicht an die Wand gepreßt, daß seine Strickjacke Fäden zog, tastete er sich zum nächsten Telefonanschluß zurück, hob ab und wählte mit zitternden Fingern Frankes Nummer.

Nichts.

Das Freizeichen kam nicht.

Warstein schüttelte den Hörer ein paarmal. Natürlich wußte er, daß das vollkommen sinnlos war, aber er tat es trotzdem, und er starrte den Hörer hinterher einige Sekunden lang eindeutig vorwurfsvoll an, ehe er einhängte, bis zehn zählte und es dann noch einmal versuchte; diesmal mit einer anderen Nummer. Das Ergebnis war dasselbe. Er hörte nichts. Plötzlich verfluchte Warstein den Umstand beinahe, daß die Telefonverbindung wie fast alles hier über den Laser ablief; er hätte in diesem Moment seine rechte Hand dafür gegeben, wenigstens ein statisches Rauschen zu hören, oder irgendein Störgeräusch. Aber die Verbindung war absolut störungsfrei.

Und absolut tot.

Warstein wollte schon wieder einhängen, als er doch etwas hörte: ein fernes Knistern und Rauschen, das ihn im allerersten Moment fast noch mehr erschreckte als das Schweigen zuvor – obwohl es nichts anderes war als das, was er sich gerade so sehnlichst gewünscht hatte: Störgeräusche.

Bei einer digitalen Verbindung?! Warstein spürte, wie sich ihm jedes einzelne Haar am Leib sträubte. Das war nicht möglich. Niemand konnte seinen Laser stören. Man konnte ihn unterbrechen, aber nicht stören.

»Zum Teufel noch mal, jetzt hört der Spaß endgültig auf!« blaffte Frankes Stimme in sein Ohr. »Legt die Spielkarten weg, oder was ihr sonst immer tut, und meldet euch!«

»Franke, Gott sei Dank!« sagte Warstein. Plötzlich wußte er, was man darunter verstand, wenn man sagte, daß einem ein Stein vom Herzen fiel. »Hören Sie, irgend etwas ist hier . . .«

»Also gut«, fuhr Franke in gefährlich leisem Ton fort. »Ihr habt es nicht anders gewollt. Wenn ihr euch einen Spaß mit uns erlauben wollt, werden wir sehen, wer zuletzt lacht.«

Warstein erstarrte. Der Stein war wieder da. Und er war gewachsen.

»Das ist die letzte Warnung. Wer immer gerade zuhört, tut besser daran, sich zu melden, oder ich ziehe euch die gesamte Schicht vom Lohn ab. Und zwar allen.«

Warstein spürte, wie ihm ein eisiger Schauer über den Rücken lief. Unter der im Moment reichlich durcheinandergewirbelten Oberfläche seiner Gedanken hatte er bereits begriffen, was Frankes Worte bedeuteten – aber er weigerte sich noch für einen Moment, es zu glauben.

»Also gut, meine Herren.« Er konnte hören, wie Franke den Hörer senkte und mit jemandem in seiner Nähe sprach. Die Worte waren um etliches leiser, aber noch immer gut zu verstehen. Für Warsteins Geschmack entschieden zu gut.

»Vielleicht ist die Verbindung wieder einmal zusammengebrochen. Jemand nimmt ab, aber er antwortet nicht.«

»Dann sollten wir jemanden in den Tunnel schicken, der sich drum kümmert. Sie wissen, wie kleinlich die Gewerkschaft in Sicherheitsfragen ist. «

»In Ordnung.« Franke lachte leise. »Und ich weiß auch schon, wen.«

»Spielen Sie dem armen Jungen nicht ein bißchen zu sehr mit, in letzter Zeit?«

»Der arme Junge hat dieses Scheißsystem immerhin erfunden. Und ein kleiner Spaziergang wird ihm guttun. Er sieht in letzter Zeit wirklich schlecht aus.«

Franke hängte ein. Die Verbindung war wieder tot. Ohne

Störgeräusche. Ohne Frankes Stimme, die ein Gespräch führte, das mehr als zwei Stunden alt war und das stattfand, nachdem er, Franke, ins Rechenzentrum gekommen war, um ihm ein wenig Bewegung zu verschaffen!

3

WÄHREND ER IN DER MAPPE BLÄTTERTE, HATTE ANGElika Berger offensichtlich Freundschaft mit Vlad geschlossen: Der Kater lag quer über ihren Beinen, ließ sich genüßlich hinter den Ohren kraulen und dankte es seiner Wohltäterin, indem er mit seinen Krallen Fäden aus ihrem Rock zog. Berger schien das nichts auszumachen. Zum ersten Mal, seit sie hereingekommen war, erblickte er ein Lächeln auf ihrem Gesicht, als er den Ordner nach einer halben Stunde zuklappte und aufsah. Sie war sehr viel hübscher, wenn sie lächelte, dachte er – aber wer war das nicht?

»Eine beeindruckende Sammlung«, sagte er, wobei er ganz bewußt darauf achtete, seine Stimme wertfrei klingen zu lassen. Er war nach wie vor entschlossen, sich nicht in ihre Angelegenheiten zu mischen; nach dem, was er in ihrer Mappe gelesen und gesehen hatte, weniger denn je. Aber er vergab sich nichts, wenn er seine Absage etwas freundlicher formulierte.

Berger hörte auf, den Kater zu kraulen; aber nur eine Sekunde lang – genau so lange brauchte Vlad nämlich, um ihr mit seinem melonengroßen Kopf einen freundschaftlichen Stupser unter das Kinn zu versetzen, der sie um ein Haar von der Couch gefegt hätte.

»Mein Mann hat drei Jahre lang alles gesammelt, was er über

den Tunnel finden konnte«, antwortete sie, nachdem sie ihr Gleichgewicht wiedergefunden und die Hand hastig wieder zwischen Vlads Ohren gesenkt hatte. »Das ist noch nicht alles. Ich ... ich habe noch mehr zu Hause. Videos, Cassetten ... Wenn ... wenn Sie wollen, zeige ich es Ihnen.«

»Wozu?« fragte Warstein beinahe sanft.

Der schüchterne Funke von Hoffnung, der bei seinen Worten in ihren Augen aufgeglommen war, erlosch wieder. »Aber ich dachte, Sie ... Sie interessieren sich ...«

»... für den Berg?« Warstein schüttelte den Kopf, legte die Mappe auf den Tisch zurück und schob sie ihr mit einer demonstrativen Bewegung zu. »Nein. Nicht im mindesten. Wie ich Ihnen vorhin schon sagte: das ist Vergangenheit.« Verdammt noch mal, was mußte er noch tun, um ihr beizubringen, daß er ihr gar nicht helfen konnte, selbst wenn er es gewollt hätte. Er hatte nicht nur Hausverbot auf dem gesamten Gelände des Gridone-Tunnels. Franke hatte ihn wahrscheinlich insgeheim in der gesamten Schweiz für vogelfrei erklären lassen und einen Preis auf seinen Kopf ausgesetzt.

»Das ist es nicht!« beharrte Berger. Sie klang jetzt zugleich hilflos wie aggressiv; aber die Hilflosigkeit überwog. Warstein hoffte beinahe, daß sie ihn anschreien würde – das würde es ihm leichter machen, sie hinauszuwerfen.

Statt dessen aber füllten sich ihre Augen mit Tränen. Sie kämpfte sie zurück, aber er sah, wie schwer es ihr fiel. »Es ist nicht vorbei, Herr Warstein«, sagte sie mühsam. »Was in dieser Mappe steht, war nur der Anfang. Mein ... mein Mann und alle anderen, die damals bei ihm waren, sind verschwunden. Am gleichen Tag, an dem die Geschichte mit dem Zug passierte.«

»Das Attentat?« fragte Warstein. Er hatte davon in den Nachrichten gehört. Die Geschichte hatte drei Tage lang sämtliche Schlagzeilen gefüllt. Dreißig Tote und ein Zug im Werte von knapp hundertfünfzig Millionen harter D-Mark waren schließlich kein Pappenstiel.

»Das war kein Attentat«, behauptete Berger.

»Was sonst?«

»Ich habe keine Ahnung«, antwortete sie. »Aber ich bin sicher, daß sie es nur so hinstellen. Um . . . um irgend etwas zu vertuschen.«

»Und was?«

»Ich dachte, das könnten Sie mir beantworten.« Sie hörte wieder auf, den Kater zu streicheln, und als er ihr diesmal einen Kinnhaken verpassen wollte, versetzte sie ihm einen leisen Klaps auf die Nase. Vlad verzichtete zu Warsteins Überraschung darauf, ihr für diese Unverfrorenheit die Kehle durchzubeißen, sondern kroch nur beleidigt von ihrem Schoß, blieb aber zusammengerollt neben ihr liegen. Sie konnte wirklich gut mit Tieren umgehen.

»Wie kommen Sie auf diese Idee?« fragte er. Er hob die Hand, ehe sie antworten konnte, und fuhr mit leicht erhobener Stimme fort: »Wenn Sie die Geschichte damals wirklich so aufmerksam verfolgt haben, wie Sie behaupten, dann wissen Sie doch, was geschehen ist. Ich muß irgendwie ausgerastet sein. Blackout. So etwas kommt vor. Wir haben nie herausgefunden, was ihrem Mann und den anderen damals wirklich zugestoßen ist, aber was immer es war, es hat auch mich erwischt. Und wie es aussieht, ein bißchen übler als sie. Ich war eine Weile völlig gaga, wissen Sie? Aber das ist vorbei.«

»Haben Franke und die anderen Ihnen das so lange eingeredet, bis Sie es selbst glauben, oder sind Sie nur feige?« fragte sie herausfordernd. Verdammt, begriff Sie denn nicht, daß er es glauben wollte, mit jeder Faser seiner Seele, weil das vielleicht der einzige Weg war, nicht völlig den Verstand zu verlieren?

»Wenn Sie unverschämt werden, werfe ich Sie raus«, sagte er ganz ruhig. »Vielleicht sollte ich das sowieso tun.«

»Aber warum wollen Sie denn nicht verstehen, daß –«

»Hören Sie mir zu, Frau Berger«, fuhr Warstein fort, beinahe leiser als zuvor, aber in einem Ton, der ihr klar zu machen schien, wie ernst er es jetzt meinte. »Es geht Sie zwar nichts an, aber ich werde Ihnen trotzdem erklären, warum mich für den Rest meines Lebens keine zehn Pferde mehr in die Nähe dieses Berges bekommen werden. Ich verstehe Sie, viel besser, als Sie vielleicht glauben. Und Sie tun mir leid, denn ich sehe, wie sehr Sie leiden. Deshalb will ich es Ihnen erklären – und ich hoffe, daß Sie mich dann besser verstehen.«

Er machte eine weit ausholende Geste, die seine verkommene Wohnung und ihn selbst gleichermaßen einschloß. »Sehen Sie sich um, falls Sie es noch nicht getan haben. Vor drei Jahren war ich ein erfolgreicher junger Vermessungstechniker und Ingenieur. Ich habe mein Diplom mit Auszeichnung gemacht, und ich habe ein paar Geräte konstruiert, die die gesamte Fachwelt haben aufhorchen lassen.«

»Ihren Laser.«

»Ja«, bestätigter er bitter. »Meinen Laser.« Der die Länge des Tunnels nach dem Durchstich mit sechs Lichtminuten angegeben hatte. Oder die Kleinigkeit von einhunderteinundreißig Millionen Kilometern.

»Dieser Berg hatte mich vernichtet«, fuhr er fort. »Ich habe mich vor der ganzen Welt bis auf die Knochen blamiert. Meine berufliche Karriere ist am Ende, und so ganz nebenbei ist auch noch meine Ehe den Bach runtergegangen. Ich lebe heute von der Sozialhilfe, und wenn ich nicht gerade besoffen bin, dann starre ich in die Glotze, bis mir die Augen zufallen, und streite mich morgens mit dem Kater um das, was noch im Kühlschrank ist.«

»Aber ich nehme an, er gewinnt meistens«, sagte sie.

»Wieso?« erwiderte Warstein verwirrt.

»Weil er eindeutig besser aussieht als Sie«, antwortete Berger.

Warstein blieb nicht nur ernst – er wurde allmählich wirklich zornig. »Zum Teufel, hören Sie mir eigentlich zu?« fauchte er. »Begreifen Sie nicht, was ich Ihnen sagen will? Dieser Berg hat mir alles genommen. Er hat mein Leben zerstört. Vielleicht wäre ich wirklich besser dran, wenn ich tot wäre.«

»Aber dann könnten Sie sich doch nicht so schön in ihrem Selbstmitleid sonnen«, sagte Berger. Sie lächelte traurig und begann wieder, Vlad zu kraulen. »Glauben Sie, ich weiß das nicht? Ich weiß eine Menge über Sie, glauben Sie mir. Frank . . . mein Mann . . . ist vor einer Woche verschwunden, und ich habe nicht einmal zwei Tage gebraucht, um Sie zu finden. Die restliche Zeit habe ich damit verbracht, mich zu fragen, ob Sie wirklich der richtige sind, um mir zu helfen.«

»Die Antwort ist eindeutig nein«, sagte Warstein.

»Wenn das, was Sie erzählt haben, die ganze Wahrheit wäre, sicher«, erwiderte Berger. »Aber das ist es nicht. Und das wissen Sie verdammt genau.«

Warstein fühlte sich so zwischen Zorn und Schmerz hin und her gerissen, daß das Ergebnis pure Hilflosigkeit war. Er sagte gar nichts. Aber irgend etwas in ihm war erwacht, und es war nichts Gutes. Sie hatte die Wunde nicht nur aufgerissen; sie hatte das Messer ein paarmal zu oft herumgedreht, als daß sie sich von selbst wieder schließen würde.

»Die Wahrheit ist, daß Sie die ganze Zeit über recht hatten«, fuhr sie fort. »In diesem Berg ist irgend etwas. Es war damals da, und es ist heute noch da, und es wird immer stärker. Und Franke und die anderen haben es die ganze Zeit über gewußt. Sie haben Sie geopfert, Warstein, um ihr kleines Geheimnis für sich zu behalten.«

»Und wenn es so wäre – was könnten Sie daran ändern?«

»Vielleicht könnte ich Ihnen helfen, sich zu rehabilitieren«, antwortete sie. »Wäre das den Einsatz nicht wert? Sie könnten der ganzen Welt beweisen, wer damals der Verrückte war und wer recht hatte.«

Warstein hatte gewußt, daß sie das sagen würde. Es war die logische Konsequenz aus allem, was er bisher gehört hatte. Etwas hätte gefehlt, hätte sie dieses letzte Argument nicht gebracht.

»Macht es Ihnen eigentlich Spaß, mich zu quälen?« fragte er.

»Nein. Aber ich habe keine Wahl.«

Während sie aufstand und mit kleinen Schritten im Zimmer umherzugehen begann, mußte sich Warstein eingestehen, daß er sie gründlich unterschätzt hatte. Ob sie nun vor Angst und Verzweiflung zitterte oder nicht – anscheinend hatte sie die vergangene Woche nicht nur damit zugebracht, sich den Kopf zu zerbrechen, ob er der Richtige war, sondern auch, sich jede mögliche Antwort auf jede denkbare Reaktion zurechtzulegen; und bisher hatte sie eindeutig Erfolg damit. Wahrscheinlich würde er sie doch k.o. schlagen müssen – einen Sieg nach Punkten konnte er gegen diese Frau nicht erringen.

»Haben Sie die gemalt?« fragte sie plötzlich. Sie war an der Wand neben dem Fernseher stehengeblieben und bewunderte eines seiner Bilder: eine verwirrende Farbkomposition aus ineinanderlaufenden Ringen und Kreisen, die sich vor den Augen des Betrachters zu drehen begannen, wenn er den Fehler beging, sie zu lange anzusehen.

»Ja«, maulte Warstein. »Und sparen Sie sich jeden Kommentar. Ich habe mich gehütet, sie meinem Psychoanalytiker zu zeigen.«

Berger lachte – es war das pflichtschuldigste Lachen, das er je gehört hatte –, schüttelte den Kopf und trat an das zweite der drei Bilder, die die Fettflecken auf der zehn Jahre alten Rauhfaser zu überdecken versuchten: ein Konstrukt aus Würfeln und Kuben, die auf schier unmögliche Weise ineinandergeschachtelt waren. Das dritte zeigte regenbogenfarbige Schlangenlinien – oder auch nicht. Wenn man zu lange hinsah, wußte man es nicht mehr genau.

»Sie verstehen mich falsch«, sagte sie. »Sie gefallen mir. Sie haben etwas . . . Faszinierendes.«

»Mir Komplimente zu machen, nutzt Ihnen auch nichts«, sagte Warstein so unfreundlich, wie er gerade noch konnte, ohne wirklich zu schreien.

»Aber das mache ich nicht«, behauptete Berger und trat an das dritte Bild heran. »Ich verstehe nichts von Kunst, aber das ist . . . zumindest außergewöhnlich. Haben Sie damit angefangen, nachdem Sie aus der Schweiz zurückgekehrt sind?«

»Ich hatte Zeit genug«, sagte Warstein. Tatsächlich hatte er nicht unmittelbar nach seiner Rückkehr aus Ascona, sondern ein halbes Jahr später zu malen begonnen, und wirklich aus nichts als purer Langeweile. Er verstand vielleicht etwas von Computern und geometrischen Formeln, aber er war zeit seines Lebens nicht einmal in der Lage gewesen, ein halbwegs vernünftiges Strichmännchen zu Papier zu bringen. Viele von denen, die seine Bilder gesehen hatten, behaupteten, daß das heute noch so sei.

»Wissen Sie, daß mein Mann auch gemalt hat, nachdem er aus der Schweiz zurückgekehrt ist?« fragte Berger plötzlich – und in einem so beiläufig-harmlosen Tonfall, daß ihm das eigentlich eine Warnung hätte sein müssen. »Und von einigen der anderen weiß ich es auch. Ich frage mich, ob das Zufall ist.«

»Nein«, sagte Warstein feindselig. »Bestimmt nicht. Am Anfang habe ich Berge aus Kartoffelpüree modelliert, aber das war eine zu große Schweinerei, und ich konnte das Zeug schließlich nicht mehr sehen.«

»Was, wenn ich beweisen kann, daß wir eine gute Chance haben, alles aufzudecken?« fragte sie unvermittelt.

Auch damit hatte er gerechnet. Und obwohl er wußte, daß er es vermutlich schon in der nächsten Minute bitter bereuen würde, hörte er sich selbst antworten: »Und wie?«

»Der Zug«, antwortete Berger. »Was immer dem Zug zugestoßen ist, ist schon einmal passiert.«

»Unsinn«, behauptete Warstein. »Davon hätte ich gehört. Jeder hätte davon gehört.«

»Es war nicht so dramatisch, und sie haben versucht, es zu vertuschen. Aber vor vier Wochen hat schon einmal ein ICE den Tunnel passiert. In aller Stille – ich nehme an, sozusagen als Generalprobe für die Jungfernfahrt.«

»Und er ist auch in die Luft gesprengt worden?« fragte er spöttisch.

»Nein. Aber irgend etwas ist schiefgelaufen, und sie haben sich verdammt viel Mühe gemacht, es zu vertuschen. Erfreulicherweise ist es ihnen nicht ganz gelungen.« Sie stockte einen kleinen, aber bedeutungsschweren Moment. »Ich ... habe vorhin gesagt, daß Sie der einzige sind, der mir helfen könnte, aber das ... das war nicht ganz die Wahrheit.«

»So?« fragte Warstein kühl.

»Oder doch. Ich meine, Sie sind vermutlich der einzige, der es kann, aber es gibt noch jemanden, der es wenigstens versuchen will. Er kann uns beiden helfen – in die Schweiz zu kommen, und vielleicht auch meinen Mann zu finden.«

»Lassen Sie mich raten«, sagte Warstein. »Ein Journalist.«

Diesmal hatte er sie ehrlich überrascht. »Woher wissen Sie das?«

»Weil diese freundlichen Herrschaften mir schon damals voller Begeisterung geholfen haben«, antwortete er höhnisch. »So lange, bis sie hatten, was sie wollten. Sie haben mir jedes Wort geglaubt. Sie haben fleißig notiert und mitgeschnitten, und dann zu Hause in der Redaktion in aller Ruhe ihre Kommentare dazu verfaßt. Wollen Sie einige davon hören?« Er machte eine zornige Bewegung auf ihren Ordner. »Ich habe zwar keine Mappe, aber ich habe das meiste nie vergessen. Nein, danke.«

»Aber der Mann könnte uns helfen«, beharrte Berger. Warstein fiel in diesem Moment gar nicht auf, daß die Frage, ob er ihr helfen würde, anscheinend schon gar nicht mehr zur Debatte stand. »Ich weiß, daß Sie allen Reportern mißtrauen, und wahrscheinlich haben Sie jeden nur denkbaren Grund dazu. Ich traue ihnen auch nicht.«

»Das klang gerade aber ganz anders.«

»Ich sehe die Sache so«, antwortete Berger ungerührt. »Natürlich ist er nur hinter einer Story her. Aber solange er glaubt, daß wir ihm helfen, sie zu bekommen, wird er uns helfen. So einfach ist das.«

Und so falsch, dachte Warstein. Er konnte das aus persönlicher Erfahrung behaupten. Er hatte genauso gedacht, vor drei Jahren. Das Problem war nur, daß Journalisten sich lieber mit einer kleinen Story zufriedengaben, als gar keine zu bekommen. Und ein angesehener junger Diplom-Ingenieur, der plötzlich anfing, von Geistern und Flüchen und uralten Mächten zu faseln, war allemal für ein paar Schlagzeilen gut.

Er stand auf, ging zum Kühlschrank und nahm sich eine neue Dose Bier. Sie schmeckte noch weniger als die erste, und die Menge an Alkohol reichte nicht annähernd, um irgendeine Wirkung bei ihm hervorzurufen; außer schlechten Atem. Er hatte etwas gebraucht, um seine Hände zu beschäftigen.

Berger, die erst jetzt die Aufschrift auf der Dose entdeckte, legte den Kopf schräg und blinzelte. »Ist das Zufall?«

»Daß das Zeug genauso heißt wie ich?« Warstein nickte. »Ja. Daß ich es trinke, nicht. Es schmeckt nicht einmal besonders, und im Grunde kann ich es mir gar nicht leisten. Aber ich finde es irgendwie ganz witzig.«

Er wollte die Dose ansetzen, aber plötzlich stand sie neben ihm und drückte sie mit Zeige- und Mittelfinger herunter. Nicht sehr fest, aber doch so, daß es zu einem Kräftemessen zwischen ihnen gekommen wäre, hätte er sich widersetzt. Sie kam ihm dabei zwangsläufig ganz nahe, so daß er spürte, wie gut ihr Haar und ihr Parfum rochen, und vor allem und viel mehr spürte er ihre bloße Nähe. Sie machte ihn nervös. Und sie machte ihn zornig. Sie machte ihn nervös, weil ihm seit drei Jahren keine Frau mehr so nahe gekommen war, die er nicht dafür bezahlt hätte, und sie machte ihn zornig, weil er wußte, daß sie es aus genau diesem Grund tat.

Schneidend und mit keiner anderen Absicht, als sie zu verletzen, fragte er: »Ich glaube wirklich, Sie würden sogar so weit gehen, nur damit ich mitkomme, wie?«

Sie versteifte sich. Während sie die Hand herunternahm und fast fluchtartig zwei Schritte vor ihm zurückwich, setzte er seine Bierdose wieder an, trank einen Schluck und fand, daß es an der Zeit sei, noch ein wenig Salz in die Wunde zu streuen.

»Würden Sie es? Ich meine, lieben Sie Ihren Mann wirklich so sehr, daß Sie so weit gehen würden, damit ich Sie und diesen Zeitungsschmierer begleite? Oder gehören Sie einfach zu denen, die keine Absagen ertragen können?«

Endlich sah er die gewünschte Reaktion in ihren Augen. Nichts, was er zuvor gesagt oder getan hatte, war überraschend für sie gekommen – aber auf Tiefschläge hatte sie sich nicht vorbereiten können. Aus Schmerz, Erschrecken und Verzweiflung in ihrem Blick wurde lodernde Wut.

»Sie . . . Sie . . .«

»Was?« unterbrach sie Warstein. Er kam sich selbst gemein und niederträchtig vor wie nie zuvor. Später, als sie gegangen war und er noch einmal über alles nachdachte, machte er eine wichtige Erfahrung: daß es eben nicht hilft, anderen weh zu tun, wenn einem selbst weh getan worden ist. Es erleichterte nicht einmal. Im Gegenteil – es machte alles noch schlimmer.

Trotzdem nahm er nichts zurück, weder von dem, was er gesagt, noch von dem, was er angedeutet hatte, sondern deutete nur mit der Hand, die die Bierdose hielt, auf die Tür. »Gehen Sie. Und vergessen Sie Ihre Mappe nicht.«

Ihre Augen füllten sich endgültig mit Tränen, während sie den grünen Plastikordner anstarrte. Sie versuchte jetzt nicht mehr, sie zurückzuhalten. Warstein bemühte sich vergeblich, sich einzureden, daß es nur Tränen der Wut waren. Geschlagene zehn Sekunden stand sie vollkommen reglos da, dann raffte sie ihre Handtasche an sich, wirbelte auf dem Absatz herum und warf die Tür so heftig hinter sich zu, daß Vlad mit einem erschrockenen Satz schon wieder auf das oberste Bücherbord hinaufhüpfte und auch noch den Rest seines Inhaltes herunterwarf. Die Mappe ließ sie liegen.

Warstein begann am ganzen Leib zu zittern, nachdem Berger gegangen war. Er konnte ihre Schritte durch die dünne Tür hindurch auf dem Flur hören; einige Sekunden später abgelöst vom Geräusch des Aufzuges. Warstein zählte in Gedanken bis dreißig, dann drehte er sich herum und trat ans Fenster. Berger erschien fast im gleichen Augenblick unten vor dem Haus. Sie überquerte im Sturmschritt, ohne nach rechts oder links zu sehen, die Straße und stieg in einen dunkelroten Austin Mini, der am gegenüberliegenden Straßenrand geparkt war.

Warum hatte er das getan? Er hatte sie loswerden wollen, und er hatte geglaubt, es wäre gleich, um welchen Preis, doch das stimmte nicht. Er zitterte noch immer am ganzen Leib, und seine Hände bebten so stark, daß er Mühe hatte, die Bierdose zu halten. Mit schnellen, zornigen Schlucken leerte er sie, drehte sich mit einem Ruck vom Fenster weg und schleuderte die Dose in eine Ecke. Sie prallte mit einem hohlen Geräusch ab und riß einen Teil des schmutzigen Geschirrs herunter, das sich auf der Spüle türmte. Vlad kommentierte die ganze Katastrophe mit einem zornigen Fauchen.

Warstein beruhigte sich nicht. Im Gegenteil. Es wurde immer schlimmer. Seine Hände zitterten nicht mehr, sie zuckten, sein Herz hämmerte wild, und er war plötzlich in kalten, klebrigen Schweiß gebadet. Es war zu spät. Was er getan hatte, war pure Notwehr gewesen, aber sie war zu spät gekommen. Sie hatte die Geister der Vergangenheit geweckt, und keine Macht der Welt konnte sie jetzt noch in den Abgrund zurückjagen, in den er sie drei Jahre lang verbannt hatte. Er hatte immer gewußt, daß sie eines Tages ausbrechen würden, aber nicht jetzt. Nicht so.

Vielleicht war das die Natur böser Geister: Sie kamen immer dann, wenn man am wenigsten mit ihnen rechnete.

Falls er seiner Uhr noch trauen konnte, hatte er viel mehr als die erwartete Stunde gebraucht, um den Rest der Strecke zurückzulegen. Das Gehen war noch schwieriger geworden, und obwohl er wußte, daß ihm kein weiterer Zug mehr entgegenkommen konnte, hatte er es nicht mehr gewagt, die Schienen noch einmal zu betreten, um auf den Schwellen bequemer und vor allem schneller von der Stelle zu kommen. Vor zehn Minuten hatte er die letzte Weiche passiert. Das Ende des Tunnels und die Männer hätten längst in Sicht kommen müssen; von der gewaltigen Fräse ganz zu schweigen. Er hätte sie zumindest hören müssen – das Dröhnen und Mahlen der diamantbesetzten Bohrköpfe war manchmal selbst außerhalb des Berges zu hören, und die enge Steinröhre wirkte wie ein Schalltrichter, der normalerweise jeden Laut zigfach verstärkte.

Er wollte nicht weitergehen. Er hätte alles darum gegeben, umkehren oder wenigstens stehenbleiben zu können, denn er war sicher, daß er etwas Entsetzliches entdecken würde, wenn er bis zum Ende des Tunnels ging. Es war mehr als ein technisches Versagen. Die Männer mußten tot sein. Verschüttet, erstickt oder auf irgendeine andere unsagbare Weise ums Leben gekommen, denn wenn es sich lediglich um einen technischen Fehler gehandelt hätte, so hätte sich mindestens einer von ihnen längst auf den Rückweg gemacht, und er wäre ihm begegnet. Obwohl er nur den kleinen Helmscheinwerfer als Lichtquelle hatte, reichte er doch aus, den zwanzig Meter breiten Stollen zur Genüge zu beleuchten.

Niemand war ihm entgegengekommen. Niemand hatte gerufen, oder sich sonstwie gemeldet. Vielleicht war die Fräse explodiert. Vielleicht war der Stollen eingestürzt, oder die Männer hatten sich gegenseitig umgebracht – auch wenn die Gefahr eines Gaseinbruches so gut wie ausgeschlossen war, so gab es doch tausend andere Dinge, die ihnen zugestoßen sein konnten. Es gab Strahlungen, die wahnsinnig machten. Es gab Massenhysterie. Es gab . . . Alles war denkbar. Gott allein mochte wissen, was in diesem verdammten Berg verborgen war, und was sie mit ihrer frevelhaften Tat geweckt hatten.

Warstein spürte, daß er schon wieder im Begriff war, sich selbst in Hysterie zu reden. Aber diesmal half dieses Wissen nichts. Er ging weiter, mit immer langsameren, immer kleineren Schritten, doch obwohl er sich mit jeder Sekunde neue Schrecknisse ausmalte, die am Ende seines Weges auf ihn warteten, war es ihm einfach nicht möglich stehenzubleiben. Was immer dort vorne war, zog ihn magisch an.

Seiner Schätzung nach hätte er das Ende des Vortriebs längst erreichen müssen, als er das Licht sah. Im ersten Moment war es nur ein matter Glanz, der vom Schein seiner eigenen Lampe fast überstrahlt wurde. Warstein schaltete sie aus und schloß für zwei Sekunden die Augen, um sich an die Dunkelheit zu gewöhnen, und als er die Lider wieder hob, sah er das Licht deutlicher. Es war kein Scheinwerfer, wie er zuerst geglaubt hatte, keine Lampe, aber auch kein Feuerschein – am Ende des Tunnels, in einer unmöglich zu schätzenden Entfernung, die aber nicht sehr groß sein konnte, strahlte ein seltsames, mildes weißes Licht, das viel rascher an Leuchtkraft zunahm, als Warstein sich darauf zu bewegte. Schon nach einigen Sekunden blendete es ihn fast, und sein Schein zeichnete harte, tiefe Schatten auf die

Wände und den Boden. Und es war ein Licht, das irgendwie selektiv zu sein schien, obwohl Warstein ganz genau wußte, daß das unmöglich war. Doch da, wo es natürlich gewachsenen Fels berührte, da hob es alle Details und Einzelheiten deutlich hervor, aber gleichsam wie eine modellierende Hand, die für Tiefe und Schärfe sorgte, wo vorher nur Andeutungen gewesen waren, während es da, wo es auf Stützen und Pfeiler traf, auf Streben und Leitungen, auf Schienen und Versorgungskanäle, einfach nur grell war; so unangenehm grell, daß man nicht lange hinsehen konnte. Aber Warstein registrierte dieses Phänomen nur mit einem flüchtigen Blick. Seine ganze Aufmerksamkeit war nach vorne gerichtet, auf das Licht, auf das nicht nur er sich, sondern das sich auch auf ihn zu bewegte. Er hatte das Ende des Stollens jetzt fast erreicht. Vor ihm war etwas. Er konnte nur einen verschwimmenden Schatten in einem Meer aus weißer Helligkeit sehen, doch schon diese vagen Konturen verrieten ihm, daß es die Fräse war: das stählerne Ungeheuer, das sie vor zwei Jahren auf diesen Berg angesetzt hatten und das sich seither mit der unerbittlichen Beharrlichkeit eines computergesteuerten Killers in seinen Leib hinein grub und wühlte. Warstein dachte diesen Gedanken mit genau diesen Worten; Worten, die ihm vor zwei Stunden noch nicht einmal in den Sinn gekommen wären. Wie jeder hier hatte auch er sich schon bei dem naiven Gedanken ertappt, sich zu fragen, ob diese Berge vielleicht auf eine gewisse Art lebten; Geschöpfe wie sie waren, nur so unvorstellbar fremd, so unvorstellbar anders, daß sie das niemals erkennen konnten. Jetzt wußte er, daß es so war. Etwas war mit ihm geschehen, während er durch den auf so unheimliche Weise veränderten Tunnel gelaufen war. Die Veränderung war viel tiefer und grundlegender, als er bisher schon ahnte. Aber er war sich ihrer bewußt und fragte sich, was als nächstes geschehen würde.

Er fand die Fräse. Der Schatten war der stählerne Koloß gewesen, und dieser gewann so schnell an räumlicher Substanz, daß Warstein erschrocken zusammenfuhr und nun doch einen Moment stehenblieb. Es gab kein allmähliches Erkennen. Was vor dem Bruchteil einer Sekunde noch ein weicher Schemen und ein weißer Lichtkreis gewesen war, das offenbarte sich ihm ebenso plötzlich und hart wie der Zug vorhin als die riesige Tunnelbaumaschine. Sie stand keine zehn Meter mehr vor ihm, und obwohl zwischen ihrem Ende und ihrer vorderen Front noch einmal gute fünfundzwanzig Meter lagen, erkannte er doch jedes winzige Detail mit beinahe übernatürlicher Schärfe; fast als sorge die gleiche, unheimliche Macht, die seine Sinne bisher verwirrt hatte, nun dafür, daß sie zum Ausgleich jetzt mit nie gekannter Präzision arbeiteten.

Die Fräse war zum Stehen gekommen. Die acht gewaltigen Bohrköpfe, die wiederum aus einem Dutzend kleinerer, sich gegeneinander drehender diamantbesetzter Kreisel bestanden, rührten sich nicht mehr. Warstein verglich diese Fräse gern mit einem Kraken, und tatsächlich hatte sie eine gewisse Ähnlichkeit damit – der gewaltige, stählerne Leib, an dem eine ebenso robuste wie komplizierte Mechanik dafür verantwortlich war, Felsschutt und Trümmer direkt in die Loren der Abraumzüge zu transportieren, endete in einem nur nach hinten offenen Führerhaus, in dem ein im Grunde vollkommen überflüssiger menschlicher Pilot über das elektronische Gehirn der Maschine wachte. Nach vorne, oben und zu beiden Seiten war er von schweren Stahlplatten abgeschirmt, falls sich doch einmal ein herumfliegender Brocken verirren sollte. Trotzdem war die Arbeit dort oben heiß, laut, staubig und alles andere als angenehm. Direkt dahinter erhob sich der eigentliche Bohrmechanismus – ein aus acht einzelnen Segmenten bestehender, flach gegen die Wand gepreßter Teller aus Stahl, der selbst den härtesten Granit zerrieb, als wäre er nicht mehr als weicher Sandstein. Das Führerhaus war verwaist. Und auch von den Männern des Bautrupps, die hier am Ende des Vortriebs arbeiteten, war nichts zu sehen.

Warstein ging langsam an der Flanke der gewaltigen Fräse entlang und suchte nach Spuren mechanischer Beschädigungen. Er fand nichts. Der gepanzerte Leib des Stahlkraken war übersät von Dellen, Schrammen und Kratzern, Schweißnähten und stählernen Flicken, aber das war nichts, was diesen Koloß ernsthaft beeinträchtigen konnte; Narben, die dieses stählerne Schlachtroß in den unzähligen Gefechten seines Lebens davongetragen hatte. Keine davon war neu oder so groß, daß sie Warsteins besondere Aufmerksamkeit erweckt hätte.

Vor der metallenen Leiter, die zum Fahrerstand hinauf führte, blieb er einen Moment stehen und überlegte hochzuklettern. Aber er konnte ihn von hier aus ganz gut einsehen. Wenn dort oben jemand gewesen wäre, hätte er schon auf dem Boden liegen müssen. Und vielleicht hatte er ja Angst, diese Entdeckung zu machen. Er ging weiter, erreichte schließlich die Wand und ließ seinen Blick aufmerksam darüber gleiten.

Auch hier war nichts Auffälliges zu entdecken. Die Bohrköpfe drehten sich nicht mehr, aber Warstein vermochte den Grund dafür zumindest auf Anhieb nicht zu sehen. Kein besonders großer, besonders harter Felsbrocken. Keine Einschlüsse aus Quarz oder Kristall oder ein Bereich mit anders verlaufender Schichtung – all das nicht, was diesen metallenen Steinfresser ohnehin nicht hätte aufhalten dürfen; unter ganz bestimmten ungünstigen Umständen aber hätte aufhalten können. Doch vor ihm war nur Fels, der allgegenwärtige, ganz besonders harte, aber doch durch und durch normale schwarze Granit des Gridone, dem diese Maschine seit Jahren zu Leibe rückte, ohne mehr als ein paar Zähne dabei verloren zu haben.

Dann entdeckte er doch etwas. Nicht unbedingt das, wonach er gesucht hatte, und ganz bestimmt nicht das, was diese Maschine angehalten hatte. Direkt vor ihm, nicht ganz zwei Meter hoch an der Wand und soweit er sehen konnte, von einer Seite des Tunnels bis zur anderen reichend, zog sich eine dünne, schnurgerade blaue Linie dahin. Warstein trat neugierig näher, betrachtete die Linie einige Momente und schaltete dann trotz der an sich ausreichenden Helligkeit noch seinen Scheinwerfer ein. Die Linie blieb. Sie war keine Täuschung gewesen, und sie war auch nicht natürlichen Ursprungs. Warstein streckte die Hand aus und kratzte prüfend daran, und was unter seinem Fingernagel zurückblieb, das war nichts anderes als blaue Farbe. Jemand hatte diese Linie auf den Stein gemalt.

An einer Stelle, die bis gestern abend noch unerreichbar im Herzen des Berges gelegen hatte.

Warstein trat einen Schritt zurück und hob den Kopf. Der gelbe Kreis seines Helmscheinwerfers, der wie ein gehorsamer Suchhund die Wand emporhuschte, offenbarte ihm weitere blaue Linien, die sich, einem komplizierten Muster folgend, über die Wand erstreckten. Er war zu nahe, und die Fräse hatte bereits zu viel davon zerstört, als daß er es wirklich erkennen konnte, aber es war da gewesen. Ein geometrisches Muster, das zugleich zu regelmäßig wie auch wieder nicht gleichmäßig genug war, um von der Hand der Natur zu stammen. Und je mehr er sich umsah, desto mehr von dieser bizarren, indigoblauen Malerei entdeckte er: hier weitere Linien, dort etwas, das wie Runen aussah, zugleich aber auch völlig anders, da ein Muster aus Schlangenlinien, das sich mit einem Teil des Bildes vereinigen wollte, das der Fräse zum Opfer gefallen war. Die einzelnen Linien waren zu dünn, wie mit einem feinen Bleistift gemalt, als daß man sie auf Anhieb hätte sehen können, aber wenn man erst einmal anfing, danach zu suchen, konnte man die Augen vor dem Bild nicht mehr verschließen: jemand hatte quer über die Wand ein kompliziertes Muster gemalt. An einer Stelle, die noch niemals ein Mensch hatte betreten können.

Die Hysterie war wieder da, begleitet von ihrem Bruder, der Panik, und Warstein war viel zu schockiert, um noch einmal dagegen ankämpfen zu können. Er hatte recht gehabt! In diesem Berg war etwas! Etwas Böses, etwas unvorstellbar Gefährliches, etwas, das viel älter als die Menschen, vielleicht so alt wie diese Welt war, und sie hatten es geweckt, und jetzt war es frei und zornig, und sie alle würden einen schrecklichen Preis für ihren Frevel zahlen müssen! Noch vor Tagesfrist hätte er laut über solche Gedanken gelacht, aber jetzt, angesichts der reglos dastehenden Riesenmaschine, des Lichtes, des Schweigens und dieser unheimlichen Linien und Muster – des Siegels, das sie gebrochen hatten! – begriff er zum ersten Mal im Leben, daß es Dinge geben mochte, die mit den Mitteln der Wissenschaft und Logik nicht zu erklären waren. Mächte, die älter als der Mensch und seine vermeintlich allmächtige Wissenschaft waren, und ungleich mächtiger. Diese Linien bewiesen es. Linien, die eindeutig von Menschenhand geschaffen waren, aber ebenso eindeutig war, daß noch niemals ein Mensch an dieser Stelle gewesen sein konnte, denn sie lag hinter fünf Kilometern Granitgestein verborgen, und . . .

Vielleicht war es pure Selbstverteidigung, daß sein Verstand schließlich doch eine Erklärung fand, die es ihm ermöglichte, nicht an dem Anblick zu zerbrechen. Plötzlich lachte er, laut und schrill, ein Geräusch, das von den Felswänden aufgefangen und verzerrt zurückgeworfen wurde und selbst in seinen eigenen Ohren verdächtig nach einem Schrei klang. Aber es war die einzige Erklärung, die überhaupt möglich war.

Jemand war hier gewesen. Gestern abend, nach dem Ende der letzten Schicht. Anders als gewöhnlich hatten sie in dieser Nacht nicht durchgearbeitet, sondern die Fräse abgeschaltet, um einige dringend notwendige Reparaturen an der Elektronik durchführen zu können. Jemand mochte sich hereingeschlichen und unbemerkt von allen diese Linien auf die Wand gemalt haben. Unter anderen Umständen hätte Warstein diese Erklärung sofort als das entlarvt, was sie war: nämlich kaum glaubhaft. Die Reparaturen hatten die ganze Nacht gedauert. Ein Trupp von zehn Technikern und mindestens noch einmal soviel Begleitpersonal war hier gewesen, die Arbeiten waren nahtlos fortgesetzt worden, kaum daß die Fräse wieder lief; jede Stunde, die das Gerät stillstand, kostete die Gesellschaft ein kleines Vermögen.

Aber solche Feinheiten waren ihm jetzt gleich. Es war die einzige Erklärung, und so mußte es gewesen sein. Wie es der unbekannte Graffiti-Künstler fertiggebracht hatte, sein Werk unter den Augen von zwanzig Zuschauern zu vollenden, ohne daß irgend jemandem etwas auffiel, darum konnte er sich später kümmern. Vielleicht war es sogar einer der Techniker selbst gewesen. Warstein wußte, daß ein paar von ihnen über einen reichlich bizarren Humor verfügten; unterbezahlte junge Intellektuelle, denen auch durchaus zuzutrauen gewesen wäre, Kreise in die Felder argloser Kornbauern zu trampeln.

Er beruhigte sich nur langsam wieder. Trotzdem kehrten seine Gedanken nach einer Weile zu dem eigentlichen Grund seines Hierseins zurück – den Männern des Bautrupps. So seltsam diese Zeichnung war, sie erklärte nicht im mindesten, was mit den Männern geschehen war. Sie waren eindeutig nicht hier. Der Grund, weswegen sie nicht auf Frankes Anrufe reagiert hatten, war kein defektes Funkgerät – sie waren einfach nicht mehr da.

Wieder begann sich ein unheimliches, unwirkliches Gefühl in Warstein breitzumachen. Gegen seinen Willen suchte sein Blick wieder das zerbrochene Linienmuster auf der Wand, und jetzt, als er einmal wußte, daß es da war, entdeckte er immer mehr Details. Nichts davon ähnelte irgend etwas, das er jemals gesehen hätte, aber er empfand ein schwer zu bestimmendes Gefühl der Bedrohung, je länger er es ansah. Vielleicht war es auch eine Warnung. Was auch immer – es war zu intensiv, um es zu ignorieren.

Rasch wandte er den Blick wieder ab und ging einige Meter zurück, bis er die Leiter zum Führerhaus erreichte. Die Fräse verfügte über eine eigene Sprechverbindung nach draußen. Vielleicht funktionierte sie ja noch.

Warstein kletterte die Leiter hinauf, zog den Kopf ein, um sich nicht an den Stahlplatten zu stoßen, die die Fahrerkabine abschirmten, und streckte die Hand nach dem Telefonhörer auf der linken Seite des komplizierten Armaturenbrettes aus.

Er führte die Bewegung nicht zu Ende.

Für die nächsten zehn Sekunden tat er gar nichts, außer dazustehen und aus aufgerissenen Augen in den Tunnel auf der anderen Seite der Fräse zu starren.

Da waren sie. Die ganzen fünfundzwanzig Mann. Trupp neunzehn war nicht verschwunden. Die Männer saßen auf der anderen Seite der Maschine im Kreis auf dem Boden, hatten sich an den Händen ergriffen und saßen vollkommen reglos und mit gesenkten Köpfen da.

Eine Spinne aus Eis mit mindestens zweihundert Beinen schien langsam Warsteins Rücken hinaufzukriechen. Seine Haut fühlte sich an wie elektrisiert. Atem und Herzschlag gehorchten ihm nicht mehr. Der Anblick war fast mehr, als er jetzt noch verkraften konnte.

Schon unter normalen Umständen wäre er absurd gewesen. Die Männer saßen im Kreis und schienen zu meditieren oder zu beten. Sie schliefen nicht, wie er rasch erkannte. Manchmal regte sich eine der Gestalten, und wenn er ganz genau hinhörte, dann konnte er ein sonderbares Summen und Intonieren wahrnehmen. Es war leise, gerade noch an der Grenze des überhaupt noch Hörbaren, aber es war wie mit dem Bild an der Wand: nachdem er es einmal registriert hatte, konnte er die Ohren davor nicht mehr verschließen, und auch in diesem unheimlichen Singsang waren ein System und eine Ordnung, die er nicht zu erkennen vermochte, aber auch nicht übersah. Und da war etwas Gemeinsames. Die blauen Linien und der geflüsterte Gesang korrespondierten miteinander, auf eine Weise, die ihm angst machte.

Sehr viel Zeit verging, in der Warstein nur dastand und auf den Kreis aus fünfundzwanzig Männern herabblickte, bis er endlich die Kontrolle zuerst über seinen Willen und dann über seinen Körper zurückfand.

Unendlich langsam und auf zitternden Knien begann er die Leiter auf der anderen Seite der Fräse hinabzusteigen. Er gab sich nicht einmal Mühe, leise zu sein, aber die Männer schienen den Lärm, den er verursachte, nicht wahrzunehmen. Keiner von ihnen sah auf, keiner ließ seinen Nachbarn los oder hielt gar mit seinem unheimlichen Gesang inne. Es vergingen nur wenige Momente, bis Warstein den Kreis erreicht hatte und wieder stehenblieb.

Aus der Nähe betrachtet wirkte der Anblick der Männer noch furchteinflößender. Ihre Gesichter waren leer, ihre Züge schlaff, die Augen, soweit sie sie überhaupt geöffnet hatten, glanzlos und trüb. Keiner von ihnen schien Warstein auch nur wahrzunehmen.

Warstein streckte die Hand aus, um eine der Gestalten zu berühren, wagte es dann aber doch nicht. Etwas Sonderbares umgab die Männer. Nichts, was ihm angst gemacht oder ihn beunruhigt hätte. Es war etwas ... ja, etwas fast Heiliges. Es war nicht richtig, sie zu berühren, sie bei dem zu stören, was sie taten. So trat er wieder einen Schritt zurück und ließ seinen Blick ein zweites Mal und aufmerksamer über die Gesichter der fünfundzwanzig Männer gleiten.

Der Ausdruck darauf war nicht überall gleich, wie es im ersten Moment den Anschein gehabt hatte. Viele von ihnen waren leer, schlaff wie die von Schlafenden oder Männern in Trance, doch auf manchen waren auch die Spuren starker Gefühle zu erkennen – Erregung, Freude, Verzückung, aber auch so etwas wie Furcht, ja, hier und da vielleicht sogar etwas wie Entsetzen. Und sie hielten sich auch nicht unentwegt an den Händen. Manchmal ließ einer seinen Nachbarn los und zeichnete mit den Fingern komplizierte Muster in die Luft, und jetzt entdeckte Warstein auch, daß einige Männer etwas vor sich auf den Boden gemalt hatten. Neugierig trat er näher, beugte sich über eine der Gestalten, die mit den Fingern ein Muster aus roten, ineinanderlaufenden Linien vor sich auf den Stein zeichnete – und fuhr entsetzt zusammen.

Der Mann hatte keinen Stift. Was er für rote Farbe gehalten hatte, war Blut. Der Mann hatte so lange mit den Fingerspitzen Muster auf den rauhen Stein gemalt, bis seine Haut zu bluten begonnen hatte. Er mußte unerträgliche Schmerzen haben, und ganz offensichtlich spürte er sie auch, denn sein Gesicht war zu einer Grimasse der Qual geworden. Trotzdem hielt er nicht darin inne, Linien und Kreise auf den Stein zu zeichnen.

»Um Gottes Willen!« keuchte Warstein. »Hören Sie auf! Was tun Sie denn da?« Er vergaß seinen Schrecken, und er vergaß auch das Gefühl von Ehrfurcht, das von ihm Besitz ergriffen hatte. Er sah nur die blutigen Fingerspitzen des Mannes, durch die hier und da bereits der weiße Knochen hindurchschimmerte, und das furchtbare rote Gemälde auf dem Boden. Mit einer einzigen kraftvollen Bewegung riß er den Mann zurück und halb auf die Füße. Im allerersten Moment versuchte sich dieser schwächlich zur Wehr zu setzen. Er schlug nach Warstein, aber der Hieb war so unkonzentriert und fahrig, daß er auch nicht getroffen hätte, wäre er nicht ausgewichen. Der zweite Schlag streifte seine Wange und hinterließ einen Streifen unangenehmer, klebriger Wärme auf seiner Haut, und während Warstein angeekelt zurücktaumelte, begriff er seinen Irrtum: Der Mann versuchte nicht, sich zu wehren. Seine Finger zeichneten einfach weiter jene komplizierten Muster und Linien in die Luft, die sie bisher auf dem Felsen hinterlassen hatten.

Warstein ergriff den Mann bei den Schultern und schüttelte ihn so wild, daß sein Kopf von einer Seite auf die andere schlug und seine Zähne dabei klapperten. »Wachen Sie auf!« schrie er. »Verdammt noch mal, wachen Sie endlich auf!«

Er hatte selbst nicht damit gerechnet – aber seine Worte zeigten Wirkung. Ein Ausdruck tiefster Verwirrung erschien in den Augen des Mannes. Einige Sekunden lang stand er einfach da, so verstört wie nur irgend jemand, den Warstein in seinem Leben gesehen hatte, und sein Blick war der eines Kindes, das aus einem bösen Traum erwacht und sich an einem völlig fremden, angstmachenden Ort befindet. Seine Lippen begannen zu zittern. Er wich einen Schritt vor Warstein zurück, als dieser ihn losließ, dann hob er die Hände und sah auf seine blutigen Fingerspitzen herab. Der Anblick schien den Bann endgültig zu brechen. Wimmernd vor Schmerz und Schrecken stolperte er weiter zurück, bis er gegen die Flanke der Steinfräse prallte und langsam daran zu Boden glitt.

Warstein fuhr herum und war mit einem Satz bei einem zweiten Mann. Auch er war bereits wieder einer Panik nahe. Er hatte recht gehabt. Irgend etwas Unvorstellbares war hier im Gange. Nicht alle Männer hatten sich auf so furchtbare Weise selbst verstümmelt, sondern nur vier oder fünf. Aber vielleicht war der Schrecken, den er sehen konnte, sogar der kleinere. Wenn er jetzt aufhörte, würde er einfach schreiend davonlaufen und erst stehenbleiben, nachdem er das Ende des Tunnels erreicht hatte. Mit einem schon fast brutalen Ruck zerrte er einen zweiten Mann in die Höhe und versetzte ihm eine schallende Ohrfeige. Der Mann schien den Hieb gar nicht zu spüren, doch er erzielte die erhoffte Wirkung. Warstein konnte sehen, wie der unheimliche Bann auch von ihm abfiel. Er brach nicht zusammen, wie sein Kamerad, aber er begann gellend und ausdauernd zu schreien, als er die Hände vor das Gesicht hob und sah, was er sich selbst angetan hatte.

Warstein zerrte einen dritten Mann in die Höhe, und als er schließlich beim fünften angekommen war, da konnte er fast körperlich fühlen, wie der Bann brach. Irgend etwas löste sich unsichtbar und schwer vom Kreis der Männer und floh zurück in die dunklen Nischen des Kosmos, aus denen es hervorgekrochen war.

Im gleichen Moment änderte sich das Licht. Das unheimliche, milde Leuchten erlosch und machte dem harten Schein künstlichen Lichtes Platz. Die Lampen unter der Tunneldecke brannten wieder, als wären sie niemals ausgefallen, und auch die meisten Helmscheinwerfer der Männer glommen auf wie kleine, glühende Augen in der Mitte ihrer Stirn. Warstein registrierte es jedoch nur am Rande, denn rings um ihn herum erwachten nun auch die übrigen zwanzig Männer aus ihrer Trance. Es war kein angenehmes Erwachen. Einige brachen einfach zusammen. Andere begannen, je nach Temperament, zu schreien oder auch zu weinen, aber alle wirkten auf die gleiche, schreckliche Weise desorientiert wie der erste Mann, den er aus seiner Trance gerissen hatte. Und plötzlich waren da noch andere Geräusche. Schritte. Rufen und Schreien, ein Poltern und Schleifen, die Laute brummender Maschinen und piepsender Elektronik.

Warstein griff sich den erstbesten Mann, der ihm unter die Finger geriet und schüttelte ihn wild. »Was ist hier passiert?« schrie er ihn an. »Was zum Teufel ist hier los? Reden Sie!«

Ebensogut hätte er den Berg anschreien können. Der Mann hörte seine Worte, aber sein Blick machte deutlich, daß er nicht einmal verstand, was sie bedeuteten.

Warstein wandte sich wieder einem der Verletzten zu. Der Mann krümmte sich neben der Fräse am Boden und preßte beide Hände gegen die Brust. Warstein sah voller Schrecken, wie stark seine Finger plötzlich bluteten. Er kniete neben dem Mann nieder, aber er wagte es nicht, ihn zu berühren. Er konnte nichts für ihn tun, geschweige denn ihm helfen. »Einen Verbandskasten!« rief er. »Ich brauche Verbandsstoff, schnell!«

Tatsächlich drückte ihm jemand das Gewünschte in die Hand, und Warstein hatte den Kasten bereits halb geöffnet und ein Päckchen mit Verbandsmull aufgerissen, bevor ihm klar wurde, daß er nicht die leiseste Ahnung hatte, was er überhaupt damit anfangen sollte. Das einzige Mal, daß er so ein Ding in der Hand gehabt hatte, war während des Erste-Hilfe-Kursus zu seinem Führerschein gewesen – und das war zwölf Jahre her. Außerdem hatte er seine Samariter-Künste an einer Gummipuppe ausprobiert.

Das hier war keine Gummipuppe. Das war ein lebender Mensch, der vor seinen Augen zu verbluten drohte. Was um Gottes willen sollte er nur tun?

Jemand berührte ihn unsanft an der Schulter, und Warstein reagierte ebenso grob und übertrieben, indem er herum- und zugleich in die Höhe fuhr und die Hand beiseite schlug. Erst dann blickte er in das Gesicht des Mannes, der ihn angefaßt hatte. Es war Franke. »Warstein!« schnappte er. »Wo zum Teufel sind –«

»Jetzt nicht«, unterbrach ihn Warstein. Er war viel zu aufgeregt, um sich länger als einen Sekundenbruchteil zu fragen, wo Franke so plötzlich herkam. »Ich brauche Ihre Hilfe!«

»Jetzt nicht?« wiederholte Franke. Seine Augen wurden groß und seine Stimme klang, als träfe ihn jeden Moment der Schlag. »Sind Sie verrückt geworden, Warstein? Sie waren mehr als –«

Warstein explodierte. »Verdammt noch mal, halten Sie endlich das Maul!« brüllte er. »Der Mann verblutet, sehen Sie das vielleicht nicht?!«

Frankes Reaktion überraschte ihn. Der Zorn, den er erwartete, flammte tief in seinen Augen auf, aber statt ebenfalls zu explodieren, drehte er sich zu dem Verletzten herum und ließ sich in die Hocke sinken. Sein Gesicht verlor jede Farbe. Soweit das überhaupt möglich war, war er wohl noch weniger in der Lage, dem Mann zu helfen. Aber er versuchte es auch erst gar nicht. Statt dessen stand er nach einer Sekunde wieder auf und winkte jemanden herbei, der offensichtlich in seiner Begleitung gekommen war. Zu den Männern von Trupp neunzehn gehörte er jedenfalls nicht.

Genaugenommen war es überhaupt niemand, den Warstein kannte. Und es war längst nicht der einzige. Was um alles in der Welt ging hier vor?

Warstein sah sich mit einer Mischung aus Schrecken und wachsender Verwirrung um, während Franke dem Fremden knapp, aber erstaunlich präzise Anweisungen zu geben begann, wie mit den Verletzten zu verfahren sei. Außer Franke waren plötzlich mindestens zwei Dutzend weiterer Männer da, von denen er kaum die Hälfte kannte. Einige von ihnen trugen die Uniformen der Schweizer Kantonspolizei. Viele waren in die orangeroten Overalls der Arbeiter hier gekleidet, obwohl sie eindeutig nicht zu ihnen gehörten, einige – wie Franke – waren auch in Zivil. An der Fräse waren gleich drei der kleinen Wagen aufgefahren, einer davon hoch beladen mit Kisten und Werkzeugcontainern. Eine Anzahl großer Scheinwerfer tauchte jeden Zentimeter des Tunnels in gleißende Helligkeit. Überall waren hektische Bewegung und Aufregung. Vor kaum einer Minute war hier noch kein Mensch gewesen; jetzt wimmelte der Stollen von Leben und Hektik.

»Also gut, sehen Sie zu, daß die Männer schnellstens ins Krankenhaus kommen.« Franke beendete seine Anweisungen mit einer entsprechenden Geste. »Am besten alle. Die anderen machen auch keinen besonders guten Eindruck. Und halten Sie um Himmels willen diese Reporter von den Männern fern.«

Reporter? dachte Warstein. Irgend etwas stimmte hier nicht, aber er war plötzlich nicht mehr in der Lage, klar zu denken. Der Boden unter seinen Füßen begann sich zu drehen.

»Reporter?« wiederholte er laut.

Franke ignorierte die Frage. »Die Männer werden versorgt«, sagte er. »Ich habe einen Hubschrauber angefordert, der die Schwerverletzten ins Krankenhaus bringt. Was ist mit Ihnen? Sie sehen auch nicht besonders gut aus.«

»Ich bin in Ordnung«, sagte Warstein, obwohl er sich im Grunde zum Heulen fühlte – und das in jeder Beziehung. Aber er würde einfach den Verstand verlieren, wenn er nicht bald ein paar Antworten bekam.

»Dann können Sie mir ja sicher ein paar Fragen beantworten«, sagte Franke. Er hörte sich an, als beherrsche er sich mittlerweile nur noch mit allerletzter Kraft. »Zum Beispiel die, wo Sie waren.«

»Ich?« Warstein verstand nicht einmal, wovon Franke überhaupt sprach. »Aber das wissen Sie doch. Sie haben mich doch selbst hierher geschickt!«

»Das habe ich«, bestätigte Franke. Der Ausdruck in seinen Augen war inzwischen kein purer Zorn mehr. Warstein hatte das Gefühl, einer Atommine mit scharfem Zünder gegenüberzustehen. Irgend etwas hinderte Franke noch daran, zu explodieren, aber es fehlte nur noch eine Winzigkeit. Ein falscher Blick mochte genügen, eine falsche Antwort auf jeden Fall.

»Das habe ich«, sagte Franke noch einmal, als Warstein nicht antwortete, sondern ihn nur weiter verwirrt ansah. »Vor zwei Tagen.«

Warstein blinzelte. »Wie?«

»Um präzise zu sein . . .« Franke schob den Ärmel hoch und sah auf die Uhr, ». . . vor genau einundfünfzig Stunden und vierzig Minuten.«

4

»IST IHNEN EIGENTLICH KLAR, DASS WIR HIER EIN VERbrechen begehen?« fragte Rogler. Er hatte seine Stimme absichtlich so gesenkt, daß sie gerade noch über einem Flüstern lag, obwohl kaum die Gefahr bestand, daß jemand sie belauschte. Es war wenige Minuten nach sechs. Der Frühstücksraum des Hotels war noch leer, abgesehen von einer verschlafen wirkenden Bedienung, die vor dem Buffet am anderen Ende des großen Zimmers stand und versuchte, nicht wieder einzuschlafen, während sie auf ihre Wünsche wartete.

»Sie übertreiben, wie üblich«, antwortete Franke mit einem Lächeln. Er nippte an seinem Kaffee, stellte die Tasse mit einer fast behutsamen Bewegung zurück und maß die Auswahl von Wurst- und Käsesorten auf der Platte vor sich mit dem Kennerblick eines Gourmets. In Anbetracht der frühen Stunde, fand Rogler, sah er geradezu unverschämt frisch und fröhlich aus. Dabei hatte er in der vergangenen Nacht allerhöchstens vier Stunden geschlafen – wie übrigens auch in der Nacht davor und in der davor.

»Ich weiß nicht, worüber Sie sich so aufregen, mein lieber Freund«, fuhr er fort, während er eine Scheibe Schwarzbrot dünn mit Butter bestrich und dann sorgsam drei verschiedene Wurstsorten darauf drapierte. »Sie haben allen Grund, zufrieden zu sein.«

»Womit?« fragte Rogler. »Mit dem Wissen, die ganze Welt an der Nase herumzuführen? Damit, daß ich Dutzende von Kollegen, die wirklich Besseres zu tun hätten, seit einer Woche damit beschäftige, Gespenster zu jagen?«

»So würde ich das nicht bezeichnen«, widersprach Franke. Er biß in sein Brot und schloß genießerisch die Augen, während er kaute. »Köstlich. Ihr Schweizer versteht etwas vom Essen, das muß man euch lassen. Und um auf Ihre Gespenster zurückzukommen: immerhin haben Sie und Ihre Kollegen in der letzten Woche mehrere seit Jahren gesuchte Kriminelle gefaßt, die hier in der Gegend untergetaucht waren. Von den gut zwei Dutzend kleineren Fischen ganz zu schweigen.«

»Sie wissen genau, was ich meine«, antwortete Rogler ärgerlich. »Es ist die Aufgabe der Polizei, Verbrechen zu verhindern oder aufzuklären. Nicht, welche zu konstruieren. Ich halte seit einer Woche fünfzig der besten Polizisten dieses Landes auf Trab – und Sie und ich, wir wissen ganz genau, daß die Terroristen, die sie jagen, überhaupt nicht existieren.«

»Aber ich habe Ihnen doch erklärt, warum wir das tun müssen«, seufzte Franke. »Wollten Sie der Öffentlichkeit wirklich die Wahrheit sagen? Wollen Sie ihnen tatsächlich erklären, daß wir keine Ahnung haben, was dem Zug in Wahrheit zugestoßen ist? Und daß wir nicht einmal garantieren können, daß es sich nicht wiederholt – vielleicht an einem anderen Ort und schlimmer?« Er schüttelte den Kopf, biß erneut in sein Brot und spülte mit einem Schluck Kaffee nach. »Glauben Sie mir, mein Freund, gegen die Panik, die dann ausbrechen würde, sind die paar verlorenen Arbeitsstunden Ihrer Kollegen ein Witz.«

Rogler schluckte seinen Ärger mühsam herunter. Er wußte gar nicht, was ihn mehr wurmte – der Umstand, daß Franke im Grunde recht hatte, oder der, daß er sich seit einer Woche einen Spaß daraus machte, ihn herumzukommandieren wie ein Lehrer einen Erstklässler, den er aufs Korn genommen hatte. Und dabei war Franke nicht einmal Schweizer.

Als er an jenem Tag vor nunmehr einer guten Woche ins Hotel zurückgekehrt war, da hatte er tatsächlich ein Schriftstück seiner vorgesetzten Dienststelle vorgefunden, die bestätigte, daß er Frankes Anweisungen in diesem Fall uneingeschränkt und ohne zu fragen Folge zu leisten hatte. Es war niemals Roglers Art gewesen, Befehlen blind zu gehorchen, ohne sich nach ihrem Sinn zu erkundigen. Er hatte es auch in diesem Fall versucht – und sich hinterher beinahe gewünscht, es nicht getan zu haben. Nachdem er fünf verschiedenen Leuten offenbar schmerzhaft genug auf die Zehen getreten war, hatte plötzlich das Telefon bei ihm geklingelt, und nach diesem Anruf war Rogler klar gewesen, daß Frankes Vollmachten tatsächlich absolut zu sein schienen. Wenn er von ihm verlangt hätte, auf einem Bein zweimal um den Lago Maggiore herum zu hüpfen, dann hätte er auch das tun müssen. Ohne zu fragen, warum.

»Es gefällt mir trotzdem nicht«, maulte Rogler.

»Niemand verlangt von Ihnen, daß es Ihnen gefällt«, erwiderte Franke lächelnd. »Tun Sie Ihre Arbeit weiter so gut wie bisher, und wir sind alle zufrieden. Sehen Sie es von der positiven Seite: Sie haben endlich Gelegenheit, sich all der Subjekte zu entledigen, die Ihr wunderschönes Land zu nichts anderem mißbrauchen, als sich dem Zugriff ihrer heimatlichen Justizbehörden zu entziehen. Ich dachte immer, Polizisten wünschen sich eine solche Chance.«

»Das tun sie auch«, sagte Rogler. »Aber nicht für diesen Preis.«

Franke belegte sich ein zweites Brot und begann es mit ebenso großem Appetit wie das erste zu verzehren. Rogler sah ihm eine Weile dabei zu, dann sagte er: »Bevor ich Sie frage, warum Sie hierher gekommen sind – wir hatten einen Handel, erinnern Sie sich?«

Franke zog fragend die linke Augenbraue hoch und kaute unbeeindruckt weiter.

»Sie haben mir versprochen, mir zu erzählen, was Sie herausfinden.«

»Sobald wir etwas herausgefunden haben, richtig«, bestätigte Franke. »Aber das ist noch nicht der Fall.«

»Und das soll ich Ihnen glauben?« Rogler machte eine Geste

zum Fenster, das durch Zufall so lag, daß der Blick tatsächlich direkt auf den Gridone fiel. »Sie und Ihre Kollegen nehmen diesen Berg seit einer Woche Zentimeter für Zentimeter auseinander, und Sie haben noch nichts herausgefunden?«

»Eher Millimeter für Millimeter«, verbesserte ihn Franke und schüttelte abermals den Kopf. »Wir haben bisher tatsächlich nichts gefunden. Einige Anhaltspunkte, die meine erste Theorie zu bestätigen scheinen, aber noch nichts Konkretes.«

»Ich bin es gewohnt, mit Anhaltspunkten zu leben«, sagte Rogler gereizt.

Sein unübersehbarer Ärger schien Franke eher zu amüsieren. »Es scheint sich um eine Art . . . Gravitationsanomalie zu handeln«, sagte er. »Mehr weiß ich auch noch nicht.«

»Gravitationsanomalie?« wiederholte Rogler. Anders als Franke anzunehmen schien, hatte er zumindest eine ungefähre Vorstellung, was er sich unter diesem Wort zu denken hatte. »Und was hat das mit dem zu tun, was dem Zug zugestoßen ist?«

»Wenn ich das wüßte, säße ich nicht hier, um zu frühstücken«, antwortete Franke lächelnd, »sondern wäre auf dem Weg nach Stockholm, um den Nobelpreis entgegenzunehmen.« Er wedelte mit seiner Kaffeetasse. »Glauben Sie nicht, daß ich kein Verständnis für Sie hätte, Herr Rogler. Ich weiß, daß der Druck, den die Öffentlichkeit auf Sie ausübt, ungeheuer sein muß. Aber Sie können sicher sein, daß die Art, in der Sie Ihre Arbeit tun, sehr aufmerksam beobachtet wird. Und daß es sich für Sie lohnt. Wenn das hier vorbei ist, werden Sie nie wieder kleine Trickbetrüger und Taschendiebe jagen müssen, das kann ich Ihnen versprechen.«

Eigentlich hätte Rogler nun schon wieder zornig werden müssen. Wenn es etwas gab, was ihn noch mehr in Rage brachte als der Versuch, ihn unter Druck zu setzen, dann war es der, ihn zu bestechen. Aber er schluckte seinen Ärger auch diesmal wieder herunter. Er würde herausfinden, was in diesem Berg wirklich vorging, und wenn Franke glaubte, es für alle Ewigkeiten vor ihm geheimhalten zu können, dann hatte er keine Ahnung, wozu ein Polizist, der sich einmal in einen Fall verbissen hatte, wirklich in der Lage war. Er hatte – selbstverständlich ohne Frankes Wissen – schon längst begonnen, Erkundigungen über ihn und vor allem den Berg einzuziehen, und er hatte ein paar Dinge herausgefunden, über die Franke bestimmt nicht sehr glücklich gewesen wäre.

»Wie lange soll ich dieses Theater noch aufrechterhalten?«

»Um diesen Punkt zu klären, bin ich gekommen«, antwortete Franke. Er schenkte sich Kaffee nach und sah dabei auf die Uhr. »In einer Stunde holt mich ein Helikopter ab, der mich nach Genf bringt. Ich muß dort mit einigen Leuten reden. Ich weiß noch nicht genau, wann ich zurückkomme. Möglicherweise erst in ein paar Tagen. So lange werden Sie den Laden hier wohl oder übel allein schmeißen müssen.«

Als ob ich das nicht die ganze Zeit über getan hätte, dachte Rogler verärgert.

»Ich fürchte, wir müssen unser kleines Spiel noch einige Tage aufrechterhalten«, fuhr Franke fort. »Vielleicht noch eine Woche, möglicherweise sogar zwei.«

»Eine Woche!« krächzte Rogler. »Sind Sie verrückt geworden?«

»Vielleicht sogar länger«, sagte Franke noch einmal und vollkommen unbeeindruckt. Rogler starrte ihn nur an. Die sogenannte Sondereinheit, die er leitete, hatte auf Frankes Befehl hin schon jetzt die halbe Region lahmgelegt. Der Ausfall der Eisenbahnstrecke hatte ohnehin dafür gesorgt, daß Ascona und die nördliche Seite des Lago Maggiore nahezu im Chaos versunken waren, und was der Verkehr nicht schaffte, das taten Straßensperren, Polizeikontrollen und unerwartete Razzien in Hotels und Vergnügungsbetrieben, die sie fast regelmäßig durchgeführt hatten. Für Rogler war dies ein weiterer Beweis, daß es sich bei den Ereignissen im Gridone um mehr als eine Gravitationsanomalie handelte, wie Franke behauptete. Aber er wußte auch, daß er diese Farce nicht beliebig lange spielen konnte. Schon jetzt war jeder dritte Hotelgast in Ascona ein Journalist. Und wenn es eine Spezies auf diesem Planeten gab, die noch hartnäckiger als Polizeibeamte war, dann waren es Reporter, die eine Sensation witterten. Die Gerüchte, die Rogler gehört hatte, reichten von der Aufdeckung einer Verschwörung gegen die Schweizer Regierung bis hin zur Landung Außerirdischer auf dem Gridone. Natürlich war nichts davon ernstzunehmen. Aber es gab dieses alte Sprichwort von dem blinden Huhn, und wenn hunderttausend blinde Hühner herumhackten, dann mußte eines von ihnen früher oder später das richtige Korn finden. Rogler verspürte wenig Lust, die Antwort auf all seine Fragen in irgendeinem Boulevardblatt zu lesen, während er selbst noch damit beschäftigt war, Terroristen zu jagen, die es gar nicht gab.

Er wollte eine weitere Frage stellen, aber in diesem Moment drang ein leises, zweifaches Piepsen aus Frankes Jacke. Franke setzte die Kaffeetasse ab, griff in die Tasche und zog ein kleines, transportables Telefon heraus. Er klappte es auf, hielt es ans Ohr und meldete sich. Das Gespräch, das folgte, dauerte kaum eine Minute. Frankes Anteil daran bestand aus wenigen, knappen Worten, aber es war nicht zu übersehen, daß ihn das, was er hörte, überaus zu beunruhigen schien. Schließlich schaltete er das Gerät wieder ab und steckte es ein, ohne sich auch nur verabschiedet zu haben.

»Ich fürchte, ich muß meine Pläne ändern«, sagte er. »Ich hätte gerne noch in Ruhe mit Ihnen zu Ende gefrühstückt und das eine oder andere besprochen, aber das muß warten.«

»Ärger?« fragte Rogler. Er war selbst ein wenig erstaunt, wie schadenfroh seine Stimme klang, aber Franke nahm es gar nicht zur Kenntnis. Er wirkte mit einem Male sehr fahrig.

»Nicht direkt«, antwortete er. »Aber es könnte welcher daraus entstehen.«

Er stand auf. »Sie halten sich bitte an unsere Absprache, bis ich zurück bin«, sagte er, wie Rogler fand, vollkommen unnötig. Er war mittlerweile fast sicher, daß ein Gutteil seiner aufgesetzten Arroganz keinen anderen Grund hatte als den, ihn zu demütigen. Franke war ein Mensch, der es genoß, Macht zu besitzen – und noch mehr, andere diese Macht spüren zu lassen.

Er ging, ohne sich zu verabschieden. Rogler wartete, bis er das Zimmer verlassen hatte. Dann begann auch er zu frühstücken, und zu seiner eigenen Überraschung schmeckte es ihm sogar. Jetzt, wo Franke nicht mehr hier war, war auch sein Appetit zurückgekehrt.

Während der letzten zehn Minuten der Fahrt hatte Warstein innerlich Blut und Wasser geschwitzt, und seine Nervosität war mit jedem leisen Klacken gestiegen, mit dem der Taxameter um eine Ziffer weitersprang. Er hatte gewußt, daß der Franz-Josef-Strauß-Flughafen ein gutes Stück außerhalb der Stadt lag – aber nicht, wie weit wirklich. Und vor allem hatte er unterschätzt, wie sehr sich diese Entfernung auf dem Gebührenzähler eines Taxis niederschlägt. Die Anzeige näherte sich unerbittlich der magischen Vierundfünfzig-Mark-zwanzig-Grenze – magisch deshalb, weil dies genau die Summe war, die er in der Tasche hatte, nachdem er all seine Barschaft zusammengekratzt und jede einzelne Pfandflasche zurückgebracht hatte, die sich in seiner Wohnung fand. Er war sicher gewesen, damit zum Flughafen zu kommen und vielleicht sogar noch genug für ein Bier oder schlimmstenfalls einen Kaffee übrigzubehalten.

Jetzt war er sicher, es nicht zu schaffen.

Er hätte auf seine innere Stimme hören sollen, dachte Warstein mißmutig, und Bergers Mappe samt jeder Erinnerung an sie und ihre Geschichte aus dem Fenster schmeißen. Laut genug war die Warnung schließlich gewesen. Wahrscheinlich hätte er es sogar getan, hätte der Zufall nicht seine Hand im Spiel gehabt – oder das, was er dafür hielt. Tief in sich hatte Warstein zwar schon zu diesem Zeitpunkt erkannt, daß es so etwas wie Zufall nicht gab, den Gedanken aber noch nicht weit genug verinnerlicht, um ihn wirklich zu akzeptieren.

Besagter Zufall hatte ihn ungefähr drei Stunden nach Bergers Weggang in Gestalt eines schmierigen kleinen Wiesels heimgesucht, das im Auftrag eines Inkassobüros an seine Tür hämmerte, um wieder einmal irgendwelche absurden Forderungen von seiner Exfrau geltend zu machen. Noch vor zwei Tagen hätte Warstein die darauf folgende häßliche Szene mit einem Achselzucken weggesteckt; schließlich hatte er genug Übung darin. Diesmal nicht. Der Geldeintreiber war wieder gegangen, wie all seine Kollegen vor ihm, und alle seine Drohungen hätten ihn im Grunde kalt lassen müssen – wer nichts hatte, dem konnte man nichts wegnehmen. Agnes wußte das so gut wie er. Schließlich hatte sie es oft genug versucht. Aber der Besuch hatte einen anderen, unerwarteten Effekt gehabt: er machte Warstein klar, daß Berger recht gehabt hatte. Sein Leben hatte sich in eine abwärts führende Schräge verwandelt, die kein Ende hatte, und die Fahrt darauf wurde immer schneller. Wenn es überhaupt noch einen Ausweg gab, dann war es ein Sprung zur Seite, ein Sprung über die Klippe und ins Ungewisse, der schlimmstenfalls auf die gleiche Weise enden konnte wie die Schußfahrt zuvor, nur etwas schneller. Berger hatte recht: er hatte nichts mehr zu verlieren. Gar nichts.

So hatte er schließlich noch einmal die Mappe mit den gesammelten Zeitungsausschnitten und Bemerkungen über den Gridone und die sonderbaren Vorfälle in seiner Umgebung aufgeschlagen, den Zettel mit ihrer Adresse herausgenommen, der auf der letzten Seite klebte, und sie von der Telefonzelle auf der anderen Straßenseite aus angerufen. Sie schien nicht einmal besonders überrascht. Vielleicht hatte sie damit gerechnet, daß er anrief. Sie hatten sich für den folgenden Morgen um halb sieben hier im Flughafen verabredet. Warstein hatte ganz automatisch zugesagt und sich ein bißchen zu spät daran erinnert, daß er kein Leben führte, in dem man eine solche Verabredung so ohne weiteres einhalten konnte. Doch der letzte Rest von Stolz, den er noch besaß, hatte ihn daran gehindert, sie ein zweites Mal anzurufen.

Warstein blickte wieder auf den Taxameter, stellte fest, daß die Anzeige die Fünfzig-Mark-Grenze überschritten hatte und beugte sich schweren Herzens vor, um dem Chauffeur auf die Schulter zu tippen. Ein Streit mit einem erbosten Taxifahrer, der sich um sein Fahrgeld geprellt fühlte, war das letzte, was er sich jetzt wünschte. »Sie können hier anhalten«, sagte er.

Der Fahrer tippte automatisch auf die Bremse und wollte den Blinker setzen, aber dann zog er die Hand wieder zurück und sah erst ihn, dann das schimmernde Stahl- und Glasgebirge des Flughafengebäudes in der Ferne an. Sie waren noch gute drei Kilometer davon entfernt, vielleicht weiter. »Sind Sie sicher?« fragte er. »Es ist nicht mehr weit, und . . .«

»Ich gehe den Rest zu Fuß«, sagte Warstein. »Ein bißchen frische Luft wird mir guttun. Es ist ein schöner Morgen.«

Der Taxifahrer maß ihn mit einem Blick, als zweifle er an seinem Verstand, lenkte den Wagen aber gehorsam an den rechten Straßenrand und beugte sich zur Seite, um den Taxameter abzuschalten. »Ganz wie Sie wollen«, sagte er. »Das macht zweiundfünfzigsechzig.«

Warstein zog sein Portemonnaie hervor, klaubte zwei zerknitterte Zehner heraus und begann das Silbergeld zu zählen, das die abgenutzte Geldbörse ausbeulte. Der Taxifahrer sah ihm einige Augenblicke kopfschüttelnd dabei zu, dann sagte er: »Ich verstehe. Es reicht nicht ganz, wie?«

»Ich fürchte, nein«, antwortete Warstein. Die Situation war ihm peinlich, viel peinlicher, als er selbst verstand. Er war es seit ein paar Jahren gewöhnt, ein solches Leben zu führen.

»Wieviel haben Sie denn?« fragte der Fahrer.

»Jedenfalls nicht genug«, erwiderte Warstein ausweichend.

»Na gut. Dann schütten Sie das ganze Gerümpel auf den Beifahrersitz. Ich zähle es später nach.« Noch während Warstein darüber nachdachte, was er von diesen Worten zu halten hatte, ließ er den Motor wieder an, wartete eine Lücke im Verkehr ab und fuhr weiter.

»Aber ich kann Sie nicht . . .«, begann Warstein.

»Das müssen Sie auch nicht«, unterbrach ihn der Fahrer. »Die drei Kilometer bringen mich nicht um, wissen Sie. Und es tut gut, einen ehrlichen Menschen zu treffen.« Er lachte, als er Warsteins verblüfften Gesichtsausdruck bemerkte. »Sie würden sich wundern, wenn Sie wüßten, wie viele rein zufällig erst hinterher merken, daß sie zuwenig Geld eingesteckt haben. Außerdem hätte ich sowieso bis zum Flughafen weiterfahren müssen, um zu wenden.«

Zumindest das war eine glatte Lüge, aber eine, für die Warstein dem Mann sehr dankbar war.

Beinahe ebenso dankbar war er ihm dafür, daß sie auch den kurzen Rest der Fahrt ebenso schweigend zurücklegten und der Mann nicht versuchte, ihm ein Gespräch aufzudrängen; etwa mit der originellen Frage, ob er schon einmal bessere Zeiten erlebt hätte. Der Wagen fuhr vor einem der drei großen Haupteingänge vor, und Warstein bedankte sich mit einem stummen Händedruck bei seinem Wohltäter und stieg aus. Es war sehr warm, obwohl es noch früh war. Angesichts ihres Reisezieles hatte sich Warstein in einen Pullover und eine dicke Jacke gehüllt, aber nun begann er schon nach wenigen Augenblicken zu schwitzen. Sie hatten sich an keinem bestimmten Platz verabredet, was sich nun als Fehler zu erweisen schien. Mit Ausnahme seiner Bestimmung hatte der Franz-Josef-Strauß-Flughafen nichts mit seinem Vorgänger gemein. Er war mindestens doppelt so groß, und aus der anheimelnd kleinen, fast gemütlichen Halle war ein Labyrinth aus Glas, Marmor und verchromtem Stahl geworden, in dem es ihm unmöglich schien, einen einzelnen Menschen zu finden. Trotzdem mußte er nicht lange nach Berger suchen. Es verging nur eine kurze Zeit, bis er jemand seinen Namen rufen hörte. Als er sich herumdrehte, da sah er sie durch die Menschenmenge auf sich zu hasten. Sie trug das gleiche, helle Sommerkostüm wie am vergangenen Tag, und über die linke Schulter hatte sie eine leichte Reisetasche geworfen.

»Schön, daß Sie kommen«, sagte sie. »Ich hatte schon Sorge, daß Sie es sich doch noch anders überlegt haben könnten.«

»Der Weg war weiter, als ich dachte«, erwiderte Warstein verlegen. »Ich war noch nie hier. Ich bin früher nur von Riem aus geflogen.«

»Aber so lange ist das doch noch gar nicht . . .«, begann sie, brach ab und zuckte mit einem angedeuteten Lächeln die Schultern. »Stimmt, das hatte ich vergessen. Sie fliegen nicht gerne.«

»Sie wissen wirklich viel über mich«, sagte Warstein, der nicht ganz sicher war, ob ihm das gefiel.

»Ich habe Ihnen doch gesagt, daß mein Mann ein großer Fan von Ihnen war.«

»Vermessungstechniker haben keine Fans«, sagte er ruhig. »Nicht einmal ich.« Ehe sie noch mehr sagen und die Situation womöglich noch peinlicher machen konnte, fragte er: »Wo ist Ihr Freund?«

»Lohmann?«

Warstein lauschte einen Moment in sich hinein, aber dieser Name sagte ihm nichts. Zumindest schien es keiner von denen zu sein, mit denen er damals zu tun gehabt hatte. »Der Reporter, ja.«

Berger drehte sich herum, suchte einen Moment und deutete dann irgendwo nach links in das Gewühl aus Menschen. »Er wartet dort hinten auf uns.« Sie zögerte. »Da ist noch etwas, was ich Ihnen nicht gesagt habe.«

»Und was?«

»Ich . . . ich habe ihm erzählt, daß wir alte Freunde sind«, sagte Berger. »Ich dachte, das wäre besser.«

»Wieso?«

»Hätte ich ihm die Wahrheit gesagt, wäre er wahrscheinlich nicht mitgekommen«, gestand sie. »Ihr Name . . . war ihm nicht ganz fremd, wissen Sie.«

»Alte Freunde, so?«

»Wir sollten uns duzen«, sagte sie. »Nennen Sie mich Angelika – oder meinetwegen Angy, wenn Ihnen das lieber ist.« Ihre Augenbrauen zogen sich in übertrieben gespieltem Zorn zusammen. »Aber bitte nicht Geli. Das tun mir nur Leute an, die mich hassen.«

Gegen seinen Willen mußte Warstein lachen. Er wußte, daß sie keine Chance hatten, mit diesem Theater länger als eine Stunde durchzukommen. Aber das spielte keine Rolle. Wenn sie erst einmal im Flugzeug saßen, war es gleich. »Nur, wenn Sie mich Frank nennen«, erwiderte er.

»Das möchte ich nicht«, sagte sie. »Mein Mann heißt so. Ich . . . ich käme mir irgendwie komisch dabei vor.«

Warstein gefiel die ganze Farce immer weniger, aber auf der anderen Seite war sie es auch nicht wert, endlose Diskussionen darum zu führen. »Angelika, gut«, sagte er. Obwohl Angy kürzer gewesen wäre und ihr wahrscheinlich besser gefallen hätte. Aber er hatte schon immer etwas gegen die zunehmende Veramerikanisierung seiner Muttersprache gehabt, und er sah keinen Grund, jetzt damit anzufangen.

Sie durchquerten die Halle. Lohmann lehnte lässig an einer Bar in der Nähe der Abfertigungsschalter, und er war Warstein auf Anhieb unsympathisch, obwohl er ihn im ersten Moment nur von hinten sah. Er war ein schlanker, sehr großer Mann in einem abgetragenen Jeansanzug und ungeputzten Schuhen. Sein Haar war für die Länge, in der er es trug, nicht gut genug gepflegt, und an seiner linken Hand prangte ein geschmackloser Siegelring. Er trug eine Fototasche über der Schulter, und neben seinem rechten Fuß stand ein Samsonite-Koffer. Als Angelika und Warstein neben ihm anlangten, stellte er sein Bierglas aus der Hand und maß Warstein mit einem langen, nicht besonders angenehmen Blick von Kopf bis Fuß. Obwohl er lässig an der Bar lehnte, überragte er ihn immer noch fast um Haupteslänge, was seinen Blick beinahe noch verächtlicher erscheinen ließ. »Sie sind also Warstein«, sagte er schließlich. Eine sonderbare Art der Begrüßung. »Der berühmte Frank Warstein. Ich habe Bilder von Ihnen gesehen. Trotzdem hätte ich Sie mir anders vorgestellt.«

»Das ist einer Menge Kollegen von Ihnen auch passiert«, erwiderte Warstein. Er fing einen warnenden Blick Angelikas auf, aber es fiel ihm schwer, sich zu beherrschen. Er war voreingenommen, was Journalisten anging, aber er war fast sicher, daß seine Vorurteile in diesem Fall zutrafen.

Lohmann lachte, aber Warstein sah ihm deutlich an, daß er die Worte sehr wohl genauso verstanden hatte, wie sie gemeint waren. Er mochte vielleicht unsympathisch sein, aber er war nicht dumm. »Jetzt, wo wir endlich alle zusammen sind, sollten wir aufbrechen«, sagte er. »Die Maschine startet in Kürze. Sie checken schon ein. Haben Sie Ihr Ticket?«

Bevor Warstein antworten konnte, öffnete Angelika ihre Handtasche und nahm eine Flugkarte heraus, die sie ihm reichte.

»Erster Klasse?« fragte er erstaunt.

»Geht alles auf Spesen«, sagte Lohmann. »Ich hoffe, der ganze Aufstand lohnt sich.«

Warstein verkniff es sich, darauf zu antworten. Er ergriff seinen Koffer, wartete, bis auch Lohmann und Angelika ihr Gepäck genommen hatten, und folgte den beiden.

Sie gehörten tatsächlich mit zu den letzten Passagieren, die an Bord gingen. Trotzdem betrat Warstein das Flugzeug sehr langsam und mit gemischten Gefühlen. Er war nie gerne geflogen, und der Weg über die Gangway war ihm noch nie so lang vorgekommen wie heute. Spätestens, wenn er den kunststoffüberdachten Tunnel hinter sich gebracht hatte und durch die Kabinentür trat, gab es kein Zurück mehr. Vorhin, unten in der Halle, auf dem Weg durch die Sicherheitskontrollen, ja, selbst jetzt noch, konnte er umkehren, sich einfach herumdrehen und nach Hause gehen, ganz egal, was Lohmann oder Angelika davon hielten. Er konnte sich immer noch einreden, daß es ein Fehler gewesen war, hierher zu kommen, und er im letzten Moment wieder zu klarem Verstand gelangt war. Wenn sie einmal in der Maschine saßen, einmal auf Schweizer Boden, ging das nicht mehr. Und er hatte vor nichts so sehr Angst wie davor, zum Gridone zurückzukehren. So wurden seine Schritte immer langsamer, und als er das kleine Rondell unmittelbar vor der Flugzeugtür betrat, blieb er vollends stehen. Lohmann, der vorausgeeilt war, bemerkte es gar nicht. Angelika blieb zwei Schritte vor ihm stehen und sah erschrocken zu ihm zurück. Sie sagte nichts, aber sie ahnte wohl, was in ihm vorging. Er sah eine der blau und weiß gekleideten Lufthansa-Stewardessen hinter ihr ungeduldig winken. Ihre fahrigen Gesten und ihr Blick straften ihr berufsmäßiges Lächeln Lügen, als sie sich an Angelika vorbeidrängte und auf ihn zu trat.

»Kann ich Ihnen helfen?«

Warstein schüttelte stumm den Kopf. Er spürte ihren Blick

und ahnte, welchen Eindruck er auf sie machen mußte. Er hatte seinen besten Anzug angezogen, aber auch sein bester Anzug war schäbig, und seinem Gesicht war das Leben, das er seit drei Jahren führte, deutlich anzusehen. Ihre Berufsauffassung verbot es ihr, sich irgend etwas anmerken zu lassen, aber Warstein hatte genug Erfahrung im Umgang mit Menschen wie ihr, um zu wissen, was sie wirklich von ihm hielt.

»Ist alles in Ordnung?« fragte sie.

»Sicher«, antwortete er. Er versuchte zu lächeln, aber er war nicht sicher, ob es ihm gelang. »Ich war nur . . .« Er zuckte hilflos mit den Achseln. »Ich fliege sehr selten, wissen Sie? Ich wollte den Moment genießen.«

»Das verstehe ich. Aber Sie müssen jetzt trotzdem einsteigen. Wir starten pünktlich.«

Warstein ging weiter, machte einen Schritt an ihr vorbei und dann einen zweiten, der ihn ins Innere der Maschine trug. Die Entscheidung war gefallen. Jetzt gab es kein Zurück mehr. Jetzt noch umzukehren, hätte wohl mehr Mut von ihm verlangt, als weiterzumachen.

Er steuerte den Sitz an, der auf seiner Bordkarte angegeben war, und genoß eine halbe Sekunde lang die erstaunten Blicke der Stewardeß, die ihn im Abteil der ersten Klasse Platz nehmen sah. Aber dieser kleine Triumph hielt gerade so lange, bis er in Lohmanns Gesicht sah und darauf die gleiche Mischung aus Verachtung und Hohn las wie schon unten in der Halle. Ihm war plötzlich klar, daß der Journalist ebenfalls eine Menge über ihn wußte; vermutlich mehr, als ihm recht war. Er fragte sich, ob von Angelika oder durch eigene Nachforschungen, und obwohl es eigentlich keinen Unterschied machte, wünschte er sich doch, daß letzteres der Fall sein möge. Wahrscheinlich war es auch so. Er war – wenn auch vor Jahren und wenn auch nicht sehr lange, so doch für eine Weile – eine Person des öffentlichen Interesses gewesen, und es fiel Männern wie Lohmann sicherlich nicht schwer, binnen kurzem alles über ihn in Erfahrung zu bringen, was er wissen wollte.

»Noch immer Angst vorm Fliegen?« fragte der Journalist

spöttisch, als er ungeschickt und mit leicht zitternden Fingern versuchte, seinen Sicherheitsgurt zu schließen.

»Ein wenig«, antwortete er. »Manche Dinge ändern sich eben nie.«

»Oder haben Sie Angst davor, zurückzukehren?« fuhr Lohmann fort.

»Wenn ich die hätte, wäre ich nicht hier, oder?« erwiderte Warstein scharf.

Seine Feindseligkeit prallte von dem Journalisten ab, ohne Spuren zu hinterlassen. »Das wird sich zeigen«, antwortete er. »Ich bin jedenfalls gespannt, wie Ihr Freund Doktor Franke reagiert, wenn er Sie wiedersieht.«

»Ich habe nicht die Absicht, ihn zu treffen.« Es gelang Warstein nicht ganz, den Schrecken aus seiner Stimme zu verbannen. Das war etwas, woran er noch gar nicht gedacht hatte, obwohl es auf der Hand lag. Wenn tatsächlich mit dem Gridone etwas nicht stimmte, wenn der Zwischenfall von letzter Woche wirklich kein Terroranschlag gewesen war, dann würden sie Franke in Ascona treffen, so sicher, wie der Teufel in der Hölle wohnte.

»Das wird sich wohl kaum vermeiden lassen«, sagte Lohmann. »Ich habe jedenfalls nicht vor, ihn ungeschoren davonkommen zu lassen. Nicht wenn das, was Ihre Freundin vermutet, die Wahrheit ist.«

»Was vermutet sie denn?« erkundigte sich Warstein kühl.

Lohmanns Augenbrauen rutschten ein Stück nach oben, und sein Grinsen wirkte plötzlich nicht mehr ganz so überheblich wie noch vor einer Sekunde. Er setzte zu einer Antwort an, und Warstein war sicher, daß seine nächsten Worte ihm bereits Anlaß gegeben hätten, schon jetzt den Streit vom Zaun zu brechen, auf den er tief in sich schon vom ersten Moment an aus gewesen war. Er wußte, daß er dem Journalisten gegenüber nicht fair war. Ganz egal, was er von Reportern hielt und welche Erfahrungen er mit ihnen auch gemacht hatte, sie waren nicht alle gleich. Aber er hatte nie vorgehabt, ihm eine faire Chance einzuräumen.

Die Stewardeß kam und überzeugte sich davon, daß sie vorschriftsmäßig angeschnallt waren, und ihr Erscheinen erstickte den drohenden Streit im Keim. Für diesmal. Nachdem sie gegangen war, drehte Warstein demonstrativ den Kopf zur Seite und tat so, als sähe er konzentriert aus dem Fenster. Lohmann war klug genug, es dabei zu belassen. Vielleicht hatte er wenigstens für die Dauer des Fluges noch seine Ruhe.

Die Kabinentüren schlossen sich auf die Sekunde pünktlich, und aus dem bisherigen fernen Rauschen der Motoren wurde ein mächtiges Grollen, als sich der Airbus in Bewegung setzte und langsam auf die Startbahn hinausrollte. Warsteins Nervosität stieg, und obwohl sie jetzt eine Furcht war, die er kannte und von der er auch wußte, daß sie ebenso irrational wie unbegründet war, half ihm dieses Wissen kein bißchen, damit fertig zu werden.

Er hatte immer Angst vor dem Fliegen gehabt, schon seit er das erste Mal einen Fuß in ein Flugzeug gesetzt hatte. Er kannte all die kleinen psychologischen Tricks, die einem angeblich helfen, sie zu überwinden oder wenigstens zu mildern, aber bei ihm hatten sie nicht funktioniert; kein einziger davon. Selbst die zurückliegenden drei Jahre, in denen er einem Flugzeug nicht einmal nahegekommen war, hatten daran nichts geändert, sondern schienen es im Gegenteil eher schlimmer gemacht zu haben.

»Nervös?«

Warstein wandte den Blick zur Seite und begegnete Angelikas Lächeln. Es war völlig anders als das Lohmanns. Statt Überheblichkeit und Häme erkannte er darin nur den Versuch, ihm irgendwie zu helfen – oder wenn das schon nicht gelang, ihn wenigstens abzulenken.

»Ein bißchen«, gestand er.

»Dann solltest du nicht aus dem Fenster sehen«, sagte sie. »Warum machst du nicht einfach die Augen zu und stellst dir vor, in einem Bus zu sitzen?«

»Die Psychologen raten das genaue Gegenteil«, erwiderte Warstein. »Außerdem würde es nichts nutzen. Die Vorstellung, in einem Bus zu sitzen, der mit achthundert Stundenkilometern zehntausend Meter hoch durch die Luft rast, beruhigt mich nicht unbedingt.«

Sie blinzelte verdutzt, bis ihr klar wurde, daß er einen Scherz gemacht hatte, dann lachte sie, ein bißchen zu laut und ein wenig gekünstelt, aber es tat trotzdem gut. Es war lange her, daß es ihm gelungen war, jemanden zum Lachen zu bringen.

Die Maschine hatte die Startbahn erreicht, vollführte eine halbe Kehre und wurde schneller. Der schwarze Asphalt begann vor den Fenstern zu verschwimmen, und das Dröhnen der Turbinen wurde noch lauter. Warsteins Hände wurden feucht. Er klammerte sich mit aller Kraft an die Armlehnen, und sein Herz begann zu rasen. Das Flugzeug beschleunigte immer mehr und mehr und hob schließlich ab, kurz bevor es das Ende der Startbahn erreicht hatte. Die Landschaft stürzte unter ihnen in die Tiefe, dann kippte der ganze Himmel vor der Maschine zur Seite. Das Schicksal meinte es ausnahmsweise einmal gut mit Warstein. Er sah auf dieser Seite nicht, wie der Flughafen unter ihnen zusammenschrumpfte, sondern erkannte nur das strahlende Blau eines Firmaments, an dem sich nicht die winzigste Wolke zeigte. Als der Airbus weit genug in die Höhe geklettert war und wieder in waagerechten Flug überging, war die Welt unter ihnen bereits zu einem Muster aus ineinanderfließendem Grün und Braun geworden, das zu tief unter ihnen lag, als daß die rasende Geschwindigkeit noch sichtbar gewesen wäre. Warstein atmete vorsichtig auf. Um seine Flugangst zu überwinden, hatte er alles über Flugzeuge und das Fliegen gelesen, dessen er habhaft werden konnte, aber das hatte sich im nachhinein als Fehler herausgestellt. Das Wissen, daß der Start die mit Abstand gefährlichste Phase eines Fluges war, machte es nicht unbedingt leichter, ihn zu ertragen.

Obwohl das BITTE-ANSCHNALLEN-Licht über ihren Sitzen noch brannte, löste Lohmann plötzlich seinen Gurt, stand auf und nahm auf dem gegenüberliegenden Sitz Platz. »Nur zur Sicherheit«, sagte er, als er Warsteins fragenden Blick bemerkte. »Ich denke, es ist besser, wenn ich euch zwei Turteltauben im

Auge behalte.« – »Auf welcher Seite stehen Sie eigentlich?« fragte Angelika feindselig.

»Auf meiner«, erwiderte Lohmann gelassen. »Immerhin kostet mich dieser Spaß eine Menge Geld. Und wenn er sich als Reinfall erweisen sollte, nicht nur das. Mein Chefredakteur war nicht besonders begeistert, als ich ihm von der Geschichte erzählt habe, das können Sie sich vielleicht vorstellen.«

»Sie haben ihm davon erzählt?« fragte Angelika erschrokken.

»Was denken Sie? Daß ich ein paar tausend Mark an Spesen und eine Woche Arbeitszeit einfach so riskieren kann? Wachen Sie auf, Schätzchen. So läuft es vielleicht in einer billigen amerikanischen Fernsehserie, aber nicht in Wirklichkeit.«

»Dann hören Sie auch endlich auf, sich so zu benehmen«, sagte Warstein.

»Das ist das erste vernünftige Wort, das ich heute von Ihnen höre«, antwortete Lohmann. Irgend etwas war mit ihm geschehen, seit sie das Flugzeug betreten hatten. Warstein gestand sich verwirrt ein, daß er Lohmann bisher entweder unter- oder völlig falsch eingeschätzt hatte. Er wirkte noch immer ein bißchen überheblich und arrogant, aber plötzlich sehr viel aufmerksamer und wacher als bisher.

»Also gut, ihr beiden. Die Falle ist zugeschnappt. Die Kiste rollt, dann können wir auch anfangen zu arbeiten. Wie wär's, wenn wir es zur Abwechslung einmal mit der Wahrheit versuchten?«

»Wie meinen Sie das?«

»Wie wäre es zum Beispiel damit«, fragte Lohmann. »Wie lange kennt ihr zwei euch schon? Einen Tag oder zwei?«

Falls es ein Schuß ins Blaue war, dann war es ein Volltreffer. Angelika fuhr so sichtbar zusammen, daß Lohmann schon hätte blind sein müssen, um es nicht zu sehen. Sie brauchte nur eine Sekunde, bis sie sich wieder in der Gewalt hatte, aber in dieser einen Sekunde sah sie so schuldbewußt aus, wie es nur möglich war.

»Unsinn«, sagte sie. »Wir –«

»Seit gestern«, sagte Warstein ruhig. »Woran haben Sie's gemerkt?«

»Ich wußte es schon vorher«, behauptete Lohmann. Warstein glaubte ihm. »Ihre kleine Freundin muß noch eine Menge lernen, zum Beispiel, daß es ziemlich schwer ist, einen Profi auf seinem eigenen Gebiet zu schlagen.«

»Einen professionellen Lügner, meinen Sie?«

»Sagen wir, jemanden, der davon lebt, Lüge von Wahrheit zu unterscheiden.« Lohmann lachte. »Ich sehe schon, wir verstehen uns. Wenn wir nicht aufpassen, dann werden wir am Schluß noch richtig dicke Freunde.«

»Die Gefahr besteht kaum«, murmelte Warstein.

»Wenn Sie mir nicht geglaubt haben, wieso sind wir dann überhaupt hier?« fragte Angelika.

»Weil Sie mich brauchen, Schätzchen«, antwortete Lohmann. »Sie haben jemanden gesucht, der Ihnen den Flug in die Schweiz bezahlt, nicht wahr? Und Ihnen in Ascona vielleicht hilft, die eine oder andere Schwierigkeit zu überwinden.«

»Und warum wollen Sie das tun?«

»Weil er dich braucht«, antwortete Warstein an Lohmanns Stelle. Angelika sah ihn verwirrt an, und Warstein fuhr mit nun kaum noch verhohlener Feindseligkeit in der Stimme fort: »Ohne dich wäre er nicht an mich herangekommen. Das ist doch so, oder?«

»Stimmt«, gestand Lohmann ungerührt. »Allerdings nur zum Teil. Ich habe die Geschichte mit den verschwundenen Männern überprüft. Sie scheint zu stimmen. Zwei von denen, die damals dabei waren, sind mittlerweile tot. Ein dritter hatte einen Unfall und sitzt vom Hals an abwärts gelähmt im Rollstuhl. Aber die anderen sind vor einer Woche alle spurlos verschwunden. Wenn das kein Grund für mich ist, der Sache nachzugehen . . .«

»Und Sie denken, ich wüßte, wo sie sind?«

»Sie waren damals dabei, oder?«

»Ja. Aber ich weiß sowenig wie Sie, was passiert ist.«

»Sehen Sie«, sagte Lohmann ruhig, »und genau das glaube ich Ihnen nicht.« Er hob die Hand, als Warstein auffahren wollte.

»Verstehen Sie mich nicht falsch – ich denke nicht, daß Sie lügen. Ich hatte zwar mit der Berichterstattung damals nichts zu tun, aber ich habe die Geschichte ziemlich aufmerksam verfolgt. Irgend etwas ist damals passiert, und wenn es jemanden gibt, der herausfinden kann, was, dann sind Sie es. Ich möchte dabei sein, wenn das passiert.«

Vielleicht solltest du dir das nicht wünschen, dachte Warstein. Lohmanns Worte hatten irgend etwas in ihm berührt. Er wußte nicht, was, aber es war die gleiche Saite, die auch Angelika angeschlagen hatte, die gleiche verschüttete Erinnerung, die er vielleicht aus dem einzigen Grund nicht greifen konnte, weil er es immer noch nicht wirklich wollte. Er widersprach dem Journalisten nicht mehr, sondern lehnte sich wieder in seinem Sitz zurück und schloß die Augen. Als Lohmann ihn das nächste Mal ansprach, tat er so, als wäre er eingeschlafen.

Der Aufstieg hatte sicherlich nicht das Letzte von ihm verlangt, aber doch eine Menge mehr an Kraft, als er vorher geglaubt hatte. Tausendfünfhundert Meter, das hörte sich nicht überwältigend an, und die Strecke hatte auch nicht besonders weit ausgesehen, auf der Karte, die Hartmann ihm gezeigt hatte. Der Gridone – vielleicht mit Ausnahme der Gipfelregion – war sicherlich kein Berg, der irgendeine Art von Herausforderung für einen geübten Alpinisten dargestellt hätte. Selbst ein trainierter Wanderer wäre vor dem Weg hier herauf nicht zurückgeschreckt. Aber Warstein war weder das eine noch das andere. Er hatte die letzten beiden Jahre fast ausschließlich hinter seinen Computern und am Schreibtisch verbracht, und jede einzelne dieser Stunden hatte sich auf dem Weg hier herauf gerächt. Ihm waren bereits auf der halben Strecke Zweifel gekommen, ob es tatsächlich eine so kluge Idee war, hierher zu gehen. Mittlerweile waren die Zweifel verschwunden. Er wußte, daß es eine Schnapsidee gewesen war. Jeder einzelne Knochen im Leib tat ihm weh, seine Glieder fühlten sich an, als wären sie mit kleinen Bleikügelchen gefüllt. Und dabei hatten sie den ganzen Rückweg noch vor sich.

Warstein sah voller Neid zu Hartmann hoch, der zehn Meter vor ihm ging. Der grauhaarige Sicherheitsbeamte war alt genug, um sein Vater zu sein. Wenn er sich nicht im Dienst befand, dann bestand seine Lieblingsbeschäftigung darin, die verschiedenen Schweizer Biersorten durchzuprobieren und miteinander zu vergleichen. Außerdem war er Kettenraucher. Und trotzdem besaß er die Unverfrorenheit, nicht einmal eine Spur von Erschöpfung zu zeigen. Ganz im Gegenteil blieb er nur immer öfter stehen, damit Warstein nicht den Anschluß verlor und der Abstand zwischen ihnen nicht zu groß wurde. Warstein fragte sich, woher zum Teufel der Mann diese Energie nahm.

»Ist es noch weit?« fragte er keuchend, als Hartmann wieder einmal stehenblieb und, auf seinen Spazierstock gestützt, darauf wartete, daß er zu ihm aufschloß.

Hartmann zog eine Karte aus der Jacke, faltete sie auseinander und sah sich aufmerksam in der Runde um, ehe er den Kopf schüttelte. Warstein war es ein Rätsel, was er auf dieser Karte erkannte. Für ihn sah jeder Meter hier aus wie der andere. Den markierten Weg, der bis an die Schneegrenze hinaufreichte, hatten sie schon vor einer Stunde verlassen.

»Nein. Eigentlich müßten wir schon da sein.«

»Sind Sie sicher, daß die Beschreibung stimmt?« Warstein dachte voller Wehmut an den kleinen Helikopter, der zum Fahrzeugpark der Baustelle gehörte. Mit der Maschine wäre es ein Hüpfer von zehn Minuten hier herauf gewesen. Aber nach allem, was er über den eigenartigen Kauz namens Saruter gehört hatte, hätten sie ihn garantiert vertrieben, wären sie mit dem lärmenden Ungeheuer geflogen. Außerdem hätte er Frankes Zustimmung gebraucht, um den Hubschrauber zu benutzen.

»Ganz sicher«, bestätigte Hartmann. »Ich war selbst noch nicht hier, aber unten im Dorf kennt ihn jeder. Wahrscheinlich hat er uns längst bemerkt und beobachtet uns.« Er warf einen langen Blick in die Runde, und sein Ausdruck war dabei der eines Kavallerie-Scouts, der genau weiß, daß er von den Apachen beschlichen wird, sie aber einfach nicht sehen kann.

»Gehen wir weiter«, seufzte Warstein. Es war ein Fehler gewesen, überhaupt stehenzubleiben, das sah er jetzt ein. Wenn man so erschöpft war wie er, dann kostete das Weitergehen solche Überwindung, daß es den kleinen Kraftgewinn durch die Pause wieder aufzehrte.

Hartmann schien Schwierigkeiten zu haben, seine Karte wieder zusammenzufalten. Für einen Moment kämpfte er fluchend mit einem Wust von Papier, der alles mögliche tat, nur nicht das, was er wollte, dann plötzlich legte sich das Blatt wie durch Zauberei zusammen und verschwand in seiner Jackentasche. »Scheißtechnik«, maulte er. »Warum kann der Kerl nicht in einer ganz normalen Straße in der Stadt leben, wie jeder andere vernünftige Mensch?«

Warstein war nicht ganz sicher, ob dieser Tadel nicht ihm galt, deshalb zog er es vor, nichts dazu zu sagen. Hartmann würde sich hüten, ihn offen zu kritisieren, aber natürlich war ihm klar, wie wenig Hartmann insgeheim davon hielt, Saruter zu besuchen. Er hatte die Vernehmungsprotokolle wieder und wieder gelesen. Hartmann hatte seine Arbeit sehr gründlich getan; es gab nicht mehr viel, was er Saruter fragen konnte. Jedenfalls nichts, was den Weg hier herauf auch nur im entferntesten gerechtfertigt hätte.

Aber er war im Grunde auch nicht hier, um Saruter Fragen zu stellen. Das konnten Hartmann und seine Leute – und im Zweifelsfall die Polizei von Ascona – besser als er. Warstein hatte den verrückten Einsiedler nicht vergessen, obwohl es mehr als zwei Wochen her war, seit er ihn das letzte Mal gesehen hatte – weder ihn noch die unheimliche Art, auf die er ihn angestarrt hatte, bevor er den Tunnel betrat. Und das war der eigentliche Grund, warum er und Hartmann jetzt hier waren. Natürlich hatte er mit niemandem über seinen Verdacht reden können, aber tief in sich wußte er, daß Saruter mehr über die unheimlichen Geschehnisse in diesem Berg wußte als sie alle zusammen.

»Ich glaube, da vorne ist es.« Hartmann hob die linke Hand über das Gesicht, um die Augen zu beschatten und deutete mit der anderen nach vorn. Warsteins Blick folgte der Bewegung, aber es dauerte fast eine Minute, bis er sah, was Hartmann entdeckt hatte, denn erstens war das, was er mit da vorne bezeichnet hatte, noch gute anderthalb Kilometer entfernt, und zweitens war die kleine Berghütte so von Moos und anderen Kriechgewächsen überwuchert, daß sie praktisch unsichtbar wurde. Selbst bei genauerem Hinsehen konnte man kaum sagen, wo der Fels, gegen den sie gelehnt war, begann und Holz und Dachpfannen endeten. Sie war nicht besonders groß und verfügte nur über ein Fenster. Aus dem mit groben Schindeln gedeckten Dach streckte sich ein gedrungener Kamin hervor. Die Hütte selbst bestand aus versetzt angeordneten, mindestens dreißig Zentimeter dicken Baumstämmen, deren Fugen mit Mörtel verschmiert waren. Warstein fragte sich, woher diese Baumstämme kamen. Er hatte auf dem ganzen Weg hier herauf nichts bemerkt, was dicker als sein Handgelenk gewesen wäre.

»Erstaunlich«, murmelte er.

»Was?« Hartmann drehte sich halb zu ihm herum, ohne allerdings dabei stehenzubleiben. »Haben Sie es sich anders vorgestellt?«

»Ganz im Gegenteil.« Das kleine Gebäude entsprach so sehr seiner Vorstellung, wie die Hütte eines Einsiedlers auszusehen hatte, daß es schon fast lächerlich war. Es war alles vorhanden, um das Klischee zu erfüllen: vom säuberlich aufgeschichteten Holzstapel neben der Tür bis hin zu dem kleinen Toilettenhäuschen auf der windabgewandten Seite der Hütte. Sie waren noch zu weit entfernt, um es erkennen zu können, aber Warstein war sicher, daß Saruter ein kleines Herz in die Tür geschnitzt hatte.

»Ich habe Ihnen gesagt, daß er ein komischer Kauz ist«, fuhr Hartmann fort. Warstein registrierte mit einer Art grimmiger Zufriedenheit, daß auch sein Atem jetzt nicht mehr ganz so ruhig und gleichmäßig ging wie bisher. »Erwarten Sie nicht zuviel von ihm. Das meiste, was er auf meine Fragen geantwortet hat, war haarsträubender Unsinn.«

»Vor allem schien er ein ziemlich zäher Kauz zu sein«, sagte Warstein schwer atmend. »Wie alt ist er, haben Sie gesagt?«

»Ganz genau weiß das niemand. Einige behaupten, so alt wie

dieser Berg.« Er lachte, aber es geriet zu einer Grimasse, als er Warsteins erschrockenen Blick bemerkte. »Auf jeden Fall ziemlich alt. Mindestens achtzig.«

»Großer Gott, und er marschiert diese Strecke jeden Tag nur zum Vergnügen!« keuchte Warstein. »Wenn ich auch nur noch einen Kilometer gehen muß, bekomme ich garantiert einen Herzinfarkt!«

»Diese alten Naturburschen sind manchmal wirklich zäh«, bestätigte Hartmann. »Aber das müssen sie wohl auch sein – sonst wären sie nicht so alt geworden.«

Sie näherten sich dem Haus. Warstein sah ab und zu zum Fenster hinauf und versuchte, eine Bewegung dahinter zu erkennen. Aber in der kleinen Hütte zeigte sich kein Lebenszeichen.

»Was machen wir, wenn er nicht da ist?« fragte Hartmann. Warsteins Blicke waren ihm nicht entgangen.

»Warten«, antwortete Warstein. »Ganz egal, wie lange es dauert. Ich habe keine Lust, den ganzen Weg umsonst gemacht zu haben.«

In Hartmanns Augen stand deutlich die Frage geschrieben, warum sie ihn überhaupt gemacht hatten. Aber er verbiß es sich, sie laut auszusprechen, und so legten sie den Rest des Weges schweigend zurück. Warstein klopfte, aber er war viel zu erschöpft, um lange auf eine Antwort zu warten; da die Tür nicht verschlossen war, traten sie nach kurzem Zögern ein.

Das Innere der Hütte bestand aus einem einzigen, allerdings überraschend großen Raum, so daß sie sofort erkennen konnten, daß Saruter tatsächlich nicht zu Hause war. Müde wankte Warstein zu dem einfachen Holztisch, der zusammen mit den dazugehörigen Stühlen und dem wuchtigen Kamin fast die Hälfte des vorhandenen Platzes hier drinnen beanspruchte. Die Erschöpfung legte sich wie eine Decke aus Blei über ihn, aber nun war es eine angenehme, wohltuende Erschöpfung, wie nach einer schweren Arbeit, die man zu Ende gebracht hatte. Er würde nie wieder im Leben einen Schritt gehen, sondern einfach hier sitzen bleiben, bis er selbst achtzig und zu Stein geworden war.

Warstein genoß eine ganze Weile einfach das Gefühl, nicht

mehr laufen zu müssen, ehe er die Augen wieder öffnete und sich im Inneren der Hütte umsah. Durch das einzige Fenster fiel nicht besonders viel Licht herein, aber es reichte immerhin, ihn erkennen zu lassen, daß sein erster Eindruck richtig gewesen war: das Gebäude war innen tatsächlich größer als außen. Es hatte nur drei Wände aus Holz. Die Rückseite bestand aus massivem Fels, und Saruter – oder wer immer dieses Haus gebaut hatte – hatte gute anderthalb Meter aus der Wand herausgemeißelt, um mehr Wohnraum zu gewinnen.

Der Anblick war so bizarr, daß Warstein sogar seine Müdigkeit vergaß und aufstand, um in den hinteren Teil des Raumes zu gehen. Die Wand war vollkommen gerade und so glatt, daß sie fast aussah wie mit Kunststoff beschichtet. Warstein hob die Hand und berührte den Stein, im ersten Moment so zaghaft, als wäre es eine Herdplatte, von der er nicht sicher war, ob jemand sie eingeschaltet hatte oder nicht. Der Stein fühlte sich an wie ganz normaler Stein. Wie auch sonst? Was hatte er eigentlich erwartet?

»Verrückt«, murmelte er.

»Was?« fragte Hartmann.

»Das da.« Warstein deutete auf die Felswand und drehte sich zu Hartmann um. »Er hat fast zwei Meter aus der Wand herausgemeißelt.«

»Um mehr Platz zu gewinnen, sicher«, antwortete Hartmann. »Was ist daran so erstaunlich?«

»Daß das hier stahlharter Granit ist«, sagte Warstein. »Meinen Sie nicht, daß es wesentlich einfacher gewesen wäre, die zwei Meter draußen anzubauen?«

»Oh«, sagte Hartmann. Er sah für einen Moment ziemlich verwirrt aus, dann konnte Warstein regelrecht sehen, wie er den Gedanken abschüttelte. »Also, was machen wir?« fragte er. »Saruter ist nicht da.«

»Er wird schon kommen«, antwortete Warstein unwillig. Er mußte sich beherrschen, damit seine Enttäuschung, möglicherweise völlig umsonst hierhergekommen zu sein, sich nicht zu sehr gegen Hartmann richtete.

»Das kann dauern«, gab Hartmann zu bedenken. »Ich meine – hier oben geht man nicht mal eben zum nächsten Zigarettenautomaten oder zur Post. Vielleicht kommt er heute gar nicht wieder.«

»Unsinn!« antwortete Warstein. »Er hätte die Tür abgeschlossen, wenn er für länger weggegangen wäre, oder?«

Hartmann trat wortlos zur Tür und öffnete sie, und Warstein sah, was er meinte. Die Tür hatte nicht einmal ein Schloß.

»Wie lange können wir warten?« fragte er. »Um noch im Hellen zurück zur Baustelle zu kommen, meine ich.«

Hartmann sah auf die Uhr und maß dann Warstein mit einem Blick, als versuche er seine Verfassung einzuschätzen. »Eine Stunde«, sagte er schließlich. »Allerhöchstens.«

Eine Stunde nur? Warstein war enttäuscht. Selbst wenn sie Saruter sofort angetroffen hätten, wäre eine Stunde kaum genug gewesen. Sie mußten sehr viel länger für den Aufstieg gebraucht haben, als er zuvor angenommen hatte.

»Dann warten wir solange«, entschied Warstein. »Ich brauche sowieso eine Pause. Wenn ich jetzt sofort wieder los muß, trifft mich der Schlag.«

Hartmann klappte seinen Rucksack auf und zog eine silberfarbene flache Flasche heraus, aus der er selbst einen kräftigen Schluck nahm, ehe er sie Warstein hinhielt.

»Alkohol? Wollen Sie mich umbringen?«

»Das ist kein Alkohol«, antwortete Hartmann ernsthaft. »Das ist ein uralter keltischer Zaubertrank.« Er schraubte die Flasche zu und verstaute sie wieder in seinem Rucksack. »Trinken Sie eigentlich nie?«

»Selten. So gut wie nie, stimmt.«

»Und Sie rauchen auch nicht. Haben Sie überhaupt irgendwelche Laster?«

»Wenige«, antwortete Warstein widerwillig. Er wünschte sich, Hartmann würde sich nicht ganz so verpflichtet fühlen, ihn zu unterhalten. Wenn es etwas gab, was er noch mehr haßte als Alkohol und Tabak, dann war es Small talk.

»Muß langweilig sein«, sagte Hartmann. Warstein tat ihm

nicht den Gefallen, erneut darauf zu antworten, sondern ging wieder in den hinteren Teil der Hütte, die sich eigentlich schon im Inneren des Berges befand. Etwas an dieser Wand faszinierte ihn, ohne daß er genau sagen konnte, was. Mehrere Minuten lang stand er einfach da und sah den glatten Felsen vor sich an, ehe er sich, ohne ihn anzusehen, an Hartmann wandte.

»Sie haben doch eine Lampe dabei, oder?«

»Sicher.«

»Geben Sie sie mir.«

Hartmann reichte ihm eine Taschenlampe, und Warstein schaltete sie ein und ließ den kräftigen Strahl über die Wand vor sich gleiten.

Die Linien waren nicht kräftiger als die unten im Stollen, aber sie wirkten stärker, weil sie weitaus kürzer waren, und vor allem – sie waren unbeschädigt. Dieses Bild hier ergab einen Sinn. Er konnte nicht sagen welchen, und er versuchte auch erst gar nicht, es herauszufinden, aber der bloße Anblick der Zeichnung machte ihm klar, daß es sich um mehr handelte als das sinnlose Gekritzel eines alten Mannes.

»Interessant«, sagte Hartmann. Er war neben ihn getreten und folgte dem wandernden Lichtstrahl. »Was mag das sein?«

»Es ist das gleiche wie . . .« Warstein sprach nicht weiter. Um ein Haar hätte er gesagt: wie unten am Vortrieb. Aber das hätte wenig Sinn gehabt. Niemand außer ihm hatte die Linien im Fels gesehen. Und als er nach einer Woche in den Berg zurückgekehrt war, da waren sie natürlich verschwunden gewesen; samt der Felswand, auf der sie sich befunden hatten.

»Wie was?« fragte Hartmann.

»Nichts«, antwortete Warstein. »Ich dachte, es würde mich an etwas erinnern. Aber ich habe mich getäuscht.«

»Es sieht irgendwie magisch aus«, sagte Hartmann.

»Magisch?« Warstein fragte sich selbst, warum er beim Klang dieses Wortes eigentlich so erschrak. »Wie meinen Sie das?«

»Na ja, wie diese Felsbilder, die man manchmal sieht.« Hartmann machte eine ebenso komplizierte wie sinnlose Geste, von der er wohl glaubte, sie passe zu diesem Begriff. »Bilder, wie sie diese Medizinmänner malen. Sie wissen schon. Schamanen und so.«

»Ich verstehe«, sagte Warstein. Hartmanns Erklärung machte es nicht besser. Plötzlich spürte er das gleiche, irrationale Unbehagen wie vor zwei Wochen im Tunnel.

Hartmanns Interesse an der Zeichnung erlahmte ebenso rasch, wie es gekommen war. Er ließ Warstein wieder allein, und nur einen Moment später verrieten eindeutige Geräusche, daß er offensichtlich dabei war, die Hütte zu durchsuchen. Warstein gefiel das nicht, aber er war vom Anblick der Zeichnung immer noch viel zu fasziniert, um sich davon losreißen zu können. Das Bild war viel kleiner als das unten im Berg, aber vielleicht gerade deshalb um so faszinierender. Die Linien waren auf eine kaum in Worte zu fassende Weise gewunden und gedreht. Wenn man lange genug hinsah, dann schienen sie sich zu bewegen. Und wenn man zu lange hinsah, bekam man Kopfschmerzen.

»Das ist ja ein Ding«, sagte Hartmann hinter ihm. »Ein Einsiedler mit einem Farbfernseher!«

»Ja, aber ich benutze ihn selten. Batterien sind teuer, und hier oben nicht leicht zu bekommen.«

Warstein und Hartmann drehten sich im gleichen Moment zur Tür; Hartmann sehr viel schneller und so hastig, daß er irgend etwas umwarf, das klappernd zu Boden fiel. Das Geräusch verriet, daß es nicht zerbrach.

Er hatte nicht einmal gemerkt, daß die Tür aufgegangen war – was möglicherweise daran lag, daß die Gestalt, die im Rahmen erschienen war, ihn fast vollkommen ausfüllte. Warstein konnte Saruter nur als Schatten erkennen, aber der Umriß, den er sah, war nicht der eines alten Mannes. Es war schwer, das Alter eines Menschen zu erraten, dessen Gesicht man nicht erkennen konnte, aber hätte irgend jemand ihm erzählt, daß das da vor ihm der Schatten eines Achtzigjährigen sei, hätte er lauthals gelacht.

»Stellen Sie das hin, Sie ungeschickter Mensch«, sagte Saruter. Es klang nicht einmal wirklich erbost. »Oder nein, lassen Sie es. Es ist besser, wenn Sie nichts mehr anfassen.«

»Es tut mir leid«, sagte Hartmann verlegen. »Bitte entschuldigen Sie unser Eindringen. Aber die Tür war offen, und –«

»Ich brauche keine Schlösser«, unterbrach ihn Saruter. »Wer hier heraufkommt, ist entweder ein Freund oder in Not. Es wäre ein Verbrechen, die Tür zu verriegeln.« Er trat endlich vollends ein und schloß die Tür hinter sich, und im gleichen Moment wurde er auch optisch zu einem alten Mann. Das Zwielicht warf graue Schatten über sein Gesicht und ließ die zahllosen Runzeln und Falten darin noch tiefer erscheinen. Für eine Sekunde sah er nicht aus wie achtzig, sondern wie achthundert.

»Allerdings habe ich nicht mit Leuten wie Ihnen gerechnet«, fuhr Saruter fort. »Ist es da, wo Sie leben, üblich, in die Häuser anderer einzudringen und ihre Sachen zu durchwühlen?«

»Bitte, wir wollten Ihnen nicht zu nahe treten«, mischte sich Warstein ein. »Ich entschuldige mich für –«

Er verstummte, als Saruter sich herumdrehte und ihn zum ersten Mal direkt ansah. Seine Augen. Jetzt wußte er, was es ihm vom ersten Moment an so schwer gemacht hatte, seinen Blick zu ertragen. Es waren seine Augen. Etwas damit. Etwas darin.

»Ich wußte, daß du kommst«, sagte Saruter. »Ich wußte nicht wann, aber ich wußte, daß du kommen würdest.«

Warstein war ihm nie so nahe gewesen, und er dankte Gott dafür. Was aus der Entfernung unangenehm war, war aus der Nähe beinahe unerträglich. Seine Kehle war plötzlich so trocken, daß er keinen Laut hervorbrachte.

»Das war nicht besonders schwer zu erraten«, sagte Hartmann spöttisch. »Ich habe ihm gesagt, daß Sie mit ihm reden wollten.«

»Ich wollte zu dir kommen, aber sie haben mich nicht gelassen«, sagte Saruter.

»Stimmt das?« fragte Warstein.

»Er wollte mit Ihnen reden, aber sie waren noch im Krankenhaus. Als Sie zurückkamen, ergab sich keine Gelegenheit.«

Warstein konnte sich ungefähr denken, wer dafür verantwortlich war, daß sich keine Gelegenheit ergeben hatte, mit dem Einsiedler zu sprechen. Aber jetzt war wirklich nicht der Moment, sich über Franke zu ärgern. Außerdem: er war hier, oder?

»Es ist gut«, sagte Saruter. Er machte sich nicht einmal die Mühe, Hartmann anzusehen. »Du hast deine Aufgabe erfüllt. Du kannst jetzt gehen.«

Hartmann war so verdutzt, daß er im allerersten Moment nicht einmal antworten konnte. Schließlich lachte er. »Mir ist bisher gar nicht aufgefallen, daß Sie so viel Humor haben. Ich werde ganz bestimmt nicht gehen und –«

»Tun Sie, was er sagt«, unterbrach ihn Warstein. »Gehen Sie zurück zur Baustelle.«

»Das meinen Sie nicht ernst«, protestierte Hartmann. Er deutete auf Saruter. »Überlegen Sie es sich. Ich habe ihn während des Verhörs ziemlich hart angefaßt, vielleicht hält er es für eine gute Gelegenheit, es Ihnen heimzuzahlen.«

Warstein antwortete nicht einmal darauf. Wäre Saruter irgendein anderer gewesen als der, der er nun einmal war, hätte er Hartmanns Sorge durchaus verstanden; vielleicht sogar geteilt. Achtzig Jahre oder nicht, der Mann war ein Riese, und er war ganz bestimmt stärker als er, Warstein. Trotzdem sagte er: »Es ist alles in Ordnung, Hartmann. Ich glaube kaum, daß Sie sich Sorgen machen müssen.«

Hartmann wechselte ein letztes Mal die Taktik. »Sie finden den Weg zurück allein doch gar nicht«, sagte er. »Und wenn es dunkel ist und Sie dann noch dort draußen sind . . .«

»Ich werde ihn zurückbringen«, sagte Saruter. »Und nun geh.«

»Ich denke nicht daran!« begehrte Hartmann auf. »Ich . . .«

»Bitte tun Sie, was er sagt«, fiel ihm Warstein ins Wort; nicht einmal sehr laut, aber doch in so nachdrücklichem Ton, daß Hartmann ihn einige Sekunden lang verdutzt ansah, ehe er überhaupt seine Fassung wiederfand.

»Ich bin für Ihre Sicherheit verantwortlich«, sagte er schließlich. Es klang nicht mehr sehr überzeugt.

»Wenn wir uns auf dem Gelände der Baustelle befinden, ja«, sagte Warstein. »Und wenn Sie im Dienst sind. Beides ist im Moment nicht der Fall.«

Hartmanns Lippen wurden zu einem blutleeren Strich in seinem Gesicht. Es tat ihm wahrscheinlich schon hundertmal leid, daß er Warstein hier heraufgeführt hatte, und Warstein seinerseits bedauerte, daß er so unwirsch zu ihm sein mußte. Er hoffte inständig, daß der Sicherheitsbeamte ihn nicht zwang, noch gröber zu werden.

Um die Situation ein bißchen zu entspannen, rang er sich ein Lächeln ab und sagte: »Gehen Sie ruhig. Keine Sorge – Franke erfährt kein Wort von mir.«

»Wenn Sie zurückkommen, ja.«

»Wenn ich nicht zurückkomme, kann ich es ihm auch nicht sagen, oder?«

Hartmann sagte nichts mehr. Schweigend und mit abgehackten, übertrieben wuchtigen Bewegungen schulterte er seinen Rucksack und stiefelte hinaus, allerdings nicht, ohne Saruter einen so drohenden Blick zuzuwerfen, unter dem selbst die Eiskappe des Gridone geschmolzen wäre. Er verzichtete darauf, die Tür hinter sich zuzuknallen, als er ging – aber wahrscheinlich nur, weil sie dazu einfach zu schwer war.

Warstein trat ans Fenster und sah ihm nach, bis er verschwunden war. Als er sich wieder zu Saruter umdrehte, geschah etwas Unheimliches: er schirmte mit seinem eigenen Körper das meiste Licht ab, das durch das Fenster hereindrang, und in der künstlichen Dämmerung hier drinnen konnte er den sonderbaren Alten wieder nur als Schemen erkennen. Und wieder – und viel deutlicher diesmal – hatte er das Gefühl, einem jungen Mann gegenüberzustehen. Nein, nicht jung. Das war das falsche Wort. Zeitlos. Das war es. Saruter war nicht jung, aber er war auch nicht alt. Er war ... irgend etwas dazwischen, wofür es kein Wort gab.

Warstein machte einen Schritt zur Seite, und das hereinströmende Sonnenlicht zerstörte den Zauber des Augenblickes, worüber Warstein nicht unbedingt unglücklich war.

Er räusperte sich mehrmals, um seine Verlegenheit zu überspielen. »Nehmen Sie es Hartmann nicht übel«, sagte er. »Er macht sich nur Sorgen um mich.«

»Er ist ein guter Mann«, sagte Saruter; auf eine Weise, die Warstein klarmachte, daß das Thema damit für ihn erledigt war. Er setzte sich und machte eine einladende Geste zu Warstein, das gleiche zu tun, aber Warstein blieb stehen. Er machte nur einen Schritt zur Seite, um das Fenster vollends freizugeben.

Sehr viel heller wurde es dadurch nicht. Offenbar herrschte hier drinnen immer Zwielicht, selbst jetzt, wo die Sonne direkt ins Fenster schien. Warstein versuchte lieber gar nicht erst, sich vorzustellen, was es heißen mußte, sein ganzes Leben im Zwielicht zu verbringen. Er selbst würde nach zwei Tagen in dieser Gruft Depressionen bekommen.

Saruter blickte ihn weiter an. Er sagte nichts, aber sein Blick hatte etwas ... ja, beinahe Sezierendes. Es war Warstein längst nicht mehr nur unangenehm, von ihm angestarrt zu werden. Er glaubte beinahe körperlich zu fühlen, wie dieser Blick bis in die tiefsten Tiefen seiner Seele reichte und seine geheimsten Gedanken erriet; Dinge sah, die nicht einmal er selbst über sich wußte, und die ihn erschreckt hätten, hätte er sie gewußt.

Er hatte gehofft, daß Saruter von sich aus das Gespräch eröffnen würde, aber selbstverständlich tat er ihm diesen Gefallen nicht. Warstein fühlte sich hilflos. Er hatte sich hundert Fragen zurechtgelegt, aber nun war sein Kopf wie leergefegt. Schließlich hob er die Hand und deutete auf die Rückseite der Hütte.

»Das ist ... phantastisch«, sagte er stockend. »Haben Sie das gemacht?«

Saruter fragte nicht einmal, was er meinte: das Bild oder die zwei Meter, die irgend jemand mit den Fingernägeln aus dem Fels gekratzt hatte. Er sagte einfach nur: »Ja.«

Wieder wartete Warstein vergeblich darauf, daß er von sich aus weitersprach. Als klarwurde, daß das nicht geschehen würde, löste er sich von seinem Platz am Fenster und ging an Saruter vorbei. Er hätte vielleicht nicht seine rechte Hand dafür ins Feuer gelegt, aber als er die Taschenlampe einschaltete, da war er doch fast sicher, daß das Bild nicht mehr dasselbe war wie vorhin.

»Es ist das gleiche wie ... wie im Tunnel«, sagte er stockend. Selbst jetzt fiel es ihm noch schwer, die Worte auszusprechen.

Indem er es tat, verlieh er dem Gedanken mehr an Wahrhaftigkeit.

»Es ist ähnlich«, verbesserte ihn Saruter. »Nicht das gleiche.«

Als Warstein sich zu ihm herumdrehte, mußte er sich beherrschen, um die Lampe nicht eingeschaltet zu lassen und den Strahl auf ihn zu richten. Aber diesmal war seine Nervosität unbegründet. Die hünenhafte Gestalt, die auf der anderen Seite des selbstgezimmerten Tisches saß, war kein Gespenst aus den Dimensionen jenseits der Zeit. Es war einfach nur ein alter Mann.

»Stammt die Zeichnung dort auch von Ihnen?« fragte er.

Saruter lachte. Es war ein sehr gutmütiger, warmer Laut, der trotzdem etwas von der spröden Härte der Berge hatte, in denen er seit dem Tag seiner Geburt lebte. »Wie könnte ich das? Ich bin kein Zauberer. Eure Maschine kann sich in den Berg hineinfressen. Ich kann das nicht.« Er deutete mit beiden Händen auf die Wand hinter Warstein, dann breitete er sie aus und drehte die Handflächen nach oben.

»Die Kraft dieser Hände und ein ganzes Leben wären nötig, um dies zu schaffen. Wie lange würde deine Maschine dazu brauchen?«

Warstein hatte plötzlich das absurde Gefühl, sich verteidigen zu müssen. »Es ist nicht meine Maschine«, sagte er. Als Saruter nicht darauf reagierte, drehte er sich noch einmal herum, maß die Wand einige Sekunden lang abschätzend und sagte dann: »Wenige Stunden. Sicher weniger als einen halben Tag.«

»Ein halber Tag«, Saruter klang traurig und irgendwie resignierend, »um die Arbeit eines Lebens zu tun.«

»Und das macht Sie zornig?«

»Traurig«, sagte Saruter. »Es ist eine solche Vergeudung. So viel Energie und Lebenszeit, nur damit eure Straßen noch schneller und eure Wege noch kürzer werden.«

»Ich führe diese Art von Diskussion nicht«, sagte Warstein. »Damit habe ich schon vor langer Zeit aufgehört. Sie sind nichts als Verschwendung . . . von Energie und Lebenszeit.«

»Warum bist du dann gekommen?«

»Warum sind Sie gekommen?« gab Warstein zurück. Allmählich fand er wenigstens einen Teil seiner gewohnten Fassung wieder. Er war weit davon entfernt, Saruter auch nur mit einem Teil seiner normalen Selbstsicherheit gegenüberzutreten, aber zumindest hatte er nicht mehr das Gefühl, auf einer Eisscholle zu stehen, die auf einem kochenden Ozean auf einen Abgrund zuschoß.

»Ich?«

»Zur Baustelle«, antwortete Warstein, obwohl Saruter ganz genau wußte, wovon er sprach. »Nicht erst an jenem Abend. Vorher. Ich selbst habe Sie ein halbes Dutzend Mal gesehen, und die Männer haben erzählt, daß Sie fast jeden Abend da waren.«

»Für eine Weile, ja.«

»Sie haben diesen langen Weg zur Baustelle hinunter und wieder hier herauf gemacht, und das jeden Tag?« vergewisserte sich Warstein. Er hatte keinen Grund, an Saruters Worten zu zweifeln, aber es erschien ihm trotzdem fast unglaublich. »Warum?«

»Weißt du das nicht?«

»Ich möchte es gerne von Ihnen hören«, erwiderte Warstein ausweichend. Tatsache war, daß Warstein es tatsächlich nicht wußte. Er hatte geglaubt, es zu wissen, aber jetzt war er nicht mehr sicher.

»Die Männer erzählen, daß Sie nie ein Wort gesagt haben«, fuhr er fort. »Ich meine, Sie haben nie Plakate geschwenkt oder . . . oder Parolen gerufen oder versucht, den Männern ins Gewissen zu reden oder sonst etwas.«

»Du meinst, Kabel durchgeschnitten, Schrauben losgedreht oder mich auf den Schienen angekettet?«

Warstein lächelte. »Zum Beispiel.«

»Was hätte das genutzt?« fragte Saruter.

»Nichts«, sagte Warstein. »Aber wieso haben Sie überhaupt nichts gesagt? Ich meine, was nutzt es, ein Anliegen zu haben und niemandem davon zu erzählen?«

»Aber wozu? Was hätte es geändert?«

»Nichts«, gestand Warstein abermals, aber diesmal nicht mit einem Lächeln, sondern nach einem hörbaren Zögern. Saruter hatte recht – es hätte nicht nur nichts geändert, sondern es höchstens schlimmer gemacht. Der Alte hatte niemanden gestört, und solange er nur einfach dagestanden und nichts gesagt hatte, hatte man ihn gewähren lassen. Hätte er getan, was Warstein vorschlug, hätte man ihn schon am zweiten Tag davongejagt.

»Außerdem – ich habe erreicht, was ich wollte.«

»Und was . . . war das?« fragte Warstein.

Saruter stand auf. »Komm mit«, sagte er, während er zur Tür ging. »Ich will dir etwas zeigen.«

Warstein folgte ihm aus dem Haus. Der Einsiedler war neben der Tür stehengeblieben, und zum ersten Mal überhaupt sah er sein Gesicht im hellen Sonnenlicht. Es wirkte viel weniger alt als eher verwittert; eine Skulptur, die roh aus sprödem Granit herausgemeißelt und ein Menschenalter lang Wind und Regen ausgesetzt worden war. Er war nicht nur breitschultriger und massiger als Warstein, sondern auch ein gutes Stück größer, und er hatte erstaunlich volles, weißes Haar, das lang bis auf seine Schultern herabfiel. Kein Bart.

Saruter ließ Warsteins Musterung eine ganze Weile über sich ergehen, ehe er sich herumdrehte und mit dem ausgestreckten Arm nach Norden wies. »Schau hin«, sagte er. »Und sag mir, was du siehst.«

Warsteins Blick folgte der Richtung, die der Alte ihm wies. Der Anblick war tatsächlich überwältigend. Weit vor ihnen erhob sich der schneegekrönte Gipfel des Basodino, flankiert von dem niedrigeren, aber ungleich wuchtigeren Madone auf der rechten und den fast filigranen Eiskonturen des Porcarescio auf der anderen Seite. Dahinter strebten andere steinerne Kolosse in die Höhe, im Dunst der Entfernung mehr zu erahnen als zu erkennen; Berge, deren Namen er einmal gewußt und wieder vergessen hatte. Es spielte auch keine Rolle, denn es waren Namen, die Menschen ihnen gegeben hatten und die nur für Menschen von Belang waren. Diese Berge waren älter als die Menschen, älter als das Leben auf dieser Welt, und während Warstein noch dastand und nach Norden sah, wurde ihm dies zum ersten Mal wirklich bewußt.

»Verstehst du es?« fragte Saruter.

Warstein nickte. Der Anblick und der Moment hatten etwas Heiliges. Er stand einfach da und sah die Berge an, und zum ersten Mal im Leben wurde ihm bewußt, wie kostbar jeder einzelne Moment war, ganz egal, wie großartig oder auch banal er sein mochte, denn er war einmalig, jede Sekunde anders, und jede unwiederbringlich, war sie einmal verstrichen. Warstein begriff etwas vom Wesen der Zeit, in diesem Moment, etwas, das er niemals wirklich in Worte fassen konnte, das sein Leben aber grundlegender verändern sollte als irgend etwas zuvor.

»Es ist nicht richtig, was ihr tut«, sagte Saruter. »Die Berge sind alt. Sie waren schon da, bevor es Menschen auf dieser Welt gab, und sie werden noch da sein, lange nachdem wir von diesem Planeten verschwunden sind. Manche glauben, daß sie leben. Glaubst du das auch?«

Warstein war nicht sicher, ob er verstand, was Saruter meinte. »In einem gewissen Sinne . . . vielleicht«, sagte er ausweichend.

»Alles lebt, in einem gewissen Sinne«, antwortete Saruter. »Die Erde, die Blumen, das Gras . . . selbst die Wolken am Himmel. Aber das habe ich nicht gemeint.«

»Was dann?«

Saruters Blick ließ ihn wieder los, und er sah in die gleiche Richtung wie Warstein. Sein Gesicht lag nun halb im Schatten und halb im Licht; zur Hälfte das eines alten und zur anderen das eines jungen Mannes.

»Manche von euren Wissenschaftlern«, begann er, »glauben, daß die Bibel recht hat, und das Leben tatsächlich in einem Klumpen Lehm begann. Es heißt, daß Lehm über eine ganz besondere kristalline Molekularstruktur verfügt, in der Leben auch ohne organische Zusätze entstehen kann.«

Das waren ganz bestimmt nicht die Worte, die Warstein von einem achtzigjährigen Einsiedler erwartet hätte, der in einer Blockhütte unter dem Gipfel des Gridone hauste. Aber zugleich waren sie auch so faszinierend, daß er nicht anders konnte, als gebannt weiter zuzuhören.

»Wenn das so ist, warum soll es bei ihnen nicht ähnlich sein?

Sie könnten leben. Sie könnten ein Bewußtsein und sogar ein eigenes Ego haben, jeder einzelne. Und doch würden wir es niemals bemerken. Wie soll man mit einem Geschöpf in Verbindung treten, dessen Gedanken ein Menschenalter währen? Wie mit einer Intelligenz reden, die so fremd ist, daß wir sie nicht einmal als lebende Kreatur erkennen?«

»Ist es das, was Sie mir sagen wollen?« fragte Warstein. »Daß wir sie . . . geweckt haben?«

Saruter lächelte. »Es ist nur eine Theorie. Nicht einmal eine besonders originelle.«

»Aber wir haben . . . etwas geweckt?« fragte Warstein stockend. »Irgend etwas war in diesem Berg, nicht wahr? Was war es?«

»Es mußte geschehen, früher oder später«, antwortete Saruter. Er sah noch immer nach Norden. Die alte Hälfte seines Gesichtes schien nun vollends zu Stein geworden zu sein. Seine Stimme war ein tonloses Flüstern, das von kommendem Unheil kündete. »Die Kelten waren stark, doch nichts hält ewig.«

»Was?« fragte Warstein. »Was ist es, Saruter? Was ist in diesem Berg?«

»Du wirst es erkennen, wenn die Zeit gekommen ist«, sagte Saruter.

»Warum sagen Sie es mir nicht?« fragte Warstein.

»Das wäre zwecklos. Die Zeit ist noch nicht reif. Aber du wirst es erkennen, wenn es soweit ist. So, wie es dich erkennen wird.«

»Es? Welches es?«

»Du wirst es wissen, sobald es notwendig ist«, erwiderte Saruter. Und das war das letzte, was Warstein an diesem Tag von ihm erfuhr.

5

ER HATTE GEGLAUBT, NICHT WIRKLICH GESCHLAFEN zu haben, aber als er die Augen das nächste Mal öffnete, war die Leuchtanzeige über ihren Köpfen wieder angegangen, die sie aufforderte, sich anzuschnallen, und die Stimme des Piloten teilte ihnen mit, daß sie sich im Landeanflug auf Genf befanden und in ungefähr zehn Minuten dort ankommen würden.

Als nächstes begegnete er Lohmanns feindseligem Blick. Der Reporter saß ihm gegenüber und versuchte, eine Zigarette in den überquellenden Aschenbecher in seiner Armlehne zu drücken. Der Sitz neben ihm und seine Hosenbeine waren voller Asche. Er zündete sich sofort eine neue Zigarette an, öffnete plötzlich seinen Sicherheitsgurt und stürmte mit weit ausgreifenden Schritten davon.

»Was ist denn in den gefahren?« Warstein blickte ihm kopfschüttelnd nach.

»Ich glaube, er sieht seine Investition in Gefahr«, sagte Angelika. »Er war ziemlich verärgert, daß du eingeschlafen bist. Das geht doch in Ordnung, oder? Ich meine, wenn wir schon einmal beim Du sind, können wir genausogut dabei bleiben.«

»Das ist schon okay«, sagte Warstein. »Immerhin sind wir gemeinsam aufgebrochen, um die Welt zu retten.«

»Sind wir das?«

»Zweifellos«, antwortete Warstein ernsthaft. »Wir werden phantastische Abenteuer erleben. Ungeheuer aus der siebten Dimension. Außerirdische, die gekommen sind, um die menschliche Zivilisation zu vernichten und die Überlebenden in die Sklaverei zu verschleppen.«

»Die Gespenster nicht zu vergessen«, sagte Angelika.

»Unbedingt«, bestätigte Warstein. »Vampire und Werwölfe. Wußtest du, daß es auf dem Gridone nachts von Hexen nur so wimmelt, die auf ihren Besen um den Gipfel kreisen?«

Sie lachten, und obwohl es nur eine Sekunde währte, gab es ihnen beiden neue Kraft. Eine Weile saßen sie einfach schweigend nebeneinander, in einer vertrauten Stille, als ob sie sich tatsächlich schon seit Jahren kannten, nicht erst seit weniger als vierundzwanzig Stunden. Seine Hand wollte nach ihrer greifen, die auf der Armlehne neben ihm lag, aber er führte die Bewegung nicht zu Ende. Trotzdem bemerkte sie sie, sah kurz zu ihm hoch und lächelte, so daß er fast sicher war, daß sie nichts dagegen gehabt hätte. Nach einigen Sekunden ließ ihr Blick ihn los, und Warstein drehte den Kopf zur anderen Seite und zwang sich, aus dem Fenster zu sehen.

Obwohl sie sich bereits im Landeanflug befanden und ständig an Höhe verloren, sah er nichts außer vorüberhuschenden Fetzen aus Grau und schmuddeligem Weiß. Das Wetter mußte umgeschlagen sein, während er geschlafen hatte.

»Vorhin«, sagte Angelika plötzlich, »als wir eingestiegen sind . . . warum hast du da gezögert?«

Es wäre leicht gewesen, seine Flugangst vorzuschieben, und er wußte, daß sie es geglaubt oder zumindest dabei belassen hätte. Aber er wollte sie nicht belügen. So scherzhaft seine Bemerkung gerade geklungen haben mochte, sie hatte einen wahren Kern: was immer in Ascona auf sie wartete, er spürte, daß es etwas Gewaltiges war. Sie waren auf Gedeih und Verderb aufeinander angewiesen. Ehrlichkeit war wichtig.

»Ich weiß nicht genau«, sagte er ausweichend. »Ich glaube, irgend etwas . . . wird passieren.«

»Am Berg? So eine Art . . . Vorahnung?«

Er lauschte aufmerksam auf einen Unterton von Spott oder auch nur Ironie, aber da war nichts. »Vielleicht.«

»Was ist eigentlich damals wirklich passiert?« fragte sie plötzlich.

»Im Tunnel?« Warstein hob die Schultern. »Ich weiß es nicht. Wirklich.«

»Das weiß ich«, antwortete Angelika. »Frank hätte es mir erzählt, wenn er es wüßte. Aber das meine ich nicht. Am Berg. Überhaupt.«

»Du hast die Zeitungen gelesen«, antwortete er mit einer Geste auf seine Tasche, aus der der Rand ihres grünen Plastikordners hervorsah. »Ich glaube, wir haben irgend etwas . . .«

»Geweckt?« schlug Angelika vor, als er nicht weitersprach.

Das Wort gefiel ihm nicht. Trotzdem nickte er nach einigen Sekunden widerwillig. »Irgend etwas ist in diesem Berg«, antwortete er. »Oder war. Und ich denke, es wäre besser gewesen, nicht daran zu rühren.« Ihm war klar, daß das keine Antwort auf ihre Frage war, sondern sie im Gegenteil noch mehr verwirren mußte. Aber sie hatte wohl auch nicht wirklich mit einer Antwort gerechnet.

Er hätte sie auch nicht geben können. Damals, vor drei Jahren, da hatte er geglaubt, es zu wissen, aber das stimmte nicht. Er hatte so wenig gewußt wie alle anderen. Das allermeiste von dem, was letztendlich zu seinem Hinauswurf aus dem Projekt geführt hatte, war einfach Unsinn gewesen. Von seinem Standpunkt aus hatte Franke durchaus recht gehabt, ihn zu feuern.

Er mußte wieder an Saruter denken, und auch das war etwas, was er jetzt erst wirklich verstand: er würde es wissen, wenn die Zeit gekommen war. Sie hatten einen Stein losgetreten, der seit drei Jahren zu Tal polterte und dabei langsam zur Lawine wurde. Vielleicht würde sie sie alle zerschmettern, vielleicht bestand sie auch nur aus Rauch und Staub. Er würde es wissen. Wenn die Zeit gekommen war.

Lohmann kam zurück, begleitet von einer Stewardeß, die freundlich, trotzdem aber mit großem Nachdruck darauf beharrte, daß er sich wieder setzte und den Sicherheitsgurt anlegte. Der Journalist gehorchte, aber nicht, ohne jeden Handgriff mit einer Flut zynischer Kommentare zu begleiten. Die Stewardeß ließ alles wortlos über sich ergehen, aber man sah ihr an, daß sie froh war, endlich zu ihrem Platz zurückkehren zu können.

»Was tun Sie da eigentlich?« fragte Angelika. »Versuchen Sie, Ihrer Rolle gerecht zu werden, oder sind Sie wirklich so ein Ekel?«

»Vielleicht beides?« Lohmann grinste, entzündete sich trotz des leuchtenden NO-SMOKING-Schildes eine Zigarette und ergatterte immerhin zwei Züge, ehe die Stewardeß kam und ihn aufforderte, sie zu löschen.

Das schlechte Wetter hielt sich, während sie zur Landung ansetzten. Die Wolken rissen erst im allerletzten Moment auf, aber Warstein hätte von der Landung ohnehin nichts mitbekommen. Sein Hang zur Selbstkasteiung ging nicht so weit, auch noch während der Landung aus dem Fenster zu sehen. Warstein saß mit zusammengepreßten Lidern und steif wie ein Brett da, bis die Maschine mit einem sanften Ruck aufgesetzt hatte und das Motorengeräusch wieder lauter wurde, als der Pilot Gegenschub gab.

Als er die Augen wieder öffnete, begegnete er Angelikas Blick. Und diesmal erkannte er eindeutig ein spöttisches Glitzern darin.

»Was ist so komisch?« fragte er.

»Oh, nichts«, antwortete Angelika amüsiert. »Lacht ihr Männer nicht auch, wenn wir Frauen beim Anblick einer Maus auf den nächsten Tisch springen?«

»Ich stehe auf keinem Tisch«, sagte Warstein gepreßt.

»Aber du würdest gerne darunterkriechen, stimmt's?«

Gegen seinen Willen mußte Warstein lachen. »Stimmt«, sagte er. »Erinnere mich daran, daß ich mir für den Rückweg einen Tisch mitnehme. So einen kleinen, den man zusammenklappen kann, weißt du?«

»Könntet ihr beiden aufhören, Unsinn zu reden?« fragte Lohmann verärgert.

»Sie haben vergessen zu sagen: auf meine Kosten«, fügte Warstein in liebenswürdigem Tonfall hinzu. Lohmann spießte ihn mit Blicken regelrecht auf, aber er sagte nichts mehr.

Die Maschine rollte aus, und da sie die einzigen Passagiere der ersten Klasse waren, gingen sie auch zuerst von Bord. Sie hatten kaum Gepäck; also gab es auch keine nennenswerten Zollformalitäten, und die Paßkontrolle bestand aus einem gelangweilten Blick in ihre Ausweise, für den sie noch nicht einmal ihre Schritte verlangsamen mußten.

»Wartet hier«, sagte Lohmann. »Ich habe einen Leihwagen bestellt. Ich sehe nur rasch, wo der EUROPCAR-Schalter ist.« Er verschwand, ohne eine Antwort abzuwarten, und Warstein und Angelika traten ein kleines Stück zur Seite, um den nachfolgenden Passagieren nicht im Weg zu stehen.

»Wozu um alles in der Welt braucht er einen Leihwagen?« fragte Warstein. »Er hat doch wohl nicht vor, mit dem Auto nach Ascona zu fahren?«

»Warum nicht?«

»Warum, glaubst du wohl, haben wir fünf Jahre lang an diesem Berg herumgebohrt?« fragte Warstein. »Um eine vernünftige Bahnverbindung zwischen –«

»Die ist geschlossen«, unterbrach ihn Angelika.

Warstein blinzelte. »Wie?«

»Wußtest du das nicht?« Angelika wirkte ehrlich überrascht. »Ich dachte, du hättest die Geschichte im Fernsehen verfolgt.«

»Nicht alles«, sagte Warstein. »Aber das kann nicht sein. Sie können nicht die Strecke über Ascona eine ganze Woche lang sperren. Der Verkehr in der halben Schweiz würde zusammenbrechen!«

»Ganz genau das ist passiert«, antwortete Angelika. »Sag bloß, du weißt nichts davon!«

Er hatte es wirklich nicht gewußt, aber im Grunde hätte er nicht überrascht sein dürfen – es war nur ein weiterer Puzzlestein, der sich fugenlos in das Bild einpaßte. »Und mit welcher Begründung?«

Angelika zuckte die Achseln und überlegte einen Moment.

»Ich glaube, sie wollten sichergehen, daß die Explosion die Struktur der Tunnelröhre nicht beschädigt hat.«

»Lächerlich«, sagte Warstein. »Was sollen diese angeblichen Terroristen benutzt haben? Eine Atombombe?«

»Der Zug sah ziemlich übel aus«, gab Angelika zu bedenken.

»Eine Explosion, die den Tunnel so in Mitleidenschaft zieht, daß er geschlossen werden muß, hätte den Zug in seine Atome zerblasen«, sagte Warstein. Er schüttelte überzeugt den Kopf. »Sie haben irgendeinen anderen Grund, den Tunnel zu sperren.«

Hinter ihnen wurden Stimmen laut, die aufgeregt miteinander diskutierten, ohne daß sie die Worte verstehen konnten. Warstein drehte sich neugierig herum.

Der Zollbeamte war aus seiner Lethargie erwacht, aber das war auch nicht weiter erstaunlich – der Anblick der drei buntgekleideten Gestalten, die offenbar mit dem gleichen Flugzeug gekommen waren wie Warstein, Angelika und Lohmann, hätte jeden aufgeweckt.

Es waren Farbige. Ihre Haut war nicht braun, sondern von jenem echten, tiefen Schwarz, wie es selbst bei reinrassigen Afrikanern der hundertsten Generation nur äußerst selten zu finden ist. Ihre Köpfe waren kahlgeschoren, aber so sehr von Stammes- und Zeremoniennarben übersät, daß es schon fast wieder wie eine eigene, bizarre Haartracht wirkte. Alle drei waren in farbige Gewänder gehüllt, die sich in Muster und Farben voneinander unterschieden, trotzdem aber große Ähnlichkeit miteinander hatten. Man mußte kein Ethnologe sein, um zu erkennen, daß es sich bei den drei Männern offensichtlich um einen Stammeshäuptling und seine beiden Medizinmänner handelte; oder zumindest etwas in dieser Art. Obwohl es selbst hier drinnen alles andere als warm war, trugen sie keine Schuhe. Der, den Warstein für den Häuptling hielt, stützte sich auf einen gut zwei Meter langen Speer mit einer zwar hölzernen, nichtsdestoweniger aber rasiermesserscharfen Spitze. Warstein fragte sich, wie er das Ding durch die Sicherheitskontrollen bekommen hatte.

»Es sieht so aus, als hätten sie Schwierigkeiten mit ihren Pässen«, sagte Angelika.

»Wahrscheinlich«, sagte Warstein. »Obwohl ich es schon erstaunlich finde, daß sie überhaupt Pässe haben.«

»Das scheint dem armen Kerl da genauso zu gehen.« Angelika deutete lachend auf den Zollbeamten, der mit ziemlich ratlosem Gesicht abwechselnd die Ausweispapiere und deren buntgekleidete Besitzer ansah. »Ich glaube, die Probleme mit ihren Papieren hat vielmehr er.«

»Irgend jemand sollte ihm helfen«, sagte Warstein.

»Sicher. Ich muß nur eben meine Kisuaheli-Kenntnisse wieder ein bißchen aufpolieren«, antwortete Angelika. »Ich bin ein wenig aus der Übung, fürchte ich.«

Sie sahen noch eine Weile amüsiert zu, bis der Zollbeamte schließlich entnervt aufgab und die drei Schwarzen passieren ließ. Die Situation entbehrte trotz allem nicht einer gewissen Komik. Warstein sah den drei Afrikanern nach, bis die Menschenmenge in der Halle sie aufgesogen hatte.

Eine Sekunde später erlosch sein Lächeln, und seine Haltung versteifte sich. Er hatte es bisher nicht für möglich gehalten, aber er spürte selbst, wie alle Farbe aus seinem Gesicht wich.

»Was hast du?« fragte Angelika alarmiert.

»Franke«, antwortete Warstein. Er war nicht sicher, ob sie ihn verstand. Auch seine Stimme gehorchte ihm nicht mehr richtig.

»Wie bitte?« fragte Angelika.

Warstein deutete wortlos auf die grauhaarige Gestalt im Maßanzug, die mit energischen Schritten auf Angelika und ihn zukam. Es war Franke. Er sah ein bißchen müde aus, und er war auf eine Weise gekleidet, die Warstein nicht von ihm gewohnt war, aber es war Franke. Und er bewegte sich nicht zufällig in ihre Richtung, sondern steuerte ganz gezielt auf Warstein zu.

»Ist das Franke?« fragte Angelika.

Im ersten Moment fand Warstein die Frage einfach lächerlich. Dann erinnerte er sich daran, daß Angelika Franke ja gar nicht kennen konnte. Trotz des ganzen Presserummels damals hatte Franke es geschafft, sein Gesicht aus den Zeitungen herauszuhalten. Soviel Warstein wußte, war niemals auch nur ein einziges Foto von ihm veröffentlicht worden.

Er kam nicht dazu, Angelika zu antworten. Franke hatte sie erreicht, und Warstein sah erst jetzt, daß er nicht allein gekommen war. In seiner Begleitung befanden sich zwei kräftig gebaute, untersetzte Burschen in billigen Anzügen und Sonnenbrillen, denen man die bezahlten Bodyguards auf fünfzig Meter ansah.

»Warstein!« begann Franke. Er sprach laut, unfreundlich, und er machte sich nicht einmal die Mühe, sich mit einer Begrüßung aufzuhalten. »Ich dachte, ich hätte Ihnen beim letzten Mal unmißverständlich klargemacht, daß ich Sie in diesem Land nicht mehr sehen will.«

»Franke«, stotterte Warstein. »Wo ... wo kommen Sie denn her?«

»Ich könnte jetzt sagen, daß ich ganz zufällig vorbeigekommen bin«, antwortete Franke. »Aber das wäre nicht die Wahrheit. Tatsache ist, daß ich einzig Ihretwegen hierhergekommen bin, mein lieber Freund. Und ich bin nicht besonders erfreut darüber.«

Warstein musterte abwechselnd ihn und seine beiden Begleiter. Aus der Nähe betrachtet sahen die beiden noch ein bißchen einfältiger aus als von weitem. Allerdings auch gefährlicher.

»Stehen Sie neuerdings auf der Gehaltsliste der Mafia, Franke?« fragte Warstein. Er hatte den Schock, den Frankes plötzliches Erscheinen ihm bereitet hatte, überwunden.

»Ich sagte Ihnen bereits, daß ich im Moment nicht besonders guter Laune bin«, antwortete Franke. »Vielleicht sparen Sie sich Ihren Humor für jemanden auf, der ihn mehr zu würdigen weiß. Was tun Sie hier?«

»Ich mache Urlaub«, antwortete Warstein feindselig.

»Wie witzig«, erwiderte Franke. Sein Blick löste sich von Warstein und glitt rasch und taxierend über Angelikas Gesicht. »Und ich nehme an, Sie sind ebenfalls nur hier, um Urlaub zu machen, Frau Berger? Rein zufällig, versteht sich?«

»Sie kennen meinen Namen?« sagte Angelika überrascht.

»Ich weiß alles, was ich wissen muß«, antwortete Franke. »Was auf Sie offenbar nicht zutrifft. Sonst wüßten Sie, daß es nicht besonders ratsam ist, sich in Warsteins Nähe aufzuhalten. Er verbreitet Unglück, wissen Sie? Die meisten Leute, die sich zu intensiv mit ihm abgegeben haben, sind auf die eine oder andere Weise zu Schaden gekommen. Denken Sie nur an Ihren Mann.«

Angelika fuhr zusammen. »Sie . . .«

»Verstehen Sie mich nicht falsch«, sagte Franke rasch. »Ich spreche von damals, nicht von dem, was jetzt passiert ist. Warum sind Sie nicht zu mir gekommen, statt sich an einen Mann zu wenden, der seit drei Jahren sein möglichstes tut, um sich um den Verstand zu saufen?«

»Zu Ihnen?«

»Ich hätte Ihnen helfen können«, sagte Franke. »Jedenfalls hätte ich es versucht. Warstein sucht doch nur jemanden, der ihm hilft, sich an mir zu rächen.«

»Wollen Sie damit sagen, Sie . . . Sie wissen, wo mein Mann ist?« fragte Angelika.

»Nein«, antwortete Franke. »Aber ich bin sicher, ich könnte es herausfinden. Sehen Sie – ich bin ehrlich zu Ihnen. Ich hätte durchaus behaupten können, den Aufenthaltsort Ihres Gatten und der anderen zu kennen, nur um Sie von diesem Verrückten da wegzubekommen. Aber ich will Sie nicht belügen. Trotzdem wäre es mir lieber, wenn Sie auf mich hören und einen guten Rat annehmen würden: steigen Sie in die nächste Maschine und fliegen Sie nach Hause. Sie handeln sich nur unnötigen Ärger ein, wenn Sie in Warsteins Nähe bleiben.«

»Wollen Sie mir drohen?« fragte Angelika.

»Ich bitte Sie!« Franke lächelte. »Ich meine es ehrlich. Warum, glauben Sie, ist dieser Mann hier? Um Ihnen bei Ihrer Suche nach Ihrem Mann zu helfen? Kaum.«

»Ich weiß«, antwortete Angelika ruhig. »Aber vielleicht reicht es mir ja schon, dabei zuzusehen, wie er Ihnen Schwierigkeiten bereitet.«

»Das wird kaum geschehen«, erwiderte Franke. Er zog einen schmalen weißen Umschlag aus der Jacke und reichte ihn Warstein.

»Was ist das?« fragte Warstein.

»Eine gerichtliche Verfügung, die Ihnen verbietet, sich dem Gridone auf mehr als zwei Kilometer zu nähern«, antwortete Franke.

»Aber das ist doch lächerlich!« protestierte Angelika.

»Vielleicht«, antwortete Franke ungerührt. »Ich bin sogar sicher, daß jeder einigermaßen geschickte Anwalt diese Verfügung mit Erfolg anfechten könnte. Aber bis es soweit ist, muß ich Ihren Freund bitten, den Inhalt dieses Schreibens zu respektieren. Wenn nicht, wird es mir ein Vergnügen sein, dabei zuzusehen, wie man ihn mit einem Tritt aus dem Land befördert.«

»Gilt das auch für mich?«

Franke drehte sich herum – und starrte eine Sekunde lang auf Lohmanns obersten Hemdenknopf, ehe er auf den Gedanken kam, einen Schritt zurückzutreten und den Kopf in den Nacken zu legen.

»Wer sind Sie?« fragte er verärgert.

»Das spielt keine Rolle«, sagte Lohmann grinsend. »Viel wichtiger ist, daß ich weiß, wer Sie sind. Wie sieht es aus – wollen Sie mich auch unter Druck setzen, damit ich das Land verlasse? Nur zu. Es würde gut zu dem passen, was ich schon habe.« Er schwenkte fröhlich ein kleines Diktiergerät. Das rote Licht brannte, und die beiden Spulen drehten sich.

»Ach so ist das«, sagte Franke. »Sie sind Journalist, richtig?«

»Das könnte schon sein«, sagte Lohmann.

Franke seufzte. »Die Kassette – bitte.«

»Ganz bestimmt nicht«, antwortete Lohmann fröhlich. »Ich glaube nicht, daß ...« Der Rest seiner Worte ging in einem Schmerzlaut unter. Franke hatte eine rasche, befehlende Geste zu dem Mann zu seiner Linken gemacht, und der Kerl streckte fast gelassen den Arm aus, packte Lohmanns Hand und drückte sie kräftig zusammen. Es dauerte kaum eine Sekunde, bis Lohmann das Diktiergerät losließ. Franke fing es geschickt auf, entfernte die Kassette und gab Lohmann das Gerät zurück.

»Sie begreifen es nicht, wie?« fragte Warstein kopfschüttelnd. »Wir sind hier in der Schweiz, Franke, nicht im Wilden Westen.«

»Da wäre ich an Ihrer Stelle nicht so sicher«, antwortete

Franke. Er deutete mit dem Kopf auf den Umschlag, den Warstein noch immer in der Hand hielt. »Lesen Sie es gründlich, Warstein, und tun Sie sich selbst einen Gefallen und beherzigen Sie die Warnung.«

»Und wenn nicht?«

»Dann tun Sie mir einen Gefallen, denn ich kann endlich dabei zusehen, wie Sie eingebuchtet werden«, antwortete Franke. »Und glauben Sie mir, ich werde persönlich dafür sorgen, daß man die Tür hinter Ihnen zumauert.«

Als sie losgefahren waren, hatte nicht eine einzige Wolke am Himmel gestanden. Es war sogar ungewöhnlich warm für die Jahreszeit gewesen – immerhin stand der Oktober vor der Tür, eine Zeit des Jahres, in der das Wetter gerade hier, am südlichen Rand der Alpen, immer für eine Überraschung gut war. Und seit einigen Tagen spielte es vollkommen verrückt. Salieri hatte am Morgen sogar daran gedacht, die Fahrt abzusagen – denn nicht nur das Wetter bereitete ihm Kopfzerbrechen, ganz Ascona schien seit der Katastrophe des ICE kopfzustehen. Man hatte ihn gewarnt, unter diesen Umständen auf den See hinauszufahren. Wäre er allein gewesen, hätte er es mit ziemlicher Sicherheit auch getan. Oder auch nicht, denn wäre er allein gewesen, hätte er diese Bootsfahrt auf dem Lago Maggiore erst gar nicht geplant. Nein, wäre er allein gewesen, wäre er wahrscheinlich erst gar nicht hierher gekommen, sondern hätte seinen Urlaub wie in den Jahren zuvor in den Bergen seiner sizilianischen Heimat verbracht. Aber er war nicht allein. Und er würde es nie wieder sein, dachte er zufrieden.

Der Grund dafür, daß Salieri trotz seiner Abneigung gegen Wasser und alles, was damit zu tun hatte, jetzt im Heck eines winzigen schaukelnden Motorbootes saß, die heraufziehenden Wolken betrachtete, gleichzeitig mit einem Teil seiner Konzentration gegen die leichte Übelkeit ankämpfte, die sich gleich nach Beginn der Fahrt in seinem Magen ausgebreitet hatte, und trotzdem rundum zufrieden und so glücklich wie selten zuvor im Leben war, hieß Mariella, war siebenundzwanzig Jahre alt und hatte schwarzes Haar, schwarze Augen und eine geradezu traumhafte Figur, die nicht einmal das gelbe Ölzeug, das sie gerade anzuziehen im Begriff war, vollends verbergen konnte. O ja, und sie war seit genau vier Tagen und sechseinhalb Stunden seine Frau.

Seine Frau . . . Mario ließ das Wort ein paarmal auf der Zunge zergehen, wie den Geschmack eines kostbaren Weines. Es verlor nichts von seiner Faszination. Das hatte es in den vergangenen vier Tagen nicht getan, und irgendwie spürte er, daß es das auch in den nächsten vierzig Jahren nicht tun würde. Natürlich war das eine naive Vorstellung, und im Grunde wußte er das auch. Aber es war auch eine schöne Vorstellung, und so hielt er sie zumindest für den Moment noch fest.

Seine Gedanken schienen deutlich auf seinem Gesicht abzulesen zu sein, denn Mariella blickte plötzlich fragend und legte dann die Stirn in Falten. Es sah hübsch aus, so wie alles an ihr irgendwie hübsch war. Sie war keine ausgesprochene Schönheit, aber sie war auf eine natürliche Art hübsch und fröhlich, die beinahe noch faszinierender war.

»Woran denkst du?« fragte sie.

»An nichts«, antwortete Mario. »Mir ging nur gerade durch den Kopf, wie sehr Gott mich doch lieben muß, mir eine Frau wie dich zu schenken.«

»Gott? Wer ist das?« Mariella bemühte sich, einen Ausdruck von Mißtrauen auf ihr Gesicht zu zaubern und drohte ihm mit dem Zeigefinger. »Du hast mir nichts davon gesagt, daß es noch jemanden gibt, der dich liebt!«

Mario lachte, obwohl er diese Art von Scherzen im Grunde nicht mochte, denn er war ein gläubiger Christ und empfand einen tiefen Respekt vor allem, was mit Religion zu tun hatte. Mariella hatte vor gar nichts Respekt, aber sie ging dabei niemals so weit, wirklich verletzend zu werden. Trotzdem – wenn ihre Hochzeitsreise vorbei war, würden sie nach Sizilien fliegen, um Mariella der Familie vorzustellen, ehe sie in ihre gemeinsame Wohnung in Rom zurückkehrten. Vielleicht war es besser, dachte er, wenn er mit ihr sprach, damit sie sich wenigstens dort ein wenig zurückhielt.

Aber nicht jetzt. Im Augenblick hatten sie Wichtigeres zu tun. Wie zum Beispiel ...

»Nehmen Sie dieses unverschämte Grinsen von Ihrem Gesicht, Signore Salieri«, sagte Mariella. »Wir sind zwar in den Flitterwochen, aber ich glaube mich zu erinnern, daß wir heute morgen beinahe das Frühstück verpaßt hätten. Obwohl du mich um ...« Sie legte den Kopf schräg und überlegte einen Moment. »Wann war es? Sieben?«

»Halb sieben. Beinahe.«

»... um kurz vor halb sieben geweckt hast«, führte Mariella den Satz zu Ende.

»Aber das ist schon wieder fast fünf Stunden her«, protestierte Mario.

»Ich frage mich, was deine arme alte Mama dazu sagen würde, wenn sie wüßte, was für ein Lüstling ihr ältester Sohn geworden ist.«

»Meine arme alte Mama hat neun Kinder.« Mario versuchte nach ihr zu greifen, aber sie wich ihm mit einer spielerischen Bewegung aus und floh in den vorderen Teil des Bootes. Das kleine Schiffchen begann unter der Bewegung so heftig zu schwanken, daß Mario es nicht wagte, sie zu verfolgen, was er eigentlich vorgehabt hatte. »Was denkst du, woher die gekommen sind?«

»Ich habe keine Ahnung«, sagte Mariella und lachte. Mario liebte ihr Lachen. Er konnte sich an keine Stunde erinnern, in der sie nicht mindestens einmal gelacht hatte.

»Soll ich es dir erklären?« Er stand auf, sehr vorsichtig, damit das Boot nicht wieder wild zu schaukeln begann, und machte einen Schritt auf sie zu, doch plötzlich hob Mariella die Hand und deutete nach oben.

»Sieh doch mal!«

Im ersten Moment dachte Mario, es wäre ein Teil ihres Spieles, um ihn abzulenken, aber der Ausdruck von Verblüffung auf ihrem Gesicht war echt, und so drehte auch er sich halb herum und hob den Kopf, um in den Himmel hinaufzusehen.

Er erkannte sofort, was Mariella meinte. Das Wetter hatte sich weiter verschlechtert. Entlang einer so präzise wie mit einem Lineal gezogenen Linie war der Himmel jetzt von schwarzen und grauen Wolken bedeckt, die sich zu bizarren Gebilden türmten und dunkle, rauchige Arme fast bis zur Erde hinabsandten. Er hatte es bisher gar nicht gemerkt, aber der Anblick ließ ihn spüren, wie kalt es mit einem Mal geworden war.

»Unheimlich«, murmelte er. »Ich habe noch nie erlebt, daß sich das Wetter so schnell ändert.«

»Vielleicht sollten wir besser zurückfahren«, schlug Mariella vor. »Bevor uns der Sturm hier draußen erwischt.«

Mario erhob keine Einwände. Er glaubte noch immer nicht, daß sie wirklich in Gefahr waren. Sie waren nicht weit vom Ufer entfernt – selbst in diesem winzigen Boot würden sie keine fünf Minuten brauchen, um an Land zu kommen. Aber er war plötzlich gar nicht mehr so sicher, daß sie diese fünf Minuten noch hatten. Die Schlechtwetterfront näherte sich dem See mit phantastischer Geschwindigkeit. Die Wolken rollten heran wie in einer Zeitrafferaufnahme.

»Kannst du schwimmen?« fragte er, während er sich über den Außenbordmotor beugte und die Reißleine zog. Die kleine Maschine gab eine Anzahl blubbernder Laute von sich, sprang aber nicht an.

»Wie ein Fisch«, antwortete Mariella. »Warum?«

»Das trifft sich gut.« Mario zog ein zweites Mal und kräftiger an der Schnur. Diesmal hustete der Motor und stieß eine blaue Rauchwolke aus. »Ich nämlich nicht.«

»Das ist nicht dein Ernst!« sagte Mariella erschrocken.

»Ich fürchte doch. Sieh bitte nach, ob wir eine Schwimmweste dabei haben.«

Während Mariella hinter ihm lautstark im Boot herumzukramen begann, versuchte er zum dritten Mal vergebens, den Außenborder zu starten. Das verdammte Ding wollte einfach nicht anspringen.

Mario fluchte leise vor sich hin und zermarterte sich das Hirn, um sich an die Erklärung des Bootsverleihers zu erinnern. Der

Mann hatte ihm gesagt, was zu tun sei, wenn die Maschine nicht ansprang, aber er hatte nur mit einem Ohr zugehört – der allergrößte Teil seiner Konzentration hatte Mariella gegolten, die im Badeanzug auf dem Bootssteg stand und einfach phantastisch aussah. Es war ganz simpel, das wußte er noch. Wenn er sich nur erinnern könnte!

»Hier ist sie«, sagte Mariella hinter ihm. Ihre Stimme klang hörbar erleichtert. »Zieh sie gleich an.«

»Sofort.« Mario richtete sich auf, um sich zu ihr umzuwenden – und erstarrte mitten in der Bewegung. Die Wolkenfront raste heran, zehnmal schneller, als Mario dies überhaupt für möglich gehalten hätte. Sie hatte ihre Form verändert und bildete nun ein asymmetrisches Dreieck, das einen tintenschwarzen Schatten auf dem Wasser hinter sich herzog. Mario verlängerte den Kurs dieses Schattens in Gedanken und stellte voller Schrecken fest, daß die Spitze des Dreiecks genau auf ihr Boot zu deuten schien. Es konnte nur noch Sekunden dauern, bis es sie erreicht hatte.

»Was ist das?« flüsterte Mariella. Zum ersten Mal, seit sie sich kannten, war der fröhliche Ton aus ihrer Stimme gewichen und hatte echter Furcht Platz gemacht. »Das . . . das ist doch kein normaler Sturm!«

Tief in sich glaubte Mario das auch nicht mehr, aber der Teil von ihm, der rationalem Denken und Logik verhaftet war, gestattete es dem Rest noch nicht, irgendeine andere Erklärung zu akzeptieren. Er wußte einfach nicht, was es war, das da mit der Geschwindigkeit eines D-Zuges auf sie zu raste, aber das spielte eigentlich auch keine Rolle. Es machte ihm angst, und das war alles, was im Moment zählte.

Statt vollends zu Mariella hinzutreten und die Schwimmweste zu nehmen, die sie in Händen hielt, wandte er sich wieder um und beugte sich erneut über den Motor. Es ist genau wie beim Auto, Signore. Er erinnerte sich jetzt wieder. Wenn er nicht anspringt, ziehen sie einfach den Choke.

Seine tastenden Finger fanden den kleinen Hebel und zogen ihn heraus. Augenblicklich griff er nach dem Starterkabel und riß mit aller Gewalt daran. Der Motor spuckte, stotterte, stieß eine übelriechende blaue Qualmwolke aus und sprang an.

»Gott sei Dank!« Mario richtete sich auf, wischte sich mit dem Unterarm den Schweiß von der Stirn und drehte sich wieder zu Mariella um. »Jetzt aber nichts wie weg hier.«

Die Wolkenfront war heran und schob sich wie ein Keil aus Dunkelheit über die linke Hälfte des Himmels, und den Bruchteil einer Sekunde danach erreichte ihr Schatten das Boot.

Es war ein gespenstischer Anblick. Marios Schätzung war genau richtig gewesen: der Schatten traf das Boot genau in der Mitte und zerschnitt es in zwei Hälften. Das Heck mit dem Motor und Mario blieb weiter im hellen Sonnenlicht, während der vordere Teil, in dem sich Mariella befand, für eine Sekunde einfach zu verschwinden schien. Die Dunkelheit war so intensiv, daß er sie nicht einmal mehr als Schatten erkennen konnte. Vor ihm erhob sich eine schwarze Mauer, die die Hälfte des Sees, die Hälfte des Bootes und seine geliebte Mariella einfach verschlungen hatte. Und vor ihm lag nicht einfach nur Dunkelheit. Die Schwärze war massiv. Der Wind brach sich daran und schlug ihm plötzlich ins Gesicht. Und das Gespenstischste von allem war vielleicht die Stille. Die heranrasende Wolkenwand und die Schatten assoziierten die Erwartung von heulenden Sturmböen und rollendem Donner, aber er hörte nichts, nicht einmal den mindesten Laut, so als hielte vor diesem Phänomen selbst die Natur den Atem an.

Genau eine Sekunde lang. Dann, so schnell wie er gekommen war, war der Schatten vorbei, die Wolken am Himmel tobten weiter und näherten sich dem gegenüberliegenden Ufer des Sees, und die Dunkelheit gab die vordere Hälfte des Bootes und Mariella wieder frei.

Im gleichen Moment wurde das Boot von einem unvorstellbar heftigen Schlag erschüttert. Mario fühlte sich gepackt und in die Höhe gewirbelt, und noch während er, sich drei- oder viermal um seine Achse drehend und dabei überschlagend, ins Wasser geschleudert wurde, sah er, wie die vordere Hälfte des Boots regelrecht pulverisiert wurde. Etwas traf Mariella und schleuderte sie über Bord, das Holz zersplitterte wie von Hammerschlägen getroffen, und dann stürzte er ins Wasser und wurde von der gleichen unsichtbaren Gewalt, die ihn in die Höhe gerissen hatte, meterweit in die Tiefe gedrückt.

Mario schrie vor Schmerz und Todesangst. Das bißchen Luft, das er noch gehabt hatte, stieg als silberne Perlenkette vor seinem Gesicht in die Höhe, während er immer noch tiefer und tiefer sank und sich dabei weiter um seine Achse drehte. Etwas Großes, Gelbes wirbelte an ihm vorüber und verschwand, dann traf ein Trümmerstück des Bootes seine Rippen, und es war vermutlich der Schmerz, der ihm das Leben rettete. Die Planke brach ihm zwei oder drei Rippen und riß eine tiefe, blutige Wunde in seine Flanke. Der plötzliche Schmerz war so entsetzlich, daß sich jeder einzelne Muskel in seinem Körper verkrampfte. Das Wasser, das in seine Lungen dringen wollte, kam nicht weit genug, um ihm zu schaden, und er hörte auf, in Panik um sich zu schlagen und sich damit immer noch weiter in die Tiefe zu schaufeln.

Vor seinen Augen tanzten bunte Kreise, als er wieder an die Oberfläche kam. Statt tödlichem Naß war plötzlich kalte Luft auf seinem Gesicht, und obwohl er halb bewußtlos war, erledigte sein Selbsterhaltungstrieb den Rest. Seine verkrampfte Halsmuskulatur löste sich, und seine Lungen saugten sich gierig voller Luft, ehe er unterging.

Irgendwie gelang es ihm trotz allem, der Panik Herr zu werden. Mario begann mit den Beinen zu strampeln und machte ungeschickte Schwimmbewegungen mit beiden Armen, die ihn mehr durch Zufall denn aus irgendeinem anderen Grund nach oben brachten. Erneut durchstieß er die Wasseroberfläche, rang keuchend nach Luft und griff blindlings zu, als er etwas direkt vor sich auf dem Wasser treiben sah.

Es war ein Stück des zerbrochenen Bootes, vielleicht sogar die gleiche Planke, die ihn um ein Haar aufgespießt hätte. Sie war zerborsten. Das Holz sah wie verbrannt aus und drohte unter seinen Fingern auseinanderzubrechen, aber es besaß trotzdem genug Auftrieb, um ihn zu tragen.

Sekundenlang klammerte sich Mario mit aller Gewalt an die Planke und tat nichts anderes, als zu atmen und sich an den Gedanken zu gewöhnen, daß er noch lebte. Der Schmerz in seiner Seite war so grausam, daß ihm übel wurde. Er blutete heftig. Das Wasser in seiner unmittelbaren Nähe begann sich rosa zu färben. Aber er durfte nicht aufgeben. Mariella. Sie war über Bord geschleudert worden und vielleicht bewußtlos. Er mußte ihr helfen.

Mühsam hob er den Kopf und sah sich um. Das Boot trieb nur wenige Meter neben ihm auf dem Wasser und begann bereits zu sinken. Der hintere Teil war nahezu unbeschädigt, aber die vorderen zwei Meter waren einfach nicht mehr da. Irgend etwas hatte es regelrecht in zwei Teile geschnitten; die Bruchstelle war so glatt, als wäre das Schiff von einem Schwerthieb getroffen und gespalten worden. Mario überlegte einen Moment, ob es vielleicht ein anderes Schiff gewesen war, das sie gerammt hatte. Aber das war unmöglich. Ein Schiff, das groß genug war, um so etwas anzurichten, hätte er gesehen, trotz des Unwetters und der Dunkelheit, und vor allem, er hätte es jetzt sehen müssen, denn seit der Katastrophe war noch nicht einmal eine Minute vergangen. Aber der See war leer.

Neben ihm sank die hintere Hälfte des Boots immer schneller, vom Gewicht des Außenbordmotors in die Tiefe gezogen, und als es vollends verschwunden war, entdeckte er Mariella. Sie trieb mit dem Gesicht nach unten auf dem Wasser und regte sich nicht.

Wieder drohte ihn die Panik zu übermannen, aber es gelang Mario noch einmal, sie zurückzudrängen. Langsam, aber mit sehr kraftvollen Bewegungen begann er Wasser zu treten und sein improvisiertes Floß in Mariellas Richtung zu drehen. Jede Bewegung bereitete ihm furchtbare Schmerzen, aber zugleich hielt ihn diese Pein auch wach, und auf eine absurde Weise gab sie ihm auch Kraft.

Er ersparte es sich, nach Mariella zu rufen. Wäre sie in der Lage gewesen, darauf zu reagieren, hätte sie seine Hilfe kaum gebraucht. So verwandte er jedes bißchen Kraft, das er noch hatte, darauf, auf sie zu zu paddeln. Er kam nicht besonders schnell voran, aber sie war auch nicht sehr weit entfernt – sieben, acht Meter, allerhöchstens. In ihrer Öljacke hatte sich eine Luftblase gebildet, die sie daran hinderte, unterzugehen. Wenn er sie erreichte, ehe sie ertrunken war, konnte er sie herumdrehen und einfach festhalten, bis sie das Bewußtsein zurückerlangte oder Hilfe kam. Mario war sicher, daß der Unfall vom Ufer aus beobachtet worden war. Sicher war Hilfe schon unterwegs. Es mußte einfach so sein.

Auf halber Strecke trieb ihm etwas leuchtend Orangerotes entgegen. Die Schwimmweste! Er griff mit einer Hand danach, bekam sie zu fassen und hätte sein Geschick um ein Haar mit dem Leben bezahlt, denn die Weste zerfiel unter seinen Fingern, und beinahe hätte er den Halt an seinem Holz verloren. Er ging unter, schluckte Wasser und kam hustend wieder an die Oberfläche. Hastig klammerte er sich wieder mit beiden Händen an die Planke und starrte schockiert auf das herab, was einmal eine Schwimmweste gewesen war. Der imprägnierte Leinenstoff war zerfetzt, so mürbe, als hätte er hundert Jahre im Wasser gelegen. Die Kunststoffüllung quoll in großen, verrotteten Fetzen heraus, und die metallenen Schnallen waren vollkommen verrostet.

Mario schwamm weiter. Noch drei Meter. Mariella rührte sich immer noch nicht. Wie lange konnte ein Mensch mit dem Gesicht nach unten im Wasser treiben, ohne zu ertrinken? Eine Minute? Zwei? Und wie lange trieb sie schon im Wasser?

Als er sie fast erreicht hatte, gewahrte er aus den Augenwinkeln eine Bewegung. Ein Schnellboot raste auf sie zu, in seinem Bug standen die Schatten zweier Männer, von denen einer einen Rettungsring in den Händen hielt. Der andere machte sich bereit, über Bord zu springen. Aber sie würden zu spät kommen, so schnell sie auch waren.

Mario raffte noch einmal alle Kraft zusammen, die er in seinem geschundenen Körper fand, stieß sich ein letztes Mal mit den Beinen ab und erreichte die reglose Gestalt im Wasser. Er ließ seinen Halt los, griff mit beiden Händen zu und drehte

Mariella mit einem Ruck herum. Die Luftblase, die sie bisher über Wasser gehalten hatte, entwich aus ihrer Jacke, und sie begann fast augenblicklich unterzugehen. Rasch griff er mit einer Hand wieder nach seiner Planke, während er mit der anderen ihren Kopf zu stützen versuchte, so daß wenigstens ihr Gesicht über Wasser blieb und sie atmen konnte. Das Holz begann unter seinem Griff zu zerkrümeln, und er spürte, wie sich seine Muskeln wieder verkrampften. Er würde diese Anstrengung nicht lange durchstehen. Aber das mußte er auch nicht. Das Boot war heran. Der Mann am Steuer bremste es in einer engen Kurve ab, schnell und so geschickt, daß die dabei entstehenden Wellen von Mariella und ihm weggelenkt wurden, statt über ihnen zusammenzuschlagen, und fast im gleichen Moment sprangen die beiden Männer über Bord und begannen auf sie zu zu kraulen.

Mario bemerkte nichts davon.

Er starrte ungläubig auf das Gesicht, das von schwebendem weißem Haar eingerahmt vor ihm im Wasser trieb.

Er fühlte nicht einmal Entsetzen. Oder vielleicht doch, aber wenn, dann war es zu groß, als daß er es in diesem Moment als das zu erkennen vermochte, was es war. Alles, was er empfand, war eine unglaubliche Leere, so groß, daß seine Gedanken darin zu versinken drohten wie in einem bodenlosen Abgrund.

Es war nicht Mariella. Sie trug ihre gelbe Öljacke. Der schwarze Badeanzug darunter war der Mariellas, und das goldene Kreuz, das an einer dünnen Kette um ihren Hals hing, war das, das er ihr vor vier Tagen zur Hochzeit geschenkt hatte.

Aber es war nicht Mariella. Sie konnte es nicht sein, denn der Leichnam, den Mario in den Armen hielt, war der einer uralten Frau.

»Dieser verdammte Mistkerl hat mir die Hand gebrochen!« Lohmanns Stimme klang weinerlich – diesmal. Er hatte die gleiche Behauptung in der letzten Stunde mindestens zehnmal aufgestellt, wobei er mal zornig, mal rachelüstern und mal weinerlich klang. Warstein hatte das Gefühl, daß er es in vollen Zügen genoß, zu leiden. »Aber dafür wird er bezahlen, das schwöre ich. Ich werde mir diesen Herren ganz besonders gründlich anseh – au! Verdammt, passen Sie doch auf!«

Lohmann zog mit einem Ruck seine Hand zurück und funkelte Angelika an, die zum dritten Mal vergeblich dazu angesetzt hatte, ihm einen Verband anzulegen. »Wissen Sie überhaupt, wie weh das tut?!«

Angelika seufzte, bückte sich nach dem Ende der Mullbinde, die sie fallengelassen hatte, und zog Lohmanns Hand unsanft wieder zu sich heran.

»Ich glaube schon«, antwortete sie. »Außerdem ist die Hand nicht gebrochen. Nur gequetscht. Aber wenn es Sie beruhigt: so etwas ist meistens schmerzhafter als ein glatter Bruch.«

»Was Sie nicht sagen!« maulte Lohmann. Er biß die Zähne zusammen, während Angelika erneut versuchte, seine Hand zu bandagieren, hielt aber jetzt wenigstens still; obwohl sie alles andere als sanft mit ihm umsprang.

»Wissen Sie überhaupt, was Sie da tun?« fragte er mißtrauisch.

»Ich bin ausgebildete Krankenschwester«, antwortete Angelika. »Und jetzt halten Sie endlich still. Es sei denn, Sie legen Wert darauf, daß ich von vorne anfange. Wenn so ein Verband nicht richtig sitzt, richtet er mehr Schaden als Nutzen an.«

»Krankenschwester?« vergewisserte sich Lohmann. »Wirklich?«

»Es ist schon ein paar Jahre her, aber ich habe das alles mal gelernt«, antwortete sie. »Ich dachte, Sie wissen alles über mich?« Sie hatte den Verband fertig angelegt, verknotete die Enden und versetzte Lohmanns Hand einen leichten Klaps, auf den dieser mit einem keuchenden Schmerzlaut reagierte. »So. Fertig. Sie werden sehen, in einer Woche spüren Sie nichts mehr.«

Lohmann gab sich alle Mühe, sie mit Blicken zu durchbohren, erntete aber nur ein schadenfrohes Grinsen von Angelika. Schließlich stand er auf und stürmte mit zornigen Schritten davon; vermutlich, um sich einen neuen Drink an der Bar zu holen. Seit sie das Flughafenrestaurant betreten hatten, hatte er drei doppelte Cognacs heruntergestürzt, als wäre es Mineralwasser.

Warstein blickte ihm kopfschüttelnd nach. »Erstaunlich«, sagte er. »Ein Kerl wie ein Baum, und er stellt sich an, als hätte man ihn gepfählt.«

»Das sind meistens die Schlimmsten«, sagte Angelika. Sie lachte. »Von dieser Verwundung kann er ganz stolz noch seinen Enkeln erzählen.«

»Bestimmt«, sagte Warstein. »Und ich gehe jede Wette ein, dann sind es vier riesenhafte Schläger, gegen die er sich heroisch zur Wehr gesetzt hat, bis ihn ein fünfter hinterrücks niedergeschlagen hat.« Er schüttelte den Kopf. »Wie bist du nur an diesen schrägen Vogel gekommen?«

»Gar nicht«, antwortete Angelika. »Er hat mich angesprochen. Irgendwie hat er mitbekommen, daß ich Frank gesucht habe, und natürlich hat er eine große Geschichte gewittert. Ich kann es mir nicht leisten, wählerisch zu sein. Außerdem«, fügte sie nach einem kurzen, nachdenklichen Schweigen hinzu, »glaube ich nicht, daß er so schlimm ist, wie er tut. Ich glaube, er spielt nur den Trottel. Vielleicht ist das seine Masche.«

»Wenn, dann spielt er sie sehr überzeugend«, sagte Warstein. Er nippte an seinem Kaffee und verzog das Gesicht. Das Zeug hatte schon heiß nicht geschmeckt, und jetzt war er halb kalt. Er fragte sich, warum es anscheinend auf keinem Flughafen der Welt einen guten Kaffee zu trinken gab.

Vielleicht lag es auch mehr an ihm als an dem Getränk. Es war jetzt fast Mittag, und er hätte mittlerweile seine rechte Hand für ein Glas Bier gegeben.

»Das war also der berühmte Dr. Franke«, sagte Angelika plötzlich. Warstein schwieg. Er hatte die ganze Zeit darauf gewartet, daß sie davon anfing, aber nun wußte er nicht, was er sagen sollte.

»Ich muß gestehen, ich bin überrascht. Ich habe eine Menge über ihn gehört, aber so habe ich ihn mir doch nicht vorgestellt.«

»Ich auch nicht«, sagte Warstein. Angelika sah ihn erstaunt

an, und Warstein gewann noch einmal ein paar Sekunden, indem er wieder von seinem kalten Kaffee trank. Aber er wußte auch, daß er nicht ewig ausweichen konnte.

»Dieser bühnenreife Auftritt paßt überhaupt nicht zu ihm«, fuhr er fort. Er stellte die Tasse zurück und schob sie mit leicht angeekeltem Gesichtsausdruck ein Stück von sich fort. »Das ist nicht seine Art. Franke hat überhaupt keine Skrupel, jemanden fertigzumachen. Ich glaube, er hätte nicht einmal Hemmungen, jemanden umzubringen, wenn es sein müßte. Aber nicht so. Er hat andere Methoden, jemanden kaltzustellen. Unauffälliger, aber genauso wirksam.«

»Vielleicht nicht so schnell.«

Warstein sah hoch und blickte in Lohmanns Gesicht. Der Journalist war zurückgekommen, ohne daß er es gemerkt hatte, und zu Warsteins Überraschung hielt er in seiner unbandagierten Hand kein Cognacglas, sondern ein Blatt Papier. Vermutlich die Rechnung.

»Ihr beiden verstoßt schon wieder gegen die Spielregeln«, sagte er vorwurfsvoll. »Ich dachte, wir hätten uns geeinigt, nicht über unser gemeinsames Projekt zu reden, solange ich nicht dabei bin.«

Warstein konnte sich nicht erinnern, daß einer von ihnen etwas dementsprechendes geäußert hätte. Aber er verspürte wenig Lust, darüber mit Lohmann zu streiten.

»Können wir aufbrechen?« fragte er.

»Klar.« Lohmann verstaute die Quittung in seiner Jeansjacke und schulterte seine Fototasche. Er machte keine Anstalten, nach dem Koffer zu greifen, der neben dem Tisch auf dem Boden stand. Angelika auch nicht. Und Warstein schon gar nicht.

»He!« protestierte Lohmann. »Was ist mit dem Koffer?«

»Was soll damit sein?« fragte Warstein. »Gehört Ihnen, oder?«

»Meine Hand ist verletzt«, sagte Lohmann. »Sie tut höllisch weh.«

»Das tut mir ausgesprochen leid«, behauptete Warstein mit

dem unverschämtesten Grinsen, das er überhaupt zustandebrachte. »Aber Sie haben ja noch eine. Und ich halte Ihnen die Türen auf.«

Lohmanns Blicke wurden noch feindseliger, als sie es bisher schon gewesen waren. Aber er sagte nichts, sondern raffte nur zornig seinen Koffer an sich und stürmte vor ihnen aus dem Restaurant.

Das Wetter hatte sich noch verschlechtert, seit sie gelandet waren. Der Nebel war fort, aber dafür hatte es in Strömen zu regnen begonnen. Die Straße glich einem knöcheltiefen Fluß, und der Himmel sah aus wie eine schmutzige Bleiplatte, die so niedrig hing, daß man meinte, sie mit den ausgestreckten Armen berühren zu können.

Sie verließen das Flughafengebäude, blieben aber unter dem Vordach stehen, und Lohmann machte eine entsprechende Geste, zur Seite zu treten und zu warten. »Ich hole den Wagen«, sagte er. »Er steht auf dem Parkplatz da drüben. Es reicht, wenn einer von uns naß wird. Ihr könnt ja inzwischen auf mein Gepäck achten – falls das nicht zuviel verlangt ist, heißt das.«

Er ließ die Fototasche von der Schulter gleiten, stellte sie neben seinen Koffer und rannte im Laufschritt und gebückt los. Der Regen war so dicht, daß er seine Gestalt zu verschlucken schien, noch ehe er die Straße halb überquert hatte.

»Hoffentlich holt er sich eine Lungenentzündung«, murmelte Warstein.

Diesmal lachte Angelika nicht, sondern sah ihn nur sehr nachdenklich an. »Warum bist du so feindselig ihm gegenüber?« fragte sie.

»Bin ich nicht«, sagte Warstein, obwohl die Behauptung selbst in seinen eigenen Ohren reichlich albern klang. »Ich bin feindselig allen Journalisten gegenüber. Sie haben mir den Rest gegeben damals, weißt du?«

»Haben sie das?« fragte Angelika.

»So, wie ich es sage.«

»Ich kann dich verstehen, aber trotzdem – so, wie ich die Sache sehe, hast du dir selbst den Rest gegeben.«

Warstein schluckte seinen Ärger herunter. Statt sie anzufahren, wonach ihm zumute war, drehte er sich mit einem Ruck herum und starrte in den Regen hinaus. Das Schlimme war, dachte er, daß sie wahrscheinlich recht hatte. Er hatte sich in etwas hineingesteigert damals, von dem er heute vielleicht wußte, daß er im Recht gewesen war. Damals hatte er das nicht wissen können. Hätte er damals auch nur eine Sekunde ruhig nachgedacht, statt blindlings gegen Windmühlenflügel anzurennen, wäre sicher vieles anders gekommen. Er hätte nichts erreicht, aber vielleicht weitaus weniger Schaden angerichtet. Er hätte sich weniger Schaden zugefügt.

»Wir brauchen ihn«, fuhr Angelika nach einer Weile fort. »Wenigstens, bis wir in Ascona sind. Ich glaube nicht, daß Franke sich darauf verläßt, daß du seinen Gerichtsentscheid liest und sofort wieder nach Hause fährst. Er wird versuchen, uns aufzuhalten.«

»Viel Spaß«, sagte Warstein ärgerlich. »Wir sind hier in der Schweiz, nicht in Rußland. Die Eidgenossen sind vielleicht ein bißchen seltsam, aber das hier ist trotz allem ein freies Land. Niemand kann uns daran hindern, hinzugehen, wohin wir wollen.«

»Er kann dich immerhin daran hindern, den Berg zu betreten.«

»Kann er nicht«, antwortete Warstein trotzig. Er hatte das Schreiben gelesen, das Franke ihm gegeben hatte, während Angelika sich um Lohmanns Hand kümmerte. Sehr aufmerksam. »Es ist mir verboten, das Betriebsgelände der Tunnelgesellschaft zu betreten«, sagte er betont. »Nicht den Berg. So weit reicht Frankes Allmacht nun doch nicht.«

»Ich glaube nicht, daß es ihn sonderlich interessiert, was er darf und was nicht.« Angelika zog eine Packung Zigaretten aus ihrer Handtasche und betätigte ihr Feuerzeug, aber der Wind war so stark, daß er die Flamme sofort wieder ausblies. Sie versuchte es sieben- oder achtmal, ehe sie verärgert aufgab und die Zigarette in den Regen hinauswarf. »Ich traue ihm durchaus zu, daß er versucht, uns irgendwie aufzuhalten.«

Das tat Warstein auch. Mehr noch – er war sogar sicher, daß Franke sich irgendeine heimtückische Überraschung für sie ausgedacht hatte. Er hatte keine Angst davor. Neben allem anderen gehörte auch das dazu: es wurde Zeit, daß er sich Franke stellte und die Sache ein für allemal klärte. Aber der Gedanke an Franke brachte ihn wieder zu einer Frage, die er im Grunde schon vor einer Stunde hatte stellen wollen.

»Warum hast du sein Angebot abgelehnt?«

»Wessen Angebot?«

»Frankes«, antwortete Warstein geduldig. Angelika wußte genau, wovon er sprach. »Er hat dir angeboten, dir bei der Suche nach deinem Mann zu helfen.«

»Die Frage meinst du doch nicht ernst, oder?«

»Doch.« Er hob die Hand, als sie protestieren wollte. »Ich an deiner Stelle hätte angenommen. Selbst wenn er die Wahrheit sagt und nicht weiß, wo dein Mann ist – er hat sehr viel mehr Möglichkeiten, ihn zu finden, als Lohmann oder gar ich. Und du hast schließlich keinen Streit mit ihm.«

Angelika sagte eine ganze Weile gar nichts, aber in ihrem Gesicht arbeitete es. Schließlich kramte sie eine neue Zigarette aus ihrer Handtasche, und diesmal kämpfte sie so lange mit dem Feuerzeug, bis es ihr gelungen war, sie in Brand zu setzen.

»Wer sagt dir, daß ich keinen Streit mit ihm habe?« Sie blies eine Rauchwolke in den Regen hinaus, die der Wind sofort ergriff und auseinanderriß.

»Bis vor einer Stunde kanntest du ihn ja nicht einmal.«

»Man kann auch Streit mit jemandem haben, den man nicht kennt«, sagte sie heftig. »Der Kerl lügt.«

»Ich weiß. Aber woher weißt du das?«

»Er hat behauptet, er wüßte nicht, wo Frank und die anderen sind. Aber das stimmt nicht. Er weiß es ganz genau.«

»Wie kommst du darauf?« Warstein wurde hellhörig.

»Weil ich es auch weiß«, sagte Angelika. Sie wich seinem Blick aus und sog nervös an ihrer Zigarette.

»Wie?« machte Warstein.

»Ich weiß nicht, wo Frank ist«, antwortete Angelika, noch

immer, ohne ihn direkt anzusehen. »Aber ich weiß, wo mindestens drei der anderen sind. Und die Vermutung, daß die anderen in ihrer Nähe sind, liegt auf der Hand, oder?«

»Wo?« fragte Warstein scharf. Er war nicht einmal sehr überrascht, aber enttäuscht und verärgert. Er hatte ihr im Flugzeug stillschweigend Ehrlichkeit geschworen, und er hatte ganz selbstverständlich angenommen, daß dieses Versprechen auf Gegenseitigkeit beruhte. Vielleicht war das eine etwas naive Annahme gewesen.

»In Ascona«, antwortete Angelika. »Nicht direkt in Ascona, sondern in einem kleinen Ort in der Nähe. Sie wurden dort gesehen. Lohmann hat es herausgefunden. Und wenn er es weiß, weiß Franke es garantiert auch.«

»Warum hast du mir nichts davon gesagt?«

»Warum! Warum!« Sie sog erneut an ihrer Zigarette, schleuderte sie plötzlich zu Boden und trat wütend mit dem Absatz darauf. »Falls du es vergessen hast: du hast mich gestern praktisch aus deiner Wohnung geworfen. Ich hatte wenig Gelegenheit, dir irgend etwas zu sagen!«

»Du hattest immerhin Gelegenheit, mir zu sagen, daß dein Mann verschwunden ist«, antwortete er. Er hatte Mühe, sich noch zu beherrschen und sie nicht anzuschreien. »Und mich zu bitten, dir bei der Suche nach ihm zu helfen. Allmählich frage ich mich, warum ich überhaupt hier bin.«

Er las die Antwort auf seine Frage in ihren Augen, und diese Erkenntnis machte ihn wirklich wütend.

»Lohmann.«

Sie sah weg.

»Er hat es verlangt, nicht?« Für eine Sekunde hatte er Lust, sie zu packen und gewaltsam herumzureißen, so daß sie ihn ansehen mußte. Aber sein Zorn verrauchte, noch bevor er die Hand heben konnte. »Das war die Bedingung, damit er dir hilft, stimmt's? Daß ich dabei bin. Er hofft auf eine kleine Sensation. Und sei es nur, daß ich einen Stein nehme und Franke endlich den Schädel einschlage!«

»Lohmann ist mir egal«, sagte Angelika. Sie drehte sich herum und sah ihn nun doch an, und obwohl Warstein sah, wie schwer es ihr fiel, waren ihr Blick und ihre Stimme sehr fest. »Es ist nicht damit getan, Frank und die anderen zu finden. Du hast recht. Dafür hätte er dich nicht gebraucht.«

»Wie reizend«, sagte Warstein. »Und wozu brauchst du mich? Um Franke abzulenken?«

»Du hast sie schon einmal zurückgeholt«, sagte Angelika. »Du hast es damals getan und . . . vielleicht kannst du es wieder tun.«

»Das war etwas anderes«, sagte Warstein. »Verdammt, ich weiß ja nicht einmal, was ich getan habe – wenn ich etwas getan habe. Vielleicht war es reiner Zufall. Ich war einfach der erste, der bei ihnen war. Jeder hätte es sein können.«

»Es war aber nicht jeder«, antwortete Angelika stur. »Und Zufall? Ich beginne mich ernsthaft zu fragen, ob es so etwas wie Zufall überhaupt gibt.«

Nach seinem Zorn verrauchte nun auch seine Enttäuschung. Er war noch immer verletzt, und er würde wahrscheinlich lange brauchen, um es ganz zu überwinden, aber plötzlich konnte er sie verstehen. Sie hatte nichts von dem, was ihn gerade noch so zornig gemacht hatte, aus Berechnung getan, sondern einfach, weil sie verzweifelt gewesen war. Sie war eine Ertrinkende, die natürlich nach jedem Strohhalm griff, der sich ihr bot. Er an ihrer Stelle hätte vermutlich nicht anders gehandelt.

»Du mußt deinen Mann wirklich sehr lieben«, sagte er.

»Da kommt Lohmann«, sagte Angelika. In überraschtem Ton fügte sie hinzu. »Zu Fuß!«

Warstein fuhr erstaunt herum. Lohmann kam tatsächlich aus der gleichen Richtung zurück, in die er verschwunden war, im Laufschritt, triefnaß und mit einem Gesichtsausdruck, gegen den der Himmel über der Stadt geradezu freundlich wirkte.

»Was ist los?« fragte Warstein. »Wo ist der Wagen?«

»Eine gute Frage«, sagte Lohmann. »Ich werde sie dieser dämlichen Tussi bei der Autovermietung stellen. Und gnade ihr Gott, wenn sie nicht die genialste Ausrede dieses Jahrhunderts parat hat.«

Er stürmte an Warstein und Angelika vorbei, ohne sein Gepäck auch nur eines Blickes zu würdigen, und wäre um ein Haar mit den Automatiktüren kollidiert, die nur halb so schnell auseinanderglitten, wie er hineinstürmte.

Warstein schnappte sich seinen Koffer und die Fototasche und folgte ihm. Obwohl Angelika und er kräftig ausschritten, hatte Lohmann den Schalter längst erreicht, als sie ihn einholten. Seine Stimme mußte im Umkreis von dreißig Metern zu hören sein.

»Nicht besonders witzig, das können Sie mir glauben! Auf diesem Anhänger steht Parkplatz 2133, und ich war bei Parkplatz 2133. Aber dort steht kein Wagen.« Er schwenkte zornig einen Autoschlüssel mit einem auffälligen Kunststoffanhänger vor dem Gesicht einer jungen Frau, die die grüne Uniform der Leihwagenfirma trug und ihm aufmerksam zuhörte. Allerdings zeigte sie sich von seinem Wutausbruch nicht sonderlich beeindruckt. Vermutlich war sie solche Auftritte gewohnt. Sie tat Lohmann nicht den Gefallen, nach dem Autoschlüssel zu greifen, den er noch immer vor ihrem Gesicht herumschwenkte wie ein Hypnotiseur das Pendel vor dem seines Opfers, sondern wartete gelassen ab.

»Ich bin sicher, es handelt sich nur um ein Mißverständnis, das wir rasch aufklären können«, sagte sie. »Wenn ich vielleicht den Schlüssel . . .?«

Lohmann knallte den Schlüssel vor ihr auf die Theke. Die junge Frau nahm ihn mit unbewegtem Gesicht entgegen, warf einen flüchtigen Blick auf den Anhänger und tippte etwas in die Tastatur ihres Computers.

»Da haben wir es ja schon«, sagte sie, während sie konzentriert auf ihren Monitor blickte.

»Ein bedauerliches Mißverständnis, nehme ich an?« sagte Lohmann höhnisch.

»Ich fürchte, nein. Der Wagen wurde beschädigt.«

»Wie bitte?« machte Lohmann.

»Sie wollten den weißen BMW, nicht wahr? Ich fürchte, der Wagen steht nicht mehr zur Verfügung. Es tut mir sehr leid, aber jemand ist vor einer halben Stunde beim Rangieren auf dem Parkplatz rückwärts hineingefahren. Der Wagen wurde in die Werkstatt geschleppt.«

»Das darf doch nicht wahr sein!« empörte sich Lohmann. »Ich habe gestern abend telefonisch von München aus –«

»Gestern abend war er ja auch noch in Ordnung«, unterbrach ihn die junge Frau. »Vor einer Stunde, als Sie die Papiere abgeholt haben, übrigens auch noch.« Sie wirkte noch immer kein bißchen nervös, obwohl Lohmann sichtlich kurz davor stand, zu explodieren.

»Wollen Sie mich auf den Arm nehmen?« keuchte Lohmann.

»Keineswegs. Ich bedaure es außerordentlich. Wir versuchen unsere Kunden nach Möglichkeit zufriedenzustellen, aber so etwas nennt man höhere Gewalt, und dagegen sind leider auch wir machtlos.« Sie nahm den Autoschlüssel und warf ihn achtlos in eine Schublade. »Sollten Sie bereits eine Anzahlung geleistet haben, erstatten wir sie Ihnen selbstverständlich zurück.«

Lohmanns Gesicht hatte mittlerweile die Farbe einer überreifen Tomate angenommen, aber zu Warsteins Überraschung beherrschte er sich noch immer. »Also gut«, seufzte er. »Dann geben Sie mir einen anderen Wagen.«

»Ich bedaure, aber ich fürchte . . .«

»Es muß kein weißer BMW sein«, unterbrach sie Lohmann. Seine Stimme klang jetzt bereits gefährlich leise. »Von mir aus geben Sie mir einen grünweiß karierten Lada. Aber tun Sie es schnell!«

»Ich fürchte, ich muß sie enttäuschen«, sagte die junge Frau. »Der BMW war unser letzter Wagen.«

»Wie bitte?« Lohmann japste nach Luft wie ein Fisch auf dem Trockenen.

»Sie hatten Glück, ihn überhaupt zu bekommen. Wir sind seit einer Woche vollkommen ausgebucht. Es tut mir wirklich außerordentlich leid.«

»Jetzt reicht's!« sagte Lohmann drohend. »Sie wollen mir erzählen, daß Sie keinen Wagen für mich haben? Obwohl ich telefonisch gebucht und eine Zusage erhalten habe?«

»Hören Sie«, mischte sich Angelika ein – wahrscheinlich nur, um die Situation zu entspannen, bevor Lohmann endgültig explodierte. Sie erregten schon jetzt genug Aufsehen. »Wir sind nicht anspruchsvoll. Irgendein Wagen genügt – schlimmstenfalls auch einer mit einer kleine Beule oder einem Kratzer.«

»Ich bedaure«, sagte die Frau in der grünen Uniform stur – wenn auch in hörbar freundlicherem Ton als dem, den sie Lohmann gegenüber angeschlagen hatte. »Aber wir sind wirklich vollkommen ausgebucht.«

»Damit kommen Sie nicht durch!« empörte sich Lohmann. »Ich will Ihren Geschäftsleiter sprechen, auf der Stelle!«

»Lassen Sie es sein, Lohmann«, sagte Warstein ruhig.

Lohmann schenkte ihm einen giftigen Blick und wandte sich erneut zu der Frau hinter der Theke. »Habe ich mich deutlich ausgedrückt?«

»Unser Geschäftsführer wird Ihnen nichts anderes sagen – aber ganz wie Sie wünschen.« Sie hob einen Telefonhörer ab und begann leise hineinzusprechen, ohne eine Nummer gewählt zu haben.

»Das werden wir sehen!« sagte Lohmann kampflustig. »Ich bin von der Presse. Ihr Chef dürfte nicht sehr glücklich sein, wenn ich über meine Erfahrungen mit Ihrer Firma berichte.«

»Hören Sie doch auf, Lohmann«, sagte Warstein müde. »Haben Sie es immer noch nicht begriffen?«

»Was?«

»Wir werden keinen Wagen bekommen«, antwortete Warstein. »Weder hier noch bei einem anderen Autoverleih in der Stadt.« Er sprach absichtlich ein wenig lauter, als notwendig gewesen wäre, und hielt die junge Frau auf der anderen Seite der Theke dabei scharf im Auge. Sie hatte sich ausgezeichnet in der Gewalt, aber trotzdem nicht gut genug, um ein leichtes Zusammenzucken zu unterdrücken. Er hatte ins Schwarze getroffen.

»Ach, und wieso nicht?« wollte Lohmann wissen.

»Franke«, antwortete Warstein. »Das ist seine Handschrift.«

»Machen Sie sich nicht lächerlich!« sagte Lohmann. »Er hat

vielleicht genug Einfluß und Geld, um sich ein paar Schläger zu mieten, aber das kann er nun doch nicht.«

»Wetten wir?« fragte Warstein. »Mein nächstes Monatseinkommen gegen Ihres?«

Bevor Lohmann antworten konnte, erschien ein Mann in einem dunklen Anzug auf der anderen Seite des Schalters. Lohmann zückte kampflustig seinen Presseausweis. »Sie leiten diesen Saftladen hier?« begann er. »Also, dann hören Sie mir mal genau zu . . .«

Warstein für seinen Teil tat das nicht. Er wußte, wie das Gespräch enden würde. Was Lohmann tat, war reine Zeitverschwendung.

Er sollte recht behalten – mit allem. Der Geschäftsführer der Autovermietung zeigte sich weder von Lohmanns wüsten Tiraden noch von Angelikas vergeblichen Versuchen, die Wogen zu glätten, auch nur im mindesten beeindruckt. Er blieb die ganze Zeit höflich, aber das änderte nichts daran, daß sie keinen Wagen bekamen. Und obwohl Lohmann am Schluß so grob wurde, daß Warstein, wäre er an der Stelle des anderen gewesen, ihn einfach hinausgeworfen hätte, rief er sogar sämtliche anderen Autovermietungen in der Stadt an – mit ganz genau dem Ergebnis, das Warstein vorausgesagt hatte.

»Es tut mir wirklich leid«, schloß er. »Aber seit die Eisenbahnverbindung ausgefallen ist, herrscht bei uns Hochbetrieb. Dazu kommt das verrückte Wetter . . .« Er seufzte. »Ich fürchte, ich kann Ihnen nicht helfen.«

»Und ich gehe jede Wette ein, wir bekommen ein Dutzend Wagen, wenn ich unter einem falschen Namen irgendeine Autovermietung in der Stadt anrufe«, murmelte Angelika. Der Geschäftsführer mußte die Worte gehört haben, denn er sah sie für einen Moment irritiert an, und auch ein bißchen erschrocken, wie Warstein fand.

Aber schließlich zog er es doch vor, so zu tun, als hätte er nichts gehört.

Zornig und frustriert verließen sie den Schalter und entfernten sich ein paar Meter. »Das darf doch alles nicht wahr sein!«

ereiferte sich Lohmann. »So allmählich beginnt sich dieser Dr. Franke wirklich meinen Unmut zuzuziehen.«

»Mir beginnt er langsam unheimlich zu werden«, sagte Angelika. »Wer um alles in der Welt ist dieser Mann?«

Sie sah Warstein an, aber er konnte nur hilflos mit den Schultern zucken. Er hatte gewußt, daß Franke über weitreichende Verbindungen verfügte. Aber das ...

»Also, was tun wir?« fragte Angelika.

»Was sollen wir schon tun?« knurrte Lohmann. »Wir nehmen ein Taxi.«

»Nach Ascona?«

»Quatsch«, antwortete Lohmann unfreundlich. »Der Mann, den ich suche, wohnt hier in Genf. Ein paar Kilometer außerhalb, um genau zu sein. Danach sehen wir weiter – falls dieser Franke nicht auch sämtliche Taxifahrer der Stadt bestochen hat, heißt das.«

Nach allem, was bisher geschehen war, hätte Warstein sich wahrscheinlich nicht einmal mehr darüber gewundert – aber es war natürlich nicht der Fall. Das schlechte Wetter brachte es mit sich, daß sie noch einmal gute zehn Minuten warten mußten, ehe sie einen Wagen bekamen, aber das war auch alles. Warstein atmete erleichtert auf, als sie endlich im Wagen saßen und losfuhren.

Kaum eine Sekunde später wurde er so unsanft nach vorne geworfen, daß er gegen den Beifahrersitz prallte und fast von der Bank gefallen wäre. Das Taxi kam mit quietschenden Reifen zum Stillstand, und als Warstein sich wieder aufrichtete, sah er auch den Grund für die plötzliche Notbremsung: Es war eine Gestalt in einem schwarzen Kaftan, die einen Turban auf dem Kopf und einen ebenfalls schwarzen, durchsichtigen Schleier vor dem Gesicht trug. Der Mann war auf die Straße hinausgetreten, ohne auf den Verkehr zu achten. Jetzt blieb er stehen und sah das Taxi eher irritiert als erschrocken an. Warstein war ziemlich sicher, daß er nicht einmal begriff, in welcher Gefahr er geschwebt hatte.

Vielleicht tat er es doch, denn der Taxifahrer kurbelte wütend das Fenster herunter und begann ein erstaunliches Repertoire an Flüchen und Verwünschungen zum besten zu geben, und das gleich in mehreren Sprachen.

Warstein hörte eine gute Minute amüsiert zu, dann sagte er: »Ich glaube nicht, daß der Mann Sie versteht. Warum fahren Sie nicht einfach weiter? Wir möchten heute noch ankommen, wissen Sie?«

Der Chauffeur schenkte ihm durch den Innenspiegel einen ärgerlichen Blick, aber nach einer weiteren Sekunde drehte er die Scheibe wieder hoch und fuhr weiter. Aber er beruhigte sich keineswegs.

»Verdammte Kameltreiber!« schimpfte er. »Warum bleiben sie nicht zu Hause in der Wüste, wenn sie nicht wissen, wie man sich im Straßenverkehr benimmt?« Er gab Gas und hätte um ein Haar einen anderen Wagen gerammt, als er sich rücksichtslos in den Verkehr einfädelte. Soviel zum Thema Straßenverkehr, dachte Warstein spöttisch.

Ganz automatisch drehte er sich im Sitz herum und sah zu dem Wagen zurück, den sie fast gerammt hätten. Es war ein blauer Fiat, ein sehr großes Modell, und der Fahrer mußte wohl einen gehörigen Schrecken bekommen haben, denn er ließ seinen Wagen jetzt weiter zurückfallen, als nötig gewesen wäre. Er fuhr trotz des schlechten Wetters ohne Licht. Vielleicht traf ihren Chauffeur nicht einmal die Schuld an dem Beinahe-Unfall.

»Seit ein paar Tagen scheint diese ganze Stadt durchzudrehen«, fuhr der Taxifahrer aufgebracht fort. »Erst dieses unmögliche Wetter, und dann noch diese Verrückten, die plötzlich überall herumlaufen . . .«

»Was für Verrückte?« fragte Lohmann.

»Diese Kameltreiber eben!« antwortete der Fahrer. »Sie haben es doch gerade selbst erlebt! Das fehlt mir noch, daß ich einen Unfall habe!«

»Sie meinen, dieser Araber war nicht der einzige?« hakte Warstein nach. Die Art des Taxifahrers gefiel ihm nicht, aber seine Worte hatten ihn hellhörig werden lassen.

»Bestimmt nicht!« antwortete der Fahrer aufgebracht. »Ich bin ja einiges gewohnt, wissen Sie, aber was seit ein paar Tagen hier los ist, schlägt dem Faß den Boden aus. Man könnte meinen, alle Verrückten der Welt hätten sich hier verabredet. Erst gestern ist ein ganzes Dutzend von diesen Hare-Krishna-Brüdern hier angekommen. Sie haben fast den ganzen Flughafen lahmgelegt, weil sie plötzlich auf die Idee gekommen sind zu meditieren, oder wie sie das nennen. Direkt vor dem Haupteingang. Standen einfach da und rührten sich nicht mehr. Keiner kam mehr rein und keiner mehr raus.«

»Und?« fragte Lohmann.

»Nichts, und«, antwortete der Fahrer. »Die Gendarmen sind gekommen und haben sie wegexpediert, wie es sich gehört. Aber es hat fast eine Stunde gedauert.« Er seufzte tief und schüttelte den Kopf. »Ich bin gespannt, was als nächstes passiert.«

Ja, dachte Warstein, ich auch. Aber er konnte nicht unbedingt sagen, daß ihn dieser Gedanke erfreute.

6

»SIE GEHEN MIR AUF DIE NERVEN, WARSTEIN«, SAGTE Franke, »wissen Sie das eigentlich?« Er lehnte sich in seinem Drehstuhl zurück und begann mit einem Bleistift zu spielen, den er eigens zu diesem Zweck aus seiner Federschale genommen hatte. »Meine Geduld hat bald ein Ende.«

Warstein sagte nichts. Er hatte vier- oder fünfmal dazu angesetzt, etwas zu sagen, seit er Frankes Büro betreten hatte, aber er war nie über die ersten drei Worte hinausgekommen. Franke hatte ihn nicht hierherzitiert, um sich mit ihm zu unterhalten, sondern um einen Monolog zu halten, das hatte er schon nach ein paar Minuten begriffen. Einen Monolog, bei dem er der Zuhörer war und die Klappe zu halten hatte.

»Ich mag Sie, Warstein«, fuhr Franke fort. »Ich mochte Sie schon immer, schon damals, als Sie meine Vorlesungen besucht haben. Ich erkenne Leute mit Talent, und ich habe schon damals gewußt, daß in Ihnen eine Menge Potential steckt. Das war auch der Grund, warum ich Sie zu diesem Projekt gerufen habe.«

Das war glatt gelogen. Der einzige Mensch auf der Welt, den Franke mochte, war er selbst. Aber er hatte recht, wenn er sagte, daß er Leute mit Talent erkannte. Er war schon zu seiner Zeit als Dozent in Nürnberg gut darin gewesen, sich begabte junge Mitarbeiter zu suchen und die Lorbeeren ihrer Arbeit einzuheimsen, und das war der Grund, aus dem er Warstein hierhergeholt hatte.

»Aber allmählich beginne ich mich zu fragen, ob es vielleicht nicht doch ein Fehler war, Warstein. Was ist eigentlich mit Ihnen los? Was Sie erlebt haben, war vielleicht schlimm, aber es ist fast vier Wochen her! Ich habe eine Menge Geduld mit Ihnen gehabt, aber irgendwann ist es genug. Sie sind hier angestellt, um sich um die Elektronik und die Vermessung zu kümmern, nicht um Gespenster zu jagen! Und so ganz nebenbei – Sie werden verdammt gut dafür bezahlt.«

»Es sind keine Gespenster«, antwortete Warstein.

»Ach? Und wie nennen Sie das hier?« Frankes linke Hand klatschte auf eine gelbe Mappe herunter, die auf seinem ansonsten vollkommen leeren Schreibtisch lag.

»Das sind Fakten«, antwortete Warstein. Offensichtlich hatte sich Franke entschlossen, ihn doch noch zu Wort kommen zu lassen. »Und außerdem sind es meine privaten Aufzeichnungen. Sie waren nicht für Sie bestimmt.«

Die Worte waren vielleicht nicht unbedingt klug gewählt. Frankes trotz allem bisher noch halbwegs moderate Laune verschlechterte sich schlagartig. »Für wen dann?« fragte er scharf.

»Für niemanden«, antwortete Warstein. Er mußte sich beherrschen, um seinen Ärger nicht zu deutlich werden zu lassen. Franke hatte nicht das geringste Recht, in seinen privaten Unterlagen herumzuschnüffeln – aber jetzt war nicht der Moment, das zu klären.

»Für niemanden«, wiederholte Franke. Er setzte sich gerade auf und begann in der Mappe zu blättern. »Können Sie sich vorstellen, was passiert, wenn das hier in die falschen Hände gerät? Zum Beispiel in die irgendeines Zeitungsschmierers?«

»Das ist völlig ausgeschlossen«, behauptete Warstein. »Es ist eine private Datei, die . . .«

». . . Sie auf einem Fünf-Millionen-Computer angelegt haben, der hier steht, damit Sie Ihre Arbeit darauf erledigen, nicht, um Hirngespinsten nachzujagen«, unterbrach ihn Franke.

»Es sind keine Hirngespinste.« Warstein verfluchte sich zum

ungefähr hundertsten Mal dafür, daß er die Datei nicht besser geschützt hatte. Aber er hatte Franke einfach unterschätzt – sowohl was seine Fähigkeiten als Hacker anging als auch seine Skrupellosigkeit. Die Partition war unübersehbar als privat gekennzeichnet gewesen.

»Wenn Sie alles gelesen haben, dann wissen Sie es auch. Mit diesem Berg stimmt etwas nicht!«

Franke seufzte. Er legte den Bleistift aus der Hand, faltete die Hände unter dem Kinn und sah ihn zwei, drei Sekunden lang beinahe traurig an. »Ich hätte es vorgezogen, nicht so deutlich werden zu müssen«, sagte er, »aber ich fürchte, der einzige, mit dem hier etwas nicht stimmt, sind Sie.«

»Aber sehen Sie es denn nicht?« fragte Warstein. Seine innere Stimme riet ihm, den Mund zu halten, aber er hörte nicht auf sie. Ob er Franke mochte oder nicht – der Mann war nicht dumm. Und man mußte schon blind sein, um die Bedeutung der Fakten, die er in den vergangenen Wochen zusammengetragen hatte, nicht zu erkennen. »Dieser Berg ist . . .«

»Verhext?« schlug Franke vor.

Warstein spürte ganz deutlich, in welche Richtung Franke ihn locken wollte, aber er war einfach nicht in der Lage, auf die immer lauter werdende Warnung zu hören, die sein Verstand ihm zuschrie. »Meinetwegen nennen Sie es so«, sagte er aufgebracht. »Selbst Sie müssen doch begreifen, daß hier irgend etwas nicht mit rechten Dingen zugeht. Maschinen spielen verrückt. Uhren gehen rückwärts in diesem Berg, und Menschen verschwinden und tauchen nach zwei Tagen wieder auf. Und das ist längst nicht alles. Was war letzte Woche? Was war mit den drei Männern, die sich nicht erinnern können, was sie fünf Stunden lang getan haben?«

»Zumindest haben sie nicht gearbeitet«, sagte Franke gelassen. »Woher soll ich wissen, was sie sich dabei gedacht haben? Und was den Rest angeht – man kann die Dinge natürlich so sehen, aber von einem naturwissenschaftlich gebildeten Mann wie Ihnen hätte ich eigentlich etwas anderes erwartet.« Seine Stimme wurde schärfer. »Was soll dieser Unsinn? Daß Maschinen manchmal nicht tun, was man von ihnen erwartet, kommt von Zeit zu Zeit vor. Wenn ich die Fakten in Ihrem sogenannten Bericht richtig verstanden habe, scheint es sich überdies hauptsächlich um Ihre Meßeinheiten zu handeln, die nicht richtig funktionieren. Vielleicht liegt der Fehler ja da. Haben Sie diese Möglichkeit schon einmal in Betracht gezogen?«

»Der Laser arbeitet einwandfrei«, antwortete Warstein. »Was nicht stimmt, sind die Ergebnisse, die er liefert.«

»Ich weiß.« Franke lächelte, schlug den Hefter auf und blätterte einen Moment darin. »Was hat die letzte Messung ergeben? Einskommadrei Millionen Kilometer? Also, ich sehe da nur zwei Möglichkeiten: entweder unsere Maschinen sind sehr viel besser, als wir dachten, und wir haben den absoluten Weltrekord im Tunnelgraben aufgestellt, oder Ihr famoses Lasermeßgerät funktioniert nicht richtig.«

»Es arbeitet tadellos, und das wissen Sie so gut wie ich«, antwortete Warstein ärgerlich. »Ein solches Ergebnis ist einfach unmöglich.«

»Sie sagen es. Sie sind doch Wissenschaftler, oder? Jedenfalls habe ich das bis vor kurzem noch geglaubt. Was tut ein Wissenschaftler, wenn er bei einem Experiment zu einem Ergebnis gelangt, das einfach nicht möglich ist? Er sucht den Fehler in seinem Experiment. Jedenfalls habe ich das so gelernt, und ich habe versucht, es Ihnen auch so beizubringen. Und was tun Sie?« Er klappte die Mappe mit einer zornigen Bewegung zu. »Sie versuchen die Wirklichkeit zu verbiegen, damit sie zu den Ergebnissen Ihres Experimentes paßt, nicht mehr umgekehrt. Das ist keine sehr wissenschaftliche Einstellung.«

»Das, was hier passiert, hat auch nichts mit Wissenschaft zu tun«, antwortete Warstein. »Jedenfalls nicht mit unserer Art von Wissen.«

Diese Worte waren der schwerste Fehler, den er begangen hatte, das wurde ihm erst später wirklich klar, aber im Ansatz begriff er es schon, als er die Reaktion auf Frankes Gesicht sah.

»Hoppla«, sagte Franke. »Damit wären wir ja beim Kern der Sache, nicht?«

»Ich weiß, es hört sich verrückt an . . .«

»Das tut es«, sagte Franke.

»Aber Sie müssen es doch selbst spüren. In diesem Berg ist irgend etwas. Ich weiß nicht was. Ich habe nicht einmal eine Ahnung, was es sein könnte, aber irgend etwas ist da. Gehen Sie hinein. Gehen Sie in den Tunnel, und sehen Sie sich um. Es ist so deutlich, daß man es fast anfassen kann. Reden Sie mit den Leuten! Fragen Sie die Arbeiter, jeden einzelnen! Sie spüren es auch. Die Männer haben Angst, den Berg zu betreten. Dort drinnen ist irgend etwas, und wir haben es geweckt!«

Er konnte beinahe hören, wie die Falle zuschnappte, noch bevor Franke sich vorbeugte und sagte: »Also lassen Sie die Katze endlich aus dem Sack. Sie sind also der Meinung, wir hätten irgendeinen Geist oder so etwas geweckt? Schlagen Sie vielleicht vor, daß wir die Arbeit einstellen und den Stollen wieder zuschütten?«

»Das habe ich nicht gesagt!« verteidigte sich Warstein. »Aber hier geht irgend etwas vor! Wenn Sie mir schon nicht glauben wollen, dann sehen Sie die Sache von Ihrem verdammten wissenschaftlichen Standpunkt und geben Sie zu, daß hier Dinge geschehen, die wir nicht erklären können, und fragen Sie sich, warum das so ist.« Er hatte sich in Rage geredet, und Frankes Reaktion verriet ihm, daß das ganz genau das war, was Franke hatte erreichen wollen.

»Warstein, hier geschieht überhaupt nichts Geheimnisvolles oder Unerklärliches«, sagte er ruhig. »Ich gebe zu, daß ich auch keine Erklärung für die Geschichte mit Trupp neunzehn und Ihnen habe – aber das bedeutet doch nicht, daß ich plötzlich anfange, an Gespenster zu glauben. Muß ich Ihnen wirklich erklären, daß die Wissenschaft zu allen Zeiten hundertmal mehr ungelöste Fragen als Antworten kannte? Gut, einige der Leute hier haben Angst. Hysterie, mehr nicht. Vorfälle wie die vor vier Wochen ziehen so etwas fast zwangsläufig nach sich, das wissen Sie verdammt genau. Was soll ich Ihrer Meinung nach tun? Einen Wünschelrutengänger kommen lassen?«

»Jetzt werden Sie unsachlich.«

»Unsachlich«, antwortete Franke scharf und schlug erneut mit der flachen Hand auf den Hefter, »ist das hier. Sie behaupten, es wären Fakten. Es sind keine. Es ist ein Science-fiction-Roman und noch dazu ein schlechter. Dafür werden Sie nicht bezahlt, Warstein.«

»Dann werfen Sie mich doch raus!« sagte Warstein zornig.

»Das werde ich nicht tun«, erwiderte Franke. »Jedenfalls noch nicht. Sie sind zu gut, als daß ich so einfach auf sie verzichten würde. Verdammt, Junge, ich will Ihnen helfen, begreifen Sie das endlich.«

»Dann hören Sie mir zu«, verlangte Warstein. »Nur ein paar Minuten!«

»Nein«, sagte Franke. »Das werde ich nicht. Sie werden mir zuhören.«

»Aber ich –«

»Bis zu diesem Moment«, unterbrach ihn Franke mit leicht erhobener Stimme, »haben wir uns sozusagen privat unterhalten. Was jetzt folgt, ist der offizielle Teil – und ich rate Ihnen, ihn ernst zu nehmen. Sie haben seit der Geschichte im Berg Ihre Arbeit vernachlässigt, um nicht zu sagen, gar nicht mehr getan. Statt dessen haben Sie wertvolle Arbeits- und noch teurere Computerzeit mit diesem Unsinn vertan. Das hört ab sofort auf. Ich verbiete Ihnen, weitere Forschungen in dieser Richtung zu betreiben, weder in Ihrer Arbeits- noch in Ihrer Freizeit.«

»Ich bin nicht Ihr Leibeigener«, antwortete Warstein trotzig.

»Aber mein Angestellter«, sagte Franke. »Und als solcher haben Sie zu tun, wofür Sie bezahlt werden, und sonst nichts. Und vor allem haben Sie alles zu unterlassen, was unsere Arbeit hier in irgendeiner Weise beeinträchtigen könnte.«

»Das habe ich nicht.«

Franke lachte auf. »So dumm können Sie doch gar nicht sein, Warstein«, sagte er. »Seit der Geschichte verbringe ich den größten Teil meiner Zeit damit, mir die Pressehyänen vom Hals zu halten, die eine Sensation wittern. Von all den anderen Verrückten ganz zu schweigen, die seit vier Wochen hierhergepilgert kommen. Ist Ihnen aufgefallen, daß wir die Sicherheitskräfte in den letzten vier Wochen verdreifacht haben? Und daß es trotz allem nicht reicht?«

Es war eine rein rhetorische Frage, auf die er gar keine Antwort erwartete. Hartmann hatte seine Truppe im Lauf der letzten Wochen nicht nur auf die dreifache Anzahl aufgestockt, er hatte das Gelände vor dem Tunnel in eine regelrechte Festung verwandelt, und der Ärger darüber war etwas, worin Warstein ausnahmsweise sogar mit Franke übereinstimmte. Der Zaun, der das Gelände umgab, war verstärkt und mit einer Anzahl elektronischer Sicherheitsvorkehrungen ausgestattet worden. Die ganze Nacht über brannten jetzt riesige Flutlichtscheinwerfer, in deren Licht Posten mit scharfen Hunden patrouillierten, und es gab praktisch keinen Quadratmeter mehr auf dem Gelände, der nicht videoüberwacht wurde. Jeder einfahrende LKW wurde untersucht, und obwohl Hartmanns Männer schon mehr als einen blinden Passagier unter der Ladung hervorgezogen hatten, gelang es immer wieder welchen, sich in das Lager hineinzuschmuggeln. Das alles machte ihre Arbeit nicht unbedingt einfacher.

Ja, was das anging, konnte er Frankes Zorn durchaus verstehen. Sie hatten versucht, den unerklärlichen Vorfall im Berg geheimzuhalten, aber natürlich war es ihnen nicht einmal für vierundzwanzig Stunden gelungen. Das Ergebnis hatte so ausgesehen, wie Warstein befürchtet hatte – nur ungefähr hundertmal schlimmer. Die Presse hatte sich wie ein Rudel Haifische auf die Männer und den Tunnel gestürzt, und das war nicht einmal das Schlimmste gewesen. Die Journalisten waren schließlich wieder gegangen, nachdem sie das »Wunder vom Gridone« hinlänglich ausgeschlachtet hatten, aber in ihrem Gefolge war eine wahre Invasion von Neugierigen, UFO-Gläubigen, Okkultisten, Wünschelrutengängern, religiösen Fanatikern, Spinnern, Hobbyarchäologen, Geistersehern und tausend anderen Verrückten über den Berg hereingebrochen – und die gaben so schnell nicht auf. Einige von ihnen entwickelten einen erstaunlichen Einfallsreichtum, den Warstein unter anderen Umständen wahrscheinlich bewundert hätte. Hartmanns Männer hatten gleich vier oder fünf Seilschaften vom Berg gepflückt, die versucht hatten, sich nachts an der Steilwand über dem Lager herunterzulassen, um in den Tunnel einzudringen, und die Polizei in Lugano hatte einen Verrückten gestellt, der im Begriff gewesen war, von einem gecharterten Flugzeug aus mit dem Fallschirm über dem Berg abzuspringen. Während der ersten Tage hatten sie sich noch darüber amüsiert, aber das Lachen war ihnen bald vergangen. Die Baustelle war nicht nur zu einer Festung geworden, sondern auch zu einem Gefängnis. Niemand, der es nicht unbedingt mußte, durfte das Gelände verlassen.

»Haben Sie eine ungefähre Vorstellung davon, was hier los wäre, wenn das da bekannt würde?« fragte Franke mit einer Kopfbewegung auf Warsteins Papiere.

»Ich hatte nicht vor, es irgend jemandem zu erzählen«, sagte Warstein. »Außer Ihnen vielleicht.«

»Das spielt überhaupt keine Rolle«, sagte Franke hart. »Dieser Unsinn hört auf. Betrachten Sie dieses Gespräch als offizielle Abmahnung. Und es wird keine zweite geben. Kümmern Sie sich um Ihre Arbeit, und wir bleiben weiter gute Freunde. Aber wenn Sie so weitermachen wie in den letzten vier Wochen, schmeiße ich Sie raus, schneller, als Sie Ihren Namen buchstabieren können. Haben wir uns verstanden?«

»Ich denke schon«, sagte Warstein. Er stand auf. »Kann ich jetzt gehen?«

Franke nickte wortlos, und Warstein drehte sich halb um, blieb dann noch einmal stehen und warf einen fragenden Blick auf die Mappe vor Franke.

»Das behalte ich hier«, sagte Franke. »Ich hoffe, nur als Kuriosum, und nicht als Beweisstück in einer Verhandlung vor dem Arbeitsgericht. Die Datei in Ihrem Computer habe ich übrigens gelöscht.«

Das machte überhaupt nichts. Warstein besaß eine Kopie auf Diskette, aber natürlich hütete er sich, das zu sagen. Ohne ein weiteres Wort verließ er das Büro und ein paar Sekunden später die Baracke.

Es begann zu dämmern. Zu dieser Jahreszeit wurde es abends

schon empfindlich kalt, so daß Warstein fröstelnd die Schultern zusammenzog, kaum daß er aus dem Gebäude heraus war. Trotzdem blieb er nach wenigen Schritten stehen und sah zum Berg hinauf. Er fühlte sich sonderbar. Er hatte gerade die erste Abmahnung seines Lebens erhalten, und Franke hatte unmißverständlich mit Kündigung und – zwar unausgesprochen, aber kaum weniger deutlich – mit Schlimmerem gedroht, und trotzdem war er weder erschrocken noch deprimiert. Vielmehr verspürte er eine tiefe Trauer, daß es ihm nicht gelungen war, Franke dazu zu bringen, ihm wenigstens zuzuhören; und ein vages Gefühl von Furcht. Eine Furcht, die nichts mit seinem eigenen Schicksal oder gar dem Gespräch gerade zu tun hatte.

Sie galt dem Berg.

Er starrte den gigantischen Schatten über sich an, und nie zuvor war er ihm so groß und auf eine brachiale Art gewalttätig erschienen wie in diesem Moment. Über dem Gridone lag ein Schatten, ein Schatten, der unsichtbar war, aber jeden Tag ein bißchen tiefer wurde. Der Schatten kommenden Unheils.

Auch seine Art, den Berg zu betrachten, hatte sich geändert. Früher war dieser Granitkoloß einfach nur ein Berg für ihn gewesen, ein schlafender Riese, der sich über ihre Versuche amüsierte, ihm Schaden zuzufügen; eine Herausforderung.

Jetzt war er ein Feind. Er schlief nicht mehr. Er war wach, belauerte sie und wartete auf den Moment, zuzuschlagen und sie zu vernichten. Von dem Berg ging etwas Drohendes aus, und er war nicht der einzige, der es spürte. Längst nicht. Sie hatten allein in den letzten beiden Wochen ein Dutzend Arbeiter entlassen müssen, die sich geweigert hatten, den Berg zu betreten, und fast ebensoviele hatten von sich aus gekündigt. Und die, die geblieben waren, wurden immer nervöser und reizbarer. Es gab oft Streit, und Hartmann und seine Männer hatten zweimal eingreifen müssen, um Schlägereien zu beenden. Franke glaubte wahrscheinlich wirklich, daß das alles nichts als Massenhysterie war, ausgelöst durch das Schicksal des Bautrupps und die plötzliche Gefängnissituation, in der sie sich de facto wiedergefunden hatten, aber das stimmte nicht. Es war der Berg. Etwas in ihm, das die Gedanken und Seelen der Männer vergiftete, auf eine schleichende, lautlose Art und unaufhaltsam.

Warstein hörte Schritte neben sich und erkannte Hartmann, der offensichtlich schon eine ganze Weile dagestanden und ihn beobachtet hatte.

»Hallo«, sagte er.

Hartmann antwortete mit einem flüchtigen Lächeln, dann deutete er auf die Tür hinter Warstein und fragte: »War es schlimm?«

»Nicht sehr«, antwortete Warstein. »Er hat mir erklärt, daß er mich feuert, wenn ich nicht tue, was er verlangt, aber mehr nicht. Ich glaube, das sagt er jeden Tag mindestens einmal zu irgend jemandem.«

»Öfter«, behauptete Hartmann. Er schüttelte sich übertrieben. »Seit ein paar Tagen ist der Alte wirklich auf dem Kriegspfad. Er war ja früher schon schlimm, aber seit einer Weile ist er wirklich unausstehlich.«

»So sind Chefs nun einmal«, sagte Warstein. »Ich glaube, sie müssen so sein. Das steht in ihrem Arbeitsvertrag.« Er wurde wieder ernst, sah zum Berg hinauf und fügte leiser hinzu: »Aber sind wir das nicht alle in letzter Zeit, auf die eine oder andere Weise?«

Hartmann verstand ganz offensichtlich nicht, was er meinte. Seit ihrem gemeinsamen Ausflug zu Saruter hinauf hatten sie sich öfter gesehen. Zu sagen, daß sie Freunde geworden wären, war sicherlich übertrieben, aber Warstein rechnete es Hartmann hoch an, daß er Franke gegenüber nichts von seinem Besuch bei dem Einsiedler erwähnt hatte – das wäre in der Tat Wasser auf seine Mühlen gewesen. Sie hatten sich ein paarmal getroffen und miteinander geredet, und auf eine gewisse Art mochte Warstein den älteren Mann. Seine Hoffnung, daß auch Hartmann etwas von jener tieferen Einsicht in die Natur der Dinge mit von ihrem Ausflug zurückgebracht hätte, hatte sich jedoch nicht erfüllt.

»Spüren Sie es auch?« fragte er.

Die Verwirrung in Hartmanns Blick wuchs noch, aber er tat

Warstein den Gefallen, eine Weile in die gleiche Richtung zu blicken wie er. »Die Männer sind nervös«, sagte er. »Die Stimmung war noch nie so schlecht wie jetzt. Aber das ist auch kein Wunder. Man kommt sich vor wie in einem Gefängnis. Da muß man ja durchdrehen.«

Aus dem Munde eines Mannes, der quasi die Rolle des Gefängniswärters spielte, klangen diese Worte fast komisch, dachte Warstein. Aber er ersparte es sich, Hartmann zu erklären, daß er das mit seiner Frage nicht gemeint hatte. Wenn Hartmann wirklich nichts von der Schwärze fühlte, die der Gridone ausstrahlte, dann war das ein beruhigender Gedanke. Vielleicht war es eines Tages wichtig, einen ruhenden Pol in all diesem Chaos zu wissen, jemanden, der vielleicht sogar immun gegen das Gift des Berges war. Was immer geschehen mochte, dachte Warstein, Hartmann würde davon unbeeinflußt bleiben.

Er sollte sich täuschen. Es dauerte noch ein gutes halbes Jahr, aber dann holte sich der Gridone Hartmann.

Als sie auf die stadtauswärts führende Autobahn einbogen, bekamen sie eine praktische Demonstration von dem, was der Taxifahrer gemeint hatte, als er sagte, das Wetter spiele verrückt. Der strömende Regen versiegte. Die Wolken rissen auf, und die Sonne schien so stark von einem plötzlich strahlend blauen Himmel, daß die nassen Straßen zu dampfen begannen. Alles innerhalb einer einzigen Sekunde.

»Unglaublich!« sagte Lohmann, der auf dem Beifahrersitz saß und sein möglichstes tat, um die Luft im Wagen mit Zigarettenqualm zu verpesten. »So etwas habe ich ja noch nie erlebt.«

Der Fahrer schaltete die Scheibenwischer aus und dann mit einer demonstrativen Bewegung die Lüftung ein. Ein eiskalter Luftstrom blies Lohmann ins Gesicht. Er blinzelte und sog heftiger an seiner Zigarette.

»So geht das schon seit einer Woche«, sagte er. »Vorgestern hat es gehagelt – aus buchstäblich heiterem Himmel.« Er schüttelte den Kopf und blickte demonstrativ auf das BITTE-NICHT-

RAUCHEN-Schild direkt vor Lohmann. Der Journalist sah in die gleiche Richtung und grinste. Er wußte, daß der Fahrer nichts sagen würde. Er verdiente an dieser Tour wahrscheinlich mehr als sonst an einem ganzen Tag.

»Wann hat das angefangen?« fragte Warstein.

»Das Wetter?« Der Chauffeur überlegte einen Moment. »Vor ziemlich genau einer Woche, denke ich. Ja, vor einer Woche.«

»An dem Tag, an dem das Attentat auf den ICE verübt wurde.« Angelika sprach laut aus, was er dachte, und sah ihn fragend an. »Glaubst du, daß das etwas zu bedeuten hat?«

»Kaum«, antwortete Warstein, schnell und übertrieben laut und mit einem warnenden Blick in Richtung des Fahrers. Der Mann war wahrscheinlich alle möglichen Verrückten gewöhnt, die sich in seinem Wagen über Gott und die Welt und die Lösung aller Probleme des Universums unterhielten. Aber man konnte nicht vorsichtig genug sein.

Tatsache war, daß das genaue Gegenteil zutraf. Es war ganz bestimmt kein Zufall, daß all diese Phänomene ausgerechnet jetzt auftraten. Außerdem: er hatte so etwas schon einmal erlebt.

Für den Rest der Fahrt, die noch gute zwanzig Minuten dauerte, sprachen sie über irgendwelche Belanglosigkeiten. Das Wetter wechselte noch zweimal, und als sie schließlich vor einem kleinen Mietshaus in einem Vorort von Genf anhielten, regnete es wieder.

Lohmann bezahlte den Taxifahrer und trug ihm auf zu warten. Sie stiegen aus und liefen geduckt durch den Regen zum Haus. Es gab sechs Klingeln, von denen zwei identische Namensschilder aufwiesen. Lohmann drückte eine dieser beiden Klingeln und trat ungeduldig von einem Fuß auf den anderen, während sie darauf warteten, daß geöffnet wurde. Das Haus besaß kein Vordach oder einen Windfang, so daß der Regen ungehindert über sie herfallen konnte. Es war kein Platzregen mehr, wie vorhin am Flughafen, sondern nurmehr ein feines Nieseln, das aber dafür eiskalt war. Warstein sah sich schaudernd um, während sie darauf warteten, daß die Tür geöffnet wurde. Die Gegend war wie das Haus, vor dem sie standen: einfach, kleinbürgerlich und ein bißchen schäbig, ohne direkt heruntergekommen zu wirken.

Auf der anderen Straßenseite erhoben sich anderthalbgeschossige Reihenhäuser hinter quadratischen Vorgärten, die alle gleich aussahen. Warstein versuchte sich vorzustellen, wie es sein mußte, in einer Gegend wie dieser zu leben; ein schrecklicher Gedanke.

Irgend etwas am Anblick der Straße gegenüber störte ihn, aber bevor er erkennen konnte, was es war, ertönte ein leises Summen, und die Tür ging auf. Sie beeilten sich, aus dem Regen herauszukommen und traten in einen schmalen, muffig riechenden Hausflur, der in graues Zwielicht getaucht war. Lohmann suchte einige Sekunden vergeblich nach einem Lichtschalter, ehe er aufgab und die Treppe hinaufzusteigen begann. Die hölzernen Stufen knarrten unter ihrem Gewicht.

Die beiden Wohnungen mit den identischen Namensschildern lagen im oberen Stockwerk. Die Türen waren geschlossen, so daß Lohmann einen Moment ratlos dastand, ehe er achselzuckend auf die Tür zur Rechten zutrat und die Hand nach der Klingel ausstreckte.

Die Tür wurde geöffnet, eine halbe Sekunde, ehe Lohmann klingeln konnte, und ein blasses Frauengesicht unter einem strengen Haarknoten blickte zu ihnen heraus.

»Ja?«

»Guten Tag«, sagte Lohmann, lächelnd und in einem so freundlichen Ton, daß Warstein einen überraschten Blick mit Angelika tauschte. »Mein Name ist Lohmann. Ich hoffe, ich bin hier richtig. Wir waren mit Herrn Huerse verabredet.«

»Das ist mein Vater.« Die Frau deutete auf die Tür gegenüber. »Aber der empfängt keine Besuche. Sie müssen sich täuschen.« Ihr Blick glitt rasch und mißtrauisch über Warsteins und Angelikas Gesichter und heftete sich dann wieder auf Lohmann.

»Worum geht es?«

»Das würde ich gerne mit ihrem Herrn Vater selbst besprechen«, antwortete Lohmann. »Ich bin sicher, daß er uns empfängt. Ich habe gestern noch mit ihm telefoniert. Wie gesagt, er weiß, daß wir kommen.«

»Ich glaube trotzdem nicht, daß –«

Die Tür auf der anderen Seite des Korridors wurde geöffnet, und Warstein und die beiden anderen drehten sich gleichzeitig herum.

»Was ist denn, Isabell? Haben wir Besuch?«

»Herr Huerse?« Lohmann trat dem alten Mann mit ausgestreckter Hand entgegen und ergriff seine Rechte. »Mein Name ist Lohmann. Sie erinnern sich sicher – wir haben zweimal miteinander telefoniert.«

Huerse blinzelte. Seine Augen, die so kurzsichtig waren, daß er Mühe zu haben schien, sein Gegenüber überhaupt zu erkennen, taxierten Lohmann auf eine sonderbar hilflose, verwirrte Art.

»Lohmann? Oh, Sie ... Sie sind dieser Deutsche, nicht wahr?« Er trat einen halben Schritt zurück und forderte mit der linken Hand auf einzutreten. Seine Rechte hielt Lohmann noch immer umklammert. »Ja, jetzt erinnere ich mich. Waren wir verabredet? Für heute?«

»Wir sind ein bißchen zu spät«, sagte Lohmann in entschuldigendem Tonfall und ließ endlich Huerses Hand los. Dann deutete er auf Warstein und Angelika. »Das sind Dr. Warstein und Frau Berger, Kollegen von mir. Ich hoffe, Sie haben nichts dagegen, daß ich sie mitgebracht habe.«

Hinter ihnen fiel eine Tür ins Schloß. Huerses Tochter kam mit energischen Schritten heran und stellte sich Lohmann in den Weg. »Ich glaube nicht, daß mein Vater jetzt mit Ihnen sprechen kann«, sagte sie. »Vielleicht erklären Sie mir, worum es geht.«

»Bitte, Isabell, es ist schon in Ordnung«, sagte ihr Vater. Seine Stimme klang so leise und kraftlos wie die seiner Tochter energisch. »Die Herrschaften sind von der Universität. Sie haben ein paar wichtige Fragen.«

»Von welcher Universität? Und was für Fragen?« wollte seine Tochter wissen. Als Warstein sie und den alten Mann nebeneinander sah, fiel es ihm schwer, wirklich zu glauben, daß er Vater und Tochter gegenüberstand. Die beiden wirkten beinahe gleichaltrig, waren aber ansonsten so verschieden, wie es nur ging. Während Huerse ein gebeugter, kraftloser alter Mann war, dessen Haltung und Gesicht verrieten, daß er schon lange vor dem Leben kapituliert hatte, wirkte seine Tochter überaus wach und mißtrauisch. Warstein wußte sofort, daß es ein Fehler war, sie zu belügen. Welche Geschichte Lohmann sich auch immer ausgedacht hatte, um sich bei Huerse Zutritt zu verschaffen – er würde damit bei ihr nicht durchkommen.

Lohmann schien das ganz ähnlich zu sehen, denn er machte eine besänftigende Geste und versuchte, etwas von Huerses Worten zurückzunehmen. »Ich komme nicht direkt von einer Universität«, sagte er. »Ich arbeite für ein wissenschaftliches Magazin, und . . .«

»Sie sind Reporter?« Isabell machte Anstalten, die Tür zu schließen. »Wir wollen nichts mit Reportern zu tun haben.«

»Sie mißverstehen mich«, sagte Lohmann hastig. »Ich bin Wissenschaftsjournalist, verstehen Sie? Meine Kollegen und ich interessieren uns für das, was damals in Ascona geschehen ist, und . . .«

»Wir wollen nicht mehr darüber reden«, sagte Isabell scharf. »Ihre sogenannten Kollegen haben meinem Vater damals genug zugesetzt. Bitte gehen Sie.«

»Wir sind nicht hinter einer Sensation her«, versicherte ihr Lohmann hastig. »Uns interessieren allein die wissenschaftlichen Aspekte des Phänomens, das versichere ich Ihnen. Ich gebe Ihnen mein Wort, daß nicht einmal der Name Ihres Vaters in dem Artikel erscheinen wird, falls Sie es nicht wünschen . . .«

Tatsächlich zögerte sie; vielleicht nur eine Sekunde, aber das reichte Lohmann, nachzuhaken – und einen halben Schritt in die Wohnung hineinzutreten, so daß sie die Tür gar nicht mehr schließen konnte. »Sie würden der Wissenschaft wirklich einen großen Dienst erweisen«, fuhr er fort, nun direkt an Huerse gewandt. »Wir halten Sie bestimmt nicht lange auf. Eine halbe Stunde, allerhöchstens.«

In Isabells Gesicht arbeitete es. Sie machte – sicher nicht

durch Zufall – einen Schritt zur Seite, so daß sie den Blickkontakt zwischen Lohmann und ihrem Vater unterbrach, und überlegte. »Ich weiß nicht«, sagte sie unschlüssig. »Mein Vater ist krank. Er darf sich nicht anstrengen, und auf gar keinen Fall aufregen. Eine halbe Stunde?«

»Sicher nicht länger«, versprach Lohmann. »Sie können gerne dabei bleiben, wenn Sie es möchten.«

»Also gut«, sagte Isabell schließlich. »Aber versprechen Sie sich nicht zuviel davon.« Sie gab die Tür frei und machte eine entsprechende Geste. Hinter ihr und dem alten Mann betraten sie die Wohnung und folgten ihnen in ein kleines, altmodisch eingerichtetes Wohnzimmer. Schwere Samtvorhänge an den Fenstern sperrten selbst das trübe Licht des Regentages zum Großteil aus, so daß Warstein im ersten Moment nur Schatten und Umrisse sah. Die Luft roch trocken, nach alten Tapeten und Pfeifenrauch, und die Dielen knarrten unter ihren Schritten fast ebenso laut wie die ausgetretenen Stufen der Treppe draußen.

Isabell führte sie zu einem runden Tisch in der Nähe des Fensters und zog die Vorhänge auf, während sie sich setzten. Ihr Vater nahm Lohmann gegenüber Platz. Er wirkte verängstigt, aber zugleich auch ein bißchen aufgeregt.

»Wissenschaftsjournalist, wie?« fragte Warstein im Flüsterton. »Was soll der Unsinn?«

»Wieso Unsinn?« Lohmann grinste. »Ich habe einen Artikel fürs GEO-Magazin geschrieben.«

»Wurde er gedruckt?«

»Nein. Aber geschrieben habe ich ihn. Außerdem, was wollen Sie? Wir sind doch wirklich wegen der wissenschaftlichen Aspekte der Geschichte hier, oder?«

Da Warstein nicht einmal genau wußte, warum sie überhaupt hier waren, widersprach er nicht. Lohmann hatte ihnen bisher nur gesagt, daß sie mit jemandem reden wollten – mit wem und worüber, nicht.

»Also, stellen Sie Ihre Fragen.« Isabell kam zurück und setzte sich. Obwohl sie die Vorhänge aufgezogen hatte, war es nicht merklich heller im Raum geworden. Die Dunkelheit schien in den Möbeln und den Tapeten zu nisten wie ein schlechter Geruch.

Lohmann zog sein Diktiergerät aus der Tasche, legte eine neue Kassette ein und blickte fragend. »Darf ich?«

»Sicher. Obwohl ich immer noch nicht weiß, was Sie sich davon versprechen. Mein Vater war nicht einmal im Zug.«

»Aber Sie waren im Bahnhof, als er einlief?« Lohmann wandte sich an Huerse. »Sie haben alles beobachtet?«

Der alte Mann reagierte zwei geschlagene Sekunden lang gar nicht, aber dann nickte er so heftig, daß Warstein fast erschrak. »Es ist lange her«, sagte er. »Fast ein Jahr. Aber ich erinnere mich trotzdem noch, als wäre es gestern gewesen. Ich wollte zurückfahren. Meine Tochter hat mir die Reise geschenkt, müssen Sie wissen. Zu meinem siebzigsten Geburtstag. Ich hatte die Fahrkarte schon, und ich hatte noch ein bißchen Zeit, bis mein Zug kam, und da habe ich mich auf den Bahnsteig gesetzt und gewartet. Die Leute beobachtet. Man sieht viele interessante Leute auf einem Bahnsteig.«

»Das stimmt«, sagte Lohmann lächelnd, ehe er behutsam versuchte, das Gespräch wieder auf sein eigentliches Thema zurückzulenken. »Und dann kam dieser Zug, nicht wahr? Ein Schnellzug. Er war nicht angekündigt.«

Warstein behielt Huerses Tochter aufmerksam im Auge. Auf ihrem Gesicht war keinerlei Reaktion zu erkennen, aber er wünschte sich, Lohmann hätte seine Worte etwas behutsamer gewählt.

»Ich weiß nicht. Ich hatte nicht auf den Fahrplan gesehen. Die sind so kompliziert, daß ich sie sowieso nicht verstehe. Isabell hat mir alles genau aufgeschrieben. Aber ich bin erschrocken, als der Zug kam. Ich dachte, meine Uhr wäre stehengeblieben, weil ich doch noch eine halbe Stunde Zeit hatte.«

»Es war nicht Ihr Zug«, vermutete Lohmann.

»Nein. Er war . . . komisch.«

»Komisch?« fragte Warstein.

»Er sah seltsam aus. Gar nicht wie ein richtiger Zug. Viel größer, und . . . und gar nicht wie eine Eisenbahn eben.«

Es dauerte einen Moment, bis Warstein begriff, wovon Huerse sprach. Offenbar hatte er nie zuvor im Leben einen modernen Schnellzug gesehen, und einen ICE-Triebwagen wohl schon gar nicht. Warstein war noch nie im Bahnhof von Ascona gewesen, aber er hatte Bilder davon gesehen. Obwohl er nicht viel älter als zwei Jahre war, hatten sich die Architekten alle Mühe gegeben, ihn so aussehen zu lassen, als wäre er ebenso alt wie die Stadt, in die er hineingebaut worden war. In einer Umgebung wie dieser mußte ein solch hypermodernes Hochgeschwindigkeits-Ungeheuer doppelt bizarr wirken, und auf einen Mann wie Huerse wahrscheinlich sogar erschreckend.

»Und was geschah weiter?« fragte Lohmann.

»Plötzlich waren alle ganz aufgeregt«, berichtete Huerse. »Ich weiß nicht, warum. Aber mit einem Male waren überall Männer in Uniformen, und . . . und alle liefen durcheinander. Es war laut, und dann . . . dann haben sie den Bahnsteig geräumt. Alle mußten weggehen. Es sind Gendarmen gekommen.«

»Und Sie?« erkundigte sich Angelika.

»Mich haben sie übersehen.« Huerse lachte wie ein Kind, das von einem gelungenen Streich erzählt. »Ich hab ganz am Rand gesessen, wissen Sie, im Schatten, weil ich die Sonne nicht mehr so gut vertrage, und sie waren so aufgeregt, daß sie mich gar nicht bemerkt haben. Ich hatte im ersten Moment auch Angst. Der Zug sah so komisch aus, und alle waren so aufgeregt, aber dann habe ich doch hingeguckt.«

»Mit dem Zug stimmte etwas nicht«, vermutete Lohmann.

»Das können Sie laut sagen«, sagte Huerse. »Zuerst habe ich es gar nicht gemerkt, aber dann schon.«

»Und was?« fragte Warstein.

Huerse wandte sich umständlich wieder ihm zu, und auf der Stirn seiner Tochter erschien eine senkrechte Falte zum Zeichen ihrer Mißbilligung. Warstein rief sich in Gedanken zur Ordnung. Der alte Mann war offensichtlich kaum in der Lage, sich auf mehr als einen Gesprächspartner zugleich zu konzentrieren. Sie durften ihn nicht ins Kreuzverhör nehmen, wollten sie nicht Gefahr laufen, daß er den Faden verlor – oder seine Tochter die Geduld.

»Zuerst hab ich gedacht, er hätte gebrannt«, berichtete Huerse. »Seine Seite war ganz schwarz. Und ein Fenster war zerbrochen, daran erinnere ich mich. Aber auf so eine komische Weise. Das Glas war ganz trüb, so wie Milchglas, wissen Sie, aber mit tausend Sprüngen. Und er hat geknistert.«

»Geknistert?« Warstein sah aus den Augenwinkeln, daß Lohmann dazu ansetzte, ebenfalls eine Frage zu stellen, und gab ihm einen verstohlenen Wink. Lohmann verstand und hielt sich zurück.

»Wie ein Auto, das abgestellt wird«, bestätigte Huerse. »Aber nicht nur der Motor. Der ganze Zug hat . . . geraschelt. Als ob er sich bewegt, verstehen Sie? Aber er hat sich nicht von der Stelle gerührt.«

Warstein wußte, was er meinte. Materialermüdung. Heißes Metall, das abkühlte und seine Temperatur der Umgebung anpaßte. Aber die ICE 2000 der Bundesbahn wurden nicht heiß, ganz gleich, wie schnell sie auch fuhren. Sie hatten nicht einmal einen Motor, der heiß werden konnte. Die Räder wurden durch ein hochkompliziertes System gegenläufiger Magnetfelder angetrieben, und die einzige Wärme, die dabei entstand, war die Reibungshitze der stählernen Räder auf den Schienen.

»Dann haben sie die Leute aus dem Zug geholt«, fuhr Huerse fort. »Und das war wirklich komisch.«

»Die Leute? Die Fahrgäste, meinen Sie?«

»Nur die vorne aus der Lok«, antwortete Huerse. »Ich glaube, es waren gar keine anderen drin. Ich habe jedenfalls keine gesehen, obwohl ich ganz nahe war. Ich habe mich noch gewundert, darum erinnere ich mich, daß ein so großer Zug völlig leer war. Aber die vier vorne aus der Lok, das war schon seltsam.«

»Wieso?« fragte Warstein.

Bevor Huerse antworten konnte, klingelte es an der Tür. Seine Tochter sah überrascht auf, während ihr Vater das Geräusch nicht einmal zur Kenntnis zu nehmen schien.

»Bitte entschuldigen Sie mich einen Moment«, sagte sie, während sie aufstand. »Ich bin sofort zurück.«

»Selbstverständlich.« Warstein wartete, bis sie das Zimmer

verlassen und die Tür hinter sich zugezogen hatte. »Was war mit den Leuten aus dem Zug?«

»Ich weiß nicht genau«, antwortete Huerse. Auf seinem Gesicht lag jetzt ein angespannter Ausdruck. Offenbar bereitete es ihm große Mühe, sich zu erinnern – oder vielleicht auch Unbehagen. »Es ist lange her, wissen Sie, und ich war ja weit weg, ganz hinten am anderen Ende des Zuges. Aber was ich gesehen habe, war ...« Er suchte nach Worten. »Irgendwie haben sie sich falsch bewegt. Wie in Zeitlupe.«

»Sie meinen, zu langsam?«

»Zu schnell«, antwortete Huerse. Er lachte. »Meine Tochter hat so einen modernen Filmprojektor, wissen Sie, und manchmal machen wir uns einen Spaß daraus, den Film schneller ablaufen zu lassen. Die Leute bewegen sich dann ganz schnell. Das ist lustig.«

»Und so haben sich die Männer aus dem Zug auch bewegt?« fragte Warstein.

»Zuerst ja. Später haben sie sie festgehalten, aber zuerst waren sie ... irgendwie zu schnell. Einer hat einen Gendarmen niedergeschlagen, aber ich glaube, das wollte er gar nicht. Er ist auf ihn zugegangen und hat nur den Arm gehoben, aber es ging so schnell, daß er ihn einfach niedergeschlagen hat. Und ihre Stimmen waren seltsam. Sie haben gezwitschert. Wie Vögel.«

Er kicherte. Die Vorstellung schien ihn überaus zu amüsieren. »Wie Vögel.«

Durch die geschlossene Tür hindurch konnten sie hören, wie Isabell die Wohnungstür öffnete und mit jemandem sprach. Warstein lauschte einen Moment und versuchte, die Worte zu verstehen, aber es gelang ihm nicht.

»Nun?« sagte Lohmann. Das Wort galt Warstein, der den Blick wandte und ihn ansah. »Das paßt, nicht wahr? Der Zug ist seitdem verschwunden. Die Bundesbahn hat ihn aus dem Verkehr gezogen. Ein Fahrzeug im Wert von über hundert Millionen. Ich nehme an, daß sie gerade dabei sind, ihn Stück für Stück auseinanderzuschrauben.«

Die Finanzen der Bundesbahn interessierten Warstein nicht im geringsten – aber dafür um so mehr das, was Huerse über die Männer erzählt hatte, die aus dem Zug gekommen waren. »Ist Ihnen sonst noch etwas aufgefallen?« fragte er. »Etwas mit ihrem Aussehen? Ihrer Kleidung?«

Huerse schüttelte den Kopf. »Ihr Haar. Sie hatten weiße Haare. Alle vier. Einer hat geschrien. Und er ist ganz schnell hingefallen.« Er machte eine Geste mit der Hand, um die Bewegung zu verdeutlichen: ein schneller, harter Ruck nach unten. »Als hätte ihn jemand gestoßen. Aber hinter ihm war niemand.«

»Ganz schnell hingefallen?« Lohmann machte ein fragendes Gesicht. »Ich fürchte, ich verstehe nicht ganz, wie Sie –«

»Das reicht!«

Isabells Stimme war so scharf, daß Warstein und die beiden anderen erschrocken zusammenfuhren und sich gleichzeitig zur Tür umwandten. Huerses Tochter stand wie ein leibhaftiger Racheengel vor ihnen, keine gestrenge Aufpasserin mehr, sondern eine Furie, deren Gesicht vor Zorn gerötet war. »Verschwinden Sie! Auf der Stelle!«

»Aber . . . aber was ist denn los?« fragte Lohmann verdattert. »Wir wollten doch . . .«

»Sie sind ein Lügner!« fuhr ihm Isabell über den Mund. Sie schrie fast. »Ich habe Ihnen gleich nicht über den Weg getraut, und ich hatte recht! Sie schreiben nicht für ein wissenschaftliches Magazin, Herr Lohmann, oder wie immer Sie in Wahrheit heißen mögen! Sie sind auch nur einer von diesen sensationsgeilen Schmierern, die einen kranken alten Mann ausnutzen, um einen Artikel zu schreiben.«

»Bitte, Frau Huerse, lassen Sie es mich erklären«, begann Warstein, mit dem einzigen Erfolg, daß sich Isabells Zorn nun auf ihn konzentrierte.

»Und Sie sind kein Doktor, sondern auch nur ein Lügner! Gehen Sie! Alle drei! Bevor ich die Polizei rufe und Sie verhaften lasse!«

Lohmann wollte auffahren, aber Warstein wußte, daß er damit alles nur noch schlimmer gemacht hätte. Rasch stand er auf, warf dem Journalisten einen fast beschwörenden Blick zu und wandte sich noch einmal an Isabell.

»Es tut mir sehr leid«, sagte er. »Bitte entschuldigen Sie, daß wir uns unter . . . falschen Voraussetzungen hier eingeschlichen haben, aber ich kann Ihnen versichern, daß es nicht so ist, wie Sie jetzt vielleicht glauben.«

»Ihre Versicherungen interessieren mich nicht. Gehen Sie. Und wenn ich auch nur ein Wort von diesem Gespräch hier in irgendeiner Zeitung lese, werde ich Sie verklagen, das verspreche ich Ihnen.«

Warstein gab auf. Es war sinnlos, das Gespräch fortsetzen zu wollen. Und wahrscheinlich würden sie von dem alten Mann ohnehin nicht mehr erfahren, als sie schon hatten. Ohne ein weiteres Wort verließen sie das Zimmer, aber als sie hinausgingen, sagte Huerse: »Meine Uhr ist stehengeblieben. Seit damals geht sie nicht mehr. Ich habe sie seit vierzig Jahren, aber jetzt ist sie kaputt.«

Lohmann wollte noch einmal stehenbleiben und sich zu ihm herumdrehen, aber Isabell ergriff ihn einfach am Arm und schob ihn vor sich her aus dem Zimmer und zwei Sekunden später aus der Wohnung.

»Verlassen Sie das Haus«, sagte sie. »Ich werde am Fenster warten. Wenn ich in zwei Minuten nicht sehe, daß Sie aus dem Haus kommen, rufe ich die Polizei.« Sie warf die Tür so heftig ins Schloß, daß Lohmann einen erschrockenen Schritt rückwärts machte.

»Was um alles in der Welt ist denn jetzt los?« murmelte Lohmann kopfschüttelnd. »Hat sie den Verstand verloren?«

»Nein. Sie demonstriert uns nur gerade, daß es sich nicht auszahlt zu lügen.« Warstein machte eine Kopfbewegung zur Treppe. »Wir sollten besser gehen. Ich glaube nicht, daß das eine leere Drohung war.«

»Was will sie uns schon tun?« fragte Lohmann trotzig. »Die Polizei wird uns kaum standrechtlich erschießen, nur wegen einer kleinen Notlüge.« Trotzdem schloß er sich ihnen an, als sie mit raschen Schritten die Treppe hinunterzugehen begannen.

»Aber wie kann sie es nur so schnell gemerkt haben?« fragte Angelika. Sie hatte kein Wort gesagt, während der ganzen Zeit, aber sie war leichenblaß geworden. Ihre Hände zitterten.

»Der Besucher«, antwortete Warstein. »Es hat gerade an der Tür geklingelt, erinnerst du dich?« Er deutete zum unteren Ende der Treppe. »Als wir vorhin unten standen und darauf gewartet haben, daß jemand aufmacht, ist mir etwas aufgefallen. Ich wußte nicht, was, aber jetzt weiß ich es wieder.«

»Ach?« fragte Lohmann übellaunig. »Und was?«

»Der blaue Fiat«, antwortete Warstein. »Er stand auf der anderen Straßenseite.«

»Und was ist daran so spannend?« knurrte Lohmann.

»Ich habe den Wagen schon einmal gesehen. Am Flughafen. Wir hätten ihn fast gerammt, als wir losgefahren sind.«

Lohmann blieb stehen. »Moment mal«, sagte er. »Wollen Sie sagen, daß jemand uns verfolgt?«

»Es sieht ganz so aus«, sagte Warstein. »Außerdem wäre es eher erstaunlich, wenn Franke uns nicht beschatten ließe.« Er machte eine Bewegung weiterzugehen. »Ich nehme noch Wetten an, ob er noch da steht oder nicht.«

Lohmann antwortete nicht darauf, und das war auch gut so, denn Warstein hätte die Wette verloren. Der blaue Fiat war nicht mehr da, als sie das Haus verließen und in den immer heftiger fallenden Regen hinaustraten.

Ihr Taxi allerdings auch nicht. Und wie sich zeigte, war die nächste Telefonzelle eine gute halbe Stunde Fußmarsch entfernt.

7

ASCONA ERSTICKTE IM STRASSENVERKEHR. EINE nicht enden wollende Schlange von Autos quälte sich in beiden Richtungen durch die Stadt, vom See herauf in einer langgezogenen Kurve durch den historischen Stadtkern bis hinauf in die Berge und umgekehrt, vom Paß kommend durch den gebeutelten Ort bis hinunter zur Uferstraße, wo sich die Kette aus Metall, Lack und Glas manchmal für Stunden staute, so daß der ohnehin nur schleppend vorwärtskommende Verkehr vollends zum Erliegen kam.

Rogler mußte wieder an das denken, was er am Morgen zu Franke gesagt hatte, und er wiederholte den Satz in Gedanken mit Nachdruck: sie begingen ein Verbrechen, wenn schon nicht an seinen Kollegen und der gesamten Weltöffentlichkeit, so doch an dieser Stadt. Die Automobil-Katastrophe dort unten war eine direkte Folge der Gespensterjagd, zu der Franke ihn gezwungen hatte. Der Gridone-Tunnel war nicht irgendeine Eisenbahnstrecke, die man nach Belieben sperren und durch irgendeine Umleitung ersetzen konnte.

Rogler wollte vom Fenster seines Hotelzimmers zurücktreten, als sein Blick an einer Anzahl buntgekleideter Gestalten hängenblieb, die vergeblich versuchten, die Straße zu überqueren. Zu Zeiten wie jetzt, wenn der Verkehr rollte, konnte das zu einem lebensgefährlichen Unterfangen werden; und übrigens auch zu einem sehr langwierigen. Das war nicht sein Problem – schließlich war er kein Verkehrspolizist, aber der Anblick der abenteuerlich anmutenden Gestalten brachte ihn auf einen anderen Gedanken, der ihm nicht gefiel. Die Stadt wimmelte in den letzten Tagen nur so von exotischen Fremden, und nicht alle waren so harmlos wie die drei buntgekleideten Inder oder Pakistani da unten. Schlimmer waren die, die nicht auffielen, die Haifische und Wölfe im Goldfischkleid. Ihr verstärktes Auftreten war wie die Blechlawine dort unten eine direkte Folge ihres Tuns; seines und Frankes. Verbrechen zogen Verbrecher an, das war ein ehernes Gesetz, das Geltung hatte, solange es so etwas wie Kriminalistik gab. Und das war auch hier nicht anders. Er hatte versucht, es Franke zu erklären, aber der Deutsche hatte es entweder wirklich nicht verstanden, oder er hatte es nicht verstehen wollen: wenn er seine angebliche Spezialeinheit noch eine Woche lang weiter Staub aufwirbeln ließ, dann konnte es sein, daß er sie plötzlich wirklich brauchte. Sie hatten bereits jetzt mindestens einen international gesuchten Terroristen gefaßt, der eigens aus dem Nahen Osten angereist war, um nachzusehen, ob es außer dem Tunnel noch etwas in der Gegend gab, das sich lohnte, in die Luft gejagt zu werden. Zwei weitere Verdächtige hatten sie festgenommen und an die entsprechenden Behörden überstellt. Franke hatte ihn zu diesem Erfolg beglückwünscht, aber Rogler bekam Alpträume bei dem Gedanken, wie viele schräge Vögel sich noch in der Stadt herumtrieben, die sie nicht geschnappt hatten.

Rogler trat endgültig vom Fenster zurück und wandte sich wieder dem kleinen, mit Papieren, Notizzetteln und Akten überladenen Tischchen zu, an dem er die vergangenen drei Stunden gearbeitet hatte, ehe er aufgestanden und ans Fenster getreten war, um für einen Moment auf andere Gedanken zu kommen – was natürlich nicht funktioniert hatte. Der Tisch reichte längst nicht mehr aus. Die Papierstapel hatten ihre Ausläufer auf den Teppich, die Kommode und zwei oder drei Stühle geschickt und begannen bereits die unbenutzte Hälfte des Doppelbettes zu erobern. Der Wust schien jedesmal größer geworden zu sein, wenn er das Zimmer verließ und wieder zurückkam. Das war das Problem mit vorgetäuschter Arbeit, dachte er. Es dauerte gar nicht lange, und sie begann sich zu verselbständigen, bis sie schließlich zu echter Arbeit wurde. Er hatte diesen Punkt schon vor ein paar Tagen erreicht und überschritten. Selbst wenn Franke in dieser Minute hereinkäme und die ganze Farce für beendet erklären würde, würde er wahrscheinlich Wochen brauchen, um hier wirklich Schluß machen zu können. Sie hatten eine Lawine losgetreten mit dem, was sie getan hatten.

Und Rogler fragte sich mit jeder Stunde mehr, warum eigentlich.

Frankes Erklärung, daß dies alles nötig war, um ihm und seinen Leuten Gelegenheit zu verschaffen herauszufinden, was wirklich im Gridone-Tunnel passiert war, hatte im ersten Moment einleuchtend geklungen – aber sie rechtfertigte längst nicht mehr den Aufwand, den sie mittlerweile trieben. Allein in den letzten drei Tagen waren fünf komplette Hundertschaften der Polizei auf der anderen Seite des Berges eingetroffen, dazu ganze Eisenbahnladungen voller Material und Gerätschaften. Was um alles in der Welt trieb dieser Franke dort?

Rogler nahm zum wiederholten Male an diesem Tag eine bestimmte Mappe zur Hand, die ganz oben auf dem Papierwust lag. Er hatte sie so oft durchgeblättert, daß er ihren Inhalt auswendig kannte. Und doch hatte er mit jedem Mal mehr das Gefühl, etwas übersehen zu haben.

Der Inhalt der unauffälligen grauen Mappe hätte Dr. Gerhard S. Franke wahrscheinlich nicht besonders erfreut, denn er stellte nichts anderes als ein komplettes Dossier über ihn dar, angefangen von seiner Geburt vor mittlerweile fast sechzig Jahren bis hin zu der Rolle, die er beim Bau des Tunnels gespielt hatte. Es verwirrte Rogler. Irgend etwas am Lebenslauf dieses Mannes stimmte nicht, aber er konnte einfach nicht sagen, was es war.

Rogler begann in der Mappe zu blättern und die einzelnen Stationen von Frankes Werdegang Revue passieren zu lassen. Alles schien ganz normal: Schule, Studium und eine Promotion, die ihm – offenbar kräftig unterstützt von einem ebenso einflußreichen wie ehrgeizigen Vater – den Start zu einer glänzenden wissenschaftlichen Karriere geebnet hatte. Er hatte den größten Teil seines Lebens als Dozent und Professor an verschiedenen namhaften Universitäten in Deutschland verbracht, bis er schließlich irgendwann auf den Gedanken gekommen war, aus seinem Talent Kapital zu schlagen und in die Privatwirtschaft zu gehen – und warum auch nicht? Forschung und wissenschaftlicher Ruhm hin oder her, auch Geld bot gewisse Annehmlichkeiten, und wenn die Summen, die in seinen Unterlagen standen, stimmten, dann hatte er als Leiter des Tunnelbauprojektes annähernd genausoviel verdient wie in den zwanzig Jahren Lehrtätigkeit zuvor.

So weit, so gut.

Aber vor zweieinhalb Jahren, unmittelbar nach der Fertigstellung des Tunnels, hatte er plötzlich alles hingeschmissen und war wieder an die gleiche Universität zurückgegangen, die er einige Jahre zuvor nach einem Riesenkrach verlassen hatte. Rogler war kein Wissenschaftler. Er maßte sich nicht an, auch nur annähernd zu verstehen, was ein Mann wie Franke überhaupt tat. Aber das war auch nicht der Punkt. Was ihn störte war, daß ein solches Benehmen einfach nicht zu einem Mann wie Franke paßte.

Wenn es ein Wort gab, das auf Dr. Franke zutraf, dann hieß es Egoismus. Franke war rücksichtslos, zynisch, und er ging buchstäblich über Leichen, um seine eigenen Interessen zu vertreten. Ein solcher Mann gab keinen gut dotierten Posten auf, um sich in einem Elfenbeinturm einzuschließen und sich wieder ganz der Forschung zu widmen. Es sei denn, dachte Rogler, es ging bei dieser Forschung um etwas, wovon er sich noch mehr Profit versprach.

Es war ihm nicht gelungen herauszufinden, was Franke in den letzten zweieinhalb Jahren getan hatte. Als Lehrer hatte er jedenfalls nicht mehr gearbeitet, aber das war auch alles, was er herausbekommen hatte.

Das Schrillen des Telefons riß ihn aus seinen Gedanken.

Rogler klappte die Mappe zu, warf sie achtlos auf den Tisch und grub den Apparat unter einem Papierstapel aus.

Er hob ab, als es zum dritten Mal klingelte, und meldete sich. »Rogler?«

»Herr Rogler, bitte entschuldigen Sie die Störung. Hier ist Cramer, der Manager. Ich . . . hätte eine Bitte an Sie. Ich weiß, Sie wollten nicht gestört werden, aber wir haben hier ein kleines Problem, bei dem Sie uns helfen könnten. Ich wäre Ihnen wirklich sehr dankbar.«

»Nur zu«, sagte Rogler. Er war nicht verärgert über die Störung, sondern beinahe dankbar. Seine Gedanken begannen sich ohnehin im Kreise zu drehen. Vielleicht war eine Ablenkung jetzt genau das, was er brauchte. »Was kann ich für Sie tun?«

»Ich müßte Sie bitten, herunter zur Rezeption zu kommen«, sagte Cramer. Er klang nervös. »Es geht um . . . einige Gäste, die Schwierigkeiten machen.«

»Warum rufen Sie nicht die Polizei?« fragte Rogler.

»Das haben wir natürlich versucht, aber Sie wissen ja, was in der Stadt los ist. Die Gendarmen sind völlig überlastet, und da wir Sie im Haus haben, dachte ich . . .«

Rogler seufzte. Vielleicht hätte er doch nicht so voreilig seine Hilfe anbieten sollen, dachte er. Er hatte nichts dagegen, für ein paar Minuten aus seinen fruchtlosen Grübeleien herausgerissen zu werden, aber er verspürte auch wenig Lust, sich mit ein paar randalierenden Jugendlichen auseinanderzusetzen oder irgendwelchen Touristen, denen der Service nicht paßte. Auf der anderen Seite konnte er Cramer auch verstehen. Er und seine angebliche Sondereinheit waren nicht ganz unschuldig daran, daß die örtliche Polizei hoffnungslos überlastet war und ihre eigentliche Arbeit nicht mehr schaffte.

»Also gut«, sagte er. »Ich komme herunter. Eine Minute.«

Er hängte ein, schlüpfte in seine Jacke und verließ das Zimmer. Auf dem Flur war es sehr ruhig, was nicht zuletzt daran lag, daß er und seine Mitarbeiter nahezu die gesamte Etage in Beschlag genommen hatten. Die beiden einzigen Zimmer, die sie nicht belegten, standen leer – und das in einem Moment, in dem Hotelbetten in Ascona praktisch mit Gold aufgewogen wurden. Schon aus diesem Grund war er wohl moralisch verpflichtet, Cramer zu helfen.

Vor dem Aufzug stand ein uniformierter Polizist, dessen einzige Aufgabe darin bestand, Rogler und seine Leute vor den Journalisten zu beschützen, die das Hotel belagerten, um auf irgendeine belanglose Bemerkung zu warten, die sie zu einer Sensation aufbauschen konnten. Rogler trat in den Lift und gab dem Mann einen Wink, ihm zu folgen. Im Moment war er ohnehin der einzige Bewohner dieser Etage. Die insgesamt neun Beamten, die zu seiner Verfügung abkommandiert waren, waren in der Stadt unterwegs und taten ihr Bestes, um das allgemeine Chaos noch zu vergrößern.

Aufgeregte Stimmen und Lärm schlugen ihnen entgegen, als sie das Erdgeschoß erreichten. Auf der anderen Seite der Halle drängten sich mindestens drei oder vier Dutzend Menschen, so daß er im ersten Moment nicht erkennen konnte, was überhaupt los war. Rogler bedeutete seinem Begleiter, dicht hinter ihm zu bleiben, und hielt nach Cramer Ausschau, während er sich der Menschenmenge näherte.

»Herr Rogler, Gott sei Dank, daß Sie kommen!« Cramer kam ihm händeringend entgegen. Der Mann war ein Nervenbündel. Das war er schon gewesen, als Rogler als ganz normaler Gast in einer ganz normalen Stadt hier geweilt hatte. Seit sich Ascona aber in ein Tollhaus verwandelt hatte, balancierte er ununterbrochen am Rande eines Nervenzusammenbruchs entlang. Und er machte ganz den Eindruck, als wäre es nun wirklich soweit. »Es tut mir unendlich leid, daß ich Sie belästigen muß, aber ich weiß einfach nicht, was ich tun soll.«

Rogler hob besänftigend beide Hände und versuchte, seine Stimme so ruhig wie nur möglich klingen zu lassen. »Was ist denn passiert?« fragte er. »Was bedeutet dieser Auflauf?«

»Es sind diese Wilden!« jammerte Cramer. »Ich habe wirklich nichts gegen Fremde, und ich akzeptiere auch ihre Sitten, so weit es möglich ist, aber das . . . das geht einfach nicht mehr! Sehen Sie selbst.«

»Wilde?« fragte Rogler.

Cramer war viel zu nervös, um zu antworten. Heftig gestikulierend bahnte er für sich und Rogler einen Weg durch die Menge, bis der Grund für die allgemeine Aufregung vor ihnen lag.

Rogler riß erstaunt die Augen auf. Cramers Worte hatten ihn vorgewarnt, aber er hatte trotzdem nicht damit gerechnet, es tatsächlich mit Wilden zu tun zu haben. Doch ganz genau das war der Fall.

Sie waren zu fünft. Im ersten Moment glaubte Rogler, Mitgliedern irgendeines primitiven afrikanischen Volksstammes gegenüberzustehen, aber dann betrachtete er die gedrungenen Gestalten genauer – die breiten Nasen und wulstigen Lippen, das krause, drahtige Haar und die Färbung der Haut, die eher staubig-grau als wirklich schwarz war: die fünf Männer waren Aborigines, Angehörige der australischen Ureinwohner, die heute auf ihrem eigenen Kontinent eine ebenso klägliche Rolle spielten wie die nordamerikanischen Indianer in ihrem Land. Trotz der alles andere als sommerlichen Temperaturen waren sie fast nackt, dafür jedoch über und über bemalt; mit weißen Kreisen und Schlangenlinien, gezackten Mustern und bizarren Symbolen, die ihren ohnehin furchteinflößenden Gesichtern etwas noch Bedrohlicheres verliehen.

Das allein war jedoch nicht der Grund für Cramers Aufregung. Sie beruhte wohl eher auf der Tatsache, daß zwei der Aborigines direkt vor dem Hoteleingang auf dem Boden hockten und dabei waren, irgendeine verrückte Zeremonie zu vollziehen, bei der sie kleine Knochen und Holzsplitter auf den Boden warfen und dabei Worte in einer unverständlichen, hart klingenden Sprache murmelten. Die Situation entbehrte nicht einer gewissen Komik, aber zugleich beschlich Rogler auch ein sonderbares Gefühl, das er nicht richtig einordnen konnte. Was ihm und den anderen hier seltsam und bizarr vorkommen mochte, war für diese Männer ungemein wichtig, das spürte er. Und vielleicht nicht nur für sie.

»Wo ist das Problem?« fragte er.

Cramer rang hörbar nach Luft. »Sie halten den ganzen Betrieb hier auf«, japste er. »Niemand kommt mehr rein und niemand mehr raus. Sehen Sie doch selbst! Und sie gehen nicht weg!«

Es fiel Rogler immer schwerer, nicht zu lachen. Obwohl er Cramer durchaus verstehen konnte, wirkte er in seiner Verzweiflung fast komisch. Aber er hatte natürlich recht – die beiden Aborigines saßen unmittelbar vor der gläsernen Drehtür, die auf dieser Seite den einzigen Zugang zum Hotel darstellte. Und selbst wenn jemand versucht hätte, an ihnen vorbeizukommen, wäre er an den drei anderen Aborigines gescheitert, die einen engen Halbkreis um die beiden am Boden Sitzenden bildeten und mit finsteren Gesichtern dafür sorgten, daß niemand ihnen zu nahe kam. Roglers Lächeln erlosch schlagartig, als er sah, daß die Männer bewaffnet waren. Einer hielt einen kurzen Speer in der Hand, in den Gürteln der beiden anderen steckten lange Dolche mit gefährlich aussehenden, zweiseitig geschliffenen Klingen aus Stein.

»Soll ich Verstärkung anfordern?« fragte der Beamte, der ihn begleitet hatte.

Rogler dachte an das Bild der hoffnungslos verstopften Straße, das er vom Fenster seines Hotelzimmers aus gesehen hatte. Der Mann trug ein Funkgerät bei sich, aber selbst wenn er Verstärkung anforderte, würde sie wahrscheinlich eine Woche brauchen, um herzukommen. »Nein«, sagte er leise. »Aber passen Sie auf.«

Er trat einen Schritt auf einen der Aborigines zu. Der Mann straffte die Schultern und legte die Hand auf die Hüfte; ein kleines Stück neben dem Messergriff, aber gewiß nicht durch Zufall. »Nicht weiter«, sagte er. Seine Worte hatten einen seltsamen, dunklen Akzent, waren aber trotzdem klar zu verstehen.

»Sie sprechen unsere Sprache?« sagte Rogler überrascht. »Gut, das macht es leichter.« Er wies auf den Dolch des Mannes und die Hand daneben. »Lassen Sie das. Ich will nur mit Ihnen reden.«

Tatsächlich zog der Aboriginal die Hand nach einer Sekunde des Zögerns zurück, wich aber keinen Millimeter zur Seite.

»Was tun Sie hier?« fragte Rogler. »Sie können hier nicht einfach den Weg blockieren. Die Leute müssen vorbei.« Er sprach langsam und mit übertriebener Betonung, um auch wirklich verstanden zu werden, aber er kam sich ebenso hilflos wie albern dabei vor. Die Situation hatte etwas Groteskes. Nur, daß ihm kein bißchen mehr nach Lachen zumute war.

»Heiliger Mann«, sagte der Aboriginal. »Nicht stören. Heilige Zeit.«

»Hören Sie«, sagte Rogler seufzend. »Ich möchte die Sache in Ruhe mit Ihnen klären. Sie können hier nicht bleiben. Sie behindern all diese Leute hier, und das geht nicht.«

Jemand versuchte von außen durch die Drehtür zu treten, aber einer der Aborigines streckte rasch den Arm aus und hielt sie mit erstaunlicher Kraft fest.

»Lassen Sie das!« sagte Rogler scharf. »Ich bin Polizeibeamter. Wenn Sie nicht freiwillig gehen, muß ich Sie gewaltsam wegbringen lassen. Bitte zwingen Sie mich nicht dazu.« Er machte eine Geste zu dem uniformierten Beamten neben sich. Der Mann trat gehorsam näher, aber er sah dabei nicht besonders glücklich aus. Die Vorstellung, sich mit drei noch dazu bewaffneten Eingeborenen anlegen zu sollen, schien ihm nicht besonders zu gefallen. Aber Rogler wußte, daß es so weit nicht kommen würde. Trotz ihres barbarisch anmutenden Äußeren strahlten die Aborigines eine sonderbare Friedfertigkeit aus.

»Der Heilige Mann darf nicht gestört werden«, fuhr der Aboriginal fort. »Die Geister werden zornig, wenn man ihr Gespräch mit den Menschen unterbricht.«

»Aber Sie können hier nicht bleiben«, antwortete Rogler geduldig. »Bitte – wir respektieren Ihre Sitten, aber Sie müssen auch unsere respektieren. Meinetwegen bleiben Sie hier, aber geben Sie wenigstens den Eingang frei.«

Cramer ächzte, aber Rogler brachte ihn mit einem eisigen Blick zum Schweigen, bevor er überhaupt ein Wort sagen konnte.

Tatsächlich wandte sich der Aboriginal in seiner Muttersprache an die beiden Männer vor der Tür. Einer von ihnen antwortete mit einem einzelnen Wort, setzte aber zugleich sein sonderbares Tun fort. Die Knochen fielen klappernd zu Boden und bildeten ein willkürliches Muster. Für die beiden Aborigines schien es jedoch von großer Bedeutung zu sein, denn sie beugten sich plötzlich erregt vor und begannen aufgeregt und sehr laut miteinander zu palavern.

»Herr Rogler, bitte tun Sie etwas!« jammerte Cramer. »Ich verliere sonst den Verstand!«

Rogler beachtete ihn nicht. Er beobachtete aufmerksam die beiden Aborigines. Es war fast unmöglich, in ihren fremdartig geschnittenen Gesichtern zu lesen – und doch war er sicher, plötzlich eine große Besorgnis darauf zu erkennen, beinahe so etwas wie Angst. Vielleicht spürte er es auch nur.

Einer der Aborigines hob plötzlich den Blick und sah ihn direkt an. Er sagte etwas, das Rogler natürlich nicht verstand, aber die Worte bewirkten etwas in ihm, eine Reaktion nicht auf ihren Sinn, aber auf ihren Klang; etwas, das nicht sein Verstand, sondern etwas Tieferliegendes, viel Älteres ihm mitteilte. Es war eine Form der Kommunikation, die keine Worte brauchte, so wie es Dinge gab, die man nicht aussprechen mußte, um sie zu verstehen. Im Blick des alten Aboriginal war etwas ungemein Beunruhigendes, aber keine Drohung; nichts, was ihm angst gemacht hätte. Es kostete Rogler all seine Kraft, sich aus dem Bann dieser Augen zu lösen und herumzudrehen.

»Lassen Sie sie«, sagte er. »Sie werden gehen, sobald sie fertig sind.«

Cramer quietschte vor Entsetzen. »Aber um Himmels willen! Sie . . . Sie können doch nicht –«

»Ich kann überhaupt nichts!« unterbrach ihn Rogler grob. Er spürte den Blick des Aboriginals noch immer im Rücken, und seine Berührung war wie Feuer, das etwas in ihm zu verbrennen schien. Er mußte sich mit aller Gewalt beherrschen, um Cramer nicht anzuschreien. »Was soll ich tun? Sie erschießen?«

»Aber das Hotel!« jammerte Cramer. »Unsere Gäste!«

»Lassen Sie die Leute durch die Hintertür raus, wenn es sein muß«, sagte Rogler. »Ich kann nichts machen. Ich bin sicher, es dauert nicht mehr lange.« Ohne ihn auch nur noch eines weiteren Blickes zu würdigen, stürmte er an dem völlig konsternierten Hotelmanager vorbei und trat in den Aufzug. Erst als sich die Tür hinter ihm geschlossen und die Kabine in Bewegung gesetzt hatte, atmete er erleichtert auf.

Er hatte Angst. Und er wußte nicht einmal, wovor.

Warstein hatte fast eine halbe Stunde unter der Dusche verbracht, aber selbst nachdem er sich gründlich frottiert und angezogen hatte, zitterte er noch vor Kälte. Dabei hatte er so heiß geduscht, daß er sich nicht gewundert hätte, wenn sein Rücken voller Brandblasen gewesen wäre, nachdem er aus der Kabine trat. Es nutzte nichts. Trotz des im Grunde viel zu warmen Pullovers und der Strickjacke, die er darübergeworfen hatte, liefen ihm eiskalte Schauer über den Rücken, und seine Hände zitterten so stark, daß er sie schließlich zu Fäusten ballte, um es zu unterdrücken.

Warstein kannte den Grund dafür. Er wußte auch, was er dagegen tun konnte. Es wäre ganz einfach. Die Minibar neben dem Fernseher war gut genug bestückt, um sowohl die Kälte zu vertreiben als auch seine zitternden Finger zu beruhigen. Fast eine Minute lang stand er da und starrte den kleinen braunlackierten Metallwürfel an, aber dann drehte er sich mit einem Ruck herum und verließ das Zimmer. Sie hatten sich für halb sieben zum Essen unten im Restaurant verabredet, und er mußte nicht schon mit einer Alkoholfahne dort ankommen.

Er war ein wenig enttäuscht von sich selbst, denn obwohl er ganz genau wußte, daß das nicht der Wahrheit entsprach, hatte er sich doch bisher stets eingeredet, von dem verdammten Zeug nicht abhängig zu sein. Er trank zwar regelmäßig, aber nicht viel, und er hatte geglaubt, damit aufhören zu können, wann immer er wollte. Aber das stimmte nicht. Wie so vieles, was er sich vorgemacht hatte.

Vielleicht, versuchte er sich selbst zu überzeugen, hatte er sich auch schlichtweg eine Erkältung eingefangen. Verwunderlich wäre das jedenfalls nicht. Sie hatten eine halbe Stunde gebraucht, bis sie eine Telefonzelle fanden, von der aus sie ein Taxi rufen konnten, und um das Maß voll zu machen, hatten sie anschließend noch einmal gute zwanzig Minuten auf den Wagen gewartet; alles in allem mehr als eine Dreiviertelstunde, in der sie buchstäblich bis auf die Haut naßgeregnet waren. Warstein konnte sich nicht erinnern, in den letzten Jahren irgendwann einmal so gefroren zu haben wie in dieser Zeit. Wahrscheinlich konnten sie von Glück sagen, wenn sich keiner von ihnen eine Lungenentzündung oder Schlimmeres geholt hatte.

Das Restaurant war bereits gut besucht, obwohl es noch relativ früh war. Fast alle Tische waren besetzt, und das Klappern von Geschirr, die summenden Gespräche, die hin und her hastenden Kellner und die Gerüche erinnerten Warstein wieder daran, daß er an diesem Tag noch fast nichts gegessen hatte.

Er entdeckte Angelika und Lohmann an einem Tisch vor dem Fenster. Angelika sah ihn im gleichen Moment wie er sie und winkte ihm zu, während Lohmann nur kurz den Blick hob und sich dann wieder in seine Notizen vertiefte, die er vor sich auf dem Tisch ausgebreitet hatte. Warstein bahnte sich vorsichtig einen Weg zu ihnen, zog sich einen Stuhl heran und setzte sich.

»Hallo«, begrüßte ihn Angelika. »Wieder einigermaßen auf dem Damm?«

Warstein antwortete mit einer Geste, die ebensogut ein Achselzucken wie ein Nicken sein konnte. Das letzte Stück Weg bis ins Hotel hatte er nur mit Mühe und Not geschafft. Er war so durchgefroren gewesen, daß er nicht einmal den Anmeldezettel hatte ausfüllen können. Angelika hatte nichts gesagt, aber ihre Blicke und vor allem diese Frage jetzt bewiesen, daß sie sich ernsthafte Sorgen um ihn gemacht hatte.

»Eine heiße Dusche und ein bißchen Ruhe tun manchmal Wunder«, sagte er.

»Und ein gutes Essen«, fügte Angelika hinzu. Sie schob ihm die Karte über den Tisch. »Wir haben schon bestellt, auch wenn es unhöflich ist. Aber ich sterbe vor Hunger.«

Warstein erging es nicht anders. Sein Magen knurrte so laut, daß es schon fast peinlich war, und er hielt sich nicht lange mit der Auswahl auf, sondern winkte den Ober herbei und bestellte Zürcher Geschnetzeltes und Rösti, was nicht einmal unbedingt sein Lieblingsessen war. Aber es war das erste, was ihm ins Auge fiel, und außerdem fand er es angemessen, eine Spezialität des Landes zu bestellen, in dem sie sich aufhielten.

»Einen Aperitif?« fragte der Ober, nachdem er Warsteins Bestellung notiert hatte. »Es wird einen Moment dauern – Sie sehen ja selbst, wir haben im Augenblick Hochbetrieb.«

»Einen Orangensaft, bitte«, antwortete Warstein. Angelika zog überrascht die Augenbrauen hoch, und auch Lohmann sah kurz von seinem Notizblock auf.

Warstein beugte sich vor und versuchte, etwas von dem zu lesen, was der Journalist auf seinen Block kritzelte, aber es gelang ihm nicht. Lohmanns Handschrift war fast unleserlich, außerdem stand das Blatt auf dem Kopf.

»Seid ihr schon zu irgendwelchen Erkenntnissen gelangt?« fragte er. Angelika lächelte, aber Lohmann sah verärgert von seinem Block hoch und maß ihn eine Sekunde lang mit einem Blick, der Warsteins gute Laune entschieden dämpfte.

»Zu Weltbewegendem vielleicht nicht«, sagte er. »Aber alles in allem würde ich diesen Tag trotzdem als Erfolg verbuchen – wenn wir einen Wagen hätten und nicht hier festsitzen würden.«

»So?« sagte Warstein überrascht.

Der Journalist klappte seinen Block zu und trank einen Schluck von dem Bier, das vor ihm stand. »Was Huerse erzählt hat, ist schon sehr interessant«, sagte er. »Schade, daß diese Xanthippe ausgerechnet im falschen Moment aufgetaucht ist. Ich bin fast sicher, daß wir noch mehr erfahren hätten.«

»Es klang aber auch reichlich phantastisch«, gab Angelika zu bedenken. »Ich meine, er ist ein sehr alter Mann. Und er war ziemlich verwirrt.«

»Gerade darum glaube ich ihm«, erwiderte Lohmann, »Ich weiß, daß alte Leute oft Unsinn reden. Aber nicht diese Art von Unsinn. So etwas denkt man sich nicht aus. Ich glaube, daß er es wirklich erlebt hat.«

Warstein pflichtete ihm mit einem Nicken bei. »Außerdem paßt es zu gut, um Zufall zu sein.«

»Wozu?« fragte Lohmann.

»Zu dem, was ich damals erlebt habe«, antwortete Warstein. »Erinnert ihr euch an das, was er als letztes gesagt hat? Daß seine Uhr stehengeblieben ist? Das gleiche ist mir damals auch passiert. Und nicht nur mir. Sämtliche Uhren, die mit im Tunnel waren, funktionierten danach nicht mehr. Einige liefen sogar rückwärts.«

»Rückwärts?« Angelika runzelte zweifelnd die Stirn. »Aber ist denn das überhaupt möglich?«

»Sicher«, antwortete Warstein. »Und das allein wäre nicht einmal etwas Besonderes. Es gibt eine ganze Anzahl natürlicher Erklärungen dafür – angefangen bei ganz simplem Magnetismus.«

»Aber das war nicht alles«, vermutete Lohmann.

Warstein zögerte. Plötzlich waren sie schon mitten drin in dem Gespräch, das er eigentlich heute gar nicht hatte führen wollen – so wenig wie an irgendeinem anderen Tag. Über das zu reden, was er damals erlebt hatte, hieße die Gespenster der Vergangenheit wieder zu wecken, und davor hatte er trotz allem immer noch Angst. »Nein«, sagte er schließlich.

»Endlich lassen Sie die Katze aus dem Sack«, sagte Lohmann. »Ich dachte schon, Sie fangen überhaupt nicht mehr davon an.«

»Das hatte ich eigentlich auch nicht vor«, sagte Warstein offen. Er deutete auf Angelika. »Ich bin nur ihretwegen hier. Nicht, um alte Geschichten wieder aufzuwärmen.«

»So furchtbar alt scheinen sie mir nicht zu sein«, erwiderte Lohmann. »Die Geschichte mit dem Zug ist gerade mal vier Wochen her. Und da waren auch noch ein paar andere Dinge.«

»Was für andere Dinge?« fragte Warstein.

Lohmann schüttelte den Kopf. »Nichts da. Sie sind dran.« Er wedelte mit beiden Händen. »Was ist damals passiert? Ich meine nicht den Blödsinn, der in den Zeitungen gestanden hat, sondern die Wahrheit.«

»Ich weiß es nicht«, gestand Warstein. »Eine Weile dachte ich,

ich wüßte es, aber das stimmte nicht. Ich weiß nur, daß wir an irgend etwas gerührt haben, das wir nicht hätten wecken sollen.«

»Wenn Sie das genauso zu Franke gesagt haben, wundert es mich nicht, daß er Sie gefeuert hat«, erwiderte Lohmann. »Es klingt . . .«

»Verrückt?« schlug Warstein vor. »Ja, für eine ganze Zeit dachte ich das auch. Vielleicht bin ich es ja auch, wer weiß? Möglicherweise jagen wir Gespenstern nach.«

»Gespenster, die Tote hinterlassen?«

Warstein sah aus den Augenwinkeln, wie Angelika zusammenfuhr. Er drehte sich zu ihr herum und zwang sich zu einem Lächeln, das optimistischer ausfiel, als er sich eigentlich fühlte. »Ich glaube nicht, daß dein Mann in Gefahr ist«, sagte er. »Wenn der Berg ihn hätte haben wollen, dann hätte er ihn schon damals geholt.«

»Damit wären wir dann in der Abteilung Okkultes und andere Verrücktheiten angekommen«, sagte Lohmann. »Sie reden von diesem Berg, als wäre er ein lebendes Wesen.«

»Und wer sagt Ihnen, daß er es nicht ist?« gab Warstein ruhig zurück.

Lohmann lachte. »Natürlich«, sagte er. »Sie haben ihn gekitzelt, und jetzt fängt er an, sich zu kratzen, wie?« Aber sein Spott hatte keinen Biß. Seine Stimme klang eine Spur zu unsicher, um ihm den beabsichtigten Effekt nicht zu verderben.

»Es ist nichts Denkendes«, antwortete Warstein überzeugt.

»Ich denke, Sie wissen nicht, was es ist«, sagte Lohmann lauernd.

»Stimmt. Ich weiß nicht, was es ist, aber ich denke, ich weiß ziemlich genau, was es nicht ist«, erwiderte Warstein. Seltsam – plötzlich konnte er ganz ruhig über die Geschehnisse von damals reden. Es war, als hätte er, ohne es selbst überhaupt zu merken, eine unsichtbare Grenze überschritten. Es war ganz undramatisch geschehen und beinahe ohne äußeren Anlaß, aber irgendwie endgültig. Plötzlich fiel es ihm ganz leicht, über die Vergangenheit zu reden. Es erleichterte sogar.

»Und was ist es nicht?« fragte Lohmann. Warstein spürte, wie schwer es ihm fiel, noch halbwegs ruhig zu bleiben.

»Es ist kein Jemand«, sagte Warstein betont. »Aber auch kein Etwas.« Er mußte lächeln, als er den konsternierten Ausdruck auf Lohmanns Gesicht bemerkte. Seine Worte hörten sich alles andere als logisch an. Er befand sich in einem Dilemma: wie konnte er etwas erklären, was nicht zu erklären war?

»Aha«, sagte Lohmann.

Warstein lachte nun wirklich, aber nur für eine Sekunde, und es war ein Laut so völlig ohne Humor oder irgendwelche anderen Gefühle, daß in Angelikas Augen für einen Moment fast so etwas wie Angst aufblitzte. »Es ist schwer zu erklären«, sagte er, »ich weiß. Damals dachte ich, ich wüßte es, aber die Wahrheit ist, daß ich so wenig wie ihr weiß, was in diesem Berg vor sich geht. Vielleicht hat Franke sogar recht.«

»Womit?« Lohmann leerte sein Bier und bestellte in der gleichen Bewegung ein neues.

»Das weiß ich nicht«, gestand Warstein – ein Wort, das er in letzter Zeit sehr häufig benutzte, selbst für seinen Geschmack. »Aber er ist Physiker – und trotz allem ein verdammt guter. Wenn er nach einer Erklärung sucht, dann nach einer naturwissenschaftlichen.«

»Dafür, daß Uhren stehenbleiben und Dinge altern?«

»Warum nicht?« Er sah Angelika an. »Damals, als dein Mann und die anderen verschwanden, war es dasselbe. Uhren blieben stehen, und ich habe ein Telefongespräch gehört, das zwei Stunden alt war.«

»Und ihr alle wart für beinahe zwei Tage einfach verschwunden.« Lohmann tippte mit Zeige- und Mittelfinger auf seinen Block. »Ich habe die Berichte gelesen. Sie haben den Tunnel Zentimeter um Zentimeter abgesucht, und das mindestens ein Dutzend Mal. Niemand weiß, wo sie gewesen sind.«

»Ich auch nicht«, sagte Warstein. »Obwohl ich dabei war. Aber vielleicht müßte die Frage auch nicht lauten wo, sondern wann.«

»Das klingt . . . ziemlich phantastisch«, sagte Lohmann. Das unmerkliche Stocken in seiner Antwort machte klar, daß er eigentlich etwas ganz anderes hatte sagen wollen.

»Nicht phantastischer als die Vorstellung, daß Menschen miteinander reden, die sich an entgegengesetzten Enden der Welt aufhalten«, antwortete Warstein. »Oder zum Mond fliegen und dort spazierengehen.«

»Das ist ja wohl ein Unterschied«, protestierte Lohmann.

»Für uns«, antwortete Warstein. »Weil wir wissen, wie diese Dinge funktionieren. Menschen eines anderen Zeitalters würden schreiend davonlaufen, wenn sie einen Fernseher oder ein Bildtelefon sähen. Überdies wissen die meisten Menschen heute auch nicht, wie all diese Dinge funktionieren. Sie glauben es nur zu wissen, weil sie ständig damit umgehen. Wissen Sie, wie ein Telefon funktioniert? Ich meine, wissen Sie es wirklich?«

Lohmann sah ihn nur eine Sekunde betroffen an, und Warstein fuhr mit einem Lächeln fort: »Sehen Sie? Wir sind gar nicht so weit von den Zauberern und Schamanen des Mittelalters entfernt, wie die meisten glauben. Computer, Fernseher, Autos, Mikrowellenherde, Taschenrechner . . . es ist eine Art Zauberei.«

»Nur daß wir verstehen, wie sie funktioniert«, warf Angelika ein. »Ein paar von uns.«

»Irrtum«, antwortete Warstein. »Die meisten sogenannten Wissenschaftler wissen es auch nicht. Sie wissen, was passiert, wenn sie etwas Bestimmtes tun. Kausalität. Die Regeln von Ursache und Wirkung, das ist es, was sie bis zur Perfektion beherrschen. Aber wenn du wirklich hinter die Dinge schaust, dann wirst du feststellen, daß sie in den allermeisten Fällen auch nicht wissen, was sie tun.«

»Und das sagt ein Wissenschaftler?«

»Ein Ex-Wissenschaftler«, verbesserte Warstein sie. »Außerdem: nur ein Wissenschaftler hat das Recht, so über Wissenschaftler zu reden.«

Lohmann unterbrach ihn mit einer Handbewegung. »Stop«, sagte er. »Das Ganze wird mir langsam zu metaphysisch. Wir sollten allmählich auf den Boden der Tatsachen zurückkehren und uns über Fakten unterhalten.«

»Sie wollten es wissen, oder?«

»Ja, aber vielleicht nicht ganz so ausführlich«, maulte Lohmann. Er sah ungeduldig auf. »Wo zum Teufel bleibt das Essen?«

Er wirkte regelrecht erschrocken, dachte Warstein, nicht einfach nur genervt, wie er tat. Warstein konnte ihn verstehen; das Gespräch begann sich in eine Richtung zu entwickeln, die ihm nicht behagte. Wie die meisten Menschen verstand er nicht wirklich, wovon Warstein sprach, aber er spürte instinktiv auch, daß es mehr war als leere Worte, mehr als bloße Spekulation über etwas, was sein konnte oder auch nicht. Das, worüber sie sprachen, hatte Substanz, wenn auch vielleicht von einer Art, die sich ihrem rationalen Begreifen entzog. Lohmann und wohl auch Angelika spürten es, und er selbst wußte es. Er fragte sich, was Lohmann wohl gesagt hätte, hätte er ihm von seinem zweiten Gespräch mit Saruter erzählt. Vielleicht sollte er es tun. Vermutlich hielt ihn Lohmann ohnehin für verrückt.

Was ihn davon abhielt, es wirklich zu tun, war die Ankunft ihres Essens. Nicht nur Warsteins Magen meldete sich mit Nachdruck zu Wort; sie alle drei hatten seit dem frühen Morgen nichts mehr zu sich genommen, und so konzentrierten sie sich die nächsten zehn Minuten auf nichts anderes als ihr Essen.

Besonders Warstein genoß es in vollen Zügen, und es war längst nicht nur sein Hunger, den er stillte. Für Lohmann und Angelika mochte es ganz selbstverständlich sein, in einem Restaurant zu sitzen und ihre Mahlzeit zu verzehren, aber für ihn war es ein Teil eines Lebens, durch dessen Maschen er irgendwann vor drei Jahren gefallen war und das er schon für immer verloren geglaubt hatte. Es war wie eine Rückkehr in eine Welt, deren Türen hinter ihm zugefallen waren, Türen, die nur auf einer Seite Griffe besaßen; auf der, die ihm nicht zugänglich war.

»Das Essen ist gut«, lobte Angelika nach einer Weile. Das war es nicht einmal. Es war bestenfalls durchschnittlich, aber sie versuchte auch nur, das Gespräch wieder in Gang zu bringen. Anders als Warstein schien sie das Schweigen als unangenehm zu empfinden.

»Es ist erträglich, mehr aber auch nicht«, sagte Lohmann. Er trank wieder von seinem Bier; dem dritten, seit Warstein heruntergekommen war. Und er glaubte von sich, daß er zuviel trank?

»Damit ist es immer noch besser als Sie«, sagte Warstein. Angelika sah überrascht von ihrem Teller auf, und auch Lohmann verwirrte dieser plötzliche Angriff sichtlich.

»Wie?«

»Sie gehen mir auf die Nerven, Lohmann«, sagte Warstein feindselig. »Ist das Ihre Masche, oder sind Sie tatsächlich so negativ?«

Der Journalist sah ihn eine ganze Weile nur wortlos an, dann schüttelte er den Kopf, richtete sich ein wenig auf und winkte den Kellner herbei. »Bringen Sie noch zwei Bier«, sagte er.

»Für mich nicht.«

»Doch, für ihn auch.« Lohmann bedeutete dem Ober zu gehen und sprach erst weiter, als dieser außer Hörweite war. »Jetzt hören Sie mir mal zu«, sagte er, nicht einmal besonders laut, aber in einem Ton, den Warstein bisher noch nicht bei ihm erlebt hatte. »Ich weiß, daß Sie . . . sagen wir, Ihre Probleme mit dem Alkohol haben. Sie haben heute noch keinen Tropfen angerührt, stimmt's?«

»Ich wüßte nicht, was Sie das angeht.«

»Eine Menge. Es ist Ihre Sache, wenn Sie saufen, und es ist auch Ihre Sache, wenn Sie sich entschließen, damit aufzuhören. Aber bitte nicht jetzt. Wenn wir wieder zu Hause sind, können Sie tun und lassen, was Sie wollen. Aber jetzt ist wirklich nicht der passende Moment, um mit einer Entziehungskur anzufangen. Wenn wir auch nur ein bißchen von dem finden, was ich glaube, dann kann ich verdammt noch mal kein Nervenbündel neben mir gebrauchen, das mir bei jedem schrägen Blick an die Kehle geht.«

»Ich glaube kaum, daß Sie das –«

»Bitte!« unterbrach sie Angelika. »Hört auf zu streiten. Davon hat doch niemand etwas.«

»Und warum nicht?« fragte Lohmann grinsend. »So ein kleiner Streit dann und wann ist doch etwas Feines.«

»Heben Sie es sich für Franke auf«, knurrte Warstein. Aber zugleich warf er Angelika einen beinahe dankbaren Blick zu. Sie hatte natürlich recht – sie brauchten ihre Energie wahrlich für andere Dinge. Und irgendwie hatte wohl auch Lohmann recht – auch wenn ihm das nicht behagte.

»Franke!« Lohmann machte ein abfälliges Geräusch. »Das wird allmählich zur Manie bei Ihnen, wie? Sie scheinen ja eine Heidenangst vor diesem Mann zu haben.«

»Ich begehe nur nicht den Fehler, ihn zu unterschätzen«, erwiderte Warstein. »Immerhin hat er uns schon genug Ärger bereitet. Und ich glaube nicht, daß das schon alles war.«

»Da sind wir wohl ausnahmsweise einmal einer Meinung«, bestätigte Lohmann. »Aber ich bin auch nicht ganz wehrlos. Sobald die Redaktion morgen früh wieder besetzt ist, werde ich ein paar Telefongespräche führen, und dann wird sich Ihr Dr. Franke wundern.«

Warstein ersparte es sich, darauf zu antworten. Lohmann war, was er nun einmal war: ein überheblicher Narr. Das Schlimme war vielleicht nicht einmal, daß er Franke nach wie vor unterschätzte. Was ihm allmählich ernsthafte Sorgen zu bereiten begann, war, daß er das Ganze offensichtlich noch immer als eine Art großes Spiel betrachtete, bei dem es im Endeffekt um nicht mehr als eine Story für seine Zeitung ging.

Jemand trat an ihren Tisch. Warstein sah auf und erwartete, den Kellner zu sehen, der das bestellte Bier brachte. Aber es war nicht der Kellner. Vor ihnen stand ein grauhaariger Mann undefinierbaren Alters, der Lohmann und ihn abwechselnd ansah. Warstein mußte nur einen einzigen Blick in sein Gesicht werfen, um zu wissen, daß schon wieder etwas Unangenehmes auf sie zukam.

»Herr Lohmann?« fragte er. Offenbar wußte er nicht genau, an wen von ihnen er sich überhaupt wenden sollte.

»Ja?«

»Bitte entschuldigen Sie. Mein Name ist Kerner. Ich bin der Geschäftsführer. Ich fürchte, es gibt da ein kleines Problem.«

»Was für ein Problem? Wir haben uns nicht über das Essen beschwert.«

Kerner lächelte flüchtig, aber seine Augen blieben ernst. Er wirkte . . . ja, dachte Warstein: verlegen.

»Es geht um Ihre Kreditkarte. Wie es aussieht, ist unserem Empfangschef bei der Anmeldung ein bedauerlicher Irrtum unterlaufen.«

»Was für ein Irrtum?« fragte Lohmann betont. »Ist irgend etwas mit meiner Karte nicht in Ordnung?«

»Ich fürchte«, bestätigte Kerner. »Sie ist nicht gedeckt.«

»Aber das ist doch lächerlich!« antwortete Lohmann. Er sprach so laut, daß einige der anderen Gäste an den Tischen ringsum die Köpfe hoben, was Kerner sichtbar peinlich war. »Natürlich ist sie gedeckt. Außerdem hat Ihr Mann sie vorhin geprüft. Was soll der Unsinn?«

»Ich sage ja, daß uns wohl ein Irrtum unterlaufen ist.« Kerner begann mit den Händen zu ringen. Er war sehr nervös. »Sie hatten uns gebeten, einen Mietwagen für Sie zu besorgen, und dazu mußten wir eine neuerliche Prüfung vornehmen. Bedauerlicherweise hat die Eurocard-Zentrale in Frankfurt uns die Deckung verweigert.« Er legte das kleine, goldfarbene Plastikkärtchen vor Lohmann auf den Tisch und trat hastig wieder zurück. »Es tut mir sehr leid, aber unter diesen Umständen werden Sie Verständnis haben, wenn ich Sie bitte, von einer Übernachtung in unserem Hotel abzusehen.«

»Wie bitte?« Lohmanns Gesicht verlor deutlich an Farbe. »Im Klartext, Sie werfen uns raus?«

»Ich bitte Sie!« Kerner machte eine nervöse Bewegung, leiser zu reden. »Selbstverständlich können Sie in Ruhe Ihr Essen beenden – das übrigens auf unsere Kosten geht. Wie gesagt: hätte unser Angestellter die Prüfung gleich ordnungsgemäß vorgenommen, wäre uns allen diese peinliche Situation erspart geblieben. Ich muß mich noch einmal dafür entschuldigen.«

»Sie glauben doch nicht, daß Sie damit durchkommen?« antwortete Lohmann drohend. »Die Karte ist in Ordnung, und das wissen Sie so gut wie ich.«

Er hatte in sehr scharfem Ton gesprochen, und beinahe noch lauter als bisher, aber Kerners Reaktion fiel ganz anders aus, als er vielleicht geglaubt hatte. Statt sich entsprechend eingeschüchtert zu zeigen, wirkte er plötzlich beinahe erleichtert. Von seiner Verlegenheit war mit einem Male keine Spur mehr zu bemerken.

Bisher war ihm die Situation äußerst unangenehm gewesen, doch indem Lohmann aggressiv wurde, hatte dieser ihm unabsichtlich einen Gefallen getan. Mit dieser Reaktion fertig zu werden, war sein Job.

»Wie gesagt, ich bedauere das Versehen und entschuldige mich dafür«, antwortete er, plötzlich in völlig verändertem Ton; kühl und auf eine Art, die die Worte zu einer Farce degradierten. »Überdies steht es Ihnen natürlich frei, selbst bei Ihrer Bank anzurufen und die Angelegenheit zu klären.« Er deutete auf die Kreditkarte, dann auf eine Tür am anderen Ende des Raumes. »Mein Büro und mein Telefon stehen zu Ihrer Verfügung. Aber ich muß darauf bestehen, daß Sie das Hotel verlassen, sobald Sie Ihre Mahlzeit beendet haben. Ich habe bereits veranlaßt, daß Ihr Gepäck heruntergebracht wird.«

Lohmann stand so hastig auf, daß sein Stuhl umgekippt wäre, hätte er ihn nicht festgehalten. »Ganz wie Sie wollen!« sagte er. »Ich werde anrufen, aber nicht nur in Frankfurt, darauf können Sie sich verlassen. Sie werden sich noch wünschen . . .«

»Hören Sie auf«, unterbrach ihn Warstein. Lohmann fuhr mit einer abrupten Bewegung herum, und der Zorn in seinem Blick drohte sich nun auf ihn zu entladen, aber Warstein wandte sich bereits an Kerner.

»Es ist in Ordnung«, sagte er müde. »Wir gehen. Bitte entschuldigen Sie das Versehen.«

Kerner atmete sichtbar auf, aber er beging trotzdem nicht den Fehler, Lohmann Gelegenheit zu einer neuerlichen Attacke zu geben, sondern entfernte sich hastig.

»Es ist in Ordnung?« ächzte Lohmann. »Sind Sie wahnsinnig geworden? Der Kerl . . .«

». . . kann nichts dafür«, fiel ihm Warstein ins Wort. »Begreifen Sie immer noch nicht, was hier gespielt wird?«

Lohmanns Gesichtsausdruck machte deutlich, daß er es sehr wohl begriff. Schließlich war er nicht dumm. Trotzdem sagte er: »Nein. Warum erklären Sie es mir nicht?«

»Sie können meinetwegen telefonieren, aber das ist reine Zeitverschwendung.« Warstein deutete auf die Kreditkarte. »Das Ding da ist garantiert nichts mehr wert.« Er seufzte tief. »Vielleicht verstehen Sie jetzt, was ich gemeint habe, als ich über Franke sprach. Ich würde sagen, es steht zwei zu null für ihn.«

»Langsam jetzt. Gaaaanz vorsichtig! Da sind höchstens noch zwanzig Zentimeter!«

Ralgert zog eine Grimasse. Er wußte mittlerweile wirklich nicht mehr, was ihn nervöser machte – die Millimeterarbeit, die er mit der schweren Baumaschine vollbringen mußte, oder die unqualifizierten Kommentare Herles, der neben ihm von einem Fuß auf den anderen hüpfte und insgeheim wahrscheinlich schon darauf wartete, daß er irgendwo aneckte.

Die Gefahr bestand durchaus – oder hätte bestanden, hätte ein anderer als Ralgert am Steuer des fünf Tonnen schweren Räumers gesessen. Er hatte verflucht wenig Platz. Aber er war auch verflucht gut. Ralgert bekam nicht umsonst Überstunden bezahlt, während seine Kollegen herumstanden und Däumchen drehten. Der Abschnitt, an dem sie seit einer Woche arbeiteten, war der schwierigste der ganzen Strecke – einen Meter zu weit nach rechts, und eine halbe Tonne Felsen und Geröll würden den Abhang hinunterpoltern und auf den nächsten fünfhundert Metern alles kurz und klein schlagen, was sich ihnen in den Weg stellte – inklusive der Fangzäune, die sie errichtet hatten. Niemand machte sich da etwas vor: die Stahlgitter hatten nur symbolischen Wert. Nichts auf der Welt konnte einen Felsbrocken von einer halben Tonne aufhalten, der einmal wirklich ins Rutschen kam.

»Vorsicht jetzt. Du hast es gleich!«

Herle sprang rückwärts gehend um die Maschine herum und fuchtelte dabei mit beiden Armen. Offensichtlich hielt er sich für einen Lotsen, der ein Flugzeug einwinkte. Was Ralgert anging, so hielt er Herle einfach für einen Trottel, wenn auch einen, der aus den besten Absichten heraus handelte. Und übrigens auch nur, weil er es wußte, der Räumer war schwer genug, um schon bei der winzigsten Unachtsamkeit seines Fahrers enormen Schaden anzurichten. Außer dem Abhang auf der einen Seite gab es eine leicht abfallende Böschung auf der anderen, an deren Fuß eine Anzahl LKW und kleinerer Baumaschinen abgestellt war.

Aber Ralgert hatte nicht vor, eine Unachtsamkeit zu begehen. Er betätigte Kupplung, Bremse und Gas mit der Geschicklichkeit eines Virtuosen, der auf seinem Instrument spielt, so daß sich der tonnenschwere Stahlkoloß buchstäblich millimeterweise vorwärtsbewegte, während der Schuttberg vor der Schaufel allmählich größer wurde. Zugleich amüsierte er sich insgeheim über die Vorstellung, Herle mit den schweren Raupenketten über die Zehen zu fahren – dann hätte der Bursche wirklich Grund, herumzuhüpfen wie ein Indianer beim Regentanz. Er würde . . .

Der Motor ging aus. Der Räumer kam mit einem so plötzlichen Ruck zum Stehen, daß Ralgert in seinem Sitz nach vorne rutschte und sich hastig am Lenkrad festklammerte. Zugleich erloschen auch die Scheinwerfer des schweren Fahrzeuges.

»Was ist los?« rief Herle nervös. »Ist was passiert?«

Ralgert beachtete ihn gar nicht. Er starrte verblüfft auf seine Armaturen, auf denen tatsächlich etwas los war – nämlich der Teufel. Die verschiedenen Kontrollichter blinkten wie ein amerikanischer Weihnachtsbaum. Der Drehzahlmesser stand am Anschlag, und die Anzeige der Hydraulik hüpfte zwischen Null und Maximum hin und her, und obwohl der Motor nicht mehr lief, behauptete der Tachometer, daß das Fahrzeug mit Höchstgeschwindigkeit fuhr. Ein Scheinwerfer blieb tot, der andere gab sinnlose, immer schneller werdende Blinkzeichen.

»He, Ralgert – was ist denn?« rief Herle. Er klang noch nervöser als sonst.

»Ich hab keine Ahnung«, gestand Ralgert. »Die gesamte Elektronik spinnt.« Er blickte die Instrumente noch eine Sekunde hilflos an, dann beugte er sich rasch vor und zog den Zündschlüssel ab. Sicher war sicher. Der Räumer war eine zuverlässige, gutmütige Maschine, aber er besaß auch genug Kraft, um einen kleinen Berg einzuebnen. Ralgert sprang mit einem kraftvollen Satz von der Maschine und verdrehte die Augen, als ihm Herle, noch immer aufgeregt und mit beiden Armen fuchtelnd, entgegenkam.

»Was ist passiert? Ist irgendwas kaputt?«

»Bin ich Elektriker?« fragte Ralgert mißgelaunt. »Natürlich ist irgendwas kaputt, das siehst du doch selbst, oder?« Er deutete auf das hektisch blinkende Licht am vorderen Ende des Fahrzeuges und in der gleichen Bewegung auf Herles Funkgerät. »Ruf den Boß an, damit er einen Monteur schickt. Für heute ist Feierabend.«

Herle machte nur ein dummes Gesicht, und Ralgert mußte sich beherrschen, um seinen Ärger nicht zu deutlich werden zu lassen. Auch wenn es vielleicht nur eine Kleinigkeit war, so bedeutete das doch, daß die Maschine für den Rest der Schicht ausfiel, was wiederum zur Folge hatte, daß sie ihr Pensum heute nicht schafften. Und möglicherweise nicht nur heute, sondern für den Rest der Woche. Ade Prämie. Den Hunderter, den er schon so gut wie in der Tasche gehabt hatte, konnte er vergessen.

»Nun mach schon!« sagte er. »Ich hab keine Lust, die halbe Nacht hier herumzustehen.«

Herle griff beinahe hastig nach dem Walkie-talkie an seinem Gürtel und schaltete es ein. Nichts geschah. Das kleine Licht auf der Oberseite des Gerätes leuchtete zwar auf, aber das war auch alles. Ralgert und Herle hörten nicht einmal das statische Rauschen, das normalerweise jedes Gespräch begleitete.

»Das verstehe ich nicht«, murmelte Herle. Er schüttelte das Gerät ein paarmal, schaltete es aus und befestigte es wieder an seinem Gürtel. Sein Blick ging zu dem Räumer. Der Scheinwerfer hatte aufgehört, Morsezeichen zu geben, dafür leuchteten die Bremslichter jetzt abwechselnd auf.

»Langsam wird mir die Sache unheimlich«, sagte er. »Los komm, wir verschwinden.«

Ralgert erhob keine Einwände. Unter normalen Umständen hätte er über eine solche Bemerkung allenfalls gelacht, aber Herle hatte recht: hier stimmte etwas nicht. Die Sache war unheimlich. Ralgert mußte plötzlich voller Unbehagen an die Geschichten denken, die man sich über den Tunnel erzählte, den sie auf der anderen Seite des Berges gegraben hatten. Mit einem Ruck drehte er sich um und ging los, und sie hatten gerade zwei Schritte gemacht, als der Motor des Räumers ansprang und eine gewaltige Rauchwolke ausstieß. Ralgert blieb stehen, hob die Hand und blickte vollkommen fassungslos auf den Zündschlüssel, den er noch immer darin hielt.

»Was . . .« Der Rest von Herles Worten ging in einem metallischen Kreischen unter. Hellblaue, gleißende Blitze hüllten für eine Sekunde das Fahrzeug in ein Gitternetz dünner, tausendfach verästelter Linien, und plötzlich stank die Luft so durchdringend nach verschmortem Gummi und brennendem Lack, daß Ralgert und Herle automatisch einige Schritte zurückwichen – was ihnen vermutlich das Leben rettete, denn in der nächsten Sekunde explodierte der Tank des Fahrzeuges mit einem ungeheuren Knall. Flammen und rotglühende Trümmerstücke flogen in alle Richtungen davon. Etwas streifte Ralgerts Arm, zerfetzte sein Hemd und hinterließ einen blutigen Kratzer auf seiner Haut, aber sie wurden beide wie durch ein Wunder nicht ernsthaft verletzt.

Ralgert preßte die Hand auf die Schulter und spürte warmes Blut zwischen den Fingern, aber irgendwie erreichte der Schmerz sein Bewußtsein nicht wirklich. Was er sah, das war einfach zu phantastisch, als daß er noch irgend etwas anderes hätte wahrnehmen können.

Der Tank des Räumers enthielt beinahe zweihundert Liter Dieselkraftstoff. Die Maschine hätte brennen müssen wie eine Fackel, und für eine oder zwei Sekunden tat sie das auch. Aber nicht länger. Plötzlich erloschen die Flammen – nein, verbesserte sich Ralgert in Gedanken. Sie erloschen nicht. Sie waren ganz einfach nicht mehr da, von einem Sekundenbruchteil auf den anderen, so als betrachte er einen Film mit einem unsauberen Schnitt. Die Flammen, die blauen Blitze, der Gestank, alles war fort, und die schwere Baumaschine stand da, als wäre nichts geschehen. Nur ihre geschwärzte Flanke und der zerfetzte Tankdeckel zeugten noch von der Katastrophe.

»Mein Gott, was war denn das?« Herle wollte auf den Räumer zutreten, aber Ralgert hielt ihn mit einer raschen Bewegung zurück. Irgend etwas Unheimliches ging hier vor, und es war längst noch nicht zu Ende.

In den Baracken und Wohnwagen einen halben Kilometer hinter ihnen gingen plötzlich überall Lichter an. Türen wurden aufgerissen, aufgeregte Stimmen wehten durch die Nacht zu ihnen. Die Explosion war gehört worden. Gestalten begannen in ihre Richtung zu rennen, und Ralgert hörte, wie ein Motor angelassen wurde.

Ralgert sah nicht einmal hin. Es war ihm unmöglich, den Blick von dem Räumer zu lösen, mit dem eine unheimliche Veränderung vor sich ging. Das Fahrzeug schmolz. Zumindest war das Ralgerts allererster Eindruck, auch wenn er praktisch im gleichen Moment schon begriff, daß das nicht sein konnte. Sie standen allerhöchstens fünf Meter von der Maschine entfernt. Eine Hitze, die groß genug war, diesen Stahlkoloß zum Schmelzen zu bringen, hätte Herle und ihn auf der Stelle getötet. Trotzdem: der Räumer sank in sich zusammen wie ein Modell aus Wachs, das zu lange in der Sonne gestanden hatte. Der massive Stahl verformte sich, als wäre er nicht mehr in der Lage, sein eigenes Gewicht zu tragen. Die Ketten zerliefen. Das Chassis sank zuerst auf der rechten, dann auf der linken Seite zusammen, flüssiger Stahl tropfte zu Boden und bildete bizarre Formen, und selbst die tonnenschwere Schaufel begann zusammenzusacken wie ein Spielzeug aus aufgeweichtem Papier.

Als die ersten Männer bei Herle und Ralgert anlangten, war von dem Räumer nicht mehr übrig als ein Klumpen aus verformtem, gelbem Metall.

8

»ALLMÄHLICH BEGINNE ICH MIR ALBERN VORZUKOMmen.« Angelika nahm einen letzten Zug aus ihrer Zigarette und schnippte sie in eine Pfütze, in der bereits die aufgeweichten Filter dreier weiterer schwammen. Sie trug eine braune Steppjacke, deren hochgeschlagener Kragen ihr Gesicht fast vollkommen verbarg, und schwarze Lederhandschuhe. Trotzdem zitterte sie vor Kälte – ebenso wie Warstein, der nicht so vorausschauend wie sie gewesen war, warme Kleidung einzupacken, und den schneidenden Wind doppelt schmerzhaft spürte. Das Wetter stand nicht nur Kopf, es schien sich gegen sie verschworen zu haben, seit sie das Hotel verlassen und sich zu Fuß auf den Weg zur Autobahn gemacht hatten. Regen, Hagel und eisiger Wind wechselten einander ab, und mit der Dunkelheit war eine grimmige Kälte hereingebrochen, die dem Kalender um mindestens drei Monate voraus war.

»Autostopp! Großer Gott, ich kann mich gar nicht erinnern, wann ich das letzte Mal per Anhalter gefahren bin! Es muß mindestens fünfzehn Jahre her sein.« Sie zündete sich eine neue Zigarette an und inhalierte den Rauch so gierig, als hätte sie seit Tagen nicht mehr geraucht.

»Wenn du weiter diese Dinger rauchst, wirst du die nächsten fünfzehn Jahre nicht mehr erleben«, sagte Warstein.

Angelika zerknüllte die Packung zwischen den Fingern und warf sie in die gleiche Pfütze, in der schon die Korkfilter schwammen. »Ist sowieso meine letzte«, sagte sie achselzuckend. »Hast du hier irgendwo einen Automaten gesehen?«

»Zwei sogar«, antwortete Warstein.

»Aber du verrätst mir nicht, wo«, vermutete Angelika, während sie ihr Bestes tat, ihr Gesicht hinter einem Vorhang aus grauem Qualm zu verbergen. Mehr nicht. Warstein war ihr dankbar, daß das alles war. Er war wahrhaftig niemand, der das Recht hatte, den Moralapostel zu spielen.

»Lohmann muß vollkommen verrückt geworden sein.« Angelika wechselte wieder das Thema. »Wenn du mich fragst, dann stehen wir morgen früh noch hier. Niemand nimmt drei Anhalter auf einmal mit, noch dazu nachts und bei diesem Wetter.«

»So schlecht finde ich die Idee gar nicht«, erwiderte Warstein. Daß seine Stimme dabei vor Kälte zitterte, machte die Worte nicht unbedingt glaubhafter. Seine Zehen fühlten sich an wie Eisklumpen, die an seine Füße geklebt worden waren. Er war so wenig begeistert wie sie von der Idee, per Anhalter in das Tessin zu fahren, und trotzdem waren Lohmann und er in diesem Punkt ausnahmsweise einmal der gleichen Meinung: sie hatten vermutlich nur diese eine Chance, nach Ascona zu gelangen. So dumm konnte Franke gar nicht sein, nicht alle in Frage kommenden Bahnhöfe überwachen zu lassen.

»Vielleicht war die einzige wirklich schlechte Idee die, überhaupt hierher zu kommen«, sagte Angelika.

Warstein blickte sie fragend und überrascht zugleich an. »Wie meinst du das? Wegen Lohmann?«

»Nein«, antwortete Angelika. Sie schüttelte den Kopf und machte gleich darauf eine Bewegung, die auch ein Ausdruck von Hilflosigkeit war. »Oder ja, auch.«

»Auch? Weshalb noch? Meinetwegen?«

»Nein!« Es hörte sich fast erschrocken an. »Ich ... ich weiß nicht. Zu Hause, nachdem Frank plötzlich verschwunden war, da ... da dachte ich, ich wäre es ihm schuldig.«

»Und jetzt denkst du das nicht mehr?«

»Ich weiß es einfach nicht«, gestand Angelika. Sie sprach so leise, daß er ihre Worte kaum noch verstand. »Ich glaube, es war einfach kindisch. Wir gehören zusammen. In guten und in schlechten Tagen.« Sie lachte, ein bitterer, harter Laut, der Warstein einen kalten Schauer über den Rücken jagte. »Was für ein Irrsinn. Ich benehme mich wie eine Figur aus einem Groschenroman. Mein Mann ist verschwunden, und ich ziehe ganz allein los, um ihn zu suchen. Wenn es sein muß, bis ans Ende der Welt. Und wenn es das letzte ist, was ich im Leben tue!«

Warstein war verwirrt. Er spürte, daß Angelikas Worte mehr bedeuteten als das, wonach sie im ersten Moment zu klingen schienen. Vielleicht, weil sie ihm mehr sagen wollte, als sie wagte.

»War es denn nicht so?« fragte er.

»Nein, zum Teufel, so war es nicht!« Der plötzliche Ausbruch erschreckte Warstein, aber sie hatte sich ebenso schnell wieder in der Gewalt, wie sie die Kontrolle über ihre Gefühle verloren hatte. »Ich weiß selbst nicht genau, warum ich hier bin«, gestand sie, äußerlich wieder ruhig, aber noch immer mit bebender Stimme, die ihre wahren Gefühle hundertmal deutlicher machte, als es die Worte taten. »Ich weiß nicht einmal, ob ich ihn wirklich zurückhaben will.« Sie sog nervös an ihrer Zigarette. Der rote Widerschein der Glut beleuchtete ihr Gesicht und ließ den Schmerz darin deutlicher hervortreten. »Weißt du, als ich . . . gestern morgen bei dir war, da hast du mich gefragt, ob ich so weit gehen würde, mit dir zu schlafen, nur damit du mich begleitest.«

»He, he, schon gut«, sagte Warstein. »Ich weiß, ich benehme mich manchmal wie ein Idiot. Es tut mir leid.«

»Aber du hattest recht«, sagte sie. »Ich glaube, ich hätte es getan. Aber jetzt bin ich froh, daß es nicht so weit gekommen ist.«

»Oh«, machte Warstein.

Angelika lächelte traurig. »Nicht deinetwegen. Oder doch. Aber nicht aus dem Grund, wie du denkst. Es hätte zu viel kaputtgemacht.«

Warstein wollte auf sie zugehen, aber er unterdrückte den Impuls im letzten Moment. Vielleicht hätte er damit etwas zerstört, was gerade im Entstehen begriffen war. Seltsam – er mochte sie, sehr sogar. Aber er war nicht einmal sicher, ob er wollte, daß mehr daraus wurde.

»Hast du ihn eigentlich jemals wirklich geliebt?« fragte er.

»Frank?« Sie zuckte mit den Schultern und warf ihre Zigarette zu Boden. »Und du deine Frau?«

»Vor langer Zeit einmal«, antwortete Warstein. »Wenigstens habe ich es geglaubt.«

»Ja, so ähnlich war es bei uns auch. Wir waren beide noch sehr jung. Vielleicht zu jung. Aber als wir es gemerkt haben, war es zu spät. Versteh mich nicht falsch. Er ist ein guter Mann. Er hat mich nie betrogen oder so etwas, oder mich schlecht behandelt. Er ist das, was man einen guten Freund nennt. Eine Zeitlang dachte ich, das wäre genug. Aber das ist es wohl nicht. Und du?«

Warstein zog eine Grimasse. »Ich glaube, das einzige, was meine Frau je an mir geliebt hat, waren meine Gehaltsschecks«, antwortete er. »Nachdem sie ausblieben, konnte sie mich gar nicht schnell genug loswerden. Aber ich höre immer noch regelmäßig von ihr – wenn sie jemanden schickt, der den ausstehenden Unterhalt eintreiben soll.«

Lohmann kam zurück. Er näherte sich bis auf drei Schritte, blieb abrupt stehen und sah sie beide abwechselnd und mit gerunzelter Stirn an. »Störe ich?« fragte er.

»Ja«, antwortete Warstein. »Hat Ihnen eigentlich schon einmal jemand gesagt, daß Sie ein unglaubliches Talent haben, immer im falschen Augenblick aufzutauchen?«

»Oft«, antwortete Lohmann gelassen. »Davon lebe ich. Aber wenn ihr beiden Turteltauben damit fertig seid, euch gegenseitig leid zu tun, habe ich eine gute Nachricht.«

»Das wäre eine Abwechslung«, sagte Warstein. »Und welche?«

»Wir haben einen Wagen.« Lohmann machte eine Kopfbewegung zu der Tankstelle hinter sich. »Seht ihr den weißen Van?

Der Fahrer nimmt uns mit. Und jetzt kommt das Beste überhaupt. Ratet mal, wohin er fährt.«

»Las Vegas?« schlug Warstein vor.

»Ascona«, antwortete Lohmann in fast triumphierendem Ton. »Nonstop. Ich habe dem Fahrer eine herzzerreißende Geschichte aufgetischt. Nur damit ihr euch nicht verquatscht: irgendwelche bösen Buben haben unseren Wagen gestohlen, mitsamt Papieren und all unserem Geld. Und jetzt müssen wir ganz dringend nach Ascona, weil wir dort Freunde haben, die uns helfen können.«

»Wie originell«, sagte Angelika.

Lohmann schürzte abfällig die Lippen. »Es kommt bei solchen Geschichten nicht darauf an, daß sie originell sind«, belehrte er sie. »Sie müssen überzeugend klingen. Je einfacher, desto besser. Wissen Sie, meine Liebe, die meisten Menschen verstehen das Sprichwort völlig falsch, wonach Lügen kurze Beine haben. Das müssen sie. Je kürzer, desto besser. Dann stolpern sie nicht so leicht.«

»An Ihnen ist ein richtiger Philosoph verlorengegangen.«

»Wer sagt, daß er verloren ist?« wollte Lohmann wissen.

Angelika erwiderte etwas darauf, aber Warstein hörte schon gar nicht mehr hin, sondern drehte sich herum und blickte aus zusammengekniffenen Augen zu der Tankstelle zurück. Er sah das, was Lohmann als »Van« bezeichnet hatte, sofort – einen weißen Lieferwagen, der etwas abseits der Tanksäulen geparkt war. Der Motor lief. Irgend etwas an dem Anblick gefiel ihm nicht, aber er konnte nicht sagen, was.

Wahrscheinlich war er einfach nur zu mißtrauisch, dachte er. Und wahrscheinlich auch einfach zu wütend, daß Lohmann recht behalten hatte, zur Tankstelle zurückzugehen und die Fahrer der Wagen dort anzusprechen, während Angelika und er sich an der Autobahnauffahrt postiert und den Daumen hochgehalten hatten.

Sie machten sich auf den Weg. Der Regen setzte wieder ein, so daß sie die letzten Meter bis unter das Dach der Tankstelle im Laufschritt zurücklegten; was im Grunde genommen sinnlos war – sie waren ohnehin alle drei bis auf die Haut durchnäßt.

Zum zweiten Mal an diesem Tag. Der Fahrer des Kleinbusses würde sich freuen, dachte Warstein, wenn sie ihm die Polster versauten.

Lohmann eilte um den Wagen herum und klopfte an die Beifahrertür, aber niemand öffnete. Als Warstein und Angelika ihm folgten, sahen sie, daß der Wagen leer war. Der Motor lief, und der Schlüssel steckte im Schloß, aber beide Türen waren verriegelt.

»Seltsam«, sagte Lohmann. »Gerade war er noch – ah, da kommt er ja!« Er deutete auf einen dunkelhaarigen, stämmig gewachsenen Burschen in einem Jeansanzug, der mit schnellen Schritten auf sie zukam. Als der Mann sie erblickte, zögerte er einen ganz kurzen Moment. Sein Blick glitt rasch und taxierend über Warsteins und Angelikas Gesicht, ehe er weiterging.

»Hallo«, sagte er, an Lohmann gewandt. »Sind das Ihre Freunde?«

Lohmann nickte und deutete auf den Wagen. »Ich dachte schon, Sie hätten es sich anders überlegt.«

Der Mann griff in die Tasche und zog einen einzelnen Schlüssel hervor, mit dem er die Tür öffnete. »Bestimmt nicht. Ich bin froh, ein bißchen Gesellschaft zu haben. Es ist eine verdammt weite Strecke bis Ascona. Und nach allem, was das Radio sagt, sind die Straßen völlig verstopft.« Er öffnete die Tür, stieg aber nicht ein, sondern machte eine einladende Geste mit der Linken. »Ich mußte nur noch mal schnell telefonieren, aber ich habe den Motor laufen lassen, damit es warm wird. Ihr drei seid ja völlig durchnäßt.«

Sie stiegen ein, und Warstein erlebte eine Überraschung. Was von außen wie ein ganz normaler Lieferwagen aussah, das entpuppte sich als komplett ausgebautes Wohnmobil; klein, aber mit jedem erdenklichen Luxus ausgestattet, bis hin zum Farbfernseher. Ein Schwall angenehm warmer Luft schlug ihnen entgegen, während sie in den hinteren Teil des Wagens kletterten. Er verstand jetzt, warum Lohmann den Wagen als Van bezeichnet hatte: Es war einer.

Mit einem erleichterten Aufatmen und einer Spur von

schlechtem Gewissen, wenn er an seine nassen Kleider dachte, ließ er sich auf einen der gemütlichen Sitze sinken und schloß die Augen. Jetzt, wo er im Warmen war, fror er beinahe noch mehr als zuvor, und trotzdem tat die Wärme ungemein gut. Vielleicht war es auch mehr das Gefühl, endlich wieder von der Stelle zu kommen. Er hatte nichts davon gesagt, aber insgeheim hatte er die Hoffnung schon fast aufgegeben, Ascona jemals zu erreichen. Sie kämpften nicht gegen Windmühlenflügel, sondern gegen eine Armee gepanzerter Riesen.

»Macht es euch bequem«, sagte ihr Fahrer, während er nacheinander das Licht, die Scheibenwischer und abschließend das Radio einschaltete. »Am besten zieht ihr die nassen Klamotten aus, ehe ihr euch den Tod holt. Hinten im Schrank sind Handtücher – und ein Bademantel für die Dame.« Er fuhr los und konzentrierte sich für die nächsten dreißig oder vierzig Sekunden ganz darauf, den Wagen in den Autobahnverkehr einzufädeln. Es war beinahe elf, trotzdem herrschte auf der dreispurig ausgebauten Strecke noch reger Verkehr. Der Ausfall der westlichen Eisenbahnverbindung nach Italien stellte das Schweizer Verkehrsnetz auf eine harte Belastungsprobe.

Angelika begann sich aus ihrer Jacke zu schälen. Ihre Finger waren blaugefroren und so klamm, daß sie Mühe hatte, das Kleidungsstück herunterzubekommen, und Warstein sah, daß auch der Pullover, den sie darunter trug, vollkommen durchnäßt war. Trotz des warmen Luftstromes, den die Heizung in den Wagen blies, zitterte sie vor Kälte.

»Es ist sehr nett, daß Sie uns mitnehmen«, sagte sie. »Ich weiß gar nicht, wie ich mich bedanken soll. Wir sind –«

»Geschenkt«, unterbrach sie ihr Fahrer. »Ihr Freund hat mir erzählt, was Ihnen passiert ist. So was nennt man wirklich Pech. Es ist doch selbstverständlich, daß ich Ihnen helfe. Außerdem, wie gesagt: ich bin froh, ein bißchen Gesellschaft zu haben.«

»Wenn Sie wollen, löse ich Sie später am Steuer ab«, erbot sich Lohmann.

»Ja, vielleicht später. Jetzt ruht euch erst mal richtig aus. Ihr müßt ja hundemüde sein.«

»Woher wissen Sie das?« fragte Warstein.

»Weil ihr so ausseht«, antwortete der andere lachend. »Wann haben Sie das letzte Mal in den Spiegel gesehen?«

Warstein antwortete nicht darauf, aber er entschuldigte sich in Gedanken für sein Mißtrauen. Natürlich sah man ihnen die Strapazen des Tages an; ihm wahrscheinlich am allermeisten. Seine Hände zitterten längst nicht mehr nur, weil ihm so kalt war.

»Solange wir fahren, kann ich euch nichts Heißes zu trinken anbieten«, fuhr ihr Wohltäter fort, »aber im Kühlschrank ist Cola und Bier. Bedient euch.« Er öffnete das Handschuhfach, nahm eine Zigarettenschachtel heraus und bot Lohmann und Angelika Zigaretten an. Sie bedienten sich, während Warstein mit klammen Fingern den Kühlschrank öffnete. Die eiskalte Luft, die ihm entgegenschlug, ließ ihn schon wieder frösteln. Er nahm eine Dose Pepsi heraus, zögerte einen Moment, stellte sie zurück und griff sich statt dessen ein Bier. Seine Finger zitterten, als er den Verschluß aufriß. Lohmann hatte recht – dies war nicht der Moment, mit einer Entziehungskur zu beginnen.

Es schmeckte so, wie er erwartet hatte – scheußlich –, aber die beruhigende Wirkung setzte fast augenblicklich ein. Das wahnsinnigmachende Kribbeln, das sich in seinen Gliedern eingenistet hatte, verebbte, nachdem er die Dose zur Gänze geleert hatte.

»Tut gut, nicht?«

Warstein sah auf und begegnete dem spöttischen Blick ihres Chauffeurs im Spiegel. Widerwillig nickte er.

»Nehmen Sie sich ruhig noch eins. Es ist genug da.«

Tatsächlich war er in Versuchung, abermals zum Kühlschrank zu greifen. Aber dann schüttelte er den Kopf. »Danke. Vielleicht später.«

»Nur keine Hemmungen. Ich muß das Zeug nicht bezahlen. Die Kiste ist ein Dienstwagen. Alles, was damit zu tun hat, geht auf Spesen.«

»Sie fahren die Strecke beruflich?« erkundigte sich Lohmann.

»Zweimal die Woche«, antwortete der Mann. »Aber seit sie

diesen Scheißtunnel in die Luft gesprengt haben, macht es keinen Spaß mehr.« Er seufzte tief. »Ich verstehe das nicht. Anscheinend hat sich plötzlich die ganze Welt dazu entschlossen, nach Ascona zu pilgern.«

Lohmann antwortete irgend etwas darauf, aber Warstein hörte es schon gar nicht mehr. Die Wärme, der Alkohol und das sanfte Schaukeln des Wagens taten ihre Wirkung. Er schlief ein.

Rogler trank den vierten Kaffee innerhalb der letzten Stunde. Das Zeug schmeckte so, wie Automatenkaffee überall auf der Welt schmeckte, nämlich furchtbar, aber es war wenigstens heiß, und es hielt ihn wach. Nicht etwa, daß das nötig gewesen wäre. Er war nicht sicher, ob er jemals wieder würde schlafen können; nicht nach dem, was er gerade in dem Zimmer auf der anderen Seite des Flures gesehen hatte.

Der Zeiger der Wanduhr rückte um eine weitere Minute vor. Rogler warf den leeren Plastikbecher in den Papierkorb und kramte in seiner Jackentasche. Er hatte kein Kleingeld mehr; auch gut. Sein Magen würde es ihm danken.

Rogler stand auf und begann unruhig auf dem Flur auf und ab zu gehen. Es war sehr still, viel zu still für ein Krankenhaus, das in weitem Umkreis die einzige Klinik mit einer halbwegs modernen Einrichtung war und normalerweise ständig unter chronischer Überbelegung litt. Franke hatte kurzerhand diese gesamte Abteilung räumen lassen – mit dem Ergebnis, das nun mindestens ein Dutzend Patienten auf den Fluren lag oder sich zusätzlich in ohnehin überbelegten Zimmern drängte. Niemand hatte protestiert. Und das war von allem vielleicht die größte Überraschung für Rogler gewesen – er wußte, was es hieß, sich mit einem Arzt anzulegen, der die Interessen seiner Patienten vertrat.

Rogler hielt in seinem ruhelosen Auf und Ab inne und betrachtete nachdenklich die beiden Türen auf der anderen Gangseite. Franke war vor einer halben Stunde hinter einer davon verschwunden. Er hatte Rogler nicht eingeladen, ihm zu folgen, aber er hatte auch nicht gesagt, daß er es nicht tun sollte. Und wenn er noch lange hier auf dem Korridor herumstand und den Uhrzeiger hypnotisierte, würde er wahrscheinlich noch den Verstand verlieren.

Die Tür wurde von innen geöffnet, gerade als Rogler sich überwunden und die Hand nach der Klinke ausgestreckt hatte. Franke trat heraus. Sein Gesicht wirkte eingefallen und grau, und unter seinen Augen lagen tiefe, dunkle Ringe. Zum ersten Mal, seit Rogler ihn kennengelernt hatte, sah er wirklich müde aus. Aber vielleicht war das, was er für Müdigkeit hielt, in Wahrheit auch ein Ausdruck tief eingegrabenen Schreckens. Er lächelte matt, als er Rogler erkannte.

»Nun?« fragte Rogler.

Franke schüttelte den Kopf und zog leise die Tür hinter sich zu. »Nichts«, sagte er. »Er sagt kein Wort. Immer nur den Namen seiner Frau.« Er schloß für eine Sekunde die Augen und atmete tief und erschöpft ein und aus. »Ist das Fax gekommen, auf das ich warte?«

Rogler griff wortlos in die Jackentasche und reichte Franke einen verschlossenen DIN-A-4-Umschlag. Eine Krankenschwester hatte ihn vor zwanzig Minuten gebracht. Franke riß ihn auf, überflog den Inhalt kurz und las das, was auf den drei Blättern stand, anschließend noch einmal und genauer. Außerdem enthielt der Umschlag mehrere Schwarzweißfotografien, von denen Rogler allerdings nur die Rückseiten erkennen konnte.

»Sie ist es«, sagte Franke müde.

»Wer?«

Franke wedelte mit seinen Papieren. »Das ist die Antwort auf meine Anfrage nach Rom. Fingerabdrücke, Zähne, Netzhautvergleich, genetischer Fingerprint . . . das volle Programm. Es gibt überhaupt keinen Zweifel.« Er machte eine Kopfbewegung auf die Tür hinter sich. »Die Tote ist seine Frau.«

»Aber das ist doch nicht möglich!« protestierte Rogler. Es klang beinahe empört. »Die Frau ist keinen Tag älter als -«

»Ich weiß, wie alt sie ist«, unterbrach ihn Franke scharf. Leiser und in irgendwie resignierendem Ton fügte er hinzu: »Oder jedenfalls, wie alt sie war, ehe sie auf den See hinausgefahren sind. Der Arzt sagt, er hätte nie zuvor einen so alten Menschen gesehen. Hundertdreißig Jahre, mindestens.«

»Er war eben nicht mit im Tunnel«, sagte Rogler.

Franke starrte ihn an. Für einen ganz kurzen Moment war Rogler fast sicher, daß er zornig werden würde, aber dann seufzte er nur und schüttelte ein paarmal den Kopf. »Sie geben nicht auf, wie?«

»Sollte ich das denn?« fragte er.

»Ich bin nicht ganz sicher«, antwortete Franke nach kurzem Überlegen. »Ich glaube fast, nein. Aber ich kann Ihnen nichts sagen. Noch nicht.«

»Können Sie oder wollen Sie nicht?« fragte Rogler geradeheraus.

Frankes Antwort war genauso ehrlich. »Ich will nicht«, sagte er. »Aber nicht, weil ich glaube, daß es Sie nichts angeht. Sondern weil ich nicht sicher bin, daß es die Wahrheit wäre.«

»Es hat etwas mit dem Tunnel zu tun«, sagte Rogler, während sie die Abteilung verließen und zum Aufzug gingen. »Der Zug. Was dieser Frau passiert ist, ist auch dem Zug zugestoßen.« Obwohl er sich dagegen wehrte, stieg für einen Moment das Gesicht der Frau vor seinem geistigen Auge auf. Hundertdreißig Jahre? Ihm war es vorgekommen wie das Gesicht einer Tausendjährigen. Und das Schlimmste war: sie hatte noch gelebt, als ihr Mann sie aus dem Wasser gezogen hatte, und war erst auf dem Weg zum Ufer an den Folgen des Schocks und der Unterkühlung gestorben. Seit er das gehört hatte, plagte Rogler eine entsetzliche Vision: er fragte sich, ob für sie wirklich hundert Jahre vergangen waren – und ob sie vielleicht diese ganze Zeit bei vollem Bewußtsein erlebt und darauf gewartet hatte, daß die Welt rings um sie herum sich wieder bewegte. Natürlich konnte das nicht sein. Allein der bloße Gedanke war so entsetzlich, daß er sich einfach weigerte, ihn in Betracht zu ziehen. Wenn es so etwas wie die Hölle gab, dann war es das.

Franke trat hinter ihm in den Lift und wartete, bis sich die Türen geschlossen hatten, ehe er antwortete: »Ich denke ja.«

»Sie denken? Sie und Ihre Leute nehmen diesen Berg seit einer Woche Stück für Stück auseinander, Franke. Verkaufen Sie mich nicht für blöd! Sie müssen etwas herausgefunden haben!«

»Das haben wir«, bestätigte Franke. »Und mit jeder Entdeckung, die wir machen, verstehe ich weniger, was geschieht. Wahrscheinlich verstehen Sie das nicht, aber es ist die Wahrheit.«

Rogler schwieg. Abgesehen davon, daß ihn Frankes anmaßende Bemerkung ärgerte, verstand er sehr wohl, was der Wissenschaftler meinte. Seine und Frankes Arbeit unterschieden sich gar nicht so sehr. Sie beide begannen mit einer Frage und trugen geduldig Teil für Teil der Antwort zusammen, bis das Puzzle ein Bild ergab. Manchmal war dieses Bild falsch, und manchmal weigerten sich die Teile einfach, sich in der richtigen Reihenfolge zu ordnen.

»Ich verspreche Ihnen, daß Sie der erste sind, der es erfährt, wenn ich die Antwort gefunden habe«, sagte Franke. »Solange muß ich Sie bitten, sich zu gedulden – und Ihre Terroristen zu jagen.«

»Sie wissen so gut wie ich, daß es keine Terroristen gibt«, sagte Rogler verärgert. Franke legte den Finger auf eine offene Wunde. Rogler hatte ihm immer noch nicht verziehen, daß er ihn zu dieser Farce gezwungen hatte.

»Und diese drei Palästinenser, die Ihre Leute vorgestern festgenommen haben?«

»Also gut«, räumte Rogler widerwillig ein. »Es gibt sie. Mittlerweile gibt es sie. Weil wir sie angelockt haben.«

»Sehen Sie?« sagte Franke in beinahe fröhlichem Ton. »Und Sie behaupten, Ihre Arbeit wäre sinnlos. Sie erweisen der ganzen Welt einen Dienst, indem Sie diese Verbrecher aus dem Verkehr ziehen.«

Für einen ganz kurzen Moment wäre Franke ihm beinahe sympathisch geworden, aber jetzt verspürte Rogler den fast unwiderstehlichen Drang, ihm die Faust ins Gesicht zu schlagen.

»Das, wozu Sie mich zwingen, ist schlimm genug, Doktor

Franke«, sagte er mühsam beherrscht. »Lassen Sie es dabei. Es ist nicht nötig, mich auch noch zu verhöhnen.«

»Das wollte ich nicht.« Franke wirkte ehrlich betroffen. »Ich habe das ernst gemeint. Sie erweisen Ihrem Land einen großen Dienst mit dem, was Sie tun. Und wenn in diesem Berg wirklich das ist, was ich vermute, vielleicht nicht nur Ihrem Land.«

»Nein?« antwortete Rogler bissig. »Ich nehme an, Ihrem ebenfalls.«

»Ja«, sagte Franke mit großem Ernst. »Und der gesamten übrigen Menschheit auch.«

Der Winter war ungewöhnlich hart gewesen, aber auch ungewöhnlich kurz, und zum Ausgleich kam der Sommer im darauffolgenden Jahr früh und mit hohen Temperaturen, so daß sie binnen weniger als zwei Monaten die gefütterten Winterjacken gegen T-Shirts und Sonnenbrille eintauschen konnten. Die Situation auf der Baustelle hatte sich wieder normalisiert – zumindest äußerlich. Die Arbeiten liefen besser denn je, und selbst der Zwist zwischen Warstein und Franke war eingeschlafen; was nicht hieß, daß er vergessen wäre. Franke trug ihm sein unwissenschaftliches Benehmen noch immer nach, wie gelegentliche spitze Bemerkungen verrieten, und Warstein auf der anderen Seite hatte den Vertrauensbruch noch längst nicht überwunden, den Franke seiner Meinung nach begangen hatte. Der Konflikt war nie offen zum Ausbruch gekommen, aber er brodelte unter der Oberfläche scheinbarer Normalität weiter, und früher oder später würden sie die Angelegenheit klären. Wie es im Moment aussah, allerdings eher später, und das war Warstein nur recht. Er war nicht so naiv, sich nicht ausrechnen zu können, wer als Sieger aus dieser Auseinandersetzung hervorgehen würde. Er war in Sicherheit, solange Franke ihn brauchte.

Das Telefon summte. Der Laut riß Warstein aus seinen mehr oder weniger düsteren Zukunftsbetrachtungen zurück in eine Wirklichkeit, die sehr viel angenehmer war als seine Phantasien. Er kam mit seiner Arbeit besser voran denn je. Zu Frankes heimlichem Ärger funktionierte sogar sein Laser wieder einwandfrei.

Er hob ab, als sich das Telefon zum dritten Mal bemerkbar machte, und meldete sich. »Warstein?«

»Hartmann hier. Bitte entschuldigen Sie die Störung, Herr Warstein. Hätten Sie einen Moment Zeit?« Hartmann klang ein bißchen nervös, fand Warstein, vielleicht aber auch nur gestreßt. Obwohl sich die Situation im letzten halben Jahr nahezu wieder normalisiert hatte, hatte Franke die Sicherheitsbestimmungen im Lager nicht gelockert. Mittlerweile ging unter den Arbeitern die Legende, daß er insgeheim nur auf einen Zwischenfall wie den im Berg gewartet hatte, um die Baustelle endlich in ein Gefangenenlager verwandeln zu können. Warstein selbst ging nicht so weit wie mancher der Arbeiter zu behaupten, daß an Franke ein KZ-Kommandant verlorengegangen wäre. Aber mit Sicherheit ein guter Wächter.

»Selbstverständlich«, sagte er. »Worum geht es denn?«

»Sie müßten herkommen, fürchte ich«, antwortete Hartmann. »Ich bin am Eisenbahntor.«

Das klang ziemlich geheimnisvoll, fand Warstein. Vor allem, wenn er den nervösen Ton ins Hartmanns Stimme bedachte. Aber er ersparte es sich, nach Einzelheiten zu fragen. Wenn Hartmann am Telefon darüber hätte reden wollen, hätte er es getan. »Ich komme«, sagte er. »Drei Minuten.« Er hängte ein, ohne sich zu verabschieden, und verließ das Büro. Auf dem Weg nach draußen kam ihm Franke entgegen. Er blickte fragend, sagte aber nichts, und Warstein beließ es bei einem angedeuteten Gruß und ging so schnell an ihm vorbei, daß Franke gar keine Gelegenheit fand, ihn anzusprechen. Es war nicht einmal vier, und Franke war äußerst kleinlich, was die Einhaltung der Arbeitszeit anging – jedenfalls in einer Richtung.

Warstein verließ die Baracke und trat in den hellen Sonnenschein hinaus. Ein sanfter Wind strich vom Tal her über die Baustelle, aber die Kühle, die er mit sich brachte, reichte nicht aus, die stickige Luft wirklich zu verbessern. So sehr sie alle den Sommer herbeigesehnt hatten, als das Lager im Winter unter Schnee und Eis nahezu erstickt war, so sehr wünschten sie sich jetzt ein wenig Linderung. Die Tunneleinfahrt lag in einem schmalen, aber an allen Seiten von hohen Bergen umgebenen Tal, in dem sich Luft und Hitze stauten. Die LKW und Baumaschinen taten ein übriges, um die Luftqualität zu verschlechtern. An Tagen wie heute, dachte Warstein, hätten sie von Rechts wegen wahrscheinlich Smogalarm auslösen müssen. Von klarer Bergluft jedenfalls gab es hier keine Spur.

Er blinzelte in das helle Licht, setzte dann seine Sonnenbrille auf und machte sich auf den Weg zum Tor. Die drei Minuten, von denen er gesprochen hatte, waren keine realistische Zahl gewesen; er mußte das Lager nahezu ganz durchqueren, um die Stelle zu erreichen, an der die Schienen durch den doppelten Maschendrahtzaun führten.

Hartmann erwartete ihn bereits ungeduldig. Und als Warstein die weißhaarige Gestalt sah, die ein Stück abseits zwischen zwei von Hartmanns Sicherheitsleuten stand, begriff er schlagartig den Grund für dessen Nervosität.

Es war Saruter. Er trug Jeans, Turnschuhe und eine modische Lederjacke, aber trotz dieser so wenig zu einem Einsiedler passenden Kleidung hätte Warstein ihn unter Tausenden wiedererkannt.

»Wir haben ihn erwischt, als er versucht hat, sich ins Lager zu schleichen.« Hartmann sah ziemlich unglücklich aus. »Er besteht darauf, mit Franke zu reden. Aber ich hielt es für besser, erst einmal mit Ihnen zu sprechen.«

»Das war richtig«, antwortete Warstein. »Gut gemacht. Vielen Dank, Hartmann.«

Er trat auf Saruter zu und gab den beiden Männern, die ihn flankierten, einen Wink. »Es ist in Ordnung«, sagte er. »Ihr könnt ihn loslassen.«

Die beiden gehorchten, allerdings erst, nachdem sie einen fragenden Blick mit Hartmann getauscht hatten und dieser mit einem Nicken sein Einverständnis signalisiert hatte. Warstein wartete, bis sie außer Hörweite waren. Er sah auch Hartmann wortlos an, bis dieser verstand und sich ebenfalls trollte. Es gefiel ihm nicht, Warstein mit dem Alten allein zu lassen, das sah man ihm an. Keiner von ihnen glaubte im Ernst, daß der alte

Mann irgendeine Gefahr darstellte; aber er war Hartmann unheimlich.

»Haben sie Ihnen weh getan?« fragte Warstein, nachdem sie endlich allein waren. Saruter massierte seine Arme, wo die Männer ihn gepackt hatten.

»Sie tun ihre Arbeit. Es sind gute Männer.«

»Aber nicht gut genug für Sie.« Warstein seufzte. »Sie hätten nicht hierherkommen sollen.« Er warf einen Blick über die Schulter zu Hartmann und seinen Leuten zurück. Die beiden Männer waren gegangen, aber Hartmann selbst war in einiger Entfernung stehengeblieben und sah zu Saruter und ihm hin. Hartmann hatte nie ein Wort über ihren Besuch bei dem Alten verloren, aber Warstein wußte auch so, daß Saruter ihm nicht geheuer war. Vielleicht hatte er auch Angst vor ihm. Warstein jedenfalls hatte sie, tief in sich drinnen. Oder nein, das stimmte nicht. Er fürchtete ihn, aber das war ein Unterschied.

»Was wollen Sie?« fragte er.

»Ich muß den Mann sprechen, der hier den Befehl hat.«

»Franke?« Warstein schüttelte beinahe erschrocken den Kopf. »Das ist keine gute Idee.«

»Ich muß mit ihm reden«, beharrte Saruter.

»Ich glaube nicht, daß er mit Ihnen reden möchte«, sagte Warstein. »Glauben Sie mir, Sie tun sich keinen Gefallen, wenn Sie darauf bestehen. Er ist . . . kein sehr angenehmer Mensch.«

»Bring mich zu ihm«, beharrte Saruter. »Er wird mir zuhören. Und wenn er kein kompletter Narr ist, wird er verstehen, was ich ihm zu sagen habe.«

Warstein suchte verzweifelt nach Argumenten, um Saruter von seinem Entschluß abzubringen, mit Franke zu sprechen. In einem Punkt hatte er die Unwahrheit gesagt, und das ganz bewußt: Franke wollte keineswegs nicht mit Saruter sprechen. Ganz im Gegenteil brannte er geradezu darauf. Aber auf eine gänzlich andere Art, als Saruter ahnen mochte.

»Ich werde Sie nicht zu ihm bringen«, sagte er entschlossen.

»Oh doch, das wirst du.« Saruter machte eine Handbewegung, die keinen weiteren Widerspruch zuließ. »Und er wird mir zuhören.«

Warstein resignierte. Er wußte, daß nichts und niemand auf der Welt Saruter davon würde abbringen können, mit Franke zu reden. Aber er wußte auch, wie dieses Gespräch enden mußte. Vielleicht war es sogar besser, wenn es jetzt geschah. Möglicherweise konnte er das Schlimmste verhüten, wenn er dabei war.

»Also gut«, sagte er, »dann kommen Sie mit.« Er drehte sich herum und deutete auf das halbe Dutzend weißgestrichener Baracken am anderen Ende des umzäunten Plateaus. »Aber bitte denken Sie daran: Franke ist nicht so wie Hartmann, oder ich. Er ist –«

»Ich weiß, wie er ist«, unterbrach ihn Saruter. Er setzte sich in Bewegung, und plötzlich war es Warstein, der sich sputen mußte, ihm zu folgen, nicht umgekehrt.

»Sie kennen ihn?«

»Das ist nicht nötig, um zu wissen, was für ein Mensch er ist«, antwortete Saruter. »Du hältst ihn für schlecht, aber das ist er nicht. Er ist blind. Er sieht die Dinge, aber er will nicht erkennen, was er sieht.«

»Ich glaube nicht, daß er sehr begeistert ist, wenn Sie ihm das sagen«, murmelte Warstein; aber er tat es so leise, daß der alte Mann die Worte gar nicht verstand. Mit zwei schnellen Schritten schloß er zu Saruter auf, und er versuchte jetzt nicht mehr, ihn zum Umkehren zu bewegen. Doch er wußte schon jetzt, daß es ein Fehler war. Aus seinem unguten Gefühl wurde nahezu Gewißheit, als sie sich der Verwaltungsbaracke näherten.

Franke hatte sie bereits gesehen. Er stand unter der offenen Tür und blickte Saruter und ihm entgegen. Warstein versuchte aus der Entfernung vergeblich, den Ausdruck auf seinem Gesicht zu deuten, aber was ihm seine Züge nicht verrieten, das tat seine Haltung. Er stand auf jene aufgesetzt lockere Art da, die große Anspannung und ein längst nicht so großes Maß an Selbstbeherrschung verriet: die Arme vor der Brust verschränkt und scheinbar lässig gegen den Türrahmen gelehnt. Es war gewiß kein Zufall, daß er sich genau in dem Moment herumdrehte und ins Haus zurückging, in dem Warstein nahe genug heran war, etwas zu sagen.

»Ist er das?« fragte Saruter.

»Doktor Franke, ja.« Warstein nickte. »Hören Sie – Sie sagen am besten gar nichts und überlassen mir das Reden.«

Saruter lächelte nur, und plötzlich kam sich Warstein ziemlich albern vor. Mit Grund. Er benahm sich wie ein Schüler, der einen Freund nach Hause brachte, von dem er wußte, daß er etwas ausgefressen hatte, so daß ihn ein gehöriges Donnerwetter erwartete. Außerdem wußte er nicht einmal, was er sagen sollte.

Wie sich zeigte, war das auch gar nicht notwendig. Zumindest für den ersten Teil ihres Gespräches übernahm Franke das Reden.

Er erwartete sie in seinem Büro, und eigentlich hätte er außer Atem sein müssen, denn er mußte hierhergerannt sein, um die Szene so perfekt zu stellen: sein Schreibtisch war tadellos aufgeräumt. Das Telefon, das Computerterminal und die Bücher darauf perfekt arrangiert. Vor ihm lag eine aufgeschlagene Mappe, auf deren erster Seite ein großformatiges Farbfoto glänzte. Warstein fragte sich, wen er eigentlich damit beeindrucken wollte. Zumal er sich im Moment ihres Eintretens vollends zum Narren machte, indem er so tat, als hätte er konzentriert in seiner Mappe gelesen und mit gespielter Überraschung von seiner Lektüre aufsah.

»Oh, Warstein. Was gibt es denn?« Er klappte den Hefter zu und sah Saruter an. »Besuch?« Das letzte Wort klang schon weniger freundlich.

»Wir müssen mit Ihnen reden«, antwortete Warstein. Er deutete auf seinen Begleiter. »Das ist –«

»Ich denke, ich weiß, wer das ist«, unterbrach ihn Franke. Er lehnte sich in seinem Sessel zurück und betrachtete den Alten einige Sekunden lang, stumm und mit undeutbarem Ausdruck.

»Also?« sagte er schließlich.

Warstein wollte antworten – obwohl er immer noch nicht wirklich wußte, was –, aber Saruter kam ihm zuvor. »Sie müssen aufhören«, sagte er.

Franke und Warstein blickten ihn gleichermaßen überrascht an. Der alte Mann hatte eine ziemlich direkte Art, zum Thema zu kommen.

»Aha«, sagte Franke nach einer Weile. »Und . . . womit, wenn ich fragen darf?«

»Ihr müßt gehen«, antwortete Saruter. »Sofort. Ihr habt den Berg geweckt, und er zürnt. Er wird euch vernichten, wenn ihr bleibt. Ich bin gekommen, um euch zu warnen.«

Für eine Sekunde sah Franke ehrlich verblüfft aus, während Warstein den heftigen Wunsch verspürte, im Boden zu versinken. Er hatte geahnt, daß Saruter irgend etwas in dieser Art vorbringen würde, aber er hätte ihm eine Spur mehr diplomatischen Feingefühls zugetraut.

Franke seufzte. »Sie sind also der Mann, der uns alle verflucht hat, weil wir seinen Berg entweiht haben«, sagte er. »Ich gestehe, daß ich neugierig war, Sie kennenzulernen. Sie entsprechen genau meinen Erwartungen, wissen Sie das?« Er drehte sich zu Warstein herum. »Darf ich fragen, wie Ihr . . . Freund hierherkommt?«

»Hartmanns Leute haben ihn am Zaun aufgegriffen«, antwortete Warstein. »Er wollte zu Ihnen, und –«

Franke unterbrach ihn mit einer unwilligen Geste, griff zum Telefon und tippte eine dreistellige Nummer ein. Er hatte den Lautsprecher nicht eingeschaltet, aber er polterte ganz offensichtlich los, ohne seinem Gesprächspartner auch nur die Gelegenheit zu geben, sich zu melden. »Hartmann? Franke hier. Bitte kommen Sie in mein Büro.«

»Es war nicht seine Schuld«, sagte Warstein. »Ich habe –«

Wieder schnitt ihm Franke mit einer herrischen Geste das Wort ab. »Und nun zu Ihnen«, sagte er, an Saruter gewandt. Seine Stimme war plötzlich kalt, schneidend. »Sie glauben also allen Ernstes, wir würden jetzt einfach so unsere Zelte abbrechen und gehen. Die Maschinen abschalten und verschwinden. Warum sollten wir das tun?«

Saruter setzte zu einer Antwort an, aber Franke hatte offensichtlich gar nicht vorgehabt, ihn zu Wort kommen zu lassen.

Mit einer ruckartigen Bewegung stand er auf und trat an die großformatige Landkarte, die die Wand hinter seinem Schreibtisch zierte.

»Glauben Sie nicht, daß ich Sie nicht verstehe«, fuhr er fort – allerdings noch immer in einem Ton, der kein bißchen zu seinen Worten paßte. »Diese Landschaft hier, diese Berge, dieses Stück der Welt ist ... einmalig. Auch ich liebe dieses Land – das ist der Grund, aus dem ich hier bin. Wir werden ihm nichts antun, das verspreche ich Ihnen. Im Moment sieht es hier schlimm aus, aber Sie haben mein Wort, daß wir dieses Tal und Ihren Berg so verlassen werden, wie wir ihn vorgefunden haben.«

»Darum geht es nicht«, sagte Saruter, aber Franke redete einfach weiter, ohne seinen Einwurf auch nur zur Kenntnis zu nehmen. Warstein begann allmählich zu begreifen, daß er wohl so etwas wie eine gut vorbereitete Rede zum besten gab, die er sich eigens für diesen Zweck zurechtgelegt hatte.

»Sie glauben wahrscheinlich, daß wir diesem Land weh tun. Aber das stimmt nicht. Wir bauen einen Tunnel durch einen Berg, das ist alles. Die Eisenbahnverbindung wird ein Segen für dieses Land werden. Die Hälfte der Automobile, die sich jetzt über die Paßstraße quälen und mit ihren Abgasen die Luft verpesten, wird ...«

»Hören Sie auf, Unsinn zu reden«, sagte Saruter. »Und behandeln Sie mich nicht wie einen Narren. Das bin ich nicht. So wenig wie Sie.«

Franke blinzelte. Was immer er von Saruter erwartet hatte – das nicht. »Wie?« sagte er verstört.

»Ich bin kein dummes Kind, und ich schätze es nicht, wenn man mich so behandelt«, fuhr Saruter verärgert fort. »Ich weiß den Nutzen dieser Eisenbahnlinie ebenso zu schätzen wie Sie, Herr Doktor Franke. Menschen haben zu allen Zeiten Straßen gebaut und Tunnel gegraben. Ich glaube nicht, daß es die Berge stört. Irgendwann werden eure Straßen und Brücken verschwunden sein, aber sie sind dann immer noch da.«

»Aber wenn es das nicht ist, was Sie stört, was ...«

»Ich bin hier, um euch zu warnen«, sagte Saruter.

»Und wovor?« fragte Franke lauernd. Er setzte sich wieder.

»Vor dem Zorn des Berges«, antwortete Saruter mit großem Ernst. »Ihr habt an Dinge gerührt, die seit Urzeiten geschlafen haben. Nun sind sie erwacht.«

»Oh, ich verstehe«, sagte Franke spöttisch. »Sie meinen so etwas wie den Geist des Berges, richtig? Er ist zornig, weil wir sein Haus kaputtgemacht haben, und jetzt kommt er herunter und wird uns alle vernichten.«

»Sie sind ein Dummkopf«, sagte Saruter ruhig. Er deutete auf Warstein. »Er hat Sie gewarnt, oder? Er hat Ihnen gesagt, was geschehen ist, aber Sie wollten es nicht hören.«

Warstein fuhr sichtbar zusammen, und Franke starrte ihn eine Sekunde lang auf eine Art und Weise an, die deutlich machte, daß das Thema damit noch lange nicht beendet war.

»Wenn Sie damit all diesen Unsinn meinen . . .«

»Es ist kein Unsinn«, unterbrach ihn der Alte. »Und Sie wissen es.«

»Quatsch!« sagte Franke. Aber es klang nicht ganz überzeugt.

»Sie wissen, daß es die Wahrheit ist«, sagte Saruter noch einmal. »Jedes einzelne Wort. Sie haben es immer gewußt.«

»Jetzt reicht es!« sagte Franke zornig. »Ich habe versucht, ruhig mit Ihnen zu reden. Ich hätte Sie verhaften lassen können – schon vergangenes Jahr. Ich wollte es nicht, aus Rücksicht auf Sie und aus Rücksicht auf ihn . . .« Er deutete auf Warstein. ». . . aber allmählich beginne ich mich zu fragen, ob das nicht ein Fehler war. Was zum Teufel wollen Sie überhaupt? Mir drohen?«

Warstein folgte dem Streit mit immer größerer Verwirrung. Auch er stellte sich die gleiche Frage wie Franke – nämlich die, warum Saruter überhaupt gekommen war. Aber das war nicht alles – längst nicht.

»Was hat er damit gemeint – Sie wissen, daß ich recht habe?« fragte er.

»Halten Sie die Klappe, Warstein«, fuhr ihn Franke an. »Wir unterhalten uns später. Und Ihnen . . .« er drehte sich wieder zu

Saruter herum, »... gebe ich noch genau eine Minute, mir zu sagen, was Sie von mir wollen.«

»Nicht mehr, als daß Sie tun, was Sie im Grunde längst wissen«, antwortete Saruter. »Sie sind der Verantwortliche hier. All diese Männer, die für Sie arbeiten, haben Ihnen ihr Wohlergehen anvertraut. Wollen Sie wirklich ihr Leben riskieren?«

»Wovon zum Teufel sprechen Sie?« Franke schrie jetzt fast.

»Von dem, was in diesem Berg ist«, antwortete Saruter. »Ihr habt es geweckt, und es wird stärker, mit jedem Tag. Etwas wird geschehen. Ich weiß nicht was, aber ich spüre eine große Gefahr. Sie müssen gehen. Verlassen Sie diesen Ort, oder viele Menschen werden sterben.«

»Endlich kommen Sie zur Sache.« Franke schüttelte den Kopf. »Sie haben es wirklich spannend gemacht, guter Mann, aber Sie verschwenden Ihre Zeit – und übrigens auch meine. Ich reagiere nicht auf Drohungen.«

»Ich glaube nicht, daß das eine Drohung sein soll«, begann Warstein vorsichtig, brach aber sofort wieder ab, als ihn ein eisiger Blick Frankes traf.

»Warum verstellen Sie sich?« fuhr Saruter fort. »Sie spüren es doch auch, so deutlich wie alle hier.«

»Was?« fragte Franke.

»Ihr habt das Siegel gebrochen«, antwortete Saruter. »Das Tor öffnet sich. Noch ist es nur ein Spalt, aber es wird weiter aufgehen. Was ihr bisher gespürt habt, war nur ein Hauch, aber er wird zum Sturm werden, der euch alle verschlingen kann.«

»Tor? Siegel?« Franke lachte. »Fällt Ihnen eigentlich nicht sogar selbst auf, wie lächerlich das klingt?«

Saruter schnaubte. Bisher war er trotz allem ruhig geblieben, aber nun geriet er von einer Sekunde auf die andere in Zorn. »Fällt Ihnen nicht selbst auf, wie dumm Sie sich anhören?« fragte er. »Und überheblich, das ist vielleicht noch schlimmer. Sie wissen längst, daß Sie auf etwas gestoßen sind, was Sie nicht verstehen, aber Sie weigern sich, es zuzugeben. Kommen Sie!« Er trat ans Fenster und machte eine herrische Bewegung, und obwohl sich Frankes Gesicht vor Zorn verdüstert hatte, stand er auf und trat neben ihn.

»Ich werde Ihnen die Geschichte dieses Berges erzählen«, fuhr Saruter fort. Er deutete nach draußen, auf den steinernen Riesen, der das Lager überragte und schweigend auf sie herabblickte. »Solange es Menschen gibt, gab es stets viele, die ahnungslos waren, und wenige, die wußten. Und manchmal solche, die wußten, aber die Augen vor der Wahrheit verschlossen, wie Sie.«

»Genug«, sagte Franke. Seine Stimme zitterte. Er war kalkweiß im Gesicht geworden. Was ihn erschreckt hatte, waren kaum Saruters wenige Worte gewesen. Es war etwas, das mit ihnen in den Raum gekommen war, etwas Düsteres, Uraltes, das vom Berg ausging und den Worten des alten Mannes Wahrhaftigkeit verlieh.

»Ich will nichts mehr von diesem Unsinn hören. Wir sind hier nicht im Kindergarten.«

»Macht es Ihnen angst?« fragte Saruter.

»Unsinn«, antwortete Franke. Feiner Schweiß perlte auf seiner Stirn. Er versuchte, seinen Blick vom Berg zu lösen, aber es gelang ihm ebensowenig wie Warstein.

»Aber das sollte es«, sagte Saruter. »Niemand weiß, was es ist, aber es ist da, seit es Menschen auf dieser Welt gibt, und es wird noch da sein, wenn es sie nicht mehr gibt. Ihr habt es geweckt. Es ist nicht eure Schuld. Ihr wußtet es nicht besser, und hätte ich euch gewarnt, hättet ihr mich nicht verstanden. Jetzt aber wißt ihr. Ihr müßt aufhören. Ihr habt das Tor aufgestoßen. Vielleicht wird es sich wieder schließen, aber nur, wenn ihr damit aufhört, es weiter zu öffnen.«

»Was für ein Tor?« fragte Warstein. »Was liegt dahinter? Wohin führt es?«

»Die Wirklichkeit«, antwortete Saruter. »Die letzte Wahrheit.«

Die Tür wurde geöffnet, und die unwirkliche Atmosphäre zerplatzte im gleichen Moment, in dem Hartmann eintrat. Der Berg war plötzlich wieder nur ein Berg, mehr nicht, und die Welt der Legenden und Mythen hörte auf, die Wirklichkeit zu verdrängen.

»Sie haben mich gerufen?« sagte er.

Franke starrte ihn an, als wüßte er im ersten Moment nichts mit ihm anzufangen. Gleichzeitig wirkte er aber auch erleichtert. »Ja, das ist richtig.« Er ging zurück zu seinem Sessel und ließ sich hineinfallen, wodurch er seinen Schreibtisch wie ein Bollwerk aus Normalität und klaren Linien zwischen sich und das brachte, was mit Saruter hereingekommen war. Seine rechte Hand strich mit kleinen, nervösen Bewegungen über das kühle Metall, während er mit der anderen auf Saruter deutete.

»Sie wissen, wer dieser Mann ist, Herr Hartmann?«

Hartmann nickte. Seine Haltung versteifte sich.

»Und ich nehme an, Sie erinnern sich auch an meine eindeutige Anweisung, was den Aufenthalt von Fremden auf dem Betriebsgelände angeht?«

»Wir haben ihn aufgegriffen, bevor er das Gelände betreten hat«, verteidigte sich Hartmann.

»Nun, jetzt steht er vor mir, oder?«

»Es ist nicht seine Schuld«, mischte sich Warstein ein. »Er sagt die Wahrheit. Seine Männer haben ihn aufgehalten, als er durch das Eisenbahntor kommen wollte. Ich habe gesagt, daß sie ihn durchlassen sollen.«

Franke maß ihn mit einem kurzen, kühlen Blick und wandte sich dann wieder an Hartmann. »War meine Anweisung nicht deutlich genug?«

»Doch«, sagte Hartmann.

»Sind Sie dann vielleicht der Meinung, daß Herr Warstein mehr zu sagen hat als ich? Ich kann Ihnen versichern, daß dem nicht so ist.«

»Hören Sie auf, Franke!« sagte Warstein. »Er kann nichts dafür. Es war meine Schuld.«

Franke ignorierte ihn einfach. »Sie können gehen, Hartmann«, sagte er. »Für diesmal werde ich die Sache vergessen. Aber sollten Sie Ihre Pflichten noch einmal so vernachlässigen wie heute, sehe ich mich gezwungen, Ihnen zu kündigen. Haben wir uns verstanden?«

»Klar und deutlich«, antwortete Hartmann mit steinernem Gesicht.

»Gut.« Franke deutete auf Saruter. »Und nun begleiten Sie unseren Gast zum Tor. Wir wollen doch nicht, daß er am Ende noch zu Schaden kommt.« Er wedelte ungeduldig mit der Hand. »Sie können gehen.«

Hartmann wandte sich zur Tür und streckte die Hand aus, um Saruter am Arm zu ergreifen. Saruter sah ihn nur schweigend an, und er senkte die Hand wieder.

»Sie sind ein Narr«, sagte Saruter, ganz ruhig und an Franke gewandt. »Was immer jetzt geschehen mag, ist Ihre Schuld.«

»Ich denke, ich kann damit leben«, versicherte Franke lächelnd. »Gehen Sie. Und sollte ich Sie noch einmal auf dem Betriebsgelände antreffen, lasse ich Sie verhaften.«

Saruter sagte nichts mehr dazu, sondern verließ zusammen mit Hartmann den Raum. Warstein wollte ihnen folgen, aber Franke rief ihn zurück.

»Sie haben mich sehr enttäuscht, Warstein«, sagte er. »Ich dachte, Sie hätten die Geschichte vom letzten Jahr endlich überwunden und wieder Vernunft angenommen, aber das scheint nicht so zu sein. Ich werde mir überlegen müssen, ob ein Mitarbeiter wie Sie noch länger tragbar ist.«

Warstein beherrschte sich nur noch mit Mühe. Seine Gedanken kreisten immer noch um das, was Saruter gesagt hatte. »Schmeißen Sie mich raus, wenn es Ihnen Spaß macht«, sagte er. »Aber vorher erklären Sie mir, was er gemeint hat, als er sagte, Sie wüßten es.«

»Ich habe nicht die geringste Ahnung«, sagte Franke. »Das dumme Gerede eines verrückten alten Mannes.«

»Sie lügen!« behauptete Warstein. »Sie haben sich meine Aufzeichnungen sehr genau angesehen, nicht wahr? Sie wissen, daß in diesem Berg etwas ist.«

»Ein Zaubertor, sicher«, antwortete Franke spöttisch.

»Nennen Sie es, wie Sie wollen!« sagte Warstein erregt.

»Irgend etwas geht hier vor. Irgend etwas ist in diesem Berg, das wir nicht verstehen. Und Sie –«

»Das reicht jetzt endgültig!« unterbrach ihn Franke. »Ich will nichts mehr davon hören. Kein Wort, weder jetzt noch irgendwann. Gehen Sie wieder an Ihre Arbeit.«

»Aber . . .«

»Sofort!«

Warstein starrte ihn noch eine Sekunde lang zornig an, ehe er sich mit einem Ruck herumdrehte und aus dem Zimmer stürmte. Sein Puls raste. Er hatte es gewußt. Tief in sich hatte er die ganze Zeit über gewußt, daß Franke ihn belog. Er verstand nur nicht, warum.

Er ging nicht zurück an seine Arbeit, wie Franke ihm befohlen hatte, sondern verließ im Sturmschritt das Gebäude. Hartmann und Saruter hatten bereits den halben Weg zum Tor zurückgelegt, als er ins Freie trat. Warstein wollte nicht nach ihnen rufen, so daß er beinahe gezwungen war zu rennen, um sie einzuholen. Trotzdem hatten sie das Tor erreicht, ehe er bei ihnen ankam.

Hartmann sah ihn mit einer Mischung aus Trauer und einem ganz leisen Vorwurf an. Er sagte nichts.

»Es . . . es tut mir leid«, begann Warstein. »Ich möchte mich bei Ihnen entschuldigen, Hartmann. Franke ist ein Idiot.«

»Er hat recht«, sagte Hartmann achselzuckend. »Seine Anweisung war klar. Ich habe meine Pflichten vernachlässigt.«

»Er ist ein Idiot«, wiederholte Warstein. »Sie wissen genau, daß das im Grunde mir galt. Machen Sie sich keine Sorgen – ich bringe die Sache in Ordnung.« Er drehte sich zu Saruter um. »Ich begleite Sie noch ein Stück.«

Saruter nickte, aber Hartmann sah plötzlich noch unglücklicher aus als bisher. »Keine Sorge.« Warstein deutete auf die Straße auf der anderen Seite des Maschendrahtzaunes. »Dort drüben endet Dschingis-Frankes Macht. Ich überzeuge mich nur davon, daß er auch wirklich geht.«

Hartmann wirkte nicht sehr überzeugt, aber er drehte sich schließlich doch herum und ging.

»Es tut mir wirklich leid«, sagte Warstein leise. »Aber ich habe

Sie gewarnt. Man kann mit Franke nicht reden. Sie haben ja gesehen, wie er ist.«

»Er ist, wie er ist«, antwortete Saruter. »Niemand kann aus seiner Haut.«

Warstein deutete auf das Tor. »Kommen Sie, gehen wir noch ein paar Schritte.«

Sie verließen das Gelände und begannen die leicht abschüssige Straße hinunterzugehen. »Das Tor«, sagte Warstein nach einer Weile. Er hatte gehofft, daß der alte Mann das Gespräch von sich aus eröffnen würde, aber das geschah nicht. »Was wird geschehen, wenn es sich weiter öffnet?«

»Das weiß niemand«, antwortete Saruter. »Die Welt wird sich hindurchbewegen, doch keiner weiß, was jetzt auf der anderen Seite liegt.«

»Wird sie ... untergehen?« fragte Warstein zögernd.

Saruter lächelte. »Nein«, antwortete er. »Ich glaube nicht. Aber sie wird ... anders sein. Vielleicht nur eine Winzigkeit, vielleicht so fremd, daß wir nicht mehr in ihr leben können. Es ist schon geschehen. Mehr als einmal.«

Warstein blieb mitten in der Bewegung stehen und sah den Alten zweifelnd an. »Aber davon müßte doch jemand wissen.«

»Und wer sagt dir, daß es nicht so ist?« Saruters Stimme hörte sich zugleich ernst und leicht belustigt an. »Die Menschen erinnern sich an vieles, wovon sie nichts zu wissen glauben – oder wissen wollen.«

»Und es gibt keine Möglichkeit, es aufzuhalten?«

»Ich weiß es nicht«, sagte Saruter erneut. »Seit es Menschen gibt, gibt es welche, die um das Tor wissen und darüber wachen. Auf der anderen Seite des Berges, an einem Ort, den die Menschen heute Monte Veritas nennen, liegt ein uraltes keltisches Heiligtum. wußtest du das?«

Warstein nickte. Er war schon dort gewesen, aber es hatte sich als Enttäuschung herausgestellt – ein Haufen moosbedeckter Steine, mehr nicht.

»Früher war es die Aufgabe der Druiden, darüber zu wachen und dafür zu sorgen, daß es nicht zur Unzeit geöffnet wird.

Aber dieses Wissen ist uralt und zum allergrößten Teil verlorengegangen. Es gibt keine Druiden mehr.«

»Bis auf einen«, vermutete Warstein.

Saruter lächelte.

9

ALS ER ERWACHTE, LAG SEIN KOPF AN ANGELIKAS Schulter. Das Motorengeräusch war zu einem kaum hörbaren, monotonen Rauschen herabgesunken, in das sich dann und wann Gesprächsfetzen oder ein halblautes Lachen mischten. Lohmann war nach vorne geklettert und unterhielt sich mit dem Fahrer. Manchmal erschütterte ein leichter Stoß den Wagen, wenn sie durch ein Schlagloch oder über eine unsauber ausgebesserte Stelle fuhren. Die Autobahn schien sich in keinem besonders guten Zustand zu befinden.

Aber das war es nicht, was ihn geweckt hatte. Es war Angelika. Sie summte eine Melodie, die ihm zugleich fremd wie auf sonderbare Weise vertraut vorkam, zugleich melodisch wie atonal. Es war etwas ungemein Verwirrendes an diesem Lied, und das war es, was in seinen Traum gedrungen war und ihn schließlich geweckt hatte. Erst nachdem er einige Sekunden lang auf ihr Summen gelauscht und über diese sonderbare Melodie nachgedacht hatte, fiel ihm auf, daß er noch immer an ihrer Schulter lehnte. Mit einer fast erschrockenen Bewegung fuhr er hoch. Lohmann unterbrach für eine Sekunde sein Gespräch mit dem Fahrer und sah zu ihm zurück. Angelika lächelte; auf eine Weise, die es überflüssig machte, sich für die unerlaubte Vertrautheit der Berührung zu entschuldigen.

»Habe ich . . . lange geschlafen?« fragte er. Aus einem Grund, den er selbst nicht genau kannte, war es ihm fast peinlich.

»Eine Viertelstunde«, antwortete Angelika. »Vielleicht zwanzig Minuten.« Sie richtete sich auf und rutschte ein Stück von ihm weg, aber es war nichts Abweisendes an dieser Bewegung. Sie saß so einfach nur bequemer. »Warum schläfst du nicht weiter?«

»So müde bin ich nicht«, antwortete er. Es war glatt gelogen. Er mußte aufpassen, daß ihm nicht die Augen zufielen. »Dieses Lied, das du gerade gesungen hast . . . Was war das? Es war sehr schön.«

»Das war es nicht«, antwortete sie. »Ich kann nicht singen. Ich weiß nicht, was es ist. Irgendeine Melodie. Sie geht mir schon eine Weile nicht aus dem Kopf.«

Sie nahm eine Schachtel Zigaretten vom Tisch und ließ ihr Feuerzeug aufschnappen. Es dauerte nur eine Sekunde, bis Warstein auffiel, was an dem Anblick nicht stimmte.

»Ich dachte, du hast keine mehr?« fragte er.

»Hatte ich auch nicht.« Angelika nahm einen tiefen Zug, und nun war es Warstein, der ein Stück von ihr wegrückte. Er hatte Zigarettenrauch noch nie vertragen. Ihm wurde übel davon.

Angelika deutete auf den Fahrer. »Sie sind von ihm. Er ist ein richtiger Menschenfreund, nicht?«

Sie hatte sehr leise gesprochen, aber mit einer Betonung, die Warstein aufhorchen ließ. »Das klingt, als ob dich etwas daran stört«, sagte er, ebenso leise wie sie und mit einem raschen, verstohlenen Blick auf den Fahrer. Er redete weiter mit Lohmann und schien von ihrer Unterhaltung nichts mitbekommen zu haben.

»Ich weiß nicht«, sagte Angelika mit einem Achselzucken. »Vielleicht bin ich ja allmählich auch schon paranoid. Aber irgendwie . . .« Sie hob die Schultern. »Schau mal.«

Warsteins Blick folgte der Richtung, die die rotglühende Spitze ihrer Zigarette bedeutete. Er sah gleich, was sie meinte: am Armaturenbrett des Wagens hing ein flaches Kästchen mit einer Tastatur und einem grünleuchtenden Display. »Ein Autotelefon«, sagte er.

»Und?«

»Vorhin an der Tankstelle«, erinnerte Angelika. »Er hat gesagt, daß er noch einmal kurz telefonieren war. Ich frage mich, wieso, wenn er ein Telefon im Wagen hat. Außerdem hat er Lohmann und mir Zigaretten angeboten. Dir nicht.«

»Wozu auch?« antwortete Warstein. »Ich rauche nicht.«

»Und woher weiß er das?«

Warstein war einige Sekunden lang sehr still. Angelika hatte natürlich recht – sie liefen Gefahr, sich selbst in eine ausgewachsene Paranoia hineinzusteigern. Andererseits: es konnte Zufall sein. Aber es mußte nicht.

Dann fiel ihm noch etwas auf: sie fuhren sehr langsam, nicht einmal achtzig. In Anbetracht der Strecke, die noch vor ihnen lag, eigentlich seltsam.

Das Telefon summte. Der Fahrer hob ab und lauschte einige Sekunden, ohne sich gemeldet zu haben. Er sagte kein Wort, sondern hängte nach kaum einer Minute wieder ein. Lohmann blickte fragend, aber natürlich sagte er nichts. Es ging ihn nichts an. Wenigstens hoffte Warstein das. Er tauschte einen kurzen Blick mit Angelika, dann drehte er sich herum und sah so unauffällig wie möglich aus dem hinteren Fenster. Eine Anzahl Wagen folgte ihnen, aber keiner davon benahm sich irgendwie auffällig. Sobald es der Verkehr auf der Überholspur zuließ, beschleunigten sie und scherten aus. Aber das bedeutete rein gar nichts. Im Zeitalter der Elektronik war es kaum mehr nötig, einen Wagen direkt zu beschatten.

Als er sich herumdrehte, begegnete er dem Blick des Fahrers im Innenspiegel. Er lächelte nicht mehr, sondern sah im Gegenteil ein bißchen erschrocken aus.

Der Wagen wurde langsamer, und am Fahrbahnrand tauchten Hinweisschilder auf einen Parkplatz auf.

»Schon müde?« fragte Warstein.

»Nein«, antwortete der Mann. »Ich ... verspüre ein dringendes menschliches Bedürfnis.« Er grinste verlegen. »Eigentlich sagt man die schwache Blase ja nur jungen Mädchen nach. Ich hab wohl zuviel Kaffee getrunken.« Er setzte den Blinker, lenkte den Wagen auf die Standspur und trat behutsam auf die Bremse, während sie auf den Parkplatz hinausrollten. Er war leer. Warstein sah wieder nach hinten. Keiner der anderen Wagen scherte aus, um ihnen zu folgen.

»Ich bin gleich wieder da.« Der Fahrer zog den Schlüssel ab und öffnete die Tür. »Ich schlage mich nur rasch in die Büsche. Bin sofort zurück.«

Warstein blickte ihm wortlos nach, während er mit schnellen Schritten um den Wagen herumging und in der Dunkelheit verschwand.

Aber er war kaum außer Sichtweite, da stand er auf, ging nach vorne und klappte das Handschuhfach auf.

»Sind Sie verrückt geworden?« fragte Lohmann. »Was tun Sie da?«

»Paß auf, ob er zurückkommt«, sagte Warstein zu Angelika gewandt. Er begann mit schnellen Bewegungen das Handschuhfach zu durchsuchen. Es enthielt den üblichen Krimskrams: ein paar Karten, den Mitgliedsausweis eines Automobilclubs, einige Münzen . . . nichts.

»Was zum Teufel soll das?« fragte Lohmann. Es klang regelrecht empört.

»Ich traue dem Kerl nicht«, antwortete Warstein. »Irgendwas ist hier faul.« Er sah sich mit wachsender Nervosität um. Irgendwo mußte es doch einen Hinweis auf die Identität ihres Fahrers geben. Alles sah ganz normal aus. Und doch . . .

»Sie sind ja verrückt!« empörte sich Lohmann. »Hören Sie sofort damit auf! Wenn er zurückkommt und sieht, was Sie da tun, können wir den Rest der Strecke laufen!«

Warstein drehte sich einmal im Kreis, während sein Blick immer nervöser über das Innere des Vans strich. Er hatte nicht mehr viel Zeit. Er beugte sich mit einer plötzlichen Bewegung vor, nahm den Telefonhörer aus seiner Halterung und betrachtete das Gerät nachdenklich.

»Lassen Sie das bleiben«, sagte Lohmann erschrocken.

Warstein schaltete den Lautsprecher ein, zögerte noch eine Sekunde und drückte dann die Wahlwiederholungstaste. Im

Display leuchtete eine neunstellige Ziffernkombination auf, und sie konnten hören, wie die Nummer gewählt wurde.

»Was zum Teufel tun Sie da?!« jammerte Lohmann. »Sind Sie vollkommen wahnsinnig geworden?«

Das Freizeichen erscholl; einmal, zweimal. Dann wurde abgehoben, und eine Stimme sagte: »Ja?«

Warstein erstarrte. Er konnte hören, wie Angelika hinter ihm scharf die Luft einsog.

»Wer ist denn da?« fragte die Stimme aus dem Telefon. Sie klang ungeduldig und hörbar gereizt. »Zum Teufel, melden Sie sich.«

Warstein drückte die Taste, die die Verbindung unterbrach, und hängte das Telefon wieder ein. Er sah Angelika an, und der Ausdruck auf ihrem Gesicht machte jede Erklärung überflüssig. Sie hatte die Stimme so deutlich erkannt wie er.

»Was ist los?« fragte Lohmann unsicher. »Was habt ihr denn plötzlich?«

»Sie haben die Stimme nicht erkannt?« fragte Warstein.

»Natürlich nicht«, sagte Lohmann. »Wieso sollte . . .«

»Franke«, sagte Angelika leise. »Das war Franke.«

Eine Sekunde lang wirkte Lohmann bestürzt. Dann zwang er sich zu etwas, das er allerhöchstens selbst für ein Lachen halten mochte. »Unsinn«, sagte er. »Wie soll seine Nummer in dieses Telefon kommen?«

»Weil es die letzte Nummer ist, die von diesem Apparat aus angerufen wurde«, antwortete Warstein. »Begreifen Sie es immer noch nicht? Ihr neuer Freund gehört zu ihm. Wahrscheinlich haben sie uns die ganze Zeit über beobachtet.« Er gestikulierte heftig nach draußen. »Und er ist auch nicht nach draußen, um zu pinkeln, sondern um auf die anderen zu warten, mit denen er sich hier verabredet hat!«

»Das glaube ich nicht«, sagte Lohmann.

»Aber es ist die Wahrheit.«

Warstein fuhr erschrocken herum und blickte ins Gesicht des Fahrers. Er hatte nicht einmal gehört, daß er die Tür geöffnet hatte, und doch stand er offenbar schon lange genug da, um zumindest einen Teil ihres Gespräches belauscht zu haben. Jetzt öffnete er die Tür ganz, stieg in den Wagen und ließ sich wieder hinter das Steuer sinken. Kopfschüttelnd betrachtete er das Telefon, während er den Zündschlüssel wieder ins Schloß steckte. »Es ist wirklich so: man kann noch so vorsichtig sein, irgendein dummer Fehler passiert am Ende meistens doch. Und wenn es nur eine Kleinigkeit ist.«

»Was haben Sie jetzt mit uns vor?« fragte Angelika.

»Vor? Nichts. Keine Sorge, meine Liebe, Ihnen wird nichts geschehen. Wir warten, das ist alles. In ein paar Minuten wird jemand hier sein, der sich um Sie und Ihre Freunde kümmert.« Er sah auf die Uhr im Armaturenbrett. »Sie müßten längst hier sein. Ich verstehe das gar nicht.«

»Dann hat Warstein recht?« Lohmann klang noch immer so, als könne er einfach nicht glauben, was er hörte. »Sie... Sie arbeiten für Franke?«

»Sie hätten auf das hören sollen, was man Ihnen gesagt hat, und wieder nach Hause fahren. Das hätte Ihnen eine Menge Ärger erspart. Ich fürchte, jetzt ist es zu spät. Aber keine Sorge – Ihnen wird nichts passieren. Vielleicht wird man Sie ein paar Tage festhalten, aber das ist auch alles. Wir sind keine Verbrecher.«

»Und Sie glauben, wir warten in aller Seelenruhe ab, bis Ihre Komplicen hier sind?« fragte Angelika.

»Ich denke schon.«

»Und wenn nicht?« Angelika deutete auf die Beifahrertür. »Was wollen Sie machen? Sie können uns nicht alle drei festhalten.«

Warstein war nicht einmal sicher, daß er das nicht gekonnt hätte. Der Bursche war ein wenig kleiner als Lohmann, aber viel kräftiger, und er machte einen durchtrainierten Eindruck. Wahrscheinlich war er in der Lage, mit ihnen allen fertig zu werden, ohne sich besonders anzustrengen.

Aber er zog eine andere Taktik vor. Ohne besondere Hast griff er unter seine Jacke, zog eine Pistole hervor und richtete sie auf Angelika, nachdem er sie entsichert hatte. »Ich würde es äußerst ungern tun«, sagte er, »aber wenn Sie mich dazu zwingen . . .«

»Was?« fragte Angelika herausfordernd. Sie war beim Anblick der Waffe bleich geworden, aber sie kämpfte ihre Furcht tapfer nieder. »Werden Sie mich dann erschießen?«

»Das kann man damit nicht«, antwortete der Mann. »Ich habe Hartgummigeschosse geladen – Ihre Polizei benutzt sie auch, glaube ich. Man kann niemanden damit umbringen. Aber sehr weh tun. Lassen Sie es nicht darauf ankommen.«

»Und wenn doch?« fragte Angelika herausfordernd.

»Laß es!« sagte Warstein rasch. »Er schießt.«

Angelika sah ihn unsicher an, aber der Fahrer nickte anerkennend. »Gut, daß wenigstens Sie vernünftig sind«, sagte er.

»Wer sagt, daß ich das bin?« fragte Warstein und schlug ihm die Faust ins Gesicht.

Es war kein sehr geschickter Schlag, ohne große Kraft und aus dem falschen Winkel heraus geführt, und er tat Warstein selbst vermutlich sehr viel mehr weh als dem Mann, den er traf. Aber er kam vollkommen ohne Warnung, und was ihm an Wirkung fehlte, das machte er durch die Überraschung wieder wett. Der Bursche schrie auf, prallte im Sitz zurück und versuchte seine Waffe auf Warstein zu richten.

Angelika fiel ihm in den Arm. Ihre Kraft reichte nicht, um die Hand wirklich herunterzuschlagen, aber im gleichen Moment warf sich auch Lohmann auf den Mann, und obwohl sie sich mehr gegenseitig behinderten, als sich zu helfen, gelang es ihnen, dem Burschen die Waffe zu entringen und ihn halb aus dem Sitz zu zerren. Auch Warstein griff mit beiden Händen zu und versuchte den anderen Arm ihres Gegners zu packen und festzuhalten. Für einen Moment entstand ein unbeschreibliches Gerangel und Geschiebe, und für einen noch kürzeren Moment schöpfte er wirklich Hoffnung, daß es ihnen zu dritt gelingen könnte, den Burschen zu überwältigen.

Dann traf ihn ein fürchterlicher Schlag gegen die Brust und schleuderte ihn quer durch den Wagen.

Der Schmerz war so schlimm, daß er nicht einmal schreien

konnte. Haltlos taumelte er zurück und prallte gegen den Kühlschrank. Irgend etwas zerbrach darin, und der Türgriff bohrte sich mit grausamer Wucht in seine Nieren. Ein neuerlicher, noch schlimmerer Schmerz explodierte in seinem Rücken und zwang ihn auf die Knie herab. Warstein keuchte. Vor seinen Augen drehten sich rotierende Feuerräder, und sein Mund schmeckte plötzlich nach Blut. Er bekam keine Luft mehr, und die Geräusche des Kampfes hörten sich plötzlich an, als wären sie weit, weit fort. Er sank nach vorne, fing seinen Sturz im letzten Moment mit den Händen ab und spürte, wie alle Kraft aus seinem Körper wich. Er begann ohnmächtig zu werden. Aber das durfte er nicht. Wenn er jetzt das Bewußtsein verlor, war alles vorbei.

Irgendwie gelang es ihm, die Ohnmacht zurückzudrängen und sich wieder aufzurichten – gerade im richtigen Moment, um mit anzusehen, wie Lohmann von einem wütenden Schwinger des Burschen von seinem Sitz gefegt wurde und gegen die Tür krachte. Angelika hing noch immer an seinem rechten Arm und versuchte ihn festzuhalten. Er schüttelte sie mit einer zornigen Bewegung ab, sprang auf seinem Sitz hoch und bückte sich nach seiner Waffe, und im gleichen Moment sprang Warstein ihn an.

Es war wenig mehr als ein Versuch. Warstein hatte keinerlei Erfahrung in solchen Dingen. Er hatte sich in seinem ganzen Leben noch nie geschlagen, nicht einmal als Kind in der Schule, und er wußte, daß er keine Chance hatte. Statt den anderen niederzureißen, rannte er direkt in dessen Knie, das seinen Magen mit der Wucht eines Hammerschlages traf. Pfeifend entwich die Luft aus seinen Lungen. Übelkeit und Schmerz explodierten in seinem Leib. Er brach abermals in die Knie, aber er klammerte sich mit beiden Armen an die Beine des Mannes und versuchte ihn aus dem Gleichgewicht zu bringen.

Es gelang ihm nicht. Ein Faustschlag traf seine Schulter, und obwohl er nicht einmal besonders weh tat, war sein rechter Arm plötzlich wie gelähmt. Sein Griff lockerte sich, und der andere befreite sich mit einer zornigen Bewegung vollends und schleuderte ihn zu Boden.

»Verdammt, hört endlich auf!« schrie er. »Seid ihr verrückt geworden?!«

Angelika sprang ihn von hinten an und umklammerte seinen Hals mit beiden Armen. Er schüttelte sie ab, und sie fiel mit einem Schmerzensschrei zwischen die vorderen Sitze, doch auch Lohmann hatte sich inzwischen wieder hochgerappelt. Mit wild rudernden Armen drang er auf den Burschen ein, und einer seiner fast ungezielten Schläge traf tatsächlich. Der Mann wankte zurück, stolperte über den Fahrersitz und fiel rücklings gegen die Tür, als Warstein nach seinem Fuß griff und daran zerrte. Es gab einen dumpfen, knirschenden Laut, als sein Schädel mit dem harten Metall kollidierte.

Der Mann verdrehte stöhnend die Augen. Er verlor nicht das Bewußtsein, aber er war für einen Moment benommen, und Warstein nutzte die Chance, die Tür aufzustoßen und ihn mit der anderen Hand an der Schulter zu packen, um ihn aus dem Wagen zu werfen. Sie hatten ihren Gegner angeschlagen, aber das war pures Glück gewesen und dem Umstand zu verdanken, daß er sich seiner Überlegenheit ein wenig zu sicher gewesen war. Ein zweites Mal würde er diesen Fehler nicht mehr begehen. Wenn er erst einmal wieder ganz bei sich war, würde er dem Kampf ganz schnell ein Ende bereiten.

Der andere begriff, was er vorhatte, und klammerte sich instinktiv am Türrahmen fest, aber er war noch immer ein wenig benommen.

Warstein versetzte ihm einen Faustschlag auf die Hand, und im gleichen Moment ergriff Lohmann von hinten seine Beine und riß sie in die Höhe. Dieser doppelte Angriff war zuviel. Der Mann stürzte rücklings aus dem Wagen und schlug schwer auf dem nassen Asphalt draußen auf.

Warstein war mit einem einzigen Satz hinter dem Steuer und drehte den Zündschlüssel. Der Motor sprang sofort an, aber er war so nervös, daß er den Wagen abwürgte, als er loszufahren versuchte. Fluchend griff er nach dem Schlüssel und drehte ihn herum. Der Anlasser arbeitete jaulend, aber der Motor sprang nicht an.

»Kein Gas!« sagte Lohmann. »Geben Sie nicht so viel Gas, er säuft Ihnen ab!«

Warstein nahm den Fuß vom Gaspedal und versuchte es erneut. Wieder wimmerte der Anlasser, aber eine Sekunde, zwei, drei, dann sprang der Motor an – der Wagen machte einen Satz nach vorne und ging abermals aus. Er hatte vergessen, den Gang herauszunehmen.

Lohmann begann ihn mit einer Flut von Beschimpfungen zu überschütten, während Warstein nervös zum dritten Mal versuchte, den Wagen zu starten. Diesmal gelang es ihm fast auf Anhieb – aber als er die Kupplung treten und den Gang einlegen wollte, wurde die Tür neben ihm aufgerissen. Eine Hand klammerte sich an den Türrahmen, die andere krallte sich mit solcher Kraft in seine Schulter, daß er vor Schmerz aufschrie und halb aus dem Wagen gezerrt wurde. Lohmann griff blitzschnell zu und hielt ihn fest, und irgendwie gelang es ihm, den Schalthebel nach vorne zu drücken. Ein häßliches Knirschen erscholl, das an Metallspäne und zerbrechende Zahnräder erinnerte, aber der Wagen rollte los.

Warstein schlug blindlings mit dem Ellbogen aus. Er traf etwas, und ein zorniger Schrei erklang, aber die Hand, die an seiner Schulter zerrte, ließ trotzdem nicht los. Warstein rutschte unerbittlich weiter vom Sitz und drohte, aus dem Wagen zu stürzen. Das Gesicht des Burschen neben ihm war jetzt blutüberströmt, denn Warsteins Ellbogen hatte seine Lippe getroffen und sie aufplatzen lassen. Der Ausdruck in seinen Augen war pure Mordlust. Wenn es ihm gelang, in den Wagen hineinzukommen, war es vorbei.

Warstein angelte verzweifelt mit dem Fuß nach dem Gaspedal. Es gelang ihm, es niederzudrücken. Nicht viel, aber der Wagen wurde schneller. Der Mann neben ihm begann groteske Hüpfer und Sprünge zu vollführen, um mit der Geschwindigkeit mitzuhalten, aber er dachte noch immer nicht daran, aufzugeben. Ganz im Gegenteil machte er Anstalten, sich in den Wagen hineinzuziehen, und da er sich dabei noch immer an Warsteins Schulter festhielt, zerrte er ihn immer weiter vom Sitz.

Angelika erschien hinter ihm. Zwei, drei Sekunden lang versuchte sie vergeblich, die Finger zurückzubiegen, die sich in seine Schulter gegraben hatten, dann wechselte sie ihre Taktik und fuhr dem Angreifer mit den Nägeln beider Hände durch das Gesicht. Der Bursche schrie auf, ließ endlich Warsteins Schulter los und verschwand mit einem halben Salto rückwärts aus der Tür.

Um ein Haar wäre Warstein ihm gefolgt. Das plötzliche Fehlen der Kraft, die an seiner Schulter zerrte, brachte ihn endgültig aus dem Gleichgewicht. Er kippte zur Seite, hielt sich instinktiv am Lenkrad fest und brachte den Wagen dadurch zum Schlingern. Hätten Lohmann und Angelika ihn nicht mit vereinten Kräften festgehalten und wieder ins Wageninnere zurückgezerrt, wäre er Frankes Mann nach draußen gefolgt, und ...

Irgendwie gelang es ihm sogar, die Gewalt über den Wagen zurückzuerlangen und ihn zum Stehen zu bringen, ehe sie gegen einen Baum krachten oder die Böschung hinabstürzten. Mit einem erschöpften Seufzen sank er über dem Steuer zusammen. Sein Herz schlug so schnell, daß es weh tat, und er zitterte am ganzen Leib. Er gönnte sich selbst fünf, sechs Sekunden, um mit dem Allerschlimmsten fertig zu werden, dann richtete er sich auf und sah nach den beiden anderen.

»Alles in Ordnung?« fragte er.

Schon während er die Worte aussprach, wurde ihm klar, daß er damit gute Aussichten auf den Preis für die dümmste Frage der Woche hatte. Angelika war kreidebleich und zitterte am ganzen Leib. Sie hatte sich mehrere Fingernägel abgebrochen, auf die unschöne, schmerzhafte Art, denn ihre Linke war voller Blut, und Lohmanns Gesicht begann schon jetzt sichtbar anzuschwellen. Trotzdem nickten beide.

Warstein drehte sich zur anderen Seite und angelte nach dem Griff, um die Tür zuzuziehen. Dabei fiel sein Blick auf ihren Fahrer, der sich jetzt gute zwanzig Meter hinter ihnen befand. Es war beinahe unglaublich – aber er richtete sich bereits wieder auf. Der Kerl war zäh.

»Fahren Sie los«, sagte Lohmann. »Ehe seine Freunde hier sind.«

»Zu spät«, sagte Angelika. »Da sind sie schon.«

Warstein sah erschrocken auf. Hinter ihnen war ein Scheinwerferpaar aufgetaucht, das sich rasch näherte. Sie konnten den dazugehörigen Wagen nicht erkennen, aber die wilden Gesten, die der Fahrer in ihre Richtung machte, machten es auch vollkommen überflüssig. Warstein hämmerte fluchend den Gang hinein und gab Gas.

Der Motor heulte auf, aber der Wagen setzte sich ebenso schwerfällig in Bewegung, wie ihr Verfolger schnell näher kam. Die Räder schienen am Boden festzukleben, während das jetzt voll aufgeblendete Scheinwerferpaar mit rasendem Tempo herankam. Nach ein paar Sekunden bereits war der andere Wagen heran und fast neben ihnen, und jetzt erkannte ihn Warstein. Es war ein blauer Fiat.

»Festhalten!« schrie er.

Beinahe im gleichen Moment riß er das Steuer herum. Ein knirschender, dumpfer Laut erscholl. Metall zerbarst. Glas splitterte. Lohmann wurde gegen das Armaturenbrett geschleudert, und auch Angelika stürzte wieder zu Boden, während der Wagen nach rechts ausbrach und für eine halbe Sekunde umzukippen drohte. Der Fiat schleuderte davon, drehte sich mehrmals um seine Achse und prallte mit einem zweiten, noch lauteren Krachen gegen ein Hindernis, das irgendwo in der Dunkelheit verborgen gewesen war.

Warstein kurbelte wild am Lenkrad, um die Gewalt über den Van zurückzuerlangen. Der Wagen schlingerte, aber sein großes Gewicht, daß ihnen gerade noch beinahe zum Verhängnis geworden wäre, erwies sich nun als Vorteil. Der Van fand beinahe von selbst in die Spur zurück. Als sie den Parkplatz verließen, gehorchte das Lenkrad Warsteins Befehlen wieder.

Lohmann richtete sich stöhnend auf und hob die Hände ans Gesicht. Seine Nase blutete. Aber er ersparte sich zu Warsteins Überraschung jeden Vorwurf. »Haben wir sie abgehängt?«

»Ich denke schon.« Warstein sah in den Rückspiegel. Der Parkplatz war bereits außer Sicht gekommen. Der Fiat verfolgte sie nicht. Und wenn er an den entsetzlichen Knall zurückdachte, mit dem die Scheinwerfer hinter ihnen in der Nacht erloschen waren, würde er es wahrscheinlich auch nie wieder tun. »Hoffentlich haben wir sie nicht umgebracht«, murmelte er.

»Ihre Sorgen möchte ich haben«, maulte Lohmann. Er betupfte sich seine Nase und sah anschließend auf das Blut auf seinen Händen herunter. Der Anblick erinnerte ihn wohl daran, daß er etwas vergessen hatte. »Wo zum Teufel haben Sie Autofahren gelernt, Warstein? Auf der Geisterbahn?«

Warstein ersparte es sich, überhaupt darauf zu antworten. Er gab mehr Gas, um den Wagen in den schnell fließenden Verkehr auf der Autobahn einzufädeln, und sah zugleich nach rechts, zu Angelika. »Alles okay?«

Sie zog eine Grimasse. »Allmählich begreife ich, warum man sich in einem fahrenden Wagen anschnallen soll«, sagte sie. »Hast du noch mehr solcher Kunststücke auf Lager? Ich frage nur, weil ich dann gleich liegenbleibe.«

Anders als bei Lohmann verletzte ihn ihr Spott nicht. Ganz im Gegenteil lachte er leise und konzentrierte sich dann wieder auf den Verkehr. Er hatte eine Lücke erspäht, die ihm groß genug erschien, den schwerfälligen Van hineinzubringen. Der Motor klang nicht gut. Irgend etwas schleifte, und einer ihrer Scheinwerfer war zu Bruch gegangen. Sehr weit würden sie mit diesem Wagen nicht mehr kommen.

Lohmann schien das wohl genauso zu sehen, denn er sagte: »Fahren Sie an der nächsten Ausfahrt raus. Ich will nach dem Wagen sehen.«

»Verstehen Sie denn etwas davon?«

»Ein bißchen«, antwortete Lohmann. Plötzlich lachte er. »Wir sollten Ihren Freund Franke noch einmal anrufen, finde ich.«

»Wozu?«

»Um uns zu bedanken. Immerhin haben wir jetzt einen Wagen.«

»Was glauben Sie, wie weit wir damit kommen?« fragte Angelika. »Wahrscheinlich kennt jetzt schon jeder Schweizer Polizist unser Nummernschild.«

Das war übertrieben, aber im Prinzip stimmte Warstein ihr

zu. Die kurze Euphorie, die sich nach ihrer geglückten Flucht in ihm breitgemacht hatte, war schon wieder verflogen. Mit ein bißchen Pech – und Warstein zweifelte nicht daran, daß es ihnen treu blieb – würde sich ihre Flucht als Pyrrhussieg herausstellen. Sie hatten Franke genau den Vorwand geliefert, den er bis jetzt vielleicht noch nicht gehabt hatte, um auch offiziell zum großen Halali auf sie zu blasen. Innerhalb der letzten fünf Minuten hatten sie sich der Körperverletzung, des Autodiebstahls und der Unfallflucht schuldig gemacht, und vermutlich noch einer ganzen Reihe anderer Delikte, die ihm jetzt noch nicht einfielen. Nein, dachte er düster, sie mußten Franke nicht anrufen. Wahrscheinlich würde er es tun, um sich bei ihnen zu bedanken.

»Ich verstehe ja Ihren Ärger«, sagte Marzin, wobei er sich bemühte, gleichzeitig beruhigend wie angemessen zu klingen, damit sein Gegenüber nicht etwa glaubte, seine Beschwerde wäre ihm im Grunde egal, »aber ich fürchte, ich kann wenig tun.«

»So, fürchten Sie?« Der grauhaarige Mann, dem Marzins Worte gegolten hatten, richtete sich kampflustig auf und begann auf den Absätzen zu wippen. Immerhin ging er Marzin dadurch fast bis zum Kinn – was nicht etwa daran lag, daß der Hotelmanager so groß gewesen wäre. Aber was dem Touristen an körperlicher Größe fehlte, um hinlänglich beeindruckend zu wirken, das machte er an Zorn dreimal wett. »Na, dann fürchte ich, werde ich Ihre Rechnung nicht in voller Höhe begleichen können, wenn ich morgen abreise. Und ich fürchte, Sie können dagegen auch wenig tun.«

»Ich bitte Sie!« sagte Marzin. Es fiel ihm immer schwerer, Ruhe zu bewahren. »Wir werden sicherlich eine Lösung finden. Das Hotel kann nun wahrlich nichts dafür, wenn -«

»Papperlapapp!« unterbrach ihn der Gast – übrigens der fünfte an diesem Abend, der Marzin sinngemäß den gleichen Vortrag hielt. »Es interessiert mich nicht, wer irgend etwas wofür kann und wer nicht! Ich habe drei Wochen Badeurlaub in Ihrem famosen Hotel gebucht, zu einem Preis, der an Wucher grenzt. Ich habe mich nicht beschwert, daß in Ihrer angeblich ach so ruhigen Stadt plötzlich ein Gedränge herrscht wie auf dem Ku'damm beim Sommerschlußverkauf. Ich habe kein Wort darüber verloren, daß man mittlerweile eine halbe Stunde braucht, um die Straße zu überqueren! Ich habe nicht einmal etwas gesagt, als ich feststellen mußte, daß Ihr nobles Städtchen offenbar zu einem Treffpunkt international gesuchter Terroristen und Verbrecher geworden ist. Aber jetzt reicht es. Verraten Sie mir, wie ich meinen Badeurlaub genießen soll, wenn ich nicht mehr ans Wasser komme, weil das Ufer von einer Armee von Verrückten belagert wird?«

»Wie gesagt, ich verstehe Ihren Ärger«, sagte Marzin, »aber ich kann da gar nichts tun. Es ist nicht unsere Schuld, wenn . . .«

». . . vierundzwanzig Dutzend Folkloregruppen aus aller Welt den See belagern?« wurde er unterbrochen. »Das werden wir sehen. In Ihrem Prospekt stand nichts dergleichen. Ich wollte heute abend mit meiner Frau an den See. Nicht einmal zum Schwimmen, sondern nur so. Wissen Sie, was passiert ist? Wir sind einem Dutzend ausgewachsener Indianer in die Hände gefallen, die angemalt waren, als befänden sie sich auf dem Kriegspfad! Meine Frau hat Todesängste ausgestanden! Wenn Sie das komisch finden – ich jedenfalls nicht. Wir reisen morgen ab. Und wenn Sie der Meinung sind, mehr als die Hälfte der Rechnung haben zu wollen, dann können Sie sich mit meinem Anwalt darüber unterhalten!«

Er funkelte Marzin herausfordernd an, aber der Manager war klug genug, nicht zu antworten. Wahrscheinlich würde er sich bis zum nächsten Morgen wieder beruhigt haben, und ebenso wahrscheinlich war, daß er nicht abreiste und es auch nicht darauf ankommen ließ, sich mit einem Polizeibeamten über die Begleichung der Rechnung zu unterhalten. Er hatte seinen Auftritt gehabt, und das Gefühl, als Sieger daraus hervorgegangen zu sein, würde ihm den Rest des Abends ein wenig versüßen.

Das Schlimme war, daß Marzin ihn gut verstehen konnte.

Er wartete, bis der Gast sein Büro verlassen hatte (selbstverständlich nicht, ohne die Tür hinter sich zuzuknallen), dann griff er zum Telefon und wählte eine gespeicherte Nummer. Das erste Freizeichen war noch nicht zu Ende, als auch schon abgehoben wurde. »Lesser?«

»Guten Abend, Frau Stadtrat«, sagte Marzin. »Bitte verzeihen Sie die späte Störung, aber wäre es möglich, Ihren Gatten zu sprechen? Ich weiß, wie spät es ist, aber . . .«

»Oh, das macht nichts. Sie sind ungefähr der zehnte, der anruft. Aber ich fürchte, ich kann Ihnen nicht helfen. Mein Mann ist in einer Sitzung im Bürgermeisteramt.«

Marzin sah auf die Uhr, die an der Wand neben der Tür hing. Es war fast elf. »Um diese Zeit?« entfuhr es ihm. Am liebsten hätte er sich dafür auf die Zunge gebissen. Schließlich war er es, der mitten in der Nacht anrief.

»Ja, und es wird auch noch eine Weile dauern, fürchte ich.« Die Stimme am anderen Ende der Leitung klang nun schon merklich kühler. »Sie können gerne selbst im Rathaus anrufen.« Wenn Sie mir nicht glauben, fügte sie zwar nicht laut hinzu, aber Marzin hörte es trotzdem.

»Das ist nicht nötig«, sagte er hastig. »Ich melde mich dann morgen wieder. Gute Nacht.« Er hängte ein und starrte das Telefon beinahe feindselig an. Für einen Moment war er nahe daran, tatsächlich im Rathaus anzurufen – aber wozu? Es brachte nichts, sich mit einem Anrufbeantworter zu unterhalten.

Marzin stand auf, trat ans Fenster und öffnete die Jalousien. Tagsüber reichte der Blick aus seinem Fenster weit auf den Lago Maggiore hinaus, der jetzt nicht mehr als ein schwarzer Schatten vor einem nicht ganz so schwarzen Hintergrund war. Trotzdem konnte er seine Umrisse deutlich erkennen. Das Ufer wurde von Dutzenden winziger roter Funken gesäumt; Feuer, die dort brannten und um die sich das scharte, was der erboste Gast gerade als vierundzwanzig Dutzend Folkloregruppen bezeichnet hatte. Sie waren es nicht. Marzin war schon am Nachmittag selbst unten am See gewesen, und was er dort gesehen hatte, das hätte ihn in Angst und Schrecken versetzt, hätte er zugelassen, daß diese Gefühle Gewalt über ihn erlangten.

Was um alles in der Welt ging in dieser Stadt vor?

Sie hatten die Autobahn verlassen, und Warstein war nach ein paar Kilometern auch von der Hauptstraße abgebogen und hatte den Wagen in einen schmalen Waldweg hineingelenkt, bis sie eine Stelle gefunden hatten, die ihnen geeignet schien, die Nacht dort zu verbringen: eine winzige Lichtung, die mit Mühe und Not Platz zum Wenden bot und an drei Seiten von dichtem Gestrüpp umgeben war. Lohmann hatte den Wagen verlassen und sich eine Zeitlang an der beschädigten Seite zu schaffen gemacht. Als er zurückkam, waren seine Hände ölverschmiert, aber er wirkte trotzdem zufrieden. Wie er erklärte, war der Schaden nicht besonders groß: mit Ausnahme des zerbrochenen Scheinwerfers war der Wagen voll funktionstüchtig.

Fünf Minuten später klingelte das Telefon.

Warstein nahm ab, während sich Angelika und Lohmann noch überrascht ansahen. »Guten Abend, Herr Doktor Franke«, sagte er, noch ehe sich der Gesprächsteilnehmer melden konnte.

»Ein ziemlich billiger Effekt, finden Sie nicht?« Es war Franke, und er klang sehr zornig.

»Ich habe sogar eher mit Ihnen gerechnet«, antwortete Warstein. »Wieso hat es so lange gedauert? Hatten Ihre Schläger kein Kleingeld zum Telefonieren?«

»Ich rede von dem kleinen Kunststück, daß Sie sich gerade geleistet haben«, antwortete Franke ärgerlich. »Zwei der Männer sind schwer verletzt. Sind Sie zufrieden? Oder muß es erst ein paar Tote geben, ehe Sie Vernunft annehmen?«

»Und was tun?« gab Warstein zurück. Der scharfe Ton in seiner Stimme überraschte ihn fast selbst. Frankes Worte hatten ihn stärker getroffen, als er zugab. Er hatte gehofft, daß es bei einem demolierten Wagen geblieben wäre.

»Also gut.« Franke wechselte die Taktik und versuchte, einen versöhnlichen Ton in seine Stimme zu legen. Sehr überzeugend klang es nicht. »Was muß ich tun, um mit Ihnen reden zu können?«

»Sie sind doch schon dabei, oder?«

»Verdammt, hören Sie mit diesem Quatsch auf!« fauchte Franke. »Den James-Bond-Verschnitt nimmt Ihnen niemand ab!«

Warstein schwieg ein paar Sekunden. Er hatte den Lautsprecher eingeschaltet, so daß Lohmann und Angelika mithören konnten, aber sie wirkten so hilflos wie er. Franke hatte den Nagel auf den Kopf getroffen, auch wenn er es vielleicht selbst nicht wußte: die Ereignisse der letzten Stunde hatten etwas von einem Agentenkrimi gehabt. Aber es war ein verdammter Unterschied, ihn im Kino zu sehen oder ihn selbst zu erleben. Warstein hätte eine Menge dafür gegeben, einfach aufzustehen und nach Hause gehen zu können, auch wenn die Vorstellung noch nicht vorbei war.

»Was wollen Sie?« fragte er müde.

»Ich appelliere an Ihre Vernunft, Warstein«, antwortete Franke. »Ich glaube, Sie wissen nicht, was Sie tun. Sie sind dabei, sich in eine Situation hineinzumanövrieren, aus der Sie nicht wieder herauskommen, ist Ihnen das klar?«

»Und was soll ich dagegen tun?«

»Sagen Sie mir, wo Sie sind«, antwortete Franke . »Ich gebe Ihnen mein Wort, daß Ihnen nichts geschieht. Wir vergessen, was gerade passiert ist. Sie und Ihre Freunde steigen morgen früh in die erste Maschine nach München, und das ist alles.«

»Oh, wie beruhigend«, sagte Warstein. »Sie meinen, wir hätten uns all das sparen können. Und wenn uns Ihr Vorschlag nun nicht gefällt?«

»Seien Sie kein Narr, Warstein«, antwortete Franke gereizt. »Sie wissen ganz genau, was dann passiert. Es kostet mich einen Anruf, und die gesamte Polizei dieses Landes macht Jagd auf Sie. Was glauben Sie, wie weit Sie kommen?«

»Vermutlich nicht sehr weit«, sagte Warstein ehrlich. »Aber beantworten Sie mir eine Frage, Franke. Warum geben Sie sich solche Mühe, mich vom Berg fernzuhalten? Ich nehme an, Sie haben gefunden, wonach Sie die letzten drei Jahre gesucht haben. Was ist es?«

Franke schwieg eine Sekunde. Er beantwortete Warsteins Frage nicht. »Geben Sie mir Frau Berger«, sagte er dann. »Sie ist doch noch bei Ihnen?«

»Sie hört mit«, antwortete Warstein. »Die Presse übrigens auch. Nur, falls es Sie interessiert, daß alles, was wir besprechen, vielleicht schon morgen in der Zeitung steht.«

»Kaum«, antwortete Franke gelassen. »Frau Berger?«

»Ich höre«, sagte Angelika laut. Sie wirkte unsicher. Nervös.

»Ich habe Ihnen einen Vorschlag zu machen«, sagte Franke. »Sie sind hierhergekommen, weil Sie Ihren Mann suchen. Ich weiß, wo er ist. Ich bringe Sie zu ihm, wenn sie wollen.«

»Einfach so?« fragte Angelika überrascht. »Ohne Bedingungen? Ohne Wenn und Aber? Heute morgen haben Sie noch behauptet, nicht zu wissen, wo er ist.«

»Das war nicht die Wahrheit«, sagte Franke. »Ein Fehler. Ich bedaure ihn.«

»Ich glaube Ihnen nicht«, sagte Angelika.

»Das kann ich verstehen«, antwortete Franke. »Also gut, hören Sie mir zu – und Sie auch, Warstein. Ich könnte Ihnen eine ganze Armee auf den Hals hetzen, wenn ich wollte, aber ich werde es nicht tun. Noch nicht. Ich gebe Ihnen Zeit bis morgen früh, sich zu entscheiden. Mein Angebot gilt. Sagen Sie mir, wo Sie sind, und ich lasse Sie abholen und zu Ihrem Mann bringen. Und für Sie, Warstein, gilt dasselbe. Geben Sie auf, und ich werde sehen, was ich für Sie tun kann. Vielleicht kann ich Sie sogar rehabilitieren. Ich verspreche Ihnen nichts, aber ich werde es versuchen. Ich rufe Sie morgen früh noch einmal an.«

Die Verbindung wurde unterbrochen.

»Was ... war denn das?« fragte Lohmann überrascht. »War das derselbe Kerl, der uns bisher solchen Ärger bereitet hat?« Er lachte unsicher. »Entweder, er hat mehr Respekt vor Ihnen, als ich bisher geglaubt habe ...«

»... oder er hat sehr viel mehr zu verlieren, als wir dachten«, führte Angelika den Satz zu Ende. »Anscheinend sind wir ihm ziemlich auf die Pelle gerückt.«

Warstein schwieg. Sie hatten beide unrecht, aber es wäre müßig, diese Diskussion zu führen. Er kannte Franke gut genug, um den Unterton von Panik nicht zu überhören, der in seiner Stimme gewesen war. Langsam hob er den Kopf und sah Angelika an.

»Du solltest dir sein Angebot überlegen«, sagte er. »Ich glaube, es war ehrlich gemeint.«

»Das ist nicht dein Ernst!« Sie klang ebenso erstaunt wie empört über diesen Vorschlag. »Du glaubst doch nicht, daß ich euch jetzt im Stich lasse und mit fliegenden Fahnen die Seiten wechsle!«

»Das hier ist kein Spiel«, antwortete Warstein ruhig. »Jetzt nicht mehr. Du bist hier, weil du deinen Mann suchst, nicht, um mit uns Räuber und Gendarm zu spielen. Franke weiß, wo er ist, und ich bin sicher, daß er dich zu ihm bringen kann, wie er es versprochen hat. Denk darüber nach.«

»Auf welcher Seite stehen Sie eigentlich?« fragte Lohmann mißtrauisch. »Ich glaube diesem Kerl kein Wort.«

»Ich schon«, erwiderte Warstein. »Ich glaube ihm zum Beispiel, daß er uns quer durch dieses Land hetzen kann, wenn er wirklich will. Seien Sie realistisch, Lohmann – wir kommen nicht einmal auf hundert Kilometer an den Berg heran, wenn Franke es nicht will. Ich weiß, daß Sie hier sind, um eine Story für Ihre Zeitung zu schreiben, aber ich bin hier, weil Angelika mich gebeten hat, ihr zu helfen. Und das tue ich nicht, wenn ich sie überrede, diese Chance auszuschlagen.«

»Deshalb sind Sie nicht hier«, antwortete Lohmann böse. »Sie behaupten es, aber es ist nicht die Wahrheit. Vielleicht glauben Sie es ja sogar selbst, aber der wirkliche Grund, aus dem Sie hier sind ...« er deutete auf das Telefon, »... ist Franke. Der Mann hat Sie fertiggemacht, nach allen Regeln der Kunst, und Sie sind hier, um es ihm heimzuzahlen. Aus keinem anderen Grund.«

»Das ist nicht wahr«, antwortete Warstein. Es klang nicht einmal in seinen eigenen Ohren überzeugend, und Lohmann machte sich nicht die Mühe zu widersprechen. Natürlich hatte er recht. Vielleicht waren Warsteins Beweggründe nicht ganz so einfach, wie er behauptete, aber im Kern der Sache hatte er recht. Jeder von ihnen war aus seinem ganz persönlichen Grund hier, und die anderen waren dabei wenig mehr als Staffage. Er fragte sich, ob sie ihm ebenfalls geraten hätte aufzugeben, wäre es umgekehrt gewesen, und vielleicht stellte er sich diese Frage im Grunde nur, weil er Angst vor der anderen Frage hatte, die er sonst vielleicht an sich selbst gerichtet hätte: nämlich wie er reagiert hätte, hätte Franke ihm angeboten, ihm zu geben, weshalb er gekommen war.

»Und Sie?« fragte er böse. Lohmann sah ihn irritiert an, und Warstein fuhr in herausforderndem Ton fort: »Sie würden uns doch auf der Stelle verkaufen, wenn Sie Ihre Story dafür bekämen, oder?«

Lohmann wurde bleich, eine Sekunde später lief sein Gesicht rot an. »Das ist . . .«

»Hört auf!« sagte Angelika scharf. »Verdammt, begreift ihr eigentlich nicht, daß ihr ganz genau das tut, was er wollte? Hört sofort auf zu streiten.«

»Warum?« fragte Lohmann giftig. »Es beginnt doch gerade erst Spaß zu machen.«

»Ja, das glaube ich Ihnen sogar«, sagte Warstein. »Ein weiterer Absatz für Ihre Geschichte, nicht wahr?«

Lohmann verzog das Gesicht. »Sie sind ein Idiot, Warstein, wissen Sie das eigentlich?« Er deutete auf Angelika. »Sie hat recht. Ein einziger Anruf reicht, und Sie gehen wie ein tollwütiger Hund auf alles los, was sich bewegt. Dieser Franke hat Sie ganz gut programmiert, nicht wahr? Er braucht nur auf den richtigen Knopf zu drücken, und schon tun Sie alles, was er will.« Er lachte, auf eine Art und Weise, für die Warstein ihm am liebsten die Zähne eingeschlagen hätte. »Sind Sie so dumm, oder tun Sie nur so? Glauben Sie wirklich, daß er sein Wort hält? Ich kenne diesen Franke nicht persönlich, aber ich kenne Typen wie ihn zur Genüge. Und Typen wie Sie auch.«

»Seien Sie doch endlich still!« sagte Angelika. »Verdammt,

warum gehen Sie nicht raus und basteln ein bißchen am Wagen herum oder erschrecken meinetwegen ein paar Kaninchen.«

Lohmann starrte sie wutentbrannt an, aber der Ausbruch, auf den Warstein wartete, kam nicht. Statt dessen stand er plötzlich mit einem Ruck auf und verließ tatsächlich den Wagen. Der Knall, mit dem er die Tür hinter sich zuwarf, mußte kilometerweit zu hören sein.

»Danke«, sagte Warstein. »Ich weiß nicht, was –«

»Behalt deinen Dank für dich«, unterbrach ihn Angelika, keinen Deut weniger zornig als gerade, da sie mit Lohmann gesprochen hatte. »Ich weiß wirklich nicht, wer der größere Dummkopf ist – du oder er. In einem hat er recht, weißt du? Franke braucht nur auf einen Knopf zu drücken, und schon springst du.« Sie verschwand mit zornigen Schritten im hinteren Teil des Wagens. Warstein wollte ihr nachgehen, aber das wäre wahrscheinlich nicht so klug gewesen. Er war noch immer wütend, und er spürte erst jetzt, daß sein Zorn eigentlich nicht Lohmann galt, auch nicht Franke – sondern niemand anderem als sich selbst. Lohmann hatte recht, und Angelika auch: wenn Franke diesen Vorschlag nur gemacht hatte, damit sie sich in die Haare gerieten, dann hatte er sein Ziel erreicht; zumindest bei ihm.

»Es tut mir leid«, sagte er. »Wirklich.«

Angelika antwortete nicht, aber sie fuhr ihn zumindest nicht erneut an, obwohl er spürte, daß auch sie innerlich vor Zorn brodelte. Sie begann sich lautstark in der kleinen Küche zu schaffen zu machen, und Warstein war klug genug, dieses Verhalten als das zu verstehen, was es war, und ihr auch jetzt nicht zu folgen. Statt dessen lehnte er sich im Sitz zurück, schloß die Augen und versuchte, sich zur Ruhe zu zwingen. Erstaunlicherweise gelang es ihm sogar, auch wenn er spürte, daß es eine trügerische Ruhe war, die vielleicht nicht lange halten mochte. Und die ihm zugleich fast unerträglich war.

Er brauchte irgend etwas, um seine Hände zu beschäftigen. Ziellos kramte er im Handschuhfach, fand einen kleinen Block und einen Stift und begann sinnlose Wellenmuster und Linien darauf zu malen, anfangs mit harten, hektischen Strichen, die das Papier fast zerfetzten, dann, nachdem er das erste Blatt abgerissen und zerknüllt auf den Boden geworfen hatte, etwas ruhiger. Seine Finger zitterten noch immer heftig, aber jetzt war es wirklich nur noch die Anstrengung des Tages, der hinter ihnen lag

»Hast du das gerade ernst gemeint?« fragte Angelika plötzlich.

Warstein sah zu ihr zurück, aber sie hatte sich nicht zu ihm umgewandt, sondern drehte ihm weiter den Rücken zu und war mit der Kaffeemaschine beschäftigt. »Was?«

»Daß ich Frankes Vorschlag annehmen soll.«

»Du solltest zumindest darüber nachdenken«, antwortete er.

»Ich würde euch verraten.« Sie sah ihn immer noch nicht an, aber ihr Ton verriet, daß sie schon längst damit begonnen hatte, über Frankes Worte nachzudenken. Vielleicht war sie sogar schon zu einem Ergebnis gekommen.

»Quatsch.« Er bemühte sich, so überzeugend wie möglich zu klingen, aber es mißlang – nein, er wollte nicht, daß sie auf Franke hörte. Er wollte nicht, daß sie ihn verließ, das war die Wahrheit. Aber es gab Situationen, in denen man das Gegenteil dessen tun mußte, was man wirklich wollte, so sprach er gegen seine Überzeugung weiter. »Wir sind hier nicht in einem Kriminalfilm, Angelika. Weißt du, es gibt niemanden, der uns ein Happy-End garantiert.«

»Du meinst, wir schaffen es nicht?«

»Ich meine, daß die ganze Situation uns längst über den Kopf gewachsen ist«, antwortete er ernsthaft. »Was muß denn noch passieren, damit Lohmann und du begreift, wie ernst es Franke ist? Ich glaube mittlerweile, daß er vor nichts mehr zurückschreckt, um uns aufzuhalten. Ich will nicht, daß dir etwas zustößt.«

Sie antwortete nicht mehr, und nach einer Weile drehte sich Warstein wieder herum und zeichnete weiter. Lohmann schien tatsächlich zu tun, was Angelika ihm geraten hatte, denn nach einer Weile begannen von draußen dumpfe Schläge und ein metallisches Knirschen hereinzudringen. Der Wagen begann unter ihnen zu schaukeln. Er würde sich bei ihm entschuldigen, sobald er wieder hereinkam. Sein Angriff war unfair gewesen. Auch wenn er der Wahrheit vielleicht ziemlich nahe gekommen war, er hatte kein Recht gehabt, ihn derart zu attackieren, nicht in diesem Moment und nicht auf diese Weise.

Nach ein paar Minuten begann der verlockende Duft von frisch aufgebrühtem Kaffee den Wagen zu durchziehen. Angelika klapperte mit Tassen und Geschirr und trat dann hinter ihn.

»Das ist sehr schön«, sagte sie. »Was ist es? Der Berg?«

Im allerersten Moment begriff Warstein nicht einmal, was sie meinte. Dann sah er auf das Blatt herab, das auf seinen Knien lag, und erschrak.

Er hatte es selbst nicht gemerkt – aber er hatte aufgehört, sinnlose Kreise und Linien auf den Block zu kritzeln. Statt dessen hatte er ein Bild des Gridone gemalt.

Im schwachen Licht der Taschenlampe sah der Raum größer aus, als Andy ihn in Erinnerung hatte, und er schien sich auch noch auf andere Weise verändert zu haben. Er konnte nicht sagen, wie, aber es war keine Veränderung, die ihm gefiel. Die Dinge, die der asymmetrische Lichtkreis aus der Dunkelheit hob, erschienen ihm größer, und ihre Umrisse irgendwie härter, die Schatten dunkler, als sie sein sollten, als wäre etwas darin, was nicht hineingehörte.

Natürlich war das alles ausgemachter Unsinn, und er kannte auch den Grund, warum sich seine Sinne mit seinem Nervenkostüm verbündet hatten, um ihm einen Streich zu spielen. Er war nervös, und er hatte verdammt noch mal allen Grund dazu.

»Was tust du da?« Travis Stimme drang aus der Dunkelheit jenseits der Tür, die der Schein seiner Lampe nicht erreichte. Er sprach leise, kaum, daß er flüsterte. Trotzdem fuhr Andy so erschrocken zusammen, daß er um ein Haar die Lampe fallen gelassen hätte.

»Nichts«, sagte er hastig. »Es ist alles in Ordnung.« Es klang nicht sehr überzeugend. Er war vielleicht ein guter Dieb und Einbrecher, aber kein sehr talentierter Lügner.

»Paß auf«, antwortete Travi. »Und bleib vom Fenster weg.«

Das ganze Unternehmen ist der helle Wahnsinn, dachte Andy nervös. Alles hatte so einfach geklungen, vor drei Tagen, als sie zusammengesessen und den Plan noch einmal durchgesprochen hatten. Travi war ein erfahrener Mann, ein Profi von fast fünfzig Jahren, der trotz der gut und gerne zweihundert Brüche, die er auf dem Kerbholz hatte, noch nie erwischt worden war. Er war sehr überzeugend gewesen, und alles, was er gesagt hatte, hatte gut geklungen – und vor allem einfach. Aber jetzt, als er hier stand, in dem dunklen, schattenerfüllten Hinterzimmer des Juwelengeschäftes, dessen Safe Travi gerade zu knacken versuchte, wünschte er sich weit weg.

»Komm her und hilf mir«, verlangte Travi.

Andy beeilte sich, der Aufforderung zu folgen. Er war ein wenig erstaunt über Travis gereizten Ton. Auch sein Komplice war nervös, und das war wirklich ungewöhnlich, denn Travi gehörte normalerweise zu den Menschen, die immer ruhiger zu werden schienen, je haariger die Situation wurde.

Andy fand ihn vor dem altmodischen Safe im hinteren Teil des Büros am Boden kniend. Er hatte eine winzige Taschenlampe mit Klebestreifen über seinem rechten Ohr befestigt, so daß der kaum münzgroße Lichtfleck jeder Kopfbewegung folgte. Seine Finger, die aussahen, als bereite es ihnen keine Schwierigkeiten, Walnüsse zu zermalmen, und doch die Geschicklichkeit eines Chirurgen besaßen, ruhten auf dem grün gestrichenen Stahl der Safetür. Er wedelte unwillig mit der Hand, als Andy hinter ihn trat und den Strahl seiner Lampe auf den Geldschrank fallen ließ. Andy schaltete sie hastig aus, und der helle Bereich schmolz wieder auf eine daumennagelgroße Insel in einem Meer von absoluter Schwärze zusammen.

»Wie steht's?« fragte er.

»Kein Problem«, antwortete Travi. Seine Stimme verriet große Konzentration. Andy sah, wie seine Finger das Zahlenrad um den Bruchteil eines Millimeters weiter nach links drehten, und obwohl er selbst gespannt lauschte und nichts hörte, schien Travi sehr zufrieden zu sein. Er lachte.

»Das Ding ist nicht viel mehr als eine Blechbüchse«, sagte er kopfschüttelnd. »Es ist immer dasselbe – da geben sie ein Vermögen für eine Alarmanlage aus, aber der Geldschrank kann gar nicht alt und billig genug sein. Das Ding stammt noch aus dem vergangenen Jahrhundert. In fünf Minuten bin ich soweit.«

Seine Finger glitten weiter über den Safe und taten Dinge, die Andy nicht begriff und die ihm wie Zauberei vorkamen. Auf eine gewisse Weise war es das wohl auch. Travi war ein Genie auf seinem Gebiet. Manchmal hatte Andy das Gefühl, daß er einen Tresor nur anzusehen brauchte, um ihm all seine Geheimnisse zu entlocken. Das war einer der Gründe – wenn nicht der entscheidende überhaupt –, warum sich Andy vor einiger Zeit mit Travi zusammengetan hatte. Er hatte gehofft, im Laufe der Zeit einiges von Travis Fertigkeiten kennenzulernen. Bisher war das nicht geschehen. Sie waren ein gutes Team, doch was sein Können anging, war Travi verschlossen wie eine Auster. Aber er war zuverlässig, er war ein guter Kumpel, und was das Wichtigste war: er ging nicht das geringste Risiko ein. Bevor sie sich diesen Laden vorgenommen hatten, hatte er wochenlang die Runden von Polizei und Wach- und Schließgesellschaft beobachtet und jede noch so kleine Abweichung peinlich genau notiert und analysiert. Bei ihm zu Hause stand ein komplettes Duplikat der Alarmanlage, die das Juweliergeschäft schützte. Er hatte sie mindestens ein halbes dutzendmal außer Betrieb gesetzt, ohne Alarm auszulösen. Andy hatte er erst im letzten Moment ins Vertrauen gezogen.

Allerdings begann er sich allmählich zu fragen, warum überhaupt. Bisher hatte er nicht das geringste getan. So, wie die Sache aussah, war es ein Einmannjob.

Etwas klickte, und Travi lehnte sich mit einem hörbaren Aufatmen zurück. »Das war's«, sagte er.

Andy sah ihn zweifelnd an. »Du meinst . . .«

Travi machte eine einladende Handbewegung. »Bedien dich«, sagte er grinsend. »Schönheit vor Alter, heißt es doch.«

Einen Moment lang war Andy noch unentschlossen. Das Ganze erschien ihm fast zu leicht. Dann streckte er die Hand aus und berührte den Griff. Ein saugendes Geräusch, und die Safetür schwang nach außen. Sie war schwer, aber längst nicht so schwer, wie er angesichts des zehn Zentimeter dicken Stahls erwartet hatte.

Andy riß erstaunt die Augen auf, als er das Innere des Geldschrankes sah. Auf dem obersten Bord stapelten sich Akten und ledergebundene Geschäftsbücher, aber auf den drei Fächern darunter funkelte und blitzte es nur so. Auf schwarzen Samtkissen lagen gleich Dutzende von Colliers, Armbändern, Ringen, Ketten, Ohrringen und anderen Preziosen, eine schöner und kostbarer als die andere. Der Anblick verschlug ihm fast die Sprache. Und bei dem bloßen Gedanken daran, was das Zeug wert war, wurde ihm schwindelig.

Sie rührten nichts davon an. Andy empfand ein tiefes Bedauern bei dem Gedanken an das Vermögen, das vor ihnen lag, aber sie hatten ausgiebig darüber gesprochen. Er vertraute auch in diesem Punkt auf Travis Erfahrung. Schmuck war schwer abzusetzen, und nur mit einem enormen Risiko. Aber der Safe enthielt noch etwas, nämlich ungeschliffene Rohdiamanten im Wert von gut hunderttausend Franken, die in keiner Bilanz und keinem Geschäftsbuch aufgeführt waren – ein kleines Extra, das der Juwelier an der Steuer vorbeigemogelt hatte. Er würde sich hüten, der Polizei den Diebstahl zu melden. Das war das Schöne an Travis Arbeitsweise – und vermutlich auch der Grund, warum er nie erwischt worden war.

Sicherlich ein kluges Prinzip und ein erfolgreiches, wie Travis bisherige Karriere als Berufsverbrecher bewies. Aber das änderte nichts daran, daß Andy beim Anblick all der Kostbarkeiten, die sie liegen lassen mußten, fast die Tränen in die Augen stiegen.

»Es ist eine Schande«, sagte er. »Das Zeug ist mindestens eine halbe Million wert.«

»Das Zeug ist gut und gerne fünf Jahre wert«, korrigierte ihn Travi. Seiner Stimme war keine Spur von Ungeduld anzuhören.

Vielleicht, dachte Andy, gingen ihm ja die gleichen Gedanken durch den Kopf, und er mußte das laut sagen, auch um sich selbst zu beruhigen.

»Außerdem zahlt uns der Hehler höchstens zwanzig Prozent.« Er machte eine Handbewegung, die zugleich Erklärung wie auch Aufforderung an Andy war weiterzumachen. »Hunderttausend mit einer guten Chance, erwischt zu werden, oder fast die gleiche Summe ohne das geringste Risiko. Such es dir aus.«

Der letzte Satz war bloße Rhetorik, das wußte Andy. Travi würde nicht zulassen, daß er irgend etwas von den Sachen mitnahm. Und er hatte ja vollkommen recht: für die Rohdiamanten würden sie in Amsterdam gut und gerne achtzig Prozent des Marktpreises erzielen, ohne daß jemand dumme Fragen stellte.

Als er die beiden schwarzen Samtbeutel mit den Steinen an sich nahm, fiel sein Blick auf einen Stapel Banknoten: Franken, D-Mark und Dollar, säuberlich gebündelt. Fragend sah er Travi an.

Der andere überlegte einen Moment, aber dann schüttelte er den Kopf. »Zu viel«, sagte er. »Wenn das verschwindet, ruft er die Polizei.« Plötzlich grinste er. »Aber nimm dir ruhig zwei- oder dreitausend. Das wird seine Buchführung ganz schön durcheinanderwirbeln. Und er wird es bestimmt nicht wagen, den Verlust anzuzeigen. Jemand könnte ihn fragen, warum wir dreitausend Franken mitgenommen und den ganzen Rest liegengelassen haben.«

Andy lachte leise, zählte dreitausend Franken ab und stopfte sie achtlos in die Jackentasche. Travi lächelte noch immer über seinen Einfall. Er war oft auffallend guter Laune, während ein Bruch lief. Andy glaubte den Grund dafür zu kennen. Travi hielt sich für eine Art moderner Robin Hood, wenn auch mit einer Einschränkung. Er bestahl nur die, die andere bestahlen, aber die einzigen Bedürftigen, an die er seine Beute verteilte, waren natürlich Andy und er selbst.

»Okay, machen wir zu.« Travi gab ihm mit einer Kopfbewegung zu verstehen, daß sein Teil der Arbeit beendet war und er zurücktreten sollte. Aber Andy zögerte. Es war nicht der erste

Safe, den er zusammen mit Travi leerräumte, aber sie hatten noch nie eine so reiche Beute verschmäht wie jetzt. Der Gegenwert dessen, was da im wahrsten Sinne des Wortes zum Greifen nahe vor ihnen lag, reichte möglicherweise für ein ganzes Leben.

»Tut weh, nicht?« sagte Travi. Andy sah ihn verstört an, bis er überhaupt begriff, was er meinte.

»Mir geht es ganz genauso«, fuhr Travi fort. »Jedes Mal. Aber es ist besser so, glaub mir.« Er machte eine auffordernde Geste. »Faß es ruhig an. Aber leg es zurück.«

Andy zögerte. Er war nicht sicher, ob Travi im Ernst sprach oder sich über ihn lustig machte. Aber dann sah er den sonderbaren Ausdruck in den Augen seines Partners und begriff, daß Travi nur zu gut verstand, was in ihm vorging.

»Ich habe einmal mehr als zwei Millionen liegengelassen«, sagte Travi. »Ich rede mir bis heute ein, daß es richtig war. Und ich bin bis heute nicht sicher.«

Andy griff in den Safe und entnahm ihm ein platingefaßtes Collier, dessen Wert er nicht einmal zu schätzen wagte. Es fühlte sich seltsam an, kühl und glatt und schwer, auf eine Weise, die Andy schaudern ließ. Erst nach einer Weile begriff er, was es wirklich war, das er fühlte. Es war die Verlockung. Die Aussicht auf ein Leben ohne Angst, auf ein Leben in Luxus und Wohlbefinden, ohne Furcht vor dem nächsten Tag, ohne erschrockenes Zusammenfahren bei jeder Sirene, ohne ein schlechtes Gewissen beim Anblick jeder Uniform, ohne die beständig nagende Furcht, eines Tages vielleicht den Falschen zu bestehlen oder durch irgendeinen dummen Zufall erwischt zu werden.

»Es wäre genug, um Schluß zu machen«, sagte er. »Für dich. Ich will nichts davon.« Seine Worte waren ehrlich gemeint, und er sah, daß sie Travi wie Pfeile trafen. Es dauerte lange, endlos lange, bis er antwortete.

»Leg es zurück.«

Andy verspürte ein vages Gefühl von Enttäuschung, obwohl er nichts anderes erwartet hatte. Und trotzdem, das spürte er, hatten die letzten Sekunden ihre Beziehung entscheidend verändert. Von jetzt an waren sie Freunde, nicht nur Männer, die sich zufällig kennengelernt hatten und zufällig der gleichen, verbotenen Beschäftigung nachgingen.

Als er das Collier zurücklegte, erschien das Licht.

Andy fuhr so erschrocken zusammen, daß er das Schmuckstück um ein Haar fallen gelassen hätte, und auch Travi richtete sich kerzengerade auf. »Verdammt!« keuchte Andy. »Der Alarm! Ich muß den Alarm ausgelöst haben!«

Er wollte aufspringen, aber Travi hielt ihn mit einer raschen Bewegung zurück. »Warte!« sagte er. »Das ist nicht die Alarmanlage!« Seine Stimme klang flach.

»Was denn sonst?« fragte Andy, obwohl er wußte, daß Travi recht hatte. Das Licht, das hinter ihnen angegangen war, gehörte nicht zur Alarmanlage des Gebäudes. Die hatte Travi zuverlässig ausgeschaltet. Im Grunde hatte Andy ein Licht wie dieses überhaupt noch nie gesehen.

Es begann mit einer Farbe, ein sehr helles Weiß, in das sich etwas zwischen Blau und einem undefinierbaren Grün gemischt hatte. Das Licht kam aus keiner bestimmbaren Quelle, sondern war einfach da, ohne klare Grenze in der Dunkelheit. Es war unvorstellbar hell, und es wurde immer noch heller, ohne die beiden Männer auch nur im geringsten zu blenden. Winzige rote, blaue und orangefarbene Sterne schwammen darin, tauchten auf und erloschen oder umtanzten einander wie spielende Elfen. Es war, als blicke er auf ein komplettes, fremdes Universum herab, erfüllt von nichts anderem als Licht und Fröhlichkeit und spielerischer Bewegung.

Dann hörten sie das Geräusch, einen sphärischen, unwirklichen Klang von berauschender Schönheit, und im gleichen Augenblick begriffen sie, daß sie einen Blick in den Himmel warfen. Das Licht durchdrang die beiden, füllte sie aus bis in die letzte Faser ihrer Körper und ihrer Gedanken und tauchte sie in ein Gefühl des Friedens und der Geborgenheit, wie sie es nie zuvor im Leben kennengelernt hatten. Obwohl sehr mild, war dieses Licht zugleich doch auch Feuer, das etwas in ihnen ergriff und verzehrte. Aber es war ein reinigendes, läuterndes Feuer, eine Katharsis, die nur das Schlechte, den Schmerz und den

Zorn aus ihnen herausbrannte und sie gereinigt und gestärkt zurückließ.

Keiner von ihnen konnte hinterher sagen, wie lange es gedauert hatte: Minuten oder Ewigkeiten. Es spielte auch keine Rolle. Das war nicht mehr die Art von Fragen, die irgendeine Bedeutung für sie hatten. Irgendwann verblaßte das Licht und erlosch dann ganz, aber die Dunkelheit erschreckte Andy nicht mehr, denn nun war in ihm ein Licht, das ihn erhellte und ihm Kraft gab und ihn zugleich unangreifbar für jede Angst und jede Versuchung machte.

Wortlos griff er in seine Jacke, nahm sowohl das gestohlene Geld als auch die beiden Beutel mit den Rohdiamanten heraus und legte beides zurück. Travi half ihm, alles so zu arrangieren, daß niemandem auffallen würde, daß der Safe geöffnet worden war. Dann schloß er sorgsam die Tür, verstellte die Kombination und stand auf.

Sie sprachen kein Wort, während Andy Travi dabei half, sein Werkzeug einzusammeln und die Kontaktdrähte zu entfernen, mit denen sie die Alarmanlage außer Gefecht gesetzt hatten. Es war auch nicht notwendig. Sie wußten beide, was der andere fühlte und dachte, denn sie waren beide durch das gleiche, reinigende Feuer gegangen, dessen Kraft sie von nun an für den Rest ihres Lebens erfüllen sollte. Bevor sie das Geschäft verließen, stellte Travi die Tasche mit seinem Werkzeug in eine Ecke, wo sie am nächsten Morgen gefunden werden würde, wie etwas, das jemand dort versehentlich vergessen hatte. Er brauchte sie nicht mehr.

Andy zog die Tür achtlos hinter sich zu. Sie rastete mit einem hörbaren Laut ein, und ein zweiter, unhörbarer Laut löste im gleichen Moment auf der Polizeiwache zwei Kilometer entfernt den Alarm aus, denn Travi hatte sich nicht mehr die Mühe gemacht, den entsprechenden Kontakt zu überbrücken. Auch das spielte keine Rolle mehr. Langsam und ohne Hast wandten sie sich nach links, dem hell erleuchteten Herzen der Stadt zu. Noch bevor sie die nächste Kreuzung erreicht hatten, wurde hinter ihnen Sirenenalarm laut.

Der Streifenwagen holte sie ein, kaum daß sie fünfhundert Meter von dem Juwelierladen entfernt waren. Das samtene Dunkel der Nacht wich dem hektischen Flackern des Blaulichtes. Die Bremsen des Fahrzeuges kreischten, als es mit heulender Sirene an ihnen vorüberjagte und sich dann quer stellte. Die Türen wurden aufgerissen, zwei Polizeibeamte sprangen heraus und legten ihre Waffen auf Andy und Travi an.

»Keine Bewegung! Stehen bleiben und die Hände hoch! Beide!«

Tatsächlich verhielt Andy im Schritt. Aber nur für einen Moment. Dann lächelte er und ging weiter. »Mutter Erde liebt dich, Bruder«, sagte er. »Es ist nicht nötig, daß du mich fürchtest.«

»Stehen bleiben!« rief der Polizist noch einmal. Etwas wie Panik durchdrang seine Stimme. »Noch einen Schritt, und ich schieße!«

»Bruder, ich bitte dich«, antwortete Andy sanft. »Richte nie die Waffe gegen deinen Nächsten.«

Der Polizeibeamte feuerte insgesamt dreimal auf ihn, ehe Andy zu Boden ging. Wie hätte er auch wissen sollen, daß Andy, der mit ausgebreiteten Armen auf ihn zukam, einzig und allein vorhatte, ihn zu umarmen?

10

ZWEI GRUNDSÄTZLICH VERSCHIEDENE DINGE WECKten Warstein: eine Frauenstimme, die eine atonale und trotzdem sonderbar wohlklingende Melodie summte, und ein ungleichmäßiges Schaukeln und Rütteln des Wagens. Noch bevor er die Augen öffnete, kam ein dritter Sinneseindruck hinzu: der intensive Geruch nach Kaffee.

Er identifizierte die Stimme als die Angelikas und die Melodie als die gleiche, die er sie schon einmal hatte summen hören. Etwas an dieser Erkenntnis war wichtig, aber er war noch zu träge, um sich der Anstrengung zu unterziehen, diesen Gedanken weiter zu verfolgen, und so beließ er es dabei, endlich die Augen zu öffnen und sich blinzelnd umzusehen.

Gelbes Zwielicht. Es war noch vor Sonnenaufgang, aber das mußte nicht bedeuten, daß es früh war. Auf dem kleinen Tischchen war ein einfaches Frühstück aufgetragen worden, und Angelika schenkte gerade Kaffee ein. Als sie registrierte, daß er wach war, hielt sie einen Moment inne und lächelte.

»Gut«, sagte sie. »Das erspart mir die Mühe, dich zu wecken.«

»Das hast du bereits«, antwortete er. Auf ihren fragenden Blick hin fügte er hinzu: »Dein Lied.«

»Oh«, machte Angelika. »War es so schlimm?«

»Ganz im Gegenteil«, versicherte Warstein hastig. Er unterdrückte ein Gähnen, dann blickte er demonstrativ zum Fenster. Der Wagen schaukelte und bebte noch immer sacht.

»Lohmann?« fragte er.

Angelika nickte. Sie zog eine Grimasse.

»Was tut er da?«

»Das siehst du dir am besten selbst an«, antwortete Angelika ausweichend. Sie seufzte. »Allmählich wird der Bursche mir unheimlich«, sagte sie. »Ich beginne mich zu fragen, ob er ein Genie ist – oder einfach nur bescheuert.«

»Vielleicht genial bescheuert?« schlug Warstein vor. Er lachte kurz. »Im Ernst – was treibt er da draußen?«

»Er frisiert unseren Wagen«, antwortete Angelika mit säuerlichem Gesichtsausdruck. »Wirklich, geh selbst hinaus und sieh es dir an. Und bei der Gelegenheit kannst du ihn gleich zum Frühstück rufen.«

Warstein wurde allmählich wirklich neugierig, aber Angelika wich seinem Blick nun so demonstrativ aus, daß er es vorzog, aufzustehen und zur Tür zu gehen, statt ihr noch eine Frage zu stellen, auf die er keine Antwort bekommen würde.

Ein Schwall eiskalter Luft schlug ihm entgegen, als er das Fahrzeug verließ. Warstein blieb stehen, zog schaudernd die Schultern zusammen und atmete ein paarmal tief ein und aus, ehe er weiterging. Er spürte erst jetzt, wie verbraucht die Luft drinnen im Wagen gewesen war, verpestet von Zigarettenrauch und den Ausdünstungen dreier Körper, die die ganze Nacht hindurch darin eingepfercht gewesen waren. Allerdings auch warm. Er fror so heftig, daß er mit den Zähnen klapperte.

»Lohmann?« rief er.

»Ich bin hier!« Lohmanns Stimme drang von der anderen Seite des Wagens an sein Ohr. Warstein machte sich frierend auf den Weg dorthin. Etwas stimmte nicht mit dem Wagen, aber er registrierte den Unterschied nur peripher, und er drang nicht wirklich in sein Bewußtsein.

»Na, endlich ausgeschlafen, Sie Murmeltier?« Lohmanns Stimme klang angesichts der frühen Stunde geradezu unverschämt fröhlich, fand Warstein. Er hantierte irgendwo vor ihm in der grauen Dämmerung herum und trug trotz der Kälte nur Jeans und Pullover.

»Nein, ich habe nicht ausgeschlafen«, knurrte Warstein. »Was zum Teufel tun –?«

Er brach ab. Seine Augen wurden groß, als sein Blick zum ersten Mal bewußt auf den Wagen fiel.

»Zufrieden?« Lohmann drehte sich zu ihm herum. Sein Gesicht und seine Hände waren voller schwarzer Sprenkel, und der Rest dieser Farbe befand sich auf dem Wagen.

»Was . . . was wird denn das?« ächzte Warstein.

Der Van, der gestern abend noch weiß gewesen war, war jetzt fast schwarz. Lohmann hatte ihn angemalt.

»Jetzt sagen Sie bloß noch, daß es Ihnen nicht gefällt.« Lohmann gab sich alle Mühe, beleidigt zu klingen. »Ich habe mich wirklich angestrengt. Ein kleines Lob wäre gar nicht schlecht.«

Warstein starrte noch immer fassungslos den Wagen an. Er wußte nicht, ob er an seinem oder Lohmanns Verstand zweifeln sollte. »Das . . . das ist . . .«

»Großartig, nicht?« grinste Lohmann.

». . . vollkommen bescheuert!« beendete Warstein den Satz. »Sie bilden sich doch nicht wirklich ein, daß Sie damit durchkommen?«

»Den Preis für die schönste Lackierung werde ich nicht kriegen, ich weiß«, seufzte Lohmann. »Auf der linken Seite habe ich ein bißchen gekleckert, und an der hinteren Stoßstange sind ein paar Rotznasen. Aber sonst . . .« Lohmann zuckte, noch immer grinsend, die Schultern und wurde dann plötzlich ernst.

»Ich weiß, daß es kein Kunstwerk ist, aber ich bin zufrieden.«

»Womit?«

»Mit meiner Idee«, antwortete Lohmann. »Immerhin habe ich etwas getan, während Sie und Ihre Freundin sich in Selbstmitleid geübt haben.«

»Darauf fällt doch nicht einmal ein Blinder herein!« protestierte Warstein. Seine Überraschung begann sich in Ärger umzuwandeln.

»Und warum nicht? Sie suchen einen weißen Ford mit Schweizer Kennzeichen, nicht wahr? Aber wir haben jetzt einen schwarzen Wagen mit italienischen Nummernschildern. Okay, näher als zwanzig Meter sollte man ihm nicht kommen, und ich bete zum Himmel, daß es innerhalb der nächsten beiden Stunden nicht regnet. Aber immerhin erkennen sie uns nicht schon auf ein paar Kilometer oder aus der Luft.«

»Woher stammen die Nummernschilder?« fragte Warstein mißtrauisch.

»Geklaut«, antwortete Lohmann fröhlich. »Genau wie die Farbe. Ich war vorhin unten im Dorf, zwei Kilometer von hier. Ein kleiner Spaziergang am frühen Morgen ist sehr gesund. Sollten Sie auch einmal probieren.«

»Und Sie denken, der Diebstahl fällt nicht auf?«

»Die Farbe bestimmt nicht«, behauptete Lohmann. »Franke wird kaum erfahren, daß jemand in eine Scheune eingebrochen ist – falls es überhaupt jemand merkt.«

»Er ist doch nicht blöd!« antwortete Warstein aufgebracht. »Wenn der Fahrer des Wagens merkt, daß seine Schilder weg sind, und es der Polizei meldet, dann zählen sie ganz schnell zwei und zwei zusammen.«

»Er merkt es aber nicht«, behauptete Lohmann fröhlich. »Wissen Sie, im Dorf standen zwei italienische Wagen. Ich habe ein bißchen Bäumchen-wechsle-dich mit den Nummernschildern gespielt.« Er deutete auf die Stoßstange des Van. »Der Fahrer dieses Wagens hat seine Nummernschilder noch. Oder zumindest die, die sein Landsmann jetzt vermißt.«

»Und Sie glauben, das merkt er nicht?«

»Sehen Sie sich jedesmal Ihre Nummernschilder an, ehe Sie losfahren? Außerdem gehört ein kleines bißchen Risiko dazu, wenn die Sache Spaß machen soll.« Er schürzte die Lippen. »Sie sind ein Miesmacher, Warstein, wissen Sie das? Ich verlange ja nicht, daß Sie mir die Füße küssen, aber ein wenig Anerkennung wird man doch wohl erwarten dürfen.«

»Was haben Sie mit der restlichen Farbe vor?« fragte Warstein. »Ich meine, vielleicht wäre es eine gute Idee, wenn Angelika und ich uns auch schwarz anmalen würden. Nach einem Weißen und zwei Negern suchen sie ganz bestimmt nicht.«

»Miesmacher«, antwortete Lohmann. Er klang noch immer geradezu unverschämt fröhlich, und der Umstand, daß es ihm ganz offensichtlich nicht gelang, ihn aus der Ruhe zu bringen, ärgerte Warstein noch mehr. Außerdem mußte er insgeheim zugeben, daß Lohmanns Vorhaben vielleicht doch nicht so verrückt war, wie es im ersten Moment den Anschein hatte. Sicher, der Wagen würde nicht einmal einem flüchtigen Blick aus der Nähe standhalten, geschweige denn einem kritischen. Aber er war nicht mehr das, wonach Frankes Leute Ausschau hielten.

»Das Frühstück ist fertig«, knurrte er. »Ich bin eigentlich nur gekommen, um Ihnen das mitzuteilen.«

»Fünf Minuten, okay?« Lohmann schwang schon wieder seinen Pinsel. »Ich mache das hier fertig. Die Farbe muß eine Stunde trocknen, ehe wir weiterfahren können. Laßt mir eine Tasse Kaffee übrig. Und beten Sie, daß es nicht zu regnen anfängt.«

Warstein hatte es plötzlich eilig, in den Wagen zurückzukommen – und nicht nur, weil er erbärmlich fror. Auch wenn es ihm nicht gelungen war, Lohmanns gute Laune zu erschüttern, so hatte er sich doch wie ein kompletter Idiot benommen. Aber darin, dachte er, hatte er ja hinlänglich Übung.

Angelika blickte ihm fragend entgegen, als er in den Wagen zurückkam und fröstelnd die Hände unter den Achselhöhlen verbarg. »Nun?«

»Kalt«, antwortete Warstein einsilbig.

»Das meine ich nicht. Lohmann. Was sagst du dazu?«

Warstein druckste einen Moment herum. Schließlich zuckte er die Achseln und setzte sich. »Keine Ahnung«, sagte er. »Die Idee ist so abgedreht, daß sie tatsächlich funktionieren könnte.«

»Wahrscheinlich helfen uns sowieso nur noch völlig verrückte Ideen weiter«, pflichtete ihm Angelika bei. Warstein konnte ihr nicht einmal widersprechen. Sie hatte recht. Franke würde jeden auch nur einigermaßen intelligenten Schachzug vorhersehen und entsprechende Gegenmaßnahmen einleiten. Wenn sie überhaupt eine Chance haben wollten, ihn zu übertölpeln, dann vermutlich nur mit etwas vollkommen Widersinnigem.

»Ich verstehe das alles nicht«, sagte Angelika plötzlich.

»Was?«

»Franke«, antwortete Angelika. »Wieso kann er das?«

»Er weiß mehr, als er zugibt«, vermutete Warstein. »Wahrscheinlich weiß er mittlerweile mehr über den Berg als ich.«

»Das meine ich nicht. Ich verstehe nicht, wieso er plötzlich über solchen Einfluß verfügt. Der Mann ist Wissenschaftler, und hier in der Schweiz noch dazu Ausländer! Du weißt, wie pingelig die Schweizer Behörden normalerweise sind, wenn es um ihre Belange geht. Und er schaltet und waltet plötzlich, als . . . als gehöre ihm dieses Land! Er scheint über nahezu unbegrenzten Einfluß zu verfügen.«

Warstein schwieg. Natürlich hatte er sich diese Frage auch schon gestellt, und wenn er auch noch keine wirklich befriedigende Antwort gefunden hatte, so doch ein paar, die der Wahrheit zumindest nahekommen mochten. Das Problem war nur: keine davon gefiel ihm. Außerdem hatte er einfach keine Lust mehr, über Mutmaßungen zu diskutieren. Also sagte er gar nichts.

Leider gab Angelika nicht so schnell auf. Sie schenkte ihm einen Kaffee ein, entzündete eine Zigarette und begann den Rauch in kleinen rhythmischen Stößen durch die Nase auszuatmen. Warstein hustete demonstrativ – was Angelika ebenso demonstrativ überhörte – und überlegte einen Moment, sich auf die andere Seite des Tisches zu setzen. Aber er tat es nicht. Der Rauch wäre dann nur in die andere Richtung gezogen, das wußte er aus leidvoller Erfahrung.

»Trotzdem benimmt er sich wie der Hauptdarsteller in einem schlechten Agentenfilm.« Angelika spann den Faden weiter, während ihr Blick auf einen Punkt irgendwo über dem Armaturenbrett fixiert war. »Wenn er also ganz offenbar über solche Macht verfügt, dann kann das nur eines bedeuten – er hat Hilfe. Unterstützung von höchster Seite, wie man so schön sagt.

Und das wiederum kann nur bedeuten, daß er in diesem Berg etwas ganz außergewöhnlich Wichtiges gefunden hat.«

»Oder Gefährliches«, sagte Lohmann von der Tür aus. Warstein spürte den eisigen Luftzug, den er mit hereinbrachte, noch ehe er aufsah und Lohmann erblickte. Gesicht und Hände des Journalisten waren gerötet, aber pieksauber. Außer der Kälte brachte er einen derart intensiven Geruch nach Nitroverdünnung mit, daß Warstein instinktiv die Luft anhielt und der Zigarette in Angelikas Hand einen erschrockenen Blick zuwarf, als er näherkam und sich zu ihnen an den Tisch setzte. Aber sie hatten noch einmal Glück. Lohmann fing nicht Feuer und sprengte sie alle in die Luft.

»Ich tippe eher darauf, daß das, was sich in diesem Berg verbirgt, ganz besonders gefährlich ist – oder Franke zumindest so tut, als wäre es das.« Lohmann schnüffelte hörbar, und Angelika beugte sich vor und stellte ihm wortlos eine Tasse hin. Er leerte sie in einem einzigen Zug, fuhr sich genießerisch mit der Zunge über die Lippen und warf der Kanne einen sehnsüchtigen Blick zu, den Angelika aber diesmal ignorierte, so daß er sich schließlich selbst bediente.

»Fertig?« fragte Warstein.

Lohmann trank sehr viel langsamer an seinem zweiten Kaffee und nickte.

»Ja. Mit ein bißchen Glück können wir in einer Stunde weiterfahren. Sie müssen mir gleich noch helfen, draußen alle Spuren zu beseitigen.«

»Muß ich?« fragte Warstein. Der Ton, in dem er diese Frage stellte, fiel ihm selbst auf. Warum war er noch immer so feindselig Lohmann gegenüber?

Doch es schien an diesem Morgen nichts zu geben, was die gute Laune des Journalisten beeinträchtigen konnte. Er grinste nur, angelte sich eine Zigarette aus Angelikas Packung und tat sein Bestes, um Warstein nun auch von der anderen Seite her einzunebeln. Er sah auf die Uhr und dann mit sichtlicher Ungeduld zu dem Telefon am Armaturenbrett.

»Er hat noch nicht angerufen«, sagte Warstein. Lohmann

blickte ihn fragend an, so daß er nach einer Sekunde hinzufügte: »Franke.«

»Ach, das.« Irgendwie brachte Lohmann das Kunststück fertig, tatsächlich so zu tun, als wüßte er gar nicht, worüber Warstein sprach. »Nein, ich warte nicht darauf, daß unser Gönner und Beschützer anruft. Ich werde ein paar Telefonate erledigen. Und danach wird sich Ihr Freund wundern, wer sich plötzlich alles für ihn und seine Machenschaften interessiert.«

Warstein verzichtete darauf zu antworten. Möglicherweise unterschätzte er ja die Macht der Presse tatsächlich. Aber zum einen war Lohmann nicht die Presse, sondern allenfalls ein zweitklassiger Sensationsjournalist, und zum anderen unterschätzte Lohmann ganz offensichtlich den Einfluß, den Franke mittlerweile gewonnen hatte. Warstein bezweifelte insgeheim nicht einmal mehr, daß es auch in Frankes Macht stand, sie töten zu lassen, wenn er es für nötig erachtete.

»Wie sieht es mit dem Benzin aus?« fragte er, im Grunde nur, um das Thema zu wechseln.

»Noch genug für ungefähr hundert Kilometer«, antwortete Lohmann. »Kein Problem. Selbst wenn wir einen Umweg machen und erst viel später wieder auf die Autobahn fahren. Unser Chauffeur war freundlich genug, uns auch einen kompletten Kartensatz dazulassen. Wir kommen an einem Dutzend Ortschaften vorbei, die groß genug für eine Tankstelle sind.«

»Sie kennen die Schweiz nicht«, seufzte Warstein. »Außerdem braucht man Geld, um zu tanken. Haben Sie welches – oder wollen Sie es bei passender Gelegenheit stehlen?«

Lohmann überging die Spitze. »Wir haben mehr als genug«, antwortete er. »Angelika und ich haben Kassensturz gemacht, während Sie geschlafen haben.« Er kramte seine Brieftasche hervor. »Meine Kreditkarte ist zwar gesperrt, aber ich habe noch vier Euroschecks – und Angelika hat sogar sechs. Sobald wir an einem Postamt oder einer Bank vorbeikommen, sind wir wieder flüssig.«

Er klappte seine Brieftasche auf, aber nicht, um Warstein die Schecks zu präsentieren, sondern ein einzelnes Blatt hervorzunehmen. Es war die Zeichnung, die Warstein am vergangenen Abend angefertigt hatte. Aus irgendeinem Grund, den er selbst nicht wußte, war ihm der Anblick so unangenehm, daß er Lohmann das Blatt am liebsten weggenommen und es zerknüllt hätte.

»Das ist sehr hübsch«, sagte Lohmann, auf eine Art, die sich ehrlich anhörte. »Ich wußte gar nicht, daß Sie so gut zeichnen können.«

»Es gibt eine Menge über mich, was sie nicht wissen«, knurrte Warstein.

»Warum haben Sie es gezeichnet?«

»Warum nicht?« Warstein war plötzlich nervös. Der Anblick der Zeichnung beunruhigte ihn. Er zuckte unwillig mit den Schultern. »Es gibt keinen Grund. Nur so.«

»Nur so ist keine Antwort«, sagte Lohmann. Aber er beließ es dabei und packte das Blatt wieder weg. Erneut sah er auf die Uhr.

»Wir haben noch eine gute halbe Stunde. Wie wäre es, wenn wir sie uns damit vertreiben, daß Sie uns auch den Rest der Geschichte erzählen?«

»Sie kennen ihn«, erwiderte Warstein. Er sah nicht hin, aber er spürte, daß auch Angelika sich umgewandt hatte und ihn anstarrte. Plötzlich hatte er das Gefühl, Objekt einer kleinen Verschwörung zu sein. Offensichtlich hatten die beiden mehr als nur Kassensturz gemacht, während er geschlafen hatte.

»Die offizielle Version, ja«, nickte Lohmann. »Aber mich interessiert, was wirklich passiert ist. Es war kein Unfall, nicht wahr?«

»Nein«, antwortete Warstein widerwillig. »Aber es ist . . .« Er druckste einen Moment herum. »Sie werden mich für verrückt halten, wenn ich es erzähle.«

»Das tue ich sowieso«, antwortete Lohmann grinsend. Aber es war kein echtes Lächeln. In seinem Blick war etwas Lauerndes, von dem Warstein das Gefühl hatte, daß es gar nicht ihm galt. »Die Frage ist nur, ob ich mich auch für verrückt halte, mit euch beiden hier zu sein, oder nicht. Also?«

Er sprach es nicht aus, aber Warstein hörte ganz deutlich das, was er in Gedanken hinzufügte: Außerdem bist du es mir verdammt noch mal schuldig, mir reinen Wein einzuschenken. Immerhin riskiere ich Kopf und Kragen für dich. Vermutlich hatte er recht damit. Und warum auch nicht? Es wurde allmählich Zeit, ihm – und auch Angelika – zu erzählen, worauf sie sich eingelassen hatten.

»Ich schwöre Ihnen, er war tot!« Die Stimme des jungen Streifenbeamten klang ganz so, wie sein Gesicht aussah – müde und erschöpft, mit einem immer stärker werdenden Anteil von Hysterie. Er war kurz davor, die Beherrschung zu verlieren oder zusammenzubrechen, und Rogler verspürte nicht das erste Mal in den letzten beiden Stunden ein heftiges, ehrlich empfundenes Gefühl von Mitleid.

Er verscheuchte es. Ein Verhör war immer eine unangenehme Sache, für beide, den Verhörten wie den Verhörenden. Rogler gehörte nicht zu jenen Polizisten, denen es Befriedigung oder gar Vergnügen bereitete, jemandem so lange zuzusetzen, bis er zusammenklappte. Und einen Kollegen zu verhören, empfand er als geradezu ekelhaft. Aber es mußte sein. Je eher er sich Gewißheit verschaffte, nun auch wirklich alle Einzelheiten zu kennen, desto eher konnte er den armen Jungen entlassen und nach Hause und ins Bett schicken, wo er hingehörte. Und das schon seit Stunden.

»Vielleicht haben Sie sich getäuscht. Ich meine – Sie waren aufgeregt. Es war dunkel, und vielleicht hatten Sie ja auch ein bißchen Angst?« Franke, der mit vor der Brust verschränkten Armen an einem Aktenschrank neben dem Fenster lehnte, betrachtete den Polizeibeamten mit einem Lächeln, dem jegliche Spur von Wärme abging. Er war vor einer viertel Stunde hereingekommen, hatte den freien Stuhl neben dem Schreibtisch ignoriert und genau dort und genau so Aufstellung genommen, wie er noch jetzt dastand. Rogler ging erst jetzt auf, daß er von seinem Platz am Fenster aus sowohl den Streifenbeamten als auch ihn genau im Auge behalten konnte, ohne selbst direkt gesehen zu werden, solange nicht einer von ihnen den Blick wandte. »Vielleicht haben Sie ihn ja nur verletzt. Oder ganz danebengeschossen.«

»Aus einem Meter Entfernung?«

Franke nahm die Arme herunter, rührte sich aber nicht von der Stelle. »Erzählen Sie mir die ganze Geschichte«, sagte er.

»Aber das habe ich doch schon ein dutzendmal!«

»Mir nicht«, antwortete Franke ungerührt. »Bitte.«

Der Polizist warf Rogler einen beinahe flehenden Blick zu, aber Rogler blieb stumm. Seine Anweisungen waren eindeutig – Franke war der Boß.

»Also gut.« Die Stimme des Beamten klang jetzt nur noch resignierend. Und sehr müde. Er tat Rogler aufrichtig leid, nicht nur wegen des stundenlangen Verhörs, das hinter ihm lag. Jemanden zu erschießen, war eine schlimme Sache; der Alptraum jedes Polizeibeamten, der diese Bezeichnung wirklich verdiente. Rogler selbst hatte noch nie auf einen Menschen geschossen, geschweige denn, jemanden erschossen, aber er hatte es oft genug miterlebt, und er wußte, wie schwer es war, damit fertig zu werden. Manche schafften es nie.

»Wir hatten Streifendienst, Matthias und ich. Wir waren mit dem Wagen unterwegs, als die Alarmmeldung kam, und da wir in der Nähe waren, fuhren wir hin. Ich habe die beiden sofort gesehen. Sie waren noch nahe an dem Juweliergeschäft, aus dem der Alarm gekommen war, und außerdem sehr auffällig gekleidet. Also haben wir angehalten und sie aufgefordert stehenzubleiben. Aber sie sind nicht stehengeblieben.«

Er stockte. In seinem Gesicht zuckte ein Muskel, und Rogler sah, wie sich seine Hände so fest um die Armlehnen des Stuhles schlossen, daß das Holz knirschte.

»Ich ... ich habe meine Waffe gezogen und sie noch einmal aufgefordert stehenzubleiben. Als sie wieder nicht reagiert haben, habe ich einen Warnschuß abgegeben.«

Das stimmte nicht. Sein Kollege hatte etwas anderes ausgesagt, und Rogler hatte die Dienstwaffe des jungen Beamten vor sich in der Schreibtischschublade liegen. Aus dem Magazin fehlten drei Patronen. Nicht vier. Aber er sagte nichts dazu. Es hatte keinen Sinn, dem armen Kerl noch mehr Ärger zu bereiten. Nicht so, wie die Dinge lagen.

»Und?« fragte er, als der Beamte nicht von sich aus weitersprach, sondern nur aus starr geweiteten Augen ins Leere sah.

»Er ist trotzdem weitergegangen. Der . . . der Ältere ist stehengeblieben, aber der Jüngere von beiden ist immer weitergegangen. Kam einfach auf mich zu und lächelte.«

»Und da haben Sie geschossen«, sagte Franke.

»Nicht sofort. Ich habe ihn angeschrieen, er sollte stehenbleiben, oder ich schieße. Aber er hat nicht gehört. Und dann hat er eine Bewegung gemacht, und ich dachte, er wollte mich angreifen, und habe abgedrückt. Dreimal.«

»Und Sie haben getroffen?«

»Ich konnte gar nicht vorbeischießen«, flüsterte der Beamte. »Ich . . . mein Gott, ich habe gesehen, wie die Kugeln in seine Brust einschlugen. Er ist zurückgestolpert und gestürzt, und . . . und alles war plötzlich voller Blut.« Er kämpfte jetzt sichtlich mit letzter Kraft um seine Beherrschung.

»Vielleicht war er nur verletzt«, sagte Franke. »Woher wollen Sie wissen, daß er wirklich tot war? Ich meine . . . Tote stehen im allgemeinen nicht auf und spazieren davon.«

»Er war tot«, beharrte der Beamte. »Ich bin . . . neben ihm niedergekniet. Ich wollte ihm helfen, aber dann habe ich sein Gesicht gesehen. Und seine Augen.«

»Was war damit?«

»Sie waren tot. Es war kein Leben mehr darin. Und er hat nicht geatmet.«

»Sie haben sich überzeugt?« fragte Rogler sanft, in ruhigem Ton, ehe Franke die gleiche Frage auf eine Art stellen konnte, die den Streifenbeamten vollends zusammenbrechen ließ.

Ein kaum sichtbares Nicken. »Er hatte keinen Puls. Sein Herz schlug nicht mehr.«

»Und weiter?«

»Ich . . . ich weiß nicht, wie lange . . . wie lange ich so dagesessen habe. Ich war ... wie vor den Kopf geschlagen. Ich meine, ich ... ich wollte ihn nicht erschießen, aber er hat nicht auf mich gehört, und ich dachte, er wollte mich angreifen, und ...«

Es war soweit, dachte Rogler. Noch eine Sekunde, und er würde nur noch als wimmerndes Häufchen Elend dasitzen. »Wir glauben Ihnen«, unterbrach er ihn. »Sie müssen sich nicht verteidigen. Ihr Kollege hat Ihre Aussage voll bestätigt. Sie haben richtig gehandelt. Was geschah weiter?«

»Nach einer Weile ... berührte mich jemand an der Schulter«, antwortete der Beamte stockend. »Ich dachte, es wäre Matthias – mein Kollege. Aber es war ... der andere.«

»Der zweite Mann?« hakte Franke nach.

»Der Ältere, ja. Er ... er schob mich einfach weg. Ich wußte nicht, was ich tun sollte, und Matthias auch nicht. Er hatte schon einen Krankenwagen angefordert, glaube ich, also ließ ich ihn gewähren. Er hat ... er hat seine Stirn berührt und ... und irgend etwas gesagt. Und plötzlich stand er auf, als wäre nichts geschehen. Ich meine, da ... da war all dieses Blut und diese schrecklichen Wunden, aber er stand einfach auf, lächelte und sah mich an. Und ... und dann sagte er noch, daß Mutter Erde mich liebt und wir alle Kinder der gleichen Schöpfung sind und ich ihn nicht fürchten müsse und daß es an der Zeit wäre, zu mir selbst zu finden.« Er lachte hysterisch. »Genau das hat er gesagt.«

»Der andere Mann, der Ältere«, sagte Franke. »Was genau hat er gesagt, als er den Verletzten berührte?«

»Ich weiß es nicht«, murmelte der Beamte. »Bitte, ich ... ich kann nicht mehr. Ich habe Ihnen alles gesagt, was ich weiß. Sie sind ... einfach weggegangen. Ganz langsam.«

»Und Sie haben nicht versucht, Sie aufzuhalten? Ich meine, die beiden waren immerhin wahrscheinlich gerade aus dem Juweliergeschäft –«

»Jetzt reicht es aber«, unterbrach ihn Rogler erbost. Er machte eine Handbewegung zu dem Beamten.

»Sie können gehen. Nehmen Sie sich zwei Tage frei, aber reden Sie mit niemandem über das, was passiert ist.«

»Moment!« protestierte Franke, doch Rogler wiederholte seine auffordernde Bewegung, und der Polizist erhob sich hastig von seinem Stuhl und ging zur Tür. Bevor er den Raum verließ, wandte er sich noch einmal um und sah Rogler an, auf eine Weise, als gäbe es da doch noch etwas, was er zu erzählen vergessen hatte. Aber dann streifte sein Blick wieder Franke, und er öffnete mit einem Ruck die Tür und stürmte hinaus.

Rogler wartete, bis sie allein waren, ehe er sich mit einer betont langsamen Bewegung zu Franke herumdrehte. »Sie wissen anscheinend nie, wenn es genug ist, wie?« fragte er.

»Und Sie scheinen nicht zu wissen, was wirklich wichtig ist«, antwortete Franke, allerdings in erstaunlich friedfertigem Ton. Er deutete auf die Tür. »Dieser Mann hat uns gerade erzählt, daß vor seinen Augen ein Toter wiederauferstanden ist, und Sie lassen ihn so mir nichts dir nichts nach Hause gehen.«

»Noch eine Minute, und ich hätte ihn nach Hause tragen lassen müssen«, sagte Rogler. »Der Junge stand kurz vor dem Zusammenbruch, ist Ihnen das nicht aufgefallen?«

Franke setzte sichtlich zu einer scharfen Entgegnung an – aber dann zuckte er plötzlich mit den Schultern, stieß sich von seinem Halt ab und kam mit langsamen Schritten um den Tisch herum, um sich auf den gleichen Stuhl zu setzen, auf dem der Beamte Platz genommen hatte. »Wahrscheinlich verstehen Sie mehr davon als ich«, räumte er ein. »Okay, Sie haben recht. Ich entschuldige mich.« Er versuchte ein Gähnen zu unterdrücken, schaffte es aber nicht ganz, und während er die Hand vor den Mund hob, fiel Rogler zum ersten Mal auf, wie erschöpft und müde Franke an diesem Morgen aussah. Trotz seiner tadellos sitzenden Kleidung und der frischen Rasur machte er einen übernächtigten Eindruck. In seinen Augen stand ein wirres Flackern, das er zwar unterdrücken, aber nicht ganz verhehlen konnte.

»Wann haben Sie das letzte Mal geschlafen?« fragte Rogler.

Franke überging die Frage. »Was halten Sie davon?«

»Von der Geschichte?« Franke nickte, und Rogler fuhr nach einer Sekunde des Überlegens fort: »Ehrlich gesagt, ich weiß es nicht. Sie klingt unglaublich, aber auf der anderen Seite ... Ich habe mit dem anderen Beamten gesprochen. Er bestätigt die Schilderung seines Kollegen Wort für Wort. Außerdem war ich da. Der Mann sagte die Wahrheit – es war wirklich eine Menge Blut auf dem Pflaster. Eigentlich mehr, als ein Mensch verlieren kann, wenn er danach noch einfach davonspazieren will. Andererseits stehen Tote nicht einfach so auf und marschieren davon.«

»Vielleicht stand er einfach unter Schock«, überlegte Franke. »So etwas soll vorkommen – daß Menschen schwer verletzt werden und es gar nicht merken.«

»Solche Geschichten werden zwar immer wieder erzählt, aber sie sind einfach nicht wahr«, antwortete Rogler. »Nicht bei so schweren Verletzungen, und nicht bei einem solchen Blutverlust. Und selbst wenn, wäre er fünf Minuten später tot umgefallen.«

»Also doch die wundersame Auferstehung von den Toten?« Franke lächelte schief.

»Ich habe nicht die mindeste Ahnung«, antwortete Rogler ernst. »Und ich weigere mich auch, darüber nachzudenken, was passiert sein mag. Wir haben eine gute Beschreibung der beiden, und wir haben die Werkzeugtasche, die sie in dem Juweliergeschäft zurückgelassen haben, mit jeder Menge wunderschöner Fingerabdrücke. Wir werden sie kriegen. Wenigstens den, der noch lebt.«

»Und wenn nicht?« fragte Franke.

»Wenn nicht«, antwortete Rogler, »schließe ich die Akte und lege sie in den gleichen Schrank, in dem schon einige andere liegen. Die über einen Zug, der in zwei Stunden um zweihundert Jahre altert, zum Beispiel. Oder die über eine Planierraupe, die vor den Augen ihrer Besitzer zu einem Schrotthaufen zerschmilzt.«

Franke war überrascht. »Sie wissen davon?«

»Ich bin nicht blöd«, sagte Rogler ruhig.

»Ich weiß. Wären Sie es, hätte ich Sie nicht zu meinem Assistenten gemacht.«

»Ihrem Laufburschen, meinen Sie«, antwortete Rogler. »Dem Dummkopf, der alles tut, was man ihm aufträgt, und keine lästigen Fragen stellt.«

Franke gähnte. »Sie sind verbittert«, stellte er fest. »Vielleicht sogar mit Recht. Ich habe Ihnen versprochen, Ihnen alles zu erzählen, ich weiß. Vielleicht ist es jetzt an der Zeit. Auch wenn Sie enttäuscht sein werden.«

»Lassen Sie es darauf ankommen«, sagte Rogler. »Meine Kooperationsbereitschaft neigt sich allmählich dem Ende entgegen, wissen Sie? Was ist hier los, Doktor Franke? Was geschieht hier?«

Er hatte nicht mit einer Antwort gerechnet, aber einen Moment später sagte Franke leise: »Ich weiß es nicht, Rogler. Nicht mehr. Ich dachte, ich wüßte es, aber jetzt ... Es stimmt nicht.«

»Was stimmt nicht?«

»Was passiert«, antwortete Franke. »Was hier vorgeht. In dieser Stadt und mit den Menschen hier. Es paßt nicht zu meiner Theorie.« Er lächelte schmerzlich. »Kennen Sie das Gefühl, Rogler? Sie haben eine Theorie, die ganz wunderbar zu ihrem Problem paßt. Alles scheint zu stimmen, und Sie wollen schon die Hand ausstrecken, um nach der Lösung zu greifen, und plötzlich geschieht irgend etwas, das ihre gesamte wunderbare Theorie über den Haufen wirft?«

»Das kenne ich«, sagte Rogler. »Es ist mir auch schon passiert. Oft sogar. Warum verraten Sie mir nicht einfach Ihre Theorie, und wir denken gemeinsam darüber nach, was daran nicht stimmt?«

»Ich glaube nicht, daß Sie mir helfen können«, antwortete Franke, aber es gelang ihm, die Worte nicht verletzend klingen zu lassen.

»Vielleicht doch«, sagte Rogler. »Ich bin kein Wissenschaftler wie Sie, aber in gewisser Weise ähnelt sich das, was wir tun. Wir beide suchen nach Lösungen für Probleme, die wir manchmal noch nicht einmal kennen.«

Franke überlegte lange und sichtlich angestrengt. Dann sah er auf die Uhr und nickte. »Okay. Ich muß . . . ein paar Telefonate führen, aber ich verspreche Ihnen, daß wir uns heute nachmittag unterhalten. Sobald ich zwei, drei Dinge geklärt habe.« Er deutete auf das Telefon. »Darf ich?«

Es dauerte einen Moment, bis Rogler überhaupt begriff, aber dann stand er fast hastig auf. »Selbstverständlich. Ich muß sowieso weg. Einen Hausbesuch machen.«

Franke sah ihn fragend an.

»Der Stadtrat verlangt nach mir«, erklärte Rogler mit einem schiefen Grinsen. »Einige Hoteliers haben sich beschwert, daß ihre Gäste belästigt werden. Anscheinend denkt man im Rathaus, ich hätte nichts Besseres zu tun, als dafür zu sorgen, daß der Fremdenverkehr nicht gestört wird.«

»Strenggenommen haben Sie sogar recht damit«, antwortete Franke. Er streckte die Hand nach dem Telefon aus, zog den Arm dann aber wieder zurück und sah Rogler nachdenklich an. »Was genau haben Sie damit gemeint, ihre Gäste werden belästigt?«

Rogler zuckte die Achseln. »Das weiß ich nicht. Deswegen will ich ja hin. Aber ich nehme an, es sind diese seltsamen Hare-Krishna-Brüder und all die anderen.« Er seufzte tief. »Es kommt mir fast so vor, als ob sich alle Verrückten der Welt ein Stelldichein hier in Ascona geben.« Er dachte einen Moment lang daran, Franke von seinem eigenen Erlebnis mit den Verrückten zu berichten, schwieg aber. Er hatte ein ungutes Gefühl, wenn er an die Szene zurückdachte, aber es war ein Empfinden von seltsam privater Natur, daß er mit niemandem teilen wollte. Mit Franke schon gar nicht.

»Warten Sie«, sagte Franke. »Draußen auf dem Flur, bitte. Ich werde meinen Anruf erledigen, und dann begleite ich Sie.«

Der Tag hatte mit einem Versprechen begonnen, das bis jetzt nicht eingelöst worden war: am Morgen hatte es nach Regen ausgesehen. Die Temperaturen lagen noch immer über dreißig Grad, doch im Laufe des Vormittages hatte sich ein sanfter Wind erhoben, und die Menschen am Berg atmeten spürbar auf. Es war nicht einmal viel kühler als an den vorangegangenen Tagen, aber allein der Umstand, daß es nicht noch wärmer geworden war, stellte bereits eine fühlbare Erleichterung dar.

Saruters Besuch war drei Tage her, bisher hatte Franke die Chance nicht genutzt, Warstein endgültig den Garaus zu machen. Ganz im Gegenteil – am vergangenen Abend hatte er sich in erstaunlich versöhnlicher Haltung gezeigt und Warstein sogar auf ein Bier in die Kantine eingeladen, was Warstein ausgeschlagen hatte. Was Franke anging, betrachtete ihn Warstein mittlerweile aus dem Blickwinkel Homers: er mißtraute ihm – vor allem, wenn er mit Geschenken kam. Trotzdem begann er sich allmählich zu fragen, ob Franke nicht – zumindest teilweise – recht hatte. Nach ihrem Streit und dem Gespräch mit dem Einsiedler war er fest davon überzeugt gewesen, daß irgend etwas Furchtbares geschehen würde. Aber es war nichts geschehen. Weder hatte sich die Erde aufgetan, um sie alle zu verschlingen, noch war ihnen der Himmel auf den Kopf gefallen.

Warstein schloß geblendet die Augen, als er aus der Baracke trat. Es war Mittag. Er war hungrig, und er fühlte sich auf eine wohltuende Art müde. Er war sehr früh aufgestanden, an die Arbeit gegangen, und er war gut vorangekommen. Jetzt freute er sich auf eine gemütliche halbe Stunde beim Essen. Ein wenig überrascht registrierte er, wie hell die Sonne an diesem Tag schien. Der Himmel und die Luft über dem Berg schienen viel klarer als sonst, und der Blick reichte weiter. Außerdem war die Temperatur angenehmer als drinnen. In der Baracke sorgte eine Klimaanlage (die wegen der teuren Computer angeschafft worden war, nicht etwa, um den Mitarbeitern aus Fleisch und Blut die Arbeit zu erleichtern) für eine stets gleichbleibende Temperatur; hier draußen übernahm diese Aufgabe der Wind, auf eine natürlichere und angenehmere Art.

Er zog die Sonnenbrille aus dem Kittel, setzte sie auf und sah nach oben. Irgendwo, weit entfernt, grollte Donner, aber der Himmel über dem Berg war klar. Direkt über ihm standen ein paar Kumuluswolken, aber von dem Gewitter, dessen Grollen er hörte, war keine Spur zu sehen.

Das entfernte Rumoren wiederholte sich, während er den freien Platz vor dem weißgestrichenen Kantinengebäude überquerte. Es war jetzt lauter, aber Warstein wußte, daß das dazugehörige Gewitter bei der für einen Stadtmenschen wie ihn verwirrenden Akustik hier in den Bergen durchaus Hunderte von Kilometern entfernt sein konnte. Die Chancen, daß es einen Zwischenspurt einlegte und den Berg erreichte, ehe sich seine Wut selbst aufgezehrt hatte, waren minimal. Außerdem war er nicht sicher, ob er die drückende Hitze der zurückliegenden Tage wirklich sofort gegen ein Sommergewitter eintauschen wollte. Warstein hatte ein einziges Mal ein Unwetter hier in den Bergen erlebt, und obwohl es zwei Jahre zurücklag, verspürte er wenig Lust auf eine Wiederholung. Damals hatte er geglaubt, daß der Weltuntergang bevorstünde.

Als er sich in die Reihe der Wartenden vor der Essensausgabe einfädelte, entdeckte er Hartmann. Seit der häßlichen Szene mit Franke hatte er nicht mehr mit dem Sicherheitsbeamten gesprochen; was allerdings weniger daran lag, daß Hartmann ihm aus dem Weg gegangen wäre, sondern wohl eher an der Tatsache, daß die Sicherheitsbestimmungen auf der Baustelle auf Frankes Anordnung hin noch einmal verschärft worden waren und Hartmann vor Arbeit kaum mehr aus den Augen schauen konnte. Er sah auch jetzt müde und sehr erschöpft aus. Trotzdem lächelte er, als er Warstein erblickte, und nach ein paar Sekunden des Zögerns gab er seinen Platz ein gutes Stück weiter vorne in der Schlange sogar auf und trat an seine Seite. Warstein erwiderte sein Lächeln, aber er war zugleich verlegen. Er hatte noch immer ein schlechtes Gewissen, wenn er an Frankes Worte zurückdachte. Die Drohung war ernst gemeint gewesen.

So war es auch Hartmann, der das Gespräch eröffnete, nicht er, und auf eine Art, die Warstein verriet, daß ihm die Situation mindestens ebenso unangenehm war wie ihm selbst.

»Hallo«, sagte er. »Sie wollen es wirklich riskieren?«

»Was?«

»Das Essen.« Hartmann deutete zur Theke, hinter der drei schwitzende Köche im Akkord Teller und Suppentassen füllten. »Heute ist Freitag. Da gibt es immer die Reste vom Vortag.«

»Ich dachte, das hätte es gestern gegeben«, antwortete Warstein.

Hartmann schüttelte mit todernster Miene den Kopf. »Gestern gab es die Reste von vorgestern«, sagte er betont. »Strenggenommen ist also das, was es heute gibt, mindestens schon drei Tage alt. Falls es da nicht schon vom Tag vorher war.«

»Dann wollen wir hoffen, daß es nicht bald wieder anfängt zu leben«, antwortete Warstein. Er stellte sich auf die Zehenspitzen, um über die Köpfe der Männer vor sich hinweg einen Blick auf das Essen zu erhaschen. Statt dessen begegnete er dem verärgerten Blick eines Kochs. Sie hatten laut genug gesprochen, um auch auf der anderen Seite des Tresens noch verstanden zu werden, und der Mann schien nicht besonders viel Humor zu haben. Warstein zog eine entschuldigende Grimasse und sah rasch weg. Die Tradition, über das Essen zu witzeln, bestand vermutlich so lange, wie es Kantinen gab, aber im Grunde konnten sie sich nicht beschweren. Auch die beste Küche wurde langweilig, wenn man sie drei Jahre lang ununterbrochen genoß.

Die Schlange rückte rasch vor, und obwohl Warstein vorsichtshalber nichts mehr gesagt hatte, fielen seine und Hartmanns Portionen ausgesprochen mager aus. Er beschwerte sich nicht, sondern beeilte sich im Gegenteil, einen Platz an einem freien Tisch am Fenster einzunehmen. Hartmann gesellte sich zu ihm.

Sie aßen schweigend, aber Warstein spürte, daß Hartmann nicht grundlos an seinem Tisch saß; so wenig, wie er aus purer Höflichkeit zu ihm gekommen war. So, wie die Dinge lagen, wäre er es ihm vermutlich schuldig gewesen, das Gespräch zu eröffnen. Aber er fühlte sich immer noch ein wenig unbehaglich, und so beendeten sie ihre Mahlzeit wortlos. Erst als sie beim Dessert angekommen waren, brach Hartmann das mittlerweile peinliche Schweigen.

»Hat er sich wieder beruhigt?«

»Franke?« Warstein zuckte mit den Schultern und versenkte den Blick in seinen Himbeerpudding. »So weit er dazu in der Lage ist, ja – glaube ich. Sicher kann man bei ihm nie sein.«

»Uns setzt er jedenfalls gehörig zu.« Hartmann seufzte tief. »Noch zwei Wochen, und diese Baustelle ist besser abgesichert als Fort Knox. Wußten Sie, daß er versucht hat, scharfe Waffen für die Hundepatrouillen zu bekommen?«

Warstein sah überrascht auf, aber er mußte wohl auch ein wenig erschrocken gewirkt haben, denn Hartmann hatte es plötzlich sehr eilig, eine beruhigende Geste zu machen. »Es ist bei dem Versuch geblieben«, sagte er. »Hier gibt es im Umkreis von fünfhundert Kilometern nichts, auf das sich zu schießen lohnt. Und die Behörden hier sehen das wohl genauso.«

»Ein Ziel wüßte ich«, sagte Warstein versonnen.

Hartmann lachte. »Wenn Sie an dasselbe denken wie ich, besorge ich persönlich die Munition.« Er wurde wieder ernst. »Vielleicht liegt es auch nur an der Hitze. Dieses verdammte Wetter macht uns allmählich noch alle verrückt. Waren Sie in den letzten Tagen drinnen im Berg?«

Warstein schüttelte den Kopf.

»Der reinste Backofen«, fuhr Hartmann fort. »Die Jungs dort drinnen tun mir wirklich leid. Ich meine, niemand hat ihnen gesagt, daß sie in einem Mikrowellenherd arbeiten müssen.«

»Sind Sie sicher?« fragte Warstein. »Ich meine – ein Berg heizt sich nicht auf wie eine Wellblechhütte. Normalerweise müßte es dort drinnen eher kalt sein.« Es war zwei Wochen her, daß er den Tunnel das letzte Mal betreten hatte, aber er überprüfte regelmäßig die Meßergebnisse auf seinen Instrumenten, und die Daten hätten ihm verraten, wenn dort drinnen irgend etwas Ungewöhnliches geschehen wäre.

»Ich war heute morgen selbst dort«, versicherte Hartmann. »Schnuckelige vierzig Grad – schätze ich. Ich war froh, als ich wieder draußen war. Na ja – vielleicht gibt es ja bald Regen. Höchste Zeit.«

»Das Gewitter wird uns wohl kaum erreichen«, antwortete

Warstein geistesabwesend. Er hatte das Terminal seiner Lasermeßstation vor einer halben Stunde kontrolliert, und die Geräte hatten nichts Außergewöhnliches angezeigt. Hartmann mußte sich irren.

»Welches Gewitter?« fragte Hartmann.

»Haben Sie den Donner nicht gehört?« Warstein riß sich fast gewaltsam in die Wirklichkeit zurück. Er würde den Computer noch einmal alles durchchecken lassen, sobald er zurück war.

»Donner?« Hartmann lachte leise. »Kaum. Aber ich habe vor einer halben Stunde den Wetterbericht gehört – die ganze Schweiz stöhnt unter einer Hitzewelle. Sie müssen sich getäuscht haben.«

Warstein war ziemlich sicher, sich nicht getäuscht zu haben, aber die Sache war es nicht wert, sich darüber zu streiten. Außerdem neigte sich die Pause bereits ihrem Ende zu, und er spürte, daß Hartmann noch etwas auf dem Herzen hatte.

»Also?« fragte er geradeheraus. »Was kann ich für Sie tun?«

Hartmann zögerte, zugleich überrascht wie sichtlich verlegen. »Ich habe wohl kein großes Talent zum Schauspieler, wie?« fragte er.

»Vielleicht bin ich einfach nur ein guter Menschenkenner«, antwortete Warstein – was selbst bei optimistischer Betrachtungsweise geschmeichelt war. Es hatte eine Zeit gegeben, da hatte er Franke für einen netten Menschen gehalten. Nach einer Sekunde fügte er hinzu: »Nur keine falsche Scheu. Ich bin Ihnen etwas schuldig.«

Hartmann tat ihm nicht den Gefallen zu widersprechen, aber er antwortete auch nicht gleich, sondern nippte an dem alkoholfreien Bier, das er sich zum Essen genommen hatte; nicht um seinen Durst zu löschen, sondern einzig um Zeit zu gewinnen – und sich unauffällig umzusehen. Die Tische in ihrer unmittelbaren Nachbarschaft waren besetzt, aber die Männer waren allesamt in ihre eigenen Gespräche vertieft. Niemand hörte ihnen zu.

Trotzdem senkte er die Stimme zu einem halblauten Flüstern, als er schließlich antwortete: »Ich trage mich mit dem Gedanken zu kündigen.«

Warstein war kein bißchen überrascht. So, wie Franke Hartmann in den letzten Wochen und Monaten zugesetzt hatte, hatte er eigentlich schon längst damit gerechnet. »Das kann ich verstehen«, sagte er. »Trotzdem sollten Sie eine solche Entscheidung nicht vorschnell treffen. Es ist ein guter Job, trotz allem. Und er wird sehr gut bezahlt.« Konkret hatte er keine Ahnung, was Hartmann verdiente, und es interessierte ihn auch nicht besonders. Aber sie wurden alle übertariflich bezahlt. Dazu kamen noch diverse Zuschläge und Prämien, so daß die meisten Männer hier fast mit dem Doppelten dessen nach Hause gingen, was sie normalerweise für eine vergleichbare Arbeit hätten erwarten können. Hartmann machte da sicher keine Ausnahme.

»Ich weiß«, sagte Hartmann. »Und außerdem bin ich nicht mehr der Jüngste. Es ist fraglich, ob ich überhaupt noch einmal so einen Job bekomme.«

»Das Schlimmste haben wir hinter uns«, sagte Warstein. »Und Franke wird sich schon wieder beruhigen.« Warum überredete er Hartmann eigentlich hierzubleiben? Tief in sich spürte er, daß Hartmanns Entschluß, die Baustelle zu verlassen, das einzig Vernünftige war. Sie alle sollten von hier weggehen; und das schnell und so weit weg wie nur möglich.

»Es geht nicht um Franke«, sagte Hartmann.

»Nicht?«

Hartmann lächelte. »Wissen Sie, Herr Warstein, ich habe in meinem Leben eine Menge Frankes kennengelernt. Es gibt sie überall. Glauben Sie mir, es ist vollkommen gleich, wohin Sie gehen – es findet sich fast immer jemand, der glaubt, den Chef herauskehren zu müssen. Franke ist vielleicht ein bißchen unangenehmer als die meisten, aber um mich zu vergraulen, reicht das noch lange nicht. Ich habe etwas, was den meisten wie ihm abgeht – Geduld. Ich warte einfach ab. Meistens dauert es nicht einmal lange, bis sie sich mit dem Falschen anlegen und den kürzeren ziehen oder sich selbst ein Bein stellen und auf der Nase landen. Franke ist nicht der Grund.«

»Was dann?« fragte Warstein.

Hartmann zuckte die Achseln und begann mit dem Fingernagel die Ränder des Etiketts seiner Bierflasche nachzuzeichnen. »Das alles hier«, sagte er, noch leiser als bisher und in fast verlegenem Ton. »Es ... es macht mir angst. Manchmal stehe ich morgens auf und habe das Gefühl, belauert zu werden, und manchmal wache ich nachts auf und spüre, daß da draußen ... irgend etwas ist.« Er lächelte nervös. »Albern, nicht?«

»Keineswegs«, antwortete Warstein. Ob er ihm erzählen sollte, daß es ihm ganz genauso erging? Besser nicht. Bestenfalls würde Hartmann annehmen, daß er das nur sagte, um ihn zu beruhigen.

»Ich war schon auf vielen Baustellen. Kleinen, großen, guten, schlechten ... aber das hier ...« Er seufzte, setzte seine Bierflasche an und stellte erst dann fest, daß sie leer war. »Irgend etwas hier ist unheimlich. Manchmal frage ich mich, ob dieser verrückte Alte, der da oben auf dem Berg haust, nicht recht hat.«

»Das hat er ganz bestimmt«, antwortete Warstein. »Aber vielleicht anders, als er glaubt. Ich denke auch, daß es falsch ist, was wir hier tun.« Er lächelte, als er Hartmanns überraschten Gesichtsausdruck bemerkte. »Vor drei Jahren, als Franke mir diesen Job angeboten hat, da hielt ich es für eine großartige Sache. Aber mittlerweile bin ich nicht mehr sicher.«

Das kam der Wahrheit nur entfernt nahe. Tatsächlich hatte er sich längst entschlossen, etwas wie das hier nie wieder zu machen. Er würde sich nicht die Haare lang wachsen lassen und in eine einsame Hütte am Amazonas ziehen, aber es gab auch in der Industrie genug andere Jobs, in denen ein Mann mit seinen Fähigkeiten gebraucht wurde. Ganz gleich wie diese Geschichte ausging, eines hatte er gelernt: man konnte die besten Absichten haben und trotzdem unermeßlichen Schaden anrichten.

»Waren Sie nicht der junge Wissenschaftler, der mir stundenlang davon vorgeschwärmt hat, wie großartig dieses Projekt doch ist?« fragte Hartmann.

»Genau der«, gestand Warstein. »Aber man lernt aus Fehlern, nicht wahr? Wissen Sie was – ich mache Ihnen einen Vorschlag. Wir beißen beide die Zähne zusammen und halten das letzte

Jahr noch durch, und anschließend sehen wir uns gemeinsam nach einem neuen Job um.«

Auch das war bestenfalls eine fromme Lüge und nicht einmal besonders überzeugend. Mit Ausnahme der Tatsache, daß sie für die gleiche Firma arbeiteten und den gleichen Intimfeind hatten, hatten sie wenig miteinander gemein. Ihre Wege würden sich trennen, sobald dieses Projekt abgeschlossen war, und Warstein konnte gar nichts für Hartmann tun; es sei denn durch einen reinen Zufall. Aber Hartmann begriff die gute Absicht hinter diesen Worten und lächelte dankbar.

»Überschlafen Sie es«, sagte Warstein. »Und danach unterhalten wir uns noch einmal. Man muß nicht immer gleich zum drastischsten Mittel greifen, finde ich.« Erneut fragte er sich, warum er Hartmann eigentlich mit aller Macht von seinem Entschluß abzubringen versuchte. Obwohl er diesen Mann kaum kannte, empfand er doch ein fast absurdes Verantwortungsgefühl. Ein Job war nicht nur ein Job. Hartmann hatte eine Familie zu versorgen, und er hatte es ja gerade selbst gesagt: es war fraglich, ob er jemals wieder ein solches Angebot bekam; nicht in seinem Alter, und nicht mit dem Zeugnis, das Franke ihm ausschreiben würde.

Bevor Hartmann antworten konnte, rollte das Echo eines fernen Donnerschlages von draußen herein. Warstein sah überrascht auf und blickte aus dem Fenster. So weit er erkennen konnte, war der Himmel noch immer wolkenlos und von einem schon beinahe kitschigen Blau.

»Was ist?« fragte Hartmann.

»Nichts«, antwortete Warstein. »Aber ich hätte die Wette gewonnen – wenn wir gewettet hätten.«

»Welche Wette?«

»Ob es regnet. Anscheinend kommt das Gewitter doch schneller, als ich dachte.«

»Gewitter?« Hartmann versuchte, an ihm vorbei einen Blick aus dem Fenster zu werfen. »Tut mir leid, aber ich sehe nichts.«

»Sie müssen den Donner doch eben gehört haben«, erwiderte Warstein, und wie um ihm recht zu geben, rollte ein zweites, lang nachhallendes Grollen über die Berge.

»Ich höre nichts«, behauptete Hartmann.

Warstein suchte aufmerksam in seinem Gesicht nach irgendeiner verräterischen Spur, aber da war kein Spott, kein unterdrücktes Lächeln. Entweder war Hartmann ein ausgezeichneter Schauspieler, oder er hatte tatsächlich nichts gehört. Allerdings – wenn es so war, dann waren wohl auch alle anderen hier mit Taubheit geschlagen. Warstein sah sich rasch in der Kantine um. Niemand blickte zum Fenster. Niemand hatte sein Gespräch unterbrochen.

»Vielleicht ... habe ich mich getäuscht«, sagte er zögernd. Das hatte er ganz bestimmt nicht. Aber er war plötzlich nicht mehr ganz sicher, daß es wirklich Donner gewesen war. Der Laut hatte irgendwie ... bösartig geklungen. Wie das Echo von etwas Schlimmem, das näher kam.

Bevor sie das Gespräch fortsetzen konnten, ging die Tür auf, und Franke kam herein. Er trug den gleichen, weißen Kittel wie Warstein und die anderen technischen Angestellten und schwenkte einen Stapel mit Computerausdrucken. Das Lächeln auf seinem Gesicht erfüllte Warstein schon wieder mit einer unangenehmen Vorahnung.

Er sollte recht behalten. Franke erblickte ihn und Hartmann schon von weitem und durchmaß den Raum mit weit ausgreifenden, schnellen Schritten, wobei er die Papiere in seiner Rechten schwenkte wie eine Kriegsfahne. Sein Lächeln war eigentlich gar kein richtiges Lächeln, sondern etwas wie das Grinsen eines Raubtieres, das seine Beute wehrlos und in bequemer Reichweite vor sich entdeckte.

»Störe ich beim Essen?« fragte er, zog sich einen Stuhl heran und setzte sich, ohne eine entsprechende Aufforderung oder gar eine Antwort auf seine Frage abzuwarten. Warstein deutete ein Kopfschütteln an, während Hartmann vielsagend an ihm und Franke vorbei aus dem Fenster blickte.

»Na ja, die Pause ist sowieso gleich vorbei.« Franke legte seinen Papierstapel vor sich auf den Tisch. »Die zehn Minuten werden Sie mir verzeihen, denke ich. Ich habe hier ein paar Daten, die Sie interessieren dürften.«

»So?« fragte Warstein einsilbig.

»Ich habe gerade noch einmal die Meßergebnisse gecheckt, nur routinemäßig.« Franke fuhr vollkommen unbeeindruckt fort, aber das verräterische Glitzern in seinen Augen wurde stärker.

»Sie entschuldigen mich?« sagte Hartmann. Er stand auf und räumte sein und Warsteins benutztes Geschirr auf das Tablett. »Die Arbeit ruft.«

»Wenigstens einer, der auf diesem Ohr nicht taub ist«, sagte Franke. Er grinste, aber es reichte nicht aus, um aus der Spitze wieder einen Scherz zu machen. Kopfschüttelnd blickte er Hartmann nach, dann drehte er sich wieder zu Warstein und schob den Papierstapel mit einer demonstrativen Geste über den Tisch. »Auf Seite vier. Schauen Sie, was sich Ihr famoser Laser heute wieder ausgedacht hat.«

Es war so überflüssig, dachte Warstein. Hätte er Franke nur ein ganz kleines bißchen weniger verachtet, dann hätte er ihm jetzt vielleicht gesagt, daß er seinen Bosheiten meistens selbst die Spitze nahm, weil er so maßlos übertrieb. So nahm er die Papiere mit deutlichem Desinteresse entgegen und schlug die bezeichnete Seite auf.

Die nächsten fünf Sekunden verbrachte er in vollkommenem Schweigen. »Das ... das kann nicht sein«, murmelte er schließlich. »Sie müssen einen Fehler gemacht haben.«

»Kaum«, antwortete Franke. Jede Spur aufgesetzter Freundlichkeit verschwand aus seinem Blick und seiner Stimme. »Ich behaupte nicht, daß ich keine Fehler mache, aber in diesem Fall habe ich mich überzeugt. Dreimal.« Er fuchtelte mit beiden Händen in der Luft herum. »Dort steht, was Ihr Computer ausgespuckt hat. Nicht mehr und nicht weniger.«

»Dann muß es ein Fehler im Terminal sein«, sagte Warstein. »Das ist völlig unmöglich.«

»Ich habe die Daten auf drei verschiedenen Geräten gegengeprüft«, versicherte Franke. »Ihr Wundermaschinchen spinnt wieder einmal, Warstein. Vielleicht will es ja auch nur wieder gutmachen, was es vor einem halben Jahr behauptet hat.«

Warstein hörte die Worte kaum. Die Zahlen auf dem Papier vor ihm waren eindeutig, und sie bewiesen zweifelsfrei, daß Franke recht hatte. Vor einem halben Jahr hatte sein Laser die Länge des Tunnels mit mehr als einer Million Kilometer angegeben. Jetzt behauptete er, er wäre zweiundsiebzig Meter lang.

Er wollte etwas sagen, aber er fand einfach keine Worte. Seine Hände zitterten, und er verspürte einen heftigen Zorn auf sich selbst, sich vor Franke so gehenzulassen. Zweifellos weidete Franke sich an seinem Entsetzen, und zweifellos deutete er es völlig falsch. Aber Warstein war ja nicht einmal in der Lage, das Gefühl selbst richtig einzuordnen. Er begann in Panik zu geraten – und das, obwohl es eigentlich keinen Grund dafür gab. Das Gerät zeigte falsche Meßergebnisse an – na und? Wieso erschreckte ihn das so? Kein Computer war unfehlbar.

»Ich . . . werde das sofort nachprüfen«, sagte er und machte Anstalten aufzustehen. Franke hielt ihn mit einer befehlenden Handbewegung zurück.

»Das ist nicht nötig«, sagte er. »Jedenfalls nicht sofort. Meinetwegen können Sie später mit einem Bandmaß in den Tunnel gehen und ihn höchstpersönlich ausmessen, aber im Moment möchte ich mit Ihnen reden.« Er tippte mit dem Zeigefinger auf die aufgeschlagene Seite. »Darüber.«

»Was gibt es da . . .«

»Wissen Sie, wieviel Geld und Zeit das Unternehmen bis jetzt in Ihr revolutionäres Meßsystem gesteckt hat?« fuhr Franke fort.

»Sehr viel«, antwortete Warstein. Er wußte die Summe auf hundert Mark genau – schließlich verlangte Franke von jedem seiner Mitarbeiter, akribisch Buch zu führen –, aber er hatte das sichere Gefühl, daß es im Moment das Klügste war, sowenig wie möglich zu sagen.

»Wir sollten allmählich darüber nachdenken, ob es sich lohnt, weiter in dieses Projekt zu investieren.«

»Sie verlangen nicht im Ernst von mir –«

»Ich verlange gar nichts«, sagte Franke betont. »Aber wir sollten uns unterhalten. Von Wissenschaftler zu Wissenschaftler.

Ich weiß, daß Sie mich nicht leiden können, aber ich denke, wir sollten alle persönlichen Dinge für einen Moment außer acht lassen. Finden Sie nicht, daß es an der Zeit ist, allmählich zuzugeben, daß Sie sich geirrt haben?«

»Inwiefern?«

»Ganz offensichtlich funktioniert der Apparat nicht richtig«, antwortete Franke. »Sie wissen es doch selbst. Ich gebe zu, anfangs war ich beeindruckt, aber mittlerweile . . .« Er ließ den Satz unvollendet und zuckte statt dessen die Achseln. »Die Idee ist gut, das finde ich nach wie vor. Aber nicht alle guten Ideen lassen sich in der Praxis auch verwirklichen.«

Irgendein himmlischer Regisseur mit einem übertriebenen Sinn für Dramatik schien ihr Gespräch zu belauschen, denn genau in diesem Moment rollte ein weiterer, noch lauterer Donnerschlag von draußen herein, um Frankes Worte zu untermalen. Warstein fuhr sichtbar zusammen, aber Franke zuckte mit keiner Wimper.

»Ich werde herausfinden, was nicht stimmt«, sagte Warstein. »Vielleicht ist es nur eine Kleinigkeit.«

»Sie verstehen mich nicht«, sagte Franke. »Ihr System soll den gesamten Tunnel überwachen. Den Zugverkehr leiten. Signale steuern . . . alles eben. Es ist nicht irgendein Computer, der arbeiten kann oder auch nicht. Wenn es ausfällt oder sogar falsche Daten liefert, dann können dabei Menschen sterben, ist Ihnen das klar?«

Warstein versteifte sich. »Was wird das?« fragte er. »Der diplomatische Prolog zu meiner Kündigung?«

Er sprach so laut, daß er auch an den benachbarten Tischen deutlich zu hören sein mußte, aber das war ihm egal. Franke hätte ihm diese Liste genausogut zehn Minuten später in seinem Büro präsentieren können, aber er war eigens hierhergekommen, um Publikum für seinen Auftritt zu haben. Gut, wenn er seine Show haben wollte, sollte er sie bekommen. Warstein war plötzlich in Kamikaze-Stimmung. Was hatte er noch zu verlieren?

»Sagen Sie es laut, wenn Sie wollen, daß ich gehe«, sagte er herausfordernd.

»Blödsinn«, sagte Franke unwirsch. »Sie sind ein fähiger Mann. Ich brauche Sie. Ich überlege nur, ob Ihre Fähigkeiten nicht besser eingesetzt werden können, das ist alles.«

Warstein stand mit einem Ruck auf. »Dann denken Sie in Ruhe darüber nach«, antwortete er. »Wenn Sie zu einem Ergebnis gekommen sind, lassen Sie es mich wissen. Und jetzt entschuldigen Sie mich bitte. Meine Pause dauert noch fünf Minuten, und ich brauche dringend frische Luft.«

Er ging, ehe Franke noch etwas erwidern konnte. Einige der Männer, deren Aufmerksamkeit ihr am Schluß alles andere als leises Gespräch auf sich gezogen hatte, grinsten ihn an, aber Warstein war nicht nach Lachen zumute. Nicht im geringsten. Vielleicht hatte er diese Runde nach Punkten gewonnen, aber es war ein Sieg, den er noch bereuen würde. Eigentlich tat er es jetzt bereits.

11

WARSTEINS HÄNDE ZITTERTEN, ALS ER INS FREIE TRAT und sich rasch ein paar Schritte von der Kantine entfernte. Ein Arbeiter mit einem gelben Schutzhelm, der ihm entgegenkam, hielt mitten in der Bewegung inne und sah ihm verstört nach. Falls er überhaupt noch einen Beweis dafür gebraucht hatte, daß sich sein innerer Aufruhr deutlich auf seinem Gesicht widerspiegelte, nun hatte er ihn. Warstein revidierte seine Meinung: es war kein Sieg nach Punkten gewesen. Er würde . . .

Etwas geschah.

Warstein fuhr erschrocken zusammen und sah zum Berg zurück. Der Gridone ragte schwarz und majestätisch wie immer über ihm auf, nichts hatte sich verändert, und doch war nichts, wie es noch vor einer Sekunde gewesen war. Irgend etwas . . . war geschehen. Nichts Sichtbares. Nichts Fühlbares, sondern eine . . . etwas wie eine Veränderung der Dinge an sich, als wäre die ganze Welt um ein winziges Stückchen zur Seite gerutscht und hätte jetzt einen anderen Platz auf der Skala der Schöpfung eingenommen. Es war wie ein nicht völlig gelungener Schnitt in einem Film. Der Wirklichkeit war der Bruchteil einer Sekunde abhanden gekommen; zu wenig, um es wirklich zu bemerken, aber auch zu viel, um es zu übersehen. Und die Veränderung hielt an.

Warstein sah sich nervös um. Er schien der einzige zu sein, der etwas bemerkt hatte. Die Männer rings um ihn herum gingen weiter ihren Tätigkeiten nach, die Maschinen arbeiteten wie zuvor, der Himmel war wolkenlos, und von Zeit zu Zeit grollte immer noch der Donner, der nur für ihn hörbar zu sein schien. Aber da war etwas mit dem Licht. Es war härter geworden; Streifen aus leuchtendem Glas, die in Schichten über dem Plateau lagen und zwischen denen die Luft zu gerinnen schien. Die Schatten waren dunkler, als sie sein sollten, und zwischen ihnen und dem Licht, in einem Bereich der Wirklichkeit, den es eigentlich gar nicht geben durfte, bewegte sich etwas. Die Luft hatte plötzlich einen eigenartigen Kupfergeschmack, und er glaubte sie zwischen den Fingern zu fühlen, wie etwas von spürbarer Konsistenz. Was hatte Saruter gesagt? Die Welt wird nicht mehr so sein, wie sie vorher war. Vielleicht wird niemand den Unterschied überhaupt bemerken, aber vielleicht wird sie auch so fremd sein, daß wir nicht mehr in ihr leben können . . .

»Ruhig«, sagte Warstein. »Beruhige dich.« Er sprach die Worte laut aus, und der Trick wirkte, wenn auch wahrscheinlich nicht für lange. Die Panik, die sich seiner für einen Moment zu bemächtigen gedroht hatte, kroch wieder in ihren Käfig am Grunde seiner Seele zurück. Aber es gelang ihm nicht, die Tür völlig zu schließen. Sie würde wiederkommen, und ein zweites Mal würde er ihrer vielleicht nicht Herr werden. Er mußte die anderen warnen, so lange er es noch konnte.

Warnen? Aber wovor?

Erneut und noch deutlicher als das erste Mal fiel ihm auf, wie normal das Leben rings um ihn verlief. Nur wenige Meter neben ihm stand eine Gruppe von Männern, die sich angeregt unterhielten; dann und wann sah einer von ihnen in seine Richtung, schaute aber immer rasch weg, wenn er Warsteins Blick begegnete. Irgendwo dudelte ein Radio. Stimmen. Lachen. Das Tuckern eines Dieselmotors, der zum Leben erwachte. Der Boden unter seinen Füßen zitterte. Nein, er atmete; ein regelmäßiges, pumpendes Heben und Senken, begleitet von einem unheimlichen, seufzenden Laut, der direkt in Warsteins Kopf zu entstehen schien.

Und dann zerriß ein Blitz das azurne Blau des Himmels, so grell und intensiv, daß es hinterher für eine Sekunde Nacht zu werden schien.

Warstein schrie auf und riß die Hände vor das Gesicht, und diesmal war er nicht allein. Die Männer neben ihm fuhren erschrocken zusammen, duckten sich, hoben schützend die Arme über den Kopf oder begannen zu fluchen, je nach Temperament und Charakter. Das dumpfe Grollen, das bisher nur Warstein allein gehört hatte, rollte als hundertfach gebrochener Donnerschlag zwischen den Berggipfeln ringsum heran, und nun zitterte der Boden wirklich. Der Dieselmotor ging aus. Irgendwo hinter ihm zerbrach Glas, und an der Flanke des Berges löste sich eine kleine Geröllawine, die einen Teil des Zaunes niederwalzte. Warstein sah aus den Augenwinkeln, wie sich einige Männer mit entsetzten Sprüngen in Sicherheit brachten, konnte aber nicht erkennen, ob es ihnen gelang, den heranrasenden Felsmassen noch rechtzeitig auszuweichen.

Dann war das Gewitter da.

Es zog nicht etwa herauf, es war einfach da. Schwarzgraue Wolkengebirge quollen aus dem Nichts und verschlangen den Himmel über der Baustelle. Ein nicht enden wollendes Donnern und Dröhnen verschlang Warsteins erschrockene Schreie, und eine Sekunde später zuckten Blitze nieder, blaue, kerzengerade Lichtpfeile, die funkensprühend im Maschendrahtzaun und den Stromleitungen explodierten.

Im gleichen Moment begann es zu regnen, aber wie das Gewitter nicht einfach ein Gewitter war, war der Regen nicht einfach nur Regen. Es war, als stürze eine kompakte Wasserwand vom Himmel, eiskalt und mit solcher Wucht, daß Warstein und die anderen taumelten.

Warstein war binnen einer einzigen Sekunde bis auf die Haut durchnäßt. Für einen Moment bekam er kaum Luft. Er riß keuchend die Arme über den Kopf, um sein Gesicht zu schützen, und versuchte sich zu orientieren. Er mußte ins Haus. Der Regen prasselte mit solcher Gewalt vom Himmel, daß er Mühe hatte, sich auf den Füßen zu halten. Auf dem Boden stand bereits zentimeterhoch das Wasser, und hier und da begannen sich kleine Bäche zu bilden, die binnen weniger Augenblicke zu reißenden Wildwassern werden mußten.

Halb blind taumelte er zur Seite. Die Wolken bedeckten den Himmel von Horizont zu Horizont und schirmten das Sonnenlicht ab. Der wolkenbruchartige Regen machte es zusätzlich schwer, irgend etwas zu erkennen. Der Regen stach wie mit spitzen Nadeln in sein Gesicht; wenn er seine Augen traf, tat es weh, so daß er ununterbrochen blinzelte und zusätzlich Tränen seinen Blick verschleierten. Der Boden zitterte. Vom Hang des Berges lösten sich noch immer Steine und machten den Bereich an seinem Fuß zu einer tödlichen Falle. Die immer heftiger niederzuckenden Blitze verschlimmerten die Situation. In dem flackernden, stroboskopischen Licht wirkten alle Bewegungen verzerrt und falsch, alle Umrisse fremdartig und aggressiv. Die Welt hatte sich bewegt; in die Richtung, in der das Chaos und der Wahnsinn lagen.

Warstein taumelte geduckt vorwärts. Er hatte instinktiv wieder die Richtung zur Kantine eingeschlagen, dem nächstliegenden Gebäude, aber obwohl er nur ein paar Schritte entfernt gewesen war, als das Unwetter losbrach, hatte er bereits die Orientierung verloren. Vor ihm lag plötzlich der innere Zaun, der sich hinter der Kantinenbaracke erstreckte, und in dem strömenden Regen wäre er beinahe dagegengeprallt.

Wahrscheinlich hätte es ihm das Leben gekostet, denn in genau diesem Augenblick schlug ein blauweißer Blitz in den Maschendrahtzaun ein. Ein ungeheurer, peitschender Knall marterte seine Trommelfelle. Die Gitterkonstruktion vor ihm flammte auf wie der Glühdraht einer Birne. Geschmolzenes Metall explodierte in alle Richtungen, aber obwohl der Zaun schon gar nicht mehr existierte, zeichneten blaue Linien aus purer, knisternder Energie für einen Sekundenbruchteil seine Umrisse noch nach. Der Hieb einer unsichtbaren Faust traf Warstein und schleuderte ihn rücklings in den Morast. Er fiel, riß schützend die Hände vor das Gesicht und krümmte sich. Rings um ihn herum regnete zerschmolzenes Metall nieder. Überall zischte und blitzte es. Winzige Dampfgeysire stiegen auf, und zwei oder drei Tropfen des weißglühenden Drahtes trafen ihn.

Trotzdem hatte er Glück. Sein Gesicht und seine Hände blieben unversehrt, und seine Kleider hatten sich so mit Wasser vollgesogen, daß die glühenden Funken erloschen, ehe sie bis zu seiner Haut durchbrennen konnten.

Währenddessen nahm das Gewitter noch an Gewalt zu. Die Donnerschläge hatten sich zu einem einzigen, nicht mehr abbrechenden Grollen und Dröhnen vereint, das alle anderen Geräusche verschluckte. Der Regen war so heftig, daß er kaum einen Meter weit sehen konnte. Selbst die Blitze, die nicht in seiner unmittelbaren Nähe niederzuckten, waren nur noch als bläuliches Wetterleuchten zu erkennen, obwohl sie weiter mit unglaublicher Präzision auf den halbrunden Bereich vor dem Tunnel niederfuhren, auf dem sich das Lager erhob. Irgendwo schien es zu brennen. Er sah flackernden roten Feuerschein, ohne erkennen zu können, was da brannte oder in welcher Richtung genau. Armageddon, dachte er. Der Weltuntergang. Wenn es so etwas wie den Jüngsten Tag jemals geben sollte, dann würde er so beginnen.

Aber vielleicht hatte er das ja bereits.

Warstein stemmte sich mühsam hoch, erhob sich in eine geduckte, halb zusammengekrümmte Haltung und versuchte vergeblich, sich zu orientieren. Er befand sich am Zaun, aber er vermochte nicht zu sagen, ob er nach rechts oder links gehen mußte, um den Tunnel zu erreichen – wahrscheinlich den einzig wirklich sicheren Ort, um dieser Sintflut zu entgehen. Mindestens eine der Baracken schien zu brennen, und Warstein war sicher, daß das Unwetter allerhöchstens fünf Minuten brauchen würde, um die Gebäude, die den Blitzen entgingen, zu zerstören. Er mußte in den Tunnel.

Auf gut Glück stolperte er los. Nach ein paar Schritten prallte er gegen einen Mann, der zurückwankte und zu Boden fiel. Der Regen verschlang ihn, noch ehe Warstein sein Gleichgewicht wiedergefunden hatte und ihm helfen konnte. Warstein taumelte weiter. Ein umgestürzter Wagen tauchte vor ihm auf, offensichtlich von einem Blitz getroffen. Hier und da schwelte das Metall, und anstelle von Rädern hatte er nur noch ausgeglühte, verbogene Felgen. Ein paar Männer taumelten an ihm vorüber, mit wild rudernden Armen und angstverzerrten Gesichtern. Ihre Münder bewegten sich, aber das Toben des Unwetters verschlang ihre Schreie. Warstein versuchte, sich den Lageplan des Baustellengeländes ins Gedächtnis zu rufen, aber es gelang ihm nicht. Er befand sich irgendwo zwischen dem Zaun und der Kantine, aber das war auch schon alles, was er wußte – ein paar Schritte zu weit in die falsche Richtung, und er lief Gefahr, in den Bereich des Steinschlages zu geraten oder wieder gegen den Zaun zu prallen. Wunderbar, dachte er sarkastisch. Er hatte die freie Auswahl, erschlagen oder gegrillt zu werden. Aber er konnte auch nicht hierbleiben. Es war noch nicht vorbei, das spürte er. Ganz im Gegenteil – das Schlimmste stand ihnen noch bevor.

Wieder bebte die Erde, diesmal auf eine andere, direktere Art. Warstein spürte, wie sich tief unter seinen Füßen etwas bewegte; ein schweres, machtvolles Vibrieren und Zittern, als hätte sich etwas Großes, unvorstellbar Mächtiges geregt und eine neue Position eingenommen.

Irgendwie gelang es ihm, auf den Füßen zu bleiben, und vielleicht hatte er sogar so etwas wie einen Orientierungspunkt gefunden: etwas Riesiges, Gelbes tauchte für einen Moment aus dem Regen auf, nicht nahe genug, um es wirklich zu erkennen, sondern nur ein Schemen, dessen Umrisse von den vom Himmel stürzenden Wassermassen weggewaschen zu werden schienen. Trotzdem wußte er jetzt endlich, wo er war. Der gelbe Schemen war eine Transportmaschine, die unweit des Tunneleinganges stand. Er hatte sich dem Berg weiter genähert, als er geglaubt hatte. Dann sah er den Schatten dahinter, und aus seiner Vermutung wurde Gewißheit. Die Dunkelheit vor ihm war etwas intensiver als auf der anderen Seite; der Berg, der das Wetterleuchten der Blitze abschirmte. Die linke Hand schützend über das Gesicht gehoben und den anderen Arm tastend ausgestreckt wie ein Blinder in unbekanntem Terrain stolperte er weiter. Er sah immer wieder Männer aus dem Toben der Naturgewalten auftauchen; vertraute Dinge, deren Umrisse plötzlich fremd und gefährlich erschienen, und dazwischen bewegte sich noch etwas anderes, keine Schatten, aber auch keine Substanz, sondern etwas dazwischen, das nicht in diese Realität gehörte, sondern aus einer fremden, unvorstellbar anderen Wirklichkeit herüberdrängte.

Es war kein Unwetter. Nicht wirklich. Die Naturgewalten liefen Amok, aber es war nicht die Ursache, sondern Auswirkung dessen, was geschah. Das Tor war aufgestoßen worden, aus dem Haarriß in der Wirklichkeit wurde ein Spalt, in den das Ungeheuer seine Krallen geschlagen hatte und ihn weiter zu öffnen versuchte. Irgend etwas Fremdes drängte in diese Welt, und es war so unglaublich fremd und anders, daß sich die Kräfte der Natur mit aller Macht zur Wehr setzten. Warstein begriff plötzlich, daß sie sich mitten in einem Krieg befanden, die erste Schlacht der Kräfte des Hier und Jetzt gegen die des Irgendwann und Irgendwo, des Chaos gegen die Ordnung, ein Ringen unvorstellbarer Gewalten, in dem sie einfach zermalmt werden würden. Er mußte weg hier. In den Berg. Vielleicht war der Tunnel mit seinen Mauern aus Millionen Tonnen Felsgestein der einzig sichere Ort weit und breit. Vielleicht erwartete ihn dort auch der sichere Untergang, aber in diesem Moment war Warstein fest davon überzeugt, daß sie alle hier draußen den Tod finden mußten, wenn das Unwetter noch stärker wurde. Und das würde es.

Später sollte ihm klar werden, daß es nur Minuten gedauert hatte, ein kurzer, wenn auch unvorstellbar heftiger Ausbruch bizarrer Gewalten, doch während es andauerte, schien die Zeit stillzustehen. Nur noch ein Dutzend Schritte, und er war in Sicherheit, aber es war, als wäre er in einem jener Alpträume gefangen, in denen man rannte und rannte und doch nicht von der Stelle kam.

Etwas Hartes traf sein Gesicht. Warstein fiel mit einem überraschten Schrei auf die Knie, hob die Hand an die Wange und fühlte Blut; erst danach den pochenden tauben Schmerz. Aber es brauchte erst noch einen zweiten, ebenso heftigen Schlag gegen die Schulter, bis er wirklich begriff, was ihn getroffen hatte.

Hagel. Rings um ihn herum spritzte das Wasser wie in einer ununterbrochenen Folge von Miniatur-Explosionen auf, und er spürte, wie weitere harte Schläge seine Schultern und seinen Rücken trafen. Warstein schrie vor Schmerz auf, sprang in die Höhe und spurtete auf den rettenden Schatten vor sich los, wobei er versuchte, sein Gesicht so gut es ging vor den Hagelkörnern zu schützen. Sie waren unterschiedlich groß: er sah tödliche Geschosse von der Größe eines Tennisballes unweit von sich auf dem Boden zerschellen, andere wiederum waren wie Nadeln, die zwischen seinen schützend über das Gesicht gehaltenen Händen hindurchrasten und in seine Haut stachen. Er schrie jetzt ununterbrochen, aber das Toben der außer Rand und Band geratenen Naturgewalten verschlang selbst das Geräusch seiner eigenen Stimme in ihm. Er taumelte blind durch den tödlichen Vorhang aus Wasser und Eis und betete, daß er die Richtung beibehielt. Er blutete jetzt schon aus einem Dutzend kleiner und größerer Wunden, und sein Körper fühlte sich an, als wäre er mit Hämmern bearbeitet worden. Er würde keine zwei Minuten in dieser Hölle mehr überstehen.

Wieder stolperte er. Warstein versuchte mit wild rudernden Armen und einem grotesk weit ausladenden Schritt, sein Gleichgewicht zu halten, doch in diesem Moment traf ihn ein taubeneigroßes Hagelkorn wie ein Faustschlag zwischen die Schulterblätter. Er stürzte der Länge nach in den Morast, schluckte Wasser und hob hustend und qualvoll nach Atem ringend das Gesicht aus dem Wasser. Im ersten Moment war er fast blind. Wasser lief ihm in die Augen, und der Schmerz ließ bunte Kreise und Blitze vor seinem Blick explodieren.

Und dann ... sah er.

Vielleicht war es der Schmerz. Vielleicht seine Benommenheit, der Umstand, daß sein Bewußtsein die Grenze zur Ohnmacht schon halb überschritten hatte, aber gleich, aus welchem

Grund – er wußte mit unerschütterlicher Sicherheit, daß es keine Halluzination war.

Vor ihm war ein Riß in der Wirklichkeit entstanden. Regen, Hagel und Dunkelheit falteten sich auseinander, einer Leinwand gleich, die von einer brutalen Gewalt auseinandergerissen wurde, so daß sein Blick zwischen den zerknitterten Rändern hindurch auf das fiel, was dahinter lag.

Es dauerte weniger als eine Sekunde, und Warstein konnte hinterher nicht mehr sagen, ob er einen Blick in die Hölle oder den Himmel geworfen hatte. Hinter der Mauer dessen, was er bis zu diesem Moment für die einzige und wahre Wirklichkeit gehalten hatte, lag ...

Etwas. Eine fremde Welt voller bizarrer Dinge, unbeschreiblich schön und unvorstellbar erschreckend zugleich, und so anders, daß sein in der Welt des Hier und Jetzt geborenes Bewußtsein das allermeiste nicht einmal verarbeiten konnte; er sah die Dinge, wie sie menschlichen Augen erscheinen mochten, nicht wie sie waren. Da waren Dinge, vielleicht eine Landschaft, vielleicht etwas, das so völlig fremd war, daß es in seiner Sprache keinen Begriff dafür gab. Ein Himmel, der auf eine furchtbare Weise zu leben schien und unter dem sich unbeschreibliche, schwarze Kreaturen am Ufer eines grundlosen Sees immerzu bewegten ...

Dann war es vorbei, so schnell, wie es gekommen war. Die Wunde in der Realität schloß sich wieder, und zugleich wurde sich Warstein wieder der Gefahr bewußt, in der er noch immer schwebte. Das Bombardement aus Hagelkörnern hatte nicht aufgehört. Daß er bisher noch nicht von einem großen Geschoß getroffen und ernsthaft verletzt oder gar getötet worden war, glich einem Wunder.

Warstein hatte nicht vor, sein Glück noch weiter auf die Probe zu stellen. Hastig rappelte er sich hoch, zog den Kopf zwischen die Schultern und rannte los. Alles, was weiter als einen Meter entfernt war, verschlang der Regen. Aber nach ein paar Schritten stolperte er über etwas Hartes, das metallisch und gerade in den schlammigen Fluten glitzerte, durch die er lief. Die Schienen. Warstein wandte sich nach links. Er konnte nur noch ein paar Meter vom Tunneleingang entfernt sein, aber sein Ziel kam einfach nicht näher. Für einen Moment hatte er eine furchtbare Vision: er sah sich selbst, nur wenige Meter von der Rettung entfernt, in die falsche Richtung rennend und damit in den sicheren Tod.

Endlich sah er einen Lichtschein vor sich – der Tunnel! Warstein mobilisierte verzweifelt noch einmal alle Kräfte, um die letzten Meter zurückzulegen, aber es wurde trotzdem zu einem Spießrutenlauf. Als hätte der Sturm begriffen, daß ihm seine schon sicher geglaubte Beute im allerletzten Moment doch noch zu entkommen drohte, fiel er noch einmal mit Urgewalt und einem wahren Stakkato von Hagelkörnern und nadelspitzen Regentropfen über ihn her. Irgendwie schaffte er es, das letzte Stück auch noch zu überwinden, aber als er in die Sicherheit des Tunneleinganges taumelte, war er am Ende seiner Kräfte.

Vollkommen erschöpft ließ er sich gegen die Wand sinken. Alles drehte sich um ihn. Wie über weite Entfernung hinweg registrierte er, daß der Bereich unmittelbar hinter dem Stolleneingang voller Menschen und aufgeregter Stimmen und hektischer Bewegung war, aber er war nicht in der Lage, irgendeinen dieser Eindrücke wirklich zu verarbeiten. Ihm wurde übel. Er schloß die Augen und schluckte ein paarmal, um den Brechreiz zu unterdrücken, der plötzlich in seiner Kehle emporkroch. Es wurde nicht besser dadurch.

Jemand rief seinen Namen. Warstein öffnete die Augen und sah eine Gestalt in einem weißen Kittel auf sich zukommen. Erst nach zwei oder drei weiteren Sekunden klärte sich sein Blick weit genug, um sie zu erkennen. Es war Franke.

»Warstein, um Gottes willen. Ist Ihnen was passiert?« Franke kam mit weit ausgreifenden Schritten näher und blieb abrupt stehen, als er noch zwei Meter entfernt war. Die Sorge in seinem Gesicht war echt.

»Sie bluten ja!« rief er erschrocken. »Sind Sie verletzt? Was ist geschehen?«

Warstein hob müde die Hand und betastete mit zusammengebissenen Zähnen seine Stirn. Er fühlte eine kleine, aber brennende und offenbar heftig blutende Wunde über seiner linken Augenbraue, und auch aus seinem Haaransatz sickerte ein warmer, klebriger Strom. Es schien keine Stelle an seinem Körper zu geben, die nicht auf die eine oder andere Weise weh tat. Aber er redete sich zumindest ein, nicht schwer verletzt zu sein.

»Es geht schon«, murmelte er – offenbar mit so wenig Überzeugung, daß Franke plötzlich noch besorgter aussah und einen Schritt näher kam. »Wirklich, ich . . . es geht schon. Ich brauche nur einen Augenblick, um mich zu erholen. Das war verdammt knapp. Ich habe schon gedacht, ich schaffe es nicht mehr.«

»Sind Sie wirklich in Ordnung?« fragte Franke besorgt. Er hob die Hand, als wolle er Warsteins Gesicht berühren. »Sie sehen schlimm aus.«

»Es geht schon«, erwiderte Warstein. »Was ist mit den anderen?«

»Ich habe keine Ahnung«, gestand Franke. »Aber ich denke, die meisten werden es geschafft haben, irgendwie in Sicherheit zu kommen.« Er schüttelte ein paarmal den Kopf und sah zum Eingang. Die Normalität war auf den Kopf gestellt: Der Tunnel war hell erleuchtet, während die Welt draußen zu einem schwarzen Loch geworden war.

»Ich habe ja schon viel erlebt, aber so etwas noch nicht. Man könnte meinen, die Welt geht unter.«

»Vielleicht tut sie das ja«, sagte Warstein leise.

Er sah, wie es in Frankes Augen zornig aufblitzte. Aber die scharfe Entgegnung, mit der er rechnete, blieb aus. Franke sah ihn nur eine Sekunde lang wütend an, dann machte er auf dem Absatz kehrt und ging.

Warstein blieb eine ganze Weile, wo er war; nicht nur, um Kräfte zu sammeln, sondern auch, um wieder zu sich selbst zu finden. Sein Blick hing wie hypnotisiert an dem gewaltigen, steinernen Torbogen, hinter dem die Welt einfach aufzuhören schien, und für etliche Sekunden fragte er sich allen Ernstes, ob es vielleicht tatsächlich so war. Sie lebten und waren zumindest für den Augenblick in Sicherheit – aber was war mit Draußen?

Existierte es noch, oder war Saruters Prophezeiung wahr geworden, und das Tor hatte sich geöffnet und die Welt der Menschen verschlungen?

Der Gedanke kam ihm selbst absurd vor, aber er hatte nicht vergessen, was er dort draußen gesehen hatte, hinter dem Regen. Er fragte sich, warum er Franke nicht davon erzählt hatte, aber natürlich wußte er auch im gleichen Moment schon die Antwort auf diese Frage: weil Franke ihm nicht geglaubt hätte. Weil er ihm gar nicht glauben wollte.

Ein sanftes Zittern unter seinen Füßen riß ihn aus seinen Gedanken. Im ersten Moment war er nicht sicher, aber schon nach einer Sekunde wiederholte sich das Beben, und er war nicht der einzige, der es bemerkte. Überall hielten die Männer erschrocken in ihren Unterhaltungen inne; einige sahen nach oben, als rechneten sie damit, daß die Decke einstürzte. Aber der mit Stahlbeton verstärkte Bogen hielt. Noch.

Warstein blickte rasch wieder zum Eingang. Die Schwärze schien intensiver geworden zu sein, und er hatte plötzlich das Gefühl, daß dahinter etwas herankroch; vielleicht die schwarzen Kreaturen aus seiner Vision, vielleicht auch etwas anderes, das noch schlimmer sein mochte. Irgend etwas bewegte sich in der Dunkelheit.

Er schüttelte den Gedanken ab. Selbst wenn es so war, würde niemand auf ihn hören, selbst wenn – die Gewalten, die sie mit ihrem Tun heraufbeschworen hatten, waren keine, vor denen man warnen konnte. Sie konnten nur warten und hoffen, daß es irgendwie vorbeiging.

Warstein löste sich von seinem Platz und machte sich auf die Suche nach Franke. Er war nicht der einzige, der auf die eine oder andere Art verletzt war. Warstein schätzte, daß sich in dem Bereich hinter dem Stolleneingang an die hundert Männer aufhielten, nahezu alle bis auf die Haut durchnäßt und erschöpft, viele mit blutigen Schrammen und Kratzern auf Gesicht und Händen, und alle mit der gleichen, ungläubigen Furcht in den Augen. Obwohl der Tunnel Platz genug für die zehnfache Anzahl von Männern geboten hätte, hatten sie sich in einem kleinen Bereich vielleicht zwanzig Meter hinter dem Eingang versammelt; wie eine Herde verängstigter Tiere, die vor den Naturgewalten Schutz gesucht hatten und sich instinktiv aneinanderdrängten.

Er fand Franke ganz am Ende dieser Gruppe, in einen heftigen Streit mit Hartmann und einem weiteren Mann im weißen Kittel eines Technikers verstrickt. Warstein konnte nicht verstehen, worum es ging, denn Franke unterbrach sich mitten im Wort, als er ihn bemerkte. Der Techniker ergriff die Gelegenheit, sich hastig zurückzuziehen, während Hartmann nur abwechselnd ihn und Franke anstarrte.

»Warstein, gut, daß Sie kommen!« sagte Franke. Er deutete verärgert auf den Sicherheitsbeamten. »Vielleicht hört er ja auf Sie!«

»Worum geht es?« erkundigte sich Warstein. Fragend blickte er Hartmann an, aber das einzige, was er auf seinem Gesicht las, war eine Mischung aus Entschlossenheit und Trotz.

»Vielleicht können Sie diesem Verrückten ja Vernunft beibringen!« grollte Franke. »Er will tatsächlich wieder hinaus.«

»Das meinen Sie nicht ernst!« sagte Warstein erschrocken.

»Ein paar von meinen Männern sind noch draußen«, erwiderte Hartmann. »Jemand muß nach ihnen sehen.«

»Was Sie sehen werden, ist gar nichts«, antwortete Warstein überzeugt. »Franke hat recht – es ist Selbstmord, dort hinauszugehen, glauben Sie mir. Wer immer jetzt dort hinausgeht, spielt mit seinem Leben.«

»Es ist nur ein Unwetter«, behauptete Hartmann.

»Das ist es nicht«, antwortete Warstein. »Sie wissen das so gut wie ich. Seien Sie vernünftig. Wer nicht hier drinnen ist, hat mit Sicherheit in einem der Häuser Schutz gesucht. Und selbst wenn nicht – Sie können niemandem dort draußen helfen.«

»Ich bin für die Sicherheit in diesem Lager verantwortlich«, beharrte Hartmann. »Sie haben es selbst gesagt – wer jetzt noch dort draußen ist, ist in Lebensgefahr. Verlangen Sie ernsthaft von mir, daß ich hierbleibe und nichts tue?«

»Sie irren sich«, sagte Warstein. »Wer jetzt noch dort draußen ist, ist tot, Hartmann. Ich weiß, wovon ich rede. Ich bin mit knapper Not entkommen.«

»Sie übertreiben, Warstein«, sagte Franke nervös, ehe er sich wieder an Hartmann wandte. »Ende der Diskussion. Sie bleiben hier, bis das Schlimmste vorbei ist. Irgendwann wird dieses Unwetter schließlich wieder aufhören.«

»Das ist kein Unwetter«, sagte Warstein noch einmal, und diesmal konnte Franke nicht mehr so tun, als hätte er die Worte nicht gehört.

»Reden Sie keinen Unsinn, Mann«, sagte er scharf. »Was zum Teufel soll es sonst sein?«

»Das, wovor Saruter uns gewarnt hatte«, entgegnete Warstein. »Was ist los mit Ihnen, Franke? Sind Sie blind? Haben Sie jemals ein solches Unwetter erlebt?«

»Nein«, antwortete Franke. Er hatte Mühe, nicht loszuschreien. »Aber ich habe eine Menge Dinge noch nicht selbst erlebt. Das heißt nicht, daß ich deshalb gleich an Gespenster oder kleine grüne Männchen vom Mars glaube.«

Seltsam, dachte Warstein. Davon hatte er nichts gesagt, es nicht einmal angedeutet. Und noch seltsamer war vielleicht, daß Franke zumindest der letzte Teil seiner Antwort sichtlich unangenehm zu sein schien. Aber er war viel zu aufgewühlt, um länger als eine halbe Sekunde darüber nachzudenken.

»Ich –«

»Sie«, unterbrach ihn Franke scharf, und in einer Tonlage, die nur noch eine winzige Nuance davon entfernt war, wirklich zu schreien, »sind dabei, sich allmählich wirklichen Ärger einzuhandeln, Warstein.« Er gestikulierte aufgeregt zum Eingang zurück, ohne Warstein dabei aus den Augen zu lassen. »Dort draußen hat es Verletzte gegeben, vielleicht Tote! Ich habe wahrlich genug Ärger am Hals. Ich brauche nicht noch einen Spinner, der irgend etwas über den Fluch der Berge erzählt oder die Rache der Natur an den Menschen! Haben Sie das verstanden?« Er funkelte Warstein eine Sekunde lang an, und vielleicht, hätte er die Herausforderung in diesem Moment angenommen, wäre alles ganz anders gekommen, denn er spürte sehr wohl die Unsicherheit, die sich hinter Frankes aufgesetztem Zorn verbarg. Aber er tat es nicht, und nach einer Sekunde drehte sich Franke wieder herum und fuhr im gleichen, schneidenden Ton Hartmann an:

»Und Sie werden verdammt noch mal tun, was ich Ihnen sage, und so lange hierbleiben, bis die Gefahr vorüber ist!«

»Das werde ich nicht«, sagte Hartmann ruhig. »Sie können mich, Franke, und das kreuzweise. Ich kündige.«

Franke wurde bleich. »Sie kündigen?« ächzte er. »Kaum! Ich schmeiße Sie raus, Hartmann, auf der Stelle!«

»Na, dann sind wir uns ja ausnahmsweise einmal einig«, sagte Hartmann.

Franke schluckte, aber der harte Glanz in Hartmanns Augen machte wohl selbst ihm klar, daß es an der Zeit war, die Taktik zu ändern.

»Seien Sie doch vernünftig, Hartmann«, sagte er. »Sie können nicht –«

»Ich kann, und ich werde«, unterbrach ihn Hartmann. »Versuchen Sie mich aufzuhalten.« Damit wandte er sich um und begann auf den Stolleneingang zuzugehen, um seine Ankündigung in die Tat umzusetzen.

Aber er kam nicht dazu. Hartmann hatte noch keine drei Schritte getan, als aus der stygischen Schwärze jenseits des Tores eine Gestalt auftauchte; breitschultrig, geduckt und in einen gelben Regenmantel gehüllt, dessen hochgeschlagene Kapuze ihr Gesicht verbarg. Trotzdem wußte Warstein, um wen es sich handelte, schon Sekunden, bevor Saruter die Kapuze zurückschlug und sich mit beiden Händen durch das Gesicht fuhr. Kein normaler Mensch hätte es geschafft, durch diese Hölle zu ihnen zu gelangen. Er war nicht einmal sehr überrascht. Irgendwie hatte er gewußt, daß der Alte kommen würde.

»Das darf doch nicht wahr sein!« murmelte Franke. »Das ... Warstein! Haben Sie damit zu tun?«

»Nein«, antwortete Warstein wahrheitsgemäß. »Aber ich bin nicht überrascht, daß er hier ist. Sie?« Er ging Saruter entgegen, aber zu seiner Überraschung sah ihn der alte Mann nur flüchtig und auf eine sonderbar traurige Weise an und trat an ihm vorbei auf Franke zu.

»Was suchen Sie hier?« fuhr Franke ihn an. »Ich habe Ihnen verboten, das Betriebsgelände zu betreten!«

Saruter nahm die Worte gar nicht zur Kenntnis. »Ihr habt also nicht auf mich gehört«, sagte er vorwurfsvoll. »Nun ist es vielleicht zu spät.«

»Ich habe Sie gefragt, was Sie hier zu suchen haben!« Franke brüllte nun wirklich – wenigstens versuchte er es. Aber Zorn und Unbeherrschtheit machten seine Stimme zu einem hysterischen Quietschen, das eher lächerlich klang. »Ich habe wirklich im Moment Besseres zu tun, als mich mit einer Bande von Verrückten herumzuschlagen!«

»Du hast schon viel zu viel getan«, sagte Saruter leise. »Ich habe dich gewarnt, aber du wolltest nicht hören. Jetzt tragt ihr alle die Konsequenzen.«

»Das reicht!« keuchte Franke. »Hartmann, nehmen Sie den Mann fest!«

Hartmann rührte sich nicht.

»Worauf warten Sie?!« schrie Franke. Er fuhr auf dem Absatz herum, und für eine Sekunde konzentrierte sich sein ganzer Zorn auf Hartmann, der in einer Mischung aus Ratlosigkeit und Schadenfreude dastand und zusah, wie Frankes Gesicht abwechselnd weiß und rot wurde. »Sind Sie schwerhörig? Schaffen Sie mir diesen Irren aus den Augen!«

»Sie haben mich gerade gefeuert«, sagte Hartmann ruhig. »Schon vergessen?«

»Bitte!« Warstein trat mit einem raschen Schritt zwischen sie und versuchte, Frankes Aufmerksamkeit auf sich zu lenken. Hartmann war dabei, sich um Kopf und Kragen zu reden, und er begriff es wahrscheinlich noch nicht einmal. Er machte eine beruhigende Geste, dann wandte er sich an Saruter.

»Warum sind Sie gekommen?« fragte er. »Bitte, wenn Sie uns etwas zu sagen haben, dann tun Sie es. Ich werde zuhören.«

»Ich weiß«, antwortete Saruter. »Aber es gibt nichts, was ich dir sagen könnte. Alles, was du wissen mußt, habe ich dir gesagt. Ich kann vielleicht noch etwas tun.«

»Was?« fragte Warstein. Er sah aus den Augenwinkeln, wie Franke sich straffte, um erneut über Saruter herzufallen, und unterbrach mit einem neuerlichen Schritt den direkten Blickkontakt zwischen ihnen. »Was geht hier vor?« fragte er. »Was ist hier passiert, Saruter?«

»Du weißt es«, erwiderte der alte Mann geheimnisvoll. Er deutete auf Franke. »Und er weiß es auch, vielleicht besser als du. Ich habe ihn gewarnt, aber ich wußte, daß er nicht auf mich hören würde.«

»Hören Sie endlich auf, Warstein!« keuchte Franke. »Der Mann redet dummes Zeug, und Sie . . .«

»Wahrscheinlich ist es nicht einmal seine Schuld«, fuhr Saruter fort, ohne Frankes beginnende Hysterie überhaupt zur Kenntnis zu nehmen. »Er kann nicht anders, weil er eben so ist, wie er ist.«

»Jetzt reicht es! Ich werde nicht zulassen, daß –«

Warstein fuhr mit einer so abrupten Bewegung herum, daß Franke erschrocken abbrach und instinktiv einen Schritt vor ihm zurückwich. »Halten Sie endlich den Mund!« sagte er. »Meinetwegen werfen Sie mich auch raus, aber jetzt werden Sie die Klappe halten und zuhören, ist das klar?«

Er war nicht sicher, ob Franke tatsächlich erschrocken oder einfach nur vollkommen fassungslos war, ihn in diesem Ton reden zu hören, aber das blieb sich auch gleich: er wich verstört noch einen weiteren Schritt vor Saruter und ihm zurück und war still.

»Also?« fragte Warstein. »Was geht hier vor? Was ist das da draußen? Das ist doch kein normales Unwetter.«

»Nein«, antwortete Saruter traurig. »Das Tor öffnet sich. Schneller, als ich selbst geglaubt habe. Und es ist schlimmer, als ich befürchtet habe.«

»Sie meinen, daß es . . . nicht aufhören wird?« Warstein sah unsicher zum Tunnelende. Die Schwärze war noch immer da, aber er hatte jetzt wieder – und stärker! – das Gefühl, daß sich darin und dahinter irgend etwas bewegte. Etwas Großes, Falsches, das nicht in diese Welt gehörte. Und das näher kam.

»Es hat begonnen«, sagte Saruter. »Und es wird nicht enden, bevor das uralte Gleichgewicht nicht wieder hergestellt ist.«

Also hatte er recht gehabt, dachte Warstein. Was er für eine aus Hysterie geborene Wahnvorstellung gehalten hatte, war in Wahrheit eine gräßliche Vision dessen gewesen, was kam. Der Sturm würde nicht aufhören. Er würde diesen Berg verschlingen, dieses Tal, vielleicht dieses Land, ja, vielleicht diese ganze Welt.

»Können Sie ... irgend etwas tun?« fragte er stockend.

»Ich werde es versuchen«, antwortete Saruter. »Ich weiß nicht, ob meine Kräfte reichen. Ich bin alt und schwach, und ich bin nur einer, wo viele nötig wären. Aber ich werde tun, was ich vermag.« Er zögerte einen Moment, dann huschte ein flüchtiger Ausdruck von Trauer über sein Gesicht, dessen wahre Bedeutung Warstein erst viel später begreifen sollte. »Wenn ich versage, mußt du es tun«, sagte er. »Es gibt nicht mehr viele wie dich.«

»Ich?!« antwortete Warstein erschrocken. »Aber ich ... ich weiß ja nicht einmal, was ... was hier überhaupt geschieht, geschweige denn, was ich tun muß!«

»Du wirst es wissen«, sagte Saruter. »Ich kann und darf dir jetzt nicht mehr sagen. Nur soviel: sollte ich versagen und das Tor sich öffnen, so braucht es die Kraft von dreien, um es wieder zu schließen. Einer der weiß, einer der sieht, und einer der liebt. Und nun wünsch mir Glück.«

Er lächelte noch einmal, wieder auf diese seltsame Art, die Warstein einen kalten Schauer über den Rücken laufen ließ. Dann ging er an Franke und Hartmann vorbei tiefer in den Tunnel hinein. Franke hob die Hand, wie um ihn zurückzuhalten, aber ein einziger, eisiger Blick aus Saruters Augen ließ ihn mitten in der Bewegung erstarren.

Saruter ging langsam weiter, und während er es tat, veränderte sich etwas in der Tunnelstrecke vor ihm; zuerst so unmerklich, daß Warstein es nicht einmal bemerkte. Es war etwas mit dem Licht, aber es war keine wirklich sichtbare Veränderung, nur ein Wandel des Fühlbaren. Es war, als verschöbe sich die Wirklichkeit in eine Richtung, die es gar nicht gab.

Und erst jetzt, erst in diesem Moment, begriff er, was Saruter vorhatte. Was draußen geschah, hatte ihm nichts anhaben können, so wenig, wie er dort etwas daran ändern konnte. Er war auf dem Weg dorthin, wo alles begonnen hatte. Ins Herz des Berges. Dorthin, wo das Tor war. Und das Siegel, das sie gebrochen hatten.

Plötzlich wußte er, daß er ihn nicht wiedersehen würde, ganz gleich, ob er Erfolg hatte oder nicht.

»Nein!« flüsterte er. »Tun Sie es nicht. Kommen Sie zurück. Kommen Sie zurück!«

Er hatte nicht wirklich damit gerechnet, aber Saruter blieb tatsächlich noch einmal stehen und sah zu ihm zurück. Trotz der bereits großen Entfernung konnte er spüren, wie der Blick des Alten für einen Moment auf ihm ruhte, und er spürte auch die Botschaft, die er beinhaltete. Er durfte nicht weitergehen. Nicht jetzt. Was dort drinnen zu tun war, war ganz allein Saruters Sache. Er würde es bewältigen oder nicht, aber er konnte rein gar nichts dazu tun. Und er durfte es nicht, denn er wurde gebraucht. Später.

Ein sachtes Zittern lief durch den Boden, und plötzlich heulte der Wind draußen vor dem Berg mit zehnfacher Macht los, als spürten die mythischen Gewalten, die ihn entfesselt hatten, die Gefahr, die ihnen plötzlich drohte. Saruter war kein alter, schwacher Mann. Er war der letzte der Druiden, ein mächtiger Zauberer, der gekommen war, um den Riß zwischen den Welten zu schließen.

»Das ... das ist verrückt!« sagte Hartmann. »Seht doch! Da!«

Es war etwas in seiner Stimme, was Warstein aufhorchen ließ. Beinahe mühsam riß er seinen Blick von Saruters Gestalt los und folgte Hartmanns ausgestreckter Hand, die nach oben wies, zu der gewölbten Tunneldecke acht Meter über ihnen.

Der mit Stahl verstärkte Beton hatte Risse bekommen. Der Boden vibrierte noch immer, und obwohl das Beben längst nicht so heftig war wie das vor wenigen Minuten, mußten die destruktiven Kräfte, die es entwickelte, hundertmal stärker sein, denn jeder winzige Stoß ließ die Risse und Spalten breiter werden. Staub und winzige Steinsplitter regneten von der Tunneldecke, und wo vor einer halben Minute noch glatter, kunststoffverkleideter Beton gewesen war, erstreckte sich jetzt ein Spinnennetz aus fast geometrisch verlaufenden Rissen und Sprüngen, das immer dichter und dichter wurde. Zugleich geschah etwas mit dem Licht hinter Saruter. Es wurde heller und schien zu pulsieren. Es kam nicht mehr allein aus den Lampen, die in regelmäßigen Abständen unter der Stollendecke angebracht waren, sondern war einfach da, als leuchte die Luft selbst unter dem Widerschein der unvorstellbaren Energien, die sie plötzlich durchströmten.

»Der Tunnel stürzt ein!« keuchte Franke. »Zurück! Um Gottes willen – weg hier!« Sein Schrei hatte genau die Wirkung, die er hätte voraussehen können – er löste eine Panik unter den Männern aus. Plötzlich fuhr alles herum und rannte, aber es gab nichts, wohin sie flüchten konnten. Hinter ihnen begann sich die Tunneldecke durchzubiegen, als presse von oben die Faust eines Giganten dagegen, vor ihnen lag der Sturm, der mit solcher Urgewalt an den Fundamenten des Gridone riß und zerrte, daß der ganze Berg wie unter Schmerzen zu stöhnen schien. Dicht vor dem Eingang entstand ein unvorstellbares Gedränge, als die, die vor dem Sturm zurückprallten, von denen, die vor der niederbrechenden Decke flohen, weitergeschoben wurden. Auch Warstein wurde halb mitgerissen, halb wich auch er vor der zerbrechenden Stahlbetondecke zurück, die nur wie durch ein reines Wunder noch nicht zur Gänze herabgefallen war.

Aber er sah auch, daß sich der instabile Teil des Tunnels auf einen schmalen, fast schnurgerade abgegrenzten Bereich dicht vor und über Saruter beschränkte. Es war ein von Boden zu Boden reichender Halbkreis der Tunnelröhre, der zu zerbröckeln begann, nicht der ganze Stollen. Er war nicht einmal sonderlich breit.

Es gelang ihm irgendwie, sich aus dem Strom der Fliehenden

zu lösen und stehenzubleiben. Saruter hatte sich wieder herumgedreht und ging weiter, und obwohl er sich langsam bewegte, mit gemessenen, fast feierlich wirkenden Schritten, schien er sich zugleich mit phantastischer Geschwindigkeit zu entfernen. Schon war er nur noch als Umriß zu erkennen, dann nur noch als winziger dunkler Fleck vor dem immer intensiver werdenden Licht, das aus dem Nirgendwo kam.

»Dieser Wahnsinnige!« rief Hartmann plötzlich. »Er... er bringt sich um! Kommen Sie zurück!«

Wahrscheinlich hörte Saruter die Worte gar nicht mehr, aber Hartmann wartete auch nicht ab, ob er irgendwie darauf reagierte, sondern stürzte plötzlich los und begann mit weit ausgreifenden Schritten hinter ihm herzurennen.

»Nein!« schrie Warstein. »Hartmann – nein!«

Er versuchte, Hartmann zurückzureißen, aber seine Hände griffen ins Leere. Verzweifelt hetzte er hinter ihm her, doch der fast doppelt so alte Mann entwickelte eine schier unglaubliche Schnelligkeit. Unentwegt nach Saruter brüllend, sprang er mit gewaltigen Sätzen hinter ihm her und erreichte den instabilen Teil des Tunnels, ehe Warstein noch die halbe Strecke zurückgelegt hatte.

Als er sich direkt darunter befand, stürzte die Decke ein. Aber sie stürzte nicht einfach herunter. Der Stein zerbrach nicht, sondern senkte sich wie eine kompakte Wand mit unvorstellbarer Wucht und Schnelligkeit herab und stanzte in den Boden. Erst dann zerbarst das gewaltige Felssegment zu Millionen und Abermillionen einzelner Teile.

Der Aufschlag erschütterte den gesamten Berg. Zusammen mit allen anderen wurde Warstein von den Füßen gerissen und hilflos durch die Luft gewirbelt. Der Tunnel schlug einen grotesken, zweieinhalbfachen Salto vor seinen Augen, und er sah noch, wie der Boden auf ihn zuzuspringen schien.

Dann nichts mehr.

»Sie hatten recht«, sagte Lohmann, als Warstein seine Erzählung beendet hatte und mit zitternden Fingern nach dem Kaffee griff, den Angelika ihm eingeschenkt hatte. »Das ist die verrückteste Geschichte, die ich seit langer Zeit gehört habe.«

»Dabei habe ich Ihnen das Verrückteste noch gar nicht erzählt«, antwortete Warstein. Er hätte seinen rechten Arm für ein Bier gegeben, aber es war einfach nicht der Moment, danach zu fragen. »Zwei Tage später haben sie die Strecke nachgemessen, die zwischen dem Eingang und der Stelle lag, an der die Decke heruntergekommen ist. Es waren genau zweiundsiebzig Meter.«

Lohmann schien die Pointe gar nicht zu begreifen, aber Angelika sah ihn stirnrunzelnd an. »Die Strecke, die dein Laser nachgemessen hat.«

»Auf den Zentimeter genau, ja.« Er beantwortete die Frage zusätzlich mit einem Nicken und trank von seinem Kaffee, der so heiß war, daß er den Geschmack nicht feststellen konnte. Trotzdem nahm er gleich darauf einen zweiten Schluck. »Ich wußte, daß ihr mir nicht glaubt.«

»Wer sagt, daß ich das nicht tue?« erwiderte Lohmann. »Ich kann nicht beurteilen, was damals wirklich passiert ist. Schließlich war ich nicht dabei. Aber ich glaube Ihnen gerne, daß Sie es so erlebt haben.«

Eine freundliche Umschreibung dafür, daß er mich für völlig meschugge hält, dachte Warstein. Aber er beschwerte sich nicht. Wie die Dinge lagen, war das wohl schon mehr, als er eigentlich erwarten konnte.

»Wie viele Tote hat es gegeben?« fragte Angelika stockend. Das Gehörte hatte sie sichtlich betroffen gemacht, während Lohmann nicht einmal einen Hehl daraus machte, daß er die Geschichte für äußerst spannend hielt, sie ihn aber ansonsten ungefähr so berührte wie der Wetterbericht der vergangenen Woche.

Trotzdem war er es, der antwortete, nicht Warstein. »Fünf«, sagte er. »Hartmann mitgerechnet. Dazu eine ganze Anzahl Verletzter und Sachschaden in Millionenhöhe. Der Sturm hatte alles plattgemacht, was nicht unter Fels oder Stahlbeton geschützt lag.« Er grinste. »Ihr seht, ich habe meine Schulaufgaben gemacht.«

»Warum lassen Sie mich dann die ganze Geschichte noch einmal erzählen?« fragte Warstein verärgert. Es hatte ihn große Kraft gekostet, alles noch einmal zu durchleben. Dies war der Teil seiner Erinnerung, den er am tiefsten vergraben hatte, verbarrikadiert hinter einer Mauer des Leugnens und Nicht-mehr-wissen-wollens, an der er drei Jahre lang geduldig gearbeitet hatte. Tatsächlich fühlte er sich so erschöpft, als hätte er wirklich alles noch einmal durchgemacht. Und der wirkliche Schrecken, das spürte er, würde erst noch kommen.

»Ich kannte sie bisher nur aus dritter Hand«, antwortete Lohmann ungerührt. »Aus den Berichten meiner Kollegen, die manchmal vielleicht nicht ganz so objektiv sind ... Es hat mich interessiert, was Sie zu erzählen haben.« Er beantwortete Warsteins bohrende Blicke mit einem geradezu unverschämten Grinsen. »Wie ging es weiter?«

Als ob das, was er von ihm verlangt hatte, noch nicht genug gewesen wäre, wollte er also auch noch den ganzen bitteren Rest der Geschichte hören. Offenbar gehörte er wirklich zu den Leuten, denen es besonderes Vergnügen bereitete, das Messer in der Wunde noch einmal herumzudrehen. Oder er war ungefähr so sensibel wie eine Straßenwalze. Warstein wußte nicht einmal, welcher Möglichkeit er den Vorzug geben sollte.

»Das ist schnell erzählt«, sagte er – obwohl es im Grunde der längere Teil der Geschichte war. »Ich habe es selbst zu Ende gebracht. Ich war dumm genug, mir tatsächlich einzubilden, daß Franke nach dem, was er erlebt hatte, endlich auf mich hören würde. Leider war das nicht der Fall. Die offizielle Version war ein plötzlicher Wetterumschwung, zusammen mit einem dadurch ausgelösten Erdbeben.«

»Seit wann lösen Gewitter Erdbeben aus?« fragte Angelika mit hochgezogenen Brauen.

»Vielleicht war es auch umgekehrt«, antwortete Warstein müde. »Ich weiß es nicht mehr. Auf jeden Fall hat er sich eine Erklärung zurechtgebastelt, die sowohl die Medien als auch seine Vorgesetzten zufriedengestellt hat. Ein Unfall eben.«

»Aber er hat doch alles mit eigenen Augen gesehen!« sagte Angelika. »Und alle anderen auch.«

»Er hat etwas gesehen. Aber ich bin mir mittlerweile nicht einmal mehr sicher, ob es wirklich dasselbe war wie bei mir.«

»Ich glaube eher, daß er es nicht sehen wollte.«

Warstein war ehrlich verblüfft. Ausgerechnet von Lohmann Schützenhilfe zu bekommen, war nun wirklich das letzte, womit er gerechnet hätte. Bevor Lohmann jedoch fortfahren konnte, klingelte das Telefon. Warstein fuhr ganz leicht zusammen und sah aus den Augenwinkeln, wie Angelika erbleichte.

»Das ist Franke«, sagte Lohmann. Er renkte sich fast die Schulter aus, um das Telefon am Armaturenbrett zu erreichen, und sah abwechselnd Angelika und Warstein an. »Wer von euch beiden möchte mit ihm sprechen?«

»Schalten Sie den Lautsprecher ein«, antwortete Warstein. »Wir sind doch eine verschworene Gemeinschaft, die keine Geheimnisse voreinander hat, oder?« Er lachte, aber Angelika, zu deren Aufmunterung allein dieser laue Scherz gedacht war, reagierte gar nicht. In ihrem Blick flackerte Panik. Warstein konnte sie gut verstehen – gestern abend war es ihr leichtgefallen, Frankes Angebot abzulehnen. Es erforderte nicht viel Mut, eine Entscheidung zu fällen, die nicht endgültig war. Jetzt stand ihr diese Hintertür nicht mehr offen.

Lohmann drückte eine Taste auf dem Telefon, und Warstein sagte laut: »Guten Morgen, Herr Doktor Franke.«

»Es ist kein guter Morgen, Warstein.« Frankes Stimme war durch die Übertragung verzerrt, aber Warstein konnte die Müdigkeit darin trotzdem hören. Und es war eine Erschöpfung, die nicht nur körperlicher Natur war. »Geben Sie mir Frau Berger – bitte.«

»Ich höre mit«, sagte Angelika, und Lohmann fügte hinzu: »Wir alle hören mit.«

Falls das als Warnung an Frankes Adresse gemeint war, verfehlte sie ihre Wirkung. Im Gegenteil: »Gut«, sagte Franke. »Das erspart es mir unter Umständen, alles dreimal sagen zu müssen. Ich nehme an, Sie haben über meinen Vorschlag nachgedacht?«

»Ja«, antwortete Angelika. Sie sah aus, als litte sie körperliche Schmerzen, aber ihre Stimme klang erstaunlich fest. »Es bleibt dabei. Ich habe Ihnen nichts zu sagen.«

»Sie enttäuschen mich«, seufzte Franke. Aber er klang nicht enttäuscht. Er klang nicht einmal überrascht. »Ihre Entscheidung ist dumm, und dafür habe ich Sie bisher nicht gehalten. Sie sollten wissen, daß Sie allein keine Chance haben.«

»Ich bin nicht allein«, sagte Angelika. »Und bisher haben wir uns ganz gut gehalten, finde ich.«

»Ich habe Sie bisher gewähren lassen«, korrigierte sie Franke. »Möglicherweise habe ich Ihre Entschlossenheit tatsächlich unterschätzt. Aber ich begehe denselben Fehler selten zweimal hintereinander. Warstein?«

»Ja?«

»Ich muß mit Ihnen reden.«

»Ich dachte, das tun Sie bereits.«

»Nicht am Telefon. Wo können wir uns treffen? Sagen wir, in anderthalb – nein, besser in zwei Stunden?«

»Treffen?« entfuhr es Warstein. »Sie müssen völlig verrückt sein! Sie glauben doch nicht im Ernst, daß ich Ihnen traue!«

»Sie haben mein Wort«, antwortete Franke. »Ich garantiere Ihnen und Ihren Begleitern freies Geleit. Und eine Stunde Vorsprung, wenn wir uns nicht einig werden.«

Lohmann gestikulierte irgendwo am Rande seines Gesichtsfeldes, aber Warstein ignorierte ihn. Frankes Stimme klang noch immer so müde und resignierend wie zuvor, aber es war auch noch etwas darin. Etwas, das er nicht einordnen konnte, das ihn aber beunruhigte.

»Das ist lächerlich«, sagte er. »Wir sind doch nicht in einem billigen Krimi.«

»Sie haben mit diesem Räuber-und-Gendarm-Spiel angefangen«, erwiderte Franke. »Also?«

Warsteins Gedanken rasten. Irgend etwas sagte ihm, daß Frankes Vorschlag ehrlich gemeint war. Er konnte die Panik, die sich hinter Frankes Müdigkeit und dem darübergestülpten Ausdruck von Ruhe verbarg, beinahe anfassen. Aber nach allem, was geschehen war, konnte er ihm einfach nicht mehr trauen.

Als er einige Sekunden verstreichen ließ, ohne zu reagieren, fuhr Franke von sich aus fort: »Ich werde langsam überdrüssig, Ihnen zu drohen, Warstein, aber wenigstens von Ihnen hätte ich mehr Vernunft erwartet. Sie wissen, daß Sie es nicht schaffen können. Wenn ich wirklich will, sitzen Sie und Ihre Freunde in längstens zwei Stunden in einer Gefängniszelle.«

»Warum tun Sie es dann nicht?« fragte Lohmann aggressiv.

Franke ignorierte ihn einfach. »Alles, was ich will, ist mit Ihnen sprechen. Vielleicht finden wir eine Lösung – für Sie und für Ihre Freundin. Ich sage die Wahrheit. Ich weiß, wo ihr Mann ist, und ich bin bereit, Sie zu ihm zu bringen.«

»Nur nicht mehr zurück, nehme ich an«, sagte Warstein.

»Vielleicht nicht sofort«, gestand Franke. »Aber ich garantiere Ihnen, daß Ihnen nichts geschieht. Weder jetzt noch später. Wenn Sie gehört haben, was ich Ihnen zu sagen habe, werden Sie mich vielleicht verstehen.«

»Das ist doch eine Falle!« flüsterte Lohmann. »Für wie blöd hält der Kerl uns eigentlich?«

»Was Sie angeht, ziehe ich es vor, die Frage im Moment nicht zu beantworten«, sagte Franke.

Lohmann und Warstein sahen sich verblüfft an. Der Journalist hatte wirklich leise gesprochen. Das Telefon schien über ein hochempfindliches Aufnahmeteil zu verfügen.

»Ich brauche ... noch eine Bedenkzeit«, sagte Warstein.

»Das verstehe ich«, erwiderte Franke. »Ich rufe Sie in genau zwei Stunden wieder an. Und bitte – denken Sie gut darüber nach. Wir haben einfach nicht mehr genug Zeit, um lange zu diskutieren.« Er unterbrach die Verbindung.

»Der Kerl lügt!« sagte Lohmann aufgebracht. »Und Sie fallen auch noch darauf rein, wie?«

»Wir haben zwei Stunden gewonnen«, entgegnete Warstein scharf. »Was wollen Sie mehr?«

Lohmann setzte zu einer zornigen Entgegnung an, aber Warstein stand einfach auf, quetschte sich an ihm vorbei, verließ den Wagen und entfernte sich ein paar Schritte, ehe er wieder stehenblieb. Er hatte jetzt wahrlich keine Lust, sich mit Lohmann zu streiten. Das Gespräch mit Franke hatte ihn mehr mitgenommen, als er zugeben wollte – und es war weniger das gewesen, was Franke gesagt hatte, als viel mehr das, was er nicht gesagt hatte. Franke war in Panik. Irgend etwas geschah dort am Gridone, und es war vielleicht schlimmer, als selbst er bisher angenommen hatte.

Die Wagentür wurde geöffnet, und Warstein drehte sich mit einem Ruck herum, davon überzeugt, Lohmann zu sehen, der ihm nachkam, um den unterbrochenen Streit fortzusetzen.

Es war Angelika. Sie lächelte, aber sie tat es auf eine Weise, die ihre Unsicherheit unterstrich, statt sie zu überspielen. Wortlos kam sie heran, blieb neben ihm stehen und zündete sich eine Zigarette an. Ihre Hände zitterten.

»Darf ich?« fragte sie.

»Was? Hier draußen stehen? Der Wald gehört mir nicht.«

»Rauchen«, antwortete sie. »Ich weiß, daß du es nicht magst.«

»Drinnen im Wagen hat es dich nicht gestört«, sagte Warstein.

»Stimmt.« Angelika wirkte für eine Sekunde so ehrlich verblüfft, daß Warstein laut auflachte. »Verrückt. Ich weiß.«

»Das alles hier ist verrückt«, antwortete Warstein. »Aber um deine Frage zu beantworten: Nein, es stört mich nicht. Und es stört mich auch nicht, daß du hier bist.«

»Ich dachte, du wolltest allein sein.«

Wenn sie das wirklich geglaubt hatte, dann hätte er sie jetzt eigentlich fragen müssen, warum sie ihm trotzdem nachgekommen war, dachte Warstein. Aber er schüttelte nur den Kopf und fuhr fort, den Waldrand und das dahinterliegende Muster aus Licht und grünen Schatten anzusehen. Der Anblick wirkte beruhigend in seiner Normalität.

»Lohmann telefoniert«, sagte Angelika nach einer Weile. »Er versucht wohl, seine Freunde von der Presse zu mobilisieren, um Franke unter Druck zu setzen.« Sie seufzte. »Es war ein Fehler, ihn mitzunehmen, das ist mir jetzt klar.«

»Genaugenommen hat er uns mitgenommen, nicht wir ihn«, sagte Warstein. »Aber du hast recht – er sollte nicht hier sein. Warum nimmst du Frankes Angebot nicht an? Ich glaube, er meint es ehrlich.«

Angelika blinzelte. »Ehrlich?« Sie zog an ihrer Zigarette, warf sie zu Boden und trat die Glut sorgfältig mit dem Absatz aus. »Wenn das, was du über ihn erzählt hast, auch nur zur Hälfte stimmt, dann weiß er wahrscheinlich gar nicht, was das Wort bedeutet.«

»Das ist nicht wahr«, antwortete Warstein. Hatte er sich tatsächlich so mißverständlich ausgedrückt? Und wenn ja, hatten sie und Lohmann ihn dann vielleicht auch in anderen Punkten nicht verstanden? »Ich will ihn bestimmt nicht verteidigen. Das wäre so ungefähr das letzte, was mir einfiele. Aber er lügt nicht, wenn es nicht unbedingt nötig ist. Oder er keinen direkten Nutzen davon hat.«

»Dich aus dem Weg zu räumen, wäre ein ziemlicher Nutzen«, sagte Angelika ernst.

»Jetzt überschätzt du mich.«

»Nein«, widersprach Angelika sehr heftig und in einer Art, die Warstein überraschte. »Das tue ich nicht, und das habe ich keine Sekunde. Du unterschätzt dich. Der Mann hat Angst vor dir.«

Warstein lachte. »Sei nicht albern. Wie es aussieht, könnte er uns wahrscheinlich die gesamte Schweizer Nationalgarde auf den Hals hetzen. Warum sollte er Angst haben? Ausgerechnet vor mir?«

»Das weiß ich nicht«, antwortete Angelika. »Aber er hat es. Und nicht erst seit heute.« Sie machte eine heftige Bewegung mit beiden Händen. »Du hast es selbst gesagt – er hat alles in seiner Macht Stehende getan, um dich mundtot zu machen, richtig?«

»Es ist ihm gelungen.«

»Und warum sollte er das tun, wenn er keine Angst vor dir hätte?« fuhr Angelika fort. »Mit jemandem, der einem gleichgültig ist, gibt man sich nicht solche Mühe. Wenn er dich einfach für einen Verrückten gehalten hätte, hätte er dich damals rausgeworfen und vergessen. Und er hätte uns jetzt ganz gewiß nicht diese Aushilfs-Mafiosi auf den Hals gehetzt. Du mußt irgend etwas wissen, was dich für ihn gefährlich macht.«

»Eine hübsche Vorstellung«, sagte Warstein – obwohl sie ihm im Grunde angst machte. »Aber trotzdem nicht wahr. Ich habe euch alles erzählt, was ich weiß. Der Rest . . . wie gesagt: ich war so naiv, mich mit meiner Geschichte an die Presse zu wenden. Und das hat mir endgültig das Genick gebrochen.«

»Was ist mit Saruter?« fragte Angelika.

»Ich weiß es nicht«, sagte Warstein. »Ich habe ihn nicht mehr gesehen, seit damals.«

»Er war nicht unter den Toten?«

»Nein«, erwiderte Warstein. »Er ist einfach verschwunden. Die offizielle Version ist, daß er bei dem Stolleneinbruch ums Leben gekommen und seine Leiche niemals gefunden worden ist. Aber das ist nicht die Wahrheit. Sie haben jeden Stein herumgedreht. Selbst wenn er vollkommen zerschmettert worden wäre, hätte man seine Leiche gefunden – oder das, was davon übrig war.«

»Einige hundert Tonnen Fels können einen Menschen ganz schön zurichten«, sagte Angelika.

»Aber sie können ihn nicht in nichts auflösen«, erwiderte Warstein. »Er ist nicht tot. Er ist einfach verschwunden.«

»Der Tunnel hat zwei Ausgänge«, gab Angelika zu bedenken.

»Heute«, antwortete Warstein. »Damals noch nicht.« Er schüttelte heftig den Kopf. »Wie gesagt – sie haben jeden Quadratzentimeter abgesucht. Er war einfach nicht mehr da. Und er ist auch seither nicht mehr aufgetaucht, soviel ich weiß. Aber er lebt noch. Ich . . . ich weiß es einfach. Und er wartet auf mich.«

Angelika schwieg einige Augenblicke, in denen sie ihn sehr ernst und sehr nachdenklich ansah. »Auf dich – oder auf uns?« fragte sie.

»Auf uns?« Warstein lachte unsicher. »Wie kommst du darauf?«

»Du hast es selbst gesagt: sollte ich versagen und das Tor sich öffnen, so braucht es die Kraft von dreien, um es wieder zu schließen. Einer der weiß, einer der sieht, und einer der liebt.«

»Und du denkst . . .« Warstein brach verblüfft ab. Doch nicht Angelika dachte, daß sie diese drei sein könnten. Er selbst hatte es die ganze Zeit über gedacht. Er hatte es sich nur nicht erlaubt, diese Hoffnung so klar zu formulieren.

»Das . . . das ist doch lächerlich!« sagte er. »Was denkst du, wer wir sind? Die drei Musketiere, die gekommen sind, um die Welt zu retten?«

Angelika wollte antworten, aber Warstein schnitt ihr mit einer fast wütenden Bewegung das Wort ab. »Jetzt hör mir genau zu! Das hier ist kein Spiel! Und Franke ist niemand, der mit sich spielen läßt! Du hast selbst erlebt, wozu er fähig ist, und glaube mir, das war noch lange nicht alles. Wenn er nachher anruft, dann werde ich zustimmen, mich mit ihm zu treffen, und du wirst mich begleiten. Ich lasse nicht zu, daß du in dein Unglück rennst, nur weil ein verrückter alter Mann irgend etwas gefaselt hat, das ich vielleicht noch nicht einmal richtig verstanden habe! Du wirst dir anhören, was er zu sagen hat, und danach wirst du ihn begleiten.«

»Und das bestimmst du?« Die Art, in der sie das sagte, paßte nicht zu den Worten. Sie klang plötzlich sehr sanft, was Warstein noch zorniger werden ließ. Er hatte es noch nie ertragen, bemuttert zu werden.

»Ja, verdammt noch mal!« Er schrie fast. »Und willst du wissen, warum? Weil du es so wolltest! Du bist zu mir gekommen und hast mich um Hilfe gebeten, deinen Mann zu finden. Gut, du kannst ihn finden. Franke wird dich zu ihm bringen. Es gibt absolut keinen Grund mehr für dich, bei uns zu bleiben!«

»Vielleicht doch«, antwortete Angelika. Sie kam näher. Etwas Neues trat in ihre Augen – nein, nichts Neues. Es war die ganze Zeit über dagewesen, er hatte es nur nicht gesehen. Plötzlich wußte er, daß sie recht hatte. Er wußte nicht, welcher von den dreien er war – der, der sah, oder der, der wußte, aber er hatte die ganze Zeit über gewußt, wer sie war: der, der liebte.

»Bitte nicht«, sagte er leise.

Angelika blieb tatsächlich stehen; aber sehr viel näher hätte sie ihm auch gar nicht mehr kommen können. Zum ersten Mal fiel ihm wirklich auf, wie hübsch sie war und wie verwundbar, hinter der Fassade von Entschlossenheit und Stärke, die sie rings um sich errichtet hatte. Er konnte ihr Parfum riechen, den Duft ihres Haares, in den sich der Geruch nach kaltem Zigarettenrauch mischte. Seltsam – plötzlich störte ihn dieser überhaupt nicht mehr.

»Wenn es wegen Frank ist –«

Warstein legte ihr rasch den Zeigefinger auf die Lippen. Sie erschauerte leicht unter der Berührung, und er zog die Hand beinahe erschrocken wieder zurück. »Nein«, sagte er. »Nicht seinetwegen. Es ist . . . nicht der richtige Moment, das ist alles.«

Vielleicht war er es doch. Tief in sich spürte er, daß sie recht hatte, und er unrecht. Es gab keinen falschen Moment, jemanden zu lieben. Und vielleicht war dies überhaupt der letzte Moment, den sie noch hatten. Heute abend, spätestens morgen, würden sie den Berg erreichen, auf die eine oder andere Weise, und was immer auch dann geschah – sie würden keine Zeit mehr haben, irgend etwas zu ändern. Wortlos zog er sie an sich und küßte sie.

»Oh, Verzeihung.«

Warstein zog sich fast erschrocken von Angelika zurück. Diesmal erlebte er keine angenehme Enttäuschung: Hinter ihm stand Lohmann, als er sich herumdrehte, und auf seinem Gesicht lag ein derart unverschämtes Grinsen, daß Warstein am liebsten die Faust hineingepflanzt hätte.

»Ich hoffe, ich habe euch nicht in einem unpassenden Moment gestört«, fuhr Lohmann feixend fort. »Wenn ihr den Wagen braucht, sagt es nur. Ich gehe gerne eine halbe Stunde spazieren.«

»Haben Sie Ihre Anrufe erledigt?« fragte Warstein kalt.

Lohmanns Grinsen verschwand. »Nein«, sagte er. »Das verdammte Telefon funktioniert nicht mehr.«

»Vor fünf Minuten hat es noch funktioniert«, sagte Angelika.

»Ach, tatsächlich?« schnappte Lohmann. »Stellen Sie sich

vor, von selbst wäre ich darauf gar nicht gekommen! Franke muß es abgeschaltet haben.«

Angelika erschrak. »Dann . . . dann weiß er, wo wir sind?«

»Ich nehme an, das weiß er sowieso«, sagte Warstein. Er machte eine beruhigende Geste. »Aber er muß es nicht wissen, um die Leitung zu blockieren. Ich nehme an, er wird sie wieder freigeben, sobald er uns erreichen will.«

»Trotzdem sollten wir von hier verschwinden.« Lohmann fuhr mit der Hand über die schwarze Farbe am Türholm, betrachtete seine Fingerspitzen und verzog ärgerlich das Gesicht. »Noch nicht ganz trocken, aber solange wir nicht in einen Platzregen kommen, wird es gehen. Los – laßt uns fahren.«

12

»WISSEN SIE, WAS MAN UNTER DEM BEGRIFF SCHWARzes Loch versteht?« fragte Franke. In der nicht sehr hohen, aber weitläufigen Marmorhalle, die den Vorraum zum Allerheiligsten des Magistrats von Ascona bildete, hallten seine Worte lang und auf eine Weise wider, die irgendwie ihren Sinn zu entstellen schien, ohne daß Rogler sagen konnte, wieso eigentlich.

»Ja«, antwortete er. Er registrierte Frankes Überraschung und fügte mit einem bewußt verlegen wirkenden Lächeln hinzu: »Ungefähr wenigstens.«

Das entsprach nicht völlig der Wahrheit. Rogler war nicht dumm, und er besaß einen Fernseher. Außerdem war er des Lesens kundig. Aber eine der ersten Erkenntnisse, die er über Franke gesammelt hatte, war, daß er zu jener Art von Wissenschaftlern zu gehören schien, die Nichtakademiker prinzipiell für dämlich hielten und sich darin gefielen, mit ihrem Wissen zu protzen. Das ärgerte Rogler zwar, aber er wußte auch, daß es oft die effizientere Methode war, den anderen einfach reden zu lassen, als selbst Fragen zu stellen.

»Vielleicht erklären Sie es mir trotzdem noch einmal«, fügte er hinzu. »Nur zur Sicherheit – damit ich verstehe, wovon Sie reden.« Gleichzeitig beschleunigte er seine Schritte. Er mußte hier raus. Die letzte halbe Stunde hatte er damit zugebracht, sich die weinerlichen Vorhaltungen der Stadtältesten anzuhören, die irgend etwas von Millionenverlusten und einem nicht wieder gutzumachenden Schaden für die Stadt und den Fremdenverkehr gefaselt hatten. Als ob es im Moment darauf ankäme! Außerdem war er ein wenig ärgerlich auf Franke. Er hatte insgeheim gehofft, daß der Deutsche seinen unbestritten vorhandenen Einfluß geltend machen würde, um ihm in dieser unangenehmen Situation beizustehen. Immerhin besaß er – auch wenn Rogler immer noch nicht hatte herausfinden können, warum eigentlich – genug Macht, um in diesem Land nach Belieben schalten und walten zu können; einem Land, das nicht einmal sein eigenes war. Aber er hatte sich auf eine Rolle als unbeteiligter Dritter zurückgezogen und taten- und wortlos zugesehen, wie Rogler mit dieser Versammlung greiser Narren fertig wurde. Er hatte es geschafft, aber er fühlte sich, als hätte er soeben einen Marathonlauf hinter sich gebracht; mit Bleigewichten an den Beinen. Ein stundenlanges Verhör mit einem hartgesottenen Rauschgiftdealer wäre ihm lieber gewesen.

Sie verließen das Bürgermeisteramt, ehe Franke das Schweigen wieder brach und Roglers Aufforderung nachkam.

»Sie wissen, daß auch eine Sonne altert, genau wie ein Mensch oder ein Tier – wie alles im Universum.« Er deutete zum Himmel hinauf, an dem im Moment allerdings die Sonne nicht sichtbar war, sondern bauchige Regenwolken, die so tief über die Stadt hinwegzogen, daß man glauben konnte, sie anfassen zu können. Dabei war es so warm, daß Rogler in Versuchung war, die Jacke auszuziehen. Aber es war keine angenehme Wärme.

»Es dauert lange – zehn, zwölf Milliarden Jahre, aber irgendwann ist auch das Leben einer Sonne zu Ende«, fuhr Franke fort. »Manche von ihnen erlöschen einfach und sterben wie ein alter Mensch, der sich hinlegt und die Augen schließt, andere werden zur Nova – sie wissen, was das ist?«

»Nicht genau«, murmelte Rogler. Er wußte es, und er hatte im Grunde überhaupt keine Lust, sich jetzt einen Vortrag in Astrophysik für Anfänger anzuhören. Aber er ahnte, daß Franke höchstens noch mehr reden würde, wenn er nicht wenigstens Interesse heuchelte.

»Sie explodieren, laienhaft ausgedrückt«, sagte Franke. »Sie verzehren all ihre Energie in einer einzigen, unvorstellbaren Explosion. Würde unsere Sonne zur Nova werden, würde die Hitze selbst hier noch ausreichen, die Erdkruste zu schmelzen. Die inneren Planeten würden wahrscheinlich völlig zerstört. Zumindest der Merkur würde einfach verdampfen. Aber diese Gefahr besteht nicht – zumindest nicht in den nächsten fünf oder sechs Milliarden Jahren«, fügte er mit einem beruhigenden Lächeln hinzu – als hätte er tatsächlich Angst, seine Worte könnten Rogler erschrecken.

Franke fuhr fort. »Sehr alte Sonnen werden manchmal zum sogenannten roten Riesen, sie blähen sich einfach auf und kühlen dabei immer mehr ab. Und zum Schluß schrumpfen sie wieder zusammen und werden zu einem weißen Zwerg, einer winzigen Sonne, manchmal kaum größer als unser Mond. Das letzte uns bisher bekannte Stadium schließlich ist ein Neutronenstern – sozusagen ein schwarzer Zwerg.«

»Schwarz?« fragte Rogler. Was zum Teufel hatte das alles mit dem zu tun, was hier vorging?

»Natürlich ist er nicht wirklich schwarz«, sagte Franke lächelnd. »Man nennt ihn so, weil er eben nicht sichtbar ist – nur ein schwarzer Fleck im Universum. Die Masse eines solchen Neutronensternes ist unvorstellbar. Stellen Sie sich die gesamte Materie einer Sonne vor, zusammengepreßt auf eine Kugel von zehn oder zwölf Kilometern Durchmesser. Ein tennisballgroßes Stück eines solchen Neutronensternes würde Tausende von Tonnen wiegen.«

Sie hatten den Wagen erreicht, mit dem sie hergekommen waren, und stiegen ein. Ein intensiver Geruch nach Leder und frisch gewachstem Holz schlug ihnen entgegen, als Rogler hinter Franke auf den Rücksitz der Limousine kletterte. Hier drinnen war die Luft angenehmer, kühl und weniger stickig als draußen, und die getönten Scheiben gaben Rogler den Eindruck, die

Dämmerung wäre bereits wieder hereingebrochen. Franke mußte schon vorher entsprechende Anweisungen gegeben haben, denn der Fahrer startete den Motor und fuhr los, kaum daß sie die Türen hinter sich geschlossen hatten.

»Aber damit ist es noch nicht zu Ende.« Franke deutete mit dem ausgestreckten Finger zur lederbezogenen Decke des Wagens hinauf. »Nicht nur die Masse, auch die Gravitation eines solchen Neutronensternes ist unvorstellbar. Sie ist so groß, daß sie selbst das Licht krümmt. Schwarze Sterne sind nicht wirklich schwarz, wie ich bereits sagte. Sie erscheinen uns schwarz, weil ihre Anziehungskraft so unvorstellbar ist, daß sie selbst das Licht zurückhält.«

»Und was geschieht mit all diesem Licht?« fragte Rogler.

Franke lächelte. »Eine gute Frage. Niemand hat je einen Neutronenstern genau genug untersucht, um sie zu beantworten. Nur, damit das klar ist – ab jetzt bewegen wir uns im Gebiet reiner Spekulation. Kein Mensch hat jemals einen Neutronenstern gesehen oder gar ein Schwarzes Loch. Wir haben ein paar Objekte im All entdeckt, die ganz gute Kandidaten dafür wären, aber endgültig bewiesen hat ihre Existenz noch niemand.«

»Ein schwarzes Loch ist das, was aus einem Neutronenstern wird«, vermutete Rogler.

»Am Ende, ja«, bestätigte Franke. »Die Gravitation auf einem solchen Neutronenstern wird schließlich so groß, daß die Materie zusammenbricht. Protonen und Neutronen werden zusammengequetscht. Die Zwischenräume zwischen den Atomen bestehen nicht mehr. Er ist eine einzige, kompakte Masse mit einer Dichte und Anziehungskraft, die einfach unvorstellbar ist. Alles, was in die Nähe eines solchen Schwarzen Loches geriete, würde unweigerlich hineingesogen – kosmischer Staub, Meteoriten, aber auch Planeten, ganze Sonnensysteme ... vielleicht ganze Galaxien. Und es schrumpft immer weiter, bis es schließlich nur noch ein rechnerischer Punkt im Universum ist. Eine Singularität.«

Gegen seinen Willen verspürte Rogler nun doch so etwas wie Neugier. Er hatte all dies in der einen oder anderen Form schon einmal gehört, aber noch nie aus dem Mund eines Mannes, der scheinbar wußte, wovon er sprach – und der ganz offensichtlich darüber hinaus noch einiges mehr wußte. »Aber ist das denn nicht eigentlich unmöglich?« fragte er. »Ich meine, all diese Materie und Energie kann doch nicht einfach verschwinden.«

Franke zuckte mit den Schultern. »Beantworten Sie diese Frage, und der nächste Nobelpreis ist Ihnen sicher«, sagte er lächelnd. »Sie haben recht. Es ist ein Grundgesetz in diesem Universum, daß Energie nicht verloren geht. Sie kann sich nur ändern. Niemand weiß, was ein Schwarzes Loch wirklich ist. Vielleicht eine Form der Energie, die wir nicht kennen und nicht erkennen. Vielleicht eine Verbindung in eine andere Dimension. Vielleicht auch etwas, das sich unserem menschlichen Verständnis für alle Zeiten entziehen wird.«

Er legte eine Pause ein, und Rogler nutzte die Zeit, um aus dem Fenster zu sehen. Er bemerkte erst jetzt, daß sie sich nicht stadtauswärts bewegten, sondern in die entgegengesetzte Richtung hinunter zum See. Zumindest theoretisch. Der Verkehr war so dicht, daß sie öfter standen als fuhren. Zu Fuß wären sie wahrscheinlich schneller vorwärts gekommen.

»Ein Schwarzes Loch ist also nichts anderes als ein Punkt im Weltall«, sagte er schließlich. »Und was ist daran so interessant?«

Franke lächelte wieder, aber Rogler suchte vergeblich in diesem Lächeln nach einer Spur von Spott oder gar Herablassung. Seine Art, Fragen zu stellen, schien Franke zu amüsieren, das war alles.

»Das Interessante ist weniger, was es ist«, antwortete er, »sondern mehr, was es tut.«

»Wie kann eine erloschene Sonne etwas tun?« fragte Rogler.

»Sie krümmt den Raum«, antwortete Franke. »Jede große Materieansammlung tut das. Unter anderem.«

»Aha«, machte Rogler.

Diesmal lachte Franke laut, aber auch dieses Lachen wirkte gutmütig. Er rutschte ein Stück weiter von Rogler fort und legte die flache Hand auf das Leder zwischen ihnen. »Stellen Sie sich vor, dies wäre der normale Raum«, sagte er. »Sagen wir, ich bin die Erde, und Sie sind der Mond. Wenn Sie jetzt mit einem Raumschiff von der Erde zum Mond fliegen würden, vergeht eine meßbare Zeit, in der sie eine meßbare Entfernung zurücklegen.« Er fuhr die Strecke zwischen sich und Rogler auf kürzestem Wege mit dem Zeigefinger ab. »Die Luftlinie, sozusagen. Natürlich ist das alles im dreidimensionalen Raum etwas komplizierter, aber ich denke, Sie verstehen, was ich meine.«

Rogler nickte. Er verstand durchaus, und das Gehörte begann ihn sogar mehr und mehr zu interessieren. Er hätte sich nur gewünscht, Franke würde aufhören, ihn wie einen Idioten zu behandeln.

»Was eine solche Materieansammlung nun tut, ist, den Raum zu krümmen. Sie verbiegt ihn sozusagen.«

»Verbiegen?«

Franke ballte die Faust und drückte sie in das Sitzpolster, so daß eine sichtbare Vertiefung entstand. »Hätten Sie die Strecke vorher nachgemessen, würden Sie feststellen, daß die kürzeste Entfernung zwischen Ihnen und mir jetzt länger geworden ist«, sagte er. »Verstehen Sie?«

Rogler blickte nachdenklich auf die flache Kuhle herab, die Frankes Hand in den Sitz drückte. Genaugenommen hatte er das Leder nicht gekrümmt, sondern gedehnt. Aber er verstand, was Franke meinte, und nickte.

»Genau das ist es, was Materie mit dem Raum macht. Es braucht kein Black Hole dafür. Wäre es möglich, mit einem Raumschiff direkt durch die Sonne zu fliegen, würde man feststellen können, daß sie innen größer ist als außen.«

»Und ein Schwarzes Loch . . .«

». . . tut dasselbe, nur ungleich stärker«, führte Franke den Satz zu Ende. »Es gibt Theorien, die besagen, daß in der unmittelbaren Nähe eines Black Hole selbst die Zeit stehenbleibt. Aber es sind Theorien, wie gesagt. Niemand weiß bisher mit letzter Gewißheit, ob es Schwarze Löcher wirklich gibt. Aber wenn es sie gibt, dann kann in ihrer unmittelbaren Nähe im wahrsten Sinne des Wortes alles geschehen.«

Zumindest mit Rogler geschah in diesem Moment etwas – er verstand plötzlich, warum Franke ihm diesen Vortrag gehalten hatte. Und der Schrecken, der dieses Verstehen begleitete, war einfach zu groß, als daß er sein wahres Ausmaß jetzt schon begriff.

»Moment mal«, sagte er stockend. »Sie glauben nicht im Ernst . . . Sie wollen mir nicht wirklich erzählen, daß es in diesem Berg . . .«

»Es wäre möglich, daß sich im Inneren des Gridone ein Black Hole befindet, ja«, sagte Franke leise. »Bis vor wenigen Tagen war ich sogar fest davon überzeugt.«

»Aber das ist doch ganz unmöglich!« protestierte Rogler. »Ich meine: Sie haben selbst erzählt, daß ein Schwarzes Loch aus einer erloschenen Sonne besteht, und –«

»Vielleicht«, unterbrach ihn Franke. »Sie vergessen immer wieder, was ich eingangs sagte: Es ist eine Theorie. Niemand hat bisher ein Black Hole gesehen. Niemand hat es bisher untersuchen können. Es wäre möglich, daß sie gar nicht existieren. Aber es wäre ebenso möglich, daß sie überall im Universum sind, rings um uns herum; Giganten, die ganze Galaxien verschlungen haben, aber auch Zwerge, so groß wie ein einzelnes Atom und mit einer winzigen Masse. Es wäre möglich, daß ein solch winziges Black Hole vor Jahrmillionen bereits die Erde getroffen hat.«

»Moment«, sagte Rogler. Er maßte sich nicht an, Frankes Worte wirklich anzuzweifeln, aber der logische Fehler darin war ihm sofort aufgefallen. »Ein Gegenstand von solcher Dichte müßte die Erdoberfläche durchschlagen . . .«

». . . und bis zum Erdmittelpunkt stürzen«, unterbrach ihn Franke. Er wirkte durchaus erfreut, daß Rogler von selbst darauf gekommen war. »Wenn seine Masse groß genug dazu ist. Aber wenn es klein genug ist, sagen wir, nur ein paar Gramm schwer und vielleicht den hundertsten Teil eines Atomdurchmessers groß, dann könnte es eine chemische Verbindung mit der Materie eingehen, auf die es trifft. Ich weiß, es hört sich phantastisch an, aber es ist durchaus möglich.«

»Selbst wenn es so wäre, müßte es doch die Erde längst verschlungen haben.«

»Wer sagt Ihnen, daß es das nicht bereits tut?« fragte Franke, machte aber gleich darauf eine beruhigende Geste. »Wir reden hier von Dingen, die sich in kosmischen Zeitabläufen zutragen. Nehmen wir an, es ist so – vor etlichen Millionen oder auch nur tausend Jahren hat ein wanderndes Black Hole die Bahn der Erde gekreuzt und ist in ihre Anziehungskraft geraten. Sie haben recht – es würde beginnen, die Materie in seiner Nähe aufzusaugen. Aber dieser Vorgang dauert lange, unendlich lange. Wahrscheinlich Millionen von Jahren.«

»Und Sie glauben, daß ... daß das der Grund für all diese ... diese Dinge ist?« fragte Rogler stockend. Er spürte, daß Franke ihn nicht belog, aber es war eine Sache, etwas über Schwarze Löcher und zusammenbrechende Galaxien in *Bilder aus der Wissenschaft* im Fernsehen zu hören, und eine ganze andere, mit etwas derartigem konfrontiert zu werden.

»Ich bin nicht sicher«, sagte Franke nach sekundenlangem Schweigen. »Bis vor kurzem war ich es. Ich war davon überzeugt. So sehr, daß ich die letzten drei Jahre meines Lebens mit nichts anderem verbracht habe als dem Studium genau dieser Dinge. Aber jetzt ...«

Er wiegte nachdenklich den Kopf. »Plötzlich paßt alles nicht mehr.«

»Sie haben es selbst gesagt«, erinnerte Rogler. »In der Nähe eines solchen Schwarzen Loches könnte buchstäblich alles passieren.«

Franke nickte, sagte aber nichts, und Rogler nutzte die Gelegenheit, die Frage zu stellen, die die ganze Zeit über in seinem Hinterkopf gewesen war. »Wenn Sie das wirklich glauben, Doktor Franke, warum dann das alles? Wollen Sie mir erzählen, daß Sie dieses ganze Chaos nur veranstaltet haben, um eine wissenschaftliche Theorie zu überprüfen?«

Franke starrte an ihm vorbei ins Leere. »Ich wollte, es wäre so«, sagte er. »Bei Gott, Rogler, ich wollte, ich hätte mich geirrt, und in diesem Berg wäre nichts anderes als Stein. Aber ich fürchte, es ist nicht so.« Er lachte. »Sie haben nicht verstanden, was ich Ihnen erzählt habe, wie?«

»Doch«, antwortete Rogler verwirrt. »Aber ich -«

»Das haben Sie nicht«, behauptete Franke. Er klang enttäuscht. »Sie haben nicht einmal wirklich zugehört. Und noch viel weniger haben Sie die Augen aufgemacht und sich umgesehen. Sie glauben, ich handelte verantwortungslos? Begreifen Sie eigentlich, worüber ich rede?«

»Über ein Schwarzes Loch«, antwortete Rogler automatisch. »Eine wissenschaftliche –«

»Zum Teufel noch mal, fangen Sie endlich an zu denken!« fiel ihm Franke ins Wort. »Ich rede nicht über eine wissenschaftliche Theorie. Ich rede über das Ende der Welt!«

Nicht genug, daß das Wetter seit ein paar Tagen verrückt spielte, erlebten die Einwohner des Centovalli seit einer guten Woche eine nie dagewesene Invasion von Fremden; größtenteils vollkommen verrückten Fremden, Turlingers Meinung nach. Wäre es nach ihm gegangen, hätte man diesen ganzen Teil der Alpen ohnehin schon vor fünfzig Jahren für den Tourismus im allgemeinen und Ausländer im besonderen sperren müssen. Nicht, daß er etwas gegen Ausländer hatte. Sie waren ihm völlig egal, solange sie nur dort blieben, wo sie hingehörten. Zu Hause. Bei sich zu Hause.

»Sind Sie sicher, daß wir auf dem richtigen Weg sind?«

»Das bin ich«, antwortete Turlinger, ohne sich herumzudrehen oder im Schritt innezuhalten. »Und wenn Sie noch ein bißchen lauter schreien, kommt gleich bestimmt jemand vorbei, den Sie fragen können.«

Der Mann im grünen Parka, der sich zwei Schritte hinter ihm den Steilhang hinaufquälte, antwortete nicht darauf, aber Turlinger konnte regelrecht hören, wie er erbleichte, und obwohl er sich nicht zu ihm herumdrehte, sondern seine Schritte im Gegenteil noch um ein winziges bißchen beschleunigte, war er sicher, daß er sich für einen Moment erschrocken umsah.

Turlinger verzog verächtlich das Gesicht. Wie die meisten Einheimischen in diesem Teil des Tessins lebte Josef Turlinger vom Fremdenverkehr; genauer gesagt, von den Fremden. Vielleicht nicht ganz so legal wie die meisten anderen, denn einen Gutteil seiner Einkünfte bestritt er damit, Touristen für viel Geld über große Umwege an Plätze zu führen, die sie bequemer – und preiswerter – hätten erreichen können, und ihnen die eine oder andere Occasion anzubieten (die er zu einem Bruchteil ihres Preises in einem kleinen Geschäft in Locarno erstand), aber all das hinderte ihn natürlich nicht daran, all diese Ausländischen zu verachten, und das um so mehr, je mehr sie ihm zahlten.

Dieser eigenen, zugegeben etwas krausen Logik zufolge hätte er den Mann, der sich jetzt schnaubend hinter ihm den Steilhang hinaufquälte und vergeblich immer wieder einmal versuchte, zu ihm aufzuholen, eigentlich aus tiefstem Herzen hassen müssen – und ein bißchen tat er es sogar. Aber Turlinger war kein Dummkopf. Er wußte sehr wohl, daß seine Verärgerung und der aufgestaute Zorn mehr ihm selbst als diesem Franzosen galten – vielleicht war es auch ein Belgier oder Flame, so genau nahm es Turlinger damit nicht.

Tatsache war, daß er ein Fremder war und daß ihm seine innere Stimme gestern abend, als er auftauchte, geraten hatte, ihm einen Tritt zu verpassen und ihn vom Hof zu jagen, noch bevor er den Mund aufmachte. Aber er hatte nicht auf sie gehört, und wie konnte er das, bei dem Bündel Banknoten, mit dem der Kerl unter seiner Nase herumgewedelt hatte?

Mittlerweile hatte sich Turlinger bereits ein dutzendmal selbst dafür verflucht, nachgegeben zu haben. Der Bursche hatte ihm wirklich viel Geld geboten, und Turlinger hatte es schließlich genommen und eingewilligt, ihn über die Berge nach Porera zu führen, aber er hatte ihn auch dazu gebracht, mit einem seiner (wenigen) eisernen Prinzipien zu brechen – nämlich dem, sich rauszuhalten. Wenn man ein Leben am Rande der Legalität führte wie Turlinger, war es wichtig, sich rauszuhalten. Aber es war eine einfache Tour: fünf – gut, mit diesem flügellahmen Trottel eher sieben Stunden hin, und etwas weniger zurück. Die

Summe, die er dafür bekam, entsprach einem guten Wochenverdienst.

Trotzdem war es ein Fehler gewesen. Er hatte es gleich geahnt, und im Verlauf der letzten drei oder vier Stunden war diese Ahnung zur Gewißheit geworden. Der Kerl war eine echte Nervensäge. Statt seinen ohnehin kurzen Atem dafür aufzusparen, den Berg zu erklimmen, redete er praktisch ununterbrochen; das meiste davon war dummes Zeug. Dazu kam noch etwas. Allein in der letzten Stunde war zweimal ein Hubschrauber über sie hinweggeflogen. Turlingers kundigem Auge waren auch die Spuren nicht entgangen, die sie gekreuzt hatten. Spuren von Männern in schweren Stiefeln, und an einer Stelle frischer Hundekot. Hätte er es nicht besser gewußt, hätte er geschworen, daß hier Wachen patrouillierten. Nur, daß es in diesem Teil der Berge absolut nichts gab, was des Bewachens wert gewesen wäre.

»Warten Sie einen Moment, Monsieur. Ich brauche . . . eine kleine Rast.«

Turlinger verdrehte die Augen und schluckte den verächtlichen Kommentar, der ihm auf der Zunge lag, im letzten Moment herunter. Er hatte erst die Hälfte des vereinbarten Lohnes erhalten und würde den Teufel tun, den Kerl zu verärgern. Aber vielleicht würden sie ja auf dem Rückweg den einen oder anderen Umweg machen, dachte er. Über ein paar unwegsame Steilhänge zum Beispiel oder eine kleine Wand hinunter.

Er warf einen aufmerksamen Blick in den Himmel hinauf und zu beiden Seiten, ehe er sich umwandte und zu dem Monsieur zurückging. Kein Hubschrauber. Keine Patrouillen. Alles schien in Ordnung. Aber es war nicht in Ordnung. Irgend etwas stimmte nicht.

Vielleicht, überlegte er, während er sich in drei Schritten Abstand zu seinem schwatzhaften Kunden gegen einen Baum lehnte und so Aufstellung nahm, daß er zugleich ihn wie die nähere Umgebung im Auge behalten konnte, waren es einfach die Hunde, die ihn nervös machten. Turlinger konnte Hunde nicht ausstehen, denn sie waren so etwas wie seine natürlichen Feinde. Spuren konnte man verwischen. Menschlichen Verfolgern konnte man ausweichen oder zur Not einfach davonlaufen. Selbst die Hubschrauber, die er gesehen hatte, machten ihm keine Sorgen. Sie waren praktisch, um etwas zu sehen, aber einen solchen Luftquirl in diesem unwegsamen Gelände zu landen, würde sich selbst ein erfahrener Pilot dreimal überlegen. Hunde hingegen waren eine Pest. Sie mußten einen nicht sehen, um zu wissen, daß man da war. Sie witterten einen auch dann, wenn man vielleicht schon Kilometer entfernt und vermeintlich in Sicherheit war, und sie bewegten sich in fast jedem Gelände schneller und ausdauernder als ein Mensch. Wäre es nach Turlinger gegangen, hätten Hunde ebenfalls auf seiner Verbotsliste für diesen Teil des Landes gestanden; gleich hinter den Touristen.

Tief in sich spürte er, daß auch das nicht der eigentliche Grund für seine Beunruhigung war. Da war noch etwas, das dicht unter der Oberfläche seines bewußten Begreifens brodelte, ein Empfinden, das vielleicht nicht klar genug war, um es wirklich einzuordnen, aber viel zu intensiv, um es ignorieren zu können.

»Wir sollten weitergehen«, sagte er nach einer Weile. »Wir haben noch ein schönes Stück vor uns. Und den ganzen Weg zurück.«

»Noch eine Minute«, bat der Monsieur. Er lächelte, auf eine Art, von der er wahrscheinlich annahm, daß sie Turlingers Verständnis erweckte. Das einzige Gefühl, daß dieses Lächeln allerdings wirklich in Turlinger verstärkte, war seine Verachtung. »Ich bin so etwas nicht gewohnt, wissen Sie?«

Turlinger deutete den Hang hinauf. »Porera liegt hinter dieser Kuppe. Es ist nicht mehr weit.«

Der Blick des anderen folgte seiner ausgestreckten Hand, und sein Lächeln wurde noch eine Spur schmerzlicher. Was Turlinger als nicht mehr weit bezeichnet hatte, war noch ein guter Kilometer steil bergauf. Sein Lächeln wäre wahrscheinlich noch weit gequälter ausgefallen, hätte er gewußt, daß zumindest der letzte Teil dieser Strecke Turlinger echte Kopfschmerzen bereitete. Der Berggipfel vor ihnen war völlig deckungslos. Das

Waldstück, an dessen Rand sie rasteten, hörte unmittelbar vor ihnen auf. Dort oben gab es nur ein paar Büsche und moosbedeckte, flache Felsen, hinter denen nicht einmal ein Hund Deckung gefunden hätte. Wenn einer dieser verdammten Hubschrauber kam, während sie dort oben waren, konnte der Pilot sie gar nicht übersehen.

Was Turlinger wieder zu der Frage brachte, warum zum Teufel mit einem Male Hubschrauber in diesem Teil der Berge patrouillierten. Sein Kunde hatte sich über den Grund dieser Tour beharrlich ausgeschwiegen, und Turlinger hatte ihn, getreu seiner Devise, sich rauszuhalten, auch nicht danach gefragt. Jetzt bedauerte er dies. Die Straße nach Porera hinauf war vor einer Woche gesperrt worden; niemand kam hinein, niemand heraus. Aber das war nichts Besonderes – im Winter kam das öfter vor, und selbst im Sommer verirrten sich die Einwohner des kleinen Bergdorfes selten ins Centovalli hinunter. Wenn sie ihren Ort verließen, so in Richtung Ascona oder Porto.

»Also gut, vermutlich haben Sie recht. Gehen wir weiter.« Ächzend wie ein alter Mann, der widerwillig seinen warmen Platz neben dem Ofen räumen muß, erhob er sich. Turlinger sah mit steinernem Gesicht zu, wie er seinen schweren Rucksack schulterte und die Riemen straffzog. Er fragte sich nicht zum ersten Mal, was darin verborgen sein mochte. Die kantigen Umrisse, die sich durch den Leinenstoff drückten, und sein sichtlich großes Gewicht verrieten ihm immerhin, daß es mehr war als ein paar zusätzliche Kleidungsstücke und Proviant.

Sie gingen weiter. Turlinger sorgte mit ein paar raschen Schritten dafür, daß wieder der gewohnte Abstand zwischen ihnen lag, und er nahm auch jetzt wenig Rücksicht darauf, daß sein Begleiter immer größere Mühe hatte, mit ihm Schritt zu halten. Er wollte nur noch dort hinauf und dann wieder nach Hause.

Trotzdem kamen sie nicht gut voran. Der Hang war steiler, als es vom Waldrand aus den Anschein gehabt hatte, und das Gehen bereitete Turlinger ungewohnte Mühe. Auch das war etwas, was seine Beunruhigung nährte. Etwas war heute anders als sonst. Es war, als ... wären diese Berge nicht mehr das, was sie sein sollten.

Der Gedanke war so absurd, daß er still in sich hineinlächelte. Trotzdem erschreckte er ihn.

Langsam näherten sie sich der Bergkuppe. Auf der anderen Seite des kleinen Tales, das dahinter lag, erhob sich der gewaltige Schatten des Gridone, eingerahmt von einem Himmel, auf dem schon wieder finstere Gewitterwolken heraufzogen. Turlinger glaubte nicht, daß das Unwetter sie hier erreichen würde. Das Bergmassiv war ein verläßlicher Schutz, gegen alles, was von der anderen Seite kam. Aber der Anblick der grauen, durcheinanderwirbelnden Wolken ließ den Tag noch trister erscheinen. Turlinger hatte plötzlich das Gefühl, sich verirrt zu haben. Natürlich nicht wirklich – er kannte jeden Stein hier. Er wußte, was auf der anderen Seite der Bergkuppe lag, er hätte das Gelände hinter ihnen präzise und bis ins letzte Detail beschreiben können, ohne sich herumzudrehen – und trotzdem fühlte er sich fremd; als wäre er an einem Ort, den er schon hundertmal auf Bildern gesehen, aber noch nie selbst betreten hatte.

Immer wieder sah er zum Firmament hinauf. Der Himmel war auch hier grau und niedrig, doch die drohenden Wolken und das Wetterleuchten auf der anderen Seite des Gridone fehlten. Der Anblick hätte ihn beruhigen müssen. Sie würden vielleicht Regen bekommen, aber keinen Sturm und kein Unwetter. Nichts, worüber er sich Sorgen machen müßte.

Trotzdem tat er es. Und er wußte nicht einmal genau, weshalb.

Eine Minute später erreichten sie den Berggipfel. Als Turlingers Blick in das Tal auf der anderen Seite fiel, wußte er es.

»Was um alles in der Welt ist denn da los?« keuchte er.

»Genau das, was ich erwartet habe.« Sein Begleiter machte eine erschrockene Handbewegung und antwortete im Flüsterton, so als hätte er Angst, unten im Tal gehört zu werden. »Ich wußte, daß hier etwas faul ist! Terroristen, wie? Für wie dumm halten uns diese verdammten Raketengehirne eigentlich?«

Turlinger war nicht sicher, ob die Worte wirklich ihm galten;

und wenn, hätte es nicht viel genutzt. Er verstand sie so wenig wie das, was er sah. Das war eine Menge.

Porera hatte eine Invasion erlebt. Nicht in dem Sinne, in dem die Menschen in diesem Teil des Tessins das Wort normalerweise benutzten, sondern in seinem ursprünglichen.

Der Ort wimmelte von Militär.

Quer über die einzige Straße, die ins Tal hinunter führte, spannte sich ein doppelter Maschendrahtzaun. Rechts und links der Durchfahrt erhoben sich zwei hastig errichtete Wachhäuschen, und jenseits davon, diskret hinter einem geparkten Lastwagen verborgen, stand ein leibhaftiger Panzer. Das Dorf selbst war frei von militärischen Fahrzeugen, sah man von zwei oder drei Geländewagen in verdächtigem Nato-Oliv ab, doch wohin Turlinger auch sah, erblickte er uniformierte Gestalten. Soldaten? Was zum Teufel –?!

»Vorsicht!«

Turlinger reagierte ganz instinktiv auf den Ausruf seines Begleiters und ließ sich der Länge nach auf den Bauch sinken. Erst dann sah er überhaupt, was den anderen so erschreckt hatte: zwischen den niedrigen Häusern am Ortsrand war ein Jeep aufgetaucht, der heftig schaukelnd querfeldein auf sie Kurs nahm. Er war mit drei Männern in grünen Uniformen und mit hellblauen Helmen besetzt. Für ein paar Sekunden war Turlinger felsenfest davon überzeugt, daß sie bereits entdeckt worden waren. Dann änderte sich das Motorengeräusch; fünfzig oder sechzig Meter vom Ortsrand entfernt hielt der Wagen an. Zwei der Soldaten stiegen aus und machten sich an etwas zu schaffen, das Turlinger über die Entfernung hinweg nicht erkennen konnte.

»Was ist denn da los?« murmelte er.

Er bekam keine Antwort, aber sein Begleiter berührte ihn an der Schulter. Als er den Kopf drehte und ihn ansah, hielt er ihm ein sonderbar aussehendes Instrument hin, das Turlinger nur mit einiger Anstrengung als Fernglas identifizierte. Zögernd griff er danach, setzte es aber erst auf einen zweiten, auffordernden Wink hin an.

Das Gerät war sehr schwer, und sein Sichtfeld war nicht wie

das der Feldstecher, die Turlinger kannte. Er hatte fast das Gefühl, auf einen kleinen Fernseher zu blicken. Links und am unteren Rand des Bildes blinkten verwirrende rote Symbole und Zahlenkolonnen. Aber die Vergrößerung war phantastisch. Turlinger hatte im allerersten Moment Schwierigkeiten, den Jeep und die drei Soldaten wiederzufinden, doch nachdem es ihm gelungen war, schienen die Männer kaum noch zwei Meter von ihnen entfernt zu sein.

Er konnte jetzt erkennen, was sie taten. Das, woran sie sich zu schaffen machten, war ein kaum kniehoher, dünner Draht, der sich nach rechts und links spannte, so weit er sehen konnte. In regelmäßigen Abständen unterbrachen senkrecht aus dem Boden ragende Metallstäbe den Miniaturzaun, an denen kleine, rechteckige Kästen befestigt waren. Turlinger hatte keine Ahnung von militärischen Dingen oder gar moderner Überwachungstechnik, aber das mußte man auch nicht, um zu erkennen, daß es sich bei dem Draht offenbar um einen Zaun handelte, der den ganzen Ort umgab. Seine geringe Höhe wirkte nicht beruhigend. Im Gegenteil. Turlinger hatte immerhin genug von Lichtschranken und ähnlichem gehört, um zumindest zu ahnen, was er da sah.

Nach einer Weile gab er das sonderbare Fernglas an seinen Besitzer zurück und schloß für eine Sekunde die Augen, um sich wieder an das veränderte Sichtfeld zu gewöhnen. Als er die Lider hob, hatte sein Begleiter den Feldstecher angesetzt und blickte mit konzentriertem Gesichtsausdruck hindurch. Von Zeit zu Zeit berührte er eine kleine Taste auf seiner Oberseite, und immer, wenn er es tat, hörte Turlinger ein leises Klicken, gefolgt von einem surrenden Geräusch. Offensichtlich war in das Ding eine Kamera eingebaut.

Allmählich wurde ihm doch mulmig zumute. Wer immer der Kerl war – eines war er ganz bestimmt nicht: ein normaler Tourist, den die bloße Neugier hier heraufgetrieben hatte. Er wußte plötzlich nicht mehr, was ihn mehr beunruhigte: die unheimliche Veränderung, die mit der Ortschaft unter ihnen vonstatten gegangen war, oder sein kaum weniger unheimlicher Begleiter.

»Hören Sie«, sagte er vorsichtig. »Ich glaube, wir sollten uns unterhalten.«

»Jetzt nicht.« Der andere machte eine unwillige Handbewegung und starrte weiter gebannt durch seinen Feldstecher.

»Ich denke, Sie sind mir ein paar Antworten schuldig«, fuhr Turlinger fort. Die Worte forderten weit mehr Kraft von ihm, als er erwartet hatte.

»Wieso? Sie haben doch gar nichts gefragt.« Der Bursche ließ den Feldstecher sinken, grinste ihn unverschämt an und begann in seinem Rucksack herumzuwühlen. Turlinger versuchte etwas von seinem Inhalt zu erkennen, sah aber nichts als schwarzes Plastik. Und etwas, das verdammt nach einer Waffe aussah.

»Wer sind Sie?« fragte er. »Sie ... Sie werden mir sofort sagen, wer Sie sind und was hier vorgeht. Oder ich ...«

»Oder?«

Turlingers Hände begannen leicht zu zittern. Der andere lächelte noch immer. Seine Stimme klang so freundlich und amüsiert wie zuvor. Nichts in seinem Gesicht oder seiner Haltung hatte sich geändert – und trotzdem schien er plötzlich ein anderer Mensch zu sein. Aus dem freundlichen, ziemlich naiven Trottel war jemand geworden, der ... gefährlich war. Weder in seinem Blick noch in seiner Stimme war eine Drohung, aber ganz plötzlich hatte Turlinger Angst vor ihm. Hinter der Maske des Dummkopfes, auf die er hereingefallen war, verbarg sich eine Stärke und Gnadenlosigkeit, die Turlinger schaudern ließ.

»Oder ich ... drehe auf der Stelle um und lasse Sie hier zurück«, sagte er. Seine Stimme klang nicht halb so entschlossen, wie nötig gewesen wäre, um die Worte glaubhaft zu machen.

»Das glaube ich nicht«, sagte der andere. Er verstaute sorgfältig sein Fernglas und zog eine sonderbare Kombination aus seinem Rucksack: der hintere Teil stammte offensichtlich von einem Gewehr, aber statt in einem Lauf endete das Gerät in einem gewaltigen Teleobjektiv.

»Was tun Sie da?« fragte Turlinger nervös.

Etwas klickte. Das vordere Drittel des Objektives bewegte

sich surrend nach rechts und links und wieder zurück. »Ich fotografiere.«

»Das ist eine Kamera?«

Der Mann lachte leise. »Und was für eine! Mit dem Ding hier fotografiere ich jeden einzelnen Popel in der Nase des Burschen da unten am Tor. Lesen Sie Zeitung? Wenn ja, werden Sie die Bilder spätestens übermorgen auf jeder Titelseite bewundern können. Diese verdammten Mistkerle! Ich wußte, daß Sie uns eine Lügengeschichte auftischen!«

»Was . . . was bedeutet das denn?« stammelte Turlinger.

»Ich habe keine Ahnung. Aber ich kriege es raus!« Der Mann ließ seine Kamera sinken und sah Turlinger aufmerksam an. »Da läuft eine Riesenschweinerei. Und Sie und ich, wir werden dafür sorgen, daß die Welt davon erfährt.«

»Ich will damit nichts zu tun haben!« sagte Turlinger impulsiv. »Ich verschwinde jetzt.«

Aber er rührte sich nicht. Der andere sagte kein Wort. Trotzdem schien seine bloße Anwesenheit Turlinger zu paralysieren. Erneut versuchte er, einen genaueren Blick in den Rucksack des Burschen zu werfen. Er war jetzt sicher, daß sich eine Waffe darin verbarg.

»Hören Sie«, sagte er nervös. »Ich verspreche Ihnen, daß ich nichts sage. Ich habe Sie nie gesehen, und ich war auch nie hier. Lassen Sie mich einfach gehen, ja? Ich gebe Ihnen auch Ihr Geld zurück.«

Eine Sekunde lang las er nichts als ehrliche Verblüffung auf den Zügen des anderen. Dann lachte er, schallend und sehr ausdauernd. »Oh verdammt, habe ich so einen Eindruck auf Sie gemacht?« fragte er kopfschüttelnd. »Wofür halten Sie mich? Ich bin kein Spion oder so etwas.«

»Nein?« fragte Turlinger vorsichtig.

»Nein – auch wenn manche mich vielleicht so bezeichnen würden. Und mich wahrscheinlich gerne an die Wand stellten.«

Also doch, dachte Turlinger. Er hätte sich raushalten sollen. Wahrscheinlich hatte er sein eigenes Todesurteil besiegelt, als er diesen verfluchten Auftrag annahm.

»Ich bin Journalist«, fuhr der andere fort.

»Journalist?«

»Fotoreporter, um genau zu sein«, sagte der andere. »Und das da werden die Aufnahmen meines Lebens. Und wenn Sie wollen, auch Ihres.« Er nickte ein paarmal, um seine Worte zu bekräftigen, und setzte die Kamera wieder an, ehe er fortfuhr: »Ich kann Sie ganz groß rausbringen, wenn Sie wollen. Die Story wird einschlagen wie eine Bombe. Immerhin sind Sie der Mann, der mich hierhergebracht hat.«

Turlinger glaubte nicht, daß er das wollte. Alles, was er wirklich wollte, war von hier zu verschwinden, und das so schnell wie möglich. Er war viel zu verwirrt und hatte viel zu viel Angst, um darüber nachzudenken, ob der andere wirklich das war, was er zu sein vorgab.

»Da unten läuft eine Riesensauerei!« fuhr der Fremde fort. Er fotografierte ununterbrochen, während er seine Kamera nach rechts und links und wieder zurück schwenkte. »Und kein Mensch weiß davon. Aber ich werde ihnen die Suppe versalzen.« Er sah Turlinger an. »Seit wann genau ist die Straße gesperrt?«

»Seit einer Woche – ungefähr«, antwortete Turlinger. Auf eine Frage, die das Wort genau enthielt, war das eine ziemlich unbefriedigende Antwort, aber sie schien seinem Gegenüber zu genügen.

»Seit dem angeblichen Sprengstoffanschlag also«, sagte er. Er hörte sich irgendwie grimmig an, als hätte er ganz genau diese Antwort erwartet. »Terroristen! Daß ich nicht lache!«

»Der Anschlag auf den Zug? Sie meinen, es . . . es waren keine Terroristen?«

»Wissen Sie, wo wir hier sind?« fragte der andere. Ohne Turlingers Antwort abzuwarten, fuhr er fort: »Genau über dem Tunnel. Ich habe es auf der Karte nachgesehen, wissen Sie? Wenn Sie eine Schaufel nehmen und dort unten im Dorf zu graben anfangen, dann stoßen Sie genau auf den Gridone-Tunnel. Das ist doch kein Zufall.«

Turlinger war nun vollends verwirrt. Er verstand nicht, was

das eine mit dem anderen zu tun haben sollte, und er sprach diese Frage auch laut aus.

»Das weiß ich auch noch nicht«, antwortete der andere. »Aber eines weiß ich genau. Daß hier etwas stinkt.«

»Vielleicht haben sie etwas entdeckt«, sagte Turlinger hilflos.

»Darauf können Sie sich verlassen«, antwortete der andere. »Und zwar etwas verdammt Großes.«

Aber vielleicht hatte die Anwesenheit der Soldaten dort unten auch einen ganz anderen Grund, dachte Turlinger. Seine Furcht bekam plötzlich eine neue Dimension. Er hatte sein Leben hier in diesen Bergen verbracht. Die größte Stadt, in der er jemals gewesen war, war Locarno, und von der Welt jenseits der steinernen Wände, die seine Heimat begrenzten, wußte er kaum mehr, als er aus dem Radio oder dem Fernseher erfuhr. Aber er war nicht dumm. Porera war hermetisch von der Außenwelt abgeriegelt worden, und das mußte einen Grund haben. Vielleicht war ja eine Krankheit ausgebrochen. Oder sie hatten etwas ungemein Gefährliches gefunden. Turlinger hatte einmal von einem Flugzeug gehört, das eine Atombombe verloren hatte, einfach so. Damals hatte er über diese Meldung gelacht und sie als Unsinn abgetan. Aber jetzt war ihm nicht mehr zum Lachen zumute.

»Lassen Sie uns verschwinden«, sagte er. »Bitte.«

»Ich muß näher ran«, erwiderte der andere. »Ich muß wissen, was da vorgeht.«

»Näher ran?!« Turlinger richtete sich erschrocken auf und senkte gleich darauf wieder den Kopf. »Sind Sie verrückt?«

»Ich gehe allein«, antwortete der angebliche Reporter. »Sie können hierbleiben. Es dauert nicht lange.«

»Sie werden Sie erwischen!« sagte Turlinger. »Seien Sie vernünftig. Dort unten wimmelt es von Soldaten.«

»Ja, und vermutlich auch von Kameras und Infrarotgeräten«, fügte der andere hinzu. »Aber keine Sorge. Ich bin auf alles vorbereitet.« Er schraubte mit geschickten Bewegungen seine Kamera auseinander und tauschte sie gegen einen kleinen, rechteckigen Kasten mit einem flachen Monitor und einer ganzen Anzahl winziger Lämpchen, die auf einen Knopfdruck hin zu grünem und rotem Leben erwachten.

»Bleiben Sie einfach hier und warten Sie auf mich.« Er kramte den Feldstecher wieder hervor und reichte ihn Turlinger. »Hier. Sie sind sozusagen meine Rückendeckung. Passen Sie gut auf das Ding auf. Und sollte mir doch etwas zustoßen, dann schicken Sie das Gerät per Eilboten an die Redaktion der *Times* in London. Man wird Sie großzügig dafür belohnen, das kann ich Ihnen versprechen.«

Turlinger wollte das nicht. Er wollte mit all dem hier nichts zu tun haben, aber der andere ignorierte seine abwehrenden Gesten einfach, drückte ihm den Feldstecher in die Hand und schulterte seinen Rucksack. Noch ehe Turlinger irgend etwas tun konnte, um ihn zurückzuhalten, erhob er sich in eine gebückte Haltung und begann den Hang hinabzulaufen.

Er stellte sich nicht einmal ungeschickt dabei an. Der Berghang bot wenig Deckung, aber er nutzte das wenige hervorragend aus, und nach ein paar Sekunden setzte Turlinger den Feldstecher widerwillig an und folgte ihm mit Blicken.

Der Reporter lief geduckt den Hang hinunter, blieb immer wieder stehen, um sich umzusehen oder einen Blick auf seinen kleinen Apparat zu werfen, von dem Turlinger annahm, daß er ihn irgendwie vor unsichtbaren Fallen oder den Radargeräten, die die Soldaten aufgestellt hatten, warnen mochte, denn er bewegte sich nicht in gerader Linie auf das Dorf zu, sondern in einem scheinbar willkürlichen Zickzack. Manchmal lief er sogar ein Stück den Weg zurück, den er genommen hatte, um es ein paar Meter weiter rechts oder links erneut zu versuchen. Er brauchte auf diese Weise gute zwanzig Minuten, um sich dem Ortsrand zu nähern. Turlinger sah ihm die ganze Zeit über gebannt zu. Seine Gedanken arbeiteten wild, aber trotzdem irgendwie träge. Er hätte jetzt aufstehen und einfach machen können, daß er nach Hause kam. Im Grunde sprach nichts dagegen. Wenn der Bursche tatsächlich war, was er behauptete, konnte er ihm nicht viel tun, um sich zu rächen. Turlinger legte nicht den geringsten Wert darauf, daß er ihn groß herausbrachte

– im Gegenteil. Und wenn er tatsächlich etwas anderes war, zum Beispiel ein Spion – diese Möglichkeit hatte Turlinger immer noch nicht ganz ausgeschlossen – nun, dann würde er ihn wahrscheinlich sowieso umbringen. Turlinger hatte genug Agentenfilme gesehen, um zu wissen, wie so etwas lief.

Und trotzdem blieb er, wo er war. So groß seine Furcht auch sein mochte, wenigstens im Moment noch war seine Neugier stärker. Sie und eine völlig andere Art von Beunruhigung, die dem rätselhaften Geschehen dort unten in Porera galt. Er verfolgte den geduckt weiter ins Tal huschenden Mann pedantisch mit dem Fernglas. Ab und zu drückte er die kleine Taste auf seiner Oberseite, und manchmal wurde dieses Drücken mit dem Turlinger bereits bekannten Klicken und Surren belohnt. Nicht immer. Anscheinend machte er noch etwas falsch.

Immerhin bediente er den fotografierenden Feldstecher gut genug, um die entscheidenden Momente zu fotografieren – nämlich die, in denen der Reporter von seinem elektronischen Wachhund schmählich im Stich gelassen wurde. Vermutlich sah er die Bewegung sogar eher als dieser. Ziemlich genau dort, wo vorhin der Jeep aufgetaucht war, erschien plötzlich wieder ein Wagen, diesmal mit vier Mann besetzt. Gleichzeitig tauchten auch rechts und links Fahrzeuge auf, die rasch Kurs auf den näher kommenden Mann nahmen.

Turlinger setzte den Feldstecher ab und blinzelte aus zusammengekniffenen Augen ins Tal hinab. Der Fremde hatte die Gefahr offensichtlich noch gar nicht bemerkt, denn er bewegte sich weiter langsam und geduckt auf das Dorf zu – und somit genau auf die Männer, die ihm entgegenkamen. Anscheinend verließ er sich so sehr auf seine technische Spielerei, daß er gar nicht auf die Idee kam, man könnte ihn schlicht und einfach gesehen haben. Turlinger konnte gerade noch den Impuls unterdrücken, ihm eine Warnung zuzurufen. Der Mann war viel zu weit entfernt. Und selbst wenn er ihn gehört hätte – es war zu spät.

Der Wagen hatte ihn fast erreicht, als er die Gefahr bemerkte, und auch die beiden anderen Fahrzeuge, die ihn in einer weit ausholenden Bewegung in die Zange genommen hatten, waren allerhöchstens noch fünfzig, sechzig Meter entfernt. Plötzlich ging alles sehr schnell. Die Fahrzeuge beschleunigten, während der Journalist herumfuhr und mit weit ausgreifenden Sprüngen den Berg wieder hinaufzurennen begann. Wahrscheinlich versuchte er, felsiges Gelände zu erreichen, in dem die Jeeps ihn nicht verfolgen konnten. Die Idee war gut, aber natürlich war er viel zu langsam. Drei, vier Männer sprangen vom Wagen und überwältigten ihn, ehe er auch nur die halbe Entfernung zurückgelegt hatte. Turlinger beobachtete das Geschehen fluchend von seinem Versteck auf der Bergkuppe aus; aber er vergaß nicht, immer wieder auf den Auslöser zu drücken und die ganze Szene akribisch zu fotografieren. Schließlich blieb das klickende Geräusch aus, und statt dessen ertönte ein lang anhaltendes Surren. Der Film mußte voll sein.

Aber er hatte auch genug gesehen. Zumindest genug, um zu begreifen, daß es jetzt keinen Grund mehr gab, länger hierzubleiben. Im Gegenteil – die Soldaten würden sich denken können, daß der Mann nicht allein gekommen war. Vermutlich würde es in spätestens zehn Minuten hier oben von Männern nur so wimmeln. Es wurde Zeit, daß er wegkam. Turlinger verstaute den Feldstecher in seinem eigenen Rucksack und erhob sich auf Hände und Knie. Vorsichtig begann er rücklings über die Bergkuppe zu kriechen.

Offenbar nicht vorsichtig genug. Der Großteil der Soldaten, die in den drei Jeeps gekommen waren, war noch immer damit beschäftigt, den sich heftig wehrenden Journalisten zu bändigen (wenigstens hatten sie ihn nicht gleich umgebracht, dachte Turlinger), aber einer der Männer hatte sich plötzlich aufgerichtet und sah gebannt in seine Richtung. Nur einen Augenblick später hob er einen Feldstecher an die Augen.

Turlinger konnte regelrecht fühlen, wie ihn sein Blick traf.

Fluchend sprang er auf die Füße. Einer der drei Geländewagen setzte sich in Bewegung und nahm direkten Kurs auf ihn. Turlinger ließ jetzt alle Vorsicht fallen und rannte, was das Zeug hielt. Aber sein Vorsprung würde binnen weniger Augenblicke auf die

Hälfte zusammenschrumpfen. Das allein stellte wahrscheinlich noch die geringste Gefahr dar – die Männer im Jeep hatten mit Sicherheit Funk, und Turlinger hatte den Helikopter keine Sekunde lang vergessen.

Die Männer unten in Porera auch nicht. Turlinger hörte das charakteristische flappende Geräusch, noch ehe der Helikopter wie eine riesige stählerne Libelle über der Bergkuppe auftauchte und Kurs auf ihn nahm. Turlinger schlug einen Haken nach links, um einem Felsbrocken auszuweichen, sprang gleich darauf in die entgegengesetzte Richtung und lief immer schneller. Aber der Hubschrauber kam mit rasender Geschwindigkeit näher. Turlinger war allerhöchstens noch siebzig oder achtzig Schritte vom Waldrand entfernt, doch er wußte, daß er es nicht schaffen würde. Die Maschine holte ihn ein, ehe er die halbe Strecke zurückgelegt hatte.

Der Helikopter flog so tief, daß der Luftzug der Rotoren ihn von den Füßen riß. Turlinger stürzte, riß sich die Hände und das Gesicht auf und versuchte den Schwung seiner eigenen Bewegung zu nutzen, um wieder in die Höhe zu kommen, aber der künstliche Tornado schmetterte ihn sofort wieder zu Boden. Diesmal so hart, daß er einen Moment lang benommen liegenblieb.

Als er den Kopf hob, kreiste der Helikopter nur wenige Meter über ihm. Der Sturmwind preßte ihn wie eine unsichtbare Faust gegen den Boden, und der Lärm der Rotoren war höllisch. Turlinger konnte die Gesichter der beiden Männer in der Maschine erblicken, die zu ihm herabstarrten.

Plötzlich war er felsenfest davon überzeugt, daß sie ihn umbringen würden. Sein Kunde hatte recht gehabt – was immer hier vorging, war etwas Großes, etwas so immens Wichtiges, daß sie keine Zeugen dulden würden. Sie würden ihn auf der Stelle erschießen oder bestenfalls verschleppen und in ein Loch werfen, in dem er den Rest seines Lebens verbrachte.

Die Vorstellung – so wenig glaubhaft sie auch gewesen wäre, hätte er sich die Mühe gemacht, auch nur eine Sekunde lang darüber nachzudenken – gab ihm noch einmal neue Kraft. Mit zusammengebissenen Zähnen stemmte er sich gegen die tobende Wut des Orkanes in die Höhe und stolperte weiter dem Waldrand entgegen.

»Bleiben Sie stehen!« brüllte eine Lautsprecherstimme vom Himmel herab. »Sie befinden sich auf militärischem Sperrgebiet. Bleiben Sie stehen und warten Sie, bis man Sie abholt!«

Turlinger aber rannte nur noch schneller. Der Helikopter folgte ihm in kaum zwei Metern Höhe, aber der Pilot wagte es nicht, auf dem abschüssigen, mit Felsen und Geröll übersäten Gelände zu landen. Wenn er erst einmal im Wald war, hatte er eine gute Chance.

»Bleiben Sie stehen!« schrie die Lautsprecherstimme erneut. »Das ist die letzte Warnung. Bleiben Sie stehen, oder wir machen von der Schußwaffe Gebrauch!«

Also doch! dachte Turlinger grimmig. Er blieb nicht stehen. Sollten sie doch sehen, wie sie ihn aus ihrer schaukelnden Kiste dort oben trafen! Er duckte sich, riß beide Arme schützend über das Gesicht und rannte.

Der Schuß, auf den er wartete, kam nicht. Der Helikopter hing noch eine Sekunde reglos über ihm in der Luft, dann machte er einen regelrechten Satz in die Höhe – und befand sich plötzlich genau zwischen ihm und dem Waldrand.

Turlinger fluchte ungehemmt. Er begriff plötzlich, daß er die Männer unterschätzt hatte. Sie hatten es gar nicht nötig, ihn festzunehmen. Es reichte vollkommen, wenn sie ihn daran hinderten, den Wald zu erreichen. Den Rest würden die anderen erledigen, die hinter ihm den Berghang hinaufkamen. Turlinger wußte nicht genau, wie weit sie mit ihrem Jeep kommen würden, aber er glaubte nicht, daß er noch mehr als ein paar Minuten hatte.

»Seien Sie doch vernünftig, Mann!« brüllte der Lautsprecher. »Sie machen es nur schlimmer!«

Was konnte denn noch schlimmer werden? dachte Turlinger. Um ein Haar hätte er gelacht. Aber er sparte sich seinen Atem lieber auf, um im Zickzack zwischen den Felsen hindurch auf den Waldrand und den Helikopter zuzulaufen, der langsam vor ihm zur Seite glitt, um ihm den Weg abzuschneiden. Die Maschine hing jetzt nur noch einige Meter über dem Boden. Der Pilot hinter dem Steuer verstand sein Handwerk.

Turlinger warf einen Blick über die Schulter zurück – und fuhr erneut erschrocken zusammen. Er hatte auch die Männer hinter sich unterschätzt. Über der Kuppe tauchten bereits die Silhouetten von zwei, drei Gestalten auf, und als wäre das allein noch nicht genug, erscholl von der anderen Seite ein scharfes Bellen. Die Hunde! Verdammt, er hatte gewußt, daß die Hunde ihm Ärger machen würden!

Er versuchte, noch schneller zu laufen, aber seine Kraft reichte nicht mehr. Seine Lungen schmerzten, und er bekam heftige Seitenstiche. Auf ein Wettrennen mit diesen zweifellos durchtrainierten und ebenso zweifellos sehr viel jüngeren Männern konnte er sich auf keinen Fall einlassen. Trotzdem dachte er nicht daran, aufzugeben. Er rannte um sein Leben, und er würde aufgeben, wenn er tot war, keinen Moment eher.

Hinter ihm krachte ein Schuß. Die Kugel prallte funkensprühend zwei Meter vor ihm gegen die Felsen, eine Sekunde später gefolgt von einer zweiten, die in der gleichen Entfernung, aber auf der anderen Seite in den Boden schlug. Das war zu präzise, um Zufall zu sein, und Turlinger verstand die Warnung: Die Männer waren Meisterschützen. Die nächste Kugel würde treffen.

Turlinger änderte seinen Kurs und rannte jetzt nicht mehr im Zickzack, sondern geradeaus – direkt auf den Helikopter zu. Die Männer würden es nicht wagen, auf ihn zu schießen, aus Angst, die Maschine zu treffen.

Das Hundegebell kam näher. Turlinger widerstand der Versuchung, sich nach den Tieren umzublicken, aber er wußte, daß sie rasch aufholten. Trotzdem, im Wald hatte er eine gewisse Chance, sie abzuschütteln. Spürhunde hin oder her, Turlinger führte diese Art von Leben lange genug, um den einen oder anderen Trick auf Lager zu haben. Aber dazu mußte er den Wald erst einmal erreichen.

»Geben Sie auf!« schrie die Lautsprecherstimme. »Sie haben keine Chance mehr!«

Wahrscheinlich hatte sie sogar recht. Sie hatten ihn nach allen Regeln der Kunst in die Enge getrieben. Die Männer schossen jetzt nicht mehr, aber das war auch gar nicht notwendig. Der Kreis zog sich unbarmherzig enger zusammen. Noch eine Minute, und er würde das gleiche Schicksal erleiden wie sein namenloser Begleiter.

Dann erspähte er die Lücke. Die bloße Vorstellung reichte, ihm den Schweiß auf die Stirn zu treiben – aber welche Wahl hatte er schon? Mit zwei, drei gewaltigen Sätzen erreichte er den Hubschrauber, warf sich im letzten Moment zur Seite und wurde wie erwartet vom Sturmwind der rasenden Rotorblätter zu Boden geworfen. Mit angehaltenem Atem rollte er weiter. Für eine einzelne, schreckliche Sekunde hing der Helikopter direkt über ihm, wie der Deckel eines stählernen Sarges, in den er sich selbst hineingelegt hatte. Die metallenen Kufen schaukelten direkt über seinem Gesicht. Eine winzige Ungeschicklichkeit des Piloten, eine falsche Bewegung seiner selbst, und er würde zerquetscht. Aber er schaffte es. Der Helikopter schoß mit einem gewaltigen Heulen in die Höhe, während Turlinger weiter durch Unkraut und trockenes Gebüsch rollte, bis der erste Baum seiner Schlitterpartie ein unsanftes Ende setzte.

Hastig rappelte er sich hoch und stürzte tiefer in den Wald hinein. Wieder fielen Schüsse. Die Kugeln klatschten rechts und links von ihm in Baumstämme oder fuhren wie zornige Hornissen in die Blätter ringsum. Turlinger duckte sich, sprang in Panik nach rechts und links und brach rücksichtslos durch das immer dichter werdende Buschwerk. Das Schießen hörte auf, doch dafür kam das Hundegekläff rasch näher; offensichtlich hatten sie die Hunde von den Leinen gelassen.

Turlinger wußte, daß er auch hier im Wald keine Aussicht hatte, den Tieren davonzulaufen. Aber das mußte er auch nicht. Wenn er es schaffte, ihnen noch zwei, drei Minuten zu entkommen, hatte er eine Chance.

Das Kläffen und die splitternden Geräusche, mit denen die Hunde sich ihren Weg durch das Unterholz bahnten, kamen immer näher, aber Turlinger widerstand der Versuchung, zu ihnen zurückzusehen. Tiefhängende Zweige zerrissen seine Kleidung und peitschten in sein Gesicht. Seine Wangen und seine Stirn trugen weitere, blutige Kratzer davon, aber er ignorierte auch das und konzentrierte sich völlig darauf zu rennen.

Das wütende Kläffen war ganz dicht hinter ihm, als er die Steilwand erreichte. Im Grunde war es nur ein winziges Hindernis. Irgendwann vor ein paar hunderttausend oder auch Millionen Jahren war der Berg an dieser Stelle gerissen; ein Teil des Hanges war um zwei Meter abgesackt, aber der Wald hatte die Wunde rasch wieder bedeckt, so daß die zwei Meter hohe und noch dazu leicht schräg ansteigende Wand von außen nicht mehr sichtbar war. Für einen erfahrenen Kletterer wie Turlinger stellte sie kein ernstzunehmendes Hindernis dar. Er sprang in vollem Lauf und mit ausgestreckten Armen nach oben, krallte sich in dem rauhen Stein fest und nutzte seinen Schwung, zumindest mit dem rechten Fuß in einer Spalte Halt zu finden. Ein kräftiger Ruck, und Kopf und Schultern ragten bereits über die Barriere hinaus.

Für die Hunde jedoch stellte die Wand ein unüberwindliches Hindernis dar. Die Tiere erreichten ihren Fuß, noch ehe Turlinger ganz in Sicherheit war. Es waren drei. Zwei von ihnen beschränkten sich darauf, ihm wütend und enttäuscht nachzukläffen, während der dritte tatsächlich versuchte, ihm mit einem gewaltigen Satz zu folgen. Seine zuschnappenden Zähne verfehlten Turlingers Fuß nur um Haaresbreite.

Turlinger versetzte dem Hund einen Tritt gegen die Schnauze, der ihn mit einem schrillen Jaulen zurückschleuderte, und kletterte weiter. Binnen weniger Sekunden hatte er den höher gelegenen Teil des Waldbodens erreicht und richtete sich auf.

Sein Herz jagte. Schwäche kroch wie eine betäubende Welle in all seine Glieder. Er hätte seine rechte Hand für eine Rast gegeben. Aber dazu war keine Zeit. Die Wand war nicht allzu breit. Früher oder später würden die Hunde auf die Idee kommen, einen anderen Weg zu ihm herauf zu suchen, und wenn nicht sie, dann ihre Besitzer, die zweifellos auch auf dem Weg hierher waren. Er mußte weiter. In einer Entfernung von gut zwei Kilometern gab es ein wahres Labyrinth kleinerer Felsspalten und -schluchten, in denen er seine Verfolger endgültig abschütteln konnte.

Als er sich in Bewegung setzte, wurde über ihm ein dröhnendes Rauschen laut. Ein plötzlicher Sturmwind peitschte die Baumwipfel über ihm, und als Turlinger den Blick hob, sah er einen gewaltigen Schatten, der direkt über ihm hing. Der Helikopter.

Turlinger fluchte lauthals. Es war unmöglich, daß sie ihn sahen. Der Wald war hier so dicht, daß sie das einfach nicht konnten.

Aber sie taten es. Turlinger rannte ein Dutzend Schritte nach rechts, änderte dann seinen Kurs und lief in die entgegengesetzte Richtung. Doch der Helikopter folgte ihm beharrlich wie ein Schatten. Wahrscheinlich hatten sie irgendwelche elektronischen Geräte an Bord, mit denen sie ihn aufspürten.

Turlinger spürte, wie sein Mut sank. Das war einfach nicht fair. Ganz egal, wer sie waren und warum sie ihn jagten, sie sollten ihm wenigstens eine Chance lassen. Trotzdem rannte er weiter. Wenn es ihm gelang, den felsigen Teil des Hanges zu erreichen, würde er vielleicht eine Höhle oder einen Überhang finden. Er konnte sich nicht vorstellen, daß sie ihn auch durch massiven Fels hindurch aufspüren konnten.

Ein plötzliches Schwindelgefühl ergriff ihn. Der Wald verschwamm vor seinen Augen, und für den Bruchteil einer Sekunde hatte er das Gefühl, daß der Boden unter seinen Füßen zum Leben erwacht wäre. Aber es war nicht wie ein Erdbeben; kein Zittern und Stoßen, sondern eine fast lebendige Art von Bewegung, als rege sich der Berg wie ein gigantisches, atmendes Wesen. Ein sonderbar singender Ton lag plötzlich in der Luft und ein Geruch, wie Turlinger ihn noch nie zuvor gespürt hatte. Das Gefühl ging zu schnell vorbei, als daß er es genauer erkennen konnte, aber der Schwindel blieb. Turlinger sank auf die Knie, stützte sich mit der linken Hand am Boden ab und preßte die andere auf den Mund, um den Brechreiz zu unterdrücken, der plötzlich in seiner Kehle würgte.

Es gelang ihm, aber nachdem das Drehen hinter seiner Stirn aufgehört hatte und er die Augen wieder öffnete, war . . . etwas anders geworden. Irgend etwas hatte sich verändert. Er konnte nicht sagen, was. Es war nichts, worauf er den Finger legen konnte, keine sichtbare Veränderung – aber der Wald war nicht mehr der, den er kannte. Er war zu etwas Fremdem geworden, einem Alptraumwald voller falscher Linien und furchteinflößender Schatten.

Dann spürte er noch eine Veränderung, und diese konnte er beschreiben: das Motorengeräusch des Hubschraubers klang plötzlich anders, auf eine ungute, bedrohliche Art. Turlinger hob den Kopf und sah, daß der Schatten über den Baumwipfeln zu torkeln begonnen hatte. Das Geräusch der Turbine klang immer schriller, kein Heulen mehr, sondern ein ungleichmäßiges Kreischen, und der Hubschrauber torkelte von rechts nach links. Offensichtlich hatte der Pilot immer größere Schwierigkeiten, die Maschine unter Kontrolle zu behalten. Schließlich kippte sie nach links weg und verschwand aus Turlingers Gesichtsfeld.

Er hielt instinktiv den Atem an, aber obwohl er geahnt hatte, was kam, fuhr er unter dem Geräusch des Aufschlages wie unter einem Hieb zusammen. Eine ungeheure, krachende Explosion ließ den Wald erbeben. Der Boden zitterte, und plötzlich war der Wald links von Turlinger von grellem Feuerschein erfüllt. Sekunden später begann ein immer lauter werdendes Prasseln und Knistern, als die glühenden Trümmerstücke der explodierten Maschine auf den Wald niederregneten.

Turlinger war wie gelähmt vor Schrecken. Vor Sekunden noch hatte er die Männer in der Maschine verflucht – aber er hatte ihnen trotzdem nicht den Tod gewünscht. Er hatte geglaubt, es zu tun, aber das stimmte nicht.

Er drehte sich herum und tat ein paar Schritte in die Richtung, in der der Feuerschein durch das Gebüsch drang, ehe ihm aufging, wie sinnlos das war. Die Männer waren tot. Und selbst wenn nicht – es gab absolut nichts, was er für sie tun konnte. Also wandte er sich schweren Herzens wieder um und setzte seinen Weg fort. Er machte die Männer nicht wieder lebendig, wenn er aufgab und sich einfangen ließ.

Es wurde schlimmer. Turlingers Weg durch den Wald schien zu einem nicht enden wollenden Alpdruck zu geraten. Hinter jedem Schatten lauerte etwas, das ihm angst machte, hinter jedem vertrauten Umriß winkten ihm Wahnsinn und Desorientierung zu – und das Schlimmste überhaupt war vielleicht, daß er all diese entsetzlichen Veränderungen einfach nicht greifen konnte. Es war, als spüre etwas in ihm, daß die Welt anders geworden war, die Wirklichkeit nicht mehr das war, als was er sie kannte, und als wäre er zugleich unfähig, diesen Wandel wirklich zu erkennen.

Der Wald begann sich zu lichten. Die Bäume traten allmählich auseinander, und in den Lücken dazwischen erschienen immer mehr verwitterte Felsen. Mehr als einmal geriet sein Fuß in eine Spalte, die unter Moos und Flechten verborgen war. Es grenzte an ein kleines Wunder, daß er nicht stürzte und sich schwer verletzte. Doch als er schließlich den Waldrand erreichte und der Felshang vor ihm lag, hörte sein Glück auf.

Turlinger hörte ein zorniges Bellen, wandte im Laufen den Kopf und sah einen schwarzbraun gescheckten Schatten aus dem Unterholz brechen.

Der Hund war riesig und rannte unvorstellbar schnell. Sein Kläffen hatte eine hysterische Tonart, die Turlinger klarmachte, daß das Tier es nicht dabei bewenden lassen würde, ihn zu stellen. Noch bevor es nahe genug gekommen war, daß er das Blut an seiner Schnauze sehen konnte, wußte er, daß es der Hund war, den er getreten hatte.

Die schiere Todesangst gab ihm noch einmal neue Kraft. Turlinger legte den Weg zu den ersten Felsen in einem verzweifelten Spurt zurück, sprang über einen Buckel und krabbelte auf allen vieren eine kleine Anhöhe hinauf. Der Hund kam näher. Mit jedem Satz überwand er mindestens die dreifache Entfernung wie er und schien keine Erschöpfung zu kennen, sondern im Gegenteil immer schneller zu werden. Es war kein normaler Hund mehr. Die Veränderung hatte auch ihn getroffen. Statt von einem trainierten, intelligenten Tier, das seine Aufgabe genau kannte und zu erfüllen verstand wie eine präzise funktionierende Maschine, sah sich Turlinger von einer geifernden Bestie verfolgt, einem Ungeheuer mit rotglühenden Augen und fingerlangen Zähnen, das aus keinem anderen Grund gekommen war als dem, ihn zu töten. Turlinger kletterte mit verzweifelter Kraft über die Felsen, aber der Hund holte unbarmherzig auf. Noch zwei, drei Sätze, und er hatte ihn erreicht.

Vor ihm lag ein brusthoher, glatter Felsen. Turlinger versuchte ihn mit einem Sprung zu überwinden und irgendwo auf seiner Oberseite Halt zu finden, um sich hinaufzuziehen, aber er griff daneben. Ein scharfer Schmerz zuckte durch seine rechte Hand, und seine Schulter kollidierte mit solcher Wucht mit dem Stein, daß er vor Schmerz aufstöhnte und zurücksank.

Sein Ungeschick rettete ihm das Leben. Der Hund mußte seine Bewegung vorausgesehen und einkalkuliert haben, denn er stieß sich genau in diesem Moment mit unvorstellbarer Kraft und Eleganz ab und überwand den Felsen, an dem Turlinger gescheitert war, mit einem gewaltigen Satz. Seine zuschnappenden Kiefer bissen ins Leere, dort, wo Turlingers Kehle gewesen wäre, hätte er seinen Sprung geschafft. Ein wütendes Knurren erscholl – und ging in schrilles, erschrockenes Jaulen über, während das Tier auf der anderen Seite des Felsens aus Turlingers Blickfeld verschwand.

Es hörte nicht auf. Statt des erwarteten Aufpralles hörte Turlinger nur das schrille Kreischen des Hundes, das immer erschrockener wurde und zugleich leiser. Drei, vier Sekunden lang hockte er gelähmt und entsetzt da. Das Heulen hielt noch immer an, auch wenn es sich jetzt anhörte, als käme es aus großer Entfernung. Schließlich stemmte er sich hoch, streckte zum zweiten Mal die Arme aus und zog sich mit einem entschlossenen Ruck auf die Oberseite des Felsens hinauf.

Der Hund war nicht auf der anderen Seite aufgeprallt.

Es gab nämlich keine andere Seite mehr.

Wo der steil abfallende Hang, die Felsen, die Schluchten, die vereinzelten Büsche und Bäume, die ihre Wurzeln in den karstigen Boden gekrallt hatten, wo die Welt sein sollte, gähnte ein kreisrundes, mehr als einen Kilometer durchmessendes, schwarzes Loch. Ein bodenloser Abgrund, dessen Wände schimmerten, als wären sie sorgsam poliert worden, und in dessen Tiefe etwas Brodelndes, Schwarzes war, bei dessen bloßem Anblick Turlinger schwindelig wurde.

Sein Verstand kapitulierte vor der Aufgabe, das Bild zu verarbeiten, das seine Augen sahen. Er saß einfach da und starrte in das schwarze Nichts, das die Welt vor ihm verschlungen hatte, bis die Soldaten kamen und ihn fortbrachten.

13

OBWOHL WARSTEIN SICH MIT ALLER MACHT SELBST davon zu überzeugen versucht hatte, daß ihre Tarnung gut war, hatte er das Gefühl, ununterbrochen angestarrt zu werden. Zum Teil war es sicher berechtigt. Niemand, der ihrem Wagen näher als fünf Meter kam, kam umhin, das abenteuerlich anmutende Gefährt mit offenem Mund anzustarren. Sie hatten zwar Glück gehabt, und es hatte nicht zu regnen begonnen, aber die Straßen waren noch naß genug gewesen, damit das hochspritzende Wasser ihren Tarnanstrich zumindest zum Teil wieder abgewaschen hatte. Das Ergebnis war eine ganz besondere Art von Camouflage, die dem Wagen das Aussehen eines frischlackierten Zebras gab, das in einen Eimer mit Nitroverdünnung gefallen war. Unauffällig waren sie jetzt jedenfalls nicht mehr. Aber vielleicht, dachte er sarkastisch, funktionierte der Trick ja auch anders herum. Franke würde kaum annehmen, daß sie so blöd waren, in einem derart auffälligen Gefährt durch die Gegend zu fahren.

»Ich möchte wissen, warum er nicht anruft.«

Angelika hatte vor einer halben Stunde den Platz mit ihm getauscht und saß nun neben Lohmann. Sie gab sich Mühe, möglichst gelassen zu erscheinen, aber es gelang ihr nicht im entferntesten. Sie war nervös, und man sah es ihr an. Sie hatte ein wenig Angst, und auch das sah man ihr an. Warstein und sie hatten das Gespräch vom Morgen nicht fortgesetzt, aber sie mußte seine Entschlossenheit spüren. Er war weder gewillt, dieses irrwitzige Unternehmen fortzusetzen, noch darüber zu diskutieren. Es war ein Fehler gewesen, überhaupt herzukommen, das wußte er nun. Sie hatten sich mit einem Gegner angelegt, dem sie nicht gewachsen waren, und zumindest er hätte es eigentlich besser wissen müssen.

»Vielleicht hat er Besseres zu tun«, sagte Lohmann. Er nahm den Blick von der Straße, lächelte ihr flüchtig zu und sah dann durch den Spiegel zu Warstein zurück, der es sich im hinteren Teil des Wohnmobils bequem gemacht hatte; soweit das in einem schaukelnden Wagen möglich war, der mit hundertdreißig Stundenkilometern über die Autobahn fuhr.

Warstein erwiderte seinen Blick finster, und Lohmann beeilte sich, seine Aufmerksamkeit wieder dem Straßenverkehr zuzuwenden. Aber er war nicht schnell genug, daß Warstein nicht das spöttische Glitzern in seinen Augen gesehen hätte. Kurz nachdem er mit Angelika den Platz getauscht hatte, hatte er aufgegeben. Auf dem kleinen Tischchen vor ihm stand eine leere Dose Bier, und eine zweite, ebenfalls schon halb geleerte hielt er in der rechten Hand. Mit der anderen kritzelte er sinnlose Linien und Umrisse auf ein Blatt Papier. Er zeichnete nicht, wie gestern abend, sondern beschäftigte einfach seine Hände. Auch er war nervös, aber seine Nervosität hatte ganz andere Gründe als die Angelikas. Anfangs hatte er sich selbst einzureden versucht, daß es an dem bevorstehenden Treffen mit Franke lag, aber das stimmte nicht. Im Gegenteil, er sah diesem beinahe gelassen entgegen. Er fürchtete Franke nicht mehr; jetzt, wo er aufgegeben hatte und es im Grunde schon vorbei war, gab es gar keinen Grund mehr dazu. Ja, er empfand nicht einmal mehr wirklichen Zorn. Seine neuerliche Reise hierher in die Schweiz war ein sinnloses Aufbegehren gewesen, ein Unterfangen, das von Anfang an zum Scheitern verurteilt gewesen war, aber er hatte es trotzdem erst tun müssen, um das zu begreifen.

Nein, seine Unruhe kam von etwas anderem. Ein Gefühl,

unterschwellig und trotzdem quälend, das Gefühl, daß ... irgend etwas geschehen würde oder vielleicht auch bereits geschah.

»Wohin fahren wir überhaupt?« fragte er. Er sprach langsam, und er registrierte mit einem sanften Gefühl des Erschreckens, daß seine Zunge bereits schwer zu werden begann. Bisher hatte er es immer als angenehm empfunden, daß er trotz des dreijährigen intensiven Trainings nur sehr wenig zu trinken brauchte, um die Wirkung des Alkohols zu spüren. Jetzt ermahnte er sich selbst zur Vorsicht, und obwohl er ahnte, daß auch dies den Weg aller guten Vorsätze gehen würde, stellte er die Bierdose demonstrativ auf den Tisch. Er brauchte einen klaren Kopf, wenn er mit Franke sprach, und was vielleicht noch viel wichtiger war — er brauchte ihn, solange sie noch nicht mit Franke gesprochen hatten. Lohmann hatte nicht noch einmal versucht, ihn von seinem Entschluß abzubringen, aber das stimmte Warstein eher mißtrauischer. Wenn er noch mehr trank oder gar einschlief, würde er die Chance garantiert nutzen, um Angelika in seinem Sinne zu beeinflussen.

»Nach Osten«, antwortete Lohmann — was Warstein schon wieder ärgerte. Schließlich war er nicht blöd.

»Und warum fahren wir nach Osten?« erwiderte er betont.

»Warum nicht?« sagte Lohmann. »Es ist unsere Richtung. Was wollen Sie? Ich nehme Ihrem Freund Franke nur ein Stück Weg ab — falls er uns wirklich entgegenkommt, heißt das.«

»Er ist nicht mein Freund«, sagte Warstein scharf.

Lohmann wollte antworten, aber Angelika schnitt ihm das Wort ab. »Fangt nicht schon wieder an zu streiten«, sagte sie.

»Wir streiten nicht«, sagte Lohmann beleidigt. »Man hat mir eine Frage gestellt, und ich habe sie beantwortet.«

Angelika sagte nichts darauf, und auch Warstein zog es vor, sich in Schweigen zu hüllen — auch wenn er immer noch keine Antwort auf seine Frage bekommen hatte. Die Stimmung im Wagen war gereizt genug. Er mußte vorsichtig sein. Eine offene Konfrontation mit Lohmann war das letzte, was er jetzt wollte.

»Die zwei Stunden sind längst vorbei«, knüpfte Angelika an

ihren unterbrochenen Gedanken an. Sie schüttelte den Kopf, nahm das Telefon aus seiner Halterung und drehte es ein paarmal in den Händen, als könne sie Frankes Anruf durch bloßes Anstarren herbeizwingen. Schließlich hängte sie das Gerät mit einem abermaligen Seufzen wieder zurück.

»Völlig sinnlos«, sagte Lohmann. »Das Ding ist tot. Und solange Franke es nicht von sich aus wieder einschaltet, bleibt es das auch.« Seine Stimme klang fast fröhlich. »Vielleicht hat er ja die Nummer verlegt.«

Angelika verdrehte die Augen. Sie sagte immer noch nichts, aber sie wandte sich demonstrativ zur Seite und starrte für die nächsten fünf Minuten wortlos aus dem Fenster.

Wie immer, wenn man auf etwas wartete, schien sich die Zeit zäh dahinzuquälen. Warstein warf in regelmäßigen Abständen einen Blick auf die Uhr im Armaturenbrett und auf den Tachometer. Sie kamen gut voran, viel besser, als er nach dem katastrophalen Beginn ihrer Reise auch nur zu hoffen gewagt hatte. Der Verkehr war zwar noch immer dicht; durch den Ausfall der direkten Eisenbahnverbindung wurde die Autobahn sicherlich doppelt so stark frequentiert wie normal. Aber sie waren bisher in keinen Stau geraten, und auch die Verkehrsmeldungen aus dem Radio sagten nichts davon.

»An der nächsten Raststätte müssen wir tanken«, sagte Lohmann nach einer Weile. Niemand antwortete, und nach einem weiteren, sekundenlangen Schweigen fügte er hinzu: »Und spätestens dann sollten wir zu einer Entscheidung kommen.«

»Was für eine Entscheidung?« fragte Warstein, obwohl sie alle wußten, wovon Lohmann sprach.

»Wie wir weitermachen«, sagte Lohmann. »Und ob wir weitermachen. Ich sage jetzt nichts mehr darüber, daß ich eine ganze Stange Geld und einen Haufen Zeit in den Sand gesetzt habe, nur weil ihr plötzlich kneift. Es ist eure Entscheidung. Aber ich habe sehr wenig Lust, noch mehr Geld und noch mehr Zeit zu opfern, nur um mir die verstopften Schweizer Autobahnen anzusehen.«

»Es gibt nichts weiterzumachen«, sagte Warstein. Eigentlich

hatte er gar keine Lust mehr zu antworten. Es gab nichts mehr zu bereden. Alles, was er zu diesem Thema zu sagen hatte, war gesagt. Trotzdem fuhr er fort: »Ich dachte, das wäre klar. Wir sind hierhergekommen, um Angelika bei der Suche nach ihrem Mann zu helfen. Franke wird sie hinbringen.«

Lohmann lachte. »So naiv möchte ich auch einmal sein.« Er hob abwehrend die Hände, als Warstein auffahren wollte. »Schon gut, schon gut – ich habe doch gesagt, es ist eure Entscheidung. Aber habt ihr schon einmal darüber nachgedacht, was wir tun, wenn er nicht anruft?«

»Er wird anrufen«, behauptete Warstein.

»Wahrscheinlich«, sagte Lohmann. »Aber nur so zum Spaß: was, wenn er es sich überlegt hat oder sich aus irgendeinem anderen Grund nicht meldet. Immerhin hat er von zwei Stunden gesprochen. Mittlerweile sind mehr als drei vorbei.«

»Er ruft an«, beharrte Warstein.

»Gut.« Lohmann gab einen sonderbaren Laut von sich. »Er ruft an. Lassen wir es dabei.« Eine gute Minute verging, dann: »Und wenn nicht?«

»Er ruft an«, beharrte Warstein. Lohmann lachte, aber er stellte seine Frage kein drittes Mal. Die restliche Zeit, bis sie die Tankstelle erreichten, verlief in einem unangenehmen, nervösen Schweigen, das die Spannung zwischen ihnen eher noch vertiefte, statt sie zu mildern. Warstein atmete erst wieder auf, als sie in die Tankstelle einbogen und Lohmann den Wagen verließ.

»Er ist verdammt wütend«, sagte Angelika. Sie blickte Lohmann nach, wie er den Schlauch aus der Tanksäule löste und damit um den Wagen herumging. Warstein war vollauf damit beschäftigt, sich Sorgen zu machen. Sie waren nicht allein an der Tankstelle, und jeder, der näher als zwanzig Meter war, starrte den schwarzweiß gescheckten Wagen verblüfft an. Sie erregten Aufsehen. Mehr, als er bisher hatte zugeben wollen.

»Er wird sich schon wieder beruhigen«, sagte er schließlich. »Irgendwie kann ich ihn sogar verstehen. Er hat wirklich eine Menge investiert – und wahrscheinlich hat er geglaubt, hinter der Story seines Lebens her zu sein.« Er zuckte die Schultern. »Berufsrisiko.«

»Um so weniger begreife ich, daß er so schnell aufgibt«, sagte Angelika.

»Tut er nicht«, behauptete Warstein. »Ich gehe jede Wette ein, daß er nicht nach Hause fährt, sondern versucht auf eigene Faust weiterzumachen, sobald wir weg sind. Aber das ist Frankes Problem. Ich bin sicher, er wird damit fertig.«

Angelika drehte sich im Sitz herum und sah ihn einen Moment lang auf eine sehr sonderbare Art an. »Und du?« fragte sie.

»Ich? Was meinst du?«

»Wirst du damit fertig?«

»Womit? Mit Franke?«

»Damit, aufzugeben.« Warstein sah ihr an, wie schwer es ihr fiel weiterzusprechen. Sie kramte umständlich eine Zigarette hervor und setzte sie in Brand, ehe sie weitersprach. Er spürte, daß es wichtig für sie war, mit ihm darüber zu reden.

»Du bist hergekommen, um etwas in Ordnung zu bringen. Ich weiß, du wolltest mir helfen, aber du bist auch deinetwegen hier. Das ist in Ordnung. Aber ich frage mich, ob es in Ordnung ist, daß du jetzt meinetwegen alles aufgibst.«

»Aufgeben? Was?« Warstein lachte bitter. »Es war von Anfang an eine idiotische Idee. Nicht von dir – von mir, meine ich. Man sollte wissen, wenn man verloren hat. Ich habe schon vor drei Jahren verloren. Du brauchst keine Schuldgefühle zu haben, wenn es das ist, wovor du dich fürchtest. Auf diese Weise wird wenigstens einem von uns geholfen.«

Angelika antwortete nicht darauf, und Warstein fragte sich selbst, ob das wirklich die Wahrheit war oder vielleicht nur eine Entschuldigung für seine eigene Feigheit. Er konnte weitermachen. Es war ganz leicht. Er mußte nur dieses verdammte Telefon nehmen, in hohem Bogen aus dem Fenster werfen, und die Entscheidung war gefallen.

»Ich hoffe, du hast recht«, sagte Angelika, »und es ist nicht nur ein Trick, und wir finden uns in einer gemütlichen Gefängniszelle wieder.«

»Kaum«, widersprach Warstein, diesmal tatsächlich aus Überzeugung. Er raffte sich zu einem Lächeln auf. »Außerdem bist du nicht die einzige, die etwas von dieser Reise hat. Lohmann bekommt seine Story so oder so, selbst wenn Franke ihn hochnimmt. Und ich werde endlich erfahren, was im Gridone wirklich vorgeht. Weißt du, nicht einmal Franke kann jetzt noch behaupten, daß das alles nur Zufälle sind, die nichts zu bedeuten haben. Außerdem glaube ich, daß er mich braucht.«

»Franke? Dich?«

Warstein nickte. »Da war etwas in seiner Stimme«, sagte er überzeugt. »Ich kenne ihn gut genug, weißt du? Er war . . . nervös. Ich will nicht unbedingt sagen, daß er in Panik war, aber viel fehlte nicht mehr. Er will irgend etwas von mir, und er wird es nur bekommen, wenn er mir ein paar Fragen beantwortet.«

»Und das ist alles, was du willst?« fragte Angelika. Sie wirkte enttäuscht. »Was Saruter damals zu dir gesagt hat, zählt nicht mehr?«

»Ich sagte bereits – vielleicht war es nicht mehr als das sinnlose Gerede eines halbverrückten alten Mannes.«

»Ja, das sagtest du«, bestätigte Angelika, »aber du glaubst es selbst nicht. Bisher ist alles eingetroffen, was er vorausgesagt hat. Irgend etwas geschieht an diesem Berg. Die Welt ist in Unordnung geraten. Doch wir sind hier, und wir sind drei.«

»O ja«, erwiderte Warstein spöttisch. »Bonnie und Clyde mit Groucho Marx als Verstärkung.« Er schüttelte den Kopf und versuchte, den Hohn aus seinem Lächeln zu verbannen, als er sah, wie sehr er sie damit verletzte. »Sei vernünftig. Wir drei sind bestimmt nicht in der Lage, die Welt zu retten. Ich bin nicht Superman, du bist nicht Jane, und auch Lohmann fehlt noch eine ganze Menge zu einem He-Man – auch wenn er gerne so tut, als wäre er es.«

Angelika blieb ernst. »Es gibt keine Möglichkeit dich umzustimmen?«

»Doch«, antwortete Warstein. »Ihr könntet mich gemeinsam aus dem Wagen werfen und allein weiterfahren.«

»Witzig«, sagte Angelika mit einem säuerlichen Grinsen. Sie

deutete auf Lohmann. »Was ist, wenn er recht hat und Franke nicht anruft?«

»Das wird er«, behauptete Warstein zum wiederholten Mal. Aber natürlich hatte er sich diese Frage auch schon gestellt – und er begann sich immer nervöser zu fragen, warum zum Teufel Franke tatsächlich noch nicht angerufen hatte. Die zwei Stunden waren mittlerweile zweimal um.

Unschlüssig griff er zum Telefon und löste es aus seiner Halterung. Wenn Franke das Gerät wenigstens nicht blockiert hätte, dann hätten sie ihn zurückrufen können, aber so?

Warstein stutzte. Das Gerät war nicht geschlossen. Die hintere Klappe stand millimeterweit offen.

»Was ist?« fragte Angelika. Offensichtlich sah man ihm seine Überraschung deutlich an.

Statt einer Antwort drehte Warstein den kleinen Handapparat herum und öffnete die Klappe. Was er sah, war genau das, was er im Grunde hätte erwarten können.

»Was hast du?« fragte Angelika noch einmal. »Stimmt etwas nicht?«

»Das kann man wohl sagen«, antwortete Warstein. »Die Codekarte ist weg.«

»Die was?« fragte Angelika.

»Du brauchst eine Art Scheckkarte, um diese Geräte zu betreiben«, sagte Warstein. »Sie ist weg.«

»Du . . . du meinst, Lohmann hat –«

»Ja, Lohmann hat«, erwiderte Warstein betont. Er versuchte vergeblich, Zorn zu empfinden. Wenn er überhaupt wütend war, dann auf sich, daß er nicht von selbst darauf gekommen war. »Deshalb hat er nicht mehr versucht, uns umzustimmen. Er wußte ganz genau, daß Franke nicht mehr anrufen würde.«

»Vielleicht hat er sie ja noch«, sagte Angelika. »Oder wir können irgendwo eine neue besorgen.«

»Das würde nichts nutzen.« Warstein hängte das Gerät seufzend wieder zurück. »Du brauchst zusätzlich eine Codenummer, um den Apparat wieder einzuschalten. Eine Diebstahlsicherung, damit nur der rechtmäßige Besitzer etwas damit anfangen kann.«

»Im Klartext: Franke kann uns gar nicht anrufen«, sagte Angelika.

»Wahrscheinlich versucht er es seit zwei Stunden ununterbrochen«, sagte Warstein. Und ebenso wahrscheinlich, fügte er in Gedanken hinzu, ist er längst zu dem Schluß gekommen, daß wir nicht mit ihm reden wollen und es lieber auf die harte Tour zu Ende bringen.

»Dieser Idiot«, sagte Angelika.

»Wenn überhaupt, dann bin ich der Idiot«, seufzte Warstein. »Ich hätte mir denken können, daß Lohmann nicht so einfach klein beigibt. Ich an seiner Stelle hätte vermutlich nichts anderes getan.« Plötzlich hatte er Lust, irgend etwas zu zerschlagen. Sein Zorn, der nun doch da war, brauchte ein Ventil.

Angelika sah die ganze Sache eher von der praktischen Seite, denn sie fragte: »Und was nun?«

»Was bleibt uns schon übrig?« fragte Warstein zornig. »Wir fahren weiter, wie wir es geplant hatten. Früher oder später wird er uns schon finden. Oder wir ihn.«

Angelika antwortete nicht, und Warstein ertappte sich bei dem Gedanken, ob sie tatsächlich so zornig über Lohmanns Verrat war, wie sie tat, oder ihre Entrüstung nur vortäuschte. Aber eigentlich spielte das keine Rolle; abgesehen davon vielleicht, daß dieser Gedanke verdächtig an Paranoia grenzte.

Lohmann hatte fertig getankt und verschwand im Kassenhäuschen, um zu zahlen. Warstein starrte ihm wütend nach. Er gab weiter sich selbst den Großteil der Schuld, denn er war ein gutgläubiger Narr gewesen, Lohmann auch nur eine Sekunde aus dem Auge zu lassen.

»Vielleicht ist es gut so«, sagte Angelika. »Wahrscheinlich hätte uns Franke doch nur eine Falle gestellt.« Sie klang nervös – vermutlich war sie insgeheim erleichtert über das, was Lohmann getan hatte, aber wahrscheinlich hatte sie auch ein schlechtes Gewissen, ihm gegenüber. Warum mußte immer alles so kompliziert sein?

Er wartete schweigend, bis Lohmann zurückkam. Seine Blicke mußten wohl Bände sprechen, denn der Journalist stockte noch im Einsteigen mitten in der Bewegung und sah erst ihn, dann Angelika und schließlich wieder ihn stirnrunzelnd an.

»Was ist denn mit euch los?« fragte er. »Ihr seht aus, als . . .«

». . . als wären wir dämlich?« fiel ihm Warstein ins Wort. »Das muß wohl so sein.«

»Ich verstehe kein Wort«, sagte Lohmann. Er zog die Tür hinter sich zu, steckte den Schlüssel wieder ins Schloß und drehte sich abermals zu Warstein um. »Und wie kommen Sie zu dieser sensationellen Erkenntnis?«

»Wenn ich es nicht wäre, hätte ich Ihnen keinen Sekundenbruchteil lang vertraut«, sagte Warstein. »Meinen Glückwunsch. Sie haben mich wirklich reingelegt. Für eine Weile habe ich tatsächlich geglaubt, Sie würden mit offenen Karten spielen.«

Lohmann versuchte erst gar nicht, irgend etwas zu leugnen. Er zuckte nur mit den Schultern, wandte sich um und startete den Motor.

Warstein beugte sich vor und drehte den Zündschlüssel wieder herum.

»Was soll das?« fragte Lohmann verärgert.

»Damit kommen Sie nicht durch«, antwortete Warstein. Hatte er gerade tatsächlich geglaubt, nicht zornig auf Lohmann zu sein? Das war wohl ein Irrtum gewesen. Er war so wütend, daß er sich plötzlich mit aller Macht zusammenreißen mußte, um nicht mit Fäusten auf ihn loszugehen.

»Womit?« fragte Lohmann ruhig. »Damit, daß ich versuche, Sie zur Vernunft zu zwingen?«

»Vernunft? Sie –«

»Sie glauben doch nicht wirklich, daß Frankes Angebot ernst gemeint war«, unterbrach ihn Lohmann. »Wenn ja, dann sind Sie noch naiver, als ich dachte. Der Kerl stellt Ihnen eine geradezu lächerlich durchsichtige Falle, und Sie beschweren sich auch noch, daß ich Sie daran hindere hineinzutappen?«

»Es reicht, Lohmann«, sagte Warstein. Seine Stimme zitterte.

Es fiel ihm immer schwerer, sich zu beherrschen. »Ich habe endgültig die Nase von Ihnen voll. Ich bin nicht hier, um James Bond zu spielen.«

»Bei Ihnen würde es auch höchstens zu einem Inspektor Clouseau reichen«, erwiderte Lohmann trocken. »Was wollen Sie? Ich habe Ihnen vermutlich den Hals gerettet!«

»Hören Sie auf!« brüllte Warstein. »Noch ein Wort, und . . .«

»Und?« Lohmann lachte geringschätzig. »Was dann? Wollen Sie mich verprügeln? Nur zu. Tun Sie sich keinen Zwang an, wenn es Sie erleichtert.«

Hinter ihnen erscholl ein langgezogenes Hupen. Lohmann warf einen raschen Blick in den Rückspiegel und startete dann den Motor neu. »Ich mache besser die Tanksäule frei«, sagte er, »bevor wir noch mehr Aufsehen erregen. Keine Sorge – wir fahren nur ein paar Meter. Danach bin ich gerne bereit, Ihnen Satisfaktion zu gewähren. Haben Sie Ihre Sekundanten schon gewählt?«

Noch ein Wort, dachte Warstein, noch ein einziges Wort in dieser Art, und er würde Lohmann das blöde Grinsen aus dem Gesicht schlagen. Und wenn es das letzte war, was er tat. Aber er hinderte ihn trotzdem nicht daran, den Wagen wegzusetzen.

Lohmann steuerte den Wagen in eine abseits gelegene Parkbucht, drehte den Schlüssel wieder herum und wandte sich dann fast gemächlich Warstein zu. Er lächelte noch immer, aber in dem Spott in seinen Augen war auch unübersehbare Vorsicht; und vielleicht sogar so etwas wie Angst. Vielleicht spürte er, daß er zu weit gegangen war.

»Seien Sie vernünftig, Warstein«, sagte er. »Okay, ich gebe zu, ich hätte das vielleicht nicht tun sollen. Aber ich habe es nun mal getan, und ich glaube nach wie vor, daß ich recht habe.«

»Ach, glauben Sie das?«

»Verdammt noch mal, ich weiß es«, antwortete Lohmann erregt. »Überlegen Sie doch selbst! Selbst wenn Sie recht haben und Frankes Vorschlag wirklich ernst gemeint war, beweist das doch nur, daß hier etwas nicht stimmt!«

»So?«

»Ja, so!« Auch Lohmann klang jetzt erregt. »Denken Sie nach! Dieser Mann hat nichts unversucht gelassen, Sie fertigzumachen. Er hat Himmel und Hölle in Bewegung gesetzt, um Sie und Ihre Freundin von Ascona und dem Gridone fernzuhalten. Und plötzlich bietet er Ihnen aus heiterem Himmel an, alles zu bekommen, was Sie wollen. Was glauben Sie wohl, warum er das tut?« Er legte die flache Hand unter das Kinn. »Vermutlich, weil ihm das Wasser bis hier steht. Irgend etwas ist hier faul!«

»Das einzige, was hier nicht stimmt, sind Sie!« antwortete Warstein zornig. Eine leise, innere Stimme begann ihm zuzuflüstern, daß Lohmann vielleicht recht hatte, aber er weigerte sich, auf sie zu hören. Er war wütend, und er wollte wütend sein. »Ich hätte mich nie mit Ihnen einlassen sollen. Und ich werde es auch nicht weiter tun.«

»So? Und was haben Sie vor? Wollen Sie aussteigen und per Anhalter weiter nach Ascona fahren? Nur zu. Ich hindere Sie nicht.« Er griff in die Jackentasche. »Ich gebe Ihnen sogar Fahrgeld, wenn Sie wollen. Und ein paar Münzen fürs Telefon, um Ihren Busenfreund Franke anzurufen. Falls Sie wissen, wie Sie ihn erreichen, heißt das.«

»Hört auf!« sagte Angelika laut.

Warstein fuhr zornig herum – aber ihre Worte hatten nicht nur den Zweck, ihren Streit zu schlichten. Sie hatte sich vorgebeugt und streckte die Hand nach dem Radio aus. Sie hatten den Apparat die ganze Zeit über laufen lassen, um die regelmäßigen Verkehrsnachrichten zu hören, aber die Lautstärke fast ganz heruntergedreht. Jetzt stellte Angelika es mit einem Ruck wieder lauter.

». . . noch keine genauen Angaben über die Anzahl der Opfer vor«, verstand Warstein. »Wir schalten jetzt direkt zu unserem Korrespondenten nach Mailand, von dem wir uns einen ersten Bericht über das Ausmaß der Katastrophe erhoffen.«

»Was ist denn das?« fragte Lohmann.

»Still!« Angelika machte eine hastige Handbewegung und stellte den Apparat noch lauter.

»Hier ist Werner Roskamp live aus Mailand«, hörten sie. Die

Verbindung war schlecht. Die Stimme des Journalisten war von zahlreichen Störgeräuschen überlagert, aber Warstein glaubte trotzdem, im Hintergrund aufgeregte Stimmen und ein allgemeines Durcheinander wahrzunehmen.

»Auch hier weiß man momentan noch nichts Genaues«, fuhr der Radioreporter fort. »In einer ersten Stellungnahme der zuständigen Behörden hieß es vor zehn Minuten, daß die Rettungsarbeiten gerade angelaufen sind. Im Augenblick kann man wie gesagt noch nichts sagen, aber ich persönlich fürchte, daß wir es hier mit einer der größten Katastrophen der zivilen Luftfahrt zu tun haben, die sich in den letzten zehn Jahren ereignet hat.«

»Was genau ist denn überhaupt geschehen?« fragte die erste Stimme wieder.

»Ja, auch das weiß man noch nicht hundertprozentig«, erwiderte der Journalist. »Nach allem, was ich gehört habe, befand sich die Boeing 747 der Alitalia auf dem Landeanflug nach Mailand, als der Pilot plötzlich Schwierigkeiten mit seinen Instrumenten meldete. Einen Augenblick später ist die Verbindung dann wohl abgebrochen, und kurz darauf verschwand die Maschine von den Radarschirmen. Es gibt – allerdings bisher unbestätigte – Meldungen, nach denen die Maschine in den Lago Maggiore gestürzt sein soll, aber wie gesagt: das sind bisher nur Gerüchte. Ich bleibe auf jeden Fall hier vor Ort und melde mich sofort wieder, sobald es Neuigkeiten gibt.«

»Dann wollen wir hoffen, daß sich diese Gerüchte nicht bestätigen«, sagte der Radiosprecher. »So weit, meine Damen und Herren, unser erster Bericht von der Flugzeugkatastrophe im Tessin. Wir unterrichten Sie laufend weiter über die Entwicklung und schalten nun zurück auf unser aktuelles Programm.«

Angelika und Warstein starrten sich betroffen an. »Der ... der Lago Maggiore?« murmelte Angelika. Ihre Stimme klang flach, beinahe ausdruckslos. »Das ist ...«

»Ascona«, sagte Warstein. »Großer Gott.«

Lohmann startete den Motor. »Es geht los. Fahren wir. Streiten können wir uns auch unterwegs.«

»Es hat vor zwei Stunden angefangen!« schrie der Soldat. Obwohl er aus Leibeskräften brüllte, hatte Rogler Mühe, seine Worte zu verstehen. Im Grunde rekonstruierte er den Satz nur aus den wenigen Fetzen, die er durch das Heulen des Sturmes hindurch aufschnappte. Er hatte Mühe, sich seine Überraschung nicht allzu deutlich anmerken zu lassen. Rogler hatte wenig Erfahrung im Erkennen militärischer Insignien und Rangabzeichen – aber er mußte sich schon sehr täuschen, wenn der grauhaarige Soldat, mit dem Franke umsprang wie mit einem begriffsstutzigen Sextaner, nicht ein ausgewachsener Vier-Sterne-General war.

»Genau vor zwei Stunden?« schrie Franke zurück.

Der General schüttelte den Ärmel seines makellos gebügelten Tarnanzuges hoch und sah eine Sekunde lang stirnrunzelnd auf die Uhr. »Ziemlich«, schrie er. »Ganz genau kann ich es nicht sagen. Die beiden Männer, die hier postiert waren, sind verschwunden. Aber zwischen ihrer letzten Meldung und der der Hubschrauberbesatzung lagen nur knapp drei Minuten. Irgendwann in dieser Zeit eben.«

Franke machte ein besorgtes Gesicht. Er setzte dazu an, eine weitere Frage zu stellen, blickte aber dann nur kurz in den kreisrunden, fast einen Kilometer durchmessenden Schacht hinunter und machte eine Kopfbewegung in die entgegengesetzte Richtung. Ihre Bedeutung war klar. Das Heulen der aufgewirbelten Luftmassen machte jede Verständigung so gut wie unmöglich. Und es gab nichts, was sie unbedingt hier besprechen mußten. Rogler war insgeheim sogar ganz froh, aus der unmittelbaren Nähe dieses . . . Dinges verschwinden zu können. Der Anblick des schwarzen, licht- und luftverschlingenden Abgrundes erfüllte ihn mit einer Art von Furcht, die er selbst noch nicht ganz hatte verarbeiten können.

»Schade, daß wir nicht genauer wissen, wann es angefangen hat«, sagte Franke, während sie geduckt auf den gut fünfhundert Meter entfernt wartenden Helikopter zugingen. »Nehmen Sie Verbindung mit dem NATO-Hauptquartier auf; und wenn das nichts bringt, mit den Amerikanern. Vielleicht kann irgendein Satellit genauere Daten liefern.«

Der General sprach etwas in ein kleines Diktiergerät, das er in der rechten Hand trug. Franke schritt schneller aus, so daß er und Rogler plötzlich Mühe hatten, mit ihm mitzuhalten. Sie hatten bereits die halbe Strecke zum Helikopter hinter sich gebracht, aber das Brüllen des Orkanes hatte nicht merklich nachgelassen. Im Gegenteil: Rogler hatte das Gefühl, es wäre lauter geworden.

Er war sehr verwirrt – und überaus erschrocken. Das lag nicht allein an dem, was er gerade gesehen hatte. Da waren dieser General, dieser Hubschrauber und Soldaten, überall Soldaten. Plötzlich schien alles anders. Rogler fühlte sich in diesem Moment wie Franke am Morgen desselben Tages: Von einem Augenblick auf den anderen stimmte keine seiner Theorien mehr.

Sie bestiegen den Hubschrauber, und der Pilot startete die Turbine, noch ehe sich die Kabinentür ganz hinter ihnen geschlossen hatte. Die Maschine hob nach wenigen Augenblicken ab.

Franke wandte sich an den General. »Fragen Sie den Piloten, ob er genau über den Schacht fliegen kann«, sagte er. »Aber er soll kein Risiko eingehen.«

Der General beugte sich vor und begann halblaut mit einem der beiden Hubschrauberpiloten zu reden. Der Mann sah wenig begeistert aus, das erkannte Rogler deutlich; aber nach einigen Sekunden nickte er trotzdem.

»Okay. Aber es kann ein bißchen holperig werden. Schnallen Sie sich besser an.« Der General ging mit gutem Beispiel voran und ließ den Verschluß des Sicherheitsgurtes einschnappen, und auch Rogler und Franke schnallten sich auf den Sitzen fest. Die Maschine stieg gute tausend Meter nahezu senkrecht in die Höhe, ehe der Pilot ihre Nase herumdrehte und den Helikopter mit äußerster Vorsicht auf den kreisförmigen Ausschnitt schwärzester Finsternis unter ihnen zusteuerte.

Rogler konnte einen Schauder der Furcht nicht mehr unterdrücken, als er aus dem Fenster sah. Seltsamerweise wirkte der Abgrund aus der Distanz betrachtet viel unheimlicher und bizarrer als aus der Nähe. Dort unten war er einfach nur ein Loch gewesen, das da gähnte, wo eigentlich massives Felsgestein sein sollte. Von hier oben aus . . .

Es war nicht einfach nur ein Loch im Boden. Aus der Luft betrachtet, konnte man sehen, daß der Schacht tatsächlich kreisrund war und so senkrecht in die Erde hineinführte, als wäre er mit einem Präzisionswerkzeug gebohrt worden. Seine Wände waren vollkommen glatt – soweit Rogler dies beurteilen konnte –, sie waren nicht wirklich zu sehen. Sein Blick hätte von hier aus weit in die Tiefe reichen müssen, denn die Sonne stand nahezu senkrecht über dem Abgrund. Aber irgend etwas schien ihr Licht aufzusaugen. Der Schacht konnte fünfzig oder auch fünfzigtausend Meter tief sein. Und irgendwie spürte er, daß selbst diese Schätzung noch zu gering war.

Er spürte noch mehr, aber es gelang Rogler nicht, das, was er beim Anblick dieses Schachtes empfand, wirklich zu artikulieren. Er machte ihm angst, aber aus Gründen, die er nicht erfassen konnte. Da war die normale Angst jedes Menschen vor der Tiefe, die Angst vor dem Sturz und dem Tod und die ebenso normale Furcht vor dem Unbekannten und den Gefahren, die sich darin verbergen mochten. Aber unter diesen uralten Instinkten lauerte noch etwas. Er versuchte, dieses andere Gefühl zu ergründen, doch allein dieser Versuch wurde mit einem solchen Schrecken belohnt, daß er seine geistigen Fühler rasch wieder zurückzog.

»Unheimlich, nicht?« sagte Franke, als sich Rogler vom Fenster abwandte und ihre Blicke sich begegneten.

Rogler nickte. »Ja. Wie ein Loch in der Wirklichkeit.« Eine sonderbare Formulierung. Er wußte selbst nicht, warum er sie gewählt hatte. Aber Franke widersprach nicht, und er lachte auch nicht. »Warum . . . warum ist es so wichtig, den genauen Zeitpunkt zu kennen?« fragte Rogler – eigentlich gar nicht, weil ihn diese Frage wirklich interessierte, sondern nur, um überhaupt etwas zu sagen. Er hatte plötzlich das Gefühl, das Schweigen nicht mehr ertragen zu können.

»Das Flugzeug«, antwortete Franke. »Es ist vor ziemlich genau zwei Stunden abgestürzt.«

»Sie meinen, der Absturz hat etwas mit . . . damit zu tun?«

»Ich habe keine Ahnung«, gestand Franke. Er sah sehr unglücklich aus. Und sehr verängstigt. Tatsächlich schien er mehr Angst zu haben als Rogler, obwohl er doch ungleich besser wissen mußte, mit was für einer Art von Phänomen sie es zu tun hatten. Aber vielleicht war das ja auch der Grund für seine Furcht.

»Und ehe sie fragen«, fuhr er fort, wobei er den Blick weiter gebannt in die Tiefe gerichtet hielt, »ich habe nicht die geringste Ahnung, was das ist. Geschweige denn, wo es herkommt.«

»Irgendwo wird eine riesige Höhle zusammengestürzt sein«, sagte Rogler. »Ein unterirdisches Erdbeben in ein paar Kilometern Tiefe – falls es so etwas gibt, meine ich.«

Franke sah ihn flüchtig an, und auf eine Weise, die deutlicher als jedes gesprochene Wort sagte, was er von seiner Vermutung hielt. Aber zu Roglers Überraschung nickte er plötzlich doch. »Das wäre eine Erklärung«, sagte er. »Vielleicht sogar für den Sturm. Wenn der Hohlraum groß genug ist, und der Luftdruck dort unten viel niedriger als hier . . .«

Doch auch in Roglers Ohren klang das alles andere als überzeugend. Schon eher schien es etwas zu sein, womit sich Franke selbst zu beruhigen versuchte – was ihm sichtlich nicht gelang.

»Können wir etwas tiefer gehen?« wandte er sich an den General. Der Soldat sah ihn einen Moment lang fast bestürzt an, aber dann gab er seine Bitte an den Piloten weiter. Die Maschine begann an Höhe zu verlieren, beschleunigte aber auch gleichzeitig und kreiste nun in enger werdenden Spiralen über dem Loch, statt still in der Luft zu hängen. Allmählich, unendlich behutsam, wie es Rogler schien, sanken sie tiefer.

Es nutzte nichts. Unter ihnen gähnte immer noch ein bodenloser Abgrund, der gar nicht wirklich tiefer in die Erde hineinzuführen schien, sondern vielmehr . . .

Er wußte es nicht. Oder vielleicht doch – aber der Gedanke war einfach zu bizarr, als daß er sich auch nur gestattete, ihn zu artikulieren.

»Verrückt«, murmelte er.

Franke sah ihn scharf an. »Was?«

»Nichts.« Rogler versuchte zu lachen, aber es mißlang kläglich. »Vergessen Sie es.«

»Verrückter als das da kann kaum noch etwas sein«, erwiderte Franke mit einer Geste nach unten. »Nur keine Hemmungen.«

Die Worte stellten keine Bitte dar, sondern einen Befehl. Trotzdem zögerte Rogler noch einige Sekunden, der Aufforderung zu folgen. »Ich ... ich dachte gerade, daß es aussieht, als ob es ...« Er lachte nervös und wich Frankes Blick aus. »... als ob es nirgendwo hinführt.«

»Vielleicht tut es das auch«, murmelte Franke.

Die Stimme des Piloten, die aus einem Lautsprecher über ihren Köpfen drang, hinderte Rogler daran zu antworten. »Tiefer kann ich nicht gehen«, sagte er. »Es ist hier schon ziemlich riskant. Die Turbulenzen werden immer stärker. Es wäre besser, wenn wir nicht zu lange blieben.«

»Nur einen Moment noch«, bat Franke. Er sah den General an, der wiederum eine entsprechende Geste zu dem Mann hinter dem Steuerknüppel machte, und blickte dann wieder konzentriert aus dem Fenster. Rogler fragte sich, was er dort unten sah, das ihm und den anderen offensichtlich verborgen blieb.

Aber eigentlich wollte er es gar nicht wissen.

Lohmann schüttelte sich wie ein nasser Hund, als er in den Wagen zurückkam; zusammen mit einem Schwall eisiger Kälte und klammer Feuchtigkeit, die das ihre dazu taten, die Atmosphäre im Wagen noch ungemütlicher zu gestalten – falls dies überhaupt noch möglich war, hieß das.

»Nun?« fragte Angelika.

Lohmann zog die Tür hinter sich zu und wischte sich eine nasse Strähne aus der Stirn, ehe er antwortete. »Sieht nicht gut aus. Ich fürchte, auf diesem Weg kommen wir nicht weiter. Sie haben den Simplon gesperrt.«

Angelikas Blick machte deutlich, daß ihr das nichts sagte.

»Der Tunnel«, erklärte Warstein. »Die einzige andere Verbindung nach Ascona auf dieser Seite der Berge. Es sei denn, wir machen einen gewaltigen Umweg und fahren über Bellinzona und Locarno. Aber das dauert bis morgen mittag. Mindestens.«

»Stimmt«, sagte Lohmann. »Oder zurück und über die italienische Strecke. Aber die ist genauso lang. Wenn nicht länger. Außerdem wäre spätestens am See Schluß. Die Straße am Lago Maggiore ist normalerweise schon hoffnungslos verstopft. Im Moment ist da garantiert kein Durchkommen.« Er zog eine Grimasse. »Hat irgend jemand eine Idee, wie es jetzt weitergehen soll? Ich bin für jeden Vorschlag dankbar.«

»Das Problem hätten wir nicht, wenn Sie nicht –«, begann Warstein.

»Bitte nicht schon wieder«, unterbrach ihn Angelika. »Das bringt uns im Moment wirklich nicht weiter.«

Damit hatte sie natürlich recht, und Warstein spürte sogar, daß sie ihm nicht ins Wort gefallen war, um Lohmann beizustehen, sondern einzig, um eine Fortsetzung des Streites zu vermeiden, der den ganzen Tag über zwischen ihnen geschwelt hatte. Trotzdem fühlte er sich auf eine absurde Weise von ihr verraten. Beleidigt drehte er sich herum und blickte aus dem Fenster.

Lohmann zündete sich eine Zigarette an und hielt Angelika die offene Packung hin. Zu Warsteins Überraschung lehnte sie jedoch mit einem Kopfschütteln ab.

»Danke«, sagte sie. »Ich glaube, ich lege eine kleine Pause ein. Ich hatte heute schon zu viel.«

Dem konnte Warstein nur zustimmen. Die Luft im Wagen war zum Schneiden dick, und seit zwei oder drei Stunden hatte er leichte, aber sehr penetrante Kopfschmerzen. Nicht, daß er Angelikas Nervosität nicht verstehen konnte. Sie alle waren nervös, und sie hatten Grund dazu.

Lohmann schnippte seine Asche auf den Boden und begann im Handschuhfach zu kramen, bis er eine Karte fand. »Wir haben drei Möglichkeiten«, sagte er nach einigen Sekunden. »Wir können weiterfahren und es tatsächlich über Locarno versuchen, oder wir kehren um und fahren von der italienischen Seite heran. Aber das dauert.«

»Wir kommen nie um den See herum«, antwortete Warstein. »Das haben Sie gerade selbst gesagt.«

Lohmann grinste, blies eine Qualmwolke in seine Richtung und antwortete: »Wer spricht von herumfahren? Ein See besteht gewöhnlich aus Wasser. Und auf Wasser fahren Schiffe. Wir könnten eines mieten und versuchen, den Lago Maggiore direkt zu überqueren. Allerdings weiß ich nicht, ob das im Moment überhaupt möglich ist.« Er deutete auf das Radio, das den ganzen Tag Meldungen über den Flugzeugabsturz und die Bergungsarbeiten gebracht hatte. Der Sender hatte sich über Details beharrlich ausgeschwiegen, aber es gehörte nicht besonders viel Phantasie dazu, sich vorzustellen, wie es jetzt am Lago Maggiore aussah. Vermutlich wimmelte es dort von Menschen.

»Und die dritte Möglichkeit?« fragte Angelika.

»Wir können aufgeben«, sagte Warstein.

Lohmann zog eine Grimasse. »Dann haben wir sogar noch vier Möglichkeiten«, sagte er. Er begann die Karte auf den Knien auseinanderzufalten und deutete mit dem glühenden Ende seiner Zigarette auf einen bestimmten Punkt. »Wir sind hier«, sagte er. »Selbst wenn wir über den See kämen – wovon ich im Moment gar nicht überzeugt bin –, kostet es uns Zeit, die wir nicht haben. Und für die Strecke über Locarno gilt dasselbe. Ich sehe nur noch einen einzigen Weg.«

»Und welchen?« fragte Warstein.

Lohmann sah ihn auf sonderbare Weise an. »Ich bin enttäuscht«, sagte er. »Kommen Sie wirklich nicht darauf?«

»Nein«, erwiderte Warstein verärgert. »Wovon zum Teufel sprechen Sie? Es gibt nur diese beiden Strecken nach Ascona.«

Lohmann seufzte. »Nein«, antwortete er. »Es gibt noch eine dritte, und Sie sollten das eigentlich wissen. Immerhin haben Sie sie selbst gebaut.«

Warstein riß ungläubig die Augen auf. »Das meinen Sie nicht ernst!«

»Todernst«, antwortete Lohmann. »Worüber regen Sie sich auf? Sie wollten doch dorthin, oder?«

»Wovon sprecht ihr eigentlich?« mischte sich Angelika ein.

»Er meint den Tunnel«, sagte Warstein. »Aber das ist doch verrückt.«

»Und wieso?« Lohmann gestikulierte aufgeregt auf der Karte herum. »Wenn die Straßen nicht vollkommen verstopft sind, können wir ihn in zwei oder drei Stunden erreichen.«

»Den Gridone-Tunnel?« vergewisserte sich Angelika. Auch sie wirkte überrascht. »Aber er ist gesperrt.«

»Tunnel haben zwei Ausgänge«, sagte Lohmann. »Jedenfalls die meisten, von denen ich bisher gehört habe.«

»Moment mal«, sagte Angelika. »Sie meinen, wir sollen . . .«

»Ich meine«, unterbrach sie Lohmann betont, »daß wir sowieso nicht die mindeste Chance haben, von Ascona aus in den Tunnel zu gelangen. Sie können sicher sein, daß der Zugang dort verdammt gut bewacht wird. Auf der anderen Seite . . .« Er zuckte mit den Schultern. »Einen Versuch ist es wert.«

»Er ist mehr als zehn Kilometer lang«, sagte Warstein.

Lohmann grinste. »Und? Ein Grund mehr, es zu versuchen. Sie werden kaum damit rechnen, daß jemand so verrückt ist, zu Fuß durch den Berg zu kommen.«

Angelika schüttelte sich. »Zu Fuß? Sie wollen tatsächlich durch den gesamten Tunnel laufen?«

»Wer spricht von wollen?« Lohmann knüllte die Karte unordentlich zusammen und stopfte sie ins Handschuhfach zurück. »Jetzt mal im Ernst – ich glaube auch nicht, daß wir so einfach hineinkommen. Aber unsere Chancen stehen auf dieser Seite garantiert besser als auf der anderen. Vielleicht bewachen Sie den Eingang, aber wenn überhaupt, dann ganz bestimmt nicht so gut wie drüben am Monte Verita. Und so lang sind zehn Kilometer nun auch nicht. Zwei Stunden, vielleicht weniger.«

»Wahnsinn«, murmelte Warstein. »Sie sind komplett verrückt.«

»Stimmt«, antwortete Lohmann gelassen. »Sonst wäre ich nicht hier, wissen Sie?« Er wurde übergangslos wieder ernst. »Also? Was sagt ihr?«

Warstein antwortete nicht gleich, sondern sah wieder nach draußen. Vor und hinter ihnen reihten sich Autos, so weit der

Blick reichte. Sie waren noch gute fünf Kilometer vom Paß entfernt, aber der Verkehr war bereits hier zum Erliegen gekommen. Selbst wenn der Paß in absehbarer Zeit wieder geöffnet wurde – und irgend etwas sagte Warstein, daß das nicht der Fall sein würde –, würde es vermutlich die halbe Nacht dauern, bis sich der Stau soweit wieder aufgelöst hatte, daß sie weiterfahren konnten. Lohmann hatte auch recht, was die beiden anderen Strecken anging – sie waren zu weit und wahrscheinlich im Moment ebenso unpassierbar wie der Paß über den Simplon. Und dazu kam noch etwas, was auch Lohmann wissen mußte, aber wohlweislich nicht ausgesprochen hatte: Auf jeder dieser drei Strecken würde garantiert jemand stehen, der auf sie wartete. So dumm konnte Franke gar nicht sein, sich nicht an den Fingern einer Hand abzuzählen, daß sie auf dem Weg nach Ascona waren. Und welchen Weg sie nehmen würden.

Aber der Tunnel? Warstein schauderte bei der bloßen Vorstellung, durch eine zehn Kilometer lange, stockfinstere Röhre laufen zu sollen.

»Ein Vorschlag zur Güte«, sagte Lohmann. »Sie zeigen mir, wie man in den Berg hineinkommt, und danach . . . Wenn Sie wollen, trennen wir uns, und jeder tut, wozu er hergekommen ist. Ich werde nicht noch einmal versuchen, Sie aufzuhalten, das verspreche ich. Ich gebe Ihnen sogar den Wagen. Sie können weiterfahren und versuchen, über Locarno in die Stadt zu kommen. Es ist kein großer Umweg.«

Es war nicht so sehr der Vorschlag an sich, der Warstein überraschte, sondern vielmehr der Ton, in dem Lohmann ihn vorbrachte. Er klang ehrlich. Zum ersten Mal hatte Warstein das Gefühl, daß der Journalist das sagte, was er auch tatsächlich meinte.

»Also gut«, sagte er schweren Herzens. »Fahren wir.«

Lohmann war sichtlich überrascht, daß er so schnell nachgab – aber er ergriff die Gelegenheit beim Schopfe und startete den Motor, ehe Warstein es sich noch anders überlegen konnte.

»Irgend etwas Neues vom See?« fragte er, während er den sperrigen Wagen behutsam aus der Schlange herausrangierte. Es war keine leichte Aufgabe. Sie hatten eine halbe Stunde Stop-and-go-Verkehr hinter sich, und die Abstände zu ihrem Vorder- und Hintermann waren bei jedem Mal ein wenig kleiner geworden.

»Sie suchen immer noch nach Überlebenden«, antwortete Angelika. »Aber ich glaube, sie haben die Hoffnung längst aufgegeben. Das Wasser muß eisig sein.«

Lohmann trat mit einem Ruck auf die Bremse, um nicht die Stoßstange des vorausfahrenden Fahrzeugs zu berühren, und legte den Rückwärtsgang ein. Das Getriebe knirschte hörbar. »Ich versuche mir gerade vorzustellen, wie wir uns wohl fühlen, wenn wir ankommen und am Ende feststellen, daß alles nichts weiter als Zufall war«, sagte er. »Vielleicht finden wir in diesem Tunnel nur eine unsauber abgestützte Decke, die eingebrochen ist.«

»Ganz bestimmt nicht«, erwiderte Warstein. »Der Tunnel war stabil. Er hätte selbst einen Atombombentreffer ausgehalten.«

Lohmann rangierte den Wagen vorsichtig ein Stück zurück und dann wieder nach vorne. Er grinste. »Verzeihung«, sagte er spöttisch. »Ich wollte Ihnen nicht zu nahe treten.«

»Sind Sie nicht«, brummte Warstein – obwohl das nicht ganz der Wahrheit entsprach. Trotz allem war dieser Tunnel auch ein bißchen sein Werk, und er fühlte sich irgendwie verpflichtet, ihn zu verteidigen.

»Ich wollte ja auch nur erwähnen, daß wir die Möglichkeit, daß alles doch noch eine ganz natürliche Erklärung finden könnte, nicht ganz außer acht lassen sollten«, sagte Lohmann. »Nicht, daß wir am Ende den Wald vor lauter Bäumen nicht mehr sehen.«

Er hatte es irgendwie geschafft, den Wagen aus der Schlange herauszurangieren, und begann nun auf der schmalen Gegenfahrbahn zu wenden. Obwohl er heftig schnaubend am Lenkrad drehte und auf den Pedalen herumtrampelte wie ein Organist auf denen seines Instruments, stellte er sich dabei äußerst geschickt an. Warstein kam nicht umhin, Lohmanns fahrerisches Talent zu bewundern. Er selbst wäre bei diesem Manöver wahrscheinlich schon ein halbes dutzendmal mit einem der anderen Fahrzeuge kollidiert.

Lohmann stieß noch ein paarmal vor und zurück, dann hatte er das Wendemanöver beendet, und sie fuhren die steil ansteigende Straße zum Paß hinauf wieder zurück. Warstein erschrak fast, als er sah, wie lang die Schlange auch hinter ihnen bereits geworden war. Noch zwei oder drei Stunden – allerhöchstens –, so schätzte er, und der Verkehr in diesem Teil der Schweiz wäre vollkommen zusammengebrochen.

»Erstaunlich«, sagte Lohmann.

»Was?«

»Dieses Chaos hier. Sie haben im Radio kein einziges Wort gesagt. Dabei ist der Verkehrsfunk sonst immer sehr zuverlässig.«

»Vielleicht hat es sich noch nicht bis zum Sender rumgesprochen«, vermutete Angelika.

»Oder jemand will nicht, daß es bekannt wird«, fügte Warstein hinzu.

Lohmann zog eine Grimasse. »Jetzt übertreiben Sie aber wirklich«, sagte er. »Welches Interesse sollte Franke daran haben, in der halben Schweiz ein Verkehrschaos zu veranstalten?«

»Wer spricht von Franke?« gab Warstein zurück.

Lohmann sah ihn verwirrt an, aber er zog es vor, nicht weiter auf dieses Thema einzugehen. Überhaupt war er sehr versöhnlicher Stimmung, fand Warstein; in schon fast verdächtig versöhnlicher Stimmung.

Er vertrieb den Gedanken. Es blieb sich gleich, ob Lohmann nun tatsächlich ein schlechtes Gewissen hatte oder ihm nur etwas vorspielte. So, wie die Dinge lagen, blieb ihm gar keine andere Wahl, als zumindest im Moment gute Miene zum bösen Spiel zu machen. Er würde Lohmanns Vorschlag annehmen und sich von ihm trennen, sobald sie den Berg erreicht hatten. Aber auf andere Weise, als der Journalist ahnte.

Von außen hatte der Wagen ausgesehen wie ein ganz gewöhnlicher, allenfalls ein bißchen zu groß geratener Lastwagen. An seinem Innenleben hingegen war rein gar nichts gewöhnlich.

Rogler kam aus dem Staunen nicht mehr heraus. Franke mußte mit seinen Forschungen über Schwarze Löcher und Raumkrümmung sehr viel weiter vorangekommen sein, als er bei ihrem Gespräch am Morgen zugegeben hatte, denn es war ihm eindeutig gelungen, mehr ins Innere des Wagens hineinzustopfen, als nach den Regeln der euklidischen Geometrie hineinging – zumindest war das der erste Eindruck gewesen, der sich Rogler aufdrängte, nachdem sie das Fahrzeug betreten hatten. Der langgestreckte, von Dutzenden greller Neonröhren taghell erleuchtete Raum quoll schier über von Computern, Bildschirmen, Schaltpulten und allen anderen, Rogler größtenteils vollkommen unverständlichen Geräten. Mindestens ein Dutzend Techniker in weißen Kitteln saßen oder standen an verschiedenen Instrumententafeln und taten Rogler ebenso unverständliche Dinge oder redeten über noch unverständlichere Themen, und es schien ständig mindestens ein Telefon zu geben, das gerade klingelte; meistens waren es mehr. Der Raum hätte gut in die Dekoration eines Science-fiction-Filmes gepaßt, dachte er. Auf jeden Fall besser als in die Tessiner Alpen.

Ungeduldig und zum wiederholten Mal binnen kurzer Zeit sah er auf die Uhr. Franke hatte irgend etwas von zehn Minuten gefaselt, als sie den Wagen betreten hatten. Das war vor mittlerweile gut anderthalb Stunden gewesen – und so, wie er gerade dastand und aufgeregt mit drei Männern diskutierte, von denen zwei in weiße Kittel und der dritte in die Uniform eines UNO-Soldaten gekleidet waren, machte er nicht den Eindruck, daß er in absehbarer Zeit wieder zu gehen gedachte. Rogler hatte eher das Gefühl, daß er ihn schlicht und einfach vergessen hatte.

Außerdem machte er einen immer besorgteren Eindruck, dachte Rogler – was wiederum dazu führte, daß auch er sich immer weniger wohl in seiner Haut fühlte. Nach allem, was er heute gehört und vor allem gesehen hatte, hatte er wahrscheinlich guten Grund, über alles besorgt zu sein. Schwarze Löcher. Raumkrümmung. Zeitverschiebung. Was zum Teufel war nur aus seiner einfachen, in Gut und Böse aufgeteilten Welt geworden?

Rogler verbrachte weitere zehn Minuten damit, ebenso sinnlose wie zum Teil alberne Gedanken zu wälzen, dann löste er sich von seinem Beobachtungsplatz neben der Tür und ging zu Franke und seinen Gesprächspartnern. Franke selbst stand mit dem Rücken zu ihm und nahm ihn gar nicht wahr, aber einer der Techniker unterbrach sein Gespräch und machte eine entsprechende Geste, so daß Franke sich schließlich zu ihm herumdrehte. Im allerersten Moment wirkte er eindeutig verärgert über die Störung, aber nach einer Sekunde machte sich ein fast betroffener Ausdruck auf seinen Zügen breit.

»Rogler«, sagte er. »Sie sind ja auch noch da. Es tut mir leid, aber ich . . .«

»Schon gut.« Rogler unterbrach ihn mit einer Handbewegung. »Ich will Sie auch gar nicht weiter stören. Sicher haben Sie wichtigere Dinge zu besprechen, aber ich . . . Ich habe noch viel Arbeit in der Stadt. Vielleicht könnte mich einer Ihrer Männer zurückbringen?«

»Für Sie muß das hier tödlich langweilig sein«, vermutete Franke lächelnd. »Es tut mir leid. Aber ich bin hier sowieso gleich fertig. Geben Sie mir noch zehn Minuten?«

»Sicher«, antwortete Rogler. Welche Wahl hatte er schon? Hätte er nein sagen sollen? »Aber, wie gesagt: ich kann auch allein zurückfahren, wenn Sie hier nicht -«

»Ich fürchte, das können Sie nicht«, unterbrach ihn Franke. Seine Worte mußten auf Roglers Gesicht wohl eine ganz bestimmte Reaktion hervorgerufen haben, denn er beeilte sich plötzlich, hastig hinzuzufügen: »Ich kann Ihnen schlecht mit dem Helikopter folgen und mitten auf dem Marktplatz von Ascona landen, nicht wahr?«

Das war nichts als eine Ausrede, um seinen Worten etwas von dem zu nehmen, was unabsichtlich darin gewesen war, aber er gab Rogler keine Gelegenheit nachzuhaken, sondern wandte sich bereits wieder um und trat an eines der Instrumentenpulte an der rechten Seite des Wagens.

»Sind die Daten endlich da?«

Der Mann, dem die Frage galt, schüttelte nervös den Kopf. »Noch nicht. Die Auswertung ist schwieriger, als ich dachte. Es tut mir leid.« Er machte eine entschuldigende Geste, hatte aber sichtlich nicht die Kraft, Franke direkt anzublicken. »Die Windgeschwindigkeit wechselt ständig. Ich kann Ihnen allerhöchstens eine Schätzung anbieten. Aber eine sehr grobe Schätzung.«

»Raten kann ich selbst«, antwortete Franke scharf. »Wozu verdammt noch mal haben wir hier eigentlich die teuersten Computer der Welt, wenn Sie nicht einmal in der Lage sind, innerhalb einer geschlagenen Stunde eine einfache Gleichung auszurechnen?«

»Weil es eben keine einfache Gleichung ist«, erwiderte der Techniker – allerdings mehr in trotzigem als verärgertem Ton. »Geben Sie mir vernünftige Daten, mit denen ich arbeiten kann, und Sie bekommen auch vernünftige Ergebnisse.«

Franke sah eine Sekunde lang so aus, als würde er explodieren. Aber dann beherrschte er sich mühsam – und rang sich sogar so etwas wie ein Lächeln ab. »Sie haben recht«, sagte er gepreßt. »Entschuldigen Sie. Ich bin . . . etwas nervös.«

Der Techniker war klug genug, nicht darauf zu antworten, sondern sich wieder auf seine Computertastatur zu konzentrieren, und Franke trat mit einem hörbaren Seufzen zurück. Auch die drei Männer, mit denen er bisher gesprochen hatte, hatten die Gelegenheit genutzt, sich aus dem Staub zu machen. Franke blickte sich einen Moment lang unschlüssig um, und Rogler begann schon zu hoffen, daß er sein Versprechen nun wahr machen und tatsächlich gehen würde, doch dann drehte er sich auf dem Absatz herum und trat an ein anderes Instrumentenpult heran. Der Mann, der daran arbeitete, bemerkte ihn aus den Augenwinkeln und fuhr fast unmerklich zusammen. Aber eben nur fast.

»Haben Sie mittlerweile die Verbindung herstellen können?« fragte Franke.

»Nein. Der Apparat ist eindeutig abgeschaltet.« Der Techniker sah Franke nicht an, sondern blickte konzentriert weiter auf seinen Monitor. »Sie haben entweder die Codekarte herausgenommen oder das ganze Ding aus dem Fenster geworfen.«

Franke seufzte. »Schade. Und ich hatte gehofft, daß er doch noch Vernunft annimmt.« Er wandte sich an Rogler, und ein flüchtiges, wehleidiges Lächeln kräuselte seine Lippen. »Wozu haben wir eigentlich einen Profi in solchen Dingen bei uns?«

»In was für Dingen?« fragte Rogler.

»Jemanden zu finden, der sich nicht finden lassen will«, antwortete Franke. »Ein Königreich für einen guten Rat, Herr Rogler. Ich muß dringend mit jemandem Kontakt aufnehmen, der sich in einem Wagen irgendwo in der Schweiz aufhält.«

»In was für einem Wagen?« fragte Rogler. »Wenn Sie das Kennzeichen und die Marke wissen . . .«

»Theoretisch ja. Praktisch wird er kaum so dumm sein, den Wagen nicht gewechselt zu haben. Und er wird uns auch kaum den Gefallen tun, auf einer Strecke zu bleiben, auf der wir ihn erwarten.«

Rogler verzog spöttisch die Lippen. »Mit derart präzisen Angaben ist das kein Problem«, gab er zurück. »Geben Sie mir zweihundert Mann, ein paar von Ihren Hubschraubern und eine Woche Zeit, und ich finde ihn.«

»Na ja.« Franke seufzte. »Wenigstens einer von uns hat seinen Humor noch nicht verloren.«

»Oh, das war schon ernst gemeint. Es ist ziemlich schwierig, jemanden zu finden, der sich nicht finden lassen will; vor allem, wenn dieser Jemand kein Dummkopf ist. Ich spreche aus Erfahrung. Es gibt ein paar Leute, die ich schon seit Jahren suche.«

»Jahren? Ich rede von Stunden, Rogler.«

»Dann hilft nur noch Zauberei«, erwiderte Rogler. »Und dafür bin ich nicht zuständig.«

Franke überlegte einen Moment angestrengt. »Im Ernst, Rogler«, sagte er dann. »Ich muß diesen Mann sprechen, koste es, was es wolle. Wie viele Männer brauchen Sie, um ihn zu finden?

Fünfhundert? Tausend? Nur keine Hemmungen – wir können aus dem vollen schöpfen.«

Nach allem, was er an diesem Tag erlebt hatte, hatte Rogler geglaubt, daß es nichts mehr gäbe, was ihn noch überraschen konnte. Aber das stimmte nicht. Wie so vieles. Trotzdem schüttelte er nach einer Weile den Kopf.

»Ich fürchte, ich muß Sie enttäuschen«, sagte er. »Wenn er sich irgendwo in den Bergen versteckt hat, haben wir praktisch keine Chance. Sie können eine Million Männer nach ihm suchen lassen, ohne ihn zu finden. Anscheinend kennen Sie dieses Land nicht. Was hat er ausgefressen?«

»Ausgefressen?« Franke lachte leise. »Nichts. Ich bin es, der einen Fehler gemacht hat, fürchte ich. Aber ich habe im Moment keine Möglichkeit, ihm das zu sagen.«

»Dann haben Sie ein Problem«, sagte Rogler.

»Ich wollte, es wäre nur eines«, murmelte Franke. Plötzlich hellte sich sein Gesicht auf. Er bedeutete Rogler mit einer – völlig überflüssigen – Geste zu bleiben, wo er war, und wandte sich noch einmal an den Mann hinter sich. »Rufen Sie alle Radiosender im Umkreis von zweihundert Kilometern an«, sagte er. »Sie sollen ihn über den Verkehrsfunk suchen. Ein Reiseruf oder wie immer das heißt – die wissen schon, was ich meine.«

»Und was sollen sie sagen?« fragte der Mann verwirrt.

»Daß er sich melden soll!« schnappte Franke. »Irgend etwas eben. Etwas Unverfängliches . . .« Er suchte nach Worten. »Verdammt, so etwas liegt mir nicht. Er soll . . . Sagen Sie, sie sollen durchgeben, daß er dringend Kontakt mit mir aufnehmen soll. Aber nach Möglichkeit nicht auf eine Art und Weise, die gleich eine landesweite Panik auslöst.«

»Gar nicht dumm«, lobte Rogler. »Immerhin – vielleicht hört er ja Radio. Wissen Sie wenigstens, wohin er will?«

»Genau hierher«, sagte Franke. »Warum?«

»Nun, dann wäre es wohl das Einfachste, genau hier auf ihn zu warten«, antwortete Rogler. »Jedenfalls würde ich das tun. Sie kennen diesen Mann? Gut?«

»Ziemlich«, antwortete Franke.

»Dann versuchen Sie, sich in seine Lage zu versetzen«, sagte Rogler. »Versuchen Sie einfach, sich vorzustellen, was Sie an seiner Stelle tun würden.«

»Zum Teufel, ja!« murmelte Franke. »Warum bin ich eigentlich nicht selbst darauf gekommen?« Er drehte sich auf dem Absatz herum und winkte den Soldaten herbei, mit dem er zuvor gesprochen hatte. Rogler stellte ohne sonderliche Überraschung fest, daß es sich auch bei ihm um nichts Geringeres als einen General handelte. Offensichtlich hatte Franke mittlerweile nicht nur die Befehlsgewalt über die gesamte Nordschweiz übernommen, sondern auch über die halbe UNO.

»Geben Sie Bescheid, daß die Suchaktion entsprechend vorsichtig durchgeführt wird«, sagte er. »Sie sollen nicht versuchen, ihn festzuhalten – es sei denn, sie erwischen ihn mit hundertprozentiger Sicherheit. Ansonsten nur beobachten. Und halten Sie mich auf dem laufenden.«

»Herr Doktor?«

Franke drehte sich mit einer unwilligen Bewegung um, aber der Zorn auf seinem Gesicht verflog sofort, als er den Mann erkannte, der ihn angesprochen hatte. Es war der Techniker von vorhin. Er hielt einen Computerausdruck in den Händen und sah irgendwie unglücklich aus, fand Rogler. Nein. Er verbesserte sich in Gedanken. Nicht unglücklich. Entsetzt war das passendere Wort.

Franke riß ihm das Blatt aus der Hand, warf einen flüchtigen Blick darauf – und wurde kreidebleich. »Das . . . das kann nicht stimmen«, sagte er. »Haben Sie das Ergebnis überprüft?«

»Zweimal«, versicherte der Techniker. »Die Schätzung ist eher zu optimistisch. Es gibt eine Steigerung – hier, sehen Sie?« Er stieß mit dem Finger auf das Blatt herunter. »Das Muster ist schwer zu erkennen, weil es sehr unregelmäßig ist, aber es ist da.«

»Aber . . . aber dreieinhalb Monate?« Franke fuhr sich nervös mit der freien Hand über das Kinn. »Das kann nicht sein.«

»In Wahrheit sind es wahrscheinlich eher zwei«, antwortete der andere. »Ich habe die größtmögliche Toleranz zu unseren

Gunsten eingegeben. Vierzehn Wochen sind der Mittelwert. Und wir haben das Muster immer noch nicht komplett entschlüsselt. Es könnte noch schlimmer kommen.«

»Was könnte noch schlimmer kommen?« fragte Rogler. Seine Beunruhigung war wieder da. Was er in Frankes Augen las, das war nackte Panik.

Der Techniker sah zuerst ihn und dann Franke an.

»Sagen . . . Sie es ihm«, sagte Franke leise.

»Es geht um das Loch«, sagte der Techniker. »Sie haben es gesehen?«

»Ich war dort, ja«, bestätigte Rogler. »Und?«

»Wir wissen immer noch nicht, wohin es führt«, antwortete der Techniker. »Wir haben ein paar Sonden hinuntergelassen, aber keine davon hat irgendwelche brauchbaren Ergebnisse geliefert. Das einzige, was wir mit Sicherheit wissen, ist, daß es alles verschlingt, was hineinfällt. Ist Ihnen der Sturm aufgefallen?«

»Sicher«, sagte Rogler. Hatte er gerade geglaubt, in Frankes Augen Panik zu erkennen? Jetzt spürte er sie selbst.

»Er wird stärker«, sagte Franke. »Wohin immer dieser Schacht auch führt – er zieht Sauerstoff an.« Er lachte, aber es klang nach dem genauen Gegenteil, und das war es wohl auch. »Erinnern Sie sich noch, als was Sie es im Hubschrauber bezeichnet haben, Rogler? Wie ein Loch in der Wirklichkeit?«

»Moment mal«, sagte Rogler. »Wollen Sie sagen, daß . . . daß durch diesen Schacht Luft verschwindet?«

Franke nickte. Plötzlich wurde es sehr still. Aller Aufmerksamkeit wandte sich ihnen zu. Obwohl er nicht sehr laut gesprochen hatte, mußte jeder hier drinnen Roglers Frage und seine Antwort verstanden haben. »Ja«, sagte er. »Und zwar immer schneller.«

»Wie schnell?« fragte Rogler.

»Es ist eine mathematische Progression«, antwortete der Techniker an Frankes Stelle. »Im Moment merkt man noch nicht sehr viel davon, aber es wird mehr. Ich habe den Computer angewiesen, eine Hochrechnung anzustellen. Das da ist das Ergebnis.«

Er deutete auf das Blatt in Frankes Händen. »Wenn der Prozeß im bisherigen Tempo weitergeht, dann haben wir noch dreieinhalb Monate.«

»Dreieinhalb Monate bis wann?« fragte Rogler.

»Bis es genug von unserer Atmosphäre aufgesogen hat, daß wir nicht mehr darin leben können«, antwortete Franke.

Rogler starrte ihn an. »Sie meinen ... hier«, sagte er, »in Porera. Im Tessin?«

»Nein«, antwortete Franke. »Ich meine, auf diesem Planeten.«

14

LOHMANNS SCHÄTZUNG HATTE SICH ALS GENAU DAS erwiesen, was Warstein gleich vermutet hatte – als viel zu optimistisch. Sie waren nicht annähernd so schnell vorangekommen, wie er behauptet hatte. Der Verkehr war selbst auf den Seitenstraßen noch so dicht, daß Warstein mehr als einmal das Gefühl gehabt hatte, überhaupt nicht mehr von der Stelle zu kommen; und einmal hatten sie tatsächlich kehrtgemacht und waren gute zehn Kilometer zurückgefahren, um einen anderen Weg zu suchen. Die Stimmung im Wagen war immer gedrückter geworden, je weiter sie sich ihrem Ziel näherten. Und immer ruhiger. Keinem von ihnen war nach Reden zumute gewesen; sie alle waren mit ihren eigenen, ganz persönlichen Gedanken beschäftigt, in denen vielleicht auch die jeweils anderen eine Rolle spielten, aber wahrscheinlich keine besonders große. Und wahrscheinlich waren es auch keine besonders angenehmen Gedanken.

Für Warstein jedenfalls wurde diese letzte Etappe der Reise zur Qual. Das – im Grunde ohnehin nur aus Schadenfreude bestehende – Gefühl der Euphorie, das seinem Entschluß gefolgt war, den Spieß herumzudrehen und nun Lohmann hereinzulegen, hatte nicht lange vorgehalten. Der Gedanke war sowieso nicht sehr realistisch gewesen. Lohmann war vielleicht ein Idiot, aber kein Dummkopf, und in dem Spiel war er Warstein hoffnungslos überlegen. Und Warstein war auch gar nicht mehr sicher, ob er das wirklich wollte. Auch wenn er noch nicht so weit war, es sich einzugestehen: die Dinge hatten längst ein Eigenleben entwickelt, und es lag wahrscheinlich gar nicht mehr in seiner Hand, irgend etwas zu ändern. Er bestimmte nicht mehr, was geschah, sondern das Geschehen bestimmte, was er tat.

Sie folgten der Eisenbahnlinie nach Osten gute drei Stunden weit – was bei dem Tempo, das die verstopften Straßen zuließen, deutlich weniger als hundert Kilometer bedeutete –, dann wichen sie endgültig von der Hauptstrecke ab und drangen in die Berge vor. Die Straßen wurden noch schlechter, und obwohl sie dem Verkehr entronnen waren, kamen sie noch langsamer voran. Die Straße zum Nufenenpaß hinauf war schon damals, vor drei Jahren, erbärmlich gewesen. Seither hatte niemand einen Finger gerührt, um sie zu verbessern, und das schlechte Wetter der letzten Tage hatte das seinige dazugetan, sie vollends zu einer Katastrophe zu machen. Dazu kamen der strömende Regen und die geschlossene Wolkendecke, die für nahezu vollkommene Dunkelheit sorgten, und als gewissermaßen krönender Abschluß der Umstand, daß ihr Wagen vielleicht bequem, aber für eine Expedition ins Gebirge denkbar ungeeignet war. Warstein war mehr als einmal sicher, daß sie auf der schlammigen, steil aufwärts führenden Strecke einfach steckenbleiben würden, und je mehr sie sich dem Paß näherten, desto froher war er über die Dunkelheit, in der sich das Licht ihrer Scheinwerfer schon nach wenigen Metern verlor. Er war diese Strecke vor einigen Jahren einmal gefahren – bei gutem Wetter, hellem Tageslicht und in einem Wagen, der für eine Umgebung wie diese gedacht war – und hatte schon damals Blut und Wasser geschwitzt, denn die Straße schlängelte sich über weite Strecken an einer steil aufragenden Felswand entlang: senkrecht emporstrebender, spiegelglatter Granit auf der einen und ein fünfzig oder auch hundert Meter tiefer Abgrund auf der anderen Seite. Das schwarze Nichts, in das das Licht der Halogenscheinwerfer manchmal fiel, wenn sie einer Kehre folgten, war tatsächlich ein

Nichts, dem bei der geringsten Unachtsamkeit ein tödlicher Sturz folgen mußte.

»Was machen wir eigentlich, wenn sie diese Straße auch gesperrt haben?« fragte Angelika plötzlich. Obwohl ihre Worte eigentlich nur ein weiterer Grund zur Sorge waren, erfüllten sie Warstein fast mit Erleichterung, denn sie lenkten ihn wenigstens für einen Moment ab.

»Das haben sie nicht«, behauptete Lohmann. »Kaum jemand kennt diesen Paß. Er ist ja nicht einmal auf jeder Karte eingezeichnet.«

»Ich kenne ihn«, sagte Warstein. »Und ungefähr dreihundert andere auch, die mit am Tunnel gearbeitet haben. Einer davon heißt Franke.«

»Und? Was glaubt ihr, was er gemacht hat? Das ganze Tessin abgesperrt?«

»Vielleicht«, antwortete Warstein ernsthaft.

Lohmann zog verärgert die Augenbrauen zusammen. »Ach verdammt, ihr beiden solltet in den Club der Pessimisten eintreten«, sagte er. »Ich bin sicher, sie nehmen euch als Ehrenmitglieder auf.«

»Das ist keine Antwort auf meine Frage«, sagte Angelika nervös.

»Und ich denke auch nicht daran, sie zu beantworten«, gab Lohmann scharf zurück. »Ich glaube nicht, daß er gesperrt ist, basta. Nicht eher, als ich es sehe. Wenn man immer gleich das Schlimmste unterstellt, braucht man erst gar nichts anzufangen.«

»Aber unter Umständen bewahrt es einen vor einer bösen Überraschung«, sagte Warstein.

Lohmann warf ihm einen schrägen Blick zu, aber er setzte die Diskussion nicht fort – schon, weil er seine ganze Konzentration brauchte, um den Wagen auf der Straße zu halten. Die Sommerreifen drehten auf dem schlammigen Untergrund immer wieder durch, und sie hatten schon ein paarmal den Halt verloren und waren ein Stück weit zurück oder zur Seite gerutscht, ehe die Räder wieder irgendwo Halt gefunden hatten.

»Wie weit ist es eigentlich noch?« fragte Lohmann nach einer Weile.

»Keine Ahnung«, gestand Warstein.

»Ich denke, Sie kennen diese Strecke?« fragte Lohmann.

»Ich war ein paarmal hier, ja«, erwiderte Warstein. »Tagsüber. Und nicht mitten in der Sintflut. Aber ich glaube nicht, daß es noch sehr weit ist.«

»So, glauben Sie«, brummte Lohmann. »Fein.«

Warstein überlegte eine Sekunde, ob er ihm verraten sollte, daß das schwierigste Stück der Strecke noch vor ihnen lag, auf der anderen Seite des Passes. Aber er entschied sich dagegen. Auch wenn es ihm eine fast kindische Freude bereitete, Lohmann zu ärgern. Aber er war ihr Fahrer, und ihr aller Leben lag in seinen Händen, im eigentlichen Sinne des Wortes: seine Hände, die das Steuer umklammert hielten, hatten zu zittern begonnen. Er hielt das Lenkrad so fest, daß Warstein eher den Eindruck hatte, er klammere sich daran fest, und man konnte deutlich sehen, wieviel Kraft es ihn trotz der Servolenkung kostete, den Wagen in der Spur zu halten.

Als hätte sie seine Gedanken gelesen, fragte Angelika in diesem Moment: »Wie geht es auf der anderen Seite weiter?«

Warstein zögerte einen Moment, dann antwortete er: »Schwieriger, fürchte ich. Aber nicht mehr so gefährlich.«

Lohmann sagte nichts, aber Angelika fuhr sichtbar zusammen, und ihr ohnehin bleiches Gesicht verlor noch mehr Farbe. Gefährlich? Sie sprach die Frage nicht aus, aber sie stand deutlich in ihren Augen geschrieben, und Warstein begriff erst in diesem Moment, daß sie bisher noch gar nicht auf den Gedanken gekommen war, die Fahrt hinauf zum Paß könnte in irgendeiner Weise gefährlich sein.

»Es gibt oben auf dem Paß einen kleinen Parkplatz«, fuhr er rasch fort, nur, um überhaupt etwas zu sagen und Angelika so keine Gelegenheit zu geben, eine entsprechende Frage zu stellen. Sie war nervös genug. »Vielleicht sollten wir dort eine kleine Pause einlegen.«

»Eine gute Idee«, pflichtete ihm Lohmann bei. Er drehte für

eine Sekunde den Kopf, um zu Angelika zurückzublicken. »Sie könnten uns einen Kaffee kochen. Ich glaube, den brauche ich jetzt.«

»Gern«, antwortete Angelika. »Einer von uns könnte Sie ablösen. Wenigstens für ein Stück.«

Lohmann schüttelte den Kopf. »Das ist nicht nötig. Ich bin voll da. Nur ein kleines bißchen müde. Aber machen Sie sich keine Sorgen. Ich bin schon schlimmere Strecken gefahren.«

Zum Beispiel mit einem Hundeschlitten durch die Sahara, dachte Warstein spöttisch. Aber er behielt auch diese Bemerkung vorsichtshalber für sich. Wenn alles weiter so gut – oder so schlecht – lief wie jetzt, hatten sie noch mindestens anderthalb Stunden Fahrt vor sich, bis sie den Berg erreichten. Und ein angespannter Lohmann war schon schwer genug zu ertragen. Er mußte keinen verärgerten Lohmann daraus machen.

Sie fuhren noch zehn Minuten, bis sie die Paßhöhe erreichten und der Parkplatz vor ihnen auftauchte, von dem Warstein gesprochen hatte. Er war verlassen, aber in dem aufgeweichten Boden waren Reifenspuren zu sehen. Es konnte noch nicht lange her sein, daß ein Wagen hiergewesen war. Der Gedanke gefiel Warstein nicht. Niemand, der nicht unbedingt mußte, würde sich bei diesem Wetter hierher verirren.

Lohmanns Überlegungen schienen in die gleiche Richtung zu gehen, denn er musterte die tief eingegrabenen Reifenspuren besorgt, während er den Wagen auf eine halbwegs feste Stelle rangierte, an der sie nicht Gefahr liefen, einzusinken und nicht weiterfahren zu können. Trotzdem gab er sich alle Mühe, so zu tun, als hätte er die Spuren nicht bemerkt, und Warstein akzeptierte dies. Manchmal war es vielleicht tatsächlich das Beste, die Augen vor der Wahrheit zu verschließen.

Lohmann schaltete den Motor aus und ließ sich mit einem erschöpften Seufzen im Sitz zurücksinken, das seine Behauptung, nur ein bißchen müde zu sein, Lügen strafte. Während sich Angelika wortlos erhob, um Kaffee zu kochen, zog Warstein die Karte aus dem Handschuhfach und faltete sie auseinander. Es war keine sehr gute Karte. Der Paß und die Straße hier herauf waren zwar eingezeichnet, aber alles, was dahinter lag, bot sich ihm im trüben Licht der Innenbeleuchtung nur als grüngraues Durcheinander dar. Viel mehr war es auch nicht. Der Tunnel, der dem Verkehr um Locarno und Ascona die lang ersehnte Erleichterung gebracht hatte, hatte dem diesseitigen Teil des Berges den endgültigen Todesstoß versetzt. Es gab ein paar kleine Ortschaften – ein Dutzend Häuser und eine Kirche zumeist –, die nicht einmal auf einer Karte zu finden waren, und einige einsam gelegene Gehöfte, aber der auch damals schon spärliche Verkehr, der sich durch diesen Teil der Berge gequält hatte, mußte seit der Eröffnung der Gridone-Verbindung vollends zum Erliegen gekommen sein.

»Sie wissen noch, wo wir sind?« fragte Lohmann spöttisch.

Warstein sah nicht von der Karte auf, aber er nickte. »Ich wollte nur . . . Ich habe überlegt, wie lange wir noch brauchen.«

»Und?«

»Zwei Stunden, vielleicht mehr«, antwortete Warstein vorsichtig.

Lohmann zog eine Grimasse. »Hoffentlich hört der Regen bald auf«, murmelte er. Eine winzige Pause, dann fügte er – leiser, wohl damit Angelika die Worte nicht hörte – hinzu: »Ein paarmal war es ziemlich haarig. Sie hätten mich warnen können, daß die Strecke so gefährlich ist.«

»Ich wußte es nicht«, gestand Warstein. »Nicht mehr. Irgendwie hatte ich sie anders in Erinnerung.«

Zu seiner Überraschung akzeptierte Lohmann diese Erklärung. »Unangenehme Dinge vergißt man gerne«, sagte er. »Zwei Stunden, sagen Sie?«

»Mindestens«, bestätigte Warstein. »Aber der gefährliche Teil liegt hinter uns. Die Strecke nach unten ist ziemlich kurvenreich, und an einigen Stellen sehr eng, glaube ich. Aber das Schlimmste, was uns passieren kann, ist eine Rutschpartie in den Straßengraben. Keine Abgründe mehr.«

»Das wäre schlimm genug.« Lohmann grinste schief. »Aber irgendwie auch komisch, nicht? Ich meine, nachdem wir so weit gekommen sind. Vielleicht fünf Kilometer vor dem Ziel zu scheitern . . .« Er sah Warstein bei diesen Worten scharf an, wie um ihm zu sagen, daß er ganz genau wußte, was Warstein vorhatte.

»Vielleicht sollte einer von uns Sie wirklich am Steuer ablösen«, sagte Warstein. »Sie sehen erschöpft aus.«

»Das bin ich auch«, gestand Lohmann. »Zwei Stunden bei dieser Witterung sind schlimmer als zwanzig bei normaler.«

»Und Sie wollen trotzdem noch den Weg durch den Tunnel machen?«

Lohmann schwieg einen Moment. »Wir werden sehen«, sagte er dann. Er lächelte müde. »Ich plane selten irgend etwas im voraus, wissen Sie? Meistens entscheide ich spontan – und meistens richtig. Meine größten Reinfälle habe ich mit Dingen erlebt, die ich präzise im voraus geplant habe.«

»So wie mit dieser Reise?«

»Wie kommen Sie auf die Idee? Für mich hat es sich gelohnt – so oder so. Ich habe meine Story.«

»Und wenn sie uns erwischen, ehe wir herausfinden, was wirklich passiert ist?«

»Habe ich eine andere«, sagte Lohmann gleichmütig. »Wir sind hier nicht im Wilden Westen und auch nicht in Rußland oder China. Franke mag ein einflußreicher Mann sein, aber er kann uns nicht einfach verschwinden lassen.«

»Ich hoffe, Sie haben recht«, sagte Warstein.

»Sie überschätzen diesen Mann«, antwortete Lohmann ernst. »Und das ist auch der Grund, weswegen er Sie bisher immer geschlagen hat.«

Warstein hätte ihm sagen können, daß es nicht darum ging, wer hier wen schlug oder nicht. Schon lange nicht mehr. Aber er hatte keine Lust, diese endlose Diskussion schon wieder von neuem zu führen. Während der letzten Stunden hatte er seine Meinung über Lohmann ein wenig revidiert; aber längst nicht weit genug, um ihm zu vertrauen. Oder gar so etwas wie Sympathie für ihn zu empfinden.

»Der Kaffee ist fertig«, sagte Angelika.

Lohmann sah überrascht auf. »Das ging schnell.«

»Es ist nur Instant.« Angelika kam mit zwei dampfenden Tassen heranbalanciert und reichte sie an Warstein und Lohmann weiter. »Es tut mir leid. Aber unsere Vorräte neigen sich dem Ende zu. Unser Gastgeber war offenbar nicht auf längeren Besuch eingestellt.«

Sie ging zurück, um ihre eigene Tasse zu holen, und Warstein nippte vorsichtig an seinem Kaffee. Er schmeckte so scheußlich, wie Instantkaffee überall auf der Welt und immer schmeckte, aber er war heiß, und das Koffein entfaltete sofort seine belebende Wirkung.

Lohmann leerte seine Tasse mit wenigen, großen Schlucken, stellte sie neben sich auf den Boden und zündete sich eine Zigarette an, während er mit der anderen Hand bereits wieder den Motor startete.

»So schnell?« wunderte sich Angelika.

»Gibt es irgendeinen Grund, länger hier herumzustehen?« antwortete Lohmann mit einer Frage. Er schaltete Licht und Scheibenwischer ein. »Ich sagte doch – ich bin nicht sehr müde. Außerdem fällt es schwerer weiterzufahren, je länger man Pause gemacht hat.«

»Woher haben Sie diesen Blödsinn?« fragte Warstein.

»Erfahrung«, behauptete Lohmann. Er legte den Gang ein, fuhr los und warf einen Blick auf die Uhr. »Macht das Radio lauter«, sagte er. »Gleich kommen Nachrichten.«

Warstein beugte sich vor und schaltete den Apparat wieder ein. Aus dem Lautsprecher drang leise, klassische Musik. Warstein hatte Klassik nie ausstehen können, aber er ersparte sich die Mühe, einen anderen Sender zu suchen. Seit der Katastrophenmeldung vom Mittag brachten alle lokalen Sender ernste Musik.

Pünktlich auf die Sekunde kamen die Nachrichten, auf die sie warteten. Es gab nichts Neues vom Lago Maggiore – außer der Meldung, daß die Zahl der Toten, die sie mittlerweile aus dem See geborgen hatten, auf über dreihundert angestiegen sei. Und es bestand kaum noch eine realistische Chance, Überlebende zu finden. Die Maschine war wie eine Bombe in den See gestürzt;

wer nicht beim Aufprall ums Leben gekommen oder kurz darauf ertrunken war, der mußte längst erfroren sein. Das Wasser war zu dieser Jahreszeit bereits eisig. Warstein wollte wieder abschalten – er hatte sein Soll an Katastrophenmeldungen für diesen Tag mehr als erfüllt –, aber plötzlich hörten sie etwas, das ihn veranlaßte, den Apparat lauter zu stellen.

»... soeben bekanntgibt«, sagte der Sprecher, »wurde der gesamte Luftraum über dem Tessin für den zivilen Luftverkehr gesperrt, bis die genauen Umstände der Katastrophe geklärt sind. Nach dem Ausfall der drei wichtigsten Schweizer Eisenbahnverbindungen ist somit auch die direkte Flugverbindung von Zürich nach Mailand lahmgelegt.«

»Drei?« sagten Angelika und Lohmann wie aus einem Munde.

»Drei«, bestätigte Warstein. Er war nicht überrascht. Das wäre er allenfalls gewesen, wäre dies nicht geschehen. »Das heißt, sie haben auch den Simplontunnel und die Strecke über Locarno endgültig dichtgemacht.«

»Aber wir haben die ganze Zeit Radio gehört!« protestierte Lohmann. »Sie hätten doch irgend etwas davon sagen müssen!«

»Wißt ihr, was das bedeutet?« fuhr Warstein ungerührt fort. »Das Gebiet um den Berg herum ist praktisch von der Außenwelt abgeschnitten. Etwas Besseres als diesen Flugzeugabsturz hätte sich Franke gar nicht wünschen können.«

»Es gibt immer noch Straßen«, sagte Angelika.

»Es gibt genau eine Straße«, verbesserte sie Warstein. »Und die führt am Ufer des Lago Maggiore entlang. Um wieviel wollen wir wetten, daß sie für den normalen Reiseverkehr gesperrt ist, um Platz für die Rettungstrupps zu machen?«

»Das kann er nicht machen«, behauptete Lohmann überzeugt. »Das hieße, die halbe Schweiz lahmzulegen!«

»Er kann, und er hat bereits«, sagte Warstein. »Und er würde noch viel mehr tun, wenn es nötig wäre.«

Lohmann wollte abermals widersprechen, aber er kam nicht dazu. Denn in diesem Moment ging der Himmel über ihnen in Flammen auf.

»Ja«, seufzte Franke, »ich denke, ich verstehe jetzt, was Sie meinen.«

Rogler sah den grauhaarigen Deutschen zwei Sekunden lang verwirrt an – so lange dauerte es nämlich, bis er verstand, was Franke meinte. Seine Bemerkung bezog sich auf ihr Gespräch am Morgen und den Besuch beim Stadtrat. Rogler hatte beides vollkommen vergessen, was angesichts dessen, was er heute erlebt und erfahren hatte, nun wirklich nicht überraschend war. Anders Franke. Er schien zu jenen Menschen zu gehören, die niemals irgend etwas vergaßen.

»Unglaublich!« Franke schüttelte ein paarmal den Kopf und warf Rogler dann einen fragenden Blick zu. »Wollen Sie nicht Ihrer Pflicht nachkommen und tun, worum man Sie gebeten hat?«

Der ironische Unterton in seinen Worten entging Rogler keineswegs; wahrscheinlich erwartete Franke gar nicht, daß er nun wirklich ausstieg und das tat, worum ihn die Stadtältesten gebeten hatten – aber nach einer Sekunde streckte er tatsächlich die Hand nach dem Türgriff aus und stieg aus dem Wagen.

Sie hatten fast eine Stunde gebraucht, um nach Ascona zurückzukommen – nicht einmal fünf Minuten mit dem Helikopter von Porera bis zu der Stelle kurz hinter der Stadtgrenze, an der der Wagen auf sie wartete, und die restliche Zeit für die wenigen Kilometer hierher. Der Verkehr lief nicht mehr schleppend, er war vollständig zusammengebrochen. Wahrscheinlich wären sie schneller zurück im Hotel gewesen, wenn sie zu Fuß gegangen wären.

Allerdings hatte Rogler selbst in diesem Punkt gewisse Zweifel, als er die dichtgedrängte Menschenmenge sah, die die Uferpromenade vor ihnen blockierte. Es mußten Hunderte sein, wenn nicht Tausende, die sich vor der niedrigen Mauer auf der anderen Straßenseite drängten, um einen Blick auf den See erhaschen zu können. Rogler empfand bei diesem Anblick nichts als eine Mischung aus Zorn und Verachtung. Franke hatte ihn über den Flugzeugabsturz informiert, und er vermutete, daß sich die Menge hier versammelt hatte, um einen Blick auf den Schauplatz der Katastrophe zu erhaschen, obwohl dieser Kilometer entfernt nahe dem gegenüberliegenden Ufer des Lago Maggiore lag und man wahrscheinlich von hier aus ohnehin nichts weiter als ein paar Lichter über dem Wasser erkennen konnte; wenn überhaupt. Er hatte Gaffer noch nie ausstehen können, und sein Beruf, der es mit sich brachte, daß er öfter als andere am Schauplatz von gewaltsamem Tod oder Zerstörung war, hatte dazu geführt, daß er sie regelrecht haßte.

Aber er erlebte eine Überraschung. Die Menschenmenge hatte sich nicht versammelt, um den Bergungsarbeiten zuzusehen. Was das anging, hatte er recht: Weit entfernt huschten die Reflexionen einiger Scheinwerfer über das Wasser, und irgendwo schien etwas zu brennen; aber das war auch alles, was man erkennen konnte. Sehr viel deutlicher hingegen konnte er sehen, was sich auf der anderen Seite der Mauer abspielte. Der Anblick war so absurd, daß Rogler mitten in der Bewegung innehielt und verblüfft die Augen aufriß.

Es dauerte eine geraume Weile, bis sich in Roglers Geist die Erkenntnis durchgesetzt hatte, daß das hier tatsächlich genau der Grund war, aus dem man ihn am Morgen ins Bürgermeisteramt zitiert hatte. Jenseits der Uferpromenade trennte ein schmaler, von wenigen gepflegten Bäumen bestandener Grasstreifen den See vom Land, auf dem sich Dutzende der bizarrsten Gestalten tummelten, die Rogler jemals zu Gesicht bekommen hatte. Die meisten waren in fremdartig anmutende, zum Teil schreiend bunte Gewänder gekleidet – Saris, Ponchos, Umhänge, Mäntel, Lendenschurze, Decken. Rogler sah so ziemlich alles, was er sich an Kleidung vorstellen konnte, nur nicht die hier übliche. Er sah asiatische Gesichter, indische und schwarze, er sah Indianer, Nordmänner und Aborigines, kurz: die Versammlung bot den Anblick einer Karnevalsgesellschaft, die sich zum Ziel gesetzt hatte, Zauberer, Schamanen und Magier darzustellen.

Nur, daß an dem Bild rein gar nichts komisch war.

Rogler empfand plötzlich ein Gefühl der Furcht, das er sich selbst nicht erklären konnte – und auch nicht wollte. Sich ihm zu nähern, hieße, sich seinem Grund zu nähern, und davor hatte er eine geradezu panische Angst. Der Anblick all dieser buntgekleideten Gestalten erfüllte ihn mit der Gewißheit bevorstehenden Unglücks; etwas, das schlimmer sein mochte als alles, was er sich bisher hatte vorstellen können. Und nach dem, was er heute erlebt hatte, konnte er sich eine ganze Menge vorstellen.

»Herr Hauptmann! Gut, daß Sie da sind!«

Rogler drehte sich halb herum und blickte in das Gesicht eines allerhöchstens zwanzigjährigen uniformierten Polizeibeamten, der sich umständlich und sichtbar nervös seinen Weg durch die Menschenmenge zu ihm bahnte. Erst jetzt bemerkte Rogler, daß er nicht allein war – ein gutes halbes Dutzend Beamter versuchte ebenso tapfer wie vergeblich, den Menschenauflauf aufzulösen oder die Menge wenigstens weit genug zurückzudrängen, daß es auf der Straße noch ein Durchkommen gab. Niemand leistete wirklich Widerstand, aber ihre Bemühungen blieben trotzdem ohne sichtbares Ergebnis. Selbst die wenigen, die tatsächlich versuchten, den Aufforderungen der Beamten zu folgen und die Straße zu räumen, hatten keine Chance, gegen den Druck der nachdrängenden Menge anzukommen.

»Was ist hier los?« fragte Rogler. Er deutete auf die Menschenmenge, dann auf die sonderbare Versammlung auf der anderen Seite. »Was tun die hier?«

Er ließ offen, auf wen sich diese Frage genau bezog, aber der Beamte antwortete trotzdem. »Ich weiß es nicht, Herr Hauptmann. Wir haben sie gefragt, aber sie reden nur unverständliches Zeug.«

Das war nicht ganz die Wahrheit. Rogler las in den Augen des Jungen, daß es eher unheimliches als unverständliches Zeug gewesen sein mochte; ganz davon abgesehen, daß dies ganz bestimmt nicht die Art von Antwort war, die er auf eine klar formulierte Frage erwartete. Aber er erinnerte sich noch zu gut an seine eigene Begegnung mit dem alten Aboriginal, um den scharfen Verweis, der jetzt eigentlich fällig gewesen wäre, nicht herunterzuschlucken.

Statt dessen drehte er sich wieder herum und sah erneut zu den versammelten Schamanen hin. Alles in allem mochten es an die hundert sein, vielleicht einige mehr oder weniger, die sich auf dem schmalen Parkstreifen versammelt hatten, um zu tun, was immer sie auch taten. Rogler konnte nicht erkennen, was es war, aber es war eindeutig, daß sie irgend etwas taten – und zwar gemeinsam. Einige Feuer brannten. Die Männer (Rogler registrierte beiläufig, daß es ausnahmslos Männer waren) standen oder saßen in kleinen Gruppen beisammen, aber niemand sprach, und fast niemand bewegte sich. Eine unbewußte Geste hier und da, ein flüchtiges Heben der Hand oder eine sachte Bewegung, um in eine bequemere Stellung zu wechseln, das war alles. Trotzdem gab es irgend etwas, was diese Männer verband. Etwas Gemeinsames war zwischen ihnen, das über alle noch so krassen Unterschiede hinwegreichte und sie fast zu einem einzigen, großen Etwas zu machen schien.

Die Vorstellung verwirrte Rogler, aber zugleich spürte er auch, daß es mehr als ein bloßer Gedanke war. Nicht zum ersten Mal, seit er hierhergekommen war und Franke und der Lauf der Dinge damit begonnen hatten, seine gewohnte Weltanschauung Stück für Stück zu demontieren, fühlte er diese Art von plötzlichem Wissen, das zugleich vage und so intensiv war, daß es keinerlei Zweifel zuließ. Das Gefühl als solches erschreckte ihn, aber es war zugleich berauschend, als hätte sich seinen Sinnen eine vollkommen neue, faszinierende Dimension eröffnet, so daß er Dinge wahrzunehmen und Zusammenhänge zu erkennen imstande war, von deren Existenz er bisher nicht einmal eine Ahnung gehabt hatte.

»Wie lange geht das schon so?« fragte er.

»Den halben Tag«, antwortete der Polizist. »Sie ... haben gegen Mittag angefangen, sich zusammenzurotten. Seither sitzen sie hier.«

Das Wort gefiel Rogler nicht, aber in diesem Moment sagte eine andere Stimme hinter ihm: »Wann präzise? Wissen Sie es nicht genauer?«

Als er sich herumdrehte, sah er Franke, der ihm gefolgt war und ihr kurzes Gespräch mit angehört hatte. Der Beamte sah den Deutschen fragend an und antwortete erst, als Rogler ihm mit einem angedeuteten Nicken zu verstehen gegeben hatte, daß es in Ordnung war.

»Ungefähr ... gegen eins. Genauer weiß ich es nicht, es tut mir leid.«

»Gegen eins?« Franke war nicht anzusehen, was ihm diese Erkenntnis brachte. Aber Rogler wußte es. Es konnte kein Zufall sein. Die Uhrzeit, die der Polizist genannt hatte, war exakt der Moment, in dem der Sturm begonnen hatte.

Er ging wieder einen Schritt weiter, dann blieb er stehen. Erst jetzt fiel ihm auf, daß kein Schaulustiger den Grasstreifen betreten hatte. Auf der anderen Seite der ohnehin nur symbolischen Mauer drängten sich buchstäblich Hunderte von Neugierigen, und Rogler hatte genug Erfahrung mit Menschen wie ihnen, um zu wissen, daß es normalerweise nur eine Frage der Zeit war, bis sich der erste vorwagte, um seine Sensationslust noch ein bißchen mehr zu befriedigen. Hier nicht. Unmittelbar vor der gemauerten Grenze schien es eine zweite, unsichtbare, aber viel unüberwindlichere Barriere zu geben.

»Haben Sie mit ihnen gesprochen?« fragte er.

Er kannte die Antwort, noch ehe der Beamte sie aussprach; stockend und ohne ihn direkt dabei anzusehen. »Wir haben sie ... angerufen«, sagte er ausweichend. »Ein paarmal.«

»Aber Sie waren nicht direkt dort«, stellte Rogler fest.

Der Polizist schwieg. Er sah verlegen aus, aber auch ängstlich. Rogler wußte nicht, ob es Furcht vor einem Verweis oder Furcht vor dem war, was er sah. Vermutlich beides.

»Es ist in Ordnung«, sagte er. »Ich erledige das.«

Er setzte sich erneut in Bewegung, aber etwas hinderte ihn. Es war kein körperlicher Widerstand; die unsichtbare Mauer war zugleich auch eine unfühlbare. Obgleich immateriell, die Barriere war unüberwindlich.

»Warten Sie!«

Rogler wäre so oder so stehengeblieben, doch nun wandte er sich wieder zu Franke um und sah ihn an. Der Deutsche stand einen Schritt hinter ihm. Er sah zu den Männer auf der anderen Seite der Mauer, und der Ausdruck auf seinem Gesicht verriet, daß auch er das Unheimliche spürte, das von ihnen ausging. Wahrscheinlich spürten es alle hier. Erst jetzt, aber dafür um so heftiger, fiel Rogler auf, wie still es war.

»Vielleicht sollten Sie . . . nicht stören«, sagte Franke nachdenklich.

Rogler zog überrascht die Augenbrauen hoch. Er hatte gar nicht vorgehabt, irgend etwas zu unternehmen. Ganz davon abgesehen, daß er es nicht konnte – was sollte er schon tun? All diese Männer wegen Erregung öffentlichen Ärgernisses festnehmen oder ihnen einen Strafzettel verpassen, weil sie in einem Park ein offenes Feuer angezündet hatten?

Seine Überraschung hatte einen anderen Grund. Er hatte schon mit einem sachten Erstaunen zur Kenntnis genommen, daß Franke ihm überhaupt gefolgt war, dies aber dann auf eine durchaus verständliche Neugier angesichts des Menschenauflaufes geschoben. Selbst Franke, den Rogler insgeheim für den mit Abstand unsensibelsten Menschen hielt, dem er seit langer Zeit begegnet war, hätte eigentlich merken müssen, daß er den Wagen hauptsächlich verlassen hatte, um einen Moment allein zu sein oder wenigstens an etwas anderes denken zu können. Daß Franke das nicht daran hinderte, ihm trotzdem zu folgen, hatte Rogler nur im allerersten Moment überrascht. Was ihn wirklich überraschte, war, daß Franke sich tatsächlich für das zu interessieren schien, was sich auf der anderen Seite der Mauer abspielte. Rogler hätte seinen rechten Arm darauf verwettet, daß Franke alles, was nicht wissenschaftlich zu beweisen war, mit einer ironischen Bemerkung abtun würde; falls er sich überhaupt dazu herabließ, es zur Kenntnis zu nehmen.

Aber vielleicht war ja seine Welt nicht die einzige, die zusammenzubrechen begann.

»Ich kann sowieso nichts tun«, antwortete er. Er sagte nicht warum. Wenn Franke die unsichtbare Grenze ebensowenig überschreiten konnte wie er, würde dieser es selbst merken. Wenn nicht, würde er sich nur blamieren.

Franke kam näher und blieb fast auf den Zentimeter genau an der imaginären Linie stehen, an der auch Rogler innegehalten hatte. Ein Ausdruck leiser Verblüffung erschien auf seinem Gesicht, aber er sagte nichts, sondern ließ seinen Blick nur von rechts nach links und wieder zurück über die unheimliche Versammlung wandern.

»Was um alles in der Welt tun die da?« murmelte er.

Er hatte sehr leise gesprochen, trotzdem hob plötzlich eine der Gestalten, die zusammengekauert an einem Feuer in der Nähe saß, den Kopf und sah in ihre Richtung. Einen Moment später stand sie auf.

Rogler fuhr leicht zusammen, als er erkannte, daß es der alte Aboriginal war, mit dem er selbst vor zwei Tagen gesprochen hatte. Ein zweiter Schamane schloß sich ihm an, als er sich umständlich erhob und mit kleinen, gemessenen Schritten, die mühsam und majestätisch wirkten, näher kam. Der zweite Mann war ein waschechter Indianer, wenn Rogler je einen gesehen hatte.

Seine Beunruhigung steigerte sich fast zur Panik, als er erkannte, daß die beiden tatsächlich direkt auf sie zusteuerten und nicht nur zufällig in ihre Richtung gingen.

Er erwartete ganz automatisch, daß der Aboriginal ihn wieder ansprechen würde, doch zu seinem Erstaunen war es Franke, an den sich der alte Mann wandte. Und zu seinem noch größeren Erstaunen zeigte Franke nicht eine Spur von Überraschung; nur einen neuerlichen Schrecken, den er nun nicht mehr verbergen konnte.

»Ich wußte, daß du kommst«, sagte der alte Mann.

Franke fuhr zusammen. Für eine Sekunde verlor er seine bisher so unerschütterliche Selbstbeherrschung, und in seinem Blick war plötzlich etwas Wildes. Dann hatte er sich wieder in der Gewalt – aber nicht mehr völlig. Es sollte ihm auch nicht wieder vollkommen gelingen.

»So?« sagte er nervös. »Dann wußten Sie mehr als ich.«

»Du kommst spät«, fuhr der Aboriginal fort. »Vielleicht zu spät.«

Franke trat nervös von einem Fuß auf den anderen. Rogler sah ihm an, wie unangenehm ihm die Situation war, aber er war nicht sicher, ob Franke vielleicht nur der Umstand nicht behagte, daß es Zeugen für dieses Gespräch gab.

»Ich verstehe gar nicht, wovon Sie sprechen«, antwortete Franke. »Wer sind Sie? Und was tun Sie hier, verdammt noch mal? Wir sind doch hier nicht auf einem Kirmesplatz. Ist Ihnen klar, daß Sie und Ihre sonderbaren Freunde die gesamte Stadt lahmgelegt haben?«

»Viele sind bereits gestorben«, fuhr der alte Mann fort. Er ignorierte Frankes Antworten einfach, so als hätte er sie gar nicht gehört.

»Gestorben? Wovon . . .« Franke brach ab. Für einen Moment ließ sein Blick den Alten los und suchte die Lichter, die in der Ferne noch immer hektisch über den See huschten. »Sie reden von dem Flugzeugabsturz«, sagte er dann. »Was haben Sie damit zu tun?«

»Der Moment ist nahe«, sagte der alte Mann. »Der Ring schließt sich. Die Zeit kehrt an ihren Ursprung zurück. Die Götter haben die Sterne gezählt, und alle Gedanken der Menschen sind gedacht.«

»Aha«, sagte Franke.

»Unsere Frist ist fast verstrichen«, sagte der Indianer. »Der Augenblick der Drei ist nahe. Seid ihr bereit?«

Das Gespräch begann absurd zu werden, fand Rogler. Franke auf der einen und die beiden Zauberer auf der anderen Seite schienen über vollkommen verschiedene Dinge zu reden – aber wieso hatte er plötzlich das Gefühl, daß sie sich nur in einer anderen Sprache unterhielten, in der die Worte zwar vertraut klangen, aber eine ganz andere Bedeutung hatten?

»Wieviel Zeit bleibt uns noch?« fragte Franke.

»Soviel, wie nötig ist«, antwortete der Aboriginal. »Nicht weniger, aber auch nicht mehr.« Er sah Franke sekundenlang wortlos und durchdringend an, dann drehte er sich herum und wollte wieder zu seinem Platz am Feuer gehen, doch Franke hielt ihn mit einer Geste zurück.

»Warten Sie«, bat er.

Tatsächlich blieben der Aboriginal und sein Begleiter noch einmal stehen und sahen Franke an.

»Bitte warten Sie«, sagte Franke noch einmal. »Ich . . . ich verstehe das alles nicht mehr. Was geht hier vor?«

»Du weißt es«, behauptete der Alte. »Du wußtest es von Anfang an. Erlaube dir selbst zu sehen, und du wirst begreifen. Aber du mußt dich beeilen. Das Tor hat sich geöffnet, durch das, was du getan hast.«

»Das Tor? Was soll das heißen?«

»Es beginnt«, sagte der Aboriginal. »Seht!«

Rogler sollte niemals endgültige Klarheit darüber gewinnen, ob es nun Zufall war oder sie in diesem Moment tatsächlich Zeugen des Wirkens von Kräften wurden, die sich ihrem Begreifen entzogen. Aber im gleichen Moment, in dem der alte Mann die Worte aussprach, glühte der Himmel über Ascona und dem See in einem unheimlichen, blaßgrünen Licht auf.

Ein vielstimmiger, erschrockener Schrei erhob sich aus der Menge, und wahrscheinlich brach hinter ihnen auch so etwas wie eine Panik aus, aber Rogler nahm von alledem kaum etwas wahr. Er stand wie gelähmt da und blickte mit einer Mischung aus Faszination und Entsetzen auf das, was sich über ihnen abspielte.

Grüne Irrlichter huschten über den Himmel, verfolgt von roten und orangefarbenen Flammen und wabernden Vorhängen aus leuchtendem Nebel, die bizarre Umrisse und Formen bildeten. Die Konturen der Berge waren in blaues Elmsfeuer gehüllt, und hier und da spannten sich dünne, aus nichts anderem als purem Licht bestehende Fäden zwischen Himmel und Erde wie das Netz einer riesigen Spinne, die damit begonnen hatte, den gesamten Erdball einzuweben. Der Regen hatte aufgehört. Die wenigen Wolken, die noch am Himmel waren, glühten unter einem inneren, vielfarbigen Licht.

»Phantastisch«, murmelte Angelika. »Das . . . das ist das Schönste, was ich jemals gesehen habe.«

Irgendwo, weit vor ihnen, ergoß sich eine Woge aus violetter Helligkeit über die schneebedeckte Flanke eines Berges. Schatten folgten ihr, dann wieder Licht, diesmal von einem anderen, unmöglich zu beschreibenden Farbton. Angelikas Augen leuchteten, während sie dem Spiel von Licht und Schatten folgten. Ihre Begeisterung war nicht gespielt, sondern echt.

Warstein machte dieses unglaubliche Naturschauspiel angst, auch wenn er seine ästhetische Schönheit durchaus zu würdigen wußte. Vielleicht, weil er als einziger wirklich wußte, was es bedeutete. Es hatte begonnen. Was immer es sein mochte.

»Fahren Sie weiter«, sagte er. Die Worte galten Lohmann, der wie Angelika seit Minuten reglos dasaß und die Lichter beobachtete, die über den Himmel huschten. Im ersten Moment glaubte er, der Journalist hätte sie gar nicht gehört, aber dann riß er sich – wenn auch mit sichtlicher Anstrengung – doch von dem Anblick los und wandte sich kurz zu Warstein um. Seine Begeisterung war nicht so deutlich wie die Angelikas; die Gefühle, die das Phänomen in ihm auslöste, schienen irgendwo in der Mitte zwischen denen Angelikas und Warsteins zu liegen. Warstein las Faszination in seinen Augen, aber auch eine Spur von Furcht.

»Was ist das?« fragte er. »So eine Art . . . Nordlicht?«

Kaum, dachte Warstein. Laut sagte er: »Ich weiß es nicht. Ich habe so etwas noch nie erlebt. Es gefällt mir nicht.«

»Aber es ist wunderschön!« protestierte Angelika.

»Das ändert nichts daran, daß es gefährlich sein könnte«, antwortete Warstein.

»Gefährlich?« Angelika lachte. »Wie kann etwas so Schönes gefährlich sein?«

»Auch ein Feuer bietet einen ästhetischen Anblick«, sagte Warstein. »Sogar eine Atomexplosion hat so etwas wie eine eigene Schönheit. Trotzdem ist sie gefährlich.«

»Das ist der dämlichste Vergleich, den ich jemals gehört habe«, sagte Angelika. Aber sie lachte dabei, und sie setzte die Diskussion auch nicht fort, sondern beugte sich vor, um den Himmel weiter im Auge zu behalten, als Lohmann losfuhr und der Wagen dem Gefälle der abwärts führenden Straße zu folgen begann.

Der Regen hatte aufgehört, aber sie kamen trotzdem nicht schneller vorwärts als bisher – die Straße war in weit schlechterem Zustand, als Warstein erwartet hatte, und ihr Tempo sank auf dem ersten Stück sogar noch weiter. Unter der trügerischen Schicht aus Morast und Schlamm lauerten tiefe Schlaglöcher und Risse, und mehr als einmal war die Straße überhaupt nicht mehr zu erkennen: der Fluß aus Morast, über den sie fuhren, ergoß sich einfach in einen See aus Schlamm, so daß sie keine andere Wahl hatten, als mit zusammengebissenen Zähnen und auf gut Glück weiterzufahren und darauf zu hoffen, daß sie die Fortsetzung der Straße auf der anderen Seite wiederfanden.

Auch das Licht half ihnen nicht, sondern erwies sich schon fast als weiteres Hindernis. Es war zwar deutlich heller geworden, doch die ständig wechselnden Farben und das verwirrende Spiel von Licht und Schatten machte es manchmal fast unmöglich, den Weg zu erkennen. In dem stroboskopischen Licht schienen Bäume und Felsen zu unheimlichem eigenem Leben zu erwachen, und manchmal glaubte Warstein, eine Bewegung hinter der Wirklichkeit zu erkennen, als versuche etwas aus der Welt der Schatten in die Welt der Dinge zu gelangen. Es war ein Gefühl, das nicht nur unheimlich war, sondern ihm auch auf unangenehme Weise bekannt erschien, obwohl er nicht wußte, woher.

Für eine Weile fuhren sie schweigend weiter dahin; Angelika noch immer vollkommen fasziniert von dem phantastischen Anblick, Warstein noch immer besorgt und dicht an der Schwelle zu wirklicher Angst und Lohmann zu sehr damit beschäftigt, den Wagen unter Kontrolle zu halten, um überhaupt etwas zu empfinden.

»Wer hat eigentlich das Radio ausgeschaltet?« fragte Lohmann plötzlich. »Vielleicht sagen sie ja irgend etwas über diese . . . Lichter. Macht wieder lauter.«

Niemand hatte das Radio aus- oder leiser gestellt, da war Warstein ganz sicher. Trotzdem beugte er sich vor und drehte am

Lautstärkeregler. Nichts geschah. Das Gerät war eindeutig an. Die grüne Hintergrundbeleuchtung des Displays brannte, aber aus den Lautsprechern drang nicht der leiseste Ton. Nicht einmal statisches Rauschen.

»Kaputt?« fragte Lohmann.

Warstein zuckte die Achseln. »Vielleicht liegt es an diesem ... Phänomen«, sagte er ohne echte Überzeugung. Die Lichter am Himmel waren ganz bestimmt nicht der Grund für den Ausfall des Radios. Das Gerät war eindeutig tot.

»Da vorne ist etwas«, sagte Lohmann plötzlich. Er nahm die Hände nicht vom Lenkrad, sondern deutete mit einer Kopfbewegung nach vorne. Offensichtlich verfügte er über bessere Augen als Warstein, denn es dauerte noch einige Sekunden, bis auch er sah, was Lohmanns Aufmerksamkeit erregt hatte.

Als er das letzte Mal hier gewesen war, hatte die Straße zwar in zahllosen Windungen und Kehren, aber ohne Unterbrechung ins Tal hinabgeführt. Jetzt war sie gesperrt. Zu beiden Seiten der Fahrbahn erhob sich ein gut zwei Meter hoher Maschendrahtzaun, in den ein massives Gittertor eingelassen war. Dünne, blaue und grüne Linien aus Licht zeichneten einen Teil des Gitters nach, so daß Warstein und die anderen im ersten Moment annahmen, der Zaun stünde unter Strom. Aber dann sahen sie, daß auch auf dem Boden und in den Ästen der näherstehenden Bäume blaue Elmsfeuer tanzten. Sie näherten sich dem Ende des Regenbogens. Das Feuerwerk aus Farben und Licht, das sie bisher nur aus der Ferne beobachtet hatten, war nun rings um sie herum.

Trotzdem hielt Lohmann den Wagen in respektvollem Abstand zu dem Gitterzaun an. Er stieg nicht sofort aus, sondern blickte lange und aufmerksam in die irrlichternde Dunkelheit beiderseits der Straße und dann mit unübersehbarer Sorge auf den Zaun.

»Der ist neu, nicht?« sagte er.

Warstein nickte. Zögernd öffnete er die Tür, stieg aus und sank fast bis über die Knöchel in den Schlamm ein, in dem sie angehalten hatten. Es war kalt und die Luft so feucht, daß Warstein im allerersten Moment glaubte, der Regen hätte noch gar nicht aufgehört.

Lohmann stieg auf der anderen Seite aus und gestikulierte Angelika zu, im Wagen zu bleiben. »Warten Sie hier«, sagte er. »Warstein und ich sehen nach, was da vorgeht.«

Vorsichtig näherten sie sich dem Tor. Blaue Funken und winzige Lichtblitze huschten über das Gitterwerk, und in der Luft lag ein schwacher Ozongeruch. Lohmann hob warnend die Hand, zog einen Kugelschreiber aus der Tasche und warf ihn gegen die Stäbe. Nichts geschah. Lohmann tauschte einen fragenden Blick mit Warstein, zuckte die Achseln – und schloß die Hand mit festem Griff um einen der Gitterstäbe.

»So viel also zum Thema Vorsicht«, sagte Warstein.

»Irgendwie müssen wir ja schließlich herausfinden, ob der Zaun unter Strom steht oder nicht«, antwortete Lohmann. Er grinste, aber das Zittern in seiner Stimme verriet seine Erleichterung. Vielleicht war dies doch eine von den Ideen gewesen, die wirklich nur auf den allerersten Blick gut aussahen.

»Eine ziemlich eigenwillige Methode, das herauszufinden«, sagte Warstein dann auch.

»Aber auch eine sehr effektive«, behauptete Lohmann. »Sie führt immer zum Erfolg. Und wenn nicht, interessiert es einen hinterher nicht mehr.« Er hob auch die andere Hand ans Gitter, rüttelte mit aller Kraft daran und wäre um ein Haar gestürzt, als die beiden Torflügel quietschend aufschwangen. Sekundenlang kämpfte er hektisch um sein Gleichgewicht. Diesmal war es Warsteins Gesicht, auf dem sich ein schadenfrohes Grinsen ausbreitete.

»Sieht so aus, als wäre es offen. Ich möchte wissen, warum sich jemand die Mühe macht, ein solches Tor hierhin zu setzen, um es dann nicht abzuschließen«, sagte Warstein. Er trat ein Stück von der Straße herunter und folgte dem Zaun mit Blicken, bis er in der Dunkelheit verschwand.

»Es scheint, als hätten sie die ganze Gegend eingezäunt«, murmelte Lohmann. Er schüttelte verblüfft den Kopf. »Aber warum?«

Warstein machte eine hilflose Geste. »Es gibt im Umkreis von zweihundert Kilometern absolut nichts, was man einzäunen müßte.«

»Außer einem bestimmten Berg«, fügte Lohmann hinzu.

»Seien Sie nicht albern«, sagte Warstein ohne rechte Überzeugung. »Wer sollte einen Berg einzäunen?«

Angelika stieg aus dem Wagen und gesellte sich zu ihnen. Offenbar hatte sie einen Teil der Unterhaltung mitangehört, denn sie deutete nach links, auf einen senkrechten Schatten vier oder fünf Meter vor dem Zaun. Warstein hatte ihn für einen Baum gehalten, aber in Wirklichkeit war es ein rostiger Metallpfeiler, an dem ein rechteckiges Schild befestigt war, das in leuchtenden Farben und drei Sprachen verkündete:

QUARANTÄNEGEBIET
BETRETEN VERBOTEN! LEBENSGEFAHR!

»Quarantäne?« Lohmann runzelte verblüfft die Stirn. »Was ist denn das jetzt wieder für ein Unsinn?«

»Vielleicht ist eine ansteckende Krankheit ausgebrochen«, vermutete Angelika.

»Seit wann ist Paranoia ansteckend?« maulte Lohmann. Er schüttelte entschieden den Kopf. »Unmöglich. Von etwas, das schlimm genug ist, daß sie einen ganzen Landstrich abriegeln, hätte ich gehört. Die Geschichte stinkt zum Himmel!« Er versetzte dem Schild einen Tritt, der unerwartete Folgen hatte. Der ganze Pfahl zitterte, und nur einen Moment später fiel die Blechtafel in den Morast. Lohmann riß erstaunt die Augen auf, bückte sich danach und untersuchte sie eingehend.

»Vollkommen verrostet«, sagte er. »Eigentlich ist es schon fast ein Wunder, daß es nicht längst heruntergefallen ist.«

»Drei Jahre sind eine lange Zeit«, sagte Warstein.

»Das Ding hängt nicht seit drei Jahren hier«, behauptete Lohmann. Er deutete auf die untere rechte Ecke des Schildes, in der ein Datum zu lesen stand. »Keine drei Monate alt«, sagte er. »Aber es sieht aus, als ob es seit vierzig Jahren hier hängt.« Er schwenkte die Blechtafel hin und her – und sie zerfiel praktisch unter seinen Fingern zu rostigen Krümeln. Verblüfft ließ er die Überreste fallen. »Aber das ist . . .«

». . . wirklich nichts, was im Moment wichtig wäre«, unterbrach ihn Angelika. Sie deutete auf den Zaun. »Macht das Tor auf. Ich fahre den Wagen hindurch.«

Während sie zum Wagen zurückging, versuchten Warstein und Lohmann mit vereinten Kräften, die beiden Torflügel weiter aufzudrücken. Wenn man bedachte, daß Lohmann beinahe hindurchgefallen wäre, ging es jetzt erstaunlich schwer. Warstein mußte sich mit seinem gesamten Körpergewicht gegen den Torflügel stemmen, um ihn zu bewegen, und die ganze Konstruktion quietschte und knarrte so laut, daß man es eigentlich noch auf der anderen Seite des Berges hätte hören müssen.

Schwer atmend trat er zurück und betrachtete das Tor aufmerksam, während Angelika den Wagen durch die Lücke bugsierte. Die kleinfingerdicken Gitterstäbe waren vollkommen verrostet, und die Angeln boten einen Anblick, bei dem sich Warstein unwillkürlich fragte, wieso die gesamte Konstruktion nicht schon längst unter ihrem eigenen Gewicht zusammengebrochen war. Und noch etwas war seltsam – und beunruhigend: er war ziemlich sicher, daß sich ihnen der Zaun vorhin noch nicht in einem so schlechten Zustand dargeboten hatte.

Angelika brachte den Wagen einige Meter hinter dem Tor zum Stehen und stieß die Beifahrertür auf, ohne den Platz hinter dem Steuer zu räumen. Lohmann folgte der unausgesprochenen Einladung. Er ging um den Wagen herum, statt auf der Fahrerseite wieder einzusteigen. Vermutlich war er insgeheim froh, am Steuer abgelöst zu werden. Die letzten Stunden waren sehr anstrengend gewesen.

Nicht nur wegen der Kälte war Warstein erleichtert, wieder im Wagen zu sein. Er fühlte sich mit jedem Moment unbehaglicher. Die Lichter am Himmel waren nur der Anfang. Irgend etwas würde geschehen. Bald. Vielleicht geschah es schon jetzt.

»Wie weit ist es noch?« fragte Lohmann.

»Eine Stunde«, antwortete Warstein. »Ungefähr. Wenn kein weiteres Hindernis auftaucht.«

»Oder eine andere Überraschung«, fügte Lohmann hinzu. Sein Blick wanderte unstet hin und her und versuchte, die Dunkelheit jenseits des Weges zu durchdringen. Er wirkte sehr nervös.

»Bis jetzt hat noch niemand versucht, uns aufzuhalten«, sagte Angelika.

»Genau das macht mich nervös«, erwiderte Lohmann. »Irgend jemand hat sich verdammt viel Mühe gegeben, unerwünschte Besucher fernzuhalten. Und jetzt läßt man uns einfach so mir nichts dir nichts durch?« Er schüttelte den Kopf und versuchte, ein möglichst grimmiges Gesicht zu machen. »Da stimmt doch was nicht.«

Zumindest in diesem Punkt war Warstein mit ihm einer Meinung. Es fiel ihm noch immer schwer, tatsächlich zu glauben, daß jemand diesen ganzen Teil des Gebirges abgesperrt haben sollte, um irgend etwas vor dem Rest der Welt geheimzuhalten.

»Da vorne!« sagte Lohmann plötzlich. Er deutete auf einen Punkt rechts von der Fahrbahn, und diesmal sah auch Warstein sofort, was er entdeckt hatte. Vor ihnen stand ein verlassener Wagen. Er war mit dem rechten Vorderrad von der Fahrbahn abgekommen und offenbar hoffnungslos in den aufgeweichten Boden eingesunken, denn von einem Fahrer war weit und breit keine Spur zu entdecken. Es war auch nicht irgendein Wagen, sondern ein dunkelgrün lackierter Militärjeep mit einem schwarzen Stoffdach. Und noch etwas war seltsam: er hatte weder ein Nummernschild noch ein Nationalitätskennzeichen. Lohmann und Warstein tauschten einen vielsagenden Blick und stiegen aus, während Angelika auch diesmal wieder zurückblieb. Ihrem angespannten Ausdruck nach zu schließen, schien ihr der Anblick des verlassenen Wagens ebensowenig zu behagen wie den beiden Männern.

Vorsichtig näherten sie sich dem Jeep. Lohmann blickte immer wieder nach rechts und links, während Warstein den Wagen in weitem Abstand umging. Er sah jetzt, warum er wirklich verlassen worden war. Das Rad war nicht einfach im Schlamm eingesunken, es war abgebrochen.

»Unheimlich«, murmelte Lohmann. Er kam langsam näher und betrachtete den Wagen genauer, wagte es aber aus irgendeinem Grund nicht, ihn zu berühren. Als er auch nach einer geraumen Weile noch keine Anstalten machte, von sich aus weiterzusprechen, tat ihm Warstein schließlich den Gefallen und reagierte auf sein Stichwort.

»Was ist unheimlich?«

Der Journalist deutete auf das abgebrochene Rad. »Das hätte nicht passieren dürfen«, behauptete er. »Diese Fahrzeuge sind für unwegsames Gelände gebaut. Sie gehen nicht einfach kaputt, wenn sie in ein Schlagloch geraten.«

Das klang einleuchtend – zumal Warstein jetzt auffiel, in welch desolatem Zustand sich das ganze Fahrzeug befand. Der Lack war überall abgeblättert, darunter kam rotbrauner, poröser Rost zum Vorschein. Die Frontscheibe war gesplittert, und das Stoffdach hing in Fetzen.

»Das war gerade noch nicht«, behauptete Lohmann. Er klang sehr erschrocken.

»Was?« fragte Warstein. Er wußte genau, was der Journalist meinte.

»Der Wagen«, antwortete Lohmann nervös. »Das Dach, die Scheibe und . . . und alles. Er war gerade noch nicht in einem so schlechten Zustand.«

»Vielleicht haben wir ein bißchen zu lange hier gestanden?« fragte Warstein. Er brachte nicht einmal die Kraft auf zu lächeln, und Lohmann reagierte auch nicht auf seine Worte. Er streckte die Hand nach dem Wagen aus, zog sie aber auch diesmal wieder zurück, ohne ihn berührt zu haben.

»Verschwinden wir.«

Warstein wandte sich zum Wagen um – blieb aber abrupt stehen, noch ehe er den ersten Schritt getan hatte.

Nur wenige Meter vor ihnen war ein flackerndes, hellgrünes Licht erschienen. Es hatte keine bestimmte Form, aber auf eine schwer zu definierende Art Substanz – und es erfüllte Warstein mit einem vagen Gefühl von Gefahr, als spüre etwas in ihm, daß dieses Licht nicht so harmlos war, wie es den Anschein machen wollte.

»Was um alles in der Welt ist denn das?« murmelte Lohmann. Auch er war stehengeblieben, doch Warstein konnte ihn nur noch als verschwommenen Schemen in einem Meer von Helligkeit erkennen.

Vielleicht nichts aus dieser Welt, dachte Warstein. Laut sagte er: »Ich weiß es nicht. Aber wir sollten besser . . . vorsichtig sein.«

Das Geräusch der Wagentür ließ ihn aufsehen. Angelika kam mit schnellen Schritten auf sie zu. Warstein wollte ihr eine Warnung zurufen, hielt jedoch inne, als er den Ausdruck auf ihrem Gesicht gewahrte.

Angelikas Augen leuchteten. Seit die Farben und Lichter begonnen hatten, den Himmel zu überfluten, hatte sie sich keine Mühe gegeben, ihre Begeisterung für die Erscheinung zu verhehlen. Jetzt aber wirkte sie regelrecht verzückt.

Zwei Schritte vor Warstein blieb sie stehen, wenn auch nur, weil er ihr mit ausgebreiteten Armen den Weg vertrat. »Was ist das?« flüsterte sie. »Das . . . das ist wunderschön!«

Wunderschön? Warstein blickte zweifelnd in den Bereich flackernder Helligkeit hinein. Das Licht war eigenartig, und auf eine gewisse Weise auch faszinierend – aber es bot nicht einmal einen ästhetischen Anblick. Und es war ganz gewiß nicht wunderschön.

»Geh nicht zu dicht heran«, sagte er warnend. »Es könnte gefährlich sein.«

»Gefährlich?« Angelika lachte. »Unsinn! Es ist nicht gefährlich.« Sie schob Warsteins Hände beiseite und trat mit einem so entschlossenen Schritt an ihm vorbei, daß er es nicht wagte, sie noch einmal aufzuhalten. Ihre Gestalt bekam eine blaß leuchtende Aura, als sie in das Licht hineintrat. Warstein atmete vorsichtig auf.

»Das ist . . . phantastisch!« sagte Angelika. Sie hob die Hand und winkte Warstein zu, ihr zu folgen, sah aber nicht einmal zu ihm zurück, sondern starrte unverwandt ins Zentrum des Leuchtens hinein. Warstein fragte sich, ob sie dort möglicherweise etwas anderes sah als er.

»Kommen Sie zurück!« sagte Lohmann scharf. »Wir haben keine Zeit für solche Spielereien!«

Angelika schien seine Worte gar nicht zu hören. Sie hatte die Arme ausgestreckt und die Handflächen in einer bewundernden Geste nach oben gedreht. Auf ihrem Gesicht lag ein Ausdruck höchster Verzückung, zugleich aber auch tiefsten Friedens. Sie begann leise, die Melodie zu summen, die Warstein schon ein paarmal gehört hatte.

»Was soll das?« fragte Lohmann.

Warstein brachte ihn mit einer Geste zum Schweigen. Etwas an dem Leuchten hatte sich verändert. Es war intensiver geworden, und zugleich auch sehr viel heller, so daß es ihm beinahe unmöglich wurde, Angelika weiter anzusehen. Aber das war nicht die einzige Veränderung.

Bisher hatte das Licht Warstein erschreckt, ja, ihm fast angst gemacht. Jetzt plötzlich erfüllte es ihn mit einem Empfinden tiefster Ruhe und eines sanften, warmen Friedens. Das Gefühl war schwer in Worte zu kleiden, aber zu intensiv, um zufälliger Natur zu sein, und zu fremdartig, um aus ihm selbst zu stammen. Er fühlte sich auf sonderbare Weise zugleich frei wie auch eins mit allen Dingen in seiner Umgebung. Der Boden, auf dem er stand, die Büsche und Bäume, ja, selbst die Luft und die Dunkelheit, die ihn umgaben, waren plötzlich zu winzigen Teilen eines allumfassenden Ganzen geworden, zu dem auch er und die beiden anderen gehörten, unwichtig und trotzdem unersetzliche Teile einer größeren Ordnung, die er bisher nicht einmal erkannt hatte, obwohl sie seit Anbeginn der Zeit existierte. Für einen kurzen Moment sah Warstein alles mit phantastischer Klarheit, als begriffe er zum ersten Mal im Leben die wirkliche Ordnung der Welt, das große, gewaltige Muster, dem sie gehorchte und dessen Teil sie war, und auch die Rolle, die er selbst und jeder einzelne Mensch darin spielte. Ein Gefühl tiefen Friedens ging mit diesem Begreifen einher.

»O mein Gott, ist das schön!« sagte Angelika. »Kommt her! Seht es euch an!«

Warsteins Unbehagen war spurlos verschwunden. Er fühlte sich frei und von etwas erfüllt, von dem er bisher nicht einmal gewußt hatte, daß es existierte, obwohl es die ganze Zeit über in ihm gewesen war. Ohne zu zögern, folgte er Angelika in das Licht hinein.

Sie blickte noch immer auf jenen imaginären Punkt im Herzen des Leuchtens. Warstein trat ganz dicht hinter sie – und dann, ganz plötzlich, sah auch er etwas. Im allerersten Moment konnte er nicht einmal sagen, was. Schatten schwammen in der Helligkeit, unfertige Umrisse und ungeborene Dinge, die sich seinem menschlichen Begreifen gerade weit genug entzogen, um ihr wahres Aussehen erahnen zu können, ohne es wirklich zu sehen.

»Was ist das?« fragte Angelika. Sie hob die Hand, und eine winzige orangerote Sonne glitt aus dem Licht heraus und begann ihre Finger zu umtanzen. Angelika lachte. Sie versuchte nach dem Lichtpunkt zu greifen, aber er glitt immer wieder im letzten Moment zwischen ihren Fingern hindurch, fast als spiele er mit ihr.

»Die andere Seite«, sagte Angelika. »Sie kommen von drüben, nicht wahr? Von der anderen Seite des Tores.«

Warstein wußte es nicht. Vielleicht war es so, vielleicht war die Erklärung auch vollkommen anders. Es spielte keine Rolle. Er wußte nur, daß – wenn es wirklich das war, was auf der anderen Seite des Tores lag – es keinen Grund mehr gab, dagegen anzukämpfen. Eine nie gekannte Leichtigkeit und Freude breitete sich in ihm aus. Plötzlich waren alle Probleme unwichtig. Wie Angelika hob er die Hand und streckte sie nach den Lichtpunkten aus, die wie Schwärme winziger leuchtender Fische in einem Ozean aus Licht vor ihnen schwammen. Er hatte nicht damit gerechnet, etwas zu fühlen, aber er spürte ein leises, angenehmes Kribbeln wie einen ganz schwachen elektrischen Fluß. Angelika hatte recht: diese Erscheinung war faszinierend und unbeschreiblich schön. Zu schön, um gefährlich sein zu können. Was sie umgab, das war purer, gestaltgewordener Friede.

»Was zum Teufel tut ihr da eigentlich?« Lohmanns Stimme drang unangenehm und fast bedrohlich in seine Gedanken, ein störender Faktor, den er ignorieren wollte, aber nicht vollends konnte. »Kommt sofort da raus!«

»Es ist nicht gefährlich«, antwortete Warstein. »Kommen Sie!«

»Er hat recht«, fügte Angelika hinzu. »Kommen Sie her. Es ist wunderschön!«

»Ihr seid ja verrückt!« sagte Lohmann. »Alle beide. Kommt sofort zurück. Verdammt noch mal, wir haben keine Zeit für diesen Kinderkram!« Trotzdem zögerte er nur noch einen kurzen Moment, ehe auch er in den Bereich des Leuchtens hineintrat. Winzige blaue Blitze umspielten seine Gestalt, und Warstein sah, wie sich sein Haar knisternd aufstellte. Ein überraschter Ausdruck erschien auf seinem Gesicht.

»Was ist denn das?« murmelte er.

»Nichts«, antwortete Warstein lachend. »Nichts, was Sie fürchten müßten.« Er streckte die Hand nach dem wirbelnden Schwarm aus und spürte wieder jenes sanfte Kribbeln, das diesmal seinen ganzen Arm hinauflief – und als plötzlicher, heißer Schmerz in seiner Schulter explodierte. Warstein prallte mit einem Schrei zurück und umklammerte seine Hand.

»Was hast du?« fragte Angelika.

Warstein war viel zu schockiert, um zu antworten. Der Schmerz war nicht einmal das Schlimmste. Er war heftig, aber zu kurz gewesen, um ihn richtig zu fühlen. Es hätte diesen Schmerz nicht geben dürfen; nicht in dem Universum aus Frieden, zu dem dieses Licht gehörte.

Behutsam streckte er die Hand abermals nach dem tanzenden Sternenschwarm aus. Diesmal kam der Schmerz sofort. Er traf ihn nicht so heftig wie beim ersten Mal, vielleicht weil er darauf vorbereitet war. Trotzdem erschrak er bis ins Innerste.

»Ja, vielleicht haben Sie recht«, sagte er, an Lohmann gewandt, aber ohne den Blick vom Herzen des pulsierenden Lichtes zu lösen. »Wir sollten weiterfahren.« Er berührte Angelika an der Schulter, um sie mit sich zu ziehen.

Das Licht veränderte sich. Es wurde weder intensiver, noch änderte sich etwas an seiner Farbe oder dem Rhythmus seines Pulsierens, aber es wirkte plötzlich nicht mehr sanft und beschützend, sondern kalt, hart und auf eine beunruhigende Weise anders.

»Kommt weg von hier!« sagte Lohmann. »Schnell!« Er klang nervös. Es gelang Warstein nicht mehr, sich nicht von seiner Nervosität anstecken zu lassen. Er wich einen Schritt zurück und wollte Angelika mit sich ziehen, aber sie widersetzte sich ihm.

»Nein«, sagte sie. »Ich möchte noch bleiben.«

Das Licht flackerte. Seine Farbe wechselte von sanftem Grün zu einem kalten, stechenden Blau. Aus dem pulsierenden Herz in seinem Zentrum wurde ein klaffender Riß, aus dem statt winziger leuchtender Sterne nun formlose Schatten quollen, gestaltlose Schemen von beunruhigender Farbe und furchteinflößender Bewegung. Alles war anders. Aus Licht wurde Schatten, aus Frieden Furcht. Plötzlich erfüllte ihn das Leuchten nicht mehr mit Freude, sondern mit Angst. Mit einem erschrockenen Keuchen ließ er Angelikas Arm los und taumelte zurück.

Einer der winzigen Sterne folgte ihm. Sein Licht war plötzlich heiß, und als er seinen Arm berührte, schlugen Funken aus dem Stoff seiner Jacke. Einen Moment später stieg beißender Rauch auf, und dann spürte er einen brennenden Schmerz, so intensiv, als hätte er rotglühendes Eisen berührt.

Auch Angelika schrie auf und wandte sich zur Flucht. Rings um sie herum brodelte Schwärze, wo vor einer Sekunde noch Licht gewesen war. Das Tor zum Paradies hinter ihr war zu einer klaffenden Wunde geworden, aus der gestaltlose, schreckliche Dinge krochen, Monstrositäten, die Warstein nicht erkennen konnte, ja, nicht einmal erkennen wollte, wollte er nicht Gefahr laufen, den Verstand zu verlieren.

Immer mehr und mehr der glühenden Lichter senkten sich auf ihn herab. Warstein taumelte blind vor Angst und Schmerz auf den Wagen zu. Auch er war von wirbelnden Feuerbällen umgeben, die sich in den Lack brannten, die Scheiben schwärzten und übelriechenden Rauch aus den Reifen aufsteigen ließen.

Er zerrte verzweifelt an der Tür, riß sie auf und stürzte in den Wagen. Ein paar Funken wirbelten mit ihm herein, brannten fingernagelgroße Löcher in den Kunststoff des Armaturenbrettes und setzten an drei oder vier Stellen zugleich die Polster in Brand. Warstein schlug die Flammen mit bloßen Händen aus, startete den Motor und fuhr los.

Er konnte kaum etwas sehen. Das Licht war so grell geworden, daß ihm die Tränen in die Augen stiegen. Dazu kam, daß der Wagen sich auf dem schlammigen Untergrund kaum noch lenken ließ. Das Steuer bockte und ruckte so wild unter seinen Händen, daß Warstein seine ganze Kraft aufbieten mußte, um es überhaupt festzuhalten.

Ein Schatten tauchte inmitten des Chaos vor der Windschutzscheibe auf. Warstein trat hart auf die Bremse und brachte den Wagen mit einem Ruck zum Stehen, der ihn fast auf das Lenkrad hinaufschleuderte. Die Beifahrertür wurde aufgerissen, und Angelika kletterte herein.

Warstein erschrak, als er sie sah. Ihr Haar und ihre Kleider schwelten, und auf ihrer Wange prangte eine gewaltige Brandblase. Ihr Gesicht war eine Maske blanken Entsetzens. Ihr rechter Arm schien ernsthaft verletzt zu sein, denn sie benutzte ihn nicht, als sie hereinstieg, sondern preßte ihn eng an den Körper. Trotzdem schüttelte sie den Kopf, als Warstein herübergreifen und ihr helfen wollte.

»Lohmann«, sagte sie hastig. »Er ist dort draußen irgendwo. Rechts.«

Warstein gab viel zu hastig Gas. Die Reifen wühlten in dem weichen Schlamm, und der Wagen begann wild hin und her zu schlingern, ohne nennenswert von der Stelle zu kommen. Dann bewegte er sich prompt in die falsche Richtung: direkt auf das Zentrum des Leuchtens zu. Warstein kurbelte verzweifelt am Lenkrad, trat abwechselnd auf Kupplung, Bremspedal und Gas – und registrierte die Bewegung auf der anderen Seite der Windschutzscheibe einen Sekundenbruchteil zu spät.

Etwas prallte mit einem dumpfen Knall gegen den Wagen, und Warstein glaubte einen krächzenden Schrei zu hören. Ein Schatten wirbelte davon und stürzte zu Boden. Er war sicher, Lohmann überfahren zu haben.

Aber er täuschte sich. Noch während er entsetzt nach draußen starrte und die Stelle auszumachen versuchte, an der der Schatten zu Boden gestürzt war, wurde die Tür neben Angelika aufgerissen, und Lohmann zog sich in den Wagen herein.

»Fahr los!« kreischte er. »Fahr! Schnell!« Seine Stimme schnappte fast über, und er bot einen fast noch schlimmeren Anblick als Angelika zuvor. Er war völlig verdreckt und blutete aus einem halben Dutzend Wunden.

Warstein sah ihn kaum. Lohmann hatte die Tür offengelassen, und hinter ihm . . . war etwas. Warstein konnte nicht sagen, was es war, weder jetzt noch zu irgendeinem anderen Zeitpunkt, wenn er sich an diese Sekunden zu erinnern versuchte. Es war ein Etwas, eine grauenhafte, blasphemische Kreatur, die aus der Dimension des Wahnsinns in eine zerbröckelnde Wirklichkeit herübergekrochen war und sich dem Wagen näherte, ein schwarzes, abstoßendes Ding ohne wirklichen Körper oder feste Umrisse, das sie aber töten würde, einfach dadurch, daß es da war.

Warstein trat das Gaspedal bis zum Anschlag durch, und diesmal griffen die Reifen.

15

IN ROGLERS AUGEN WAR ES SCHON MEHR ALS EIN kleines Wunder, daß die Panik keine Menschenleben gefordert hatte. Es hatte nicht einmal lange gedauert. Auch wenn es ihm – während es geschah – so vorkam, als hätte sich die Uferpromenade für Stunden in einen Hexenkessel aus Schreien, Lärm, durcheinanderstürzenden Menschen und kämpfenden Körpern verwandelt, so vergingen doch in Wahrheit nur Minuten, bis die Menschen begriffen, daß die Lichter am Himmel keine Gefahr bedeuteten. Aber diese wenigen Minuten waren die Hölle.

Die letzten Augenblicke bekam er gar nicht mehr richtig mit. Er war von der Menge gegen die Mauer gedrängt und schließlich zu Boden geworfen worden, und als er wieder halbwegs frei atmen und klar denken konnte, war das Schlimmste vorüber. Die Straße war noch immer voller Menschen, und Rogler registrierte voller Schrecken, daß viele davon am Boden lagen und sich vor Schmerz krümmten, aber der Großteil der Menge hatte sich zerstreut. Die Zurückgebliebenen kümmerten sich um die Verletzten oder standen einfach da und starrten in den Himmel hinauf.

Über das Firmament jagten Farben und leuchtend bunte, konturlose Schemen, Wolken aus purem Licht und flimmernde Gebilde aus reiner, leuchtender Energie, die in rasendem Wechsel ebenso schnell vergingen, wie sie entstanden, und wieder neu erschienen. Der Anblick war auf unmöglich in Worte zu fassende Weise faszinierend und erschreckend zugleich. Er erfüllte Rogler gleichermaßen mit einem Gefühl tiefen, allumfassenden Friedens wie auch bodenlosen Entsetzens, als wäre in dem, was sich dort über ihnen abspielte, die ganze Bandbreite möglicher Empfindungen vorhanden, bereit, jedem das zu geben, was er darin sehen wollte.

Nur mit Mühe gelang es ihm, sich von dem Anblick zu lösen und seine Aufmerksamkeit wieder dem zuzuwenden, was rings um ihn herum vorging.

Das Bild auf der Straße hatte sich nicht verändert – ebensowenig wie das auf der anderen Seite der Mauer. Die Männer dort standen und saßen noch immer reglos beieinander oder taten, wozu auch immer sie gekommen waren. Für sie schienen die Phänomene dort oben am Himmel gar nicht zu existieren.

Er hielt nach Franke Ausschau und entdeckte ihn bei seinem Wagen. Franke stand halb ins Innere des Fahrzeugs gebeugt da und telefonierte, wobei er heftig mit der freien Hand herumfuchtelte. Rogler konnte sein Gesicht nicht erkennen, weil er mit dem Rücken zu ihm stand, aber er wirkte sehr angespannt. Nach einem letzten Moment des Zögerns ging Rogler auf ihn zu. Zu seiner Überraschung begrüßte ihn Franke mit einem flüchtigen Lächeln, telefonierte jedoch noch gute zwei oder drei Minuten weiter, ehe er endlich einhängte.

»Was halten Sie davon?« fragte er.

Rogler sah kurz zum Himmel hoch. »Die Frage müßte wohl eher lauten: was halten *Sie* davon«, sagte er. Er versuchte zu lachen, aber es klang nervös; das Eingeständnis einer Schwäche, der er sich selbst noch nicht ganz bewußt war.

»Davon?« Franke hob die Schultern. »Ich weiß es nicht.«

»Für einen Wissenschaftler sagen Sie das in letzter Zeit ziemlich oft«, sagte Rogler. Es klang ein bißchen wie ein Vorwurf, und in gewissem Sinne war es das auch. Er fühlte sich von Franke verraten. Nach dem, was er heute erfahren hatte, mochte er ihn weniger denn je, aber das änderte nichts daran, daß er

Wissenschaftler war; ein Angehöriger jener Zunft, die alles wußte und alles konnte.

Franke lachte erneut. »Und Sie werden es noch viel öfter zu hören bekommen, fürchte ich«, sagte er. »Wissen Sie eigentlich, wodurch wir Wissenschaftler uns wirklich von den meisten anderen Menschen unterscheiden? Ganz einfach dadurch, daß wir über sehr viel mehr Dinge nichts wissen als die anderen.« Er blickte aus zusammengekniffenen Augen zu den Gestalten auf der anderen Seite der Straße.

»Ich möchte nur wissen, was zum Teufel sie dort tun.«

Rogler starrte ihn verwirrt an. Es war noch keine Stunde her, daß Franke ihm erklärt hatte, das Ende der Welt stünde bevor, und jetzt zerbrach er sich den Kopf über ein paar Verrückte?

Jemand berührte ihn an der Schulter. Es war der junge Polizist, der ihn bereits vorhin angesprochen hatte. Er sah noch verstörter aus, und er war verletzt, wenn auch nicht schwer.

»Ja?« fragte Rogler.

»Wir brauchen Ihre Hilfe, Herr Hauptmann«, antwortete der Beamte. »Es hat eine Menge Verletzte gegeben.«

»Dann rufen Sie einen Krankenwagen«, antwortete Rogler, in schärferem Ton, als er eigentlich beabsichtigt hatte. »Oder besser gleich ein paar.«

»Das habe ich versucht. Aber die Funkgeräte funktionieren nicht mehr.«

Rogler schluckte die scharfe Antwort, die ihm auf der Zunge lag, herunter. Er konnte an der Situation rein gar nichts ändern, aber der junge Polizeibeamte brauchte wohl auch im Grunde niemanden, der ihm half, sondern nur jemanden, der zuhörte.

»Sie können mein Autotelefon benutzen«, sagte Franke, ehe Rogler antworten konnte. Er machte eine einladende Geste. »Es funktioniert noch. Nicht besonders gut, aber es geht.«

Während der Beamte tat, was Franke vorgeschlagen hatte, entfernten sie sich ein paar Schritte vom Wagen. Franke senkte unwillkürlich die Stimme, als er weitersprach, obwohl es weit und breit niemanden gab, der sie hätte belauschen können;

geschweige denn jemanden, der mit dem Gehörten etwas anfangen konnte.

»Wir müssen zurück nach Porera«, sagte er. »Dort oben ist der Teufel los. Sämtliche Computer und fast alle Kommunikationseinheiten sind ausgefallen.«

Irgendwie hatte Rogler das Gefühl, daß das nur der kleinste Teil der schlechten Neuigkeiten war, die Franke auf Lager hatte. Aber er kannte ihn mittlerweile auch gut genug, um sich eine entsprechende Frage zu sparen. Statt dessen schüttelte er den Kopf.

»Ich kann unmöglich hier weg«, sagte er. »Außerdem wäre ich Ihnen bestimmt keine Hilfe. Ich würde Sie nur behindern.«

»Aber ich fürchte, ich muß darauf bestehen«, sagte Franke.

»Sie sehen doch, was hier los ist!« fuhr Rogler auf. »Und wahrscheinlich sieht es in der ganzen Stadt nicht anders aus! Es muß Hunderte von Verletzten gege . . .«

Franke schnitt ihm mit einer herrischen Geste das Wort ab. »Ich dachte, Sie hätten es begriffen, Rogler.«

»Was begriffen?«

»Daß Sie nirgendwo mehr hingehen werden, wenn ich nicht dabei bin«, antwortete Franke. »Glauben Sie wirklich, ich lasse Sie frei herumlaufen, mit dem, was Sie jetzt wissen? So naiv können Sie nicht sein.«

Rogler war wie vor den Kopf geschlagen. »Moment mal«, sagte er. »Soll das heißen, daß ich Ihr Gefangener bin?«

»Seien Sie nicht albern«, seufzte Franke. »Auch wenn Sie in gewissem Sinne recht haben. Aber Sie sind seit heute Geheimnisträger, ob Ihnen das nun paßt oder nicht. Und als solcher sind Sie leider nicht mehr ganz Ihr eigener Herr.«

»Davon war nie die Rede!« protestierte Rogler.

»Jetzt wissen Sie es«, unterbrach ihn Franke. »Außerdem – wenn es Ihnen ein Trost ist: ich brauche Sie.«

»Mich?«

»Ich brauche verdammt noch mal jedes bißchen Hilfe, das ich bekommen kann«, bestätigte Franke. »Wir müssen Warstein finden, und das werden Sie übernehmen.«

»Was ist an diesem Mann eigentlich so wichtig?« fragte Rogler.

Er bekam nicht sofort eine Antwort. Franke blickte einen Moment lang an ihm vorbei ins Leere, und noch bevor er weitersprach, begriff Rogler plötzlich, daß der Wissenschaftler sich im Grunde so hilflos und verstört fühlte wie er selbst.

»Ich weiß es nicht«, gestand er. »Verdammt, ich bin mit meinem Latein am Ende. Wahrscheinlich ist es nur ein Strohhalm, nach dem ich greife. Aber ich habe keinen anderen.«

»Dieser Warstein weiß etwas«, sagte Rogler. Er machte eine weit ausholende Geste, die den See, die Stadt und den Himmel einschloß. »Darüber.«

Franke lächelte ganz kurz. »Sehen Sie? Genau das habe ich gemeint, als ich sagte, daß ich Sie brauche. Seien Sie vernünftig.«

Rogler war nicht einmal sicher, ob er überhaupt vernünftig sein wollte. Er war zornig, doch dieser Zorn galt nicht nur Franke, sondern zum größeren Teil ihm selbst. Natürlich hatte Franke recht – er hätte sich denken können, daß er nach dem Besuch in Porera nicht einfach zur Tagesordnung übergehen konnte, als hätte er einen Flughafen oder eine Druckerei besichtigt.

»Geben Sie mir zehn Minuten«, bat er. »Nur um die wichtigsten Dinge zu regeln.«

»Es dauert ohnehin eine Weile, bis der Hubschrauber hier ist«, antwortete Franke. »Wie es aussieht, haben sie nicht nur mit den Funkgeräten Schwierigkeiten. Kann ich Ihnen vertrauen?«

»Das können Sie«, versprach Rogler.

»Wir müßten eigentlich tot sein«, sagte Lohmann. Seine Stimme zitterte und strafte das nervöse Lächeln, mit dem er seine Worte begleitete, Lügen. Direkt auf seiner Stirn prangte wie ein häßliches, rotes Zyklopenauge eine rote Brandwunde, und seine Haut war nicht mehr blaß, sondern grau. In seinen Augen stand ein irres Flackern, das verriet, welche Mühe es ihn kostete, zumindest äußerlich noch die Beherrschung zu bewahren.

Warstein antwortete nicht, sondern konzentrierte sich weiter auf die Straße, deren Verlauf er mittlerweile mehr erriet als erkannte, aber Angelika sagte: »Für meinen Geschmack war es schlimm genug.«

»Für meinen auch«, bestätigte Lohmann. »Trotzdem – seht euch den Wagen an. Das Zeug hat Löcher ins Blech gebrannt!«

»Ich verstehe das nicht«, murmelte Angelika. Sie hob die Hand an die Wange, betastete eine Sekunde lang die Brandblase darauf und sah dann stirnrunzelnd auf ihre Fingerspitzen herab. »Es war so . . . so friedlich. Und dann das.«

Warstein schwieg noch immer, wenn auch jetzt aus anderen Gründen. Offensichtlich hatte Angelika nichts von der Kreatur bemerkt, die Lohmann verfolgt hatte, und er hielt es auch für besser, ihr weiter nichts davon zu erzählen. Auf eine Art und Weise, die er noch nicht vollständig begriffen hatte, schien das, was dort draußen geschah, mit dem zusammenzuhängen, was sie empfanden. Das Licht hatte den Frieden gebracht, solange sich Angelika allein darin aufgehalten hatte. Er war nur noch nicht sicher, ob nun er oder Lohmann es gewesen war, der das Tor in die andere Richtung aufgestoßen hatte. Vielleicht wollte er es auch gar nicht wirklich wissen.

»Tut es weh?« fragte er.

Angelika hob erneut die Hand an die Wange, schüttelte aber den Kopf. »Nein. Nicht sehr. Ich hoffe, es bleibt keine Narbe zurück.«

Wahrscheinlich nicht, dachte Warstein. Die Brandblase war weitaus weniger schlimm, als es im ersten Moment den Anschein gehabt hatte. Er nahm flüchtig den Blick von der Straße, um Angelika zuzulächeln, und als sie die Hand herunternahm, erkannte er nur noch eine münzgroße, gerötete Stelle auf ihrer Wange. Wahrscheinlich würde sie morgen früh bereits verschwunden sein.

»Das ist nur ein Kratzer«, sagte er.

»Eure Sorgen möchte ich haben«, nörgelte Lohmann. »Wie lange zum Teufel müssen wir noch fahren?«

»Ich weiß nicht, wie weit es noch bis zum Teufel ist«, antwortete Warstein. »Aber bis zum Berg kann es nicht mehr weit sein.« Er hatte keine Ahnung, ob das wirklich stimmte. Warstein hatte gründlich die Orientierung verloren. Er wollte einzig verhindern, daß sie weiter über das sprachen, was sie erlebt hatten. Noch vor ein paar Stunden hätte er vielleicht über diese Behauptung gelacht, aber jetzt wußte er, daß es Dinge gab, die wahr werden konnten, ganz einfach, indem man über sie redete. »Vielleicht zehn Minuten.«

Lohmann sah ihn stirnrunzelnd an. Sie hatten kurz angehalten, um sich um seine und Angelikas Verletzungen zu kümmern, aber seit sie weitergefahren waren, war noch nicht sehr viel Zeit vergangen. Nicht einmal annähernd so viel, wie Warstein vorausgesagt hatte, als sie den Paß überschritten. Aber vielleicht erriet er Warsteins wahre Beweggründe, denn er widersprach nicht.

»Und dann?« fragte er. »Ich meine, wie sieht es unten am Berg aus?«

»Keine Ahnung«, gestand Warstein. »Als ich das letzte Mal hier war, war dort nichts. Der Tunnel eben, und die Eisenbahntrasse. Aber damals gab es auch noch keinen Zaun.«

»Wenn sie schon die Straße sperren, die zum Berg führt, dann werden sie den Tunnel bestimmt noch besser bewachen«, sagte Angelika. »Vielleicht warten sie sogar schon auf uns.«

Ganz bestimmt sogar, dachte Warstein. Spätestens der Anblick des Zaunes hatte ihm klargemacht, daß er Franke trotz allem noch immer unterschätzt hatte. Auch wenn er vielleicht nicht wirklich damit rechnete, daß sie sich dem Berg von dieser Seite aus nähern würden – er hatte sich einfach auf alles vorbereitet. Warstein war absolut sicher, daß sie keine Chance hatten, den Tunnel unbemerkt zu betreten. Aber das wollte er ja auch gar nicht.

»Warten wir einfach ab, was passiert«, schlug Lohmann vor, »und improvisieren im Notfall. Ich bin gut im Improvisieren. Habe ich das schon gesagt?«

»Mehrmals«, antwortete Warstein. Er schaltete herunter und gab behutsam Gas, um den Wagen um einen Geröllhaufen herumzulenken, der offensichtlich vom Regen losgewaschen worden war und die Hälfte der Fahrbahn blockierte. Trotzdem schlug etwas mit einem dumpfen Knall gegen die Karosserie. Der Ford ächzte, und für eine halbe Sekunde drohte Warstein die Gewalt über das Steuer zu verlieren. Fluchend kämpfte er mit der bockenden Lenkung und brachte den Wagen wieder unter seine Kontrolle.

Lohmann warf Warstein einen schrägen Blick zu, der verriet, was er von seinen Fahrkünsten hielt, aber er war diplomatisch genug, es wenigstens nicht laut auszusprechen. Mit zitternden Fingern zündete er sich eine Zigarette an und griff nach dem Radio, um an den Kontrollen herumzuspielen; wahrscheinlich nur, um seine Hände irgendwie zu beschäftigen. »Wenn wenigstens dieses Ding wieder funktionieren würde ... He! Es geht ja!«

Tatsächlich drangen aus dem Lautsprecher, der bis jetzt geschwiegen hatte, plötzlich kratzende und pfeifende Störgeräusche. Lohmann drehte hektisch an den Knöpfen und fand schließlich einen Sender, den sie halbwegs klar empfangen konnten.

Allerdings nicht verstehen. Aus dem Lautsprecher drang eine helle Frauenstimme, die in einer Warstein vollkommen unbekannten Sprache redete.

»Was ist denn das?« fragte Angelika verblüfft.

Warstein konnte nur mit den Schultern zucken, aber Lohmann riß so verblüfft den Mund auf, daß ihm die Zigarette aus den Lippen fiel. »Das gibt es doch nicht!«

»Was gibt es nicht?« erkundigte sich Angelika.

»Das ist ... koreanisch!« antwortete Lohmann. »Ich bin ganz sicher.«

»Sprechen Sie diese Sprache?« fragte Angelika.

»Nein. Aber ich war zweimal in Seoul. Ich habe genug davon aufgeschnappt, um sie zu erkennen.« Er bückte sich nach seiner Zigarette. »Kann mir einer erklären, wieso wir hier in der Schweiz plötzlich einen koreanischen Sender empfangen können?«

»Vielleicht ist es ein besonders gutes Radio«, antwortete Warstein nervös. Niemand lachte über den lahmen Scherz, und nach ein paar Sekunden fügte er hinzu: »Möglicherweise hat es etwas mit diesem Phänomen am Himmel zu tun.«

»Korea liegt auf der anderen Seite der Welt«, erinnerte Lohmann.

Warstein hob die Schultern. »Radiowellen verhalten sich manchmal sehr seltsam«, antwortete er. »Besonders bei ungewöhnlichen atmosphärischen Bedingungen.«

Das klang auch nicht wesentlich überzeugender als das, was er zuvor gesagt hatte, aber Lohmann ließ es dabei bewenden. Er griff wieder mit spitzen Fingern nach dem Knopf und ließ den grünen Leuchtpunkt über die Skala wandern. Die Stimme vom anderen Ende der Welt ging wieder im Krachen und Knistern atmosphärischer Störungen unter. »Mal sehen«, witzelte er. »Vielleicht kriege ich ja noch Radio Eriwan rein.«

Im Scheinwerferlicht vor ihnen tauchte ein weiteres Hindernis auf. Warstein nahm den Fuß vom Gas und schaltete in den ersten Gang zurück, aber dann erkannte er, daß es nur ein losgerissener Busch war. Die dürren Äste zerbrachen wie Glas unter den Rädern, als der Wagen darüber hinwegfuhr. Dahinter wurde die Straße spürbar besser. Unter den Reifen war plötzlich nicht mehr tückischer Morast, sondern grober Schotter, auf dem die Räder sicheren Halt fanden. Auch die Sicht war nicht mehr so schlecht wie bisher. Warstein atmete hörbar auf und fuhr ein wenig schneller.

Mittlerweile hatte Lohmann einen Sender gefunden, der offenbar nicht auf der anderen Seite der Erdkugel stand, denn obwohl der Empfang so schlecht war, daß sie nur Wortfetzen verstanden, redete der Sprecher eindeutig deutsch.

»Versuchen Sie es besser einzustellen«, sagte Angelika.

»Was glauben Sie, was ich hier mache?« fragte Lohmann gereizt. »Verdammtes Ding! Sprich endlich deutlicher!«

»... im Moment von unserem Korrespondenten aus Mailand«, sagte das Radio. »Wir schalten nun zurück in unser Studio Zürich, um weitere Neuigkeiten über die sonderbaren Phänomene zu erfahren, die seit einer halben Stunde am Himmel über dem Tessin und Teilen Norditaliens zu beobachten sind.«

»Ah!« machte Lohmann überrascht. Er grinste. »Das funktioniert ja tatsächlich. Ich sagte doch, ich bin ein Genie im Improvisie . . .«

»Still!« unterbrach ihn Angelika. Sie griff an ihm vorbei und drehte am Lautstärkeregler. »Hört doch!«

»Zwischendurch noch ein dringender Reiseruf«, sagte der Sprecher. »Gesucht wird Herr Frank Warstein, zur Zeit mit einem weißen Wohnmobil unterwegs im Nordtessin.«

»Wie?« Lohmann richtete sich kerzengerade auf. »Aber das –«

»Ruhe!« sagte Warstein scharf. Er brachte den Wagen mit einem harten Ruck auf die Bremse zum Stehen und stellte das Radio noch lauter.

»Herr Warstein wird dringend gebeten, Kontakt mit Herrn Doktor Franke aufzunehmen. Die Nummer befindet sich unter Speicherplatz eins in seinem Autotelefon.«

»Toll«, maulte Warstein. »Jetzt müßten wir nur noch wissen, wie wir das Scheißding wieder einschalten können!«

»Für den Fall, daß das Gerät ausgefallen ist«, fuhr der Sprecher fort, »hier noch einmal die Codenummer. Sie lautet: sieben, drei, vier . . .«

Der Rest des Satzes ging in einem lautstarken Knistern unter. Warstein sah zornig auf, aber Lohmanns Hände befanden sich nicht einmal in der Nähe des Apparates.

»Ich bin unschuldig!« beteuerte er. »Ehrenwort. Ich war es nicht!«

»Ja, und das Bedauern steht Ihnen auch deutlich im Gesicht geschrieben!« sagte Warstein verärgert.

»Spielt das eine Rolle?« Lohmann gab sich alle Mühe, den Beleidigten herauszukehren. »Ich habe den Sender nicht verstellt. Aber bitte – ich versuche ihn wiederzufinden.«

Warstein preßte ärgerlich die Lippen aufeinander. Natürlich konnte Lohmann nichts dafür. Aber er war wütend, und Lohmann eignete sich nun einmal ausgezeichnet als Zielscheibe für seine schlechte Laune. Zornig griff er nach dem Telefon, drehte es ein paarmal in den Händen und hängte es wieder zurück.

»Ob das wieder ein neuer Trick ist?« fragte Angelika.

»Ganz bestimmt«, versicherte ihr Lohmann.

Warstein ignorierte ihn. »Von Franke?« Er schüttelte überzeugt den Kopf. »Kaum. Ich denke, er fängt allmählich an zu begreifen. Verdammt! Ohne die Nummer haben wir keine Chance, ihn zu erreichen.«

»Wenn er es wirklich ernst meint, werden sie die Durchsage wiederholen«, sagte Angelika. »Aber ich traue ihm immer noch nicht.«

»Na, dann sind wir ja schon zwei«, fügte Lohmann hinzu. Er hob abwehrend die Hände, als ihn ein böser Blick Warsteins traf, und beeilte sich, weiter am Senderknopf zu drehen. Er fand einen anderen Sender, der zwar im Moment Musik brachte, aber deutlich zu empfangen war. Lale Andersen sang in einer historischen Aufnahme *Lili Marlen*.

»Soll ich weitersuchen?«

Warstein verneinte. »Lassen Sie nur. Sie bringen sicher gleich wieder Nachrichten.«

»Wahrscheinlich werden sie auf allen Sendern über diese Lichter reden«, bestätigte Angelika. »Vielleicht erfahren wir ja etwas Neues.«

Warstein begann nervös mit den Fingerspitzen auf dem Armaturenbrett zu trommeln. Der angebliche Reiseruf hatte ihn mehr aufgewühlt, als er zugeben wollte. Wenn Franke sich so offen an ihn wandte, dann mußte dieser es nicht nur ernst meinen, dann mußte er regelrecht verzweifelt sein. Was immer auch dort auf der anderen Seite des Gridone vorging – es war mehr als ein paar Lichter am Himmel.

Die Nostalgieaufnahme endete, und ein Sprecher sagte: »Das war Lale Andersen mit ihrem beliebten Lied *Lili Marlen*, mit dem wir heute vor allem einen Gruß an unsere tapferen Kameraden auf Hoher See schicken. Und nun wieder Neuigkeiten aus aller Welt.«

Warstein blinzelte, und auch Angelika sah verwirrt hoch.

»Wie das Reichsministerium heute meldet, schreitet der Vormarsch unserer Truppen an der Ostfront weiter unaufhaltsam voran. Unsere Soldaten stehen bereits weniger als hundert Kilometer vor Moskau, so daß mit dem Fall der Stadt trotz des erbitterten Widerstandes kommunistischer Partisanen nunmehr in unmittelbarer Zukunft zu rechnen ist.«

»Wie bitte?« krächzte Lohmann. Sein Gesicht verlor auch noch das letzte bißchen Farbe. Er starrte das Radiogerät an.

»Auch von der Heimatfront ist heute nur Erfreuliches zu melden«, fuhr das Radio fort, fünfzig Jahre alte Nachrichten zu verkünden. »Im Laufe der vergangenen Nacht versuchte die britische Luftwaffe erneut, Bombenangriffe gegen die Zivilbevölkerung norddeutscher Küstenstädte zu fliegen. Dank der entschlossenen Gegenwehr unserer tapferen Jagdflieger mußten sich die Angreifer jedoch unverrichteter Dinge und unter großen Verlusten zurückziehen. Dieser heimtückische Überfall beweist abermals, daß . . .«

»Das ist doch ein Scherz, oder?« murmelte Angelika. »Ich meine, das . . . das muß so eine Art Nostalgiesendung sein.«

»Nein«, sagte Warstein. »Das sind fünfzig Jahre alte Nachrichten. Und wir hören sie jetzt.«

Niemand antwortete. Minutenlang saßen sie reglos da und lauschten dem Sprecher, der unentwegt neue Erfolgsmeldungen aus einem Krieg verlas, der schon vor fünfzig Jahren verlorengegangen war. Schließlich spielte der Sender wieder Musik: Einen Walzer von Franz Lehar, in einer knisternden Schellack-Aufnahme des Berliner Rundfunk-Sinfonieorchesters.

Angelika schaltete das Radio ab. Niemand hatte etwas dagegen, obwohl ihnen klar war, daß sie den Sender vermutlich nicht wiederfinden würden. Was sie gehört hatten, hatte ihnen allen angst gemacht.

»Was geht hier vor?« fragte Lohmann. Er warf seine Zigarette aus dem Fenster und zündete sich sofort eine neue an. »Das ist doch nicht möglich. Wir haben doch nicht gerade wirklich eine fünfzig Jahre alte Nachrichtensendung gehört, oder?«

»Und wenn doch?« fragte Warstein.

»Aber das ist völlig ausgeschlossen!« protestierte Lohmann. Seine Stimme klang jetzt schrill, nur noch eine Winzigkeit von wirklicher Hysterie entfernt.

Warstein widersprach nicht. Er hatte fast Mitleid mit ihm. Vielleicht begann Lohmann erst jetzt wirklich zu begreifen, worauf er sich eingelassen hatte.

Wortlos legte er den Gang ein und fuhr weiter.

Aus den zehn Minuten, von denen Rogler gesprochen hatte, war schließlich fast eine Stunde geworden. Franke hatte während der gesamten Zeit ununterbrochen telefoniert und den Wagen nur einmal verlassen, um ihm mitzuteilen, daß die Männer in Porera noch immer mit technischen Schwierigkeiten zu kämpfen hatten und sie sich noch etwas gedulden mußten, bis der Hubschrauber kam.

Rogler nutzte die Zeit, um zu helfen, wo er nur konnte. Ganz wie er vorausgesehen hatte, gab es nicht viel zu organisieren – die Funkverbindungen waren nach wie vor tot, und ein Durchkommen auf den verstopften Straßen war so gut wie unmöglich, der Verkehr endgültig zusammengebrochen. Selbst wenn sie genügend Polizei- und Krankenwagen zur Verfügung gehabt hätten, um sich um alle Verwundeten zu kümmern, wären die Wagen in den engen Straßen Asconas einfach steckengeblieben.

Trotzdem hatte er alle Hände voll zu tun. Es gab Dutzende von – gottlob größtenteils leicht – Verletzten zu versorgen, und obwohl er keine Uniform trug, hatte sich doch rasch herumgesprochen, wer er war, so daß er sich bald von buchstäblich Hunderten hysterischen Einheimischen und Touristen belagert sah, die ihn um Hilfe baten oder irgend etwas gesehen haben wollten oder einfach nur neugierig waren. Schließlich gab er auf und flüchtete zu Franke in den Wagen.

Franke tat, was er die ganze Zeit über getan hatte – er telefonierte, aber er nahm sich die Zeit, Rogler flüchtig zuzulächeln und mit einer Geste auf das kleine Barfach des Wagens zu deuten. Rogler lehnte ab. Er fühlte sich zu Tode erschöpft und ausgelaugt, aber er brauchte seinen klaren Kopf. Jetzt dringender denn je.

»Wir haben Glück«, sagte Franke und hängte das Telefon ein. »Sie haben einen der Hubschrauber wieder flottbekommen. Er ist in fünf Minuten hier.« Er öffnete das Barfach, goß sich einen Cognac ein und sah Rogler abermals fragend an.

Wieder verneinte er. »Ich denke, es ist besser, wenn ich nüchtern bleibe.«

»Wer hat gesagt, daß Sie sich betrinken sollen?« fragte Franke lächelnd. »Obwohl es vielleicht nicht einmal die schlechteste Idee wäre. Wer weiß, wie lange wir noch Gelegenheit dazu haben.« Er prostete Rogler zu, leerte sein Glas in einem Zug und stellte es zurück.

»Ich verstehe Sie nicht, Franke«, sagte Rogler. »Vor ein paar Stunden haben Sie mir noch erklärt, daß das Ende der Welt bevorsteht, und jetzt sitzen Sie da, als wäre nichts geschehen.«

Er wußte, daß er ungerecht war. Sein Zorn hatte überhaupt keinen Grund. Aber es war nicht das erste Mal, daß er die Erfahrung machte, wie erleichternd es sein konnte, ungerecht zu sein.

Franke blieb vollkommen ruhig. »Und was soll ich tun, Ihrer Meinung nach?« fragte er. »Mir ein Stück Blech und einen Schweißbrenner besorgen und einen Deckel bauen, den wir über das Loch stülpen?«

»Zum Beispiel«, bestätigte Rogler. Eine innere Stimme flüsterte ihm zu, daß er dabei war, sich vollends zum Narren zu machen, aber das war ihm egal. »Ich meine, Sie müssen doch . . . irgend etwas tun.«

»Und was?« fragte Franke.

»Woher zum Teufel soll ich das wissen? Bin ich hier der Wissenschaftler?«

»Was Sie brauchen, ist ein Zauberer, keinen Wissenschaftler, Rogler. Wir werden uns etwas einfallen lassen, aber wenn Sie Wunder erwarten, müssen Sie sich an die Herren dort drüben wenden. Vielleicht können sie ja noch mehr.«

Er deutete auf die andere Seite der Straße. Das Bild sah noch immer so unheimlich aus wie vorhin, jetzt vielleicht noch bizarrer. Die knapp hundert vollkommen unterschiedlich gekleideten und aussehenden Gestalten schienen sich in der ganzen Zeit nicht geregt zu haben. Angesichts der überfüllten Straße auf der anderen Seite der Mauer wirkte der Anblick geradezu absurd. Vielleicht dauerte es deshalb auch einige Sekunden, bis die Bedeutung von Frankes Worten wirklich in Roglers Bewußtsein drang.

»Einen Augenblick«, sagte er. »Sie glauben doch nicht wirklich, daß die da irgend etwas damit zu tun haben, was hier passiert?«

»Ich weiß überhaupt nicht mehr, was ich glaube«, gestand Franke. Er klang müde. Und ein bißchen resigniert. »Im Moment bin ich mir nicht einmal sicher, ob ich sie um Hilfe bitten oder erschießen lassen soll.«

Rogler ignorierte den letzten Teil des Satzes. »Um Hilfe bitten?«

»Wundert Sie das?« Franke lachte, streckte die Hand nach dem Barfach aus und zog sie wieder zurück, ohne es berührt zu haben. »Ich würde auch auf einem Bein um einen Kreuzweg herumhüpfen und um Mitternacht Krötenbeine schlucken, wenn ich wüßte, daß es hilft.«

Das Telefon summte. Franke hob ab und lauschte einige Sekunden, ohne sich gemeldet zu haben. »In Ordnung«, sagte er schließlich. »Greifen Sie nicht ein. Nur beobachten. Ich komme selbst hin.«

Er hängte ein. Auf seinem Gesicht machte sich ein Ausdruck vorsichtiger Erleichterung breit. »Warstein«, sagte er.

»Sie haben ihn?«

»Ja«, antwortete Franke. »Besser gesagt: nein. Aber wir wissen, wo er ist. Wir brauchen ihn nicht mehr zu suchen. Er kommt freiwillig her.« Er beugte sich zur Seite, um einen Blick aus dem Fenster zu werfen und öffnete dann die Tür. »Kommen Sie, Rogler. Der Helikopter ist im Anflug.«

Ein Gefühl ungläubigen Schreckens machte sich in Rogler breit, als er hinter Franke aus dem Wagen stieg. »Sie lassen die Maschine doch nicht etwa hier landen?« keuchte er.

»Haben Sie eine bessere Idee?« Das Geräusch des näher kommenden Hubschraubers machte Roglers Verdacht zur Gewißheit. »Wir kommen mit dem Wagen nicht aus der Stadt heraus, und zu Fuß wahrscheinlich auch nicht. Außerdem zählt im Moment jede Minute.«

Die letzten Worte hatte er bereits schreien müssen, um das Dröhnen der näher kommenden Maschine zu übertönen. Rogler zog instinktiv den Kopf zwischen die Schultern, während er in den Himmel hinaufsah. Obwohl er gewußt hatte, was er sehen würde, erschrak er bis ins Mark.

Vor dem vielfarbigen Hintergrund des brennenden Firmaments wirkte der Helikopter wie ein Ungeheuer aus einer fremden Welt. Die Maschine war riesig; nicht der kleine Hubschrauber, mit dem sie am Morgen geflogen waren, sondern ein gewaltiges Gebilde aus Stahl und Kunststoff, das viel zu groß erschien, um auf der schmalen Uferpromenade aufzusetzen.

»Sie sind ja völlig wahnsinnig!« brüllte Rogler.

Franke verstand die Worte nicht. Jeder Laut ging im Heulen der Rotoren unter – und dem Chor gellender Schreckensschreie, mit dem die Menschenmenge plötzlich panisch auseinanderspritzte, um dem landenden Helikopter Platz zu machen.

Rogler und Franke wichen geduckt hinter den Wagen zurück, während die Maschine tiefer glitt. Der künstliche Tornado peitschte die Baumwipfel und das Gras auf der anderen Seite der Mauer und überschüttete sie mit Staub. Rogler fluchte innerlich auf Franke, daß er ausgestiegen war, statt in der Sicherheit des Wagens abzuwarten, bis die Maschine aufgesetzt hatte.

Der Helikopter hatte tatsächlich Mühe, auf der Straße zu landen. Der Pilot brauchte zwei Anläufe, ehe es ihm gelang, die Maschine aufzusetzen, und zumindest von Roglers Position her sah es aus, als verfehlten die Rotorblätter die Häuser auf der anderen Straßenseite nur um Zentimeter. Instinktiv zog er den Kopf noch tiefer zwischen die Schultern und drehte das Gesicht aus dem Wind. Dabei fiel sein Blick auf den Grasstreifen auf der anderen Seite der Mauer, und er sah etwas sehr Erstaunliches.

Der Sturm, den die Rotorblätter auslösten, erreichte die versammelten Magier und Schamanen nicht. Zwar wirbelten auf dieser Seite der Mauer Staub, abgerissene Blätter und Papierfetzen in einem irrsinnigen Tanz durcheinander, und die Wipfel der Bäume bogen sich unter der Wucht des Orkanes, aber der unmittelbare Bereich, in dem sich die Männer aufhielten, blieb windstill. Nicht einmal die Feuer, die zwischen ihnen brannten, flackerten stärker.

»Kommen Sie!« brüllte Franke. Er berührte Rogler an der Schulter, aber er mußte ihn fast gewaltsam mit sich zerren, bis er sich von dem unheimlichen Anblick losriß. Obwohl es nicht annähernd so dramatisch war wie das, was sich über ihren Köpfen abspielte, erschreckte ihn dieses Bild hundertmal mehr als die Lichter am Himmel.

Die Türen des Helikopters wurden aufgestoßen, während sie darauf zuhasteten. Ein gutes Dutzend bewaffneter Soldaten sprang heraus und begann in weitem Umkreis um die Maschine Aufstellung zu nehmen.

»Was bedeutet das?« schrie Rogler über den Motorenlärm hinweg, Franke zerrte ihn einfach weiter, kletterte mit erstaunlichem Geschick in den Hubschrauber und wartete ungeduldig, bis Rogler ihm gefolgt war. Die Türen wurden geschlossen, und die Maschine hob schon wieder ab, noch ehe sie die Sitzbänke ganz erreicht hatten.

»Was geht hier vor?« Rogler wiederholte seine Frage, wenn auch keuchend und in nicht halb so forderndem Ton, wie er es gerne gehabt hätte. Der kurze Lauf hatte ihn vollkommen erschöpft. »Was sollen diese Soldaten und der Wahnsinn mit dem Helikopter? Es hätte Tote geben können, ist Ihnen das eigentlich klar?«

»Ich weiß«, antwortete Franke. Er rutschte auf seinem Sitz in eine bequemere Position, zog den Sicherheitsgurt über die Brust und sah Rogler lange und sehr ernst an.

»Aber ich fürchte, das spielt keine Rolle mehr«, fuhr er fort, in einem Ton, der Rogler ein eisiges Schaudern über den Rücken laufen ließ. »Wenn kein Wunder geschieht, Herr Rogler, dann wird diese Stadt mit all ihren Einwohnern in vierundzwanzig Stunden aufhören zu existieren.«

Sie erreichten so abrupt das Ende der Straße, daß Warstein nicht schnell genug reagierte. Die einzige Reaktion, zu der er imstande war, war vollkommen falsch. Der Zaun tauchte urplötzlich hinter einer Biegung des Weges auf, und Warstein trat instinktiv so hart auf die Bremse, daß der Wagen ausbrach. Statt gegen das Gittertor zu prallen, das er mit großer Wahrscheinlichkeit einfach durchbrochen hätte, krachte er gegen einen der beiden Betonpfeiler, die die Straße flankierten und kam mit einem gewaltigen Ruck, dem Splittern von Glas und zerbrechendem Metall zum Stehen. Der Motor erstarb mit einem Geräusch, das ihm klarmachte, daß er nie wieder anspringen würde, und der Anprall schleuderte ihn gegen das Lenkrad.

Benommen richtete er sich auf. In seiner Brust war ein pochender Schmerz. Das Atemholen tat ein bißchen weh, aber er schien relativ unverletzt davongekommen zu sein – ebenso wie die beiden anderen, die sich in diesem Moment ebenfalls aufrappelten. Angelika war nur auf die Knie gefallen, während Lohmann durch die Wucht des Anpralles vom Sitz gerutscht und in den Fußraum unter dem Armaturenbrett gestürzt war. Fluchend und schimpfend stemmte er sich hoch, rutschte ab und landete ein zweites Mal auf dem Boden, so daß Warstein trotz des Ernstes ihrer Lage ein flüchtiges, schadenfrohes Lächeln nicht ganz unterdrücken konnte.

»Alles in Ordnung?« fragte er.

Lohmann arbeitete sich mühsam wieder auf seinen Sitz hoch und versuchte dabei Warstein möglichst mit Blicken aufzuspießen. »Ja«, maulte er. »Aber das liegt bestimmt nicht an Ihren Fahrkünsten.«

Warstein enthielt sich vorsichtshalber jeden Kommentares. Sein Grinsen entsprang ohnehin mehr einem Gefühl der Hysterie als irgend etwas anderem, und was er in der unheimlichen, flackernden Beleuchtung draußen sah, trug auch nicht unbedingt dazu bei, seine Furcht zu mildern. Einer der Scheinwerfer war zerbrochen, der andere leuchtete schräg auf den Boden, aber das Licht reichte trotzdem aus, ihn erkennen zu lassen, daß sie den Betonpfeiler fast aus dem Fundament gerissen hatten. Er stand schräg und hatte ein Gutteil des Zaunes und einen der beiden Torflügel mitgerissen, so daß eine Lücke entstanden war, durch die sie bequem hindurchschlüpfen konnten. Dabei waren sie nicht einmal besonders schnell gefahren – wären sie es, hätten sie den Aufprall garantiert nicht so unverletzt überstanden, denn keiner von ihnen war angeschnallt gewesen. Der Zaun schien sich in einem ebenso schlechten Zustand zu befinden wie das erste Hindernis, auf das sie weiter oben an der Straße gestoßen waren. Und das, obwohl auch er auf keinen Fall älter als drei Jahre sein konnte.

»Von jetzt ab müssen wir wohl zu Fuß gehen«, sagte Angelika.

Warstein zögerte einen Moment, die Tür zu öffnen. Ohne daß er es bisher selbst gemerkt hatte, war der Wagen mehr und mehr zu einer Festung geworden; eine der letzten Bastionen der Wirklichkeit, deren Wände dem Irrsinn, dem die Welt draußen anheimgefallen war, noch trotzten. Ihn zu verlassen bedeutete, ihren letzten Schutz aufzugeben. Auch wenn er wußte, daß dieser Schutz nur in seiner Einbildung bestand – was immer dort draußen war, würde sich nicht durch millimeterdünnes Blech und Glas aufhalten lassen. Er fragte sich, ob das Ding, das er gesehen hatte, ihnen wohl gefolgt war.

Hintereinander kletterten sie aus dem Wagen. Es war empfindlich kalt geworden. Angelika schmiegte sich instinktiv an Warstein, und er hob ebenso instinktiv den Arm und legte ihn um ihre Schulter, während Lohmann um den Wagen herumging und den Schaden begutachtete. Es war vollkommen überflüssig – der Wagen würde nirgendwo mehr hinfahren. Warstein wußte, daß der Tunneleingang noch Kilometer entfernt lag. Obwohl sich die Straße seit seinem letzten Hiersein drastisch verändert hatte, erkannte er seine Umgebung doch wieder.

»Was tun Sie da eigentlich?« fragte er gereizt, als sich Lohmann in die Knie sinken ließ und mit beiden Händen an der verbogenen Stoßstange herumzerrte.

»Ich schaue mir an, was Sie angerichtet haben«, antwortete Lohmann. »Respekt. Wenn die Sache hier schiefgeht, können Sie sich immer noch um einen Job als Crash-Fahrer bemühen.

Ich schreibe Ihnen gern eine Empfehlung.« Er richtete sich ächzend auf, wischte die Handflächen an seiner Jacke sauber und gesellte sich zu ihnen. Sein Blick glitt mißtrauisch über das halb aus den Angeln gerissene Gittertor, und als Warstein losgehen wollte, hob er abwehrend die Hand.

»Vorsicht«, sagte er. »Sehen Sie!«

Warsteins Blick folgte seiner Geste. Er erkannte einen dünnen, silbern schimmernden Draht, der oben auf dem Zaun entlanglief. In regelmäßigen Abständen waren halbrunde Isolatoren aus weißem Porzellan angebracht.

»Der Zaun steht unter Strom«, sagte Lohmann. »Wahrscheinlich funktioniert er nicht mehr. Paßt trotzdem auf!«

Daß er diese Worte sagen konnte, war allein schon der Beweis für ihre Richtigkeit, dachte Warstein. Hätte der Zaun noch unter Spannung gestanden, als sie dagegen fuhren, wären sie vermutlich allesamt gegrillt worden. Trotzdem beunruhigte ihn der Anblick des Drahtes ungemein. Der Zaun weiter oben an der Straße mochte eine normale Sicherheitsmaßnahme sein, um Neugierige fernzuhalten. Das hier war tödlicher Ernst.

Um so erstaunlicher erschien es ihm, daß sie überhaupt so weit gekommen waren. Mit Ausnahme des Zaunes selbst und des verrosteten Autowracks weiter oben an der Straße hatten sie bisher keine Spur menschlichen Lebens entdeckt – und das war schon mehr als seltsam. Aber im Grunde war hier ja nichts so, wie es sein sollte.

Lohmann war der erste, der sich vorsichtig durch die Lücke im Zaun schob. Er achtete peinlich darauf, das Metall nicht zu berühren und entfernte sich rasch zwei Schritte von dem Hindernis, nachdem er auf der anderen Seite war. Angelika und Warstein folgten ihm auf die gleiche Weise.

Auf der anderen Seite des Zaunes wurde die Straße wieder schlechter. Man sah ihr an, daß sie seit langer Zeit nicht mehr befahren und seit noch längerer Zeit nicht mehr instand gehalten worden war. Der Asphalt hatte sich in ein Muster aus unterschiedlich großen, wassergefüllten Löchern verwandelt, und die Straßendecke war überall gerissen, Unkraut und Wurzeln hatten den Belag gesprengt, und an einigen Stellen war der Wald schon wieder fast bis zur Straßenmitte herangewachsen. In den nächsten Jahren würde der Weg vollkommen verschwunden sein. Obwohl der Anblick Warstein hätte erschrecken sollen, bewirkte er eher das Gegenteil. Die Natur begann das verlorene Terrain mit erstaunlicher Geschwindigkeit zurückzuerobern, und dieser Gedanke erschien ihm auf eine sonderbare Weise tröstlich. Er hatte niemals wirklich darüber nachgedacht, wie die Welt ohne Menschen aussehen würde, und jetzt wußte er auch, warum. Es war nicht nötig. Während sie nebeneinander und sehr schnell die abschüssige Straße hinuntergingen, wurde ihm zum ersten Mal wirklich bewußt, wie klein und unwichtig sie waren. Es gab nichts, was sie dieser Welt wirklich antun konnten. Sie war dagewesen, lange bevor es Menschen gab, und sie würde noch dasein, lange nachdem sie fort waren.

Männer wie Franke – oder auch er selbst, noch vor wenigen Jahren – mochten der Ansicht sein, daß es in ihrer Macht stand, das Antlitz dieses Planeten nachhaltig zu verändern, aber das stimmte nicht. Die Menschen mit all ihrer Technik und Wissenschaft waren trotz allem kaum mehr als Mikroben, winzige Teile eines gigantischen Systems, das so groß, so komplex und so ewig war, daß sie sein wahres Aussehen nicht einmal erraten konnten. Warstein empfand diesen Gedanken als ungemein tröstlich. Zum ersten Mal überhaupt glaubte er zu fühlen, was Leben wirklich bedeutete. Es war das Sein selbst. Die bloße Tatsache, daß etwas existierte, bedeutete, daß es Teil dieses allumfassenden, das gesamte Universum umspannenden Systems von Leben war. Warstein fühlte sich der Natur und jenem abstrakten Begriff, den die meisten Menschen als Gott bezeichneten, so nahe wie niemals zuvor und nie wieder danach, und es war ein Empfinden unvorstellbarer Sicherheit und Wärme. Vor einigen Minuten noch hatte er um sein Leben gefürchtet, aber jetzt wußte er, wie naiv dieser Gedanke gewesen war. Es spielte keine Rolle, ob er als Person weiterlebte oder nicht – er war Teil eines gewaltigen, unzerstörbaren Systems, das bis zum Ende der Zeit fortbestehen würde, und vielleicht darüber hinaus. Er war nie ein religiöser Mensch gewesen, sondern hatte sich selbst gern und bei jeder sich bietenden Gelegenheit als Agnostiker bezeichnet, doch nun sah er ein, daß auch das falsch war. Vielleicht gab es keinen Gott als Person, sicher keinen lenkenden Intellekt, der hinter den Dingen stand und über sie wachte, aber da war eine übergeordnete Macht, ein großer Plan, der die Gesetze des Universums ordnete.

»Halt!«

Lohmann hob erschrocken die Hand und legte gleichzeitig den anderen Zeigefinger über die Lippen, obwohl er alles andere als leise geredet hatte. »Da kommt jemand!«

Warstein hörte nichts, aber er hastete trotzdem zusammen mit Angelika rasch in die Deckung eines Felsbrockens, der am Straßenrand lag. Lohmann gesellte sich zu ihnen, nachdem er noch einige Sekunden dagestanden und angespannt gelauscht hatte.

»Was ist?« flüsterte Warstein.

Lohmann gestikulierte ihm hastig zu, leise zu sein, ehe er – übrigens deutlich lauter als Warstein zuvor – antwortete: »Ich habe etwas gehört. Stimmen. Jemand kommt hierher.«

»Dann haben sie uns doch entdeckt«, sagte Angelika.

Lohmann zuckte nur mit den Schultern, wiederholte seine warnende Handbewegung und duckte sich tiefer hinter den Stein, der kaum ausreichte, um ihnen allen Deckung zu gewähren.

Sie waren bei der Wahl ihres Versteckes nicht sehr gut beraten gewesen. Der Felsbrocken blockierte fast ein Drittel der Straße, und er mußte vor noch nicht allzu langer Zeit vom Berg heruntergerollt sein, denn er hatte alles niedergewalzt, was sich ihm in den Weg stellte. Es gab hinter ihnen nichts, wo sie sich hätten verstecken können. Wenn Lohmann recht hatte und wirklich jemand die Straße herauf kam, dann mußten sie zwangsläufig entdeckt werden. Warstein spielte eine Sekunde lang mit dem Gedanken, die Straße zu überqueren und im dichten Gebüsch auf der anderen Seite Schutz zu suchen, aber es war zu spät. Jetzt hörte auch er die Stimmen, und nur eine Sekunde später sah er das Licht eines starken Scheinwerfers, das wie ein suchender Finger die Straße entlangtastete.

Vorsichtig richtete er sich auf und spähte über den Rand ihrer Deckung hinweg. Sein Herz machte einen Sprung. Es waren mindestens sieben oder acht Männer; zwei von ihnen waren mit starken Handscheinwerfern ausgerüstet, mit denen sie aufmerksam den Straßenrand zu beiden Seiten ableuchteten. Die Männer trugen dunkelgefleckte Uniformen, und alle waren bewaffnet.

»Verdammt!« flüsterte Lohmann. »Sie kommen direkt auf uns zu!«

Warstein sah sich gehetzt um. Die Männer waren vielleicht noch zwanzig oder dreißig Meter entfernt. Sie bewegten sich nicht sehr schnell, aber sobald sie den Felsen erreicht hatten, mußten sie sie einfach sehen. »Ich werde sie ablenken«, sagte er entschlossen. »Vielleicht suchen sie nicht weiter nach euch, wenn ich mich ihnen stelle.«

Er wollte aufstehen, aber Lohmann ergriff seinen Arm und riß ihn mit einem fast brutalen Ruck wieder zurück. »Sie bleiben hier!« sagte er. »Sie kriegen uns alle oder keinen.«

Warstein riß seine Hand los. Er setzte dazu an, Lohmann zu sagen, was er von seiner kindischen Pfadfinderehre hielt, aber in diesem Moment begann Angelika neben ihm so heftig zu zittern, daß er erschrocken herumfuhr und sie anstarrte.

Es dauerte fast eine Sekunde, bis er begriff, daß die Mischung aus Entsetzen und Unglauben, die er in ihren Augen las, nicht ihm oder den Männern auf der anderen Seite des Felsens galt.

Hinter ihnen war etwas. Er konnte es nicht genau erkennen – es war groß und dunkel, und es bewegte sich auf eine sonderbar falsche, unnatürliche Weise. Warstein glaubte, glitzernde Schuppen zu erkennen, gebogene Klauen und messerscharfe Zähne und kleine, tückische Augen, die ihn aus der wogenden schwarzen Masse des kriechenden Körpers anstarrten. Das Geschöpf war kaum noch eine Armeslänge von ihnen entfernt. Eine Welle lähmenden Entsetzens machte sich in ihm breit. Seine Kopfhaut begann zu prickeln, und eine unsichtbare, eiserne Hand legte sich um seine Kehle und drückte sie zu, so daß er nicht einmal einen Schreckensschrei ausstoßen konnte. Es war das Ding von vorhin. Die Bestie von der anderen Seite des Tores, die ihnen gefolgt war.

Lohmann schien noch gar nicht bemerkt zu haben, was sich hinter ihnen abspielte. »Mir wird schon etwas einfallen«, sagte er. »Ich bin gut im Improvisieren. Wir müssen sie irgendwie ablenken.«

»Lohmann«, sagte Warstein.

»Ich brauche nur ein paar Sekunden«, fuhr Lohmann fort. »Irgend etwas, damit wir es in den Wald schaffen.«

»Lohmann!« sagte Warstein noch einmal. Er war noch immer wie gelähmt. Das Ungeheuer kam nicht näher, aber er war auch nicht in der Lage, sich zu rühren. Mit einer schier übermenschlichen Kraftanstrengung gelang es ihm schließlich, den Kopf zu drehen und zu Lohmann zurück zu blicken. Der Journalist hatte sich in eine halb hockende Stellung erhoben und spähte um den Rand ihrer Deckung herum. Einer der Scheinwerferstrahlen war jetzt ganz nah.

»Lohmann!« sagte Warstein noch einmal.

Lohmann drehte mit einem zornigen Ruck den Kopf – und stieß ein überraschtes Keuchen aus. »Was –?«

»O mein Gott, ist das schön!« flüsterte Angelika.

Warstein starrte sie ungläubig an, drehte dann wieder den Kopf und verharrte plötzlich.

Das Geschöpf war fort. Das hieß, es war noch da, aber es hatte sich verändert, so sehr und so drastisch, wie es überhaupt nur möglich schien. Aus dem krallenbewehrten, kriechenden Chaos, das den Tod zu ihnen brachte, war eine Kreatur geworden, die so schön und friedvoll war, daß ihr Anblick Warstein schier den Atem verschlug. Er konnte auch jetzt nicht genau erkennen, was da überhaupt vor ihnen lag. Es war ein Wesen wie aus einer Vision des Garten Eden, ein zartes Gespinst aus Federn und Fell und schimmernder Seide, aus dünnen, zerbrechlichen Gliedern und filigranen Fühlern, das nichts glich, was er jemals zuvor gesehen hätte. Trotz seiner Größe wirkte es verletzlich und sehr verwundbar, und sein bloßer Anblick erweckte in Warstein ein Gefühl der Zärtlichkeit und des

Beschützenwollens, wie er es niemals zuvor in dieser Intensität verspürt hatte.

Aber das war doch unmöglich! dachte er. Er konnte sich nicht so getäuscht haben. Vor einer Sekunde noch hatte er sich einer Kreatur der Hölle gegenübergesehen. Jetzt erblickte er etwas, das ein Geschöpf des Himmels zu sein schien, ein Wesen, gegen dessen Schönheit und Sanftmut selbst ein Engel verblassen mußte.

»Was ... was ist das?« flüsterte Angelika. Ihre Augen leuchteten. Langsam streckte sie die Hände aus und berührte das goldfarbene Fell des reglos daliegenden Wesens. Ein leises Knistern war zu hören, als ihre Fingerspitzen das Geschöpf streichelten. Die Kreatur reagierte auf die Berührung. Warstein hörte einen hellen, sphärischen Laut, und der ganze Körper zitterte sacht. Es war ein Anblick wie von Wind, der durch ein Kornfeld strich.

»He!« sagte Lohmann hinter ihnen. »Sie sind weg!«

Warstein riß sich widerwillig vom Anblick der goldenen Kreatur los. Lohmann hatte sich ganz aufgerichtet und sah in die Richtung, aus der die Soldaten gekommen waren. Die Scheinwerferstrahlen waren fort, und die Männer, zu denen sie gehörten, auch.

»Wo ... sind die Soldaten?« fragte Lohmann.

Warstein konnte nur verwirrt mit den Schultern zucken. Er hätte erleichtert sein müssen, daß sie wie durch ein Wunder doch noch davongekommen waren, aber das genaue Gegenteil schien der Fall zu sein. Vielleicht, dachte Warstein, weil in diesem Satz ein Wort zuviel war. Sie waren nicht *wie* durch ein Wunder noch einmal davongekommen.

Lohmann riß seinen Blick mühsam von der leeren Straße los und drehte sich zu Angelika und ihm herum. »Irgend etwas scheint sie –« Er brach abrupt ab, als sein Blick die goldfarbene Kreatur traf, die vor Angelika auf dem Boden lag. Seine Augen wurden groß.

Warstein gönnte sich den kleinen Luxus, sich einen Augenblick lang an dem Ausdruck von Fassungslosigkeit zu weiden, der sich auf Lohmanns Gesicht ausbreitete, ehe auch er sich wieder umwandte. Und während er es tat, geschah etwas sehr Unheimliches. Für jene winzige Zeitspanne, die sein Blick brauchte, um das Geschöpf zu Angelikas Füßen zu fokussieren, war es wieder die mörderische Kreatur, die Lohmann verfolgt hatte. Es ging zu schnell, um den Anblick wirklich zu erfassen; ein einzelnes Bild, das nicht in sein Bewußtsein drang, aber ein Gefühl tiefer Beunruhigung in ihm hinterließ, das auch nicht wich, als er das Geschöpf wieder so sah, wie es wirklich war.

Aber war es das überhaupt?

»Was ist das?« flüsterte Lohmann. Er ließ sich in die Hocke sinken und streckte die Hände nach dem goldfarbenen Fell aus. Als er es berührte, schien ein unmerkliches Zucken durch den reglosen Körper zu laufen. Er bewegte sich nicht wirklich. Es war, als betrachteten sie eine Spiegelung auf klarem Wasser, dessen Oberfläche für einen kurzen Moment vom Wind gekräuselt wurde.

Warstein war nicht der einzige, der es bemerkte. Lohmann zog erschrocken die Hand zurück, und Warstein war nicht einmal erstaunt, daß das Zittern ebenso plötzlich wieder aufhörte, wie es begonnen hatte.

»Es stirbt«, sagte Angelika. Ihre Stimme bebte, und ihre Augen füllten sich mit Tränen. Sie versuchte nicht, dagegen anzukämpfen. »Seht doch, es stirbt.« Ihre Finger strichen über das knisternde Fell, und dort, wo sie es berührten, leuchtete der goldene Glanz noch einmal intensiver auf, als verleihe ihm die bloße Berührung noch einmal Lebenskraft. Doch wenn es so war, dann reichte das, was Angelika dem sterbenden Geschöpf gab, nicht aus. Sein Glanz verblaßte mehr und mehr.

»So etwas habe ich noch nie gesehen!« sagte Lohmann. »Was ist das für ein Tier?«

»Es ist kein Tier«, antwortete Warstein. Er sprach ganz leise. Der Moment hatte etwas beinahe Heiliges, und lautes Reden konnte ihn zerstören. »Es kommt von drüben. Von der anderen Seite.«

»Es kann hier nicht leben«, sagte Angelika traurig. Tränen liefen über ihr Gesicht. »Unsere Welt bringt es um.«

Der goldene Glanz der Kreatur war jetzt kaum noch zu erkennen. Sie war noch immer schön, unbeschreiblich schön und majestätisch, aber sie war nur noch ein sterbender Engel. Nur dort, wo Angelikas Hand sie berührte, war noch ein Rest des goldenen Schimmerns zu erkennen.

Der Anblick brachte Warstein auf eine Idee. Obwohl ihm der Gedanke selbst fast absurd erschien, streckte auch er beide Hände aus und legte sie fest auf den Körper des sterbenden Wesens. Er fühlte ein sanftes Kribbeln und etwas wie einen vagen Schmerz, der nicht sein eigener zu sein schien. »Helft ihm«, sagte er. Nicht mehr, begriff er doch selbst nicht wirklich, was er tat. Trotzdem schien zumindest Angelika zu verstehen, denn auch sie berührte das Wesen nun mit beiden Händen, und nach einer Sekunde des Zögerns tat Lohmann das gleiche, auch wenn Warstein ihm ansah, daß er insgeheim wohl an seinem Verstand zweifelte.

»Es wird nicht sterben«, sagte er. »Wir können ihm helfen.«

Und das taten sie. Er wußte nicht, was geschah, geschweige denn, was sie taten. Aber er spürte, wie irgend etwas in der sterbenden Kreatur wieder erwachte, und nur einen Augenblick später sah er es auch. Unter ihren Händen erwachte der sanfte goldene Glanz des Wesens zu neuem Leben. Warstein fühlte, wie sich das Fell erwärmte, die Kälte des Todes, die schon fast vollkommen von dem Geschöpf Besitz ergriffen hatte, sich widerwillig zurückzog und neuem, pulsierendem Leben Platz machte. Er dachte nicht darüber nach. Er gestattete sich nicht einmal, Erleichterung oder auch nur Erstaunen zu empfinden. Alles, wofür in seinem Denken Platz war, war der intensive Wunsch, das Geschöpf zu retten. Ihm etwas von ihrer Lebenskraft zu geben.

Es gelang ihnen. Zuerst langsam, doch dann immer schneller und schneller löste sich die eisige Umarmung des Todes, und schließlich zogen zuerst Warstein und dann die beiden anderen ihre Hände zurück. Der Glanz blieb. Das Geschöpf bewegte sich, ein fließendes, seidiges Rascheln und Gleiten einer Form, die zu fremd und anders war, um sie wirklich zu erkennen. Für einen kurzen Moment wurde sein Glanz so intensiv, daß Warstein geblendet die Augen schloß und den Blick abwandte.

Als er die Lider wieder hob, war das Wesen verschwunden. Nur ein flüchtiger Schimmer blieb noch in der Luft zurück, dann erlosch auch er, und sie waren wieder allein. Ein Gefühl tiefer Zufriedenheit breitete sich in Warstein aus. Er konnte immer noch nicht sagen, was sie getan hatten, aber es war etwas Gutes gewesen, etwas Richtiges, und das allein zählte in diesem Moment.

Es war Lohmann, der den Augenblick beendete und sie wieder in die Wirklichkeit zurückholte. »Glauben Sie nicht, daß Sie mir allmählich die eine oder andere Erklärung schuldig sind?« fragte er.

»Wenn Sie wissen wollen, was das für ein Wesen war, dann muß ich Sie enttäuschen«, antwortete Warstein. Etwas von dem Frieden und der Sanftmut der Kreatur war noch in ihm zurückgeblieben, denn er war nicht einmal wirklich verärgert über Lohmanns Frage. »Ich weiß es nicht.«

»Dafür, daß Sie nichts wissen, wissen Sie eine Menge«, erwiderte Lohmann scharf. »Was um Gottes willen haben Sie getan?«

»Ich weiß es nicht«, sagte Warstein noch einmal. »Ich wollte einfach nicht, daß es stirbt.«

»So?« machte Lohmann. »Einfach so, wie?«

»Einfach so«, bestätigte Warstein. Aber das war nicht die Wahrheit. Tief in sich wußte er, was geschehen war. Und nicht erst seit diesem Moment. Der Gedanke war so phantastisch, daß er es selbst jetzt noch nicht über sich brachte, ihn laut auszusprechen.

»Nur weil Sie es wollten?« Lohmann lachte nervös.

»Ja. So, wie das Radio wieder funktioniert hat, weil Sie es wollten«, bestätigte Warstein. »Und im gleichen Moment wieder ausgefallen ist, in dem Sie es sich gewünscht haben.«

Lohmann blinzelte ein paarmal. Er setzte dazu an, etwas zu sagen, schüttelte aber dann nur den Kopf und blickte auf die Stelle herab, an der das Wesen gelegen hatte.

»Erinnern Sie sich«, fuhr Warstein fort. Die Worte galten viel mehr ihm selbst als dem Journalisten oder Angelika. Der Gedanke kam ihm selbst noch immer so phantastisch und bizarr vor, daß sich sein Verstand mit aller Macht dagegen wehrte, ihn zu akzeptieren. Er mußte es laut aussprechen, nicht um Lohmann oder Angelika, sondern um sich selbst davon zu überzeugen, daß es so war. »Ich habe mir gewünscht, daß die Straße besser wird – und sie wurde es.« Er deutete auf Angelika. »Dein Gesicht. Du hattest Angst, daß eine Narbe zurückbleibt, nicht wahr?«

Angelika sah ihn verblüfft an. Sie wirkte kaum weniger schockiert als Lohmann, und obwohl Warstein spürte, daß sie es insgeheim bereits ebenso deutlich wußte wie er, schien auch sie sich noch gegen die Wahrheit zu sträuben. Widerwillig nickte sie.

»Die Brandblase ist verschwunden«, fuhr er fort. »Wenn wir einen Spiegel hätten, könntest du es selbst sehen. Da ist nichts mehr.«

Sie hob die Hand an die Wange und betastete ihre Haut. Sie sagte nichts.

»Und die Männer«, schloß Warstein mit einer Geste dorthin, wo vor einer Minute noch ein Dutzend Soldaten gewesen war. »Sie sind fort. Sie sind weg, weil Sie es gewollt haben, Lohmann.«

»Was für ein Quatsch«, sagte Lohmann. Es klang nicht einmal im Ansatz überzeugt. Nur hilflos.

»Aber Sie haben es selbst gesagt«, sagte Warstein. »Erinnern Sie sich? Irgend etwas wird Ihnen einfallen. Ihnen ist etwas eingefallen.«

»Aber das ist völlig unmöglich!« behauptete der Journalist. In seinen Augen war etwas, das an Irrsinn grenzte. Er sah aus wie ein Mann, der den Boden unter den Füßen verliert und es merkt, ohne etwas dagegen tun zu können. »Das würde bedeuten, daß . . .«

». . . unsere Wünsche die Realität beeinflussen, ja«, führte Warstein den Satz zu Ende.

»Aber das ist unmöglich«, beharrte Lohmann. Er lachte nervös. Was er zustande brachte, hörte sich jedoch eher wie ein Wimmern an. »Wollen Sie behaupten, daß wir plötzlich zaubern können?« Er stand auf, griff in die Jackentasche und zog eine zerknautschte Zigarettenpackung hervor. Als er sie mit zitternden Fingern aufklappte, sah Warstein, daß sie nur noch zwei Zigaretten enthielt.

»Sehen Sie!« sagte Lohmann in fast triumphierendem Ton. »Ich habe mir gerade gewünscht, daß sie wieder voll ist. Nichts ist geschehen.«

»So funktioniert es nicht«, erwiderte Warstein. »Ich rede nicht über Taschenspielertricks, Lohmann. Sie müssen es wirklich wollen. Tief in sich müssen Sie wissen, daß es so und nicht anders sein kann.«

Lohmann sah ihn verstört an, starrte dann wieder auf die Zigarettenpackung und steckte sie ein. Er sagte nichts mehr.

Ohne ein weiteres Wort setzten sie ihren Weg fort. Es war tatsächlich nicht etwa so, daß sie plötzlich über Zauberkräfte verfügten; obwohl Warstein es niemals zugegeben hätte, ertappte auch er sich ein paarmal dabei, es insgeheim zu versuchen. Er fixierte einen Punkt am Wegesrand und konzentrierte sich mit aller Macht darauf, dort einen blühenden Rosenbusch entstehen zu lassen, aber der Waldrand veränderte sich nicht, und auch sein Versuch, seine nassen Kleider trocken zu zaubern oder wenigstens etwas wärmer werden zu lassen, führte zu keinem Ergebnis. Aber sie waren noch keine fünf Minuten unterwegs, als der Weg plötzlich eine Biegung machte und die Eisenbahntrasse unter ihnen lag. Nicht weit dahinter erhob sich der gewaltige Torbogen des Tunneleingangs. Dabei hätten sie noch Kilometer davon entfernt sein müssen.

Der Anblick erfüllte ihn mit einer Mischung aus Unbehagen und Erleichterung. Erleichterung, weil er wie die beiden anderen einfach am Ende seiner Kräfte war; einen weiteren, kilometerlangen Marsch über die abschüssige Straße hätte er kaum noch durchgestanden, und wahrscheinlich war dies auch ganz genau der Grund, weswegen er ihnen erspart geblieben war. Aber auch

Unbehagen, denn indem sie das Ende ihres Weges erreicht hatten, mußte er nun endgültig die Entscheidung treffen, die er bisher so erfolgreich vor sich her geschoben hatte; so wie er seit Jahren jede Entscheidung vermieden hatte.

Sie stiegen die Böschung hinauf und betraten die Geleise. Ihre Schritte wurden unwillkürlich langsamer, als sie sich dem Tunnel näherten. Zehn Meter davor blieb Lohmann schließlich stehen. Aufmerksam sah er nach rechts und links und versuchte dann, die Schwärze jenseits des fünf Meter hohen Torbogens mit Blicken zu durchdringen. »Seltsam«, sagte er.

»Was ist seltsam?« fragte Angelika.

»Es ist niemand zu sehen«, antwortete Lohmann. »Ich hätte damit gerechnet, daß sie wenigstens hier eine Wache aufstellen.«

»Vielleicht hatten sie es ja«, erwiderte Angelika.

»Ja, natürlich.« Lohmann gab sich vergebens Mühe, seiner Stimme einen möglichst sarkastischen Ausdruck zu verleihen. Er klang nur trotzig. »Das habe ich ganz vergessen. Wir haben sie weggewünscht, nicht wahr?« Er deutete in den Tunnel hinein. »Warum wünschen wir uns nicht gleich einen Zug, der dort auf uns wartet? Das würde uns einen langen Fußmarsch ersparen.«

Angelika würdigte ihn nicht einmal einer Antwort, sondern ging weiter. Lohmann folgte ihr. Warstein schloß sich ihnen an, allerdings erst nach kurzem Zögern und in einem Abstand von sieben, acht Schritten. Plötzlich war er nicht mehr sicher, was er tun sollte. Während Angelika und Lohmann sich in der Mitte der doppelten Eisenbahntrasse bewegten, ging er weiter nach rechts und blieb zwei Schritte hinter dem Tunneleingang stehen. Es war so dunkel, daß er die schmale, eiserne Klappe, die unmittelbar hinter dem Eingang in die Wand eingelassen war, nur schemenhaft erkannte. Aber er wußte, daß sie da war. Und er wußte auch, was dahinter lag. Er brauchte nur die Hand auszustrecken und sie zu öffnen. Aber er brachte die Kraft dazu einfach nicht auf.

»Ist es das?« fragte Lohmann hinter ihm.

Warstein fuhr erschrocken zusammen. Er hatte nicht einmal bemerkt, daß der Journalist kehrtgemacht hatte und zu ihm zurückgekommen war. Auf Lohmanns Gesicht lag ein sonderbarer Ausdruck, den er im ersten Moment nicht zu deuten vermochte.

»Was?« fragte er ausweichend.

Lohmann runzelte die Stirn. »Das Telefon«, erwiderte er.

Warstein fuhr zum zweiten Mal sichtlich zusammen. »Woher . . .?«

Lohmann machte eine ärgerliche Geste. »Halten Sie mich für blöd?« fragte er. »Ich habe diesen Tunnel vielleicht nicht mitgebaut wie Sie, aber selbst ich weiß, daß es hier irgendwo ein Telefon geben muß. Sie hatten vor, Franke damit anzurufen, nicht wahr?«

»Das hatte ich«, gestand Warstein.

Lohmann blickte ihn durchdringend an. Er wirkte nicht einmal verärgert. »Und jetzt?«

»Jetzt nicht mehr«, sagte Warstein. Die Entscheidung, vor der er sich so gefürchtet hatte, war längst gefallen, das begriff er erst jetzt. Es war nicht mehr nötig, die beiden anderen zu verraten, ebensowenig wie es jetzt noch nötig gewesen wäre, gegen Franke zu kämpfen. Die Dinge hatten längst ihren Lauf genommen, und das Geschehen, das sie aufhalten wollten, hatte schon längst begonnen. Nicht mehr sie waren es, die den Ablauf der Ereignisse bestimmten, die Ereignisse bestimmten ihr Verhalten. Der Gedanke erfüllte Warstein mit einem Gefühl von Ohnmacht, dem aber jede Verbitterung fehlte. Vielleicht, weil er ebenso deutlich fühlte, daß alles so kam, wie es kommen mußte, weil es in dem großen, komplizierten Muster des Universums so vorgesehen war.

»Gehen wir weiter«, sagte er. »Wir haben noch einen langen Weg vor uns.«

Lohmann wirkte ein wenig überrascht. Er lächelte, drehte sich herum und wartete, bis Warstein an ihm vorbeigegangen war. Nebeneinander gingen sie zu Angelika, die in einigen Schritten Entfernung stehengeblieben war und etwas ansah, das sie erst erkannten, als sie neben ihr angelangt waren.

»Sehen Sie, Lohmann«, sagte sie. »Ist das ungefähr das, was Sie sich vorgestellt haben?«

Lohmann sagte nichts, aber trotz der Dunkelheit, die sie umgab, konnte Warstein erkennen, wie jede Farbe aus seinem Gesicht wich, während er den kleinen, vierrädrigen Wagen ansah, der wenige Schritte vor ihnen auf den Schienen stand und auf den Angelika deutete.

16

DEM ERSTEN HELIKOPTER WAREN ZWEI WEITERE gefolgt, die in kurzem Abstand auf der Straße am Ufer landeten und denen insgesamt mehr als zwei Dutzend Soldaten entstiegen. Die Männer hatten die Straße in weitem Umkreis abgeriegelt. Wer nicht schon vor den Hubschraubern in Panik davongelaufen war, den trieb der Anblick der bewaffneten Gestalten zurück, und in einigen wenigen Fällen auch der Einsatz von – mehr oder weniger – sanfter Gewalt. Was Roglers Polizisten in einer guten Stunde nicht gelungen war, das schafften die Soldaten binnen weniger als fünf Minuten. Als ihr Aufmarsch beendet war, befanden sich auf der Uferpromenade nur noch Uniformierte. Nur die Männer jenseits der Mauer, denen die Anwesenheit und auch die Befehle der Soldaten galten, waren noch da.

Ein grauhaariger Offizier mit den Rangabzeichen eines Majors kommandierte die Truppe. Er mußte nicht sehr viele Befehle geben. Die Männer schienen genau zu wissen, was von ihnen erwartet wurde, und sie erfüllten ihre Aufgabe so schnell und präzise, daß jedem Beobachter schon nach Augenblicken klargeworden wäre, daß es sich bei ihnen um eine gut trainierte und seit Jahren aufeinander eingespielte Elitetruppe handelte. In einer Entfernung von zweihundert Metern zu beiden Seiten der Straße wurden Barrieren errichtet, und einige Männer umgingen das Lager der reglos dastehenden Gestalten in weitem Umkreis und bildeten eine Kette zwischen ihnen und dem See, um es auch in dieser Richtung abzuriegeln. Längst war klargeworden, daß es sich bei diesen Schamanen und Zauberern um Druiden handelte, die letzten Wächter der Welt. Keiner von ihnen schien Notiz davon zu nehmen, was um sie herum geschah.

Der Major wartete. Er hatte Befehl, die Gruppe am Ufer zu umstellen, aber nichts zu tun, solange sie nichts taten, und auch, wenn er sich insgeheim fragte, was an diesem Haufen offensichtlich verrückter alter Männer den Einsatz einer auf den Nahkampf spezialisierten Eliteeinheit wie seiner rechtfertigte, so stellte er seinen Befehl trotzdem nicht in Frage, sondern folgte ihm Wort für Wort. Zeit verging. Fünf Minuten, zehn, eine halbe Stunde, schließlich eine ganze. Keiner der Soldaten rührte sich. Von Zeit zu Zeit erschien ein Schatten hinter einem erleuchteten Fenster auf der anderen Straßenseite oder wurde eine Tür geöffnet, nur um sofort und sehr hastig wieder geschlossen zu werden, denn vor jedem einzelnen Haus auf der anderen Seite der Straße stand ein Posten, der dafür sorgte, daß niemand versuchte, es zu verlassen.

Der ersten Stunde schloß sich eine zweite an und dieser noch ein Teil der dritten, ehe die Männer auf der anderen Seite der Mauer endlich aus ihrer Starre zu erwachen begannen.

Es geschah auf eine Weise, die fast ebenso unheimlich und bizarr war wie die Stunden völliger Reglosigkeit, in der sie bisher verharrt hatten. Sie bewegten sich, alle zugleich und wie in einem Tanz, langsam, mit bedächtigen, fast zeremoniellen Bewegungen, ein jeder für sich und auf eine andere Art, und doch in ihrer Gesamtheit wie einem nicht klar erkennbaren, aber eindeutig vorhandenen Muster folgend. Der Major hatte das Gefühl, dem Erwachen einer großen, ungemein kompliziert und zugleich ungemein präzise funktionierenden Maschine zuzusehen. Jede einzelne Geste der hundert Männer schien eine ganz bestimmte Bedeutung zu haben. Das Heben einer Hand bedingte die Bewegung eines anderen Körpers, ein Lidzucken eine Drehung, ein Atemzug einen Schritt. Wie die Zahnräder eines gewaltigen Mechanismus ineinandergreifen, so griffen diese Bewegungen und Gesten ineinander und führten in ihrer Gesamtheit zu etwas anderem, Größerem, einem Ganzen, das viel größer als die Summe seiner einzelnen Teile war und etwas noch Größeres bewirken mußte.

Es dauerte lange, ehe er erkannte, was es war.

Der Himmel.

Die Lichter und wogenden Formen waren noch da, aber ihre Bewegung war jetzt nicht mehr willkürlich, sondern kommunizierte auf eine unheimliche Weise mit der der Druiden. Es war nicht zu erkennen, was worauf reagierte – die Lichter am Himmel auf das Erwachen der Männer oder diese auf die veränderten Muster über ihnen. Es war im Grunde auch gleich. Der Major hatte seine Befehle. Auch und vor allem für diesen Fall. Und er befolgte sie präzise.

Das Funkgerät, mit dem er wie jeder einzelne seiner Männer ausgerüstet war, funktionierte noch immer nicht, aber ihre Planung hatte auch für diesen Fall vorgesorgt. Er hob die Hand über den Kopf, machte eine rasche, befehlende Geste, und der Halbkreis bewaffneter Männer auf dieser Seite der Mauer zog sich enger zusammen, ohne die eigentliche Grenze zum Park zu überschreiten. Zugleich begann ein Soldat, der auf dem Dach eines der gegenüberliegenden Häuser Aufstellung genommen hatte, mit einem tragbaren Scheinwerfer Lichtsignale auf den See hinauszugeben. Nur einen Moment später wurde das Blinken von einem flackernden weißen Stern einen halben Kilometer vom Ufer entfernt beantwortet, und das Geräusch eines Motors begann sich zu nähern. Ein Schatten glitt auf das Ufer zu und wurde zu den kantigen Umrissen eines kleinen Schiffes. Auf der Brücke waren die Kennzeichen der italienischen Wasserschutzpolizei angebracht, aber hinter der niedrigen Reling standen Männer in den gleichen Uniformen wie die, die die Soldaten hier trugen.

Das Schiff näherte sich dem Ufer auf fünfzig Meter und hielt dann an. Mehr geschah nicht. Der Major hatte Befehl, die Druiden daran zu hindern, den Park zu verlassen, ansonsten aber auf keinen Fall einzugreifen, ganz egal, was sie taten.

Mittlerweile hatte der Tanz der Druiden ein Ende gefunden. Die Männer hatten sich allesamt erhoben und ihre Plätze an den Feuern verlassen, und nun wandten sie sich einer nach dem anderen um und begannen langsam, mit ebenso gemessenen und fast zeremoniellen Schritten, wie es die Bewegungen davor gewesen waren, auf das Ufer zuzugehen.

Nun erwachte auch der Major aus seiner Starre. Mit einer für einen Mann seines Alters und seiner Statur erstaunlichen Behendigkeit überwand er die Mauer, verfiel in einen raschen Laufschritt und begann zum Ufer hinabzueilen. Da die Druiden noch immer sehr langsam gingen, fiel es ihm nicht schwer, sie zu überholen und die dort wartenden Soldaten zu erreichen, ehe der erste der alten Männer dort war. Er mußte keinen Befehl erteilen, damit seine Soldaten reagierten.

Die Männer bildeten eine Kette hinter und zu beiden Seiten ihres Kommandanten und hoben ihre Waffen vor die Brust; eine Haltung, die so eindeutig war, daß auch die näherkommende Prozession buntgekleideter Gestalten sie begreifen mußte. Trotzdem setzten sie ihren Vormarsch fort; sehr langsam, aber auf eine Weise, die in dem Major das ungute Gefühl wachrief, daß es ihm vielleicht nicht gelingen würde, sie aufzuhalten. Zumindest nicht, ohne Gewalt anzuwenden.

Er hatte es bisher selbst nicht einmal bemerkt, aber die Zeit, die er dagestanden und die reglosen Gestalten angeblickt hatte, hatte etwas in ihm verändert. Als er gekommen war, hatte er die Männer einfach nur für seltsam gehalten. Jetzt flößten sie ihm Furcht ein. Nicht einmal wegen ihres zum Teil bizarren Äußeren. Aber etwas schien von ihnen auszugehen, unsichtbar, zugleich aber so intensiv, daß man fast meinte, es berühren zu können. Eine Aura von Macht und uraltem Wissen, die etwas in dem Major tief berührte und erzittern ließ. Er empfand noch keine wirkliche Angst, aber es kostete ihn große Überwindung vorzutreten und in einer Geste, die nicht halb so überzeugend ausfiel, wie er es sich gewünscht hätte, die Hand zu heben.

»Halt!« sagte er.

Er hatte nicht wirklich damit gerechnet, aber der Vormarsch der Prozession kam tatsächlich für einen Moment ins Stocken. Zugleich hörten die Lichter über ihnen auf zu flackern, die Formen und Farben sich zu verändern. Es war ein bizarrer, unwirklicher Moment; als hätte die Zeit für einen Augenblick angehalten. Plötzlich hatte er Angst. Nicht vor dem, was diese Männer da vor ihm tun oder sagen konnten, sondern einfach vor dem, was sie waren.

Eine der Gestalten löste sich aus der Reihe und kam auf ihn zu. Es war ein uralter Mann in einem knöchellangen weißen Gewand, dessen Gesicht einen dunklen Teint und einen leicht asiatischen Schnitt hatte und von einem ebenfalls weißen Turban gekrönt wurde. Zwei Schritte vor dem Major blieb er stehen und sah ihn aus Augen an, deren Blick tiefer zu gehen schien als alles andere, was dem Major bekannt war. Seine Hände begannen ganz leicht zu zittern. Es fiel ihm immer schwerer, wenigstens äußerlich Ruhe zu bewahren.

»Bitte, gib den Weg frei«, sagte der Alte. Er bediente sich einer Sprache, die der Major noch nie zuvor gehört hatte, geschweige denn sprach. Und trotzdem verstand er jedes Wort.

»Das kann ich nicht«, antwortete er. »Es tut mir leid, aber ich habe meine Befehle. Bitte, seien Sie vernünftig und gehen Sie zurück.«

Die uralten Augen in dem nicht weniger alten Gesicht sahen ihn noch eine Sekunde lang durchdringend an, dann lächelte der Mann, drehte sich um und ging ohne Hast zu den anderen zurück. Kaum hatte er seinen Platz in der Reihe wieder eingenommen, gingen sie weiter.

Der Major war nicht überrascht, aber zutiefst erschrocken. Vielleicht zum ersten Mal in seinem Leben als Soldat und kommandierender Offizier wußte er nicht, was er tun sollte. Seine Befehle waren eindeutig: er durfte nicht zulassen, daß die Männer den Bereich zwischen der Straße und dem Ufer verließen. Aber zugleich wußte er auch, daß es ihm nicht gelingen würde, sie daran zu hindern. Was sollte er tun? Auf diese zum größten Teil alten, gebrechlichen Männer schießen lassen?

Entschlossen kämpfte er seine Furcht nieder, trat den Männern einen weiteren Schritt entgegen und breitete die Arme aus. »Halt«, sagte er noch einmal. »Sie dürfen nicht weitergehen.«

Natürlich taten sie es trotzdem. Der Vormarsch der Männer kam nicht einmal für eine Sekunde ins Stocken. Langsam näherten sie sich dem Major, und als sie ihn erreicht hatten, geschah etwas Unheimliches: Der Soldat war entschlossen gewesen, sie nötigenfalls mit der Kraft seiner Hände zurückzuhalten, aber als der erste der alten Männer noch einen halben Meter von ihm entfernt war, trat er plötzlich einen Schritt zurück. Es war ihm unmöglich, sie zu berühren.

»Halt!« rief er noch einmal. Seine Stimme klang plötzlich verzweifelt. »Stehenbleiben!«

Die Männer bewegten sich weiter. Die ersten erreichten die Kette der Soldaten am Wasser, und was ihrem Kommandanten widerfahren war, wiederholte sich bei ihnen. Sie wichen einer nach dem anderen zurück und zur Seite; widerwillig und wie gegen einen inneren Zwang ankämpfend, aber zugleich auch ohne zu zögern.

Der Major sah die Katastrophe kommen, aber er war nicht in der Lage zu reagieren.

Einer der Soldaten verlor die Nerven. Mit einem halblauten Schrei riß er sein Gewehr in die Höhe, legte auf die näherkommenden Männer an und schoß.

Das Gewehr explodierte. Flammen und scharfkantige Metallsplitter verheerten das Gesicht des Soldaten, zerfetzten seine rechte Hand und schwärzten die Brust seiner Uniform. Mit einem gellenden Schrei ließ er die Waffe fallen, stürzte nach hinten und begann sich am Boden zu wälzen.

Der Major war der erste, der den Verletzten erreichte. Der Soldat krümmte sich am Boden und hatte beide Arme vor sein blutendes Gesicht gerissen, doch der Major wußte, was sich dahinter verbarg. Er kannte die furchtbare Wirkung dieser Waffen zu gut, um sich auch nur eine Sekunde lang einreden zu können, daß es noch irgend etwas gab, was sie für den Mann tun konnten. Es war ein Wunder, daß er überhaupt noch am Leben war. Er war nur nicht sicher, ob es auch eine Gnade war.

Als er neben dem Sterbenden niederkniete und die Hände nach ihm ausstrecken wollte, sagte eine befehlende Stimme hinter ihm: »Halt!«

Ganz instinktiv zog er die Hände wieder zurück und sah auf. Über ihm stand ein junger, ganz in Schwarz gekleideter Mann. Es war dem Major ein Rätsel, wie er hierhergekommen war. Davon einmal abgesehen, daß die Soldaten das Ufer in weitem Umkreis abgesichert hatten, war er vollkommen sicher, ihn vorher noch nicht gesehen zu haben. Und das war nicht das einzig Erstaunliche an ihm.

Er trat einen Schritt auf den Major und den Verletzten zu. Einer der anderen Soldaten versuchte ihm den Weg zu vertreten. Es blieb bei dem Versuch. Er lächelte, und nach einer Sekunde wich der Ausdruck nervöser Entschlossenheit auf den Zügen des Soldaten einem fassungslosen Erstaunen. Nach einer weiteren Sekunde senkte er seine Waffe und trat beiseite.

Der Fremde kniete neben dem Verletzten nieder. Es dauerte nur einen Moment, bis auch der Major vor ihm zurückwich, wenn auch diesmal nicht aus Furcht. Das Gefühl war anders als das, das er in der Nähe der Druiden gehabt hatte. Der Schwarzgekleidete flößte ihm keine Angst ein. Vielmehr strahlte er eine ungeheure Autorität aus, die nichts mit Macht zu tun hatte. Es war die Autorität dessen, der wußte, was er tat, und der es richtig tat, immer und unter allen Umständen. Reglos vor Staunen und Ehrfurcht sah der Major zu, wie er behutsam die Hände des Verletzten beiseite schob und dann sein blutiges Gesicht berührte.

Der Soldat wimmerte vor Schmerz und versuchte die Hände des Fremden beiseite zu schlagen. Dann aber entspannte er sich so plötzlich und so total, daß der Major im ersten Moment nicht mehr sicher war, ob er noch lebte. Doch dann sah er, daß sich seine Brust weiter hob und senkte. Sein rechtes Auge war zerstört, aber das andere stand offen und blickte den Fremden ruhig an. Weder Schmerz noch Furcht waren jetzt darin zu erkennen.

»Hab keine Angst, Bruder«, sagte der Fremde. Er lächelte, und obwohl dieses Lächeln nicht dem Major galt, spürte auch er etwas von der Zuversicht und Wärme, die es verströmte und mit der es den Sterbenden erfüllte. Der Fremde nahm ihm wenigstens in seinen letzten Sekunden noch den Schmerz und die Angst. Es spielte überhaupt keine Rolle, wie und warum oder wer er war.

Mittlerweile hatte die Prozession der Druiden das Wasser erreicht. Der Major hätte selbst nicht sagen können, was er erwartet hatte – aber nicht das. Die Männer gingen einfach weiter. Das Wasser reichte ihnen bis an die Knöchel, dann zu den Knien, schließlich bis zu den Hüften, aber sie gingen immer noch unbeirrt weiter. Sie bringen sich um! dachte er. Vielleicht fühlten sie sich unverwundbar, durch den Hokuspokus, den sie aufgeführt hatten, aber das einzige, was bei diesem Wahnsinn herauskommen konnte, waren einhundert Leichen, die im Wasser trieben.

»Aufhalten!« befahl der Major. Er sprang hoch, unterstrich seinen Befehl mit einer entsprechenden Geste und wiederholte ihn noch einmal und lauter: »Haltet sie auf!«

Zwei oder drei Soldaten versuchten tatsächlich, dem Befehl zu folgen, aber sie kamen nicht einmal in die Nähe der Männer. Nach einigen Schritten blieben sie wieder stehen. Die Prozession setzte ihren Weg ins Verderben unbeirrt fort.

»Um Gottes willen, bleibt doch stehen!« rief der Major.

Seine Schreie verhallten ungehört. Die Männer gingen einfach weiter. Das Wasser reichte dem ersten jetzt bis zur Brust.

Der Major hob den Arm und machte eine befehlende Geste. Der Motor eines Polizeibootes dröhnte. Nach einem weiteren Befehl hoben die Männer auf dem Schiff ihre Gewehre und feuerten eine Salve ab. Dicht vor den Druiden spritzte das Wasser auf, in einer präzise wie mit einem Lineal gezogenen Linie, die zeigte, wie perfekt die Männer mit ihren Waffen umzugehen wußten. Trotzdem bewegten sich die Druiden noch immer weiter. Das Wasser reichte dem ersten jetzt bis zum Hals.

Einen Moment lang erwog der Major ernsthaft den Gedanken, das Feuer auf sie eröffnen zu lassen. Vielleicht war es immer noch besser, zwei oder drei Verletzte in Kauf zu nehmen, als tatenlos zuzusehen, wie annähernd hundert Männer aus einem religiösen Wahn heraus in den sicheren Tod gingen.

Die Entscheidung wurde ihm abgenommen. Der Scheinwerfer des Polizeibootes begann zu zittern. Die Lichter oben am Himmel flackerten stärker, und plötzlich wehte ein Chor überraschter Rufe und Schreie zum Ufer herauf. Das Wasser lag nicht mehr still. Eine immer schneller werdende Folge anwachsender Wellen begann sich halbkreisförmig von der Spitze der Prozession her auszubreiten. Das Polizeiboot schwankte immer heftiger. Die Wellen waren längst nicht stark genug, das Boot wirklich in Gefahr zu bringen, aber an ein gezieltes Schießen war nicht mehr zu denken.

»Verdammte Idioten«, flüsterte der Major. »Dann bringt euch doch um!«

Die Männer marschierten unbeeindruckt weiter, und es vergingen nur noch wenige Sekunden, bis sich die dunklen Wogen des Lago Maggiore über den Köpfen der ersten Gestalten schlossen.

Die Fahrt durch den Tunnel hatte etwas von einem Alptraum. Warstein wußte, daß sie kaum länger als eine halbe Stunde gedauert haben konnte, denn es war ein Wagen der gleichen Art wie die, die sie damals beim Tunnelbau eingesetzt hatten, und obwohl rings um sie herum vollkommene Finsternis herrschte, konnte er die Geschwindigkeit fühlen, mit der sie sich fortbewegten. Aber für ihn – und für die beiden anderen wohl auch – wurde diese halbe Stunde zu einer Ewigkeit, in der jede Sekunde mit banger Erwartung angefüllt war und mit Furcht vor dem, was sich in der Dunkelheit verbergen konnte.

Und anders als sonst war diese Angst ganz konkret, denn die

Schwärze hier war mehr als die Abwesenheit von Licht, vielleicht die Leinwand, auf der die Schrecken, die ihr Unterbewußtsein gebären mochte, nur zu real werden konnten. Was auch immer er sich auf dem Weg zum Tunnel selbst einzureden versucht hatte, er hatte den Umstand begrüßt, daß sie offensichtlich in der Lage waren, die Realität kraft ihrer Gedanken und Wünsche zu beeinflussen, und bisher hatte er sich ja auch als Segen erwiesen.

Das mußte nicht so bleiben. Hier, in dieser schwarzen, scheinbar endlosen Röhre, in der sie allein mit sich und ihren Ängsten und Erwartungen waren, konnten sich ihre neu gewonnenen Fähigkeiten nur zu leicht als Fluch erweisen und vielleicht als tödliche Gefahr. Lohmanns einfacher Wunsch nach einem Transportmittel hatte gereicht, es erscheinen zu lassen. Vielleicht reichte seine Furcht vor den Schrecken dieser Schwärze – oder die Angelikas oder auch seine eigene – ja auch aus, daß diese Gestalt annahm.

Warstein versuchte, seine Gedanken mit Gewalt auf etwas anderes zu konzentrieren. Je mehr er aber versuchte, nicht an seine Angst und die apokalyptischen Schrecken zu denken, desto intensiver dachte er daran. Und so wurde die Fahrt zumindest für ihn zu einer Reise durch die Hölle, auf der er innerlich um hundert Jahre alterte und die kein Ende zu nehmen schien.

Schließlich wurde es vor ihnen doch wieder hell. Es war nicht das Ende des Tunnels, das sie sahen – das Licht war gelb und zu hart, um natürlichen Ursprungs zu sein, und draußen herrschte ja auch noch immer tiefste Nacht. Obwohl der Elektrowagen mit sicherlich zwanzig oder dreißig Stundenkilometern über die Schienen rollte, näherten sie sich ihm nur sehr langsam. Warstein schätzte, daß sie noch einmal zwei oder drei Kilometer zurücklegten, ehe aus dem verschwommenen gelben Fleck, der irgendwo in der Dunkelheit schwamm, ein von Schatten und schwarzen Umrissen erfüllter Halbkreis wurde und sie Einzelheiten erkennen konnten.

Der gesamte Tunnel war hell erleuchtet, nicht nur von den unter der Decke befestigten, sondern auch durch eine Anzahl großer Scheinwerfer, die ganz offensichtlich nicht zur normalen Ausstattung des Bauwerkes gehörten, sondern nachträglich angebracht worden waren, um das zu beleuchten, was vor ihnen auf den Schienen stand. Der Wagen wurde langsamer, als sie sich dem erleuchteten Bereich näherten, und hielt schließlich ganz an. Warstein verlor kein Wort darüber, aber ihm entging auch nicht, daß Lohmann, der am Steuerpult des kleinen Elektrowagens stand, die Kontrollen nicht berührt hatte. Wortlos stiegen sie ab und näherten sich den beiden Zügen, die nebeneinander auf den beiden Gleisen standen. Ihre Schritte, die in der hohen, endlos langen Betonröhre unheimliche, verzerrte Echos hervorriefen, wurden immer langsamer, bis sie schließlich ganz anhielten, aber es vergingen auch dann noch lange, endlose Sekunden, ehe Lohmann als erster das betäubende Schweigen brach, das Besitz von ihnen ergriffen hatte.

»So ist das also«, sagte er. »Von wegen: Terroranschlag!« Er klang schockiert und zutiefst erschrocken.

Warstein war nicht einmal in der Lage, irgend etwas darauf zu erwidern. Vielleicht war er von ihnen derjenige gewesen, der noch am ehesten hätte ahnen können, was sie erwartete.

Die beiden Züge, die in der gleichen Fahrtrichtung nebeneinander auf den Schienensträngen standen, hätten sich ähneln können wie ein Ei dem anderen, wären sie nicht in völlig unterschiedlichem äußerem Zustand gewesen. Es waren zwei Hochgeschwindigkeitszüge vom Typ ICE 2000 der Deutschen Bundesbahn, und keiner von ihnen war älter als zwei Jahre – das konnten sie nicht sein, denn diese letzte Generation superschneller Eisenbahnzüge war erst vor kurzem in Dienst gestellt worden.

Trotzdem sah einer davon aus, als stünde er seit mindestens einem Jahrhundert hier; vielleicht auch seit einem Jahrtausend.

»Ich wußte es«, sagte Lohmann. »Sie haben gelogen. Sie haben die ganze Welt an der Nase herumgeführt!«

»Aber was ist denn hier nur passiert?« murmelte Angelika. Auch sie klang vollkommen fassungslos, erschrocken und zutiefst aufgewühlt wie Warstein. Vielleicht hätte er ihre Frage sogar beantworten können, aber er war in diesem Moment nicht fähig, auch nur irgendein Wort zu sagen. Er brachte nicht einmal die Kraft auf, seinen Blick von dem zerfallenen, von Rost und Alter zerfressenen Eisenbahnwrack zu lösen, das vor ihnen auf den Schienen thronte wie ein Symbol für die Vergänglichkeit aller menschlichen Schöpfung.

An seiner Stelle war es Lohmann, der antwortete. »Auf jeden Fall waren es keine Terroristen«, sagte er. »Es sei denn, sie haben den Begriff Zeitbombe vollkommen neu definiert.« Er lachte, aber der Scherz entspannte den Moment nicht, sondern erfüllte Warstein mit einem eisigen Schaudern und Angelikas Gesicht mit einem Ausdruck nackter Angst.

»Das muß der andere Zug sein«, sagte Lohmann mit einer Geste auf den zweiten ICE. »Der, von dem der alte Mann erzählt hat. Sie haben ihn hierhergeschafft. Deshalb also hat man ihn nie wieder gesehen. Unglaublich.«

»Was ist daran so erstaunlich?« wollte Angelika wissen. »Sie wollten ihn wahrscheinlich nur in Ruhe untersuchen und –«

»Wissen Sie, was so ein Ding kostet?« unterbrach sie Lohmann. Er machte ein abfälliges Geräusch und schüttelte zugleich heftig und mehrmals hintereinander den Kopf. »Wir reden hier nicht über einen Kleinwagen, Süße. Die Dinger da kosten Millionen, viele, viele Millionen.«

»Und?« fragte Angelika. Sie verstand immer noch nicht, worauf Lohmann hinauswollte.

»Glauben Sie wirklich, daß die Deutsche Bundesbahn zwei Züge im Wert von hundert Millionen Mark hier ein Jahr lang versteckt, wenn es sich nicht wirklich um etwas Großes handelt?« fragte Lohmann.

»Kaum«, sagte eine Stimme hinter ihnen. »Außerdem irren Sie sich. Sie kosten mehr als zweihundert Millionen – das Stück.«

Warstein, Lohmann und Angelika fuhren in einer einzigen, gleichzeitigen Bewegung herum, und Franke trat vollends hinter dem Zug hervor und fuhr mit einem angedeuteten Lächeln fort: »Die Zahlen wurden ein bißchen geschönt, weil sie Angst hatten, daß die Bahnkunden bei der nächsten Preiserhöhung noch verärgerter reagieren könnten. Die Waggons mitgerechnet, steht hier fast eine halbe Milliarde. Ein irgendwie beeindruckender Gedanke, finden Sie nicht?«

Hinter ihm trat eine zweite Gestalt auf die Schienen heraus. Der Mann konnte nur wenig jünger als Franke sein, war aber von weitaus kräftigerer Statur und wirkte in seinem ganzen Wesen agiler. Er hatte graues Haar und aufmerksame, wache Augen, die ständig in Bewegung waren und denen nicht die kleinste Kleinigkeit entging. Er war in einen dunkelgrauen Anzug gekleidet, der teuer gewesen sein mußte, jetzt aber ein wenig verschlissen wirkte; und so, als hätte er mindestens drei Tage darin geschlafen. Obwohl er sehr aufmerksam wirkte, machte er zugleich einen erschöpften Eindruck. Die rechte Hand hatte er scheinbar lässig in der Jackentasche vergraben. Warstein vermutete, daß er eine Waffe darin trug.

»Franke!« sagte Lohmann. Er trat einen Schritt auf den Wissenschaftler zu, blieb abrupt wieder stehen und sagte noch einmal: »Franke! Sie –«

»Bitte!« Franke hob die Hand, aber Warstein konnte nicht einmal sagen, ob die Geste Lohmann galt oder seinem Begleiter, der mit einer raschen Bewegung an Frankes Seite getreten war. Er war mehr als einen Kopf kleiner als Lohmann, aber Warstein zweifelte keine Sekunde daran, daß er dem Journalisten trotzdem hoffnungslos überlegen war, wenn er es auf eine körperliche Auseinandersetzung angelegt hätte. Franke war kein Narr. Zweifellos wußte er mittlerweile, wer Lohmann war und was für einen Charakter er hatte.

»Ich verstehe durchaus, daß Sie nicht gut auf mich zu sprechen sind, Herr Lohmann«, fuhr Franke fort. »Und von Ihrem Standpunkt aus haben Sie wahrscheinlich sogar recht damit. Aber jetzt ist nicht der Moment, uns um persönliche Animositäten zu kümmern. Ich bin sicher, Herr Warstein wird Ihnen das bestätigen.«

»Ich werde Ihnen zeigen, wozu jetzt der Moment ist!« drohte Lohmann. Er reckte kampflustig die Schultern, bedachte Frankes Begleiter mit einem herausfordernden, aber auch unübersehbar vorsichtigen Blick und schien darauf zu warten, daß dieser oder Franke selbst in irgendeiner Art auf seine Worte reagierten. Anscheinend, dachte Warstein, hatte er immer noch nicht begriffen, worum es hier wirklich ging. Oder er wollte es nicht.

Franke ignorierte ihn einfach. Vollkommen unbeeindruckt von Lohmanns drohender Haltung ging er an ihm vorbei und blieb dicht vor Warstein stehen. »Sie haben lange gebraucht«, sagte er. »Ich hatte schon Angst, daß Sie es nicht schaffen. Aber ich sehe, daß ich mich nicht in Ihnen getäuscht habe.«

»So wenig wie ich mich in Ihnen«, antwortete Warstein. Er fragte sich, warum er das sagte. Franke hatte recht – jetzt war nicht der Moment für solche albernen Spielchen.

Franke senkte für einen Moment den Blick und sah traurig zu Boden. »Ich verstehe«, sagte er. »Sie hassen mich immer noch. Das ist schade.«

»Hassen?« Seine Vernunft schrie ihm zu, daß jede einzelne Sekunde jetzt einfach zu kostbar war, um sie damit zu vergeuden, sich gegenseitig Vorwürfe zu machen. Aber die Worte hatten zu lange darauf gewartet, ausgesprochen zu werden. Sie mußten einfach heraus.

»Warum sollte ich Sie hassen, Franke?« fragte er höhnisch. »Sie haben nur mein Leben zerstört. Sie haben meine Karriere ruiniert, mich in den finanziellen Ruin getrieben und letztendlich dafür gesorgt, daß meine Ehe zum Teufel geht. Glauben Sie wirklich, daß ich Ihnen die paar Kleinigkeiten übelnehme? Sie tun mir unrecht.«

»Und Sie mir«, erwiderte Franke ernst. »Sie haben recht, mit jedem Wort. Falls wir noch Gelegenheit dazu finden, werde ich gerne öffentlich Abbitte tun und alles wieder gutmachen – so weit es in meiner Macht steht. Aber damals glaubte ich, im Recht zu sein. Ich glaubte so handeln zu müssen. Wenn Sie mir nur einen Moment zuhören, werden Sie mich verstehen.«

»Werde ich das?« Warstein ballte die Hände zu Fäusten. Es war nur ein Ausdruck seiner Ohnmacht, aber Franke sah die

Bewegung. »Nennen Sie mir nur einen einzigen Grund, warum ich Ihnen nicht den Schädel einschlagen sollte.«

Sein Begleiter machte erneut einen Schritt, der ihn an Frankes Seite brachte, aber wieder hob Franke rasch und beruhigend die Hand. »Lassen Sie nur, Rogler«, sagte er. »Er meint es nicht so.«

»Nein? Tue ich das nicht?« fragte Warstein.

»Nein«, behauptete Franke. »Nicht nachdem Sie das hier gesehen haben. Sie haben gewußt, was sie vorfinden würden, nicht wahr? Deswegen sind Sie auch hierhergekommen, statt nach Ascona.«

Die Worte waren nicht im Tonfall einer Frage gestellt. Warstein schwieg. Franke mußte dieses Schweigen falsch auslegen, aber er hatte das Gefühl, daß alles, was er jetzt sagen konnte, die Situation nur schlimmer machen würde. In den zurückliegenden drei Jahren hatte es nicht einen Tag gegeben, an dem er sich diese Situation nicht mindestens einmal ausgemalt hatte, in immer verschiedenen Variationen, aber stets mit dem gleichen Ausgang: der Moment, in dem er Franke gegenüberstand und dieser endlich zugab, wer damals im Recht gewesen war. Trotzdem war es aber jetzt anders. Er empfand keinerlei Triumph, nicht einmal eine Spur von Erleichterung. Ihr Kampf, der von Anfang an so ungleich gewesen war, war endlich vorüber, und er hatte ihn eindeutig gewonnen. Es hatte aber bis zur allerletzten Sekunde gedauert, bis er begriff, daß es dabei keinen Sieger gab.

»Also gut«, sagte er schließlich. »Was wollen Sie, Franke?«

»Ihre Hilfe«, antwortete Franke. Sein Gesicht blieb dabei vollkommen ausdruckslos, aber Warstein spürte, welch ungeheure Überwindung es ihn kostete, diese beiden Worte auszusprechen.

»Hilfe?« erwiderte er verblüfft.

»Bitte, Warstein!« Plötzlich, von einer Sekunde auf die andere, war von Frankes Beherrschung nichts mehr übrig. Die mühsam aufrechterhaltene Maske der Ruhe und gespielten Gelassenheit fiel von ihm ab, und dahinter kam der wirkliche Franke zum Vorschein: ein Mann, der völlig verzweifelt und sichtbar am Ende seiner Kräfte war. »Sie können mir sagen, was

Sie wollen. Sie können mit mir machen, was Sie wollen – wenn Sie wirklich glauben, es tun zu müssen, dann bringen Sie mich um, meinetwegen, aber nicht jetzt. Helfen Sie mir, das hier zu beenden!«

»Aber das kann ich nicht«, antwortete Warstein wahrheitsgemäß. Er war irritiert, denn er spürte, daß das, was Franke sagte, in diesem Moment vollkommen aufrichtig gemeint war. Plötzlich begriff er, daß Franke sich von ihm eine Hilfe erwartet hatte, die er ihm nicht geben konnte. Aber ihm wurde auch erst in diesem Moment klar, daß es umgekehrt genauso war. Trotz allem hatte er geglaubt, daß Franke ihm helfen konnte. Er hatte diesem Gedanken niemals gestattet, sich so klar zu artikulieren, doch er war zutiefst davon überzeugt gewesen, daß es ausreichte, Franke dazu zu zwingen, seinen Fehler von damals zuzugeben. Aber das war nicht so. Sie hatten gegenseitig auf eine Hilfe gehofft, die keiner dem anderen zu geben vermochte.

»Ich weiß nicht, was hier geschieht, Franke«, sagte er. »Und ich weiß noch viel weniger, was ich dagegen tun kann.«

Franke starrte ihn an. Fünf Sekunden, zehn, zwanzig, in denen die verzweifelte Hoffnung in seinen Augen erlosch und einem Ausdruck von Panik Platz machte, die schließlich zu einem resignierenden Entsetzen wurde. Er wußte, daß Franke die Wahrheit sagte. Er las es so deutlich in seinen Augen, wie dieser umgekehrt spürte, daß auch Warstein ihn nicht belog.

»Dann ist alles verloren«, sagte er leise.

»Was ist verloren?« mischte sich Lohmann ein.

Franke sah nicht einmal zu ihm auf, sondern blickte weiter in Warsteins Gesicht, aber dann beantwortete er die Frage doch: »Wir alle. Sie, ich, die Menschen dort draußen . . .«

»Wie melodramatisch«, höhnte Lohmann. »Aber vielleicht hätten Sie sich das ein bißchen eher überlegen sollen. Zum Beispiel, bevor Sie angefangen haben, mit Dingen herumzuspielen, von denen Sie nichts verstehen!«

»Bitte, Lohmann, seien Sie still«, sagte Warstein. An Franke gewandt, fuhr er fort: »Was meinen Sie? Wir haben gesehen, was auf der anderen Seite des Berges passiert ist. Ist es in Ascona auch so schlimm?«

»Schlimm?« Franke sah ihn durchdringend an. Er wirkte überrascht. »Sie wissen noch gar nicht, was passiert ist, nicht wahr?«

»Was ist passiert?« fragte Warstein betont.

»Die ganze Welt dort draußen geht zum Teufel, das ist passiert«, antwortete Frankes Begleiter an dessen Stelle. »Jedenfalls behauptet er das.«

Warstein sah den Grauhaarigen zum ersten Mal aufmerksamer an und versuchte zugleich, sich an seinen Namen zu erinnern. Rogler. Franke hatte ihn Rogler genannt. Es war das erste Mal, daß er sprach, seit Franke und er aufgetaucht waren, und seine Stimme verriet weit mehr als das, was er sagte. Es war die Stimme eines Mannes, der wußte, daß das, wovon er sprach, die Wahrheit war, sich aber mit aller Macht selbst davon zu überzeugen versuchte, daß er sich irrte. Warstein betrachtete ihn noch einen Augenblick lang verwirrt, dann wandte er sich wieder an Franke.

»Erzählen Sie«, bat er.

Franke seufzte. »Gut«, sagte er. »Aber nicht hier. Kommen Sie.«

Er drehte sich um und machte zwei Schritte in die Richtung, aus der Rogler und er gekommen waren, ehe er merkte, daß Warstein und die beiden anderen ihm nicht folgten.

»Keine Angst«, sagte er. »Es ist keine Falle. Wenn ich das vorgehabt hätte, hätte ich es geschickter anstellen können.« Er machte eine einladende Geste in Angelikas Richtung. »Vielleicht kann ich wenigstens noch etwas für Sie tun, meine Liebe. Sie sind doch hier, weil Sie Ihren Mann finden wollen, oder? Kommen Sie – ich bringe Sie zu ihm.«

Ascona fiel der Gewalt anheim. Jetzt glich es einem Hexenkessel. Die Panik, von der Rogler noch am Abend geglaubt hatte, daß sie ihnen erspart bleiben würde, kam nun doch, und dafür um so schlimmer.

Das Flackern der Lichter am Himmel, der Anblick der Soldaten, die Hubschrauber und das, was sich am See abspielte, begann immer mehr an den Nerven der Menschen zu zerren, so daß es nur eine Frage der Zeit gewesen war, bis sich die aufgestaute Furcht auf die eine oder andere Weise entladen hatte. In einem Teil der Stadt war der Strom ausgefallen, und in ganz Ascona die Telefone, Fernsehgeräte, Radio- und Funkempfänger. Die Stadt war blind, taub und zum Teil gelähmt, und die Menschen reagierten darauf, wie sie zu allen Zeiten auf Ausnahmesituationen reagiert hatten: mit Furcht, Panik und Flucht. Wer ein Automobil oder ein anderes Fahrzeug besaß, versuchte die Stadt zu verlassen. Niemandem gelang es. Der Verkehr, der schon im Laufe des Abends zusammengebrochen war, staute sich binnen Minuten zu einer unüberwindlichen Barriere aus Blech und Kunststoff, die nicht nur die drei aus der Stadt herausführenden, sondern auch alle anderen Straßen praktisch unpassierbar machte.

Es kam zu Unfällen, sinnlosen Kämpfen um einen Platz in einem Wagen, der sowieso nirgendwo mehr hinfahren würde, zahlreichen Ausbrüchen blinder, sinnloser Gewalt, die Verletzte und Tote forderten. Eine Welle aus Furcht und Gewalt raste durch die Stadt wie ein unsichtbares Feuer, das aus sich selbst heraus immer mehr Nahrung gewann und größer und heißer wurde, mit jeder Sekunde, die es brannte. Es war nicht nur die Angst vor dem, was geschehen war, die die Menschen um den Verstand brachte; nicht nur der Schock, von einer Sekunde auf die andere blind und taub, isoliert und völlig abgeschnitten von der übrigen Welt und ihrem gewohnten Leben zu sein.

Etwas griff nach den Menschen und stülpte sie innerlich um. Die dünne Tünche aus Zivilisation und antrainierten Verhaltensmustern zerbrach, und darunter kam das Raubtier zum Vorschein, das nur einem einzigen Instinkt folgte: überleben, ganz gleich wie. Furcht gebar Furcht, und in der neuen Situation, in der ein Leben lang unterdrückte Ängste Gestalt annahmen und in der ein Gedanke töten konnte, begannen sich ihre Bewohner gegenseitig umzubringen. An zahlreichen Stellen brach Feuer aus, und an der Seilbahnstation am nördlichen Stadtrand kam es zu einer regelrechten Schlacht um die Plätze in den Gondeln, die noch fuhren, weil niemand mehr da war, der sie hätte abschalten können. Die erste Gondel verließ die Station mit der dreifachen Anzahl der vorgesehenen Passagiere, die zweite war so überladen, daß sie nach wenigen Metern zerbrach und dabei das Drahtseil zerriß, so daß auch ihre Vorgängerin mit in die Tiefe stürzte. Die Kämpfe, die an der Ablegestelle der Fähre tobten, forderten noch mehr Opfer. Es war längst niemand mehr da, der das Boot hätte fahren können – der Kapitän und die Besatzung waren die ersten gewesen, die von der Menge, der sie sich in den Weg zu stellen versucht hatten, einfach niedergetrampelt wurden. Die Fähre war für zweihundert Personen gebaut. Als sich die gut fünffache Anzahl von Menschen auf ihrem Deck drängelte, brach sie in Stücke und sank.

Und das war erst der Anfang.

Wie sich zeigte, war Franke doch nicht ganz so allein gewesen, wie es im ersten Moment den Anschein gehabt hatte. Auf der anderen Seite des Zuges erwartete sie ein ganzes Dutzend Soldaten, die ganz ähnlich gekleidet waren wie die Männer, die sie draußen gesehen hatten: in olivgrüne Tarnanzüge, deren Abzeichen Aufschluß über den militärischen Rang ihrer Träger, aber nicht über ihre Nationalität gaben. Die Männer hatten ihre Gewehre über die Schultern gehängt und folgten ihnen in gut fünfzehn Metern Abstand; weit genug, sie nicht zu einer unmittelbaren Bedrohung werden zu lassen, aber auch nahe genug, um jederzeit eingreifen zu können.

Warstein bedachte die Bewaffneten nur mit einem flüchtigen Blick, aber Lohmann konnte sich eine spitze Bemerkung natürlich nicht verkneifen. Franke nahm sie kommentarlos zur Kenntnis, doch sein Gesichtsausdruck sprach Bände. Ganz offensichtlich fragte er sich dasselbe wie Warstein: was um alles in der Welt nämlich dieser Narr bei ihnen zu suchen hatte.

Sie hatten sich etwa fünfhundert Meter von den beiden Zügen

entfernt, als Franke wieder stehenblieb und sich dann nach rechts wandte. Er hatte die Zeit genutzt, Warstein mit knappen Worten zu berichten, was sich in den letzten Tagen in Ascona und oben in den Bergen ereignet hatte, und Warstein hatte so gebannt zugehört, daß er die Tür, die in die graue Kunststoffverkleidung der Tunnelwand eingelassen war, bisher nicht einmal bemerkt hatte. Und hätte er es, hätte er sie vermutlich für den Zugang zu einem der Versorgungsräume gehalten, die es in regelmäßigen Abständen im gesamten Tunnel gab.

Aber das war es nicht.

Einem etwas weniger aufmerksamen Beobachter wäre der Unterschied wahrscheinlich gar nicht aufgefallen, und einem, der in einem mit mehr als dreihundert Stundenkilometern vorüberrasenden Zug saß, sogar ganz bestimmt nicht – aber es war keine normale Tür. Anstelle eines Griffes hatte sie eine Nummerntastatur, und aus der Wand rechts neben der Tür starrte das ausdruckslose Auge einer Weitwinkel-Videokamera. Franke bedeutete ihm mit einer Geste zurückzubleiben, trat an die Tür heran und tippte eine Ziffernfolge in die Tastatur, wobei er sich so postierte, daß weder Warstein noch einer seiner Begleiter seine Hände sehen konnten. Ein heller Summton erklang. Unter der Kamera leuchtete ein grünes Licht auf, aber die Tür öffnete sich erst, nachdem Franke laut und deutlich seinen Namen und eine weitere, aus sieben Ziffern bestehende Nummer in ein Mikrofon darunter gesprochen hatte, das an einen Computer angeschlossen war.

»Das ist ja wie in einem James-Bond-Film«, witzelte Lohmann. »Was kommt als nächstes? Müssen wir das rechte Auge gegen eine Kamera drücken, damit unsere Netzhaut fotografiert wird?«

»Nein«, sagte Franke ruhig. »Das wäre nur nötig, wenn Sie dauernden Zugang zu der Anlage hätten. Als Besucher reicht ein normales Foto. Außerdem verwenden wir die Technik der Retina-Abdrücke schon lange nicht mehr. Zu anfällig, wissen Sie? Wir favorisieren Kirlian-Fotografie. Keine zwei Menschen auf der Welt haben die gleiche Aura, und sie verändert sich nie.«

Er blieb bei diesen Worten vollkommen ernst, und so sehr sich Warstein auch anstrengte, es gelang ihm nicht vollkommen, sich selbst davon zu überzeugen, daß Franke den Journalisten nur auf den Arm nahm. Und auch Lohmanns Scherz war plötzlich gar nicht mehr so komisch – spätestens, als die Tür mit einem leisen Zischen aufglitt. Denn als er sah, daß sie gute zwanzig Zentimeter dick war und allem Anschein nach aus massivem Panzerstahl bestand, hatte er plötzlich das Gefühl, tatsächlich in die Kulissen eines Science-fiction-Filmes geraten zu sein.

Franke machte eine einladende Geste, aber Warstein zögerte instinktiv, ihr zu gehorchen. Hinter der Panzertür befand sich ein kleiner, vollkommen kahler Raum von kaum zwei mal zwei Metern. »Was bedeutet das, Franke?« fragte er. »Was ist das?«

»Gleich«, antwortete Franke ausweichend. »Ich erkläre Ihnen alles. Aber nicht hier. Bitte.«

Warstein, Angelika, Lohmann, Rogler und schließlich Franke selbst betraten die Kammer, während die Soldaten draußen zurückblieben. Die Tür begann sich von selbst zu schließen, kaum daß Franke als letzter hindurchgetreten war. Warstein erwartete, daß sich nun ein zweiter Ausgang auf der anderen Seite öffnen würde, denn zweifellos befanden sie sich in einer Art Schleuse. Doch statt dessen erwachte ein Teil der scheinbar fugenlosen Seitenwand zu flimmerndem Leben und wurde zu einem Bildschirm, auf dem das Gesicht eines uniformierten jungen Mannes zu sehen war.

»Professor Franke mit vier Besuchern«, erklärte Franke. »Zugangscode Alpha. Bitte, lassen Sie uns herein.«

»Einen Moment, Herr Professor«, antwortete der Uniformierte. Sein Blick fixierte eine Sekunde lang einen Punkt, der außerhalb des Aufnahmebereiches der Kamera lag. Ein leises Klicken erscholl, und in der Wand unter dem Bildschirm öffnete sich eine schmale Klappe.

Franke griff hinein und zog fünf in durchsichtiges Plastik eingeschweißte Kärtchen heraus. Die oberste, rote, befestigte er mit einer routinierten Bewegung am Revers seiner Jacke, die vier anderen, grünen, verteilte er scheinbar wahllos an sie.

»Bitte geben Sie gut darauf acht«, sagte er. »Sie müssen Sie jederzeit bei sich tragen, solange Sie sich in der Anlage aufhalten. Wenn Sie sie auch nur eine Sekunde aus der Hand legen, löst der Computer automatisch Alarm aus.« Er zuckte entschuldigend mit den Achseln. »Wir haben ziemlich strenge Sicherheitsvorschriften hier.«

»Aber das ist doch lächerlich!« sagte Lohmann. Er drehte das Kärtchen hilflos in der Hand. »Was soll denn das alles?«

»Wie gesagt, Sie werden mich gleich verstehen«, antwortete Franke. »Bitte.«

Lohmann heftete den Ausweis widerwillig an seine Jacke, und im selben Moment begann sich die innere Tür der Kammer zu öffnen. Sie war nicht annähernd so dick wie die äußere, aber immer noch hinlänglich massiv, um auch einem ernstgemeinten Versuch standzuhalten, sie aufzubrechen.

Dahinter erwartete sie ein kurzer, von kaltem Neonlicht erhellter Gang, von dem ein halbes Dutzend Türen abzweigten. Wände und Decke bestanden aus nacktem, nur grob geglättetem Fels, über den sich ein wahres Gespinst von Drähten, Kabeln, verschiedenfarbigen Leitungen und Versorgungsschächten zog. Sie hörten Stimmen, das geschäftige Summen und Piepsen elektronischer Geräte und darunter ein dunkles, rhythmisches Dröhnen wie das Schlagen eines mechanischen Herzens. Sämtliche Türen waren geschlossen, so daß sie nicht in die dahinterliegenden Räume hineinsehen konnten, aber Warstein hatte plötzlich eine ziemlich genaue Vorstellung von dem, was sie dahinter erblicken würden.

Lohmann offensichtlich nicht, denn er blieb mit einer demonstrativ heftigen Bewegung stehen und sagte: »Also gut. Was ist das hier? Das geheime Labor von Doktor Fu-Man-Schu? Ich gehe keinen Schritt weiter, ehe ich nicht ein paar Antworten bekomme.«

Franke blieb erstaunlich ruhig. »Aus keinem anderen Grund habe ich Sie hier hereingebracht, Herr Lohmann«, sagte er. »Bitte gedulden Sie sich nur noch ein paar Minuten.« Er wandte sich an Angelika. »Ich habe Ihnen etwas versprochen. Aber ich fürchte, ich habe keine gute Nachricht für Sie.«

»Frank?« fragte Angelika.

»Ihr Mann, ja.« Franke nickte. »Sie hatten recht. Er ist hier. Ebenso wie die anderen.«

»Ist er tot?« fragte Angelika. Ihre Stimme klang gefaßt. Wahrscheinlich hatte sie sich auf dem Weg hierher gegen jede nur denkbare schlechte Nachricht gewappnet.

»Tot?« Franke wirkte im ersten Moment beinahe überrascht, fast so, als hätte er diese Möglichkeit noch gar nicht in Betracht gezogen. Dann schüttelte er den Kopf. »Nein, tot ist er nicht. Aber ... kommen Sie. Es spielt jetzt auch keine Rolle mehr, wenn Sie alles sehen.«

Er ging weiter, steuerte eine Tür am Ende des Ganges an und gab erneut eine Nummernfolge in die Tastatur ein, die sie anstelle einer Klinke hatte; wie übrigens jede Tür hier drinnen. Mit einem leisen Klicken öffnete sie sich, und Franke trat rasch hindurch. Angelika und die anderen folgten ihm.

Vor ihnen lag ein überraschend großer, unregelmäßig geformter Raum, den große Lampen in unangenehme Helligkeit tauchten. Die halbrunde Decke spannte sich sicherlich zehn oder fünfzehn Meter über ihren Köpfen, und Warstein schätzte, daß die gegenüberliegende Wand mindestens dreimal so weit entfernt war. Das Dröhnen schwerer Maschinen war hier viel lauter, und es war so kalt, daß er seinen eigenen Atem sehen konnte.

Berger und die anderen hockten in einem Kreis vor ihnen auf dem Boden. Die Männer hatten sich bei den Händen ergriffen und schienen sich in einer Art Trance zu befinden, denn sie hatten die Augen geschlossen, und auf allen Gesichtern lag der gleiche, starre Ausdruck höchster Konzentration. Trotz der Kälte saßen einige mit nackten Oberkörpern da. Warstein glaubte ein ganz leises an- und abschwellendes Klingen zu hören, einen Laut, der ihn an die Melodie erinnerte, die Angelika ein paarmal gesummt hatte. Aber er war nicht sicher, ob es wirklich da war oder ob ihm seine Nerven nur einen Streich spielten.

Angelika machte einen raschen Schritt an Franke vorbei und blieb dann so plötzlich stehen, als wäre sie gegen ein unsichtbares Hindernis geprallt. Ihr Blick war starr auf eine der reglos dasitzenden Gestalten gerichtet, von der Warstein vermutete, daß es ihr Mann war. Genau konnte er das nicht sagen. Warstein hatte es Angelika gegenüber nie zugegeben, aber er konnte sich nicht einmal an Bergers Gesicht erinnern.

»Was . . . ist mit ihnen passiert?« flüsterte Angelika.

Warstein hätte ihr die Frage beantworten können. Er hatte all diese Männer schon einmal so dasitzen sehen, nicht so still, nicht in dieser unheimlichen Starre, aber auf die gleiche Art und Weise der Wirklichkeit entrückt. Aber er schwieg und überließ es Franke zu antworten.

»Nichts, Frau Berger«, sagte er. »Glauben Sie mir, wir haben ihnen nichts getan – ganz im Gegenteil. Sie sind in den letzten Tagen nach und nach hier eingetroffen, und wir haben weder versucht sie aufzuhalten, noch sie zu irgend etwas zu zwingen. Ich weiß nicht, was sie tun. Sie tun etwas, aber niemand kann sagen, was.«

»Sind das . . . alle?« fragte Warstein. »Der ganze Bautrupp von damals?«

»Ja«, sagte Franke und schüttelte den Kopf. »Das heißt, alle die bisher angekommen sind. Soviel ich weiß, ist einer bei einem Unfall unterwegs ums Leben gekommen oder zumindest schwer verletzt worden. Auf zwei warten wir noch. Ich glaube nicht, daß sie es noch schaffen, so, wie es im Moment draußen aussieht. Aber wenn, würden sie zweifellos sofort hierherkommen und dasselbe tun – was immer es ist.«

Er sah Warstein fast flehend an, aber auch dies war eine der Antworten, die er ihm nicht geben konnte. Er wußte nicht, was diese Männer hier taten. Er hatte es auch damals nicht gewußt.

»Das ist unheimlich«, sagte Lohmann. »Als . . . als ob sie eine Beschwörung vornehmen.«

Angelika fuhr bei diesen Worten sichtbar zusammen. Ihr Gesicht blieb vollkommen ausdruckslos, aber ihre Hände schlossen sich für eine Sekunde zu Fäusten. Warstein ergriff Franke am Arm und zog ihn ein paar Meter zur Seite, ehe er weitersprach. Vielleicht waren diese wenigen Augenblicke, die sie noch allein mit sich und ihrem Mann sein konnte, ein erbärmlicher Lohn für die Mühe, die sie auf sich genommen hatte, um hierher zu kommen, aber sie waren alles, was sie für sie tun konnten.

»Ich weiß nicht, ob es Ihnen etwas sagt«, begann Warstein, »aber ich habe das schon einmal gesehen. Damals im Tunnel. Als die Männer verschwanden. Als ich sie gefunden habe, saßen sie genauso da. Aber ich kann Ihnen nicht sagen, warum. Ich weiß auch nicht, was sie jetzt tun.«

»Sie scheinen sich in einer Art Trance zu befinden«, antwortete Franke. »Wir haben versucht sie aufzuwecken, aber es geht nicht. Wenn sie einen von ihnen gewaltsam aus dem Kreis lösen, beginnt er zu toben.« Er seufzte. »Ich hatte gehofft, daß Sie . . .« Wieder unterbrach er sich, schwieg einige Sekunden und wechselte dann mit sichtbarer Anstrengung das Thema.

»Kommen Sie, Warstein, ich zeige Ihnen den Rest. Vielleicht finden wir ja gemeinsam eine Lösung.« Er bedachte Angelika mit einem abschätzenden, sehr langen Blick, aber er schien wohl zu dem Schluß zu kommen, daß er sie gefahrlos mit den Männern allein lassen konnte, denn kurz darauf begann er, den Ring der auf dem Boden sitzenden Männer zu umkreisen, und gestikulierte Warstein zu, ihm zu folgen. Lohmann schloß sich ihnen unaufgefordert an, während Rogler an seinem Platz neben der Tür stehenblieb. Vielleicht nicht einmal, weil Franke es ihm vorher befohlen hatte. Seiner angespannten Haltung nach zu schließen machte ihm das, was er hier sah, schlicht und einfach angst.

»Das ist phantastisch«, sagte Warstein, während sie auf einen mit mannsgroßen grauen Kunststofftafeln abgeteilten Bereich der Höhle zugingen. »Wie um alles in der Welt haben Sie es geschafft, diese Anlage zu bauen, ohne daß es jemand gemerkt hat?«

»Und warum?« fügte Lohmann hinzu.

»Das war gar nicht so schwer«, antwortete er. »Das meiste sind natürliche Hohlräume, die wir einfach miteinander verbunden haben. So massiv dieser Berg von außen auch wirken mag – innen drin sieht er aus wie ein Schweizer Käse.« Er lächelte flüchtig über das Wortspiel. »Es gibt Hunderte solcher Höhlen. Daß wir während der Arbeiten am Tunnel nicht darauf gestoßen sind, ist ein kleines Wunder. Und der Rest ...« Er zuckte mit den Schultern. »Sie waren doch dabei. Sie wissen, wie groß die Baustelle war. Es war nicht besonders schwer, ein paar hundert Kubikmeter Fels mehr aus dem Berg zu holen, ohne daß es auffällt.«

»Deshalb die Verzögerung am Schluß?« fragte Lohmann.

Franke nickte widerwillig, aber Warstein machte ein überraschtes Gesicht, so daß der Reporter in erklärendem Tonfall hinzufügte: »Der Tunnel wurde fast drei Monate nach dem geplanten Termin eröffnet. Sagen Sie bloß, das wußten Sie nicht.«

Nein, das hatte er tatsächlich nicht gewußt. Als der Tunnel offiziell fertiggestellt worden war, hatte sein Absturz längst eine Geschwindigkeit erreicht, die ihn sich nicht mehr für irgend etwas außerhalb seiner eigenen, zusammenbrechenden kleinen Welt interessieren ließ. Für den Gridone-Tunnel und alles, was damit zusammenhing, schon gar nicht. Davon hatte er nichts mehr wissen wollen.

»Und wozu dient die ganze Anlage nun wirklich?« wollte Lohmann wissen.

Sie hatten die Trennwand erreicht, und anstelle einer Antwort deutete Franke auf eine schmale, von einem Aluminiumrahmen eingefaßte Tür. Seine Finger bewegten sich rasch und sicher über die Zifferntasten. Ein leises Summen erklang, und die Tür sprang einen Spaltbreit auf. Franke trat nicht sofort ein, sondern sah Warstein noch eine Sekunde lang durchdringend und mit undeutbarem Ausdruck an, ehe er die Tür aufschob und ihn mit einer Handbewegung aufforderte hindurchzutreten.

Die Anordnung sah vollkommen anders aus als seine eigene, aber er erkannte sie sofort, im gleichen Sekundenbruchteil, in dem er den abgesperrten Bereich hinter den Kunststoffwänden betrat. Sie war ungleich größer, eleganter und sicherlich technisch perfekter; wahrscheinlich um ein Vielfaches leistungsfähiger, trotzdem war es nichts anderes als ...

»Mein Laser«, flüsterte er. Es war wie ein Schlag ins Gesicht. Er konnte in diesem Moment nicht einmal selbst sagen, was er empfand. Zorn? Enttäuschung? Wut? Sicher von allem etwas, aber da war noch mehr in ihm, ein Gefühl, das über alle diese Empfindungen weit hinausging. Es war nicht der Anblick der Apparatur allein, der ihn so heftig traf. Es war das Wissen darum, was er bedeutete.

»Ja«, sagte Franke. »Oder zumindest ein Gerät, das auf dem gleichen Prinzip beruht. Wir haben ein paar Verbesserungen vorgenommen, aber die Idee, die dahintersteckt, ist die gleiche.«

Warstein konnte nicht antworten. Seine Hände begannen zu zittern, und seine Kehle war plötzlich wie zugeschnürt. Für einen Moment schien sich die gesamte Höhle um ihn zu drehen. Er empfand nichts als Zorn, einen unbeschreiblichen, kalten Zorn, der kein Ventil fand.

»Einen Moment«, sagte Lohmann. »Soll das heißen, das ist Ihr Gerät?« Er deutete auf die Anordnung von Spulen, Linsen, Kristallen und Verstärkereinheiten, die einen Großteil des vorhandenen Platzes vor ihnen einnahm. Weder Warstein noch Franke reagierten in irgendeiner Weise auf die Frage, und so fuhr er nach ein paar Sekunden fort: »Dasselbe Gerät, das Ihnen damals vor Gericht das Genick gebrochen hat, als Franke behauptete, es hätte nicht funktioniert? Der Apparat, mit dem er Sie vor der ganzen Welt lächerlich gemacht hat?«

»Sie . . . Sie haben es die ganze Zeit über gewußt«, murmelte Warstein. »Vom ersten Tag an, nicht wahr? Sie . . . Sie verdammter –«

»Vermutet, nicht gewußt«, unterbrach ihn Franke. »Jedenfalls am Anfang. Aber es stimmt, ja. Ich wußte, daß in diesem Berg mehr sein mußte als Felsen und Erde.« Seine Stimme wurde leiser. »Den endgültigen Beweis habe ich erst gefunden, nachdem sie fort waren.«

»Dann haben Sie die ganze Zeit über gelogen«, murmelte Warstein. »Sie wußten, daß ich recht habe, und Saruter auch. Verdammt noch mal, er hat es Ihnen sogar ins Gesicht gesagt, in meinem Beisein, und ich Idiot habe nicht begriffen, was er meint. Warum, Franke? Worauf waren Sie aus? Wollten Sie den ganzen Ruhm für sich haben, oder haben Sie einfach den Gedanken nicht ertragen, daß es hier etwas gibt, was Sie nicht erklären können?«

»Vielleicht«, antwortete Franke, ohne zu erklären, welcher der beiden Fragen diese Antwort galt. »Ich glaube nicht, daß das jetzt noch eine Rolle spielt, oder?« Ein flüchtiger Ausdruck von Trotz erschien auf seinem Gesicht und verschwand wieder. »Ihre Erfindung funktioniert, Warstein. Besser als Sie selbst je gewußt haben. Die Ergebnisse waren nicht falsch. Falsch waren nur die Fragen, die wir zu den Antworten gestellt haben, die uns das Gerät lieferte.«

»Also haben Sie etwas in diesem Berg gefunden«, sagte Lohmann. »Und Sie haben Warstein ins offene Messer laufen lassen, damit Sie in aller Ruhe weitermachen und den ganzen Ruhm für sich einheimsen konnten.«

Franke bedachte ihn mit einem verächtlichen Blick. »Sie wissen ja überhaupt nicht, worüber Sie da reden, Sie Dummkopf«, sagte er. »Ja, ich habe etwas entdeckt. Dieses Gerät hat es entdeckt, um genau zu sein. Und? Vielleicht war es ein Fehler, aber ich dachte, es wäre die Chance meines Lebens. Das, wovon jeder Wissenschaftler träumt. Etwas Neues zu entdecken. Etwas ganz Großes. Etwas zu sehen, was vor mir noch niemand gesehen hat. Falsch oder nicht, es tut mir nicht leid. Ich würde es wieder tun, wenn ich noch einmal vor der Entscheidung stünde.«

Lohmann atmete hörbar ein. »Das ist ...«

»... genau dasselbe, weswegen Sie hier sind, Lohmann«, fiel ihm Warstein ins Wort. Er fragte sich, warum er eigentlich Franke verteidigte, ausgerechnet Franke, der mit dem, was er getan hatte, nicht nur sein, sondern vielleicht das Leben unzähliger Menschen in Gefahr gebracht hatte. Aber zugleich kannte er auch die Antwort auf diese Frage: weil er ihn verstehen konnte. Vielleicht hätte er an seiner Stelle nicht anders gehandelt. Die Verlockung war einfach zu groß gewesen.

»Aber wie haben Sie es entdeckt?« fuhr er fort, wieder an

Franke gewandt. »Ich ... ich habe die Meßergebnisse hundertmal überprüft, ohne –«

»Ich habe sie gefälscht«, sagte Franke ruhig.

»Sie?«

»Nicht alle Hacker sind vierzehn Jahre alt und haben Akne und dicke Nickelbrillen«, antwortete Franke beleidigt. »Außerdem habe ich die Anlage eingerichtet, vergessen Sie das nicht. Der Computer hat Ihnen nur das erzählt, was ich ihm erlaubt habe.«

»Und was hat er wirklich gefunden?« fragte Warstein.

Franke starrte ihn an, schwieg. Nach einer kleinen Ewigkeit, wie es schien, senkte er den Blick und antwortete mit leiser, fast tonloser Stimme. »Ich weiß es nicht. Noch vor zwei Tagen hätte ich geglaubt, die Antwort zu kennen, aber jetzt ... Ich weiß es einfach nicht, Warstein. Es sah nach einem Schwarzen Loch aus, einem winzigen Black Hole, das irgendwo in diesem Berg gefangen sein mußte. Sie kennen die Theorie, nach der es sie im Grunde überall geben kann.«

»Und Sie haben geglaubt, hier ein Black Hole gefunden zu haben«, vermutete Warstein. Er konnte Franke nicht einmal wirklich böse sein.

»Ich war sicher«, korrigierte ihn Franke. »Hundertprozentig sicher. Alles sah danach aus – es sieht noch danach aus. Jetzt mehr denn je.«

»Einen Moment«, mischte sich Lohmann ein. »Ich verstehe Sie richtig, ja? Sie wollen uns weismachen, das alles hier, diese ganze Anlage, die Millionen gekostet haben muß, diese ganze Geheimniskrämerei – von dem, was Sie Warstein angetan haben, einmal ganz zu schweigen –, Sie haben das alles nur veranstaltet, weil Sie der Meinung waren, irgendeine verrückte wissenschaftliche Theorie beweisen zu können?«

Franke starrte ihn an. »Wo haben Sie diesen Idioten eigentlich aufgetan, Warstein?« fragte er.

»He!« protestierte Lohmann. »Seien Sie vorsich ...« Warstein unterbrach ihn mit einer besänftigenden Geste, die gleichermaßen ihm wie auch Franke galt.

»Wir reden hier nicht über eine wissenschaftliche Theorie, Lohmann«, sagte er.

»Sondern?«

»Über die Lösung aller Probleme dieser Welt, Sie Trottel«, sagte Franke abfällig. »Ich glaube nicht, daß Sie es wirklich verstehen, aber versuchen Sie es wenigstens.«

»Was?« fragte Lohmann. Seine Augen funkelten zornig.

»Franke hat recht«, sagte Warstein rasch. »Es ist im Grunde ganz einfach – zumindest, was die Idee angeht, verstehen Sie? Bisher weiß niemand wirklich, was ein Schwarzes Loch ist und was es bewirkt. Aber wenn es existiert, dann ist es die wahrscheinlich stärkste Energiequelle dieses Universums. Wenn es irgend jemandem gelänge, die Kräfte, die selbst in einem winzigen Black Hole gefangen sind, nutzbar zu machen, würde das das Ende sämtlicher Energieprobleme dieses Planeten bedeuten – und zwar für alle Zeiten.«

Lohmann schwieg einen Moment. Schließlich nickte er auf eine Art und Weise, die Warstein klarmachte, daß er zumindest anfing zu begreifen. »Sie meinen –«

»Ich meine«, fiel ihm Franke ins Wort, »das Ende aller Armut auf dieser Welt. Kein Mensch müßte mehr hungern. Wenn es in diesem Berg ein Black Hole gibt und wir es anzapfen könnten, dann hätten wir eine praktisch unversiegbare Energiequelle gefunden.«

»Und Sie haben sie entdeckt«, fügte Lohmann spöttisch hinzu. »Franke Messias, wie?« Er lachte. »Aber es hat nicht geklappt, oder?«

Zu Warsteins Überraschung blieb Franke ruhig. »Ich war völlig sicher«, sagte er.

»Und jetzt sind Sie es nicht mehr?« fragte Warstein.

»Ich habe gewisse Schwierigkeiten, Raumkrümmung und Schwarze Magie in Zusammenhang zu bringen«, gestand Franke. »Sie nicht?«

»Vielleicht ist der Unterschied nicht so groß, wie Sie glauben«, antwortete Warstein. »Es gibt manchmal mehr als einen Weg, etwas zu tun.«

»Dann nennen Sie ihn mir!« verlangte Franke. »Es spielt keine Rolle, ob ich Ihnen glaube oder nicht. Meine Lösung hat versagt – vielleicht hilft Ihre.«

»Aber ich habe keine«, sagte Warstein betont.

»Sie sind hier«, beharrte Franke. »Erzählen Sie mir nicht, daß Sie grundlos gekommen sind. Sie müssen etwas wissen.«

»Glauben Sie, ich würde es Ihnen verschweigen?«

»Nein«, antwortete Franke. »Natürlich nicht. Aber da muß noch etwas sein. Etwas, das wir alle übersehen haben. Vielleicht etwas, was Ihnen der alte Mann erzählt hat. Hat er Ihnen nichts gegeben? Nichts gesagt oder erklärt?«

»Nichts, was Sie nicht wüßten«, antwortete Warstein traurig. Ein Gefühl tiefer Resignation begann sich in ihm auszubreiten. Während der ganzen Zeit hatte er niemals wirklich über diese Frage nachgedacht. Er hatte sich einfach darauf verlassen, daß sie schon wissen würden, was zu tun war, sobald sie das Ziel ihrer Reise endlich erreicht hatten. Aber die göttliche Erleuchtung, auf die er wartete, kam nicht, und sie würde auch nicht kommen.

»Also können Sie überhaupt nichts mehr tun?« fragte Lohmann. »Sie wollen mir erzählen, daß Sie all das hier nur aufgebaut und hergebracht haben, um jetzt tatenlos zuzusehen, wie die Welt vor die Hunde geht? Ist es das, was Sie uns erzählen wollen?«

»Nein«, antwortete Franke. Er klang sehr müde. »Eine Möglichkeit gibt es vielleicht noch.«

»Und welche?« fragte Lohmann.

Diesmal dauerte es fast eine Minute, bis Franke antwortete; eine Zeitspanne, in der er einfach dastand und Warstein anstarrte. Aber zugleich schien sein Blick auch direkt durch ihn hindurchzugehen und sich auf einen Punkt irgendwo in der Unendlichkeit zu fixieren, und was Warstein in dieser Zeit in seinen Augen sah, das war schlimmer als die Furcht, die er bisher darin gelesen hatte.

»Kommen Sie, meine Herren«, sagte er.

17

DER MAJOR HATTE ANGST. DAS FLACKERN DER LICHter am Himmel war anders geworden. Gleißende Blitze wie Klingen aus Licht, die das Firmament teilten, hatten die Stelle sanft wogender Farben und pastellener Lichtwolken eingenommen. Wo vor Minuten noch zarte Gebilde aus leuchtender Energie gewesen waren, tobte jetzt ein lautloses Gewitter, dessen Widerschein den See und das Ufer in ein stroboskopisch flackerndes Licht tauchte, in dem die Bewegungen der Männer sonderbar abgehackt und falsch aussahen und alle Schatten und Konturen bedrohlich und hart zu werden schienen. Etwas wie ein elektrisches Knistern lag in der Luft, ein Gefühl, als legten sich bei Schritt und Tritt unsichtbare brennende Spinnweben auf seine Haut. Das Atmen bereitete ihm Mühe, und die Luft schmeckte bitter.

Der Blick des grauhaarigen Offizieres wanderte immer wieder zwischen dem See und dem Bereich jenseits der Bäume hin und her. Der See lag jetzt wieder vollkommen ruhig da. Die Wellen hatten sich über den Köpfen der letzten Männer geschlossen, die ruhig und völlig gelassen in den Tod marschiert waren, ohne daß er oder einer seiner Soldaten irgend etwas daran hätten ändern können. Der Anblick der jetzt reglos daliegenden Wasserfläche erschien dem Major wie blanker Hohn. Er hatte den Schock immer noch nicht wirklich verarbeitet, ja, nicht einmal wirklich begriffen. Alles in ihm sträubte sich gegen den Gedanken, daß er tatenlos hatte zusehen müssen, wie annähernd einhundert Menschen vor seinen Augen kollektiven Selbstmord begangen hatten.

Der Anblick auf der anderen Seite war fast noch schlimmer. Der Himmel über der Stadt leuchtete rot, und es war nicht nur das Gleißen dort oben, sondern auch der Widerschein zahlreicher Brände, die in der Stadt ausgebrochen sein mußten. Der Wind drehte ununterbrochen, und wenn er zu ihnen herabwehte, trug er Brandgeruch und die Schreie von Menschen mit sich. Der Major wußte nicht, was oben in der Stadt geschehen war, aber es gehörte nicht sehr viel Phantasie dazu, es sich vorzustellen. Der Lärm und der flackernde Feuerschein sprachen eine deutliche Sprache. Vor zehn Minuten hatte er zwei Männer losgeschickt, um die Lage jenseits des Parkes zu erkunden. Sie waren bisher nicht zurückgekehrt, und in ihm wuchs die Überzeugung, daß sie auch nicht wiederkommen würden. Auch der Kontakt zu den Soldaten, die er auf den Dächern dort oben postiert hatte, war abgebrochen. Ihre Lichtsignale wurden schon lange nicht mehr beantwortet. Dann und wann tauchte ein Schatten zwischen den Bäumen auf, verschwand aber immer wieder sofort, wenn er versuchte, ihn mit Blicken zu fixieren.

Die Soldaten hatten in einem dreifach gestaffelten Halbkreis am Ufer Aufstellung genommen. Die Läufe ihrer Waffen waren jetzt nach oben gerichtet, auf den Park und die dahinterliegende Straße, von der die Geräusche einer offensichtlich immer mehr um sich greifenden Panik zu ihnen herabdrangen. Bisher hatte sich niemand gezeigt, gegen den sie diese Waffen hätten einsetzen müssen, aber genau das war es, wovor der Major sich fürchtete wie vor nichts auf der Welt: daß er gezwungen sein könnte, seine Männer auf Zivilisten feuern zu lassen. Er begriff den grundsätzlichen Fehler in diesem Gedankengang nicht, ebensowenig wie irgendeiner der anderen Männer, die sich rings um ihn herum wie eine Herde verängstigter Tiere aneinandergedrängt hatten. Niemand hatte ihnen gesagt, was dort oben geschah. Es gab keinerlei Anzeichen dafür, daß sie in Gefahr waren, geschweige denn, daß jemand den Trupp angreifen könnte. Trotzdem wußten sie, daß es so war. Sie waren Soldaten, dazu ausgebildet und hier, um zu kämpfen, und das war alles, wofür in ihren Gedanken noch Platz war. Der Wahnsinn, der von der ganzen Stadt Besitz ergriffen hatte, hatte sich längst auch in ihre Seelen geschlichen. Er versteckte sich noch hinter der antrainierten Disziplin und der Gewohnheit, nichts zu tun, solange man es ihnen nicht befahl, aber er war da, eine geduldig lauernde Spinne, die in ihrem Netz saß und darauf wartete, hervorzuspringen und ihre Fänge in den Leib ihres wehrlosen Opfers zu schlagen.

»Herr Major?«

Der Offizier fuhr erschrocken herum. Einer der Soldaten hatte die Waffe gesenkt und deutete mit dem Gewehrlauf auf den schwarzgekleideten Fremden, der noch immer neben dem toten Soldaten kniete.

Es dauerte nur eine Sekunde, bis er seinen Irrtum bemerkte. Der Mann war nicht tot. Seine Hände bewegten sich. Überrascht und sehr schnell – wenn auch erst nach einem letzten sichernden Blick zum Park hinauf – verließ der Major seinen Platz und eilte zu ihm.

»Was ist passiert?« fragte er. »Er lebt noch? Wieso haben Sie mich nicht –«

Er sprach nicht weiter, als sein Blick auf das Gesicht des Verletzten fiel. Sein Atem stockte. Eine eisige Hand schien nach seiner Kehle zu greifen und sie zuzudrücken.

Was er sah, war unmöglich.

Das explodierende Gewehr hatte das halbe Gesicht und den Hals des jungen Soldaten zerfetzt. Er hatte die entsetzliche Wunde gesehen, die weißglühende Metallsplitter und explodierendes Schießpulver gerissen hatten.

Jetzt war sie verschwunden. Der Soldat war sehr bleich. Sein Atem ging flach, und er zitterte am ganzen Leib. Aber sein Gesicht war vollkommen unversehrt!

»Das . . . das ist doch . . . das ist doch nicht möglich!« keuchte der Major. Er wollte sich neben dem Verletzten auf die Knie sinken lassen, fuhr dann aber mit einem Ruck zu dem schwarzgekleideten Fremden herum, der sich ebenfalls erhoben hatte und ihn mit einem sanften Lächeln ansah.

»Wie haben Sie das gemacht?!« keuchte er. »Wer . . . was sind Sie?«

»Ich habe nichts getan«, behauptete der Fremde. »Es war nicht nötig, etwas zu tun.«

»Reden Sie keinen Unsinn!« sagte der Major. Auch seine Hände begannen zu zittern. Er war kein Mann, der leicht aus der Ruhe zu bringen gewesen wäre, aber was er sah – was er mit eigenen Augen sah! –, war einfach unmöglich! »Der Mann war tot!«

»So etwas wie Tod gibt es nicht, Bruder«, behauptete der Fremde. »Das Leben ist unzerstörbar. Spürst du es nicht? Es ist überall. In jedem Grashalm, jedem Stein, in der Luft, die du atmest, und in den Gedanken, die du denkst.« Er breitete die Hände aus und trat einen Schritt auf den Major zu, fast als wolle er ihn umarmen, aber der Soldat prallte mit einem Schrei zurück. Sofort waren zwei seiner Männer bei ihm und nahmen mit angeschlagenen Waffen rechts und links des Fremden Aufstellung.

Der junge Mann lächelte. Der Anblick der Waffen, die sich drohend auf ihn richteten, schien ihn nicht zu ängstigen, wohl aber irgendwie traurig zu stimmen. »Tut das nicht«, sagte er sanft. »Niemand sollte eine Waffe auf seinen Bruder richten. Wißt ihr denn nicht, daß Haß nur Haß gebären kann?«

»Halten Sie den Mund!« schnappte der Major. Seine Gedanken wirbelten haltlos durcheinander. Er begriff nicht, was er da sah, und er wollte es auch gar nicht. Hastig winkte er zwei Soldaten herbei und deutete auf den Verletzten, der sich neben ihm mühsam in eine halb sitzende Stellung hochgearbeitet hatte. Er wankte noch immer vor Schwäche, und auf seinem Gesicht lag ein verwirrter Ausdruck, wie auf dem eines Menschen, der unversehens aus dem tiefsten Schlaf gerissen worden war und im ersten Moment Schwierigkeiten hatte, sich zurechtzufinden.

»Kümmern Sie sich um ihn!« befahl er.

Die beiden Männer schulterten ihre Waffen – und starrten ebenso fassungslos auf ihren Kameraden. Sie alle hatten gesehen, was ihm passiert war. Das Gras, auf dem er gelegen hatte, und seine Uniform waren noch immer dunkel und feucht von Blut. Der Major gestattete sich nicht, die rechte Hand des Mannes anzublicken. Die Explosion hatte sie regelrecht in Fetzen gerissen, aber er wußte, daß auch sie nun wieder vollkommen unversehrt war.

Mit einem Ruck drehte er sich um und wandte sich an die beiden Soldaten, die den Fremden bewachten. »Und Sie passen auf diesen Verrückten auf. Sie haften mir dafür, daß er nicht verschwindet!«

»Warum fürchtet ihr mich?« fragte der Fremde. Seine Stimme klang traurig. »Es gibt keinen Grund dafür.«

Der Offizier antwortete nicht, aber er trat einen Schritt näher und sah den jungen Mann zum ersten Mal wirklich aufmerksam an. Sein Gesicht war . . . sonderbar. Es gelang dem Major nicht, sein Alter zu schätzen. Auf den ersten Blick wirkte er jung, ein halbes Kind fast noch, aber zugleich schien da etwas Zeitloses in seinen Zügen zu sein. Das Unheimlichste an ihm waren seine Augen. Es waren die Augen eines jungen Mannes, aber es waren auch Augen, die Dinge gesehen hatten, die sich der Major nicht einmal vorstellen konnte. Es hätten die Augen eines Tausendjährigen sein können, nicht die eines Kindes. Was der Soldat darin las, das war ein Wissen und eine Weisheit, die ihn schaudern ließ.

Dann entdeckte er noch etwas. Er hatte der Kleidung des Fremden bisher kaum Beachtung geschenkt. Dieser trug schwarze Jeans, gleichfarbige Turnschuhe und einen ebenfalls schwarzen Rollkragenpullover – über dessen Brust sich eine schräg verlaufende Reihe runder Löcher zog.

Einschußlöcher.

Der Major hatte so etwas zu oft gesehen, um auch nur eine Sekunde lang nicht mit absoluter Gewißheit zu wissen, was er da erblickte. Jemand hatte auf diesen Mann geschossen. Aus allernächster Nähe. Der schwarze Wollstoff war nicht nur verkohlt, sondern auch über und über mit Blut verschmiert. Aber die Haut, die er durch die runden Einschußlöcher hindurch sehen konnte, war vollkommen unversehrt.

»Wer sind Sie?« fragte er leise. Er empfand nicht einmal wirklichen Schrecken. Ein Gefühl der Betäubung hatte sich in ihm breitgemacht, das alle anderen Empfindungen überlagerte. Er war sehr dankbar dafür.

»Ich bin du«, antwortete der Junge. »Wir alle sind eins, Bruder. Ich bin, was du in mir siehst. Es liegt bei dir, was es sein wird.« Die Worte berührten den Major. Er versuchte vergeblich sich einzureden, daß er einfach einem Verrückten gegenüberstand, der Unsinn faselte. Plötzlich hatte er Angst vor diesem schwarzgekleideten, unscheinbaren Fremden. Für den Bruchteil einer Sekunde, einen winzigen, aber entsetzlichen Moment, schien sich sein Gesicht auf eine nicht in Worte zu fassende, aber grauenerregende Weise zu verändern. Plötzlich stand er keinem Wundertäter mit heilenden Händen mehr gegenüber, sondern dem Satan.

Der Moment verging so schnell, wie er gekommen war, aber der Major prallte trotzdem mit einem keuchenden Schrei zurück und riß instinktiv die Hände vor das Gesicht.

Die beiden Soldaten, die den Fremden bewachten, hoben automatisch wieder ihre Waffen. Sie wirkten erschrocken, aber der verstörte Ausdruck in ihren Augen galt nicht dem Mann, den sie bewachen sollten, sondern ihrem Kommandanten.

»Schon gut«, sagte der Major rasch. »Es ist alles in Ordnung. Mein Fehler.« Er atmete hörbar ein und wiederholte seine befehlende Geste. »Passen Sie auf ihn auf. Ich bin . . . gleich zurück.«

Es war den beiden Soldaten anzusehen, wie wenig ihnen dieser Befehl gefiel. Trotzdem rückten sie näher an den Fremden heran. Einer von ihnen hob die Hand, um den Schwarzgekleideten am Arm zu ergreifen, brach die Bewegung aber dann plötzlich wieder ab. Erneut erschien ein verwirrter Ausdruck auf seinem Gesicht. Der Major sagte nichts dazu, sondern drehte sich mit einem Ruck herum und entfernte sich ein paar Schritte.

Es gab nichts, wohin er gehen oder was er tun konnte. Er

wußte, wie wichtig es gerade in diesem Moment gewesen wäre, Stärke zu zeigen. Jede Truppe war immer nur so stark wie ihr Kommandant, das war ein ehernes Gesetz, das so lange galt, wie es Soldaten gab, und daran glaubte der Major. Aber was er hier sah und erlebte, das widersprach allem, was er jemals gelernt und woran er jemals geglaubt hatte. Die Welt schien in Stücke zu brechen. Ganz gleich, welche Auswirkung es auf die Moral seiner Männer haben mochte, er brauchte ein paar Augenblicke, um wieder zu sich selbst zu finden.

So ging er zum Ufer hinab und blieb erst stehen, als er die Kälte des Wassers durch die schweren Schuhe hindurch spürte. Sein Blick suchte die Lichter im Süden, winzige bunte Sterne, die reglos über dem Wasser schwebten. Er fragte sich, ob die Bergungsarbeiten noch immer im Gange waren, trotz der Lichter am Himmel und allem anderen, oder ob der Wahnsinn, der ganz Ascona befallen zu haben schien, auch dort drüben tobte. Er ...

Etwas geschah.

Der Major konnte nicht sagen, was, aber er spürte es ganz deutlich. Es war, als wäre ein Ruck durch die Wirklichkeit gegangen, als hätte sich die ganze Welt ein winziges, aber meßbares Stückchen seitwärts von der Realität wegbewegt. Das Flackern am Himmel änderte seinen Rhythmus, und plötzlich lag der See nicht mehr still. Winzige Wellen kräuselten seine Oberfläche, und ein kalter, böiger Wind schlug dem Offizier ins Gesicht. Verblüfft senkte er den Blick und riß ungläubig die Augen auf, als er sah, wie das Wasser vom Ufer davonzukriechen begann.

Es war nicht das normale Hin und Her der Wellen, die manchmal einige Zentimeter des Sees preisgaben, manchmal ein Stück des Uferstreifens verschlangen. Das Wasser zog sich vom Ufer zurück, lautlos und so schnell, als würde der Wasserspiegel des Sees mit phantastischer Geschwindigkeit zu sinken beginnen!

Der Motor des Polizeibootes begann zu dröhnen. Das Schiff war dem Ufer so nahegekommen, wie es sein Kapitän wagte, ohne Gefahr zu laufen, es auf Grund zu setzen. Jetzt schwenkte es langsam herum, richtete den Bug auf das offene Wasser aus und begann gleichzeitig schneller zu werden.

Es war nicht schnell genug. Der Wasserspiegel des Lago Maggiore sank immer schneller und schneller. Das Schiff war noch keine zwanzig Meter vom Ufer entfernt, als sein eiserner Kiel scharrend auf Grund lief. Ein Knirschen und Poltern ertönte, in das sich ein Chor erschrockener Rufe von den Männern an Deck mischte. Das Schiff machte noch einmal einen letzten, harten Ruck, kam dann vollends zum Stehen und begann sich zur Seite zu neigen, als der Wasserspiegel nicht mehr hoch genug war, um es im Gleichgewicht zu halten. Aus den Entsetzensschreien wurden Schmerzensschreie, als das Boot langsam zur Seite kippte und die Männer hilflos von Deck geschleudert wurden. Das Schiff stürzte schließlich mit einem ungeheuren Krachen und Bersten auf die Seite, wobei es mehrere der hilflos daliegenden Soldaten einfach unter sich begrub. Die Überlebenden versuchten hastig davonzulaufen, aber nicht alle waren noch in der Lage dazu.

Der Major beobachtete die Katastrophe vollkommen ausdruckslos. Er empfand nicht einmal Schrecken. Was er sah, das war einfach zu bizarr, als daß sein an Logik gewohntes Denkvermögen es verarbeiten konnte. Er zweifelte keine Sekunde daran, daß er diese Dinge wirklich sah und nicht nur einen Fiebertraum durchlebte, aber er weigerte sich einfach, eine Erklärung dafür zu finden oder das Bild als wahr zu akzeptieren.

Der Wasserspiegel sank noch immer. Da das Ufer an dieser Stelle ziemlich steil abfiel, schien sich das Tempo zu verlangsamen. Trotzdem verschwand das Wasser mit phantastischer Geschwindigkeit, als lösten sich in jeder Sekunde Millionen und Abermillionen Kubikmeter einfach in nichts auf.

Langsam wandte der Major den Kopf und sah nach rechts, dorthin, wo die Prozession der Druiden im See verschwunden war. Das Wasser war mittlerweile weit genug gefallen, daß er sie sehen konnte. Sie bewegten sich weiter auf die Mitte des Sees zu, nebeneinander und mit den gleichen, zeremoniellen Bewegungen, mit denen sie die Böschung heruntergekommen und ins

Wasser hineingegangen waren. Nach allem Unmöglichen, das der Major in den letzten Augenblicken gesehen hatte, hatte er diesen Anblick beinahe erwartet.

Jemand rief nach ihm. Widerwillig löste er seinen Blick von der Reihe der Druiden und drehte sich wieder zu seinen Männern um. Sie würden eine Erklärung von ihm erwarten, die er ihnen nicht geben konnte.

Aber deswegen hatte man nicht nach ihm gerufen. Ein Teil der Soldaten blickte ebenso fassungslos und entsetzt wie er auf das zurückweichende Wasser hinaus, aber der weitaus größere Teil von ihnen starrte in die entgegengesetzte Richtung, hinauf zum Park und der dahinterliegenden Stadt.

Der Major ahnte, was er erblicken würde. Die Schatten zwischen den Bäumen waren nicht mehr leer. Dutzende von Männern, Frauen, aber auch Kindern und Alten waren zwischen ihnen erschienen, und es wurden mit jeder Sekunde mehr. Noch wagten sie es nicht, die Böschung herunterzukommen und sich den Soldaten zu nähern, die sich zu einer engeren Formation zusammengezogen und ihre Waffen in Anschlag gebracht hatten. Der Offizier wußte, daß dieser Zustand nur noch Augenblicke dauern würde. Das dort oben waren keine vernünftig denkenden Menschen mehr. Es war ein Mob, der seinen eigenen Gesetzen gehorchte; Gesetze, die der Major nur zu gut kannte. Sein schlimmster Alptraum wurde wahr. Man hatte ihn hierhergeschickt, um diese Menschen zu beschützen, aber nun würde er sie töten müssen. Die Spinne begann aus ihrer Höhle zu kriechen. Weder der Offizier noch einer seiner Männer bemerkten es, aber ihr Gift wirkte bereits. Plötzlich wollte er, daß es geschah. Von allen Schreckensbildern, die sein Unterbewußtsein für ihn bereit hielt, war dies das schlimmste. Trotzdem spürte er plötzlich tief in sich den unbezwingbaren Wunsch, seinen Männern zu befehlen, das Feuer auf die wehrlose Menge zu eröffnen. Er war Soldat. Er hatte sein Leben lang gelernt zu töten.

Und nun war der Moment gekommen, dieses Wissen anzuwenden. Endlich.

»Achtung!« befahl er. Seine Stimme war wieder ganz ruhig und so sicher und befehlsgewohnt wie immer. »Legt an!«

Die Männer hoben die Waffen, und die Bewegung fand ein optisches Echo in der Menschenmenge über ihnen. Für einen Moment stockte ihr Vormarsch, verkehrte sich sogar für eine Sekunde ins Gegenteil. Aber der Druck der nachdrängenden Masse war zu groß.

»Nein! «

Die beiden Soldaten, die den jungen Mann bewachten, stürzten zu Boden, als dieser sich mit erstaunlicher Kraft losriß und schreiend die Böschung hinaufzulaufen begann. Drei, vier Männer zugleich legten auf ihn an.

»Nein!« brüllte der Junge. »Tut es nicht! Ich flehe euch an! Ihr dürft das nicht tun! Kämpft nicht gegeneinander!«

Auf halber Strecke zwischen der Menschenmenge im Park und den Soldaten blieb er stehen und riß die Arme in die Höhe. »Besinnt euch!« schrie er. »Ihr alle seid Kinder der gleichen Schöpfung!«

Von allen Wundern, die der Major und seine Männer in der letzten Stunde erlebt hatten, war dies vielleicht das größte. Der Junge stand einfach da, eine zerbrechliche schwarze Gestalt in zerrissenen Kleidern, eine einzelne Stimme, die eine Sturmflut von Gewalt aufzuhalten versuchte, und für einige wenige Sekunden schien es ihr tatsächlich zu gelingen. Der Major spürte, wie sich die schwarze Kralle des Hasses aus seinen Gedanken zurückzuziehen begann, wie sich anstelle des wilden Verlangens zu töten Verwirrung und Schrecken in ihm breitmachten und die von kaltem Entsetzen begleitete Frage, was er hier eigentlich tat, was sie alle im Begriff waren zu tun. Auch einige seiner Männer senkten ihre Waffen. Auf ihren Gesichtern breitete sich der gleiche Schrecken und die gleiche Fassungslosigkeit aus, die auch ihr Kommandant verspürte.

Es liegt bei dir, was sein wird.

Aber die Erkenntnis, was diese Worte wirklich bedeuteten, kam zu spät. Der junge Mann blieb mit hoch erhobenen Armen stehen und sah auf die Soldaten und ihren Kommandanten herab, dann drehte er sich herum, vielleicht um seine Worte an die Menge über sich zu wiederholen, vielleicht auch einfach nur erleichtert, die Katastrophe im letzten Moment doch noch verhindert zu haben.

Jemand warf einen Stein nach ihm. Er verfehlte ihn, aber einer der Soldaten unten am Ufer verlor die Nerven und drückte ab. Der Schuß traf einen der vordersten Männer und riß ihn von den Füßen.

Der Major schloß die Augen, als er hörte, wie die Menschenmenge mit einem einzigen, hundertstimmigen Aufschrei losstürmte. Sein schlimmster Alptraum war nun doch Wirklichkeit geworden . . .

Zu Warsteins Überraschung nahm sich Franke die Zeit, ihnen auch den Rest der unterirdischen Anlage zu zeigen. Trotz allem gelang es ihm nicht ganz, den Stolz zu verhehlen, mit dem sie ihn erfüllte. Das Labor – denn um nichts anderes handelte es sich – bestand aus mehr als einem Dutzend unterschiedlich großer Räume, in denen so ziemlich alles aufgebaut war, was es an moderner und vor allem teurer Technik zu geben schien; und eine ganze Menge, von dem Warstein noch vor einer Stunde im Brustton der Überzeugung behauptet hätte, daß es nicht existierte. Warstein war kein Physiker, und Theorien über Schwarze Löcher und kosmische Energiequellen gehörten nicht einmal am Rande zu seinem Fachgebiet, aber er begann trotzdem rasch zu begreifen, wie weit Franke mit seinen Forschungen in den letzten drei Jahren gekommen war. Selbst wenn sich am Ende erweisen sollte, daß es in diesem Berg kein Schwarzes Loch gab, so hatten er und seine Mitarbeiter doch Erkenntnisse gewonnen, die den unvorstellbaren Aufwand, den die Errichtung dieses Labors bedeutet hatte, mehr als rechtfertigten. Falls es dann noch jemanden gab, der mit diesen Erkenntnissen etwas anfangen konnte.

Ihr Rundgang endete in einem Raum, der selbst Warstein mehr an die Kommandozentrale eines Raumschiffes erinnerte als an ein physikalisches Forschungslabor. Drei der vier Wände waren vollgestopft mit Schaltschränken, Monitoren, Computerbänken und zahllosen anderen technischen Apparaturen, deren Bedeutung ihm größtenteils verschlossen blieb. Aber Warstein entging auch nicht, daß die meisten dieser Geräte tot waren. Die Bildschirme waren erloschen, Bandspulen hatten aufgehört sich zu drehen, blinkende Leuchtdioden hatten sich in blind starrende, erloschene Augen verwandelt. Von den zahlreichen Telefonen im Raum schien nur noch ein einziges zu funktionieren, und Techniker waren emsig damit beschäftigt, an mindestens ebenso vielen auseinandergebauten Computerschränken gleichzeitig herumzubasteln. Wie es schien, nicht unbedingt mit Erfolg. Wenn er berücksichtigte, daß sich im Moment mindestens dreißig Personen in dem Raum aufhielten, war es erstaunlich leise; aber er konnte die Anspannung deutlich fühlen, die von allen hier drinnen Besitz ergriffen hatte.

Warstein war nicht der einzige, dem aufgefallen war, daß hier etwas nicht stimmte. Lohmann ließ seinen Blick mit unverhohlenem Spott durch den Raum wandern, und er versuchte erst gar nicht, die Schadenfreude aus seiner Stimme zu verbannen. »Beeindruckend, Professor«, sagte er. »Wirklich beeindruckend. Was wird es, wenn es fertig ist? Ein Computerladen?«

Franke mußte wohl endgültig zu dem Schluß gekommen sein, daß Ignorieren die einzig erfolgversprechende Methode war, mit Lohmann umzugehen, denn er beachtete weder ihn noch seine hämische Frage, sondern wandte sich direkt an Warstein.

»Ich habe Ihnen das alles nicht gezeigt, um anzugeben, Warstein«, sagte er. »Oder um Sie zu beeindrucken. Ich hoffe, daß Sie begriffen haben, was wir hier tun.«

»Ich . . . bin nicht sicher«, gestand Warstein. »Aber ich denke, es ist eine großartige Leistung, ja.« Er war tatsächlich ein wenig verwundert. Während der vergangenen halben Stunde hatte der Wissenschaftler in ihm wieder die Oberhand gewonnen, und für einige wenige kurze Momente waren selbst seine Angst und die Sorge um das, was draußen geschah, in den Hintergrund getreten. Aber er hatte sie keineswegs vergessen. Jetzt fragte er sich, warum Franke so viel von ihrer angeblich so kostbaren Zeit opferte, um ihm und Lohmann dieses Labor zu zeigen.

»Es ist nicht mein Verdienst allein«, antwortete Franke. »Wir haben die klügsten Köpfe der Welt hier versammelt und die beste Technik, die für Geld zu bekommen war. Ich dachte, daß es Sie interessiert.« Er lächelte flüchtig. »Irgendwie ist es ja auch ein bißchen Ihr Werk.«

»Aber das ist nicht der Grund, warum Sie es uns gezeigt haben«, vermutete Warstein. Wenn Frankes Worte schmeichelhaft gemeint waren, so verfehlten sie die angestrebte Wirkung gründlich. Er rieb Salz in offene Wunden.

»Nein«, sagte Franke. Sein Gesicht verdüsterte sich. Er sah auf die Uhr, ehe er weitersprach. »Ich möchte, daß Sie mir glauben, daß wir alles in unserer Macht Stehende getan haben. Wenn es eine wissenschaftliche Lösung für dieses Problem gäbe, dann hätten wir sie gefunden.«

Das hatte Warstein nie bezweifelt. Ganz egal, was er von Franke hielt – er war ein fähiger Wissenschaftler. Vielleicht einer der besten auf seinem Gebiet.

»Das alles hier ist ... wirklich großartig«, sagte er. »Es muß Millionen gekostet haben. Wie haben Sie es geschafft, die Gelder dafür aufzutreiben, noch dazu in so kurzer Zeit? Normalerweise dauert es doch drei Jahre, von der Regierung auch nur eine Erhöhung der Portopauschale zu bekommen.«

»Das kommt immer darauf an, an welche Stellen man sich wendet«, antwortete Franke ausweichend.

»An welche –?« Warstein stockte. Er blickte Franke durchdringend an, dann begriff er. Und plötzlich war sein Zorn wieder da.

»Sagen Sie mir, daß das nicht wahr ist«, sagte er. »Sie haben nicht das getan, was ich vermute, oder?«

Franke antwortete nicht, sondern starrte an ihm vorbei ins Leere. Aber sein Schweigen war Antwort genug.

»Sie verdammter Mistkerl«, sagte Warstein leise.

»Wovon reden Sie eigentlich?« fragte Lohmann ärgerlich. »Ich meine nur, falls es Ihnen nicht zu viel ausmacht – wäre es vielleicht möglich, nicht in Hieroglyphen zu reden?«

»Wovon ich rede?« Warstein deutete anklagend auf Franke. »Ich rede davon, daß er das ganze Projekt meistbietend verschachert hat! Oder woher glauben Sie, ist das ganze Geld gekommen, mit dem das hier aufgebaut worden ist?«

»Woher soll ich das wissen?« antwortete Lohmann.

»Sind Ihnen die vielen Uniformen auf dem Weg hierher nicht aufgefallen?«

Lohmann riß die Augen auf. »Das Militär?« fragte er.

»Ganz genau das«, bestätigte Warstein. »Er hat das ganze Projekt ans Militär verkauft.«

»Aber das ist doch nicht möglich!« behauptete Lohmann. »Wir sind hier in der Schweiz. Die werden den Teufel tun und ausländische Soldaten auf ihrem Grund und Boden –«

»Sie haben garantiert nichts davon gewußt«, fiel ihm Warstein ins Wort. Franke schwieg noch immer. »Oh, ich bin sicher, daß er sehr geschickt vorgegangen ist – habe ich recht? Wahrscheinlich hat keiner der Beteiligten auch nur geahnt, woher das Geld gekommen ist.« Er lachte böse. »Wie haben Sie es Ihnen schmackhaft gemacht, Franke? Haben Sie Ihnen erzählt, Sie könnten irgendeine neue Superwaffe konstruieren? Eine kleine Black-Hole-Bombe vielleicht?«

»Unsinn«, antwortete Franke. Er klang nervös. Sein Blick wich dem Warsteins immer noch aus. Warstein ahnte, daß er mit seiner Vermutung der Wahrheit zumindest nahegekommen sein mußte.

»Schade«, sagte er leise. »Ich hatte gerade angefangen, so etwas wie Sympathie für Sie zu empfinden. Aber das ist –«

»Was?« unterbrach ihn Franke scharf. »Hören Sie doch endlich auf, mir Vorwürfe zu machen, Warstein! Ja, verdammt, ich habe meine Seele verkauft – und? Ich würde es wieder tun, wenn es sein müßte. Was hätte ich tun sollen? Zum Forschungsministerium gehen? Ich würde heute noch dasitzen und Anträge ausfüllen, und wir wären in zwanzig Jahren nicht so weit gekommen!«

»Vielleicht wäre das besser gewesen«, sagte Lohmann.

Franke beachtete ihn nicht. »Erzählen Sie mir nicht, daß Sie an meiner Stelle anders gehandelt hätten!« fuhr er fort. »Und wenn doch, sind Sie ein Idiot. Ich wollte das hier, und ich habe es bekommen. Und es ist mir ziemlich egal, wer es bezahlt hat.«

»Und auch, was daraus wird?« fragte Warstein.

Franke fegte seine Worte mit einer zornigen Bewegung beiseite. »Hören Sie endlich auf, den Moralapostel zu spielen«, sagte er verächtlich. »Wo ist der Unterschied? Glauben Sie, das Militär hätte meine Entdeckung nicht für seine Zwecke genutzt, wenn das Geld aus einer anderen Kasse gekommen wäre? Es hätte nichts geändert. Es hätte die ganze Sache nur unnötig verzögert.«

Das Schlimme ist, dachte Warstein, daß er damit vermutlich recht hat. »Was ist hier passiert?« fragte er mit einer Geste auf die tot daliegenden Computer und Bildschirme. »Ein Unfall?«

Franke zuckte unglücklich mit den Schultern. »Ich wollte, ich wüßte es«, gestand er. »Es hat angefangen, als die Lichter am Himmel erschienen.«

»Was?« fragte Lohmann.

»Ich kann es Ihnen nicht sagen«, wiederholte Franke. »Auch die Techniker wissen es nicht. Sie arbeiten daran, Sie sehen es ja. Sie haben ein paar Geräte wieder zum Laufen gebracht, aber anscheinend weiß niemand genau, wieso.«

»Sie meinen, das alles hier ist . . . einfach ausgefallen?« vergewisserte sich Lohmann.

»Das meiste«, bestätigte Franke. »Einige Geräte funktionieren noch. Ein paar Computer, die meisten elektrischen Anlagen und seltsamerweise zwei Telefonleitungen. Der Rest ist tot. Es scheint kein System darin zu geben. Und wenn doch, dann kann ich es nicht erkennen.«

»Im Klartext, Sie sind blind und taub«, sagte Lohmann. »Ich hoffe doch, das war nicht die Lösung, von der Sie vorhin gesprochen haben.«

»Lösung?«

Lohmann gestikulierte heftig mit beiden Händen. »Die Notbremse. Die letzte Möglichkeit, von der Sie uns erzählt haben. Schon vergessen?«

»Notbremse?« Franke lächelte flüchtig. »Eine interessante Bezeichnung. Nein, das war es nicht.« Er sah wieder auf die Uhr, überlegte einen Moment und wandte sich dann zum Ausgang. »Kommen Sie. Es wird sowieso Zeit.«

Sie verließen den Raum und gingen wieder in die große Halle, in der sie Angelika und Rogler zurückgelassen hatten.

Das Bild hatte sich nicht verändert. Die Männer saßen noch immer in einem unregelmäßigen Kreis auf dem Boden und rührten sich nicht. Trotzdem spürte Warstein, daß zwischen – oder vielleicht mit? – ihnen etwas geschah. Daß sie irgend etwas taten. Nach dem kalten technischen Ambiente des Computersaales kam Warstein der Anblick doppelt unheimlich und bizarr vor. Er führte ihm mit fast körperlicher Intensität wieder vor Augen, warum sie hier waren.

Warstein entdeckte Angelika neben ihrem Mann, der auf der anderen Seite des Kreises saß. Sie war neben ihm niedergekniet und hatte die Hände nach ihm ausgestreckt. Aber sie brachte es aus irgendeinem Grund nicht über sich, ihn wirklich zu berühren; ihre Finger verharrten wenige Zentimeter vor seinem Gesicht, und auf ihren Zügen lag ein Ausdruck von Qual, der Warstein mit einem plötzlichen, sehr tiefen Mitgefühl erfüllte. Sie hatte ihm erzählt, daß sie ihn nicht mehr liebte und daß sie im Grunde selbst nicht wußte, warum sie eigentlich hierhergekommen war, aber der Anblick dort drüben machte ihm klar, daß das nicht stimmte.

Franke räusperte sich übertrieben, und Angelika sah tatsächlich auf. Sie verharrte noch reglos in der gleichen Stellung, in der sie vielleicht die ganze Zeit über dagesessen haben mochte, während Franke Lohmann und ihm das Labor gezeigt hatte. Dann nahm sie die Hände herunter, richtete sich langsam auf und ging auf sie zu. Ihre Bewegungen waren steif.

»Es tut mir leid, Sie stören zu müssen«, begann Franke, »aber wir –«

»Es ist schon gut«, unterbrach ihn Angelika. »Ich kann ... sowieso nichts für ihn tun.« Sie gab sich einen sichtbaren Ruck und wandte sich an Warstein. »Es ist der gleiche Ort, nicht?« fragte sie. »Sie waren damals hier?«

»Nicht genau«, antwortete Franke an Warsteins Stelle. Er deutete auf die Felswand zur Rechten. »Der Tunnel verläuft zwanzig Meter weiter südlich. »Aber Sie haben recht. Sie sind alle hierher zurückgekommen.« Plötzlich war in seiner Stimme so etwas wie eine ängstlich unterdrückte Hoffnung. »Hat er Ihnen irgend etwas gesagt? Wissen Sie, warum . . .«

»Nein«, sagte Angelika. »Er hat nichts gesagt. Ich glaube, er . . . er hat nicht einmal gemerkt, daß ich hier bin.« Sie begann zu zittern, und aus ihren Augen rannen plötzlich Tränen. »Ich möchte gehen«, sagte sie. »Bitte.«

»Selbstverständlich.« Franke machte eine entsprechende Geste, und Rogler öffnete die Tür und trat rasch beiseite, um Angelika vorbeizulassen. Sie rannte fast aus dem Raum und blieb auch draußen erst wieder stehen, nachdem sie sich gute zehn Meter von der Tür entfernt hatte. Lohmann wollte ihr folgen, aber Warstein legte ihm rasch die Hand auf den Arm und schüttelte den Kopf. Der Journalist zeigte ausnahmsweise so etwas wie Feingefühl und blieb zurück, während Warstein ihr allein folgte.

Er ging sehr langsam und hatte fast Angst, als er sie erreichte. Denn eigentlich wußte er nicht, was er sagen sollte. Er hatte Momente wie diese immer gehaßt. Einen halben Meter hinter ihr blieb er stehen und berührte ihren Arm, zog die Hand aber sofort wieder zurück, als er sah, wie sie unter seiner Berührung zusammenfuhr. Trotzdem drehte sie sich zu ihm um und sah ihn an. Ihre Augen waren noch immer voller Tränen, aber der Schmerz darin war von einer anderen Art, als er erwartet hatte.

»Angelika«, begann er, »es tut –«

»Jetzt nicht.« Sie unterbrach ihn mit einer fast zornigen Geste, atmete tief und hörbar ein und fuhr sich mit dem Handrücken über das Gesicht, um die Tränen fortzuwischen. Warstein trat mit einem wortlosen Nicken zurück. Er verstand, daß Angelika diesen Moment für sich brauchte. Sie waren sich nahegekommen, in den letzten Tagen, aber der Schmerz, den sie empfinden mochte, war zu intim, als daß sie ihn mit ihm zu teilen bereit war.

»Habt ihr . . . eine Lösung gefunden?« fragte sie.

»Wir wären schon froh, wenn wir das Problem gefunden hätten«, sagte Franke.

Im allerersten Moment empfand Warstein diese Art der Antwort als vollkommen unpassend. Aber Angelika lächelte plötzlich wieder. Natürlich heiterten Frankes Worte sie nicht wirklich auf, aber sie schien die gute Absicht, die dahinter steckte, in diesem Moment deutlicher zu spüren als Warstein. »Vielleicht sollten wir noch einmal gemeinsam danach suchen«, schlug sie vor.

Franke machte eine einladende Geste. Sie verließen das Labor unter dem Berg auf dem gleichen Weg, auf dem sie gekommen waren, und auf die gleiche, umständliche Weise. Nach allem, was Warstein in der letzten Stunde erfahren hatte, kamen ihm die Sicherheitsvorkehrungen hier drinnen geradezu lächerlich vor. Sie hatten über nichts Geringeres als den Weltuntergang gesprochen, und sie verloren kostbare Zeit damit, einem Computer ihre Plastikausweise zurückzugeben! Er protestierte nicht, sondern ließ die Prozedur klaglos über sich ergehen.

Er atmete erleichtert auf, als sie endlich wieder in den Tunnel hinaustraten. Erst im Nachhinein wurde ihm klar, warum er sich die ganze Zeit über, in der sie in Frankes geheimem Labor gewesen waren, so unwohl gefühlt hatte. Es war das Gefühl gewesen, eingesperrt zu sein. Im Grunde hatte sich an ihrer Umgebung nicht viel geändert, aber dort drinnen hatte er das Gewicht der Millionen und Abermillionen Tonnen Fels, das über ihnen schwebte, beinahe zu fühlen geglaubt, und obwohl die klimaanlagengefilterte Luft dort drinnen fast besser gewesen war als hier im Tunnel, glaubte er wieder freier atmen zu können.

Die Soldaten, die sie bis zur Tür begleitet hatten, warteten noch immer auf sie. Sie hielten auch jetzt einen respektvollen Abstand zu ihnen ein, als sie sich nach links wandten und Franke folgten, aber sie blieben auch nicht zurück. Warstein war plötzlich gar nicht mehr so sicher wie noch vor einer halben

Stunde, ob es überhaupt in Frankes Macht gestanden hätte, sie wegzuschicken. Seinen Worten und auch seinem Benehmen nach hielt er sich für den uneingeschränkten Herrscher über dieses Projekt, aber vielleicht stimmte das nicht. Vielleicht waren diese Männer nicht nur hier, um ihn zu beschützen.

Sie bewegten sich von den beiden ICEs fort und auf einen dritten, von einer schweren Diesellok gezogenen Zug zu, der hundert Meter vor ihnen auf den Schienen stand. Als sie näher kamen, sah Warstein, daß er nur einen einzigen Hänger hatte, der jedoch von geradezu gewaltigen Ausmaßen war. Es handelte sich um einen jener niedrigen, ungemein massiven Spezialwagen, die für Schwersttransporte gebaut waren. Auf der mit Stahlträgern verstärkten Ladefläche befand sich jedoch kein Brückenpfeiler oder das Segment eines zehn Meter durchmessenden Betontunnels, sondern ein dunkelgrün lackierter, quadratischer Block, der so massiv aussah, als wäre er aus einem einzigen Stück gegossen. Unterarmdicke Stahltrossen sicherten ihn in alle Richtungen, und an seiner Rückseite befand sich eine massiv aussehende Buchse, von der eine Kabelverbindung ausging. Sie endete in einem transportablen Schaltpult, das neben dem Gleis aufgebaut worden war.

»Was ist das?« fragte Lohmann.

»Gleich«, antwortete Franke. Er gestikulierte dem Journalisten zu, von den Schienen herunterzutreten, und Lohmann beeilte sich, der Aufforderung zu folgen, als sich der Zug mit einem leichten Ruck und einem lang nachhallenden Scheppern und Klirren in Bewegung setzte. Er rollte jedoch nur zwei oder drei Meter weit, ehe er wieder stehenblieb. Franke betrachtete ihn nachdenklich, zog einen winzigen Computer aus der Jackentasche und klappte ihn auf.

»Noch einen Meter zurück«, sagte er, nachdem er eine Weile konzentriert abwechselnd auf das LCD-Display und die Wand zur Linken gestarrt hatte. Warstein bemerkte erst jetzt die leuchtendroten Markierungen, die an der Felswand angebracht worden waren.

Wieder bewegte sich der Zug; diesmal nur um Zentimeter, wie

es schien. Aber Franke war noch immer nicht zufrieden. Auf seinen Befehl hin rollte die Lok abermals vor und dann noch einmal ein winziges Stück zurück.

»Was um alles in der Welt treiben die da?« murmelte Lohmann.

Warstein antwortete nicht. Nicht nur, weil er es nicht wußte. Was er sah, gefiel ihm nicht. Der Zug und seine Ladung machten ihm angst. An dem metallenen Block war irgend etwas Düsteres und zugleich Gewalttätiges.

Franke klappte seinen Rechner zu und ließ ihn wieder in der Tasche verschwinden. »Noch nicht optimal«, sagte er. »Aber den Rest machen wir später.« Er seufzte tief, bedachte die Lok und ihre Last mit einem Blick, in dem sich Zufriedenheit mit einer Sorge mischte, die Warsteins Furcht noch einmal neue Nahrung gab, und zuckte dann mit den Schultern, als hätte er sich in Gedanken eine Frage gestellt und sie gleich selbst beantwortet.

»Was ist das?« fragte Lohmann noch einmal.

»Das, wonach Sie mich vorhin gefragt haben, Herr Lohmann«, antwortete Franke. »Unsere letzte Möglichkeit. Ihre Notbremse.«

»Wie . . . meinen Sie das?« fragte Lohmann nervös. Er wurde blaß. »Einen Moment«, stammelte er. »Das . . . das ist nicht das, wofür ich es halte, oder?«

»Ich weiß nicht, wofür Sie es halten«, antwortete Franke. Seine Stimme klang ehrlich belustigt. »Es ist ein thermonuklearer Sprengsatz.«

»Wie?!« keuchte Lohmann. Für die Dauer eines Herzschlages starrte er Franke aus aufgerissenen Augen an, dann schrie er auf, stolperte zurück und prallte so heftig gegen die Tunnelwand, daß er um ein Haar das Gleichgewicht verloren hätte. »Sind Sie übergeschnappt?!« kreischte er. »Sie . . . Sie müssen völlig wahnsinnig sein! Das ist nicht Ihr Ernst! Das . . . das können Sie nicht wirklich wollen! Um Gottes willen – nein!«

Auch Warstein war instinktiv einen Schritt zurückgewichen, obwohl er nicht einmal sehr überrascht war. Nicht wirklich. Er hatte geahnt, was Franke unter einer letzten Möglichkeit verstand.

Angelika schien gar nicht zu begreifen, wovon sie sprachen. Verständnislos blickte sie zuerst Lohmann, dann Franke und schließlich Warstein an. »Was ist los?« fragte sie. »Was ist das für ein Ding?«

»Eine Atombombe«, antwortete Warstein ruhig, und auch aus Angelikas Gesicht wich schlagartig das Blut.

»Präzise ausgedrückt, eine Wasserstoffbombe«, berichtigte ihn Franke, »mit einer geschätzten Wirkung von vierundzwanzig Megatonnen.« Er lachte vollkommen humorlos und zuckte mit den Schultern. »Genau konnte man mir das nicht sagen. Es ist ziemlich lange her, daß man Bomben dieser Größe getestet hat, und die Berechnungen waren nicht immer ganz richtig. Aber es ist das Größte, was Sie hatten.«

Er sah Warstein an und schien auf irgendeine Reaktion zu warten. Als sie nicht kam, wandte er sich zu Lohmann um. »Stellen Sie sich nicht so an, Sie Dummkopf«, sagte er verächtlich. »Sie ist vollkommen ungefährlich, solange niemand auf den falschen Knopf drückt.«

»Sie sind ja wahnsinnig!« wimmerte Lohmann. Er war noch weiter zurückgewichen und hatte die Hände schützend vor das Gesicht gehoben, als rechne er tatsächlich jeden Moment damit, daß die Bombe explodierte.

»Aber das . . . das dürfen Sie nicht tun«, sagte nun auch Angelika. »All diese Menschen dort draußen. Die Städte und –«

Franke unterbrach sie mit einem sanften Kopfschütteln. »Niemandem wird etwas geschehen«, behauptete er. »Vielleicht wird Ascona zerstört werden, aber nicht einmal das ist sicher. Wir sind hier unter einem Berg, vergessen Sie das nicht.«

»Aber es ist eine Atombombe!« protestierte Angelika.

»Und zwar eine sehr große, ja«, bestätigte Franke. »Trotzdem. Die meisten Menschen überschätzen die Wirkung von Atomwaffen. Ihre Sprengkraft ist gar nicht so gewaltig. Sicher, es ist eine gewaltige Bombe, aber selbst die größte Atomwaffe der

Welt könnte diesen Berg nicht zum Einsturz bringen.« Er sah Warstein an. »Bestätigen Sie es ihr, bitte.«

Wäre Warstein nicht so entsetzt gewesen, hätte er wahrscheinlich lauthals losgelacht. Vermutlich hatte Franke sogar recht, was die Sprengkraft der Bombe anging – über ihnen befanden sich zwei Kilometer massiver Fels, den selbst diese Waffe nicht vollständig zu zerstören imstande sein würde. Trotzdem würde die Explosion die halbe Schweiz erschüttern, abgesehen von Kleinigkeiten wie Strahlung, Erdbeben und was sonst noch folgen mochte. Lohmann hatte recht: Franke war wahnsinnig.

»Sie sind hier der Spezialist für alles Militärische«, sagte er.

Für eine Sekunde blitzte es zornig in Frankes Augen auf. Aber er hatte sich sofort wieder in der Gewalt.

»Es gibt wirklich keinen Grund, in Panik zu geraten«, sagte er. »Niemand hat vor, diese Bombe zu zünden. Jedenfalls noch nicht.«

»Warum ist sie dann hier?« kreischte Lohmann. Er hatte vollkommen die Beherrschung verloren. »Sie lügen! Sie hatten es von Anfang an vor!«

»Unsinn!« sagte Franke scharf. »Ich wäre bestimmt nicht hier, wenn ich das gewollt hätte.« Er wandte sich mit einer zornigen Bewegung an Warstein. »Bringen Sie diesen Narren zur Räson, Warstein, ehe ich es tue!«

Es fiel Warstein sehr schwer, seinen Blick von dem metallenen Würfel auf der Ladefläche des Zuges zu lösen und sich zu Lohmann herumzudrehen. Seine Stimme wollte ihm den Dienst verweigern, und es gelang ihm kaum, seine Gedanken wenigstens wieder so weit in geordnete Bahnen zu zwingen, daß er in der Lage war, überhaupt zu sprechen. Trotzdem sagte er: »Er hat recht, Lohmann. Es wird nichts passieren. Schließlich ist er kein Selbstmörder.«

Lohmann hörte seine Worte gar nicht. Er starrte die Bombe an. In seinen Augen flackerte nackte Panik.

»Aber in einem Punkt schließe ich mich Lohmann an«, fuhr Warstein, nun wieder an Franke gewandt, fort: »Warum haben Sie sie hergebracht?«

»Weil es vielleicht die einzige Möglichkeit ist, den Schacht zu schließen«, antwortete Franke. Er deutete zur Tunneldecke. »Wir befinden uns genau darunter. Präzise in seiner Mitte. Vielleicht reicht die Explosion aus, ihn zu zerstören.«

»Blödsinn!« antwortete Warstein.

»Haben Sie eine bessere Idee?«

»Das meine ich nicht«, sagte Warstein. »Und Sie wissen das verdammt genau! Dieses Loch ist heute morgen entstanden, nicht wahr? Erzählen Sie mir nicht, daß Sie die Bombe erst jetzt hierhergebracht haben. Wasserstoffbomben liegen nicht in einem Versandhausregal herum und warten darauf, daß sie jemand bestellt! Wie lange ist das Ding schon hier? Und warum?«

Franke antwortete nicht. Er sah weg.

»Sie ist vor einer Woche hergebracht worden, nicht wahr?« fuhr Warstein ganz leise fort. Plötzlich war alles ganz klar. So klar, daß er gar nicht verstand, wie er es auch nur eine Sekunde lang hatte übersehen können. Er deutete auf den ICE. »Als Sie das da entdeckt haben. Oder vielleicht schon früher, als der erste Zwischenfall bekannt wurde?« Seine Stimme begann zu zittern, und einen Moment später auch seine Hände. Dann sein ganzer Körper.

»Sie ... Sie verdammter Verbrecher«, sagte er. »Sie haben es gewußt. Sie haben geahnt, was passieren würde. Sie haben es die ganze Zeit über gewußt!«

»Nein!« antwortete Franke. Er sah ihn noch immer nicht an, sondern starrte ins Leere. »Es war ... nur eine Sicherheitsmaßnahme. Für alle Fälle. Ich war dagegen, aber sie ... sie haben darauf bestanden.«

Warstein lachte schrill auf. »Was hatten Sie vor? Es in die Luft zu sprengen, falls Ihnen Ihr kleines Spielzeug entgleiten sollte?«

»Es ist theoretisch möglich!« protestierte Franke. »Wenn es wirklich ein winziges Schwarzes Loch ist, vielleicht in der Größe eines Atoms, dann reicht es, es mit Energie zu füttern, und es wird explodieren.«

»Ja, oder weiterwachsen und diesen ganzen verdammten Planeten verschlingen!« brüllte Warstein. »Wollen Sie das?!«

Franke hob mit einem Ruck den Kopf und sah ihn herausfordernd an. »Was wollen Sie?« fragte er trotzig. »So, wie die Dinge liegen, ist diese Bombe vielleicht unsere letzte Rettung. Vielleicht können wir das Loch schließen!«

»Und wenn nicht, fliegt uns eben der ganze Planet um die Ohren, wie?« höhnte Warstein.

»Das macht dann auch nichts mehr«, sagte Franke. »Drei Wochen mehr oder weniger – wo ist der Unterschied? Und, wie gesagt: es war nicht meine Idee!«

»Nicht Ihre Idee?« Warstein sprang vor und ergriff Franke so grob bei den Rockaufschlägen, daß der kleinere Mann von den Füßen gerissen wurde und mit den Armen zu rudern begann, um sein Gleichgewicht zu halten. »Ich werde Ihnen zeigen, was ich von Ihren beschissenen Ideen hal...« Jemand schrie. Irgendwo begann ein rotes Licht zu flackern, und dann heulte eine Sirene schrill und mißtönend auf. Plötzlich war der Tunnel voller polternder Schritte, Rufe und laufender Gestalten. Warstein ließ Franke los, der zurückstolperte und nur mit Mühe und Not nicht stürzte.

Aber die plötzliche Aufregung galt nicht ihm. Die Soldaten stürmten nicht heran, um ihn von Franke wegzureißen. Die Tür der Diesellok wurde aufgerissen, zwei Männer stürzten heraus und rasten wie von Furien gehetzt davon, und auch von der Ladefläche des Zuges sprangen Gestalten herab. Das Heulen der Sirene hielt an. Auf der Oberseite des grünen Metallblockes flackerte eine rote Warnlampe.

Warstein wußte, was all dies bedeutete. Aber er weigerte sich einfach, es zu glauben.

»Sie explodiert!« Die Stimme des Mannes hinter dem Schaltpult hinten auf dem Zug überschlug sich fast. »Der Zünder läuft! GROSSER GOTT, SIE EXPLODIERT GLEICH!«

»Nein!« stammelte Franke. »Das kann nicht sein! Das ist ... das ist völlig ausgeschlossen!«

Das Heulen der Sirene und die immer schriller werdende Stimme des einsamen Technikers hinter dem Pult bewiesen das Gegenteil. Der Mann hämmerte wie besessen auf seinen Kontrollen herum. »Sie explodiert!« schrie er immer wieder. »Der Countdown läuft! Noch drei Minuten!«

Warstein taumelte hilflos zurück. Weg! Das war alles, was er denken konnte. Er mußte hier weg. In drei Minuten würde die Welt untergehen. Er mußte raus hier, raus aus diesem Tunnel, weg von diesem Berg, diesem Land . . .

Rings um ihn herum begannen die kunststoffverkleideten Wände des Tunnels zu verblassen. Er sah Bäume, einen blauen Himmel und sanft ansteigende Hügel, an deren Hänge sich kleine weiße Häuser schmiegten, ein Tal des Friedens, sein persönliches Paradies, das er sich manchmal in seinen geheimsten Träumen ausgemalt hatte und in das er fliehen würde, fliehen konnte, um dem Weltuntergang zu entgehen, nur kraft seiner Wünsche, kraft seiner Phantasie und seines Willens, die jetzt und hier, an diesem magischen Ort und in diesem magischen Moment, stärker waren als die Wirklichkeit.

»Nein!«

Die Realität materialisierte sich wieder. Das Heulen der Sirene hielt noch immer an, und das Flackern der Warnlampe war schneller geworden, hektischer, drohender. Auch die Soldaten hatten sich umgewandt und rannten in sinnloser Panik davon. Franke stand noch immer da und starrte den Zug aus ungläubig aufgerissenen Augen an, gelähmt vor Entsetzen.

»Noch zwei Minuten!« schrie der Techniker. »O Gott, ich kann es nicht aufhalten! Ich kann nichts tun!«

Warsteins Blick suchte Lohmann. Der Journalist hatte sich wimmernd am Boden zusammengekauert und die Hände über den Kopf geschlagen. Er zitterte. »Sie explodiert!« kreischte er. »Ich wußte es! Ich habe es euch gesagt! Sie muß explodieren!«

Warstein war mit einem Satz bei ihm, riß ihn in die Höhe und schlug ihm die flache Hand ins Gesicht. Lohmann heulte vor Schmerz, als sein Hinterkopf unsanft gegen die Tunnelwand krachte, aber er hörte trotzdem nicht auf zu stammeln.

»Sie wird explodieren! Ich wußte es! Wir werden alle sterben!«

»Hören Sie auf, Lohmann!« brüllte Warstein. »Hören Sie endlich auf! Sie explodiert nur, weil Sie es so wollen!«

»Wir werden alle sterben!« kreischte Lohmann. Er hörte Warsteins Worte nicht. Und selbst wenn er sie gehört hätte, wäre er gar nicht mehr in der Lage gewesen, irgend etwas zu tun.

Warstein schlug zu. Er legte alle Kraft in diesen einzigen Hieb. Trotzdem war es nicht sein Faustschlag, der Lohmann das Bewußtsein raubte. Seine Faust traf das Kinn des Journalisten und ließ seine Haut aufplatzen, ohne ihm ernsthaften Schaden zuzufügen, aber Lohmanns Kopf kollidierte ein zweites Mal und noch heftiger mit der Tunnelwand. Es gab einen hörbaren, knirschenden Laut, Lohmann verdrehte die Augen und sackte reglos zu Boden.

Das Heulen der Sirene brach ab. Nur einen Moment später erlosch auch das flackernde rote Licht der Warnlampe. Später, als Franke mit dem Techniker sprach und Warstein hinzukam, erfuhr er, daß der elektronische Zünder noch siebenundachtzig Sekunden davon entfernt gewesen war, die Bombe zu zünden.

Der Wasserspiegel des Sees fiel unaufhaltsam weiter. Es gab nichts, wohin das Wasser hätte abfließen können. Da war kein Strudel, keine plötzliche Strömung, kein neu entstandener Abfluß; so wie beim Auszug der Israeliten das Wasser des Roten Meeres vor ihnen zurückgewichen war, so teilten sich die Fluten des Lago Maggiore vor dem Zug der Druiden, zogen sie sich in eine Richtung zurück, die jenseits der bekannten Dimensionen dieser Welt lag, auf einer anderen der zahllosen Ebenen der Wirklichkeit.

Das Phänomen blieb auf den nördlichen Teil des Sees beschränkt. Die südliche Hälfte, in der noch immer Dutzende von Schiffen nach Überlebenden des abgestürzten Flugzeuges und nach Trümmerstücken suchten, blieb ruhig. Niemand dort bemerkte etwas von dem phantastischen Vorgang. Die Lichter am Himmel, der Feuerschein, der sich an vielen Stellen Asconas zugleich auszubreiten begann, das Chaos und die Explosionen, nichts von alledem vermochte den Schleier zu durchdringen, der sich über die Sinne der Menschen hier gelegt hatte. Zwar verweilte manchmal ein Blick auf der Silhouette der brennenden Stadt, richtete sich die Aufmerksamkeit eines zufälligen Beobachters für Sekunden auf den schwarzen Abgrund, der inmitten des Sees klaffte, aber es war, als vermochten es die Bilder und Eindrücke einfach nicht, wirklich ins Bewußtsein der Menschen zu dringen. Die Such- und Bergungsarbeiten wurden fortgeführt. Niemand unternahm auch nur den Versuch, die unsichtbare Grenze zu überschreiten, die den See teilte.

Und niemand bemerkte den Zug buntgekleideter, gebrechlicher Gestalten, der sich tiefer und tiefer in die Mondlandschaft aus grauem Schlamm hineinbewegte. Die Männer bewegten sich vollkommen lautlos und auf eine Weise, die jedem Beobachter einen Schauer der Ehrfurcht über den Rücken hätte laufen lassen, hätte es einen Beobachter gegeben. Ihre Lippen bewegten sich, aber nicht der kleinste Laut kam darüber.

Die Prozession schritt nur langsam voran. Der See war hier sehr tief; an manchen Stellen mehr als dreihundert Meter, so daß sie zu großen, mühevollen Umwegen gezwungen wurden, um Spalten und jäh aufklaffende Abgründe zu umgehen, senkrechte Felswände und tückische Klippen. Manchmal half ihnen das Wasser, das noch immer lautlos und rasch vor ihnen zurückwich und ihnen dabei einen Weg zeigte, wo es keinen zu geben schien. Manchmal war es, als verändere sich der Weg vor ihnen. Eine Lücke klaffte auf, wo vor einem Augenblick noch eine unüberwindliche Felswand gewesen war, ein schmaler gewundener Pfad, wo eine fünfzig Meter tiefe Steilwand den Weg der Druiden zu versperren drohte, eine Felsenbrücke, wo gerade noch ein unüberwindlicher Abgrund gewesen zu sein schien.

Auch rings um die Inseln im Norden war der Wasserspiegel gefallen und hatte die flachen, kaum nennenswert aus dem Wasser reichenden Erhebungen zu steilen Felsnadeln gemacht, von deren Flanken schäumende Wasserfälle in die Tiefe stürzten und die wuchsen, je weiter das Wasser zurückwich.

18

DIE STADT BRANNTE. AUS EINER HÖHE VON DREIHUNdert Metern heraus betrachtet, bildeten die verschiedenen Brandherde ein fast symmetrisches Muster wie ein Netz aus rotem Licht, das die Umrisse Asconas nachzeichnete und in dem größere, flackernde Zentren die Endpunkte markierten: Kolonnen ineinandergeschobener, in Brand geratener Automobile, die die Ausfallstraßen abriegelten, das hell lodernde Zentrum, in dem Gebäude gleichzeitig Feuer gefangen haben mußten, dazwischen kleinere, aber allmählich ebenfalls zu einem Muster zusammenwachsende Lichtgebilde, und manchmal ein rasches, weißes Aufblitzen, das meistens zu schnell erlosch, als daß man es mit Blicken fixieren konnte. Schüsse, dachte Warstein entsetzt. Das müssen Schüsse sein.

»Großer Gott, was geht dort unten nur vor?« flüsterte Angelika. Sie hatte sich eng an Warsteins Schulter gepreßt, und ihre Fingernägel gruben sich selbst durch den Stoff der Jacke so tief in seinen Arm, daß es weh tat. Trotzdem streifte er ihre Hand nicht ab. Sie brauchte seine Nähe jetzt mehr denn je. Und er ihre.

»Ich weiß es nicht«, antwortete Franke. Die Frage hatte gar nicht ihm gegolten. Eigentlich war es gar keine Frage gewesen, so wie seine Antwort nicht wirklich eine Antwort war. »Sie bringen sich gegenseitig um. Aber ich weiß nicht, warum. Irgend etwas Entsetzliches ist passiert.« Er beugte sich vor und gab dem Hubschrauberpiloten eine knappe Anweisung. Die Maschine verlor ein wenig an Höhe und schwenkte gleichzeitig nach Süden. Die sterbende Stadt begann unter ihnen davonzugleiten, während die schwarze Fläche des Sees näherkam.

Etwas daran war seltsam, dachte Warstein, aber es dauerte noch einige Sekunden, bis er begriff, was: Es waren keine Schiffe auf dem See. Kein einziges Licht, von einigen wenigen blassen Punkten weit im Süden abgesehen. Das Wasser lag so schwarz unter ihnen, als wäre es zu Teer erstarrt.

»Aber Sie müssen doch irgend etwas tun können!« sagte Angelika. »Wozu haben Sie all diese Soldaten? Lassen Sie sie . . .«

». . . was tun?« unterbrach sie Franke. Er schüttelte grimmig den Kopf. »Ich habe keine Ahnung, was überhaupt vorgeht, Frau Berger. Wir haben eine Abteilung dort unten, aber es gibt keine Verbindung mehr zu ihr. Ich bin nicht einmal sicher, ob die Männer überhaupt noch am Leben sind.«

Angelika schloß seufzend die Augen, während der Hubschrauber weiter an Höhe verlor und zugleich nach links schwenkte, um der aufsteigenden heißen Luft über dem brennenden Stadtzentrum auszuweichen.

»Sie kennen den Landeplatz?« wandte sich Franke erneut an den Piloten. »Falls es dort nicht geht, landen Sie direkt am Ufer. Seien Sie vorsichtig.«

Angelika wandte endgültig den Kopf vom Fenster ab und verbarg das Gesicht für einen Moment an Warsteins Schulter. Sie zitterte. Seit sie den Tunnel verlassen hatten und in den Helikopter gestiegen waren, hatte sie nur sehr wenig gesprochen. Warstein bewunderte insgeheim ihre Tapferkeit, aber er spürte auch, daß sie nun mit ihren Kräften am Ende war. Der Anblick der sinnlos rasenden Gewalt, die durch die Straßen der Stadt unter ihnen tobte, war mehr, als sie ertragen konnte.

Und es war auch mehr, als er ertragen konnte. Was immer in diesem Berg erwacht sein mochte – es ließ ihre geheimsten

Wünsche und Sehnsüchte wahr werden. Aber warum war die Stadt unter ihnen dann ein Hexenkessel, in dem Menschen sich gegenseitig umbrachten, und nicht ein Paradies?

Er schüttelte die Frage – und vor allem die Antwort, die er ebensogut kannte – mit aller Macht ab und drehte sich ebenfalls vom Fenster weg. Der Hubschrauber hatte den See fast erreicht. Der Pilot schwenkte bereits in eine enge Kurve über der Uferpromenade ein, um nach einem geeigneten Landeplatz Ausschau zu halten. Er fand keinen. Die Straßen waren voller Trümmer, brennender Autos und Menschen. Und selbst wenn er es gewagt hätte, die Maschine in all diesem Chaos aufzusetzen, hätten sie diese nicht verlassen können. Warstein war sicher, daß die aufgebrachte Menge sie sofort angegriffen hätte.

»Okay«, sagte Franke. »Versuchen Sie es unten am Ufer. Ein kleines Stück weiter westlich . . . glaube ich.«

Warstein sah überrascht hoch. »Glauben Sie? Ich dachte, Sie wissen, wo sie sind.«

»Das weiß ich auch«, erwiderte Franke gereizt. »Aber als ich das letzte Mal hier war, sah es etwas anders aus, wissen Sie? Keine Sorge – wir werden sie schon finden. Schließlich sind sie nicht zu übersehen. Und diese verdammte Uferpromenade ist ja auch nicht endlos.«

Der Pilot ließ die Maschine noch weiter nach unten sacken und nahm gleichzeitig die Geschwindigkeit zurück. Obwohl die Straße unter ihnen vom flackernden Widerschein zahlloser Brände in rötliches Licht getaucht wurde, ließ er den großen Suchscheinwerfer der Maschine aufflammen und richtete ihn auf den schmalen, gras- und baumbestandenen Streifen, der die Straße vom eigentlichen Seeufer trennte. Sie sahen auch dort kämpfende Menschen, Verheerung und zahllose kleinere Brände.

»Dort!« sagte Franke plötzlich. »Das Lager! Sehen Sie!«

Warstein erkannte fast genau unter der Maschine das, was Franke als Lager bezeichnet hatte: einen großen, unregelmäßigen Kreis, in dem das Gras niedergetrampelt war und auf dem sich erloschene Feuerstellen befanden. Von den versammelten

Druiden, von denen Franke ihnen erzählt hatte, fehlte jede noch so kleine Spur.

»Wo sind sie?« murmelte Warstein.

»Und wo sind die Soldaten?« fügte Franke besorgt hinzu. »Verdammt, ich habe eine ganze Kompanie zu ihrem Schutz –«

»Um Gottes willen, seht doch!«

Franke brach mitten im Wort ab, als er Roglers Ausruf hörte, und blickte nach rechts, wohin der ausgestreckte Arm des Polizeibeamten wies. Warstein, Angelika und Lohmann taten dasselbe.

Für einige Sekunden wurde es sehr still in der Maschine. Niemand sprach, niemand rührte sich, ja, es schien, als ob für einen Moment nicht einmal einer der sechs Menschen im Inneren des Helikopters zu atmen wagte. Der Anblick war zu bizarr, zu erschreckend. Schließlich schwenkte der Pilot die Maschine herum und ließ sie langsam zum See hinuntergleiten. Der Scheinwerferstrahl stach in die Tiefe, huschte über Baumwipfel und Büsche und dann über glitzernden, feuchten Schlamm, wo eigentlich das Wasser des Lago Maggiore sein sollte.

Der See war nicht mehr da. An seiner Stelle erstreckte sich unter ihnen eine schwarze Alptraumlandschaft, die jäh in die Tiefe stürzte. Unweit dessen, wo vor Stunden noch das Ufer gewesen war, lagen die zerborstenen Überreste eines kleinen Schiffes, das offensichtlich gekentert und dann auf dem abschüssigen feuchten Grund ins Rutschen gekommen war.

Der Pilot folgte dem steil abstürzenden Grund, so daß sie sich schon bald tief unter dem ehemaligen Niveau des Sees befanden. Vom Wasser des Lago Maggiore war noch immer nichts zu sehen. Hier und da glitzerte eine Pfütze im feuchten Schlamm, beeilte sich ein kleines Rinnsal, im Morast zu versickern, aber der eigentliche See blieb verschwunden. Schließlich gab Franke dem Piloten ein Zeichen, kehrtzumachen. Der Mann ließ die Maschine in einem weiten Bogen herumschwenken und gleichzeitig wieder aufsteigen.

»Warten Sie«, sagte Franke plötzlich. »Fliegen Sie noch einmal zurück. Nach Süden.«

Der Pilot gehorchte widerspruchslos; auch wenn man ihm ansah, wie wenig ihm dieser Befehl behagte. Sie stiegen noch ein wenig weiter auf, wenn auch nicht so weit, daß sie sich über dem eigentlichen Seeniveau befanden, und schwenkten dann in die angegebene Richtung. Die Maschine gewann an Tempo.

»Da vorne ist etwas«, sagte Franke nach einer Weile.

Niemand antwortete. Sie alle konnten deutlich sehen, was Franke entdeckt hatte – aber keiner von ihnen konnte sagen, was es war. Etwas Großes. Glitzerndes. In das Geräusch der Rotoren mischte sich ein fernes, aber sehr mächtiges Grollen, das an Lautstärke zunahm, je näher sie der schwarzen Wand im Süden kamen.

Zum zweiten Mal binnen kurzer Zeit wurde es sehr still im Inneren des Militärhubschraubers. Jetzt war es eine betäubende Stille, die sich wie eine körperliche Last auf die Seelen der sechs Menschen legte, als sie sahen, was vor ihnen im Licht des Scheinwerfers auftauchte. Der Helikopter wurde langsamer und hielt schließlich in der Luft an. Eine Minute verging, dann noch eine und noch eine.

Es war Lohmann, der schließlich das erstickende Schweigen brach. Es waren die ersten Worte, die er sprach, seit sie den Tunnel verlassen hatten. Doch seine Worte gingen im Grollen der tosenden Wassermassen beinahe unter.

»Nun, Herr Doktor Franke«, sagte er. »Glauben Sie immer noch, daß Sie eine wissenschaftliche Erklärung für all das finden?«

Franke schwieg. Er konnte nicht antworten. Er konnte sich nicht einmal rühren. Sein Blick hing wie paralysiert an der titanischen, schimmernden Wand, die sich vor ihnen nach beiden Seiten erstreckte; einer Wand aus nichts anderem als Wasser, Kilometer um Kilometer breit und dreihundert Meter hoch, so weit der Blick reichte. Wasser, das brüllend und schäumend in die Tiefe stürzte, um dort unten ebenso geheimnisvoll und schnell zu verschwinden wie der Teil des Sees, über dem sie schwebten. Es war kein Riff, keine Mauer; nichts als eine unsichtbare Barriere, die die Wassermassen zurückhielt und aus nichts anderem bestand als aus dem puren Wunsch, daß sie da war.

»Fliegen Sie zurück«, sagte Franke nach einer Weile.

Sie brachten den Weg zurück nach Ascona schweigend hinter sich. Warstein fiel auf, daß der Pilot die Maschine jetzt ein gutes Stück über der imaginären Oberfläche des Sees hielt, als hätte er Angst, das Wunder könnte sich als plötzliche Sinnestäuschung erweisen und das Wasser auf ebenso unmögliche Weise zurückkehren, wie es verschwunden war.

Als sie das Ufer erreichten, fanden sie die Toten. Es war Angelika, die sie entdeckte. Sie schlug mit einem unterdrückten Schrei die Hand vor den Mund und deutete mit der anderen nach links, auf eine Stelle einen Kilometer östlich ihrer Position. Ohne daß es eines besonderen Befehls Frankes bedurft hätte, änderte der Pilot den Kurs und hielt schließlich über dem Schlachtfeld in der Luft an; denn nichts anderes als genau das war es, was sie im grellen Lichtkegel des Scheinwerfers unter sich sahen.

»Jetzt wissen Sie, was mit Ihrer Kompanie Soldaten passiert ist«, murmelte Lohmann. Die Worte klangen bitter und waren voller Entsetzen und Schmerz.

Warstein empfand dasselbe, gemischt mit einem hilflosen, rasenden Zorn, der nicht den Toten unter ihnen galt oder dem, was sie getan hatten, sondern nur dem Geschehen an sich.

Es waren nicht nur Frankes Soldaten, die dort unten am Ufer den Tod gefunden hatten. Die weitaus größere Anzahl von Toten waren Zivilisten, und Warstein erkannte voller Entsetzen, daß es nicht nur Männer waren. Der überwiegende Teil derer, die dem Maschinengewehrfeuer der Soldaten zum Opfer gefallen waren, bestand aus Frauen, Kindern und alten Menschen. Selbst für Warstein, der in strategischen Dingen keinerlei Erfahrung hatte, war es nicht schwer zu erkennen, was sich hier abgespielt haben mußte. Die Soldaten hatten sich unmittelbar am Wasser verschanzt, und die Angreifer waren in immer neuen Wellen von der Straße herunter auf sie losgestürmt, blind, ohne Furcht und augenscheinlich ohne nennenswerte Bewaffnung.

Warstein weigerte sich, die Anzahl der Toten zu schätzen, aber es mußten Hunderte sein. Die automatischen Waffen hatten entsetzlich unter ihnen gewütet, doch am Ende hatten sie den Männern in den grünen Tarnanzügen nichts mehr genutzt. Vielleicht, dachte Warstein matt, war ihnen am Schluß einfach die Munition ausgegangen.

»Gehen Sie tiefer!« befahl Franke. In seiner Stimme war ein Unterton, der auch Warstein aufhorchen ließ.

»Was ist los?«

Franke winkte unwillig ab und preßte die Stirn gegen die Seitenscheibe, um besser hinaussehen zu können. »Den Scheinwerfer mehr nach links!« befahl er. »Und versuchen Sie die Maschine ruhig zu halten!«

Gehorsam glitt der weiße Lichtkreis weiter nach links und verharrte auf einer Gruppe wirr übereinandergestürzter, zerfetzter, blutiger Leiber. Warstein blickte nur eine Sekunde hin und drehte hastig den Kopf zur Seite, aber es nutzte nichts. Er sah die furchtbaren Bilder noch immer.

»Jetzt langsam höher!« befahl Franke. »Richtung Park. Aber ganz langsam. Und schwenken Sie den Scheinwerfer!«

»Franke, bitte!« sagte Lohmann. »Haben Sie noch nicht genug gesehen?«

»Halten Sie den Mund«, antwortete Franke scharf. Er ließ ein paar Sekunden verstreichen, in denen er offensichtlich gebannt weiter das furchtbare Bild unter ihnen betrachtete, dann sagte er: »Sie sind nicht dabei.«

Warstein sah auf. »Wer?«

»Sie«, wiederholte Franke. »Die Magier. Die Zauberer oder Druiden, oder wie immer Sie sie nennen wollen. Sie sind nicht unter den Toten.«

Er begann heftig mit beiden Händen in Richtung des Piloten zu gestikulieren, drehte sich dabei aber nicht vom Fenster weg. »Landen Sie«, sagte er. »Aber vorsichtig. Und halten Sie den Park im Auge.«

Die Maschine glitt wieder ein Stück von den Bäumen weg und setzte dicht neben den toten Soldaten auf. Franke sprang von seinem Sitz hoch, noch ehe sie völlig zur Ruhe gekommen war. Mit einer knappen Geste befahl er Warstein und Lohmann, ihm zu folgen, schüttelte aber den Kopf, als auch Rogler sich von seinem Platz erheben wollte.

»Sie bleiben hier«, sagte er. »Passen Sie auf den Park auf – und auf sie.« Er deutete auf Angelika. »Wenn sich irgend etwas rührt, warnen Sie uns. Und zögern Sie nicht zu schießen. Sie sehen, was hier los ist.«

Er öffnete die Tür, sprang ins Freie und wartete ungeduldig, bis Warstein und nach einem gehörigen Zögern auch Lohmann ihm gefolgt waren.

»Was soll das?« schrie Lohmann. Er hatte alle Mühe, sich über das Rotorengeräusch hinweg verständlich zu machen. Trotzdem fuhr er fort: »Reicht Ihnen das noch nicht, was man von oben sieht?«

»Ich muß Gewißheit haben!« erwiderte Franke. »Wir müssen uns überzeugen, daß sie wirklich nicht dabei sind!«

»Wer?« fragte Lohmann.

»Sie erkennen sie sofort!« antwortete Franke. »Ich rede von Zauberern, verstehen Sie? Druiden, indianischen Medizinmännern, Hare-Krishnas . . . Achten Sie auf alte Männer in sonderbaren Kleidern.« Lohmanns Gesichtsausdruck nach zu schließen, zweifelte er mittlerweile ernsthaft an Frankes Verstand. Er warf Warstein einen hilfesuchenden Blick zu.

»Tun Sie, was er sagt!« schrie Warstein. »Fragen Sie nicht, tun Sie es einfach. Und beeilen Sie sich. Wir haben nicht mehr viel Zeit!«

Sie umgingen die Maschine in respektvollem Abstand zu den sich im Leerlauf drehenden Rotorblättern und machten sich an ihre grausige Aufgabe. So gewaltig das Gemetzel gewesen war, es hatte sich auf engstem Raum abgespielt. Der Abschnitt des Strandes, den Warstein zu untersuchen hatte, war kaum hundert Meter lang, und auch wenn die nachfolgenden Minuten vielleicht zu den schlimmsten seines bisherigen Lebens zählten – sie dauerten nicht lange. Schon nach kurzer Zeit machte er sich auf den Rückweg.

Er kam fast gleichzeitig mit einem sehr bleichen Lohmann wieder beim Helikopter an. Der Journalist zitterte am ganzen Leib, und in seinen Augen stand ein Grauen geschrieben, das er vielleicht nie wieder völlig loswerden würde. Es war eine Sache, über gewaltsamen Tod zu berichten, über ihn zu lesen, vielleicht Bilder in einer Zeitschrift oder auch im Fernsehen zu sehen, und eine ganz andere, ihn zu erleben.

»Nun?«

Warstein schüttelte den Kopf und drehte sich dann zu Franke herum, der seine Suche ebenfalls beendet hatte und zurückkam. »Nichts«, sagte er. »Sie sind nicht dabei. Wenn sie getötet worden sind, dann nicht hier.«

»Sie leben noch«, behauptete Franke. »Ich bin ganz sicher. Ich . . . ich spüre es.«

»So?« Lohmann versuchte ganz offensichtlich, gewaltsam zu seiner alten Rolle zurückzufinden. »Woran?«

»Sie haben sie nicht gesehen«, erwiderte Franke. »Aber ich. Ich . . . ich konnte mich ihnen nicht einmal nähern. Und die Soldaten auch nicht. Ich glaube nicht, daß irgend jemand ihnen etwas anhaben konnte.«

»Und wo sind sie dann?«

»Jedenfalls nicht hier«, antwortete Franke ausweichend. Leiser und mit einer sonderbaren Betonung fügte er hinzu: »Vielleicht überhaupt nicht mehr hier. Wer weiß.« Er zuckte noch einmal die Schultern, straffte dann seine Gestalt und gab sich einen sichtbaren Ruck.

»Steigen Sie ein«, sagte er. »Es hat wenig Sinn, noch länger hierzubleiben.«

Angelika erwartete sie zusammen mit Rogler in der offenstehenden Tür der Maschine. »Nun?« fragte sie.

»Sie sind nicht dabei«, erwiderte Franke. »Ich glaube, sie leben noch.«

»Und was nutzt Ihnen das, wenn ich fragen darf?« Lohmann kletterte schnaubend hinter Franke und Warstein in die Maschine und sah den Wissenschaftler mißmutig an. »Wenn ich Sie richtig verstanden habe, dann haben diese Männer bisher kein Wort mit Ihnen gesprochen oder nur unverständliches Zeug. Denken Sie, das hätte sich plötzlich geändert?«

»Vielleicht reden sie mit uns«, sagte Warstein rasch, ehe Franke antworten und vielleicht doch noch mit Lohmann in Streit geraten konnte. »Ich glaube, Franke hat recht. Sie sind bestimmt nicht durch Zufall hierhergekommen. Nicht ausgerechnet jetzt. Sie müssen irgend etwas . . . getan haben.«

Er blickte durch die offene Tür auf den See hinaus, der kein See mehr war, sondern ein schwarzer Schlund mit schlammigem Boden. Sie alle wußten, was die Druiden getan hatten. Er fragte sich, warum er eigentlich nicht den Mut hatte, es laut auszusprechen.

»Vielleicht ist der alte Mann ja bei ihnen«, sagte Angelika.

»Der alte Mann?« Warstein runzelte die Stirn.

»Saruter – das war doch sein Name, oder?«

»Er ist tot«, erinnerte Warstein, und Franke sagte: »Ich hätte ihn bemerkt. Garantiert.«

Es dauerte einen Moment, bis ihnen beiden zugleich auffiel, daß sie mit vertauschten Rollen gesprochen hatten. Plötzlich schien Warstein der Zweifler geworden zu sein und Franke der, der wußte.

Aber da war etwas an dem, was Angelika gesagt hatte. Etwas unglaublich Wichtiges. Für einen Moment, den winzigen Bruchteil einer Sekunde, hatte Warstein das Gefühl, die Antwort zu kennen, endlich zu wissen, wozu sie gerufen worden waren und wohin sie gehen mußten. Aber als er danach greifen wollte, war sie fort.

»Fliegen Sie los«, sagte Franke an den Piloten gewandt. »Nach Porera.«

Über dem Lago Maggiore rotierte ein Tornado aus Licht. Grüne, rote, blaue und gelbe Blitze, Flammenspeere in nie gesehenen Farben und rotierende Kugeln aus purer Energie zerrissen den Himmel. Die Ordnung der Dinge war gestört. Wo Gesetze geherrscht hatten, die älter als die Zeit waren, breitete sich das

Chaos aus, und im Zentrum dieses sich immer schneller und schneller drehenden Wirbels begann etwas Neues und zugleich Uraltes zu entstehen, etwas, das erschaffen und behüten konnte, aber auch von unvorstellbarer Zerstörungskraft war. Es war der Hebel des Aristoteles, den die Zeit angesetzt hatte, um die Welt aus den Angeln zu heben.

Der Zug der Druiden hatte sein Ziel erreicht. Rings um sie herum erstreckte sich die bizarre Landschaft des wasserlosen Sees, eine graue Einöde aus Schlamm und Morast und sterbenden Wasserpflanzen, aus totem Getier und Unrat, der seit Generationen in die geduldigen Fluten des Sees versenkt worden war. Vor ihnen lagen die Inseln, die den nördlichen Teil des Lago Maggiore beherrschten; ein halbes Dutzend kleiner Eilande, die nun zu einem Menhirkreis aus dreihundert Meter hohen, lotrechten Felssäulen geworden waren, der sich dem lodernden Himmel entgegenreckte, wie Finger einer gigantischen, steinernen Kralle.

Die Männer warteten. Über ihnen nahm der tobende Kampf zwischen Licht und Dunkel immer noch mehr an Gewalt zu, und rings um sie herum begann die Illusion, die die Menschen mit dem Namen Wirklichkeit belegt hatten, endgültig in Stücke zu brechen. Aber nicht einer von ihnen nahm Notiz davon. Sie standen einfach reglos da, schweigend und geduldig wie die, denen sie ihr Wissen verdankten, geduldig über Äonen und Zeitalter hinweg gewartet hatten, auf einen Moment, von dem keiner von ihnen gewußt hatte, ob er jemals kommen würde. Sie waren die weisesten der Weisen, vielleicht die ältesten Menschen, die es auf dieser Welt gab; Zauberer und Schamanen, Druiden und Medizinmänner, Derwische und Fakire – ihre Namen waren Legion, aber die Bestimmung bei allen die gleiche. Sie waren die Bewahrer, die Hüter eines uralten Wissens, das älter als die Menschen war, älter als die Welt, die sie hervorgebracht hatte, vielleicht älter als das Universum, zu dem sie gehörten. Es war tief in ihnen verborgen, auf einer jeder wissenschaftlichen Erklärung spottenden, jedem menschlichen Begreifen entzogenen Ebene, so sicher und unzerstörbar wie das Leben selbst und so absolut. Keiner der alten Männer hätte wirklich sagen können, warum er hier war und was ihn gerufen hatte, und doch würde, wenn der Augenblick der Entscheidung gekommen war, jeder wissen, was er tun mußte. Der Moment war nicht mehr fern.

Bald.

Die Druiden warteten.

Der Flug nach Porera hinauf, der unter normalen Umständen zehn Minuten gedauert hätte, wurde nicht nur für seine Passagiere zu einer kleinen Ewigkeit, sondern auch zu einer extremen Belastungsprobe für den Piloten und seine Maschine. Der Wind wechselte ununterbrochen, schien mal gar nicht vorhanden zu sein und dann wieder von einer Sekunde auf die nächste zu einem tobenden Orkan zu werden, der den Hubschrauber wild durchschüttelte und den Piloten mehr als einmal zu halsbrecherischen Kunstflugmanövern zwang, wollte er die Maschine überhaupt noch in seiner Gewalt behalten.

Franke hatte vorgehabt, ihnen den Schacht aus der Luft zu zeigen, von dem sie bisher nur aus seinen Erzählungen gehört hatten, aber es erwies sich als unmöglich. Die Turbulenzen waren einfach zu stark; nach dem dritten vergeblichen Anflug brach der Pilot den Versuch ab und erklärte, daß es einfach zu gefährlich sei, sich dem Höllenschlund aus der Luft her zu nähern. Warstein und die anderen waren beinahe erleichtert, und nicht nur, weil die Maschine von den aufgepeitschten Luftmassen wie ein welkes Blatt im Sturm hin und her geworfen worden war, so daß sie mehr als einmal damit gerechnet hatten, der Pilot würde die Gewalt über den Helikopter verlieren.

Daß sie Porera überhaupt erreichten, kam Warstein im nachhinein wie ein kleines Wunder vor. Der Sturm wuchs zu apokalyptischer Kraft heran, je mehr sie sich dem Ort näherten. Sein Heulen wurde bald so gewaltig, daß er selbst den Motorenlärm übertönte und jede Verständigung in der Maschine unmöglich machte. Der Helikopter bebte und zitterte jetzt ununterbrochen.

Der Pilot war nicht mehr in der Lage, einen geraden Kurs zu halten – die Maschine taumelte haltlos hin und her, sackte nach unten durch oder sprang mit einem Ruck wieder in die Höhe. Ihr Rumpf erbebte unter den Einschlägen von Sand, Staub, Steinen, ja, selbst Ästen und losgerissenen Büschen, die der Sturm mit sich trug. Als sie Porera schließlich erreichten, war Warstein schweißgebadet. Ihm war körperlich übel von den Erschütterungen, denen der Hubschrauber ausgesetzt gewesen war, und der irrsinnige Flug durch den schwarzen, brüllenden Sturm machte ihm angst. Angelika klammerte sich mit aller Kraft an ihn, aber auch er hielt sich an ihr fest, und er war nicht sicher, wer bei wem mehr Schutz suchte.

Der Helikopter ging immer tiefer. Seine Kufen streiften die Baumwipfel, und einmal geriet die Maschine so heftig ins Trudeln, daß ein Absturz unvermeidlich schien. Trotzdem wagte es der Pilot nicht höher zu gehen, denn der Sturm war dort oben noch ungleich heftiger. Die außer Kontrolle geratenen Naturgewalten hätten die Maschine einfach in Stücke gerissen.

Endlich erreichten sie die Stadt – aber es wurde nicht besser. Der Sturm tobte mit ungebrochener Gewalt durch die verlassenen Straßen, zerrte an Dächern und Wänden und schien jedes Leben davongewirbelt zu haben. Auf Frankes Befehl hin kreiste der Helikopter insgesamt dreimal über Porera, ohne daß sie auch nur eine Menschenseele zu Gesicht bekommen hätten. Der Ort lag wie ausgestorben unter ihnen.

Nein, verbesserte sich Warstein in Gedanken. Nicht wie ausgestorben. Porera war verlassen. Das mannshohe Gittertor, das die einzige Zufahrt zur Stadt versperrte, stand offen, vom Sturm halb aus den Angeln gerissen. Das kleine Wachhäuschen daneben war zerstört, ebenso wie ein Teil der Häuser, die die Straße dahinter flankierten. Warstein sah abgedeckte Dächer und eingestürzte Mauern, aber nirgendwo ein Licht, nirgendwo eine Bewegung, die nicht vom Sturm verursacht wurde.

»Wo sind sie alle?« schrie Angelika.

Das Heulen des Sturmes verschluckte ihre Worte. Aber Franke schien sie erraten zu haben, denn er zuckte mit den

Schultern, beugte sich plötzlich zum Piloten vor und schrie dem Mann etwas zu. Der Helikopter hörte auf über Porera zu kreisen und näherte sich dem kleinen Platz im Zentrum. Er war so verlassen wie der ganze Ort, aber an seinem südlichen Rand stand ein gewaltiger Sattelschlepper, der in grünen und braunen Tarnfarben lackiert war. Auch er schien verlassen zu sein, denn die Tür der Fahrerkabine stand offen und bewegte sich klappernd im Sturm. Aus dem Dach des riesigen kastenförmigen Aufbaus ragte der abgebrochene Stumpf einer Antenne.

Warstein durchlebte einige letzte Sekunden banger Furcht, als der Pilot den Helikopter unmittelbar neben dem Wagen aufsetzte. Selbst hier zwischen den Häusern war der Sturm noch so stark, daß die Maschine wild hin und her schaukelte. Sie setzte mit einem Ruck auf, der sie alle in ihren Sitzen hin und her schleuderte.

Der Lärm nahm ein wenig ab, als der Pilot den Motor ausschaltete und die Rotorblätter zum Stehen kamen. Trotzdem zitterte die Maschine weiter; manchmal erbebte sie wie unter Faustschlägen.

Franke löste seinen Sicherheitsgurt und stand auf.

»Was haben Sie vor?« schrie Warstein.

Franke deutete auf den Lastwagen. »Ich muß dorthin«, antwortete er. »Ich muß wissen, was hier los ist!«

»Sind Sie wahnsinnig?« rief Lohmann. »Hier ist keiner mehr, das sieht man doch! Bleiben Sie gefälligst hier! Wir müssen weg!«

»Weg?« Franke schüttelte den Kopf. »Aber wohin denn?«

»Aber –« Lohmann brach betroffen ab.

Franke wandte sich an den Piloten. »Passen Sie auf! Wenn irgend etwas Ungewöhnliches geschieht, starten Sie sofort. Warten Sie nicht auf mich.«

»Sie sollten sich beeilen«, antwortete der Mann. »Der Sturm scheint noch schlimmer zu werden. Wenn wir zu viel Zeit verlieren, kann ich nicht mehr starten.«

Wie um seine Worte zu bestätigen, heulte der Sturm in diesem Moment mit noch größerer Wut auf. Der Helikopter bebte.

Etwas traf sein Heck und prallte mit einem dumpfen Geräusch davon ab. Blitze, grüne, rote und blaue Lichter und gleißende Lanzen aus flammender Energie spalteten den Himmel. Warstein wagte kaum noch aus dem Fenster zu sehen. Die Welt dort draußen ging unter. Und nicht nur im übertragenen Sinne des Wortes.

»Er muß den Verstand verloren haben!« sagte Lohmann, während Franke den Hubschrauber verließ und geduckt auf den Wagen zurannte. Er stürzte ein paarmal, und es war nicht zu übersehen, daß es ihn jedes Mal mehr Kraft kostete, sich gegen die Gewalt des Sturmes wieder in die Höhe zu stemmen und weiterzulaufen. »Was um alles in der Welt sucht er hier? Hier ist doch keiner mehr!«

»Informationen«, antwortete Rogler. Er deutete auf den Wagen. »Das da war so etwas wie eine Kommandozentrale.«

In Lohmann schien die berufsmäßige Neugier des Journalisten zu erwachen. »Sie waren schon einmal hier?« fragte er. »Wie sieht es da drinnen aus?«

Rogler zuckte die Achseln. »Sehr viel Technik«, sagte er. »Eine Menge Computer und solches Zeug. Ich verstehe nichts davon. Aber es waren viele Soldaten hier.« Er ließ seinen Blick hilflos über die Häuserfront auf der gegenüberliegenden Straßenseite wandern. »Ich verstehe nicht, wo sie alle geblieben sind. Es müssen Hunderte gewesen sein. Was ist hier nur passiert?«

Warstein dachte an Ascona und die entsetzlichen Bilder, die sie dort gesehen hatten. Er hatte geglaubt, daß es nichts gäbe, was schlimmer war, aber das stimmte nicht. Der Anblick dieses verlassenen, vom Sturm verheerten Ortes war schlimmer. Irgend etwas unvorstellbar Entsetzliches mußte sich hier abgespielt haben. Vielleicht geschah es noch.

»Sie sind abgehauen«, sagte Lohmann. Warstein wußte, daß es nicht so war, aber er widersprach nicht. »Sie haben das einzig Vernünftige getan und sind verschwunden«, fuhr der Journalist fort. »Und wir sollten dasselbe tun, solange wir es noch können!«

Er sah die drei anderen herausfordernd an, aber weder Warstein noch Angelika reagierten. Rogler schüttelte heftig den Kopf. »Wir bleiben hier«, sagte er mit einer Geste auf den Wagen. »Er bleibt bestimmt nicht lange.«

Lohmann machte ein abfälliges Geräusch. »Ihr Boß hat Sie ganz schön an der Kandare, wie?«

»Nein«, antwortete Rogler ruhig. »Er ist nicht mein Boß. Aber ich glaube zufällig, daß er recht hat.«

»Womit?« fragte Lohmann.

Rogler zog eine Grimasse und wandte sich demonstrativ ab. Sein Blick begegnete dem Warsteins, und für einen winzigen Moment glaubte Warstein etwas wie ein Lächeln darin zu erkennen. Ganz instinktiv erwiderte er es. Es war seltsam – er kannte diesen Mann überhaupt nicht. Seit sie sich begegnet waren, hatten sie kaum miteinander gesprochen. Alles, was er über ihn wußte, wußte er von Franke, und das war nicht viel. Trotzdem war er ihm auf Anhieb sympathischer, als es Lohmann gewesen war. Rogler hatte ebensoviel Angst wie Angelika oder er, und er war mindestens genauso nervös, aber er strahlte eine Ruhe und Sicherheit aus, die anscheinend durch nichts zu erschüttern war.

»Verdammt, wie lange dauert das noch?« fragte Lohmann. »Was tut er da drüben?«

Warstein sah zum Wagen hinüber. Er erschrak. In den wenigen Sekunden, die er nicht nach draußen geblickt hatte, hatte sich das Bild abermals verändert. Der Sturm schien tatsächlich ein wenig nachgelassen zu haben, aber das Lodern der Flammen am Himmel war heftiger geworden. Es sah aus, als hätte das ganze Firmament Feuer gefangen. Die ununterbrochen wechselnden Lichter erfüllten den Platz zwischen den Häusern mit verwirrenden, unheimlichen Schatten und Bewegungen, wo keine waren.

»Dort drüben!« sagte Angelika plötzlich. »Was ist das?«

Warsteins Blick folgte ihrer Geste. Im allerersten Moment sah er nichts außer huschenden Schatten und tanzenden Lichtern, aber dann ... Irgend etwas bewegte sich zwischen den Häusern auf der anderen Seite des Platzes. Er konnte nicht genau erkennen, was es war: massig, schwarz, zu groß für einen Menschen und zu beständig für einen Schatten. Ohne daß er die Herkunft dieses Wissens hätte angeben können, wußte er, daß es der Grund war, der die Menschen aus Porera hinausgetrieben hatte.

Auch der Pilot hatte die Erscheinung bemerkt, und seine Reaktion bewies, daß Warsteins Empfindung bei ihrem Anblick nicht nur seiner eigenen Angst und Nervosität entsprang. Mit einem gemurmelten Fluch startete er den Motor des Helikopters. Seine Hände huschten über das Armaturenbrett, legten Schalter und Hebel um und drückten rasch hintereinander ein Dutzend Knöpfe. Während die Turbine mit an den Nerven zerrender Langsamkeit anlief, griff er nach dem Mikrofon des Funksprechgerätes und schaltete es ein. »Doktor Franke? Können Sie mich verstehen? Bitte melden!«

Keiner von ihnen hatte ernsthaft damit gerechnet, aber sie bekamen Antwort. »Ich höre Sie!« drang Frankes Stimme aus dem Lautsprecher, verzerrt und von den knisternden und prasselnden Lauten atmosphärischer Störungen überlagert, aber trotzdem klar verständlich. »Sie . . . sie sind alle tot! Sie haben sich gegenseitig umgebracht!« Trotz der schlechten Übertragungsqualität konnten sie das Entsetzen hören, das seine Stimme durchdrang. »Es ist fürchterlich. So etwas habe ich noch nie gesehen!«

Der Pilot warf einen nervösen Blick nach draußen. Der Schatten dort drüben war nicht näher gekommen, aber er schien auf schwer zu bestimmende Weise substantieller geworden zu sein. Etwas Drohendes, Böses ging von ihm aus. »Hier draußen ist etwas«, sagte der Pilot. »Ich weiß nicht, was, aber –«

»Starten Sie!« unterbrach ihn Franke. »Sofort.«

»Tun Sie, was er sagt!« fügte Lohmann hastig hinzu.

Der Pilot warf ihm einen ärgerlichen Blick zu, und auch Warstein spürte einen heftigen Zorn in sich emporkriechen.

»Halten Sie den Mund, Lohmann«, sagte er.

Lohmann fuhr herum und funkelte ihn an. Sein Gesicht verzerrte sich, und was Warstein für einen Sekundenbruchteil in seinen Augen las, das war nicht bloß einfacher Ärger, sondern mörderische, kochende Wut.

»Ich glaube nicht, daß Sie mir zu sagen haben, was ich tun darf und was nicht«, sagte er.

Warsteins Hände zuckten. Plötzlich hatte er zu nichts mehr Lust, als sich mit Lohmann zu prügeln.

»Sie –«

»Hört auf!« sagte Angelika. Auch ihre Stimme zitterte vor Anstrengung. Ihr Gesicht war kalkweiß. Trotzdem schimmerten Schweißperlen auf ihrer Stirn. »Hört auf!« sagte sie noch einmal. »Begreift ihr denn nicht? Das seid nicht ihr! Es ist dieses Ding.«

Sie deutete nach draußen. Es war noch deutlicher geworden. Warstein erkannte etwas Riesiges, Häßliches mit Schuppen und Klauen und rotglühenden lodernden Augen, ein Ding mit peitschenden Tentakeln und reißenden Fängen, die es in ihre Seelen schlagen würde, um sie mit seinem Gift zu tränken. Es war das Ungeheuer, das Lohmann gefolgt war, das Ding von der anderen Seite, Lohmanns anderer Seite. Es war wieder da. Es war nie fort gewesen. Plötzlich wußte er, daß Angelika recht hatte. Das Ding dort drüben war gestaltgewordener Haß, die Materialisation all ihrer Ängste und Alpträume, das keine andere Bestimmung hatte als zu zerstören, zu vernichten und zu töten. Das war es, was den Menschen hier in Porera geschehen war. Wieso hatte er sich eigentlich eingebildet, immun dagegen zu sein?

»Beeilen Sie sich, Doktor Franke«, fuhr der Pilot fort. »Ich weiß nicht, wie lange ich noch warten kann.«

»Verdammt noch mal, starten Sie endlich!« antwortete Franke scharf. »Ich kann hier nicht weg!«

Warstein beugte sich vor und riß dem Piloten das Mikrofon aus der Hand. »Seien Sie vernünftig, Franke«, sagte er. »Es wird Sie umbringen! Ihnen wird dasselbe passieren wie allen anderen hier! Kommen Sie endlich zurück!«

»Das kann ich nicht«, antwortete Franke ruhig.

»Franke . . .«

»Seien Sie vernünftig, Warstein«, unterbrach ihn Franke. Plötzlich war seine Stimme von einer Entschlossenheit erfüllt, der Warstein nichts entgegenzusetzen hatte. »Ich kann nicht zurück. Selbst wenn ich wollte. Ich habe es mit Mühe und Not geschafft, hierher zu kommen, und da hatte ich den Wind im Rücken. Es würde gar nicht gehen. Außerdem gibt es hier noch etwas, was ich . . . erledigen muß.«

»Was?« fragte Warstein.

»Ich weiß jetzt, was ich tun muß«, antwortete Franke. »Und ich glaube, Sie wissen es auch. Sehen Sie nach draußen. In den Himmel.«

Warstein gehorchte – und riß erschrocken die Augen auf.

Die Lichter über ihnen hatten sich abermals verändert. Sie tobten und explodierten nach wie vor in immer schnellerem Wechsel am Himmel, aber die flackernden Muster waren jetzt nicht mehr willkürlich, sondern bildeten Linien und Wellen, rotierende Kreise wie auch flammende und erlöschende Sonnen, ein sich stets wiederholendes und doch immer neues Muster, das von einem Horizont zum anderen reichte und immer mehr und mehr an Leuchtkraft zunahm.

»Erkennen Sie es?« fragte Franke.

Warstein nickte. Dann erst begriff er, daß Franke die Bewegung ja nicht sehen konnte. »Ja«, sagte er.

Er hatte dieses Muster schon einmal gesehen – zweimal, um genau zu sein. Das erste Mal im Tunnel, als er Berger und die anderen gefunden hatte, und das zweite Mal in einer einsamen Berghütte tausend Meter über ihnen.

»Sie hatten recht«, sagte Franke. »Sie und der alte Mann. Sie hatten die ganze Zeit über recht. Es gibt Dinge, die sich mit unserer Wissenschaft nicht erklären lassen, aber das bedeutet nicht, daß sie nicht da wären. Es tut mir leid.«

»Franke, Sie –«

»Dazu ist jetzt keine Zeit«, unterbrach ihn Franke. »Das da ist ein Zeichen. Vielleicht die allerletzte Chance, die uns allen noch bleibt. Nutzen Sie sie. Fliegen Sie zu Saruters Hütte. Sie werden dort finden, weswegen Sie gekommen sind.«

»Saruters Hütte?« fragte Warstein überrascht. »Woher wissen Sie davon?«

»Ich war dort«, antwortete Franke.

»Sie?«

»Ich sagte Ihnen bereits: es tut mir leid«, antwortete Franke. »Ich war da, kurz nachdem Sie . . . uns verlassen hatten. Ja. Sie haben recht – ich habe es gewußt. Ich wollte es nur nicht wissen. Aber ich glaube, ich kann es wieder gutmachen. Und jetzt verschwinden Sie, Warstein. Verschenken Sie nicht die letzte Chance, die Sie vielleicht noch haben.« Er atmete hörbar ein. »Geben Sie mir den Piloten.«

Warstein reichte das Mikrofon an den Piloten zurück. Eine dumpfe Betäubung begann sich in ihm breitzumachen, während er sich wieder in seinen Sitz zurücksinken ließ. Aber er versuchte vergeblich, Haß auf Franke zu empfinden.

»Doktor Franke?«

»Wie sieht es draußen aus?« erkundigte sich Franke. »Was macht der Sturm?«

»Es wird schlimmer«, antwortete der Pilot. Er warf einen nervösen Blick auf den Schatten auf der anderen Seite des Platzes. Das Ding hatte begonnen, sich aus seinem Versteck zu lösen. Sie alle konnten spüren, wie es auf sie zukroch, langsam, mit der Geduld eines Wesens, das wußte, daß seine Opfer ihm nicht mehr entkommen konnten. »Und da ist noch –«

»Können Sie noch höher in die Berge hinauf?« unterbrach Franke.

»Höher?« Der Pilot klang eindeutig entsetzt. »Das ist unmöglich!«

»Etwa tausend Meter«, fuhr Franke fort. »Warstein zeigt Ihnen den genauen Weg. Sie müssen es versuchen. Es ist unvorstellbar wichtig.«

Der Pilot schwieg. In seinem Gesicht arbeitete es, während er abwechselnd das näher kriechende Ding und die flackernden Lichter am Himmel betrachtete. Seine Hand schloß sich so fest um das Mikrofon, daß das Plastik zu knistern begann.

»Das ist Wahnsinn«, murmelte er. »Ich weiß nicht, ob die Maschine es aushält.«

»Das wird sie«, versprach Franke. »Sie müssen es nur wollen.«

»Ihr seid ja alle komplett verrückt!« keuchte Lohmann. »Ich will weg hier! Auf der Stelle!«

»Ich kann Sie nicht zwingen, es zu tun«, fuhr Frankes Stimme aus dem Lautsprecher fort. »Ich kann Sie nur darum bitten. Versuchen Sie es.«

Der Pilot schwieg. Sein Gesicht war zu einer ausdruckslosen Maske erstarrt. Es vergingen noch einmal zehn Sekunden, in denen er wortlos auf den näher kriechenden Schatten starrte. Dann hängte er das Mikrofon mit einer fast bedächtigen Bewegung zurück und legte beide Hände auf den Steuerknüppel. Einen Augenblick später startete der Helikopter und sprang mit einem Satz direkt in das aufgerissene, brüllende Maul des Sturmes hinein.

Selbst hier drinnen war das Tosen des Sturmes so angeschwollen, daß es jeden anderen Laut übertönte. Franke schaltete das Funkgerät aus. Selbst wenn Warstein oder der Pilot noch etwas gesagt hätten, er hätte es sowieso nicht mehr gehört.

Sein Blick wanderte über die erloschenen und zum Teil zerstörten Kontrollen, über zerborstene Bildschirme und tote Computerdisplays. Er empfand nichts, weder beim Anblick der zerstörten Geräte noch bei dem der Toten, die in einem einzigen Knäuel aus Armen und Beinen und ineinanderverkrallten Leibern im vorderen Drittel des Wagens lagen. Seltsam – früher, als er noch geglaubt hatte, die Welt zu verstehen, sie in klare Kategorien von Dingen, die er wußte, und solchen, die er noch nicht wußte, eingeteilt hatte, da hatte er Angst vor dem Tod gehabt; sowohl vor seinem Anblick als auch vor dem Gedanken an sein eigenes Ende.

Jetzt ließ es ihn fast kalt. Er empfand ein leises Bedauern – kein Mitleid –, daß das Leben all dieser Menschen auf eine so vollkommen sinnlose Weise hatte enden müssen, aber mehr nicht. Er fragte sich nicht, warum. Diese Antwort kannte er jetzt.

Frankes Blick suchte die beiden einzigen noch arbeitenden

Monitore. Es war kein Zufall, daß gerade diese beiden Kameras und die dazugehörigen Bildschirme in all dem Chaos noch funktionierten. Er glaubte nicht, daß es so etwas wie Zufall überhaupt gab. Auch das war etwas, worüber er vor einigen Stunden vielleicht noch gelacht hätte, aber nun wußte er, daß alles irgendwie gelenkt und geplant war. Es gab keinen Zufall, so, wie es keine Willkür und nichts Sinnloses im Universum gab. Hinter allem stand ein lenkender, bewußter Wille, auch wenn er vielleicht nach Kriterien entschied und auf eine Art und Weise handelte, die ein Mensch niemals begreifen würde. Aber er war da.

Es war ein ungemein beruhigender Gedanke.

Einer der beiden Bildschirme zeigte den nun leeren Platz. Der Helikopter war gestartet und in der Nacht verschwunden, und nur einen Moment später hatte sich auch das Gespenst wieder in sein Versteck jenseits der Wirklichkeit zurückgezogen, so lautlos und schnell, wie es gekommen war. Franke war allein. Das Ungeheuer konnte ihm nichts mehr antun, denn er hatte einen Punkt erreicht, der jenseits der Furcht lag.

Der zweite Monitor zeigte den Schacht. Es war das Bild einer Infrarotkamera, das die Dinge verzerrt und in beunruhigenden, falschen Farben darstellte: ein schwarzer, perfekt gerundeter Höllenschlund inmitten eines Chaos aus wirbelnden, sich ständig verändernden Farben und Umrissen, der sich aufgetan hatte, um die Welt zu verschlingen.

Und er hatte ihn erschaffen.

Er hatte es begriffen, als er unten im Tunnel stand und das Heulen der Sirenen hörte, das Flackern der Warnlampe sah, die von der bevorstehenden Katastrophe kündete, die Schreie der Techniker hörte – und das, was Warstein schließlich Lohmann zugeschrien hatte: Sie explodiert, weil Sie es wollen.

Aus keinem anderen Grund war dieser Schacht entstanden. Er war sein, Frankes, ganz persönlicher Alptraum. Etwas in ihm, ein schrecklicher siamesischer Zwilling aus dem klar denkenden Wissenschaftler und dem verängstigten Kind, das die Dunkelheit und das Unbekannte fürchtete, hatte gewußt, daß ein Schwarzes Loch nur dies zur Folge haben konnte: einen Riß in der Welt, durch den die Wirklichkeit eingesogen wurde, und so war genau dies entstanden. Einfach, weil er es wollte.

Franke stand auf und wandte sich zur Tür. Er hatte gelogen, als er Warstein gegenüber behauptet hatte, den Wagen nicht mehr verlassen zu können. Der Sturm war hier unten am Boden gar nicht so schlimm, wie es den Anschein hatte. Er würde all seine Kraft brauchen, und er würde sich beeilen müssen, um es noch rechtzeitig zu schaffen, aber zugleich wußte er auch, daß er es schaffen würde. Auch das war Teil des großen Planes.

Er verließ den Wagen, wandte sich nach Süden und ging los.

19

»DORT DRÜBEN! LINKS!« WARSTEIN SCHRIE DIE WORTE aus Leibeskräften, aber seine Stimme hatte keine Chance gegen den Lärm des Weltunterganges, der rings um sie herum tobte. Der Pilot reagierte einzig auf seine wedelnde Geste, korrigierte den Kurs des Helikopters entsprechend. Die Maschine war längst zu einem Spielball der Naturgewalten geworden, die sich kaum mehr lenken und schon gar nicht beherrschen ließ. Alles, was er tun konnte, war, den Sturm zu überlisten und den Helikopter so zu drehen, daß er sie in die ungefähre Richtung schleuderte, in die sie wollten.

»Sie sind ja verrückt!« brüllte Lohmann. »Sie werden uns alle umbringen!«

Warstein erriet diese Worte mehr anhand der Lippenbewegungen und Lohmanns verzweifelter Gesten, als daß er sie verstand. Und er konnte Lohmann nicht einmal wirklich widersprechen – auch er selbst hatte immer größere Mühe, sich einzureden, daß er wirklich wußte, was er tat. Als sie gestartet waren, hatte er sich noch eingeredet, daß es nicht so schlimm werden konnte, aber das gehörte wohl zu den grundsätzlichen Irrtümern, die Menschen immer wieder unterlaufen: Es konnte immer noch schlimmer werden.

Die Lichter hatten begonnen vom Himmel herabzusinken und

waren jetzt vor, hinter, neben, über und sogar unter ihnen. Der Helikopter torkelte durch einen Taifun aus knisternder Energie und purer Kraft, aus Blitzen und zermalmenden Sturmböen, und er hatte im Grunde überhaupt kein Recht mehr, noch zu existieren. Ein Millionstel Teil der destruktiven Energien, denen sie sich entgegengestellt hatten, hätte ausgereicht, ihn zu Staub zu zermahlen. Es war wohl so, wie Franke behauptet hatte: Was sie bisher gerettet hatte, war einzig der Umstand, daß sie ihr Ziel erreichen wollten.

Vor ihnen wuchs ein Schemen aus Licht und reiner Bewegung auf. Ein vertrauter Umriß, eine Linie, die er schon einmal gesehen hatte – Warstein wußte es nicht. Sie flogen blind, aber es hätte auch nicht viel geändert, hätten sie den Weg bei klarer Sicht zurückgelegt. Er war nur ein einziges Mal hier gewesen, vor mehr als drei Jahren, und damals war er zu Fuß hier heraufgekommen. Aber sie mußten die Hütte einfach finden, weil sonst die Welt untergehen würde.

»Kehren Sie um!« brüllte Lohmann. »Verdammt noch mal, fliegen Sie endlich zurück! Sie bringen uns noch alle um! Dieser Idiot hat doch keine Ahnung, wohin er fliegt!«

Der Sturm beruhigte sich ein wenig. Der Helikopter schwankte noch immer wie ein Boot auf hoher See, aber es gelang dem Piloten zumindest, ihn halbwegs gerade zu halten, während sie sich dem Felsvorsprung näherten, den Warstein entdeckt hatte. Er war nicht sicher. Der Felsen sah aus wie der, hinter dem Saruters Haus lag, aber wenn er ehrlich war, dann sah hier oben jeder Felsen so aus. Er konnte nur hoffen und beten.

»Hören Sie endlich auf!« brüllte Lohmann wieder. In seiner Panik versuchte er aufzuspringen und nach dem Piloten zu greifen. Warstein wäre zu spät gekommen, aber Rogler riß ihn mit einem harten Ruck zurück, stieß ihn auf den Sitz und versetzte ihm eine schallende Ohrfeige. Lohmann heulte auf und krümmte sich.

Der Felsen glitt unter ihnen davon – und dann lag die Hütte vor ihnen, eingewoben in ein Netz aus lodernden blauen Linien purer Energie. Sie kam Warstein anders vor als damals, aber das mochte an dem veränderten Licht liegen und seiner eigenen Aufregung. Er begann mit beiden Händen zu gestikulieren.

»Können Sie dort landen?« schrie er.

Der Pilot nickte. Die Bewegung wirkte verkrampft, und sein Gesicht glänzte vor Schweiß. »Ja«, schrie er zurück. »Der Felsen schützt uns ein wenig. Aber ich komme nie wieder hoch. Völlig unmöglich.«

»Dann springen wir ab!« entschied Warstein. »Halten Sie die Maschine so ruhig, wie Sie können!«

»Aber ich kann Sie nicht wieder aufnehmen!« protestierte der Mann.

»Das müssen Sie auch nicht«, antwortete Warstein. Er breitete beide Arme aus, um auf dem wankenden Boden die Balance zu halten, arbeitete sich zur Tür vor und öffnete sie. Er brauchte seine ganze Kraft dazu, und als er es geschafft hatte, riß ihn der hereinfauchende Wind von den Füßen und schleuderte ihn gegen Angelika, die sich gerade von ihrem Sitz erhoben hatte. Mühsam rappelten sie sich wieder hoch und wankten zur Tür zurück.

Warsteins Mut bekam einen gehörigen Dämpfer, als er nach draußen sah. Sie waren höchstens noch zwei Meter hoch, und der Pilot hielt die Maschine so ruhig, wie es nur ging – aber es ging eben nicht sehr gut. Der felsige Boden unter ihnen hüpfte und taumelte hin und her, war manchmal einen, dann wieder drei Meter entfernt und kippte unentwegt von einer Seite auf die andere. Selbst ein Sprung aus dieser geringen Höhe würde zu einem lebensgefährlichen Abenteuer werden.

Angelika nahm ihm die Entscheidung ab. Mit einer entschlossenen Bewegung sprang sie an ihm vorbei in die Tiefe, rollte sich geschickt ab und kam, den Schwung ihres Sturzes ausnutzend, wieder auf die Füße. In geduckter Haltung entfernte sie sich ein paar Schritte von der Maschine, ehe sie stehenblieb und ihm zuwinkte nachzukommen.

»Okay«, sagte Warstein. »Lohmann, Sie sind der näch . . .«

Er hatte sich zu Lohmann herumgedreht und die Hand ausgestreckt, aber er führte weder die Bewegung noch den Satz zu Ende.

Auch Lohmann war aufgestanden. Mit der linken Hand klammerte er sich an der Rückenlehne seines Sitzes fest, um das Gleichgewicht zu bewahren, und in der anderen hielt er eine Pistole, deren Mündung zwar heftig hin und her schwankte, trotzdem aber genau auf Warsteins Gesicht zielte.

»Ich bin bestimmt nicht der nächste«, antwortete Lohmann. »Von mir aus bringen Sie sich um – und diese hysterische Ziege da draußen gleich mit. Ich denke nicht daran, weiter bei diesem Irrsinn mitzumachen!«

»Lohmann, um Gottes willen!« keuchte Warstein. »Sind Sie verrückt geworden?«

»Wenn hier einer verrückt ist, dann bestimmt nicht ich«, behauptete Lohmann. »Springen Sie doch, wenn Sie Lust dazu haben! Ich verschwinde hier!« Er richtete seine Waffe für eine Sekunde auf den Piloten, um seinen Worten den gehörigen Nachdruck zu verleihen, ließ Warstein aber keinen Moment aus den Augen.

»Wir fliegen weiter. Auf die andere Seite des Berges.«

»Aber wohin wollen Sie denn, um Himmels willen?!« keuchte Warstein.

»Das ist mir egal!« antwortete Lohmann. Sein Blick flackerte. »Ich bleibe auf keinen Fall hier. Haben Sie die Bombe vergessen? Diese wahnsinnigen Idioten werden sie garantiert zünden! Und wenn das passiert, dann bin ich bestimmt nicht mehr hier!«

»Begreifen Sie immer noch nicht? Es gibt keinen sicheren Ort mehr!« sagte Warstein. »Sie können nirgendwohin fliehen! Ich flehe Sie an, Lohmann! Ohne Sie ist alles verloren. Wir brauchen Sie!«

»Vergessen Sie es«, erwiderte Lohmann. »Ich verschwinde jetzt hier. Sie haben zwei Sekunden, sich zu entscheiden, ob Sie bleiben oder mitfliegen, aber fliegen werden wir. Eins –« Rogler sprang ihn an.

Der Angriff kam völlig überraschend, und er hätte zweifellos Erfolg gehabt, aber in diesem Moment erzitterte die Maschine unter dem Hieb einer weiteren Sturmböe. Rogler verlor das

Gleichgewicht, stolperte einen halben Schritt an Lohmann vorbei, und der Journalist schrie wütend auf und schoß.

Die Kugel traf Rogler genau in die Brust. Die Wucht des Geschosses reichte aus, ihn erneut herum und mit hochgerissenen Armen zur Seite zu wirbeln. Er traf den Piloten. Der Mann wurde nach vorne und gegen den Steuerknüppel geschleudert. Der Helikopter kippte mit aufheulender Turbine nach vorne.

Warstein versuchte verzweifelt, sich am Türrahmen festzuhalten, aber in diesem Moment prallte Rogler gegen ihn. Aneinandergeklammert stürzten sie aus der Maschine. Das letzte, was Warstein bewußt wahrnahm, war der gewaltige Feuerball, in dem der Hubschrauber zwanzig Meter entfernt auseinanderbarst, dann prallte er auf den harten Felsboden auf und verlor das Bewußtsein.

Franke hatte den Schlund erreicht. Der Weg war mehr gewesen, als er schaffen konnte. Er war unzählige Male gestürzt und blutete. Aber er spürte nichts. Weder den Schmerz noch das Blut, das an seinen Händen und über sein Gesicht herablief, noch die Erschöpfung, die der lange Marsch in ihm hinterlassen hatte.

Vor ihm lag das Tor zur Hölle, aber vielleicht auch die Pforte zum Paradies. Der Schlund kam ihm größer vor, viel, viel gewaltiger, als er ihn in Erinnerung hatte. Ein kreisrundes Loch in der Wirklichkeit, durch das der Atem der Welt entwich. Der Sturm, der über ihm am Himmel tobte, hatte unvorstellbare Dimensionen angenommen, aber hier, unmittelbar am Rande des Schachtes, war es fast windstill. Er befand sich im Auge des Orkans.

Franke stand lange und regungslos so da. Ein angedeutetes Lächeln lag auf seinem Gesicht. Er fragte sich, wieso er eigentlich keine Angst verspürte.

Als er die Antwort gefunden hatte, machte er einen einzigen Schritt nach vorne und stürzte mit weitausgebreiteten Armen in den Schacht. Er hatte ihn erschaffen. Er würde ihn schließen. Auf die einzige Art und Weise, auf die er es konnte.

Der Sturz dauerte lange, unendlich lange, aber er wußte, was er am Ende sehen würde; hier, an jenem Ort absoluter Wahrheit, an der sein Alptraum, der im Grunde ein Traum gewesen war, Wirklichkeit wurde, und er erblickte es auch. Sein allerletzter Gedanke war: Mein Gott, ist das schön!

Sie hatten Rogler in den Windschatten der Hütte getragen, um wenigstens aus dem Sturm herauszusein, wenn sie schon den flackernden Lichtern und der knisternden Energie nicht entgehen konnten. Der Boden, über den sie gingen, leuchtete jetzt. Die Luft war so voller Spannung, daß jede ihrer Bewegungen kleine Schweife aus winzigen gelben Sternen hinterließ. Die Energie durchdrang alles. Den Boden, die Luft, ihre Körper, ihre Gedanken.

»Kann mir irgend jemand sagen, warum ich noch lebe?« stöhnte der Polizist. Er hatte das Bewußtsein wiedererlangt, besaß aber noch nicht die Kraft sich aufzusetzen. Sein Gesicht zuckte vor Schmerz, und das Atmen schien ihm große Mühe zu bereiten. Er hatte die rechte Hand gegen die Brust gepreßt und blickte mit wachsender Verwirrung darauf herab, als könnte er gar nicht begreifen, wieso zwischen seinen Fingern kein Blut hervorquoll.

»Der Kerl hat mich in die Brust geschossen, nicht?« Er hustete und verzog qualvoll das Gesicht. »Eigentlich sollte so etwas aus einem halben Meter Entfernung sofort tödlich sein. Jedenfalls erzähle ich das immer jedem, der mich danach fragt.«

Warstein mußte gegen seinen Willen lächeln. Rogler gewann seine Kraft rasch zurück: schneller als er zu hoffen gewagt hatte. Auch wenn es nichts mehr nutzen würde. Lohmann hatte mehr getan, als sich und den Piloten umzubringen. Vielleicht hatte er diesem ganzen Planeten den Todesstoß versetzt.

»Die Waffe war mit Hartgummigeschossen geladen«, antwortete er mit einiger Verspätung. »Ich hatte sie ganz vergessen, aber Lohmann muß sie eingesteckt und mitgenommen haben.«

»Dieser Idiot«, murmelte Rogler. »O verdammt, tut das weh.

Ich glaube, er hat mir mindestens eine Rippe gebrochen.« Er versuchte sich aufzurichten, sank mit schmerzverzerrtem Gesicht zurück und versuchte es erneut, als Warstein ihm die Hand entgegenstreckte. Diesmal gelang es ihm.

»Es hat ihm nicht viel genutzt«, sagte Warstein ernst.

Rogler sah ihn verwirrt an. Dann folgte er seinem Blick und sah in die Richtung, in der das Helikopterwrack lag. Die Maschine war auf der anderen Seite des Felsens abgestürzt, aber der Feuerschein war selbst hier noch deutlich zu sehen.

»Er ist tot«, sagte Warstein leise. Noch leiser fügte er hinzu: »Jetzt ist alles vorbei.«

»Vorbei?« Rogler sah ihn fragend an. »Was?«

»Wir haben ihn gebraucht«, antwortete Warstein. Seltsam – er empfand nicht einmal wirklichen Schrecken. Er war nicht einmal wirklich enttäuscht. Es war, als hätte er insgeheim die ganze Zeit über gewußt, daß es sowieso nicht klappen konnte.

»Wozu?« fragte Rogler. »Ich meine, ich kenne diesen Mann kaum, aber ich frage mich trotzdem, wozu man einen solchen Narren braucht.«

Warstein deutete auf den Eingang der Hütte. »Was immer dort auf uns wartet, Rogler – es wartet auf drei Menschen, nicht auf zwei.« Er seufzte tief. »Es war umsonst.«

»Wir sind drei«, sagte Angelika ruhig.

Es dauerte eine Sekunde, bis ihre Worte wirklich in Warsteins Bewußtsein drangen. Fassungslos hob er den Kopf und starrte sie an.

»O nein«, sagte Rogler. Er wedelte heftig mit beiden Händen. »Ganz bestimmt nicht. Ich weiß, was Sie denken. Vergessen Sie es gleich wieder. Ich habe keine Ahnung von solchen Dingen. Und ich will damit auch nichts zu tun haben.«

Warstein streckte abermals die Hand aus. »Kommen Sie«, sagte er. » Ich möchte Ihnen etwas zeigen.«

»Ganz bestimmt nicht«, sagte Rogler noch einmal. »Ich ... ich verstehe nichts von Zauberei und solchen Dingen.« Trotzdem ergriff er nach einigen Sekunden Warsteins ausgestreckte Hand und ließ sich von ihm vollends auf die Beine helfen. Sein

Gesicht zuckte immer noch vor Schmerz, aber er unterdrückte tapfer jeden Laut und folgte Angelika und Warstein zur anderen Seite der Hütte.

Das Firmament brannte. Das Schwarz des Nachthimmels war vollkommen verschwunden und hatte einem unvorstellbaren Muster aus Licht und Farben Platz gemacht. Die Berge, die sich vor ihnen erhoben, schienen wie unter einer geheimnisvollen inneren Kraft aufzuleuchten und wirkten transparent und leicht. Etwas hatte von der Welt Besitz ergriffen, das zu groß war, um es zu verstehen, und das sie verändern – vielleicht zerstören – würde. Nein, es würde nicht geschehen. Es geschah bereits.

Aber das Bild war nicht nur großartig und berauschend, es war auch erschreckend. Die drei Menschen fühlten die unvorstellbaren Gewalten, die rings um sie herum tobten und die doch nur ein Bruchteil dessen waren, was kommen würde. Das Tor hatte sich geöffnet und war bereit, die Welt zu verschlingen.

»Sehen Sie«, sagte Angelika. Ihr ausgestreckter Arm deutete nach Süden. Wo der See gewesen war, erstreckte sich jetzt ein gewaltiger, bodenloser Schlund, in dessen Tiefe es wetterleuchtete und blitzte, als antworteten die Kräfte der Hölle auf die des Himmels über ihnen. An seinem nördlichen Ende konnten sie einen roten, flackernden Punkt erkennen. Ascona. Die Stadt brannte jetzt vollständig.

Aber das war es nicht, was Angelika Rogler hatte zeigen wollen. Ein Stück weiter links waren neue, noch winzige rote Punkte erschienen. Funken in der Unendlichkeit nur, die doch bereits jetzt zu einem flackernden Muster zusammenzuwachsen begannen.

»Locarno?« flüsterte Rogler. »Sie ... Sie meinen, es ... es beginnt auch dort?«

»Es wird überall beginnen«, sagte Warstein. »Nichts kann es mehr aufhalten.«

»Dann ist das das Ende der Welt?« Rogler versuchte zu lachen, aber es mißlang.

»Wenigstens der, wie wir sie kennen, ja«, bestätigte Angelika. »Wenn wir es nicht aufhalten.«

»Gerade haben Sie gesagt, daß ...« Rogler brach ab, starrte unsicher noch einige Sekunden auf die brennende Stadt unter ihnen herab und hob schließlich in einer Geste der Hilflosigkeit die Hände. »Aber warum?« fragte er. »Was ... was haben wir getan? Womit haben wir das verdient? All diese Toten. All diese Gewalt. So schlecht sind die Menschen nicht, daß sie ein solches Ende verdient hätten.«

»Vielleicht ist die Zeit der Menschen abgelaufen«, murmelte Warstein. Aber vielleicht auch nicht. Vielleicht war nur diese Zeit abgelaufen, und sie standen an der Schwelle zu einer anderen. Er sprach den Gedanken nicht laut aus. »Vielleicht hat irgend jemand beschlossen, daß es genug ist«, sagte er. »So oder so.«

Warstein schwieg lange Sekunden. Diese Welt? Eine Welt des Hasses und des Tötens? Eine Welt der Gewalt, der Eifersucht, der Zerstörung? Er schüttelte den Kopf. »Nein.«

Angelika deutete auf die Hütte. Als Warstein sich herumdrehte, sah er, daß sich die Tür geöffnet hatte. Ein mildes, weißes Licht fiel aus ihrem Inneren heraus.

Auch Rogler hatte sich herumgedreht und starrte die Tür an. »Ich wußte, daß es so enden würde«, murmelte er.

»Dann helfen Sie uns?« fragte Warstein.

»Ich ... ich weiß nicht«, antwortete Rogler. »Ich habe nie Ambitionen dazu gehabt, Gott zu spielen, wissen Sie.«

Manchmal werden wir nicht danach gefragt, was wir wollen, dachte Warstein. Er konnte Rogler verstehen. Auch er hatte Angst vor dem, was sie tun mußten, panische Angst. Er wußte immer noch nicht, was sie dort drinnen erwartete und warum ausgerechnet sie es waren, die über das Schicksal dieser ganzen Welt entscheiden sollten.

Er sprach nichts von alledem aus, sondern drehte sich wortlos um und betrat die Hütte. Und nach einigen Sekunden folgten ihm Angelika und schließlich auch Rogler.

Über Porera erlosch der Sturm. Die aufgepeitschten Luftmassen heulten noch ein letztes Mal mit ganzer Macht auf, ein Schrei, der das Gebirge in seinen Grundfesten zu erschüttern schien, aber die Gewalt des Orkans war gebrochen, das Tor, durch das die Lebenskraft dieser Welt entwichen war, nicht mehr da. Die Lichter am Himmel loderten heller.

Draußen mochte die Welt untergehen, aber hier drinnen, im Inneren der kleinen, fast spartanisch eingerichteten Hütte hatte sich nichts verändert. Das Heulen des Orkans war erloschen, als sie die Tür geschlossen hatten, und statt der flackernden Lichter des Jüngsten Gerichts umfing sie ein milder, weißer Schein, der sehr hell war, trotzdem aber nicht blendete.

Warstein betrachtete das Muster an der Wand. Franke hatte recht gehabt – es waren die gleichen Linien und Wellen, die gleichen Kreise und Blitze, die auch den Himmel erfüllten. Aber es war nicht das Muster, das sie unten im Berg gesehen hatten. Er erkannte seinen Irrtum erst jetzt. Vielleicht hatte noch nicht einmal Saruter es gewußt, aber Warstein sah jetzt ganz deutlich, daß diese Muster hier anders waren, unglaublich alt und kompliziert, aber nicht einmal annähernd so alt wie die, die sie unten im Berg gefunden hatten.

Er wußte, was zu tun war. Er hatte es die ganze Zeit über gewußt, so wie auch Angelika und Rogler. Das Wissen war in ihnen gewesen vom Zeitpunkt ihrer Geburt an, so, wie es in ihren Vorfahren gewesen war und in deren Vorfahren und wiederum in deren Vorfahren; eine endlose Kette, die niemals wirklich unterbrochen worden war. Sie waren nur Werkzeuge, Träger einer Macht und eines Wissens, das älter als die Menschheit war und wichtiger.

Langsam trat er an die Felswand heran, hob die Hand und berührte die Linien, die Saruter und die, die vor ihm hier gewesen waren, in den Felsen geritzt hatten. Angelika trat neben ihn. Ihre Lippen begannen eine Melodie zu summen, leise, schwingend, einem atonalen Rhythmus folgend, der nicht erkennbar war, aber auf Warsteins Tun ebenso einwirkte, wie die Linien, die seine Finger auf den Fels malten, Angelikas Lied bestimmten. Und Rogler, der dritte der letzten Wächter, stand zwischen ihnen, denn er war die Verbindung zwischen dem Lied und der Hand; der Kraft, die schuf, und der Kraft, die bewahrte. Und während sie so dastanden, während Angelika ihr Lied sang und Warstein den Mustern der Zeit ein neues hinzufügte, öffnete sich das Tor vollends, und die Welt begann hindurchzugleiten.

Dies alles geschah in einer einzigen Sekunde. Der Himmel über dem, was einst der Lago Maggiore gewesen war, flammte in unerträglicher Glut auf. Grelle, weiße, rote, grüne und blaue Blitze zuckten aus dem lodernden Firmament herab, trafen die titanischen Felssäulen, zwischen denen die Druiden Aufstellung genommen hatten und brachten sie zum Läuten. Es waren die Energien der Schöpfung selbst, die Urkräfte des Universums, die für den Bruchteil einer Sekunde zwischen den steinernen Riesensäulen tobten. Die Körper der Druiden, die geduldig zwischen ihnen gestanden und gewartet hatten, zerfielen im Bruchteil eines Augenblickes zu Asche. Aber es war nicht der Körper, der zählte. Ihre Macht war da, ihr Wissen, dessen Träger sie gewesen waren. Als das grell lodernde Licht erlosch, waren die Inseln, die den nördlichen Teil des Lago Maggiore beherrscht hatten, verschwunden ebenso wie die Druiden. Ihre Aufgabe war erfüllt. Für dieses Mal. Ein neuer Zyklus hatte begonnen.

Die Sonne ging auf, als sie am Morgen erwachten. Es würde ein schöner Tag werden, das konnte man sehen. Der Himmel war blau, von nur wenigen, zarten weißen Wolken bedeckt, und die Luft schien viel klarer als sonst, so daß der Blick sehr viel weiter reichte, als er es gewohnt war. Ein schöner Morgen – aber auch ein ganz normaler Morgen. Was hatte er erwartet? Zwei Sonnen am Himmel? Oder Berge aus Zuckerguß?

Warstein lächelte über seine eigenen albernen Gedanken, aber zugleich drückte dieses Lächeln auch die Erleichterung aus, die er trotz allem empfand. Angelika, Rogler und er hatten die ganze Nacht gebraucht, um das neue Muster zu weben, und obwohl es in dieser Zeit nicht eine einzige Sekunde gegeben hatte, in der sie nicht gewußt hatten, was sie taten und daß sie es richtig taten, war der Zweifel geblieben. Der Wächter hatte gewußt, was geschehen würde, aber der Mensch in ihm hatte gezweifelt – und ein bißchen tat er es noch. Ein bißchen war er auch überrascht, daß es überhaupt einen neuen Morgen gegeben hatte.

Das Geräusch der Tür riß ihn aus seinen Gedanken. Angelika und Rogler verließen nebeneinander die Hütte. Sie fühlten sich müde, aber auf eine angenehme, wohltuende Art. Es war die Müdigkeit nach einer wichtigen Arbeit, die man gut erledigt hatte. Er war wohl nicht der einzige, der sich erst noch an den Gedanken gewöhnen mußte, nicht mehr der zu sein, als der er hierhergekommen war.

»Wir leben noch«, sagte Rogler. Es klang wie ein Scherz, aber auch diese drei Worte verdeutlichten nichts anderes als die Erleichterung, die er empfand. Er lachte, drehte sich einmal um seine Achse und hob die Hände vor das Gesicht. »Die Berge sind noch da«, sagte er. »Und wir sehen sogar noch fast menschlich aus.«

»Haben Sie daran gezweifelt?« fragte Angelika.

»Ich war . . .. nicht sicher«, gestand Rogler. Dann trat er mit einigen raschen Schritten an Warsteins Seite und blickte ins Tal hinab. Der See lag unter ihnen und war jetzt wieder ein See, aber die Stadt an seinem Ufer hatte sich verändert. Sie waren zu weit entfernt, um die Veränderungen deutlich erkennen zu können, aber sie war da.

»Das sieht alles . . . irgendwie anders aus«, murmelte Rogler.

Er wird noch viel mehr finden, was anders geworden ist, dachte Warstein. Er fragte sich, wie diese neue Welt wohl aussehen mochte. Ob sie besser war als die alte? Er wußte es nicht, aber er hoffte es. Sie hatten zu viele falsche Richtungen eingeschlagen, zu viele Straßen gebaut, die ins Nichts führten, und sich am Ende eine Welt erschaffen, die vielleicht zu hart, zu grausam und zu gewalttätig war, um weiter existieren zu können. Jemand hatte beschlossen, daß es so war. Aber der gleiche Jemand hatte wohl auch entschieden, daß die Menschheit eine zweite Chance verdiente.

Warstein warf einen letzten Blick in die Runde, sah die Berge an, das kleine Haus, das nun zu ihrer Heimat werden würde, die Sonne am Himmel, die heller leuchtete, als er es gewohnt war, und die Luft, die viel klarer und frischer war, als er sich erinnerte, und dann entdeckte er den ersten wirklichen Beweis, daß es noch Menschen auf dieser Welt gab und daß es anders geworden war. Über ihnen glitt etwas zwischen den Wolken entlang: riesig, glänzend und vollkommen lautlos.

»Kommt!« sagte er.

Die drei neuen Druiden machten sich auf den Weg ins Tal, um sich ihre neue aufregende Welt anzusehen. Sie hatten eine zweite Chance bekommen. Und irgend etwas sagte Warstein, daß sie sie dieses Mal besser nutzen würden.

Die Deutsche Bibliothek – CIP-Einheitsaufnahme

Hohlbein, Wolfgang:
Das Druidentor / Wolfgang Hohlbein. – Stuttgart; Wien:
Weitbrecht, 1993
ISBN 3-522-71450-4

Umschlaggestaltung: Atelier Zero, München
unter Verwendung eines Gemäldes von Angerer d. Ä., Biburg
Reproduktion des Umschlags: g. & j. siefert, Ulm
Satz: KCS GmbH, Buchholz/Hamburg
Druck und Bindung:
Grafischer Großbetrieb Friedrich Pustet, Regensburg

5